Ein Geschenk des Schicksals

Barbara Taylor Bradford

Ein Geschenk des Schicksals

Roman

Aus dem Englischen
von Barbara Röhl

Marion von Schröder

Die Originalausgabe erschien 2004 unter dem Titel
Unexpected Blessings bei HarperCollins Publishers, London

Marion von Schröder ist ein Verlag der
Ullstein Buchverlage GmbH

ISBN-13: 978-3-547-71080-9
ISBN-10: 3-547-71080-4

Gesetzt aus der Sabon und Italia bei
Franzis print & media GmbH, München
Druck und Bindung: Bercker Graphische Betriebe GmbH, Kevelaer
Printed in Germany

Für meinen Mann, Robert Bradford,
dem ich so viel verdanke, mit all meiner Liebe

Inhalt

ERSTER TEIL

Die Sturmvögel

Sommer 2001

Der englische Name des Sturmvogels, Petrel, stellt angeblich eine Verkleinerungsform von Petrus dar: Wenn der Vogel frißt, hält er sich flatternd knapp über dem Wasser und berührt dabei mit den Füßen häufig die Oberfläche, so daß es den Anschein hat, er laufe über das Wasser wie Petrus in der biblischen Geschichte.

Bestimmungsbuch der britischen Vogelwelt

1

Evan Hughes stand mitten in der Modeabteilung von *Harte's* in Knightsbridge, London. Es war sieben Uhr morgens und noch ganz still. Gegen acht würde das Reinigungspersonal auf der weitläufigen Etage seine Runden ziehen, und gegen neun trafen in der Regel einige besonders engagierte Verkaufskräfte ein und bereiteten die Öffnung um zehn vor. Jetzt aber war sie ganz allein.

Sie liebte dieses Kaufhaus und ganz besonders diese Etage. Hier lag ihre Domäne, ihr ureigenes Reich. In der letzten Woche war sie zur Abteilungsleiterin befördert worden, ein gewaltiger Karrieresprung, der sie überglücklich machte. Aber in ihrem Privatleben standen die wirklich wichtigen Entscheidungen noch an.

Als sie jetzt durch die Etage zu den neuen Haute-Couture-Schauflächen schlenderte, fühlte sich die junge Amerikanerin an den Tag im Januar 2001 erinnert, an dem sie *Harte's* zum erstenmal betreten hatte. Acht Monate war das jetzt her. An jenem Tag hatte sie großes Glück gehabt. Durch Zufall war sie dem Mann ihrer Träume begegnet und hatte die ideale Stellung gefunden. Wer hätte damals geahnt, daß die Erfüllung all ihrer Wünsche zum Greifen nahe lag? Und mancher Wunsch hatte sich bereits erfüllt.

Evan blieb kurz stehen und sah sich um. Begierig nahmen ihre intelligenten graublauen Augen alles auf: die von hellen Scheinwerfern angestrahlten Ausstellungsflächen und die

Eleganz der ganzen Etage, dieser Vorzeigeabteilung des renommierten Kaufhauses, das als das beste der Welt galt.

Das Haus in Knightsbridge war von einer der berühmtesten Handelsmagnatinnen aller Zeiten gegründet worden, Emma Harte. Emma selbst war schon vor dreißig Jahren verstorben; heute leitete ihre Enkelin Paula O'Neill die gesamte Kaufhauskette. Paula, eine distinguierte Dame von Mitte fünfzig, hatte das kaufmännische Talent und die geschäftliche Brillanz ihrer Großmutter geerbt, und ihre Töchter Tessa und Linnet waren ebenfalls in ihre Fußstapfen getreten. Beide arbeiteten bei *Harte's*; Tessa führte die drei unteren Etagen, auf denen Kosmetik, Parfüm, Freizeitkleidung, Dessous und Sportswear angeboten wurden. Linnet, Tessas Halbschwester, leitete die Modeabteilung und war gemeinsam mit Paula für die Public Relations zuständig.

Linnet O'Neill war es auch gewesen, die Evan als Assistentin eingestellt hatte, und während ihrer ersten Monate bei *Harte's* hatte Evan sie bei der Organisation und Durchführung einer Moderetrospektive unterstützt, die ein großer Erfolg geworden war und viele neue Kundinnen angezogen hatte.

Linnet. Tessa. Die beiden jungen Frauen waren ehrgeizige und komplexe Persönlichkeiten und inzwischen zu einem Teil von Evans Leben geworden.

Für ihre harte Arbeit und ihr Engagement hatte Linnet sie mit dieser Beförderung belohnt – und Evan war in ihrem Element.

Evan blieb vor den Ausstellungsflächen mit den Haute-Couture-Modellen stehen, die gestern am späten Abend fertig geworden waren. Ausgezeichnet. Die Dekorateure hatten mit den Kleidern, die sie ausgewählt hatte, erstklassige Arbeit geleistet.

Sie wandte sich ab, verließ die Abteilung und kehrte in ihr Büro zurück. Mit ihrer hochgewachsenen, schlanken Gestalt und dem dunklen Haar war die gutaussehende junge Frau eine aparte Erscheinung. Als sie wieder an ihrem Schreibtisch saß, betrachtete sie das Photo von Gideon Harte, das dort stand, mit einem zärtlichen Blick. Die beiden waren an jenem ersten Tag auf dem Flur zusammengestoßen und hatten sich auf den ersten Blick ineinander verliebt. Sie hatte nach dem Personalbüro gesucht, und er hatte ihr den Weg gezeigt und sie unterwegs mit Fragen bestürmt. Noch am selben Tag hatte Gideon seiner Cousine Linnet von ihr erzählt, die sie sofort zu einem Vorstellungsgespräch eingeladen und ihr eine Stelle angeboten hatte.

Evan lehnte sich zurück und dachte über die vergangenen acht Monate und alles, was sich in dieser Zeit ereignet hatte, nach.

Nie hätte sie damit gerechnet, in England eine zweite Familie zu finden. Noch vor einem Jahr hatte die einzige Familie, die sie kannte, aus ihren Eltern und ihren beiden Adoptivschwestern bestanden, die alle in Connecticut lebten. Jetzt war alles anders, und schuld daran war ihre Großmutter gewesen, Glynnis Hughes. Auf dem Totenbett hatte ihre Großmutter Evan ans Herz gelegt, nach England zu gehen und Emma Harte zu suchen, und noch hinzugefügt, Emma sei der Schlüssel zu ihrer Zukunft. Genau das hatte Evan getan und erfahren, daß Emma lange tot war. Aber sie hatte sich in das Kaufhaus verliebt und beschlossen, sich dort um eine Stelle zu bewerben.

Und jetzt war sie hier. Sie arbeitete bei *Harte's*, plante eine gemeinsame Zukunft mit Gideon und gab sich große Mühe, sich an ihre neue Familie anzupassen – denn sie war tatsächlich selbst eine Harte. Emmas lange verschollene Tagebücher hatten schließlich enthüllt, daß Evan eine weitere Urenkelin von Emma Harte war. Niemand hatte geahnt, daß Evans Großmutter und Emmas Sohn Robin während des Krieges eine kurze Beziehung unterhalten hatten, aus der ein Kind hervorgegangen war: Evans Vater.

Der Familienclan hatte sie herzlich aufgenommen und

war ihr freundlich und mit enormem Verständnis begegnet, aber trotzdem war es manchmal schwierig für Evan gewesen. Sie hatte so vieles entwirren, so viel akzeptieren, so viele Menschen kennenlernen müssen. Manchmal hatte sie den Eindruck, als nähme es gar kein Ende.

Am verstörendsten aber waren die Enthüllungen über ihren leiblichen Großvater gewesen ... Bis jetzt hatte sie sich davor gefürchtet, ihrem Vater davon zu erzählen. Würde Owen Hughes diese Mitteilung positiv aufnehmen? Würde er wirklich wissen wollen, daß der Mann, der ihn großgezogen hatte, nicht sein richtiger Vater gewesen war? Sie vermochte es nicht einzuschätzen und rang immer noch mit diesen Fragen.

Evan wußte, daß sie eine Entscheidung treffen mußte. In ungefähr einer Woche würden ihre Eltern in London eintreffen, um sie zu besuchen und Urlaub zu machen. Konnte sie ihrem Vater in die Augen sehen und ihm die Wahrheit verschweigen? Würde sie in der Lage sein, dieses Geheimnis zu wahren? Und sollte sie es überhaupt? Im Grunde konnte ihr dazu niemand einen Rat geben. Gideon hatte gemeint, sie solle tun, was sie für richtig halte, und alle anderen hatten sich nur vage geäußert.

Es war ihre Entscheidung.

Und dann war da noch Robin Ainsley, ihr neuentdeckter Großvater und der Mann, der während des Zweiten Weltkriegs eine Affäre mit ihrer Großmutter unterhalten hatte. Er war Pilot in der Royal Air Force gewesen und hatte an der Luftschlacht um England teilgenommen, und ihre Großmutter, die damals noch Glynnis Jenkins geheißen hatte, eine junge Frau aus Wales, hatte genau in diesem Kaufhaus als Sekretärin für Emma Harte gearbeitet.

Evan mochte Robin sehr gern. Und sie wußte nur zu gut, daß er sich danach sehnte, seinen Sohn kennenzulernen, Owen Hughes. Aber würde auch ihr Vater den Wunsch haben, diesen *Fremden* zu treffen – einen Fremden, der sein leiblicher Vater war? Und der ehemalige Liebhaber seiner Mutter.

Sie schaltete ihren Computer ein und begann zu arbeiten, aber schon nach weniger als einer Stunde vermochte sie die Gedanken an Robin, Glynnis und die bevorstehende Ankunft ihres Vaters nicht mehr beiseite zu schieben. Seufzend schaltete sie den Computer aus und traf eine Entscheidung. Sie würde Linnets Rat beherzigen und doch für eine Woche nach Yorkshire fahren, um auszuspannen. Und sie würde Robin Ainsley noch einmal aufsuchen, denn sie hatte immer noch das Bedürfnis, mehr über seine Beziehung zu ihrer Großmutter zu erfahren. Vor allem wollte sie verstehen, warum Robin und Glynnis nie geheiratet hatten.

»Sie war wunderschön und betörend und außerdem die leidenschaftlichste Frau, der ich je begegnet bin. Aber mir wurde klar, daß wir auf lange Sicht in eine Katastrophe steuerten. Irgendwann hätten wir uns gegenseitig umgebracht«, schloß Robin mit einem leisen Seufzer. Den Blick auf Evan gerichtet, lehnte er sich in seinem Ohrensessel zurück.

Einen Moment verstummte sie und dachte über das nach, was er gesagt hatte. »Meinst du, weil ihr beide so aufbrausend wart?« fragte sie dann nachdenklich.

»Wir hatten keine friedliche Minute miteinander.«

»Ihr habt nicht zusammengepaßt?«

»Nein, überhaupt nicht, außer im Bett. Aber ein erfülltes Liebesleben allein genügt nicht, um eine dauerhafte, lebenslange Beziehung aufzubauen.«

Evan nickte und musterte ihn aufmerksam. »Gran hat mir stets gepredigt, das wichtigste sei, daß Mann und Frau zusammenpassen«, gestand sie dann. »Und ich weiß, daß sie und mein Großvater sich in dieser Hinsicht verstanden haben. Entschuldige, Richard Hughes.«

»Du brauchst dich nicht zu entschuldigen, Evan«, sagte Robin leise und schüttelte den Kopf. »Richard Hughes *war* dein Großvater, genau wie er Owen ein wirklicher Vater gewesen ist. Glynnis war eine wunderbare junge Frau, als ich sie kennenlernte. Aber sie paßte nicht zu mir und ich nicht zu ihr. Jedenfalls nicht im normalen Leben, im Alltag. Wir waren viel zu explosiv, und es war genauso meine Schuld wie ihre.«

»Hast du dich deswegen am Ende von ihr getrennt?«

»So ist es. Zu dieser Zeit stritten wir uns immer häufiger, es war richtig beängstigend. Das Leben mit ihr war die Hölle.«

»Aber sie war schwanger, Robin, und du hast nichts unternommen ...«

Evan verstummte, als ihr klar wurde, daß sie vielleicht anklagend klang. Sie hatte nicht vorgehabt, ihm Vorwürfe zu machen.

»Darüber haben wir doch schon gesprochen«, entgegnete Robin geduldig. »Wir hatten uns getrennt. Ich begann mit Valerie Ludden auszugehen. Wir beide harmonierten miteinander und wurden ein Paar. Als Glynnis mir erzählte, daß sie ein Kind erwartete, hatte ich mich Valerie bereits verpflichtet. Aber versteh mich richtig: Ich hätte deine Großmutter auch nicht geheiratet, wenn es keine andere Frau gegeben hätte. Wir hätten kein normales, ruhiges Leben miteinander führen können, und das wußte sie ebenfalls.«

»Tut mir leid, Robin. Ich bin ein ziemlicher Plagegeist, was?«

»Das ist schon in Ordnung«, sagte er, und ein leiser Schatten überflog sein Gesicht. »Ich verstehe ja, daß du den Wunsch hast, alles zu erfahren.«

»Ich frage mich, warum Glynnis dir nicht erlauben wollte, sie finanziell zu unterstützen.«

»Größtenteils aus Stolz, zumindest glaube ich das.«

»Aber von Emma Harte hat sie sich helfen lassen.«

»Das stimmt. Meine Mutter liebte Glynnis wie eine Tochter. Glynnis wußte das, und sie spürte, wie sehr sie mit ihr fühlte. Als junges Mädchen hatte meine Mutter sich in einer ähnlichen Notlage befunden – schwanger von einem Mann, der sie nicht heiraten wollte –, und offensichtlich konnte sie sich sehr gut in Glynnis hineinversetzen.«

»Ich danke dir für deine Offenheit, Robin. Ich mußte wirklich genau wissen, was vor all diesen Jahren zwischen dir und meiner Großmutter gewesen ist.«

»Leidenschaft. Ich war auch verliebt in sie; es hat nur einfach nicht für ein beständiges, stabiles Leben gereicht.« Er lächelte ihr zu; die Erinnerungen machten seine Miene weich vor Zärtlichkeit, und ein gütiger, liebevoller Ausdruck stand in seinen blaßblauen Augen.

Evan erwiderte sein Lächeln, nahm seine große, schmale Hand und drückte sie. Die beiden saßen auf dem langen Sofa in der Bibliothek von Lackland Priory, Robins Haus in Yorkshire. Sie hatten sich seit mehreren Wochen nicht gesehen und waren froh, wieder zusammenzusein und daß ihnen die Chance gewährt wurde, einander besser kennenzulernen.

Der alte Mann und die junge Frau. Blutsverwandt und doch bis vor ganz kurzer Zeit Fremde. Großvater und Enkelin, zwei Menschen, die gerade eben erst von der Existenz des anderen erfahren hatten. Jetzt wünschten sie sich, Freunde zu werden, einander zu verstehen, sich näherzukommen, vielleicht sogar zur Vertrautheit von Familienmitgliedern zu finden, falls das möglich war. Die junge Frau strebte danach, eine verhängnisvolle, lange zurückliegende Beziehung zu verstehen, und der alte Herr hoffte, daß sein Verhalten in der Vergangenheit ihn jetzt in ihren Augen nicht allzu schlecht dastehen ließ.

In ihr Schweigen hinein klingelte das Telefon und ließ sie beide hochfahren. Fast sofort verstummte es; irgendwo im Haus hatte jemand vom Personal den Hörer abgenommen.

Kurz darauf erschien der Butler in der Tür. »Entschuldigen Sie, Sir, aber Dr. Harvey ist am Telefon und möchte Sie sprechen.«

»Danke, Bolton«, antwortete Robin, entschuldigte sich bei Evan, stand auf und ging zum Schreibtisch. Er setzte sich und nahm den Hörer ab. »Guten Morgen, James.«

Evan erhob sich ebenfalls und ging zu den Glastüren, über die man auf die Terrasse des alten Herrenhauses gelangte. Sie trat nach draußen, schloß die Türen hinter sich und atmete mehrmals tief durch. Hier in den Dales war die Luft immer sauber und frisch; es war ein herrlicher Morgen Anfang August, und der Himmel war azurblau und wolkenlos. Ein sonniger, goldener Tag, erfüllt von reinem, glitzerndem Licht, genau wie gestern und vorgestern. Inzwischen liebte sie dieses kristallklare Licht, das, wie sie entdeckt hatte, typisch für den Norden Englands war.

Nun setzte sie sich auf die Steinbank und betrachtete die weitläufigen grünen Rasenflächen, die sich, gesäumt von Staudenbeeten, vom Haus weg erstreckten. Ihr Blick blieb an einer Baumgruppe hängen, die in einiger Entfernung rechts der Grünflächen stand. Hinter den üppigen, dicht belaubten Kronen konnte sie den Rand des Moores erkennen wie einen dunklen Klecks vor dem blaßblauen Horizont.

Dieses langgestreckte Tal im Zentrum der Dales, wo Lackland Priory seit Jahrhunderten stand, war wirklich ein herrliches Fleckchen Erde. Von hier aus war es nicht weit nach Pennistone Royal, Paulas Anwesen, und in den vergangenen Monaten hatte Evan viel Zeit in diesem Teil von Yorkshire verbracht, der weniger rauh und fruchtbarer war als das umgebende, höher gelegene Land.

Dort oben, im Moor, war die Landschaft den größten Teil des Jahres trostlos und weder hübsch anzusehen noch einladend. Sie wußte, daß Linnet nicht ihrer Meinung gewesen wäre; sie fand das Hochmoor herrlich in seiner kargen und einsamen Pracht. »Ich liebe dieses Moor, genau wie einst Emma Harte«, hatte Linnet ihr einmal erklärt. »Meine Urgroßmutter war ein Kind des Moores, und sie brachte es nie fertig, allzu lange fortzubleiben. Ich *sehne* mich geradezu danach, ganz wie sie.«

Emma Harte.

Evan drehte und wendete den Namen in Gedanken hin und her. Obwohl sie seit dreißig Jahren tot war, lebte Emma weiter, und ihr Geist und ihre Präsenz waren beinahe so mächtig wie zu ihren Lebzeiten. Emma Harte war auch *ihre* Urgroßmutter, wenngleich sie davon nichts geahnt hatte, als sie im Januar nach England gekommen war. Wie sich ihr Leben seitdem verändert hatte! *Sie* war eine Harte. Und diese einzigartige Familie hatte sie aufgenommen und ihr das Gefühl gegeben, eine von ihnen zu sein.

Wieder mußte sie an Robin Ainsley denken, den Lieblingssohn der legendären Emma. Der leibliche Vater ihres Vaters und ihr Großvater. Ein Mann, den sie erst vor wenigen Wochen kennengelernt hatte, zu dem sie rasch Zuneigung gefaßt hatte und den zu lieben ihr leicht fallen würde. Robin hatte so etwas Sympathisches, sogar Verletzliches an sich, und sie verspürte den Wunsch, sich um ihn zu kümmern und ihn zu beschützen. Mit seinen achtzig Jahren kam er ihr so einsam vor.

Robin Ainsley hatte ihre Großmutter verlassen, aber er hatte seine Gründe gehabt, und außerdem war das schon ein halbes Jahrhundert her. Und wenn sie sich selbst gegenüber ehrlich war, mußte sie zugeben, daß ihre Großmutter wahrscheinlich ohne Robin ein viel besseres und sicherlich ruhigeres Leben geführt hatte. Schließlich hatten die beiden, wenn man Robin glaubte, ständig miteinander gestritten. Und Richard Hughes, den Gran einige Monate vor der Geburt ihres Babys – Owen – geheiratet hatte, war ihr ein liebender Ehemann gewesen. Richard hatte Owen als seinen Sohn großgezogen. Er war ein guter Vater gewesen; der beste Vater der Welt, wie Owen immer wieder sagte.

Das Gesicht ihres Vaters schob sich vor ihr inneres Auge,

und sie spürte, wie sich ihr Rücken verspannte. Wieder einmal fragte sie sich, wie sie ihm beibringen sollte, was sie über ihre Familie erfahren hatte. Owen hatte Richard Hughes über alles vergöttert …

»Tut mir leid, daß ich dich allein gelassen habe«, meldete Robin sich von der Tür aus und unterbrach ihre Gedanken. »Dr. Harvey ist mitunter sehr redselig.«

Evan sprang auf und drehte sich zu ihm um. »Dir geht's aber gut, oder? Du bist doch nicht krank?« Sie klang plötzlich besorgt, und sie sah beunruhigt aus.

»Ich bin vollkommen in Ordnung, Liebes. Dr. Harvey hat nur angerufen, um unsere Verabredung zum Essen für morgen abend zu bestätigen.« Robin ging zu ihr. »Laß uns ein wenig hier verweilen und uns an der Natur erfreuen. Es ist so ein herrlicher Vormittag.«

»Das stimmt.«

Sie setzten sich auf die Bank, und nach einer kurzen Pause sprach Robin weiter.

»Vorhin sagtest du, du müßtest über verschiedene Dinge mit mir reden, aber bist jetzt haben wir nur über meine Beziehung zu deiner Großmutter gesprochen. Was hast du sonst noch auf dem Herzen?«

»Meinen Vater.«

»Ah ja, Owen. Weiß er etwas über … Emmas wohlgehütetes Geheimnis?«

»Nein.«

»Hat dich der Mut verlassen, Evan? Bestimmt nicht. Doch nicht dich.«

»Nein, es ist keine Frage des Mutes. Aber ich habe mir gedacht, es wäre vielleicht besser, mit der Wahrheit zu warten, bis er Ende des Monats nach London kommt.«

»Meinst du nicht, du solltest ihm gegenüber wenigstens eine Andeutung machen, bevor er eintrifft? Über meine Person, meine ich. Die Nachricht wird sicher ein ziemlicher Schock für ihn sein, und so wäre er wenigstens darauf vorbereitet.«

»Das ist mir auch durch den Kopf gegangen«, gab Evan zurück und biß sich auf die Lippen. »Aber dann bin ich doch zu dem Schluß gekommen, daß es klüger wäre, es ihm von Angesicht zu Angesicht zu sagen.«

Robin runzelte die Stirn; seine hellen Augen waren auf den fernen Horizont gerichtet. »

Was Owen zu hören bekommt, wird ihm nicht gefallen«, sagte er nach kurzem Schweigen bedächtig und nachdenklich. »Schließlich werden einige seiner Illusionen zerstört werden. Und vieles wird er nicht wissen wollen. Er wird zornig auf mich sein.«

»Und auf seine Mutter, weil sie ihm nicht die Wahrheit gesagt hat«, meinte Evan knapp. »Gran hat ihn angelogen.«

»Ach, ich weiß nicht, meine Liebe. Ich finde, Glynnis hat richtig gehandelt. Richard und sie haben schon einige Monate vor Owens Geburt geheiratet; er hat ihn vielleicht nicht gezeugt, aber er hat dieses Kind geliebt, als wäre es sein eigenes gewesen. Richard hat sich tadellos verhalten; und Glynnis hat eben getan, was sie für das Beste hielt.«

»Das stimmt schon, aber ...«

»Aber was?«

»Mein Vater ist ein komplizierter Mensch, Robin.«

Plötzlich fiel Robin etwas ein, und seine Miene leuchtete auf.

»Jetzt weiß ich es wieder, Evan«, rief er aus. »Als Paula dich zum erstenmal hierher mitbrachte, da hast du uns erzählt, dein Vater habe nach Glynnis' Tod wohl gewisse Papiere gefunden.«

»Das stimmt. Aber ich habe nie behauptet, daß er tatsächlich auf etwas gestoßen ist. Das war nur ein Gefühl, das ich hatte, nachdem er mit einemmal so eine eigenartige Einstellung gegenüber der Harte-Familie an den Tag legte.«

»Oh. Und was für eine Einstellung war das?«

»Er hatte irgendwie ... na ja, etwas gegen sie. Das ist wahrscheinlich die beste Art, es zu beschreiben. Er war nicht glücklich darüber, daß ich bei *Harte's* angefangen hatte, und das war mir ein Rätsel, weil er einverstanden damit gewesen war, daß ich nach London gehen und Emma Harte suchen sollte – so wie Gran es auf dem Sterbebett gewollt hat.«

»Ich vermute, er ist auf ein Tagebuch gestoßen«, meinte Robin. »Auf Briefe oder andere Zeugnisse der Vergangenheit, an die Glynnis vielleicht gar nicht mehr gedacht hatte.«

»So könnte es gewesen sein«, pflichtete sie ihm bei. »Und was er gefunden hat, das hat ihn dann gegen die Hartes eingenommen.«

»Ja, vielleicht.«

Ein kurzes Schweigen trat ein.

»Ich frage mich, ob es nicht gescheiter wäre, schlafende Hunde nicht zu wecken, meine Liebe. Warum willst du deinem Vater überhaupt davon erzählen? Er braucht gar nicht zu wissen, wer sein leiblicher Vater ist. Vielleicht wäre es klüger, dieses Geheimnis weiter ruhenzulassen. Warum soll er nicht weiterhin glauben, Richard Hughes sei sein Vater gewesen?«

»Klingt vernünftig.« Evan hatte das Gefühl, als sei ihr eine schwere Last von den Schultern genommen worden.

Robin legte den Arm um sie, als spüre er, wie ihr zumute war. »*Wir* kennen die Wahrheit, und allein darauf kommt es doch an, oder?«

»Ja.« Sie lehnte sich an seine Schulter und schloß die Augen.

Eine Zeitlang schwiegen sie. Jeder hing seinen eigenen Überlegungen nach. Evan dachte an Gideon und fragte sich, wie sie ihm ihren plötzlichen Meinungsumschwung erklären sollte. Andererseits wußte sie, daß er sie liebte und jederzeit bedingungslos unterstützen würde, ganz gleich, wie sie sich entschied. Gideon war so verständnisvoll und konnte sich in ihre Gefühle gegenüber ihrem Vater hineinversetzen. Tatsächlich hatte er erst kürzlich selbst gemeint, es sei vielleicht besser, Owen nicht zu enthüllen, daß sie eine Harte war.

Damals war sie unentschlossen gewesen, und Gideon hatte gesagt, er vertraue ihrem Urteil.

Robins Gedanken dagegen drehten sich um Evan Hughes. Wie glücklich er war, daß die junge Frau in sein Leben getreten war! Zu einem sehr späten Zeitpunkt, gewiß, aber wenigstens hatte er von ihrer Existenz erfahren. Er mochte und schätzte sie. Schon einmal hatte sie ihn in die Arme genommen, bei ihrer ersten Begegnung. Damals waren ihm die Tränen gekommen, als Evan ihm verriet, daß Glynnis noch auf dem Sterbebett von ihm gesprochen hatte. Er war froh, sie wieder zu umarmen, in aller Stille ein Band mit ihr zu knüpfen und ihr jetzt beizustehen.

An dem Tag, an dem sie mit Paula zum erstenmal zu ihm gekommen war, hatten seine Augen nicht genug von ihrem hübschen Gesicht bekommen können. Er hatte entdeckt, daß sie aussah wie seine Zwillingsschwester Elizabeth in ihrem Alter – siebenundzwanzig. *Evan.* Seine Enkeltochter. Sein einziges Enkelkind. Sein Blut floß in ihren Adern, und wenn sie eines Tages heiratete und Kinder bekam, würde es in den Adern seiner Urenkel fließen ... Sie würde die Linie fortsetzen, seine Gene weitertragen. Der Fortbestand der Familie war ihm immer wichtig gewesen, aber vor Evans Auftauchen hatte er geglaubt, vielleicht nie Enkelkinder zu bekommen.

Augenblicklich wandten seine Gedanken sich Jonathan zu, und es überlief ihn kalt. Er konnte nur darum beten, daß sein Sohn Evan nie etwas zuleide tun würde. Natürlich hatte Robin versucht, Jonathan begreiflich zu machen, daß Evans Auftauchen sein Erbe nicht gefährden würde. Robin hatte sich sogar außerordentliche Mühe gegeben, seinen Sohn zu beschwichtigen, hatte beider Anwälte eingeschaltet und etliche juristisch unanfechtbare Dokumente aufsetzen lassen.

Trotzdem war Jonathan unberechenbar. Schon seit langer Zeit hielt Robin seinen einzigen Sohn für einen Soziopathen; niemand konnte einschätzen, was er tun würde. Oder wann.

»Geht es dir gut?« fragte Evan, die seine plötzliche Anspannung spürte.

»Ja, mir geht es gut«, antwortete der alte Herr und lächelte gezwungen. »Aber ich muß zugeben, daß ich die Kälte spüre, sogar an einem sonnigen Tag wie diesem. Laß uns hineingehen, Evan. Ich habe etwas, das ich dir zeigen möchte.«

Gemeinsam traten sie in die Bibliothek.

»Setz dich aufs Sofa«, sagte Robin leise, »es dauert nicht lange.«

Während er zum Schreibtisch ging, folgte ihr Blick ihm. Was für ein stattlicher Mann er war! Robin war hochgewachsen und hielt sich trotz seines Alters kerzengerade, und heute schien er von jugendlicher Vitalität erfüllt zu sein. Das beruhigte sie. Schließlich hatte sie ihn gerade erst gefunden, und er war bereits achtzig Jahre alt. Der Gedanke, daß sie ihn irgendwann verlieren würde, bedrückte sie.

Kurz darauf setzte Robin sich neben sie und reichte ihr einen vor langer Zeit aufgenommenen Schnappschuß. »Das bist du mit meiner Großmutter!« rief sie nach einem Blick darauf aus. »Meine Güte, was für ein großartiges Paar ihr wart!«

Erfreut über ihr Kompliment, lachte er. »Wir waren wirklich ein aufsehenerregendes Paar, jedem fiel das auf. Wie du sehen kannst, trage ich meine Luftwaffenuniform, und deine Großmutter ist für die Zeit topmodisch gekleidet. Wie immer ein richtiges Glamourgirl. Na ja, das ist lange her. Jedenfalls ist das Bild für dich, Evan.«

»Oh, Robin, wie lieb von dir. Aber willst du dich wirklich davon trennen? Du hast es so lange gehütet.«

»Wem sollte ich es lieber schenken als *unserer* Enkelin? Ich möchte, daß du dieses Bild bewahrst, auf dem wir beide jung und verliebt sind; bevor zwischen uns alles so furchtbar schiefgegangen ist.«

Sie nickte und legte voller Zuneigung die Hand auf seinen Arm. »Ich werde es immer in Ehren halten.«

Seine blauen Augen leuchteten auf, und er lächelte ihr zu. »Und nun: erbarmst du dich jetzt eines alten Mannes und bleibst zum Lunch?«

»Sehr gern«, antwortete sie. Aber als sie neben Robin zum Eßzimmer ging, ahnte Evan, daß noch allerlei Probleme auf sie zukamen.

2

Tessa Fairley Longden stand auf der Terrasse und sah zu, wie ihre kleine Tochter mit Begeisterung Familie spielte. Eben hatten Tessa und Adele Stühlchen um den kleinen Teetisch aufgestellt, und jetzt setzte die Kleine ihre Porzellanpuppe Daisy, den Teddy und Reggi, ihre Stoffpuppe, hinein.

Als Adele alles zu ihrer Zufriedenheit arrangiert hatte, sah sie zu ihrer Mutter auf. »Daisy leistet Teddy Gesellschaft, und ich werde neben meiner Reggi sitzen.«

»Das ist eine gute Idee, Adele; und ich bin mir sicher, daß sie mit ihren Plätzen sehr glücklich sind.« Tessa lächelte der Dreijährigen zu, die sie fragend ansah.

Noch während sie sprach, nahm Tessa sich vor, ihrer Tochter die Stoffpuppe so bald wie möglich zu entwinden. Das Spielzeug war vollkommen verdreckt und sah ziemlich ekelhaft aus; aber das Kind liebte die Puppe über alles und ließ sie nie aus den Augen. Tessa war sich bewußt, daß dieses Spielzeug für Adele etwas Tröstliches war. Aber gewaschen werden mußte sie – von Hand natürlich, damit sie nicht auseinanderfiel. Heute abend, beschloß Tessa. Wenn es mir gelingt, ihr die Puppe abzunehmen, wasche ich sie heute abend.

Sie genoß ihren Aufenthalt in Yorkshire; ihre erste Atempause, seit sie sich von ihrem Mann getrennt hatte, Mark Longden. Tessa bückte sich und strich ihrer Tochter über das seidige, silberblonde Haar. »Falls du mich brauchst, Schätzchen, ich bin in der Bibliothek und arbeite.«

Adele nickte. »An deinem Computer, Mami«, sagte sie mit feierlichem Ernst.

»Genau.« Tessas Herz floß über vor Liebe zu diesem wunderschönen Kind, dem Menschen, den sie am meisten auf der Welt liebte. Sie küßte ihre Tochter auf den Kopf und blieb noch ein wenig auf der Terrasse. Aber nach einigen Sekunden richtete sie sich auf, holte tief Luft und marschierte flotten Schrittes in die Bibliothek.

Elvira, ihr Kindermädchen, hatte ihren freien Tag und war nach Leeds gefahren, so daß Adele heute Tessa überlassen war. Sie hatte mit dem Gedanken gespielt, Adele mit ins Kaufhaus nach Harrogate zu nehmen, aber schließlich hatte sie beschlossen, überhaupt nicht zu fahren. Der Morgen war so schön, daß es geradezu ein Verbrechen gewesen wäre, das Kind in einem Büro einzusperren; ebensogut konnte sie hier auf Pennistone Royal arbeiten und sich mit den Plänen für die Renovierung der Filiale in Harrogate beschäftigen, während Adele auf der langgestreckten Terrasse an der Rückseite des Hauses in der Sonne und an der frischen Luft spielen konnte.

Schon vor langer Zeit hatte Tessa entschieden, daß die Bibliothek der ideale Arbeitsplatz für sie war, wenn sie sich hier aufhielt. Der weitläufige, luftige Raum hatte eine hohe Decke und Wände, die mit hellem Holz verkleidet waren. Mit ihren vielen, bis zur Decke reichenden Regalen voller ledergebundener Bücher war die Bibliothek zugleich gut gegen Geräusche abgeschirmt; ein friedlicher Ort.

Heute früh hatte sie sich in der Bibliothek in der Nähe der gläsernen Gartentüren eingerichtet. Sie führten auf die Terrasse, wo Adele bis zum Mittagessen spielen konnte. Tessa hatte den Tisch an die Glastüren gezogen. Adele bewegte sich jetzt genau in ihrem Blickfeld; sie konnte sogar hören, wie das Kind auf den Teddybären einredete. Falls ihre Tochter sie aus irgendeinem Grund brauchte, war sie gleich zur Stelle.

Während der nächsten zwanzig Minuten arbeitete Tessa an ihrem Laptop und skizzierte die Areale, die umgebaut werden sollten. Ab und zu sah sie auf, schmunzelte vor sich hin und dachte, wie schön Adele doch allein spielte. Die Kleine unterhielt sich so angeregt mit ihren Puppen und dem Teddy, als wären sie lebendige Wesen.

Adele war ein kluges, einfallsreiches und phantasievolles Mädchen und konnte schon einfache Bücher lesen, obwohl sie noch keine vier Jahre alt war. Auf manchen Gebieten war sie ihrem Alter weit voraus, aber keineswegs altklug wie manche Kinder. Adele war von Natur aus ein liebenswertes kleines Geschöpf, das mit seiner witzigen, eigenwilligen Art jeden für sich einnahm.

Adele drehte sich um, sah, daß Tessa sie durch die offenen Glastüren beobachtete, und winkte ihrer Mutter lachend zu. Tessa winkte zurück und machte sich dann wieder an die Arbeit. Konzentriert zeichnete sie ihre Ideen für die dringend notwendigen Renovierungen in der Harrogater Filiale. Dies war im Moment ihr wichtigstes Projekt; gleichzeitig hatten ihre Halbschwester Linnet und ihre Cousine India zusammen mit Evan Hughes die Aufgabe, eine neue Optik für das Kaufhaus in Leeds zu kreieren. Alle Filialen von *Harte's* sollten ein komplett neues Gesicht erhalten.

Das laute Klingeln des Telefons ließ Tessa hochfahren. Als es weiterschrillte, fragte sie sich, warum niemand abnahm; doch dann fiel ihr ein, daß sie allein im Haus war. Elvira war schon nach Leeds aufgebrochen; Margaret war in Ripon auf dem Markt, und vor über einer Stunde hatte sie Evan Hughes wegfahren sehen. Ihre jüngeren Geschwister Emsie und Desmond O'Neill waren ins Moor ausgeritten.

Tessa lief eilig zu dem georgianischen Schreibtisch, der neben dem Sofa stand, und nahm ab. »Pennistone Royal, hallo?« Es knisterte in der Leitung, und dann sagte eine

Männerstimme aus weiter Ferne: »Tessa ... ist Tess...« Dann verklang die Stimme vollkommen.

Toby, dachte sie. Mein Cousin ruft aus Los Angeles an. Sie faßte den Hörer fester. »Hier ist Tessa Longden«, rief sie. »Wer ist da?« Zu ihrem großen Ärger war die Leitung tot. Einen Moment lauschte sie, sagte noch mehrere Male »Hallo« und legte dann entnervt auf.

Doch kaum hatte sie sich ein paar Schritte entfernt, da begann das Telefon wieder zu läuten. Sie riß den Hörer von der Gabel und meldete sich energisch. »Hier ist Tessa Longden. Wer spricht?« Keine Antwort, nur Knistern und etwas, das sich wie Meeresrauschen anhörte. »*Hallo? Hallo?* Ich höre Sie nicht. Wer ist da?«

Tessa war frustriert. Ihr Cousin war nach Los Angeles geflogen, um seine Frau zu besuchen, und hatte versprochen, sich zu melden. Ganz bestimmt versuchte Toby, sie vom Handy aus zu erreichen. Plötzlich wurde die Verbindung unterbrochen. Ungeduldig zuckte sie die Achseln, legte den Hörer auf und wollte an ihren Computer zurückkehren. Doch sie hatte sich gerade vom Telefon abgewandt, als das durchdringende Schrillen sie zurückholte und sie ein drittes Mal an den Apparat ging. »*Hier ist Tessa. Wer ist da?*«

»Tess...« Die Stimme brach ab, bevor diese ihren Namen vollständig aussprechen konnte, und dann hörte sie nur noch Rauschen und hier und da einen Wortfetzen. Sie sagte erneut mehrere Male »Hallo«, aber wer immer am anderen Ende war, konnte sich nicht verständlich machen.

Noch ein paar Sekunden stand sie, den Hörer ans Ohr gepreßt, da. Dann legte sie auf, wobei sie Toby halblaut verwünschte. Hätte er nicht übers Festnetz anrufen können?

Dann fiel ihr ein, daß Toby möglicherweise zuerst versucht hatte, sie in der Londoner Zentrale zu erreichen. Daher wählte sie die Durchwahl ihrer neuen Assistentin, die sofort abnahm.

»Ich bin's, Patsy«, sagte sie rasch. »Ich glaube, Toby

Harte hat versucht, mich anzurufen. Aus den Staaten, von seinem Handy aus. Aber die Verbindung reißt immer wieder ab. Haben Sie heute morgen von ihm gehört? Hat er versucht, mich zu erreichen?«

»Nein«, antwortete Patsy. »Bis jetzt sind überhaupt nur sehr wenige Anrufe für Sie eingegangen. Nur Jess Lester hat sich gemeldet, wegen eines Kleids, das Sie bestellt haben. Es ist fertig. Und Anita Moore möchte Ihnen ihre neue Linie von Kosmetik- und Körperpflegeprodukten präsentieren. Ich habe ihr gesagt, Sie würden sich Anfang nächster Woche mit ihr in Verbindung setzen.«

»Gut. Also hören Sie, wenn Toby sich aus den Staaten meldet, richten Sie ihm bitte aus, mich übers Festnetz anzurufen. Ich bin den ganzen Tag und auch abends auf Pennistone Royal erreichbar. Das ist doch viel einfacher.«

»Ich richte es aus. Bis dann, Tessa.«

Tessa ging zum Tisch zurück und warf, bevor sie sich wieder an die Arbeit setzte, automatisch einen Blick auf die Terrasse. Verblüfft hielt sie den Atem an. Adele saß nicht mehr an ihrem Teetischchen.

Oh Gott, wo war sie? Tessa stürzte durch die Glastüren und schaute sich nach rechts und links um. Ihre Tochter war nirgends zu entdecken. Normalerweise lief sie nicht weg. Adele war ein braves Kind.

Panik flackerte in Tessa auf. Sie fuhr herum, sah auf den Teetisch hinab, als suche sie nach einem Hinweis, und bemerkte sofort, daß die Stoffpuppe fehlte.

Wo steckte Adele bloß? War sie vielleicht hinunter zu der alten Eiche gegangen? Als ihr dieser Gedanke durch den Kopf schoß, rannte Tessa zu der steinernen Balustrade und sah zu dem bewaldeten Tal hinüber, das hinter den sanft abfallenden Rasenflächen lag. Dort breitete eine uralte Eiche ihre langen Äste über eine Gartenbank. Oft ging Adele zum Spielen dorthin, doch jetzt war keine Spur von ihr zu entdecken.

Wie war sie bloß die Treppe hinuntergelangt? Tessas Besorgnis wuchs, als sie die Terrasse entlang und zur Treppe rannte. Sie fürchtete den Anblick, der sich ihr möglicherweise bieten würde: eine Dreijährige, die zusammengekrümmt und reglos am Fuß der Stufen lag. Aber auch dort fand sie Adele nicht.

Während Tessa zur Vorderfront des Hauses lief, wuchs ihre Angst zu entsetzlicher Panik. Keine Seele war zu sehen, nicht einmal die Gärtner oder die Stallburschen. Es herrschte eine geradezu unheilschwangere Stille, als wäre sie der einzige Mensch auf Erden.

An der Vordertür, die aus dicken Eichenbohlen bestand und mit Eisen beschlagen war, blieb Tessa einen Moment stehen und runzelte die Stirn. Die Tür war nur angelehnt, was sie überraschte, denn sonst wurde sie aus Sicherheitsgründen immer abgeschlossen. Verwirrt schob sie die Tür auf und ging nach drinnen.

»Adele! Adele!« rief sie, so laut sie konnte, und schritt eilig aus. »Bist du hier, mein Schatz?«

Keine Antwort.

Kein Kind kam auf stämmigen kleinen Beinchen auf sie zugelaufen.

Nur Tessas Stimme hallte in der Stone Hall wider, dem weitläufigen, rustikalen Wohnraum im Erdgeschoß, dessen Name von dem grauen, aus den Steinbrüchen der Gegend stammenden Stein herrührte, der hier überall verbaut war. Ihr fiel ein, daß Adele vielleicht auf der Suche nach Margaret in die Küche gelaufen war, um sich für ihre Puppen-Teeparty Schokoladendrops von Cadbury zu erbitten, ihre Lieblingssüßigkeit. Tessa rannte den Flur entlang und in die Küche, doch auch dieser Raum war verlassen. Das Herz wurde ihr schwer, und vor Bestürzung krampfte sich ihr Magen zusammen. Tränen standen in ihren Augen, als sie sich kurz an den Türpfosten lehnte und versuchte, sich zu beruhigen. Wo konnte die Dreijährige noch sein? *Wo?*

Tessa holte tief Luft, ging zur Vorderseite des Hauses zurück und trat auf die gekieste Auffahrt. Verzweifelt fragte sie sich, wo sie mit der Suche nach Adele beginnen sollte. Ganz offensichtlich war ihr kleines Mädchen ins Gelände gelaufen. Sie würde dazu Wiggs und seine beiden Mitarbeiter brauchen, und wahrscheinlich auch die Stallburschen. Das Gelände von Pennistone Royal war riesig, und hinter den Feldern und Weiden lagen mehrere dichte Baumgruppen.

»Miss Tessa! Miss Tessa!«

Als sie die Stimme des Obergärtners vernahm, fuhr Tessa herum. Wiggs rannte auf sie zu, und sie sah, daß er Adeles Stoffpuppe in der Hand hielt.

Sie lief ihm entgegen.

»Wo haben Sie die gefunden?« schrie sie.

Der Gärtner blieb stehen und reichte ihr die Puppe. »Gleich hinter der Kurve.« Er warf einen Blick über die Schulter. »Sie wissen schon, Miss Tessa, die letzte Biegung in der Auffahrt, ehe man dat Haus sieht.«

Tessa umklammerte die Stoffpuppe.

»Ich kann Adele nicht finden, Wiggs«, sagte sie mit bebender Stimme. »Sie war plötzlich weg, und ich habe keine Ahnung, wo sie steckt. Wir müssen im Gelände nach ihr suchen.«

Wiggs sah sie mit offenem Mund an. »Herrje, dann ist sie bestimmt in das Auto gestiegen.«

»Welches Auto?« schrie Tessa, und Angst blitzte in ihren Augen auf. »Da war ein Wagen?« Ihre Stimme klang ungewöhnlich schrill, und sie packte den Gärtner am Arm.

»Jawoll. Hab die Reifen quietschen gehört, als er weggefahren ist. Hat beinahe eins der Ponys überfahren, und zwei von den Stalljungs sind hinterhergerannt, haben dem Fahrer nachgeschrien. Aber er hat nicht angehalten.«

Alle Farbe war aus Tessas Gesicht gewichen, und sie hatte das Gefühl, als würden ihr gleich die Beine wegknicken. Der Schock ließ sie am ganzen Körper erbeben. *Mark*. Das konnte nur Mark gewesen sein. Ja. Er hatte ihr gemeinsames Kind entführt. Von aufsteigender Panik überwältigt, preßte sie die Lider zusammen und schlug die Hand vor den Mund.

»Gehen Sie lieber rein, Miss Tessa, und setzen sich hin«, sagte Wiggs. »Sie sehen ganz angeschlagen aus.«

Als Tessa die Augen wieder öffnete und tief Luft holte, hörte sie in der Ferne Hufgeklapper und fuhr herum.

»Das müssen Emsie und Desmond sein, die vom Reiten zurückkommen«, meinte Wiggs und sah sich um.

»Ja, ganz bestimmt«, pflichtete sie ihm bei und fand, daß ihre Stimme eigenartig gepreßt klang. Sie wandte sich Wiggs zu und unterdrückte die Tränen, die ihr schon wieder in die Augen stiegen. »Dieser Wagen, Wiggs«, stieß sie mühsam hervor, »wie hat er ausgesehen? Haben Sie den Fahrer erkannt? Was meinen Sie, könnte es Mr. Longden gewesen sein?«

Wiggs schüttelte den Kopf. »Hab sein Gesicht nicht gesehn. Aber es war ein Mann, jawoll. Schwarzes Auto. Ein Mercedes glaub ich.« Er nickte, und er schien sich jetzt sicher zu sein. »Ja, ganz bestimmt ein Mercedes, Miss Tessa.«

In diesem Moment kamen ihre jüngeren Halbgeschwister Emsie und Desmond um die Kurve. Ihre Pferde gingen langsam, und Emsie winkte ihr. »Tessa! Hallo!« rief sie fröhlich. Auch Desmond winkte und strahlte über sein ganzes junges, attraktives Gesicht.

Tessa hob den Arm und bedeutete ihnen, zu ihr zu kommen; dann überlegte sie es sich anders und rannte auf die beiden zu. Wiggs folgte ihr.

Desmond, der auf einem herrlichen schwarzen Hengst saß, sah zu seiner ältesten Schwester hinunter. »Was ist los, Tessa?« fragte er beinahe schroff, als er bemerkte, daß ihr Gesicht so weiß war wie die Baumwollbluse, die sie trug.

»Es geht um Adele«, begann sie und schüttelte den Kopf. »Sie ist weg. Einfach spurlos verschwunden.« Ihr versagte die Stimme, und sie unterbrach sich und sah Wiggs hilfesuchend an.

Der Gärtner kannte Tessa seit ihrer Kindheit und begriff sofort. Er sollte an ihrer Stelle sprechen, weil sie nicht in der Lage dazu war. »Das war so, Master Desmond«, begann er. »Hier war ein Auto. Ich weiß nicht, wer dringesessen hat, aber es ist mit einem Affenzahn davongefahren und hat fast 'n Pony überfahren, das sich auf die Zufahrt verlaufen hatte. Zwei von den Stallburschen sind noch hinterhergerannt, aber der Fahrer hat nicht angehalten. Ist einfach aus dem Tor geschossen wie 'n geölter Blitz. Ich bin die Auffahrt raufgegangen ... und dann hab ich Adeles Stoffpuppe gesehen.« Er nickte und kam zum Ende. »Ich dachte, Adele hat die bestimmt fallen gelassen, als sie in das Auto gestiegen ist. Ganz sicher bin ich mir aber nicht, verstehen Sie. Aber ich glaub schon.«

»Aber Sie haben Adele nicht eindeutig im Auto gesehen?« fragte Desmond und zog eine seiner dunklen Augenbrauen hoch.

Wiggs schüttelte den Kopf. »Aber, ich meine, die Puppe auf'm Boden ... da dachte ich einfach, sie wäre mit dem Auto weg.«

Tessa holte tief Luft. »Wiggs, bitte sorgen Sie dafür, daß das Gelände abgesucht wird«, ordnete sie mit besorgter Stimme an, »und reden Sie mit dem Verwalter. Vielleicht weiß er ja, wer in dem Wagen gesessen hat. Vielleicht hatte er Besuch – jemand, mit dem er wegen des Anwesens zu tun hatte.«

»Die Suchaktion bring ich in Gang, Miss Tessa, aber Joe hat nichts damit zu tun. Er ist nach East Witton gefahren, und ich glaub nicht, daß er so bald zurückkommt. Aber niemand, der zu Joe will, würde so fahren; schließlich haben wir die ganzen Warnschilder aufgestellt, damit die Leute wegen der Pferde langsam fahren sollen. Nee, wer in dem schwarzen Auto gesessen hat, der kam nicht von hier. Die Leute aus der Gegend fahren nicht so rücksichtslos.«

»Der Meinung bin ich auch«, sagte Desmond. Rasch stieg er ab, ging zu Tessa und legte einen Arm um ihre Schultern, um sie zu beruhigen. Doch er war ebenso besorgt wie sie. Was sollten sie nur tun?

Emsie tat es ihm nach und stieg mit geübter Eleganz vom Pferd. »Würde es Ihnen etwas ausmachen, die Pferde in den Stall zu bringen?« fragte sie, an Wiggs gewandt. »Wir kommen in ein paar Minuten und reiben sie ab.«

»'türlich bring ich sie zurück, Emsie«, antwortete er, nahm ihr die Zügel ab und trat zu Desmonds Pferd. »Aber die Stallburschen kümmern sich schon drum. Sie beide sollten bei Miss Tessa bleiben.«

Emsie lächelte, aber es war ein zaghaftes Lächeln, und Wiggs fiel auf, daß ihr Gesicht genauso bleich war wie das ihrer Halbschwester. Auch sie sah verängstigt aus. Er tätschelte der Siebzehnjährigen die Schulter. »Machen Sie sich mal keine Sorgen, Mädel. Wenn Adele hier irgendwo ist, dann finden wir das Kind auch.«

»Ich hoffe wirklich, daß sie sich nur verlaufen hat«, murmelte Emsie und biß sich auf die Lippen. »Hoffentlich steckt nicht mehr dahinter.«

Als Wiggs mit den Pferden davoneilte, überlegte er, daß höchstwahrscheinlich Mark Longden das Kind verschleppt hatte. Alle Bediensteten wußten über die bevorstehende Scheidung Bescheid; über Longden wurde viel geredet. Niemand konnte ihn leiden. Sicher, er war der Vater des kleinen Mädchens und würde ihm bestimmt nichts antun. Aber Longden war ein ziemlicher Mistkerl, zumindest hatte er das gehört. Ein Säufer, und außerdem drogensüchtig. Und ein Mann, der seine Ehefrau verprügelte. Wiggs war der Ansicht, daß ein Mann, der eine Frau schlug, ein Feigling, ein Tyrann und ein Rowdy war. Gut, daß Miss Tessa ihn verlassen hatte.

Desmond ging mit seinen Schwestern ins Haus. Als sie eilig in die Stone Hall traten, nahm er Tessas Arm. »Soll ich dir einen Brandy holen? Du siehst aus, als würdest du gleich in Ohnmacht fallen.«

»Nein danke, Des. Eine Tasse Tee und ein Aspirin könnte ich allerdings vertragen. Laß uns in die Küche gehen.«

Er nickte, und er und Emsie folgten Tessa den Flur entlang. In der Küche füllte Emsie den Elektrokocher mit Wasser, schaltete ihn ein und nahm dann die braune Teekanne und drei Becher aus dem Schrank.

Desmond und Tessa setzten sich an den runden Tisch am Erkerfenster, und Desmond nahm die Hand seiner Schwester in der Hoffnung, sie beruhigen zu können. Mit seinen fünfzehn Jahren war Desmond O'Neill schon sehr erwachsen und sah auch älter aus, als er war. Er wollte etwas sagen, schwieg aber, als er Tessas verzweifelte Miene bemerkte. Er war schon immer empfindsam für ihre Gefühle gewesen und begriff, daß sie versuchte, ihre Gedanken zu ordnen.

Tessa drehte sich der Kopf, und sie fühlte sich krank und von Ängsten zerrissen. Sie wußte einfach nicht, was sie tun sollte. Wie sollte sie einfach hier sitzen und warten, während Wiggs und die anderen das Anwesen durchsuchten? Das konnte Ewigkeiten dauern. War Zeit bei solchen Vorfällen nicht der entscheidende Faktor? Wenn Adele sich tatsächlich verlaufen hatte, würde sie bald in Panik geraten, und dann konnte ihr etwas zustoßen. Tessa fragte sich, ob sie sich an der Suche beteiligen sollte. War es möglich, daß Mark Adele verschleppt hatte? Oder steckte Jonathan Ainsley dahinter? Sofort schob sie den Gedanken beiseite. Die Vorstellung, daß Jonathan Ainsley etwas mit Adeles Verschwinden zu tun haben könnte, jagte ihr Angst ein. Wenn Mark ihre Tochter wirklich hatte, würde er dann nicht in Pennistone Royal anrufen, um mit ihr zu reden? Er würde Adele bestimmt nichts zuleide tun, denn er betete das kleine Mädchen an. Aber andererseits war er momentan nicht er selbst. Unwillkürlich zitterte Tessa.

Desmond bemerkte, wie aufgewühlt sie war. »Sie hat ganz

bestimmt in diesem Wagen gesessen, Tessa«, sagte er in seinem beruhigendsten Tonfall. »Wiggs hat sie vielleicht nur nicht gesehen. Ich glaube nicht, daß Adele sich verlaufen hat und irgendwo hier auf dem Gut umherirrt. Sonst hätten Emsie und ich sie auf dem Rückweg bestimmt gesehen. Zu den Feldern kommt man nur über den Weg, den wir heraufgeritten sind.«

Tessa gab keine Antwort.

Auch Desmond verfiel in Schweigen. Er liebte Tessa, und sie liebte ihn. Die beiden waren schon immer gute Freunde gewesen. Tessa war wirklich nicht die Hexe, für die einige Familienmitglieder sie hielten.

Tessa riss sich aus ihren Grübeleien. »Du hast ganz bestimmt recht«, sagte sie plötzlich. »Sie war in diesem Wagen, Des. Außerdem ist sie noch so klein; wenn sie weggelaufen wäre, dann wäre sie nicht weit gekommen.«

»Aber wer würde sie im Auto mitnehmen, ohne dir Bescheid ...« Er unterbrach sich und sah ihr in die Augen. »Mark Longden. *Natürlich!* Du glaubst, daß er sie entführt hat, stimmt's?«

»Ja.«

»Ich auch. Das erklärt alles.«

Emsie trug das Tablett mit der Teekanne und den Bechern zum Tisch und setzte es ab. »Ich wüßte nicht, wer sonst in Frage käme«, meinte sie. »Was für eine häßliche Scheidung.«

»Außer natürlich, jemand anderes ...« Desmond hielt inne, holte tief Luft und sprach weiter, »... hat sie entführt. Um ein Lösegeld zu erpressen. Unsere Familie ist eine perfekte Zielscheibe für so etwas.«

»Darüber habe ich auch schon nachgedacht.« Tessa schloß wieder die Augen und versuchte, ihr Zittern unter Kontrolle zu bekommen. »Deswegen muß ich auch hierbleiben, damit ich ans Telefon gehen kann.«

Sie war bleich und ihre Anspannung so spürbar, daß Desmond überzeugt war, daß sie gleich in Ohnmacht fiele.

Emsie goß Tee in den Becher ihres Bruders und suchte dabei seinen Blick. Die beiden waren von jeher vollkommen aufeinander eingestimmt. Sie war zwei Jahre älter als Desmond, aber trotzdem fühlte er sich als ihr Beschützer. Die Geschwister waren die besten Freunde.

Lautlos formte sie die Worte. »*Linnet.* Wir brauchen Linnet.«

Desmond nickte und sah abwartend zu Tessa hinüber.

Trotz ihrer zarten Schönheit besaß Tessa Fairley Longden große innere Kraft und ein enormes Maß an Zähigkeit. Wie sie so oft sagte, war sie nicht umsonst Emma Hartes Urenkelin; sie hatte eine gewisse Härte und war sehr entschlossen.

Endlich nahm sie sich zusammen, schlug die Augen auf und setzte sich ein wenig gerader hin. »Danke für den Tee, Emsie«, murmelte sie und nahm mit einem großen Schluck ihr Aspirin. Nach kurzem Nachdenken warf sie einen Blick zur Wanduhr. »Hier ist es fast elf«, sprach sie weiter. »Sechs Uhr morgens in New York. Sinnlos, Mama und Shane jetzt anzurufen.«

»Sie schlafen bestimmt noch«, warf Emsie etwas zu hastig ein. »Wie wär's, wenn du dich mit deinem Anwalt besprichst?«

»Nein, nein!« rief Tessa und warf Emsie einen vernichtenden Blick zu. »Du kennst doch die Familienregeln genau, Emmas Regeln, an die wir uns immer halten. Wir bringen die Dinge selbst in Ordnung, wenn nötig, mit Hilfe der anderen Clans. Aber Außenstehende werden erst eingeweiht, wenn uns wirklich keine andere Wahl bleibt.«

»Du solltest Linnet anrufen«, schlug Desmond mit einem kurzen Blick zu Emsie vor und hoffte, Tessa würde ihm nicht den Kopf abreißen. Die angespannte Beziehung zwischen seinen Schwestern sorgte oft für Probleme. Beide wollten eines Tages die Leitung von *Harte's* übernehmen. Aber Linnet war, abgesehen von seinen Eltern, das klügste Familienmitglied; er war überzeugt, daß sie in Abwesenheit seiner Mutter und seines Vaters am besten geeignet war, die Verantwortung zu übernehmen.

Erstaunlicherweise regte Tessa sich nicht über seinen Vorschlag auf, sondern sprang auf und lief zum Telefon, das auf der Küchentheke stand. »Das mache ich auch, Desmond. Sofort.«

Tessa wußte, daß Linnet vorgehabt hatte, entweder heute oder morgen nach Pennistone Royal zu kommen; deshalb rief sie nicht bei *Harte's* in London an, sondern auf Linnets Mobiltelefon. Wahrscheinlich war ihre Schwester schon unterwegs. »Linnet O'Neill«, kam schnell die knappe Antwort.

»Ich bin's, Tessa. Ich habe hier ein Problem.«

»In der Filiale in Harrogate?« Linnet klang überrascht.

»Nein. Zu Hause. Auf Pennistone Royal.«

»Ein Problem ausgerechnet dort? Was ist passiert?«

»Es geht um Adele. Ich kann sie nicht finden, und ich habe schreckliche Angst. Ich glaube, daß Mark dahintersteckt.« Tessas Stimme zitterte, und sie schluckte krampfartig.

»Wenn du diesen Eindruck hast, dann wird es stimmen«, pflichtete Linnet ihr bei. »Bleib ruhig, ich bin in ungefähr einer Stunde bei dir. Ruf noch nicht bei der Polizei an. Diese Angelegenheit können wir selbst regeln.«

»Ich weiß. Hör zu, Desmond ist der Meinung, es könnte sich auch um eine professionelle Entführung handeln. Um Lösegeld zu erpressen.«

»Oh mein Gott! Hoffen wir, daß dem nicht so ist. Erzähl mir genau, was geschehen ist.«

Tessa berichtete in allen Einzelheiten, woran sie sich erinnerte.

»Die Anrufe sollten dich ablenken«, meinte Linnet dann. »Ich bin mir absolut sicher, daß es Mark war. Trotzdem bin ich froh, daß Wiggs das Gelände durchkämmt. Sie könnte ja wirklich vom Haus weggegangen sein. Aber dann ist sie sicher nicht weit gekommen. Ist jemand bei dir?«

»Ja, Desmond und Emsie. Elvira hat ihren freien Tag, und

Margaret ist zum Markt gefahren. Und Joe ist in East Witton.«

»Desmond ist ziemlich verläßlich und verantwortungsbewußt, und Emsie auch. Ich bin froh, daß sie da sind. Wo ist Evan?«

»Ich weiß es nicht. Ich habe sie vor ein paar Stunden wegfahren sehen.«

»Sie kommt bestimmt bald zurück. Also: Bleib, wo du bist, damit du ans Telefon gehen kannst; und wenn Mark anruft, sag ihm, er soll Adele sofort zurückbringen. Sei hart, aber höflich. Versuch keinen Streit vom Zaun zu brechen.«

»Und wenn er mit mir verhandeln will? Wenn er Forderungen stellt?«

»Versprich ihm alles, was er haben will. Hauptsache, das Kind ist wieder bei dir. Mit Mark können wir uns später beschäftigen.«

»In Ordnung. Aber wenn es nicht Mark ist? Was, wenn es wirklich eine Entführung ist und die Kidnapper anrufen und Forderungen stellen?«

»Hör dir an, was sie zu sagen haben. Geh auf ihre Forderungen ein, aber erkläre ihnen, daß du Zeit brauchst, um das Geld zu beschaffen. Ich bin mir sicher, daß sie Geld verlangen werden – darum geht es schließlich bei den meisten Entführungen.«

»Verstehe.«

»Und Tessa – Adele wird nichts passieren.«

»Aber ...«

»Ich verspreche es dir«, unterbrach Linnet sie. »Geh sie nicht suchen. Du mußt im Haus bleiben, um ans Telefon zu gehen und zu verhandeln. Bis gleich dann.« Mit diesen Worten beendete sie das Gespräch.

Sobald sie einen Rastplatz sah, fuhr Linnet O'Neill von der Straße ab. Einen Moment lang saß sie da und dachte über den Anruf ihrer Schwester und Adeles Verschwinden nach.

Sie war wütend. Wußte ich doch, daß dieser Bastard sich nicht einfach geschlagen geben würde, dachte sie. Sie hatte Mark Longden noch nie gemocht und immer für geldgierig, egozentrisch und unaufrichtig gehalten. Schon vor Jahren hatte sie den Eindruck gewonnen, daß er hinter Tessas Vermögen her war, gar nicht zu reden von ihrem Prestige als Mitglied der Harte-Familie. Linnet hatte nie ganz verstanden, warum eine schöne und kluge junge Frau wie ihre Schwester ihn geheiratet hatte. Ihrer Meinung nach war er nicht einmal ein besonders guter Architekt.

Kürzlich hatte ihre Mutter ihr anvertraut, daß Mark Longden Tessa körperlich und seelisch mißhandelt hatte, und Linnet war nicht im geringsten überrascht gewesen. Sie hatte immer geahnt, daß hinter seinem falschen Charme ein unangenehmer Charakter steckte.

Als Linnet jetzt dasaß und über Adeles plötzliches Verschwinden nachdachte, wurde ihr bewußt, daß sie nicht glaubte, das Kind sei von Fremden entführt worden, um Lösegeld zu erpressen. Es war Mark Longden gewesen. Ihre Intuition sagte ihr, daß er etwas von den Hartes wollte und seine kleine Tochter als Faustpfand einsetzte. Dieser Mistkerl, murmelte sie noch einmal und verfluchte ihn halblaut.

»›Jeder Mensch hat seinen Preis, und der ist nicht immer in barer Münze zahlbar‹«, hatte ihre Mutter einmal zu ihr gesagt, und Linnet hatte diese Worte nie vergessen. Wenn es hart auf hart kam, hatte jeder eine Schwäche, etwas, das er um jeden Preis schützen wollte, und sehr oft hatte Geld gar nichts damit zu tun. Es gab auch andere Währungen.

Von ihrer Mutter wußte Linnet, daß Mark Longden momentan nicht nur stark trank, sondern auch Drogen nahm. Diese Information war zwar beunruhigend, doch nun gewann sie besorgniserregende Dimensionen. Unter dem Einfluß einer Kombination aus Drogen und Alkohol konnte ein Mensch sich leicht verantwortungslos, sprunghaft oder gewalttätig verhalten. Sie war sich ziemlich sicher, daß Mark seinem einzigen Kind nicht absichtlich weh tun würde. Aber wenn ihm selbst etwas zustieß oder er in Konflikt mit anderen geriet und Adele dabei zu Schaden kam?

Plötzlich ging Linnet auf, daß Tessa sich ähnliche Gedanken gemacht haben mußte. Noch nie hatte sie ihre Schwester so verletzlich erlebt, so ratlos.

Normalerweise neigte Tessa dazu, die Führung zu übernehmen und alle anderen herumzukommandieren. Wegen Tessas Ehrgeiz, sich als Erbin ihrer Mutter aufzuspielen, als Thronfolgerin, wie sie selbst sagte, waren sie und Linnet schon oft aneinandergeraten. Aber es gab eine Familienregel, die bis auf Emma Harte und ihre Brüder zurückging und noch nie gebrochen worden war. Die Hartes standen unter allen Umständen loyal zueinander. Sie waren dazu erzogen, im Kampf stark und unverbrüchlich zusammenzuhalten und einander gegen die ganze Welt zu verteidigen. Wenn nötig, würden sie füreinander töten oder ihr Leben für die Familie opfern. Die Familienregeln der Hartes waren Linnet zur zweiten Natur geworden, und sie lebte danach.

Linnet wußte genau, wie sehr ihre Schwester ihr Kind liebte. Die ganze Familie betete Adele an. Mit ihrem silberblonden Haar, den hellgrauen Augen und dem exquisiten Gesichtchen wirkte die Dreijährige wie ein Engel von Botticelli, und niemand konnte sich ihrer Ausstrahlung entziehen. Linnet hielt Adele für eines dieser seltenen vollkommenen Kinder, denen eine goldene Zukunft schon in die Wiege gelegt ist. Gott verhüte, daß ihr etwas zustieß.

Was sollte sie tun, wo beginnen? Fahr erst einmal los, dachte sie, löste die Handbremse und steuerte langsam in Richtung Autobahn.

Linnet wußte, daß sie jetzt die Führung übernehmen mußte. Tessa hatte sich an sie gewendet, was ihr verriet, daß ihre Schwester selbst emotional viel zu sehr beansprucht war, um richtig mit der Situation umzugehen. Ich muß rasch handeln, dachte Linnet. Sehr rasch. Ich muß Mark aufspüren und dieses Kind finden, bevor etwas passiert.

Ihre Eltern hielten sich zusammen mit Tante Emily und Onkel Winston in New York auf. Damit waren die vier mächtigsten Familienmitglieder für den Moment aus dem Spiel. Also mußte sie selbst ihr Bestes geben.

Sollte sie sich an Gideon Harte wenden? Einen Moment dachte sie über ihren Cousin und besten Freund nach. Gideon konnte ihr eine sehr große Hilfe sein. Er leitete die Harte-Zeitungsgruppe, war brillant und mit allen Wassern gewaschen, und ihm standen alle erdenklichen Mittel zur Verfügung, denn der Besitz und die Leitung eines internationalen Zeitungsimperiums bedeuteten vor allem eines: Macht. Gewaltige Macht. Ja, vielleicht würde es nötig sein, Gideon einzuspannen. Aber was sie im Moment wirklich brauchte, war ein Experte. Einen echten Profi, einen Polizisten, der nicht wirklich einer war. Ein Name drängte sich geradezu in ihre Gedanken.

Jack Figg.

Harte's Sicherheitsberater gehörte praktisch zur Familie. Sie kannte ihn seit ihrer Kindheit und betrachtete ihn als Freund. Sobald Linnet einen weiteren Rastplatz vor sich sah, verließ sie die Autobahn. Sie kramte in ihrer Reisetasche nach dem Adreßbuch und fand rasch seinen Namen.

Wenige Sekunden später wählte sie Jacks Handynummer.

»Figg hier«, meldete er sich.

»Jack, hier ist Linnet.«

»Hallo, meine Schöne. Was kann ich für Sie tun?«

»Ich brauche Sie, Jack. Bitte.«

»Ich gehöre Ihnen …«, er lachte, »wann immer Sie mich wollen.«

»Wissen Sie noch, was Sie im Juni auf Shanes Geburtstagsparty zu mir gesagt haben – daß ich im Notfall immer auf Sie zählen könnte?«

»Ja, und das war mir ernst.«

»Danke, Jack. Dieser Notfall ist nämlich eingetreten.«

»Erzählen Sie mir alles, was ich wissen muß.«

Das tat sie, und sie teilte ihm auch ihre eigenen Überlegungen zu den Ereignissen mit.

»Ganz eindeutig, die Anrufe sollten Tessa ablenken. Wo sind Sie jetzt, Linnet?«

»Auf einem Parkplatz, ungefähr eine Autostunde von Pennistone Royal entfernt. Sind Sie in Robin Hood's Bay?«

»Nein, ich stehe zusammen mit einem Freund vor der Kathedrale von York. Wenn ich jetzt losfahre, komme ich wahrscheinlich gleichzeitig mit Ihnen beim Haus an. Aber sagen Sie Tessa bitte, daß Sie mich um Hilfe gebeten haben, für den Fall, daß ich vor Ihnen eintreffe.«

»Wird gemacht. Und danke, Jack.«

»Für Sie tu ich doch alles, meine Schöne.«

Dann hatte er aufgelegt, und sie war wieder auf der Autobahn und gab kräftig Gas. Im Moment herrschte kaum Verkehr; wenigstens ein Umstand, der ihr nützte.

Ungefähr zwanzig Minuten konzentrierte Linnet sich ganz aufs Fahren; dann nahm sie die Geschwindigkeit herunter und rief Tessa an. Ihre Schwester hatte nichts Neues zu berichten. Wiggs und seine Suchmannschaft waren noch unterwegs. Linnet erzählte ihr von Jack Figg und seinem baldigen Eintreffen. Glücklicherweise erhob Tessa keinerlei Einwände.

Ein paar Sekunden später tippte sie die Nummer von Evans Mobiltelefon ein, doch es war abgeschaltet. Bestimmt war sie bei Onkel Robin, mit dem sie schon seit Wochen hatte reden wollen. Plötzlich dachte Linnet an ihre Cousine India Standish. India war heute früh von London aus nach Leeds aufgebrochen, um mit den Planungen für die Renovierung des Kaufhauses zu beginnen. Linnet stand ihrer Cousine sehr nahe. India wurde überhaupt von allen in der Familie sehr geliebt. Sie hatte ein freundliches und liebevolles Naturell, und viele hielten sie für zart, zerbrechlich sogar.

Doch ihr elegantes, aristokratisches Äußeres, das sie von den Fairleys geerbt hatte, trog über ihren wahren Charakter.

Linnet wußte, daß India praktisch veranlagt und körperlich zäh war und mit beiden Beinen auf der Erde stand; und wie ihre Urgroßmutter Emma Harte war sie absolut furchtlos. India arbeitete in der Modeabteilung von *Harte's* in London mit ihr zusammen, und die beiden waren seit ihrer Kindheit eng befreundet. India war zwar auf Clonloughlin, dem Gut ihres Vaters in Irland, aufgewachsen, aber sie hatte jeden Sommer auf Pennistone Royal verbracht. Linnet liebte es, mit Indias Großtaten aus ihrer Kinderzeit anzugeben ... Einmal war sie in den Hinterhof von Pennistone Royal gestürzt, mit dicken Schutzhandschuhen bewaffnet, um zwei Hunde zu trennen, Joes Jack-Russell-Terrier, die um ein totes Kaninchen stritten. Ein anderes Mal war Linnets kleine Schwester Emsie in die große Eiche geklettert, hatte in den höchsten Ästen festgesteckt und weder vor noch zurück gekonnt. Trotz Linnets Warnungen, daß sie beide vom Baum fallen würden, war India hochgeklettert, hatte bei Emsie gesessen und sie umarmt, bis Linnet mit Joe, dem Verwalter, und einer langen Obstbaumleiter zurückgekommen war.

Ja, India konnte ihnen in dieser Lage eine Hilfe sein, und sie verstand sich gut mit der mitunter schwierigen Tessa.

India würde die nächsten Tage auf Pennistone Royal verbringen. Ich sollte sie lieber vorwarnen, bevor sie losfährt, dachte Linnet. Sie wählte die Nummer ihrer Cousine und wartete, doch das Mobiltelefon klingelte und klingelte.

3

»Das ist *dein* Telefon, nicht meins«, sagte Russel »Dusty« Rhodes mit einem Blick zu India Standish, die am Fenster stand.

Stirnrunzelnd schaute sie sich im Schlafzimmer um. »Herrgott noch mal, wo ist bloß meine Handtasche?«

»Dort auf dem Stuhl. Unter deinem Kleid.«

Sie rannte zu dem Stuhl und hielt dabei das Handtuch fest, in das sie sich gewickelt hatte, mit der anderen Hand griff sie nach der Tasche, wühlte nach ihrem Handy und klemmte es sich ans Ohr. »Hallo?«

»India?«

»Hi, Linnet.«

»Wo bist du? Schon in der Filiale in Leeds?«

»Nicht mehr. Ich bin nur ein paar Minuten geblieben, dann bin ich … Mittagessen gegangen.«

Von der anderen Seite des Zimmers aus grinste Dusty ihr zu und fing an zu lachen.

Sie warf ihm einen wütenden Blick zu.

»Wir haben ein Problem, India«, sagte Linnet. »Adele ist verschwunden. Seit mehreren Stunden. Tessa ist verzweifelt.«

»Oh mein Gott!« India ließ sich schwer auf den Stuhl fallen.

»Vielleicht ist sie einfach spazierengegangen und hat sich auf dem Gelände verlaufen«, fuhr Linnet fort, »aber irgendwie bezweifle ich das. Ich glaube, daß Mark Longden sie entführt hat, und Tessa ist ebenfalls dieser Ansicht.«

»Ja, das glaube ich auch. Aber er würde ihr doch bestimmt nichts antun ...«

»Sicher«, unterbrach Linnet sie. »Aber manchmal geht einfach etwas schief, deshalb müssen wir sie finden, bevor etwas Schlimmes passieren kann. Ich habe Jack Figg um Hilfe gebeten, und auf Pennistone Royal hält eine Suchmannschaft Ausschau nach ihr. Ich selbst werde in einer halben Stunde dort eintreffen.«

»Vielleicht sollte ich auch kommen.«

»Iß ruhig erst zu Ende, India. Du kannst nicht allzu viel ausrichten, dich höchstens um Tessa kümmern. Sie ist natürlich außer sich vor Sorge.«

»Das kann ich mir gut vorstellen.« Kurz zögerte sie. »Du glaubst doch nicht, daß Jonathan Ainsley etwas damit zu tun hat, oder?«

»Ich hoffe aufrichtig, daß dem nicht so ist, aber wenn, dann stellt sich die Sache natürlich ganz anders dar.«

»Da hast du recht. Aber was ...«

»Darüber will ich gar nicht nachdenken, India. Zumindest noch nicht. Bis nachher.«

»Ich fahre gleich los.« India drückte das Gespräch weg und steckte das Mobiltelefon zurück in ihre Tasche. Sie war kreidebleich geworden, und ihr Blick war sorgenvoll.

»Was ist passiert?« fragte Dusty und setzte sich im Bett auf. »Du hast so ängstlich geklungen. Nein, das ist das falsche Wort; du fürchtest dich ja vor nichts, oder? *Besorgt* trifft es wahrscheinlich besser. Oder erschrocken.«

India erwiderte seinen Blick und nickte. »Ich bin ein wenig beunruhigt, ja. Adele, Tessas kleine Tochter, ist verschwunden, und Linnet meint, Mark Longden könnte dahinterstecken.«

»Das ist übel. Und was denkst du darüber?«

»Ich halte das ebenfalls für möglich. Mark ist ein unangenehmer Mensch, und es ist mehr als wahrscheinlich, daß er die Kleine entführt hat.«

»Und sie hat sich nicht vielleicht auf dem Anwesen verlaufen?«

»Denkbar ist das schon. Aber dann hätte man sie inzwischen eigentlich finden müssen. Schließlich ist sie noch ein kleines Kind. Wie weit hätte sie schon weglaufen können? Linnet sagt, daß sie seit mehreren Stunden vermißt wird, und ein Suchtrupp ist unterwegs.«

»Warum sollte er sie entführen? Dumme Frage, Rhodes«, gab er sich selbst die Antwort und schüttelte den Kopf. »Als Druckmittel bei der Scheidung – er benutzt sie, um Tessa zu manipulieren.« Er fuhr sich mit der Hand durch das schwarze, gewellte Haar, und ein verächtlicher Ausdruck huschte über sein Gesicht. »*Menschen.* Was für Scheißkerle sie sein können. Wenn er das Kind auf diese Weise benutzt, ist er ein richtiger Bastard.«

India seufzte, stand auf und griff nach ihren Kleidern.

»Komm zurück ins Bett. Du kannst doch in weniger als einer Stunde dort sein.« Dustys Stimme klang jetzt tiefer, zärtlich, und er lächelte sie verführerisch an. Wieder einmal fiel ihr auf, wie weiß seine Zähne aus seinem sonnengebräunten Gesicht leuchteten. »Komm wieder her, und wir machen das gleiche noch einmal«, lockte er.

India schüttelte den Kopf. »Ich muß wirklich gehen, Dusty«, antwortete sie, aber auf ihrer Miene malte sich Bedauern.

Ihm entging dieser Ausdruck nicht. Er sah das Begehren in ihren Augen. Dusty warf die Decken zurück, stieg aus dem Bett und trat zielstrebig auf sie zu. Immer noch stand dieses betörende Lächeln auf seinem Gesicht.

India fand, daß seine Augen plötzlich gefährlich wirkten, beinahe raubvogelartig. Ihr Magen tat einen Satz, und sie fühlte sich schwach. Wenn sie zusammen waren, brachte er es immer fertig, diese Empfindungen in ihr zu erwecken …

dieses Beben in ihrem Inneren, das Gefühl, ohnmächtig zu werden. Sie war eine willige Partnerin bei allem, was er mit ihr anstellen wollte ... ein bloßer Blick, eine Berührung von ihm erregte sie.

Als er näher kam, dachte sie, wie gut er doch aussah, beinahe unwirklich schön, so als hätte ein Künstler endlose Stunden damit zugebracht, sein Gesicht zu modellieren: eine gerade, aristokratische Nase, breite Stirn, hohe Wangenknochen, das perfekt gerundete Kinn. Und elegant geschwungene Augenbrauen über diesen strahlenden blauen Augen, die so zärtlich blickten, wenn er leidenschaftlich erregt war, und vor Zorn eiskalt werden konnten. Doch er hatte keines dieser klassischen Leinwandhelden-Gesichter; Dustys Antlitz war auf robuste Weise gut aussehend, mit scharfen Winkeln und Kanten, so als hätte der Bildhauer plötzlich rasch zu einem Ende kommen wollen.

Sein Gesicht paßte zu seinem Körper. Dusty besaß einen kräftigen Torso – breiter Brustkasten und breite Schultern über schmalen Hüften. Er maß ungefähr einen Meter achtzig, wirkte aber durch seinen stämmigen Körperbau größer und kräftiger. Von ihrer ersten Begegnung an war sie sich seiner machtvollen erotischen Ausstrahlung bewußt gewesen. Kein anderer Mann hatte jemals diese Wirkung auf sie ausgeübt.

Jetzt stand er vor ihr, und das Lächeln spielte immer noch um seinen Mund. Er zog sie in die Arme und drückte sie fest an sich; das Handtuch löste sich von ihrem Körper, und sie schlang die Arme um seine Schultern. Er senkte den Kopf, und sein Mund fand ihre Lippen. Er küßte sie leidenschaftlich, und sie spürte seine Erektion an ihrer Hüfte. Einen Moment lang glaubte sie, daß sie sich hingeben und zum zweitenmal an diesem Tag mit ihm ins Bett sinken würde.

Aber dann übernahm ihre jahrelange Konditionierung die Herrschaft. Sie erinnerte sich an die Regeln der Hartes und wußte, daß sie nach Pennistone Royal fahren mußte. Ganz egal, wie sehr sie diesen Mann begehrte, ihre Erziehung gewann die Oberhand. Eine Harte befand sich in Schwierigkeiten, und jedes andere Mitglied der Familie mußte an ihrer Seite stehen und ihre Rechte verteidigen.

Sanft schob sie Dusty weg, ließ aber die Hände auf seiner Brust liegen. Einen Moment lang sperrte er sich, doch dann trat er ziemlich plötzlich zurück und sah ihr fragend ins Gesicht.

»Du kennst doch die Regeln«, murmelte sie. »Ich habe dir schon vor langer Zeit davon erzählt.«

»Eine Harte eilt einer anderen immer zu Hilfe!« rief er aus. »Du brauchst gar nicht um den heißen Brei herumzureden. Ich hab's damals kapiert, und ich kapier's jetzt auch.«

»Bitte, sei nicht böse.«

»Bin ich ja nicht«, fauchte er, drehte sich weg und ging zum Fenster, wo er stehenblieb und hinausschaute. Seine Haltung wirkte starr, und sein Gesicht trug einen maskenhaften, verdrossenen Ausdruck.

Ohne ein weiteres Wort sammelte sie ihre Kleidung auf, ging ins Bad, machte sich zurecht und zog sich das schwarze Leinenkleid über den Kopf. Dann schlüpfte sie in hochhakkige schwarze Ledersandaletten. Als sie ins Schlafzimmer zurückkehrte, stand Dusty wieder am Fenster, aber er hatte sich ebenfalls angezogen und trug seine Jeans und ein weißes T-Shirt.

Als er ihre Absätze über das Parkett klicken hörte, fuhr er herum und sah ihr entgegen. »Tut mir leid«, flüsterte er, und ausnahmsweise wirkte er beschämt.

India ging zu ihm und berührte sanft seine Wange. »Ich würde ja am liebsten bleiben und bei dir sein, das weißt du doch. Und du weißt auch, was ich für dich empfinde. Aber diese Verpflichtung gegenüber meiner Familie ist etwas, dem ich mich nicht entziehen kann.« Sie zuckte die Achseln. »Wahrscheinlich ist es mir ... in Fleisch und Blut übergegangen.«

Er nahm ihre Hand, führte sie an den Mund und küßte sie. »Ich weiß. Und ich bin manchmal ein streitsüchtiger alter Esel.« Er lachte sein kehliges Lachen. »*Meistens* würdest du wahrscheinlich sagen, oder? Okay, ich lasse dich gehen.« Er führte sie zur Tür. »Unter einer Bedingung.«

Sie hörte den scherzhaften Unterton in seiner Stimme und sah, wie seine erstaunlichen Augen vergnügt blitzten. »Ich bin mit jeder Bedingung einverstanden«, erklärte sie, »solange sie mit dir zu tun hat.«

»Das wird dir noch leid tun, wenn du erfährst, worum es geht.« Er zog sie aus dem Schlafzimmer und die große Treppe hinunter.

»Wirklich?« Sie blickte fragend zu ihm auf. Plötzlich wirkte ihre Miene kokett. »Dann sag mir doch, was es ist.«

»Du mußt für mich Modell sitzen.« Er blieb auf den Stufen stehen, wandte sich um und sah sie an.

India starrte ihn mit aufgerissenen Augen an. »Du willst, daß ich dir Modell sitze? Du willst mich malen? *Mich?*«

Er sah, daß er sie überrascht hatte, und erkannte, daß ihr Staunen echt war. Einen Moment lang war er wie vom Donner gerührt. Sie waren auf halber Höhe der Treppe stehen geblieben, direkt unterhalb der gläsernen Kuppeldecke. Das einfallende Licht verwandelte ihr Haar in eine silberne Aura, und ihre silbriggrauen Augen wirkten, als würden sie von innen erleuchtet. Ihr Gesicht dagegen war sinnlich, ihre Lippen voll – und angeschwollen von seinen Küssen. Er hielt die Luft an und wünschte, er könnte sofort mit dem Malen anfangen. Seine Finger kribbelten.

»Du siehst mich so komisch an«, fiel sie rasch ein, »und du hast einen ganz eigenartigen Gesichtsausdruck.« Automatisch hob sie die Hand, um ihr Haar glattzustreichen. Sie fühlte sich unsicher. »Ich weiß, daß ich vollkommen aufgelöst aussehe.«

Er nahm ihr Gesicht zwischen die Hände und sah tief in ihre schönen, durchscheinenden Augen. »Ich wünschte, ich könnte gleich beginnen; einfangen, wie du in diesem Moment aussiehst. So verletzlich und offen, im Nachhall der Sinnlichkeit. Du siehst aus wie eine Frau, die gerade den allerschönsten Sex hatte.«

»Hatte ich ja auch.«

»Dann tust du es? Du sitzt für mich Modell?«

»Wenn du das wirklich möchtest, Dusty.«

Er lächelte und umfaßte ihre Finger, und sie gingen gemeinsam weiter. Als sie am Fuß der Treppe standen, hielt Dusty inne und sah sie lange und nachdenklich an. »Und wie willst du das erklären?«

India runzelte verwirrt die Stirn und erwiderte seinen Blick leicht verblüfft. »Ich kann dir nicht ganz folgen.«

»Wie wirst du deinem Vater dieses Bild erklären?«

»Ich weiß nicht, was du meinst, Dusty.«

Er betrachtete sie genauer und fragte sich, ob sie sich dumm stellte oder sich sogar lustig über ihn machte. Dann begriff er, daß nichts davon der Fall war. Sie verstand es einfach nicht. Er schüttelte den Kopf und begann leise zu lachen. Dann erklärte er es ihr. »Jedes meiner Gemälde wird ausgestellt, auch die Porträts, die ich für Privatkunden fertige, und sie werden immer photographiert. Sie werden in Zeitungen und Zeitschriften abgedruckt, und dein Vater wird das Bild zwangsläufig sehen. Dann weiß er, daß ich es mit dir getrieben habe.«

Innerlich zuckte sie zusammen; manchmal drückte er sich so drastisch aus, daß ihr der Atem stockte. Aber sie schenkte ihm ein strahlendes Lächeln. »Sei nicht albern, wie soll er das denn erraten?«

»Das wird er, weil ich nämlich vorhabe, dich sehr sinnlich darzustellen – so, wie du jetzt aussiehst –, und da wird nicht viel der Phantasie überlassen bleiben.«

»Ach, darauf gibt Daddy nichts, er ist ... ein Mann von Welt.«

»Er ist aber auch der Graf von Dunvale, und glaube mir,

als solchem wird es ihm etwas ausmachen. Er wird nicht wollen, daß die Welt erfährt, daß ich ... du weißt schon ... mit seiner Tochter schlafe. *Ich!* Der berüchtigte Herumtreiber, der Arbeiterjunge aus den Gassen von Leeds. Nein, davon hält er bestimmt nichts.«

»Jetzt redest *du* aber Unsinn. Du bist der größte lebende Maler der Welt. Jeder weiß das. Außerdem mache ich mir wirklich nichts daraus, was mein Vater oder sonst jemand denkt. Ich bin siebenundzwanzig und kann tun und lassen, was ich will. Und ich möchte mich von dir malen lassen; ich fühle mich sogar sehr geschmeichelt, daß du darum gebeten hast.«

»Dann ist das abgemacht?«

»Natürlich.« Sie streckte die Hand aus. »Laß es uns mit einem Handschlag besiegeln.«

Übermütig lachend, schüttelte er ihr die Hand; dann zog er sie an sich und umarmte sie. »Noch eine weitere Bedingung«, flüsterte er in ihr Ohr. »Bevor ich dich male, müssen wir zusammensein, wenn du verstehst, was ich meine. Haben Sie das begriffen, Lady India?«

»Absolut, Mr. Rhodes. Ich stimme völlig mit Ihnen überein.«

Er legte den Arm um ihre Schulter. »Komm, ich bringe dich noch zu deinem Wagen«, sagte er und öffnete die Glastüren. Sie führten auf die Terrasse an der Südfassade des Hauses, wo sich ein von vier hohen Säulen gestützter Portikus erhob. Die breite Terrasse erstreckte sich über die ganze Länge des Gebäudes und die Seitenflügel.

Als sie nach draußen traten, schlug die Hitze des Augustnachmittags ihnen entgegen. »Es ist drückend«, bemerkte Dusty, »und es sieht nach Regen aus.« Er sah nach oben. »Gewitterwolken, India, aber du müßtest eigentlich auf Pennistone Royal ankommen, bevor es zu regnen anfängt.«

»Hoffentlich«, sagte sie, schaute ebenfalls in den Himmel und dachte sofort an die Suchmannschaft, die auf dem

Gutsgelände vom Regen überrascht werden würde. Aber sie hoffte, daß sie Adele inzwischen gefunden hatten oder Mark sie zurückgebracht hatte. Bei dem Gedanken an das vermißte Kind lief es ihr kalt über den Rücken.

Dusty hatte es bemerkt und nahm ihren Arm, als sie über den Hof gingen. »Vielleicht sollte ich dich begleiten«, meinte er nach kurzem Schweigen. »Ihr seid nur drei Frauen da draußen, und ...«

»Vier, mit Evan«, warf India ein.

»In Ordnung, vier Frauen. Aber ihr könntet einen Mann gebrauchen. Einen Kerl wie mich, der weiß, wo es langgeht. Mark Longden könnte auftauchen und Forderungen stellen, verstehst du. Nach allem, was du mir erzählt hast, ist er ein unangenehmer Bursche.«

»Ja, das ist er wohl; aber wir kommen zurecht. Mach dir bitte keine Sorgen. Wiggs, der Obergärtner, ist schließlich auch noch da, und Joe, der Verwalter.«

»Und dann gibt es noch diese andere Regel, nicht, India? Außenseiter sind nicht zugelassen.«

India sah ihn aus dem Augenwinkel an und versuchte zu erraten, wie seine Stimmung war. Er hatte leicht verärgert geklungen; doch als sie jetzt das spitzbübische Glitzern in seinen Augen erspähte, lachte sie. »Das muß ich Ihnen zugestehen, Sie lernen schnell, Mr. Rhodes.«

»Sie ebenfalls, Lady India«, entgegnete er und grinste anzüglich.

»Wie lange willst du in Yorkshire bleiben?« fragte er, als sie ihm eine Antwort schuldig blieb.

»Bevor das passiert ist, hatte ich vor, eine Woche zu bleiben. Aber wer weiß? Jetzt könnte es sein, daß ich länger hiersein muß, wenn ich zu Hause gebraucht werde und nicht nach Leeds ins Kaufhaus komme. Ich habe dort eine Menge zu tun, und ich kann erst zurück nach London, wenn ich mit der Arbeit fertig bin.«

»Wann kann ich mit dem Malen anfangen?«

»Morgen. Hoffentlich. Das kommt ganz darauf an.«

Er nahm den besorgten Unterton in ihrer Stimme wahr. »Bestimmt taucht Adele im Lauf des Tages auf, India, ich bin mir ganz sicher«, sagte er leise. »Jedenfalls hoffe ich das von ganzem Herzen.«

»Danke, Dusty ...« Sie verstummte und suchte in der Tasche nach ihren Autoschlüsseln, und als sie sie gefunden hatte, ging sie zu ihrem Wagen, der neben den Ställen parkte.

»Darum beneide ich dich«, meinte Dusty, blieb stehen und tätschelte zärtlich die Motorhaube. »Ein Aston Martin DB2/4; ein Klassiker der Ingenieurkunst, wenn es je einen gegeben hat.«

Sie sah lächelnd zu ihm auf. »War es nicht nett von Daddy, sich von seiner Lieblingskutsche zu trennen?« Sie küßte ihn auf die Wange. »Aber ich bin ja auch seine Lieblingstochter, weißt du«, setzte sie hinzu und stieg in den Wagen.

»Reib es mir nur ordentlich unter die Nase«, lachte Dusty. »Rufst du mich später an?«

»Mach ich.« Sie hauchte ihm durch das offene Fenster einen Kuß zu und drehte den Zündschlüssel.

Sobald der Aston Martin seinen Blicken entschwunden war, drehte Dusty sich auf dem Absatz um, überquerte das Kopfsteinpflaster des Hofs und ging zu dem kleinen künstlichen See. Er blieb stehen, sah in seine Tiefen hinab und erfreute sich an dem Anblick, der sich ihm bot – ein vollkommenes Abbild des georgianischen Hauses auf dem Hügel, das von der ruhigen Wasseroberfläche wie von einem Spiegel zurückgeworfen wurde. Wie raffiniert die Architekten des siebzehnten und achtzehnten Jahrhunderts doch gewesen waren, dachte er und nickte beifällig. Wann immer die Landschaft es zuließ, hatten sie das Haus auf einem Hügel errichtet und an seinem Fuß einen künstlichen See angelegt, der das Gebäude in seiner ganzen Pracht spiegelte. Ein Doppelbild; sehr beeindruckend.

Dusty hatte einige Zeit Architektur studiert; er hatte das als Teil seiner künstlerischen Ausbildung betrachtet. Insbesondere interessierten ihn die Arbeiten des Renaissancekünstlers Andrea Palladio. Für ihn war eine Palladio-Villa, die in einem üppig grünen englischen Park lag, immer ein herrlicher Anblick; die perfekte Verbindung von Baukunst und Natur. Dusty liebte den Klassizismus der Entwürfe, weil er alles Klassische sowie die Renaissance liebte. William Kent, ein Jünger von Inigo Jones, dem großen Architekten aus dem siebzehnten Jahrhundert, hatte dieses Haus, Willows Hall, vor über zweihundertfünfundsiebzig Jahren im unverfälschten Palladio-Stil entworfen und erbaut. Dusty hatte sich auf den ersten Blick in das Haus verliebt, obwohl er angesichts seines offensichtlichen Verfalls ernstlich besorgt gewesen war. Aber die Gutachter, die er hinzugezogen hatte, hatten ihm erklärt, die Schäden seien größtenteils oberflächlich; mit guten Handwerkern könnte alles wieder in seinen Urzustand versetzt werden.

Er erstieg den grasbewachsenen Hügel, der zum Haus führte, und automatisch wandten seine Gedanken sich wieder India Standish zu. Wenn jemand so aussah, als gehöre er in dieses Haus, dann sie; schließlich war sie auf Clonloughlin in Irland aufgewachsen, einem bekannten georgianischen Anwesen von beeindruckenden Ausmaßen. Und so fühlte sie sich natürlich in Willows Halls mit seiner majestätischen Ausstrahlung wohl. Er wußte aber auch, daß er selbst darin gut aussah, obwohl er in einem kleinen Reihenhaus groß geworden war, einer Umgebung, wie sie sich von Indias Herkunft nicht deutlicher abheben konnte.

In den letzten achteinhalb Jahren hatte Dusty eine Menge Zeit, Mühe, Arbeit, Liebe und Geld in Willows Hall gesteckt und es zu seinem Werk gemacht; heute konnte er sich nicht mehr vorstellen, anderswo zu leben.

Als er die Hügelkuppe erreichte, blieb er einen Moment stehen, betrachtete die Vorderfront des Hauses und konnte sich der Bewunderung darüber nicht erwehren, wie der helle Stein im nachmittäglichen Sonnenlicht wie poliert schimmerte.

Dusty sah zum Himmel auf und bemerkte erfreut, daß die Gewitterwolken sich verzogen hatten; also würde es doch nicht regnen. Er wandte sich ab und ging über die Terrasse zu seinem Atelier. Es stand in einiger Entfernung zur Linken des Hauses und von außen wirkte es wie ein Gästehaus. Er hatte es selbst entworfen und an den Palladio-Stil des Haupthauses angelehnt.

Im Inneren bestand das Atelier aus einem einzigen weitläufigen Raum mit einer Decke, die sich in endlose Höhe zu erstrecken schien, und zahlreichen Fenstern auf beiden Seiten. In die Decke war eine Reihe von Oberlichtern eingelassen, und das gleißende Licht des Nordens erfüllte den ganzen Raum. Blinzelnd drückte Dusty mehrere Knöpfe, und elektrische Jalousien glitten an ihren Platz, dämpften das Tageslicht und kühlten den Raum ab.

Er trat an eine Staffelei, nahm einen Kohlestift und warf rasch eine Reihe lebhafter Skizzen von Indias Gesicht hin. Doch mit einemmal unterbrach er sich und schleuderte den Stift beiseite. Er trat von der Staffelei weg, ging zu einem Sessel und ließ sich hineinfallen.

Wie kam er bloß darauf, sie malen zu wollen? Die Idee war lächerlich. Damit handelte er sich nur Ärger ein. In jeder Hinsicht. Probleme für sie, Probleme für sich selbst. Ihrem Vater würde ihre Beziehung zu ihm nicht gefallen; ganz gleich, was sie glaubte, er wußte, daß er recht hatte. Sie stammten aus vollkommen verschiedenen Welten. Sie war eine hochrangige Adlige, er war ein Arbeiterjunge. Ja, er war berühmt. Sehr berühmt sogar. Und reich. Und das alles hatte er durch sein Talent erreicht, und weil er etwas tat, ohne das er nicht leben konnte, nämlich Malen. Aber der Graf von Dunvale würde sich nicht dafür interessieren. Ein Mann wie Indias Vater hatte andere Maßstäbe: Für ihn kam es auf Besitz und Abstammung an und dumme Dinge wie die Frage, wo er zur Schule gegangen war, was sein Vater arbeitete und ob er mit dem richtigen Oberschichtakzent sprach.

Nein, das war nicht fair ihr gegenüber; und auch sich selbst nicht, da er nicht die Absicht hatte, sich ernstlich mit India einzulassen. Er vergeudete wertvolle Zeit mit ihr, in der er statt dessen hätte malen können; und sie würde sich zwangsläufig verletzt fühlen, wenn er ihr den Laufpaß gab. Ja, sie verhieß Schwierigkeiten. Aus allen möglichen Gründen.

Das rote Telefon auf der Arbeitsplatte begann zu läuten. Finster sah er den Apparat an; er hatte keine Lust abzuheben. Doch als er nach dem sechsten Klingeln immer noch nicht schwieg, stand er auf und ergriff den Hörer.

»Hallo?«

»Russell?«

»Hallo, Melinda.«

»Woher wußtest du, daß ich es bin?«

»Hab deine Stimme erkannt.«

»Ich will hier raus, Russell«, bettelte sie. »Sorg dafür, daß Dr. Jeffers mich entläßt.«

»Du weißt genau, daß ich das nicht kann. Du mußt in der Klinik bleiben, bis er der Meinung ist, daß du deinen Entzug abgeschlossen hast. *Dann* wird er deine Entlassungspapiere unterschreiben. Ich habe damit überhaupt nichts zu tun.«

»Bitte frag ihn, Russell.«

»Du weißt doch, daß er nicht auf mich hören wird.«

»Bestraf mich nicht so, bitte.«

»Das tue ich doch gar nicht, Melinda. Du hast dich doch selbst in der Klinik angemeldet.«

»Ich werde Atlanta erzählen, wie du mich behandelst.«

»Ich tue doch gar nichts. Außerdem ist sie zu klein, um das zu verstehen.«

»Geht es ihr gut?«

»Ja, ganz ausgezeichnet. Ich habe gestern mit deiner Mutter gesprochen, und sie meinte, die Kleine sei munter wie ein

Fisch. Hör mal, Melinda, ich muß Schluß machen. Ich arbeite.«

»Redest du mit dem Doktor? *Bitte.*«

»In Ordnung. Ich rufe ihn morgen an. Und jetzt ruh dich aus und werde gesund. Bye.« Er legte auf und starrte das Telefon an. Also, das waren echte Schwierigkeiten. Mehr, als er gebrauchen konnte.

Er stöhnte. Was sollte er wegen Melinda und ihrem gemeinsamen Kind unternehmen? Er fürchtete die Vorstellung, jemand könnte die Wahrheit herausfinden, und doch wußte er, daß sie bald durchsickern würde ... Er war viel zu bekannt, als daß so etwas lange verborgen bliebe ... Dann schob er den unangenehmen Gedanken ruckartig beiseite. Er fühlte sich nicht in der Lage, sich ihm zu stellen.

Also, wieso hatte er bloß gesagt, er wolle India malen? Weil sie wunderschön und erotisch war und weil er plötzlich das fertige Porträt vor seinem inneren Auge gesehen hatte. Es war eine künstlerische Vision gewesen, und die mußte er erfüllen.

Unerwartet für ihn selbst, wandten sich seine Gedanken Tessa Longden und der kleinen Adele zu. Er konnte vollkommen verstehen, wie sie sich fühlte. Schließlich hatte er selbst eine dreijährige Tochter, und er konnte sich gut vorstellen, daß er unter solchen Umständen ebenfalls außer sich vor Sorge gewesen wäre.

India fuhr mit stetiger Geschwindigkeit die Autobahn entlang; bald ließ sie Harrogate hinter sich und näherte sich dem Dorf, nach dem Pennistone Royal benannt war. Die Gewitterwolken waren in Richtung Nordsee davongezogen, und der Himmel zeigte sich wieder in einem hübschen Blaßblau. Sie war erleichtert; es gab nichts Schlimmeres, als auf der Suche nach einem Kind, das sich verlaufen hatte, durch aufgeweichte Felder und Wiesen zu stapfen.

Aber hatte Adele sich wirklich auf dem Anwesen verirrt?

Nein. Mark Longden hatte sie aus purer Bosheit verschleppt. Als Faustpfand, wie Dusty gemeint hatte. *Dusty.* Er war in vielerlei Hinsicht ein so komplizierter Mensch, so voller Widersprüche. Und er schleppte so viele Vorurteile mit sich herum, die meisten drehten sich um seine Abstammung und die Klassenunterschiede zwischen ihnen beiden. Sie fand das alles fürchterlich dumm. Aber er hörte ja nicht auf sie. Auf jeden Fall hatte sie sich an dem Abend, an dem sie ihn kennengelernt hatte, in ihn verliebt, und nichts würde daran etwas ändern. Er war der einzige Mann, den sie wollte, und sie war entschlossen, ihn zu bekommen. Für immer. Ihn zu heiraten. Das war ihr Ziel. Aber leicht würde das nicht werden.

Dusty haßte es, sich festnageln zu lassen, und er ging nicht gern Verpflichtungen ein. Offensichtlich hatte er aus diesem Grund nie geheiratet oder eine längerfristige Beziehung gehabt. »Lieben und ziehen lassen, das ist immer mein Motto gewesen«, hatte er ihr erklärt, als sie sich begegnet waren, wie um sie zu warnen. Und dann hatte er dröhnend gelacht, anscheinend höchst amüsiert über seine eigene Einstellung.

Er lachte viel, und sie mochte das an ihm. Mürrische Menschen konnte sie nicht ausstehen. Er dagegen war für gewöhnlich in Topform, fröhlich, optimistisch und bereit, im Leben etwas zu riskieren – aber natürlich nicht, wenn es um den heiligen Stand der Ehe ging. Dieses Thema war tabu und stand grundsätzlich nicht zur Debatte.

Dusty war gern einer von den Jungs, wie er seine Freunde nannte, die zahlreich und sehr unterschiedlich waren: Schauspieler, Schriftsteller, Politiker, Journalisten und, wie er häufig sagte, »lauter Nullen, die ich über alles liebe«. Er sah sich gern als Hansdampf in allen Gassen und als bösen Buben. Er liebte es, Gelage zu veranstalten und einen großen Wirbel zu inszenieren, und bezeichnete sich selbst ständig als alten Schluckspecht. Doch in den drei Monaten, die sie ihn jetzt kannte, hatte sie nach und nach begriffen, daß das meiste davon pure Schau war. In Wirklichkeit trank er sehr wenig. Meist hielt er einen einzigen Wodka auf Eis den ganzen Abend in der Hand und machte bloß großes Aufhebens um seinen angeblichen Alkoholkonsum. Die Männer der Harte-Familie tranken viel mehr als Dusty. Schließlich brauchte er am nächsten Morgen eine ruhige Hand, um malen zu können.

Sein Malstil war der klassische Realismus, und bekannte Kunstkritiker hatten ihn vom Beginn seiner Karriere an als neuen Pietro Annigoni gepriesen und behauptet, er habe den berühmten, 1988 verstorbenen italienischen Maler beerbt. Sie nannten ihn mit derselben Achtung und Ehrfurcht ein Genie, wie sie es Annigoni gegenüber getan hatten. Dustys Gemälde erinnerten stark an die großen Künstler der Renaissance, er widmete den Details seines Themas und des Hintergrunds große Aufmerksamkeit. Seine Porträts berühmter Persönlichkeiten, seine Landschaften und Seestücke waren so detailliert, und er setzte die Farben so gekonnt ein, daß der Betrachter seine Bilder einfach anschauen mußte und den Blick nicht losreißen konnte.

Jemand, der so präzise malte wie er, konnte es sich kaum leisten, haltlos zu trinken; einmal hatte sie ihm das gesagt, und er hatte gegrinst und ihr zugezwinkert. Genauso empfand sie seine angeblichen Zechgelage, die im Grunde bloß aus Übermut und Ausgelassenheit bestanden und mit viel Gelächter, lautem Gebrüll, Geschubse und Schulterklopfen abliefen. Viel Lärm um nichts; etwas vollkommen Harmloses, das die Presse zu Ausschweifungen aufblies. Genau wie er das erhoffte, denn er liebte seinen Ruf.

Als sie endlich begriff, daß dieser Ruf größtenteils ein reiner Mythos war, hatte sie laut aufgelacht. Sie war gerade mit Linnet durch *Harte's* gegangen, als ihr die Wahrheit dämmerte. Ihre Cousine hatte sie kopfschüttelnd betrachtet. »Leute, die ohne ersichtlichen Grund in Gekicher ausbrechen, führt man normalerweise in einer Zwangsjacke weg«, hatte Linnet lakonisch bemerkt. »Besonders wenn sie sich mitten in einem höchst feudalen Warenhaus befinden und die Aufmerksamkeit auf sich ziehen.«

»Tut mir leid, Linnet«, hatte sie hervorgestoßen, »aber ich kann nicht anders. Mir ist gerade aufgegangen, daß mein Freund ein ziemlicher Hochstapler ist.«

Mit dieser Bemerkung hatte sie sich augenblicklich Linnets ungeteilte Beachtung gesichert. »Du mußt ihn loswerden«, hatte sie gefordert. »Sofort. Wir können hier niemanden gebrauchen, der nicht treu wie Gold ist. Die Jungs würden ihn sowieso auseinandernehmen.«

»Welche Jungs?«

»Julian, Gideon, Toby und sogar der junge Desmond. Sie würden sich alle gegen ihn verbünden.«

»Das stimmt.«

»Ach, übrigens, wenn du ›Freund‹ sagst, meinst du dann deine SBP?«

»Wen?«

»Die ›Sehr Bekannte Persönlichkeit‹. Du hast mir einmal gesagt, daß du dich mit jemand sehr Bekanntem triffst, aber mir nie verraten, wer er ist.«

»Russell Rhodes.«

»*Dusty* Rhodes? Der Maler?« Linnet riß die Augen auf.

India hatte zur Antwort einfach genickt; aber Linnets Reaktion hatte sie erfreut.

»Er sieht ziemlich sexy aus, India.«

»Ist er auch, aber eine sehr komplexe Persönlichkeit.«

»Sind sie das nicht alle?« hatte Linnet gemeint und sie angegrinst.

India hatte gelacht. »Aber wenigstens ist er nie verheiratet gewesen, so daß ich nicht mit einer Exfrau oder Kindern zu konkurrieren brauche. Bevor wir uns kennengelernt haben, war er sogar eine ganze Weile solo.«

»Weißt du, Dad liebt seine Arbeiten, wie wir alle. Er hat sich schon immer gewünscht, daß Paula sich von Dusty

Rhodes malen läßt, aber Mama behauptet, sie hätte zu viel zu tun, um stundenlang für einen Künstler zu posieren. Ich wünschte trotzdem, sie würde sich dazu entschließen, und Daddy auch.«

»Ganz deiner Meinung. Dusty wäre genau der Richtige, um deine Mutter zu malen. Er könnte ein wunderbares mittelalterlich inspiriertes Porträt von ihr anfertigen.«

Während sie weiter durch das Kaufhaus gegangen waren, hatte Linnet ihr eine Menge Fragen nach Dusty gestellt; einige hatte sie beantwortet, zu anderen jedoch geschwiegen, denn sie hatte festgestellt, daß sie nicht allzuviel über ihn oder ihre Beziehung enthüllen mochte, jedenfalls noch nicht. Das wirkliche Problem mit Dusty war seine Einstellung zu den Hartes. Ohne daß er je einem Mitglied ihrer Familie begegnet war, hatte er sie pauschal als privilegiert und abgehoben eingestuft. »Mit einem silbernen Löffel im Mund geboren. Snobs. Eingebildete, reiche Nichtstuer«, so beschrieb er sie. Nichts davon stimmte, und sie hatte versucht, ihm das zu erklären, darauf hingewiesen, daß ihre Urgroßmutter sich von ganz unten hochgearbeitet hatte, aber er war einfach darüber hinweggegangen und hatte das Thema gewechselt.

Zuerst hatte sie geglaubt, daß er wegen seiner Herkunft an einem Minderwertigkeitskomplex litt; weil er unter ärmlichen Verhältnissen in den Gassen von Leeds aufgewachsen war. Jedenfalls spielte er ständig darauf an. Aber bald hatte sie begriffen, daß er mitnichten von Komplexen geplagt wurde, ganz im Gegenteil. Dusty war einer der selbstbewußtesten und beherrschtesten Menschen, denen sie je begegnet war. Er hatte sich vollkommen unter Kontrolle, strahlte Charme aus und legte perfekte Umgangsformen an den Tag, wenn er nur wollte.

Und trotzdem glaubte Dusty immer noch, ihr Vater würde auf ihn herabsehen, würde ihre Beziehung in Bausch und Bogen verdammen. Dabei wußte sie, daß ihre Eltern ihn mögen würden, ganz abgesehen davon, daß sie beide seine Bilder bewunderten. Ich muß ihm Zeit lassen, überlegte sie, und ging mit dem Tempo herunter, als sie das Dorf erreichte. Minuten später verließ sie die schmale Hauptstraße und bog in die Zufahrt ein, die zu den Toren von Pennistone Royal führte.

Ihre Gedanken wandten sich Tessa und der augenblicklichen Situation zu. Sie hatte keine Ahnung, was sie erwartete, doch sie betete, daß sie Adele bei ihrer Mutter vorfinden würde, daß das kleine Mädchen nicht länger vermißt wurde. Oder entführt worden war. Betete, daß keine Tragödie geschehen war.

Jonathan Ainsley schob sich in ihre Gedanken, und sie verzog das Gesicht. Nach dem, was sie kürzlich erfahren hatte, stand Mark Longden anscheinend unter seinem Einfluß. Wie schrecklich. War es möglich, daß Jonathan die Fäden zog, daß er der Kopf hinter Adeles Entführung war? Wenn es denn eine war.

4

Linnet saß mit Tessa im oberen Salon von Pennistone Royal und versuchte, sie zu beruhigen, ihr zu versichern, daß es Adele gutging, daß sie bestimmt bald nach Hause käme. Innerlich betete sie, daß ihre Worte sich nicht als bedeutungslos erweisen würden.

Evan war bei ihnen und saß in der Nähe des Erkerfensters, aber in diesem Moment war sie eher Beobachterin als Beteiligte. Sie wußte, daß es das beste war, alles Linnet zu überlassen. Tessa konnte selbst an ihren guten Tagen empfindlich, ja sogar bissig sein, und heute hatte sie einen ganz schlechten Tag.

»Mark würde nie etwas tun, das Adele weh tun oder sie erschrecken könnte«, sagte Linnet gerade, berührte die Hand ihrer Schwester und nahm sie in ihre. »Du weißt doch, daß er sie anbetet, das war schon immer ganz offensichtlich.«

»Ja«, wandte Tessa ein, »aber wenn sie nun gar nicht bei Mark ist? Vielleicht hatte Desmond ja recht, als er meinte, es handle sich möglicherweise um eine Entführung, um Lösegeld zu erpressen. Sie könnte bei Fremden sein und in Gefahr.«

»Also, das glaube ich wirklich nicht«, antwortete Linnet bestimmt und wünschte sich, ihr jüngerer Bruder hätte seine Meinung für sich behalten. »Und du mußt Jack Figg unbedingt vertrauen. Er ist der beste und gewiefteste Privatdetektiv, den es gibt. Mama sagt das seit Jahren, und sie hat sich in einer Krise immer auf ihn verlassen. Und vergiß nicht, daß er jahrelang Sicherheitschef von *Harte's* war.«

»Aber er hat sich doch schon seit längerem zurückgezogen«, merkte Tessa an. Ihre Stimme klang plötzlich schrill.

»Nicht ganz. Er arbeitet immer noch auf Honorarbasis für alle, die ihn brauchen, zum Beispiel für ehemalige Klienten wie uns. Du weißt doch noch, daß unsere Mutter ihn vor ein paar Wochen beauftragt hat, Mark Longden unter die Lupe zu nehmen. Sie hat uns Bericht erstattet, bevor sie nach New York geflogen ist.«

»Ja ...« Tessa brach die Stimme, und wieder stiegen ihr Tränen in die Augen. Rasch wischte sie sie mit einem Papiertaschentuch weg und sprach zittrig weiter. »Ich mache mir solche Sorgen um Adele, daß ich es kaum ertragen kann. Sie ist noch so klein, und sie muß schreckliche Angst haben, auch wenn sie bei ihrem Vater ist. Ich meine, er muß sie doch von der Terrasse weggezerrt haben, und das hat ihr bestimmt Angst eingejagt. Ich fühle mich so hilflos, und ich weiß nicht, was ich tun soll.«

»Hör mal zu«, sagte Linnet so bestimmt und zuversichtlich sie konnte. »Wir wissen doch gar nicht, wie er sie entführt hat, ob es schrecklich war oder nicht. Eigentlich bin ich sogar sicher, daß es nicht so war. Ganz sicher hat Mark das für Adele wie ein Spiel aussehen lassen, du weißt schon, die Finger an die Lippen gelegt, damit sie schwieg, gelächelt, gewinkt«, fuhr sie fort, um Tessa zu beruhigen. »Ja, ich bin mir ganz sicher, daß er es so gemacht hat. Ist doch ganz klar, daß er ihr keine Angst machen wollte. Wenn er einfach auf sie zugestürzt und sie gepackt hätte, dann hätte sie bestimmt einen gehörigen Radau veranstaltet.«

»Du scheinst dir sicher zu sein, daß es wirklich Mark war. Ich hoffe es auch.« Tessa sah Linnet durchdringend an, und ihre Augen verengten sich leicht. »Ich bete nur zu Gott, daß wir recht haben. Was treibt eigentlich dieser Jack Figg die ganze Zeit?«

»Er sitzt in der Bibliothek und telefoniert, spricht mit Leuten, die für ihn arbeiten. Ich habe seine Methoden nie in Frage gestellt, und du solltest das auch nicht tun. So viel kann ich dir versichern, er hat überall auf der Welt Kontakte, und in allen Schichten der Gesellschaft. Wenn überhaupt jemand Adele finden kann, dann Jack, glaub mir.«

Tessa sah zu Evan hinüber. »Sag mal, du hast doch heute auf Lackland Priory mit Onkel Robin zu Mittag gegessen«, fragte sie etwas spitz. »Hat er von Jonathan gesprochen? Wo lebt er jetzt eigentlich?«

Evan verkrampfte sich. Tessa hatte beinahe anklagend geklungen, aber als sie jetzt antwortete, ließ sie ihre Stimme neutral klingen. »Nein, er hat Jonathan nicht erwähnt. Tut mir leid, Tessa, ich weiß gar nichts über ihn. Aber höchstwahrscheinlich hält er sich in Asien auf, in Hongkong. Wenn Jonathan in England wäre, hätte Robin mir davon erzählt ... Verstehst du, er hätte mich warnen wollen. Ich weiß, daß Robin sich große Sorgen macht, Jonathan könnte mir aus purer Bosheit etwas antun.«

»Und uns allen, was das angeht!« rief Linnet, und ihre grünen Augen blitzten. »Er hat es seit Ewigkeiten auf Mama und alle ihre Nachfahren abgesehen, ich glaube, auf alle Hartes. Am liebsten würde er uns alle mit einem Maschinengewehr niedermähen, um uns für immer los zu sein. Und nur, weil er das Gefühl hat, von Emma Harte betrogen worden zu sein. Er ist ein richtiger Widerling. Aber Mama sagt, daß er schon als Junge so war.«

»Das stimmt«, pflichtete Tessa ihr bei. »Und wenn man bedenkt, welchen Einfluß er auf Mark hat.« Tessa ließ sich auf das Sofa zurückfallen und knetete das Papiertaschentuch in den Händen. Sie wünschte sich um alles in der Welt, sie hätte Mark Longden nie geheiratet. Er hatte sie immer nur unglücklich gemacht, gar nicht zu reden von den verbalen Angriffen und körperlichen Mißhandlungen, die er ihr am

Ende ihrer Ehe zugefügt hatte. Und jetzt hatte er ihr Kind verschleppt. Dieser Bastard, dachte sie.

Plötzlich flog die Tür auf, und India stürzte beinahe im Laufschritt herein. »Hallo, alle miteinander«, rief sie und lief dann direkt auf ihre Cousine Tessa zu, kniete sich neben sie und nahm ihre Hand. »Es tut mir so leid, daß das passiert ist«, flüsterte sie und sah Tessa mitfühlend und voller Wärme und Liebe an. »Was immer dir fehlt, ich bin für dich da. Du brauchst es nur zu sagen.«

Tessa nickte und versuchte ein Lächeln aufzusetzen, was ihr aber nicht gelingen wollte. »Danke, India. Ich bin froh, daß du hier bist«, stieß sie hervor.

Evan, die zusah, wie India Tessa Beistand leistete, dachte unwillkürlich, wie ähnlich sich die beiden doch sahen, als wären sie Schwestern. Es war unübersehbar, daß sie eng verwandt waren; beide hatten dieses silberblonde Haar und hellgraue Augen, die von innen zu leuchten schienen, eine blasse Haut und zart geschnittene Gesichter. Auf eine sanfte, feminine Weise sahen sie wunderschön aus, und sie wußte, daß ihre verblüffende Ähnlichkeit von ihrer gemeinsamen Abstammung von den Fairleys herrührte.

Evan hatte auch die Familienlegende gehört, nach der ihre Ururgroßmutter Adele Fairley eine berühmte Schönheit gewesen war, elegant, aristokratisch – und wahrscheinlich leicht überspannt. Von Adele stammten das silberblonde Haar, die ungewöhnlichen Augen und die engelsgleichen Gesichtszüge. Die kleine Adele sah genauso aus.

Der Gedanke an das vermißte Kind ließ sie innerlich erbeben. Und wenn Adele doch in Gefahr war? Alle redeten von Mark oder von einem Entführer, der Geld wollte, aber hatte schon einmal jemand überlegt, ob sie sich in den Händen eines Pädophilen befinden konnte?

Der Gedanke war zu schrecklich, und Evan schob ihn rasch beiseite. Sie sah zu Linnet hinüber, die mit ihrem dichten roten Haarschopf, ihren grünen Augen und der dynamischen Persönlichkeit eine echte Harte war. Auch Gideon besaß dieses typische Äußere und die positive Grundhaltung. Heute nachmittag konnte Evan Linnet nur bewundern. Auf eine ruhige, aber selbstbewußte Weise hatte sie die Verantwortung übernommen und handhabte alles mit echter Diplomatie. Sie strahlte nicht nur großen Optimismus aus, sondern hatte es auch fertiggebracht, daß Tessa ruhig blieb. Evan konnte sich vorstellen, wie sehr Tessa litt; sie hatte keine Idee, was sie tun sollte, was für sie völlig untypisch war.

Linnets Handy begann zu läuten. Sie stand auf, ging zu einem der hohen Fenster und sprach kurz. Evan wußte, daß es Julian war. Linnet hatte sie gebeten, bei ihrer Hochzeit mit Julian im kommenden Winter ihre Brautjungfer zu sein, und sie hatte begeistert zugesagt. Gideon würde die Rolle des Trauzeugen übernehmen; und India war die andere Brautjungfer.

Evan ließ den Blick durch den oberen Salon streifen. Linnet hatte ihr einmal erklärt, dies sei Emma Hartes Lieblingsraum gewesen, und sie verstand, warum. Er war elegant, charmant und weitläufig, mit hoher Decke und hohen Bleiglasfenstern. Der Kaminsims war aus Stein gemeißelt, und die Wände waren in einem sonnigen Narzissengelb gehalten. Zwei große, bequeme Sofas waren mit Chintz bezogen, dessen Blumenmuster kräftige Rot-, Blau-, Grün- und Rosatöne vor einem blaßgelben Hintergrund zeigte. Der Aubusson-Teppich war offensichtlich antik und wertvoll, genau wie die Möbel aus Hölzern in sanften Farbtönen. Linnet hatte ihr auch verraten, daß an diesem Raum nie etwas verändert worden war: Er wurde einfach immer mit den gleichen Stoffen und Farben renoviert und spiegelte immer noch Emmas ausgezeichneten Geschmack.

Evan liebte Kunst und interessierte sich besonders für die englische Landschaftsmalerei. Kurz blieb ihr Blick auf dem Turner an der einen Seitenwand hängen, der eines Museums würdig gewesen wäre, und glitt dann zu dem Ölgemälde über dem Kamin. Es stellte Paul McGill da, Emmas große Liebe; er trug eine Offiziersuniform, denn offensichtlich war das Bild während des Ersten Weltkriegs entstanden. Was für ein ansehnlicher Mann er gewesen war, dachte sie. Kein Wunder, daß Emma seinem Charme erlegen war.

»Laß uns doch hinunter in die Küche gehen und eine Kanne Tee kochen, Evan«, sagte Linnet. »Und Margaret soll uns ein paar Sandwiches mit Räucherlachs machen. Ich hatte nichts zu Mittag und bin halb verhungert.«

Linnets Stimme hatte Evan aus ihren Gedanken gerissen, und sie setzte sich abrupt auf. »Okay«, meinte sie. Es war ihr äußerst unangenehm, daß Linnet sie beim Träumen erwischt hatte.

»Wie steht's mit dir, Tessa?« fragte Linnet.

»Ich könnte keinen Bissen herunterbringen!« rief sie aus und schüttelte fast übertrieben heftig den Kopf.

»India? Möchtest du etwas, Schatz?« Linnet zog fragend eine Augenbraue hoch.

Ihre Cousine nickte. »Tee mit Zitrone wäre schön, und ein Sandwich mit Räucherlachs ebenfalls. Danke.«

»Ich dachte, du hättest zu Mittag gegessen«, meinte Linnet halblaut und unterbrach sich dann. »Aber du hast wohl alles stehen und liegen gelassen, um herzukommen?« Linnet sah India forschend an, doch ihre Miene blieb ausdruckslos.

»Genau«, gab India gleichmütig zurück. Ihr Gesicht verriet ebenso wenig wie das ihrer Cousine. Doch sie fragte sich unwillkürlich, ob Linnet erraten hatte, daß sie bei Dusty gewesen war. Egal, Linnet stand immer auf ihrer Seite, was sie auch tun mochte.

Jack Figg saß an dem gewaltigen georgianischen Schreibtisch in der holzgetäfelten Bibliothek und betrachtete konzentriert die Papiere, die vor ihm ausgebreitet lagen.

Er hob den Blick und sah zu Linnet, die neben Tessa auf

dem Sofa saß. Sie blickte finster und entschlossen drein, aber sie hielt sich gut. Das hatte er gewußt; Tessa war es, um die er sich Sorgen machte.

Ihr Gesicht war bleich und maskenhaft, ihre Augen rotgerändert vom Weinen. Er konnte ihre Verzweiflung nachempfinden, und sein Herz flog ihr zu. Jack war nicht nur ein mitfühlender Mensch; er hatte selbst einmal ein Kind verloren, und sein Kummer war kaum zu ertragen gewesen. Jetzt betete er darum, daß Adele lebte. Verdammt, sie *mußte* am Leben sein. Einen anderen Gedanken durfte er einfach nicht zulassen.

Auf dem anderen Sofa neben dem Kamin saßen India Standish, die er von klein auf kannte, und Evan Hughes, das neuentdeckte Familienmitglied, ebenfalls eine Urenkelin Emma Hartes. Auch auf ihren Gesichtern sah er die Sorge und wußte, daß die jungen Frauen darauf brannten, seinen Bericht zu hören.

Das galt auch für die jungen Leute, Emsie und Desmond, die ihm nachgerannt waren, als er mit Wiggs und Joe über das Gut gegangen war. Jetzt hockten sie auf dem gepolsterten Kamingitter und gaben sich große Mühe, den Mund zu halten. Er hatte sie gewarnt und ihnen erklärt, wenn sie in der Bibliothek bleiben wollten, müßten sie still sein.

Ohne Vorrede sprach er Linnet und Tessa an. »Wir haben gleich halb fünf, und damit ist Adele seit gut fünfeinhalb Stunden verschwunden. Leider weiß ich immer noch nicht, wo sie sich aufhält. Aber ich weiß zumindest, wo sie nicht ist, nämlich hier auf Pennistone Royal. Sie ist weder auf den Feldern, auf den Wiesen, in den Wäldern oder in den Gärten, denn dort ist gründlich gesucht worden. *Zweimal.* Ich habe Wiggs sogar den Teich absuchen lassen. Zum Glück hat er nichts als Algen herausgefischt. Auch im Dorf hat man Adele nicht gesehen; allerdings ist zwei oder drei Personen ein schwarzer Mercedes aufgefallen, der um die Mittagszeit mit hoher Geschwindigkeit über die Hauptstraße fuhr. Offensichtlich derselbe Wagen, den Wiggs und die Stallburschen auf dem Zufahrtsweg beobachtet haben.«

»Aber was ist mit Mark? Wo steckt Mark?« rief Tessa und preßte die Stoffpuppe an sich, die sie den ganzen Tag nicht aus den Händen gelassen hatte. »Haben Sie überhaupt versucht, ihn aufzuspüren?«

»Aber ja«, antwortete Jack begütigend. »Ich habe mit seiner Sekretärin gesprochen, die mir erklärt hat, er habe sich ein paar Tage freigenommen ...«

»Er ist hergefahren, um sich Adele zu schnappen!« unterbrach Tessa ihn mit schriller Stimme. »Ich wette um alles in der Welt, daß er in Yorkshire ist. Zusammen mit Jonathan Ainsley. Das haben die beiden gemeinsam ausgeheckt.« Sie wirkte ungewöhnlich aufgeregt, und ihre Augen sprühten Blitze.

»Er könnte natürlich hier oben sein«, meinte Jack, »aber er ist mit Sicherheit nicht mit Jonathan Ainsley zusammen. Ich habe Jonathans Aufenthaltsort von einem meiner Mitarbeiter überprüfen lassen, und er ist momentan in Hongkong. Seit mehreren Wochen.«

»Vielleicht hat Mark Adele ja mit nach London genommen – falls er sie wirklich hat«, warf Linnet ein und sah Jack lange und durchdringend an.

»In seiner Wohnung ist er nicht, und auch nicht in dem Haus in Hampstead. Beides ist überprüft worden.«

»Aber das Haus ist abgeschlossen ...«, begann Tessa und verstummte dann, als sie sah, wie ein verärgerter Ausdruck über Jacks Gesicht huschte.

»Sicher, das Haus ist verschlossen, Tessa, und Marks Wohnung ebenfalls. Aber wir haben unsere Methoden, uns zu vergewissern.«

»Verstehe«, sagte sie kleinlaut und lehnte sich zurück, wobei sie Linnet ignorierte, die ihr einen Rippenstoß versetzt hatte; zweifellos, damit sie den Mund hielt.

»Ich habe bei Marks Mutter in Gloucestershire angerufen«, fuhr Jack fort. »Sie war nicht zu Hause, wird aber nach Auskunft einer Person namens Dory am frühen Abend zurückerwartet.«

»Dory ist die Haushälterin«, warf Tessa ein. Sie räusperte sich und sprach verhaltener weiter. »Mrs. Longden liebt ihren Sohn abgöttisch, aber sie ist eine anständige Frau. Wenn Mark Adele zu ihr gebracht hat, wird sie darauf bestehen, daß er sie mir sofort zurückgibt.«

»Falls seine Mutter überhaupt weiß, daß er Adele ohne Ihre Erlaubnis mitgenommen hat«, schränkte Jack ein. »Vielleicht hat Mark es ihr nicht erzählt. Außerdem bin ich der Ansicht, daß er sich aller Wahrscheinlichkeit nach irgendwo in Yorkshire aufhält. Wir müssen ihn nur finden.«

»Aber wie?« fragte India stirnrunzelnd. »Das ist, als suche man nach einer Nadel im Heuhaufen, oder?«

»Leider nur zu wahr«, pflichtete Jack ihr bei. »Leicht wird das nicht, selbst wenn wir zur Polizei gehen, was wir im übrigen wohl bald tun müssen. Außerdem habe ich mich lange mit Gideon unterhalten. Ich habe ihm gesagt, daß wir möglicherweise die Nachricht von Adeles Entführung ganz groß über die Medien verbreiten müssen, angefangen mit den Fernsehsendern und Zeitungen der Harte-Gruppe. Gideon ist einverstanden, aber im Moment wollen wir davon noch Abstand nehmen. Bevor wir das alles in Angriff nehmen oder zur Polizei gehen, will ich Mark eine Chance geben, Ihnen Adele zurückzugeben, Tessa. Wenn möglich noch heute abend.«

»Aber wenn gar nicht Mark sie hat?« fragte Tessa und klang wieder ängstlich. »Wenn es doch eine Entführung ist?«

»Dann hätten wir inzwischen eine Lösegeldforderung oder eine Nachricht von den Kidnappern erhalten«, erklärte Jack. »Ach, übrigens, Tessa, Gideon hat auf meine Bitte heute nachmittag mit Toby in Los Angeles gesprochen. Toby hat überhaupt nicht versucht, Sie zu erreichen. Daher bin ich mir ganz sicher, daß Mark Sie heute morgen angerufen hat, um Sie abzulenken, während er Adele geholt hat. Oder jemand, der mit ihm zusammenarbeitet.«

»Wirklich erkannt habe ich die Stimme nicht«, überlegte Tessa. »Sie klang allerdings irgendwie vertraut, deswegen dachte ich, es müßte Toby sein.«

Jack legte die Arme auf den Schreibtisch, beugte sich vor und schwieg einen Moment. »Ich werde gleich Marks Mutter anrufen und ihr erklären, was los ist. Hoffentlich kooperiert sie; das heißt, falls sie überhaupt etwas weiß. Aber wenn wir bis halb sieben nichts Neues hören und immer noch nicht wissen, wo Mark sich aufhält, habe ich keine andere Wahl, als die Polizei von North Yorkshire zu informieren. Dann werde ich auch Gideon anrufen und ihm grünes Licht geben, damit er einen Bericht über Adeles Verschwinden bringt. Länger kann ich nicht warten.«

Tessa schlug eine Hand vor den Mund.

»Sobald die Harte-Medien damit an die Öffentlichkeit gehen, wird die Nachricht auch im amerikanischen Fernsehen gebracht«, rief Linnet. »Wir müssen Mama Bescheid geben, bevor sie aus einer anderen Quelle davon erfährt.«

Jack schenkte Linnet ein flüchtiges Lächeln. »Ich werde sie als erstes anrufen, nachdem ich mich mit der Polizei in Verbindung gesetzt habe, falls das nötig werden sollte. Sie und Tessa können auch mit ihr reden. Aber jetzt ist die Hauptsache, daß wir herausfinden, ob Mrs. Longden etwas weiß.« Jack lehnte sich zurück, versuchte seine verkrampften Muskeln zu entspannen und sah zur Standuhr.

Es wurde ganz still, und jeder hing seinen eigenen Gedanken nach. Dann sprang India plötzlich auf, eilte zu Tessa und nahm ihren Arm. »Komm, Schatz, laß uns in den Garten gehen. Zehn Minuten an der frischen Luft werden dir guttun.«

»Ja, vielleicht«, murmelte Tessa.

Nachdem die beiden gegangen waren, räusperte sich Evan. »Ich wollte nicht vor Tessa damit anfangen«, meinte sie zu Jack, »aber was ist, wenn weder Mark noch irgendwelche Kidnapper dahinterstecken, sondern ein Kinderschänder?«

Jack stieß einen langen Seufzer aus. »Das ist mir auch schon durch den Kopf gegangen.« In diesem Moment klingelte sein Handy. »Figg hier«, meldete er sich und drückte den Apparat ans Ohr. Er stand auf, ging zum Fenster und hörte zu. Schließlich dankte er dem Anrufer leise und beendete das Gespräch. »Einer meiner Männer, der jedes Hotel in der Gegend überprüft hat. Mark Longden war vor drei Tagen eindeutig in Yorkshire. Er ist im Queen's Hotel in Leeds abgestiegen. Und die letzte Nacht hat er im Swan in Harrogate verbracht. Er ist allerdings aus beiden Hotels abgereist, und mein Mann hat keine andere Eintragung auf seinen Namen finden können.«

»Vielleicht ist er ja irgendwo privat untergekommen«, meinte Linnet. Verstohlen zwinkerte sie Jack zu, um ihm zu bedeuten, daß sie allein mit ihm sprechen mußte.

»Ich bin mir sicher, daß Adele bei Mark ist und nicht bei Fremden, und deswegen in Sicherheit«, sagte India.

Tessa zitterte, und auf ihren Armen bildete sich Gänsehaut. »Du hast ja keine Ahnung, wie sich Mark verändert hat, India. Er trinkt und nimmt Drogen! Er ist schon lange nicht mehr er selbst, und er ist gewalttätig. Ich habe um mein Leben gefürchtet ...« Sie warf India einen forschenden Blick zu. »Hast du davon gewußt?«

»Ja, deine Mutter hat mir erzählt, daß er dich mißhandelt hat. Richtig schockierend, wenn man darüber nachdenkt – er muß ja praktisch über Nacht ein anderer Mensch geworden sein.«

»Wenn er sich unter Kontrolle hat, ist er in Ordnung. Aber wenn er unter dem Einfluß von Alkohol oder Drogen steht, ist er gefährlich und könnte Adele weh tun, ohne es zu wollen. Das macht mir angst.«

»Das verstehe ich ja. Aber wie ich schon sagte, wir müssen positiv denken«, meinte India. »Warum gehen wir nicht zu der alten Eiche und setzen uns ein Weilchen hin? Dort ist es schöner.«

»In Ordnung ...« Tessa blieb stehen. »Vielleicht sollten wir lieber wieder nach drinnen gehen. Ich will nichts verpassen.«

»Wenn es etwas Neues gibt, wird Linnet uns schon holen. Es wird dir guttun, für einen Moment aus diesem Raum wegzukommen. Man bekam ja langsam Platzangst.«

Tessa nickte, und die beiden gingen den Pfad entlang, der neben der breiten Terrasse verlief, überquerten die abfallende Rasenfläche und blieben schließlich unter dem alten Baum stehen. Zusammen setzten sie sich an den schmiedeeisernen Tisch.

Schließlich brach Tessa das Schweigen. »Ich weiß nicht, was ich tue, wenn Adele etwas zustößt. Ich liebe sie so sehr, sie ist mein Leben. Darüber würde ich nie hinwegkommen; ohne sie wäre alles so bedeutungslos.«

»Komm, Tessa, so darfst du nicht reden«, rief India energisch aus. »Jack wird sie zurückholen, du wirst schon sehen. Du wirst dich mit Mark gütlich einigen, die Scheidung wird vollzogen, und dann normalisiert sich alles wieder.«

»Ach, India, ich hoffe ja, daß du recht hast. Aber er ist so schrecklich habgierig, weißt du. Er will das Haus, einen Haufen Geld und das gemeinsame Sorgerecht für Adele. Ich glaube, auf ein gemeinsames Sorgerecht könnte ich mich nie einlassen. Das Haus kann er meinetwegen haben, aber nicht das.«

»Sobald Adele wieder bei dir ist, solltest du versuchen, rasch mit ihm ins reine zu kommen. Du weißt selbst, daß du ungeklärte Verhältnisse nicht ausstehen kannst.«

Tessa nickte zustimmend und wirkte plötzlich viel munterer. »Ich werde mit meinem Anwalt reden; vielleicht können wir das Verfahren ja beschleunigen. Aber unsere Trennung liegt erst ein paar Monate zurück.«

»Das stimmt, aber was macht das schon? Linnet und ich finden jedenfalls beide, daß Mark schon immer raffgierig war, deswegen wird er meiner Meinung nach seinen Preis haben. Biete ihm Geld, Tessa, das ist die einzige Möglichkeit.« India sah ihre Cousine eindringlich an. »Das ist auch eine Harte-Regel, denk daran.«

Jack und Linnet traten in die Stone Hall, gingen zum Kamin und unterhielten sich leise.

»Sie meinen also, daß Mark Freunde in Yorkshire hat, bei denen er mit Adele unterschlüpfen könnte?« Jack sah Linnet mit seinen wachen Augen an.

»Ja«, antwortete sie.

Einen Moment lang stand er da, beobachtete sie und dachte, wie sehr sie mit ihrem rotgoldenen Haar und ihrem typisch englischen Pfirsichteint doch Emma Harte ähnelte – nun ja, Emma in ihren jungen Jahren. Er hatte vor vierzig Jahren, mit achtzehn, begonnen, für Emma zu arbeiten, und er hatte sie geliebt, respektiert und bewundert. Für ihn war sie die anspruchsvollste, nervtötendste, charmanteste, tyrannischste und brillanteste Frau gewesen, die er je gekannt hatte; seine Lieblingschefin. Nun war Linnet da, die ihr wie ein Ei dem anderen glich und genauso klug war wie Emma. Von allen Urenkeln war sie ihm die liebste, weil sie so viel von dem Familienerbe auf sich vereinte und zugleich die Gegenwart symbolisierte. Es ist, als stünde sie mit einem Fuß in beiden Welten, dachte er, und das machte sie für ihn einzigartig und zu etwas Besonderem.

»Was geht Ihnen durch den Kopf, Jack?« fragte Linnet und setzte sich in einen Sessel. »Sie sehen aus, als hätten Sie gerade eine brillante Idee gehabt.«

»So brillant nun auch wieder nicht, aber es stimmt, mir ist eben ein interessanter Gedanke gekommen. Tatsächlich hatte ich früher schon daran gedacht, und jetzt ist es mir wieder eingefallen. Schauen Sie, Linnet, wir wissen mit Gewißheit, daß Jonathan Ainsley sich in Hongkong aufhält; aber die Welt ist heutzutage ein Dorf, und es ist durchaus denkbar, daß er bei dieser Geschichte die Fäden zieht. Per Telefon wahrscheinlich. Er wird sich hüten, etwas schriftlich, per E-Mail oder Fax zu dokumentieren. Und, was sehr wichtig ist, er hat in Yorkshire eine ehemalige Freundin, und sie …«

»Natürlich, Eleanor, die Sekretärin meiner Mutter! Und Sie meinen, daß Jonathan Mark aus der Ferne manipuliert, um Paula und uns zu schaden, und daß Mark mitmacht, weil er Tessa eins auswischen will. Gut kombiniert.« Sie warf ihm einen durchdringenden Blick zu. »Überlegen Sie, ob Eleanor in die Sache verwickelt ist?«

»Allerdings«, antwortete Jack, ließ sich in den Sessel gegenüber fallen und schlug die Beine übereinander.

»Wenn, dann ist sie sehr töricht«, murmelte Linnet. »Meine Mutter ist ihr auf die Schliche gekommen … Sie hat sie so weit ausgegrenzt, daß sie auf wichtige Informationen keinen Zugriff mehr hat. Schauen Sie, ich will ja nicht andeuten, daß sie Mark geholfen hat, Adele zu entführen, aber vielleicht bietet sie ihm …«

»Einen Unterschlupf für ein paar Tage?« warf Jack ein und lächelte ihr zu.

»Ja, das denke ich zumindest.«

»Aber würde sie dafür wirklich ihre Stelle aufs Spiel setzen? Gerüchte über Ihre Mutter zu verbreiten ist eine Sache, aber glauben Sie wirklich, sie würde Mark helfen? Damit würde sie sich der Mithilfe schuldig machen. Und wenn wir zur Polizei gehen, wird eine Kindesentführung daraus.«

»Aber nicht jeder ist mit dem Gesetz vertraut oder so clever wie Sie, Jack. Vielleicht ist ihr das gar nicht klar. Außerdem müssen wir noch etwas anderes in Betracht ziehen. Ellie ist ziemlich von sich selbst eingenommen, und sie ist immer noch eine sehr gut aussehende Frau … vielleicht hegt sie ja die Hoffnung, daß Jonathan zu ihr zurückkehrt. Und wenn das geschieht, was interessiert sie dann noch die Stelle bei meiner Mutter im Kaufhaus in Leeds?«

»Da könnten Sie recht haben, Linnet. Und Mark könnte Adele mit zu Ellie nach Hause genommen haben, ohne daß sie weiß, was los ist, wenn wir das zu ihren Gunsten annehmen wollen.« Jack sah auf seine Uhr und stand auf. »Zeit, diesen Anruf bei Mrs. Longden zu tätigen. Kommen Sie, meine Schöne, wir wollen sehen, was wir in Gloucestershire erreichen können. Dieses Gespräch bleibt aber unter uns, ja?«

»Absolut«, versprach sie.

5

Als Jack mit Linnet wieder in die Bibliothek trat, bemerkte er augenblicklich die Spannung, die in der Luft lag. Tessa mit ihrer angespannten Miene und den leiderfüllten Augen saß starr wie eine Statue auf dem Sofa. Neben ihr saß India, ebenfalls steif aufgerichtet und mit sorgenvollem, nervösem Blick. Evan stand an einem der Fenster und sprach in ihr Mobiltelefon, und Emsie und Desmond steckten auf ihrem Sitz am Kamin die Köpfe zusammen und flüsterten.

Linnet warf Jack einen raschen, vielsagenden Blick zu und eilte dann zu dem anderen Sofa, wo sich Evan sofort zu ihr gesellte.

Jack ging mit großen Schritten zum Schreibtisch und blieb dahinter stehen. Plötzlich war er sich der sechs Augenpaare bewußt, die sich unverwandt auf ihn hefteten. Ich muß weiterkommen, dachte er. Zeit ist jetzt das wichtigste. Wenn er bei Marks Mutter keinen Erfolg hatte, würde er die Polizei und die Medien einschalten müssen. Und es war immerhin möglich, daß sie von nichts wußte. Wenn, dann hatte er falsch kalkuliert. Doch er betete, daß er richtig vermutet hatte und sie ihm tatsächlich helfen konnte, dieses Rätsel zu lösen.

»Ich werde jetzt Marks Mutter anrufen«, erklärte er in seinem üblichen sachlichen Ton. »Ich werde den Lautsprecher einschalten, damit Sie ihre Antworten hören können«, fuhr er fort und sah Tessa scharf an, »aber ich möchte, daß

Sie absolut stillschweigen.« Sein Blick glitt über die anderen. »Das gilt natürlich für alle hier. Noch eines, Tessa. Sind Sie bereit, mit Ihrer Schwiegermutter zu sprechen? Es könnte notwendig sein.«

Tessa zögerte nur kurz. »Ja, ich rede mit ihr. Wir stehen uns nicht besonders nahe, aber wie ich schon sagte, sie ist eine anständige Frau.« Sie schwieg kurz und runzelte die Stirn. »Mark ist ihr einziger Sohn«, setzte sie dann hinzu, »und sie vergöttert ihn. Sie wird auf jeden Fall auf seiner Seite stehen. Sogar, wenn er sie hintergangen hat. Aber wenn Sie das für nötig halten, komme ich selbstverständlich ans Telefon.«

Jack nickte und nahm Platz. Er hob den Hörer ab, stellte den Lautsprecher ein und wählte.

Sekunden später meldete sich eine Frauenstimme. »Camden Lodge. Hallo?« Alle in der Bibliothek hörten die kultivierte Stimme.

»Spreche ich mit Mrs. Hilary Longden?«

»Ja, ich bin am Apparat.«

»Guten Abend, Mrs. Longden. Mein Name ist Jack Figg. Ich habe schon einmal angerufen, aber Sie waren ausgegangen. Sie kennen mich nicht, Mrs. Longden, aber Sie kennen meine Auftraggeberin, Mrs. Paula O'Neill.«

»Ja, natürlich. Tessas Mutter. Sind wir uns schon einmal begegnet, Mr. Figg?« fragte sie neugierig. Ihre Stimme klang angenehm.

»Kurz, auf Tessas und Marks Hochzeit. Aber ich will zum Wesentlichen kommen. Wir haben ein Problem, Mrs. Longden. Ich halte mich zusammen mit Tessa auf Pennistone Royal auf, und der Grund meines Hierseins ist, daß Ihre Enkelin Adele heute morgen gegen elf Uhr verschwunden und immer noch nicht aufgetaucht ist.«

»Oh mein Gott! Wie schrecklich! Tessa und Mark müssen ja außer sich vor Sorge sein. Oh, meine arme kleine Adele, sie hat bestimmt schreckliche Angst. Das ist ja schlimm.

Kann ich mit meinem Sohn sprechen? Und mit Tessa?« Ihre Stimme klang jetzt um eine oder zwei Oktaven heller; ihre Bestürzung war ganz offensichtlich echt. »Aber wie kann *ich* Ihnen behilflich sein, Mr. Figg?« fragte sie schließlich.

»Indem Sie mir verraten, wo sich Ihr Sohn aufhält«, antwortete Jack. Kalte Entschlossenheit lag in seiner Stimme.

»*Mark?* Sie meinen, er ist nicht da, bei Tessa?« Offensichtlich verblüffte sie diese Information.

»Nein, er ist nicht hier, und ich habe Grund zu der Annahme, daß Mark Adele mitgenommen hat, ohne Tessa Bescheid zu geben«, erklärte Jack. »Ich bin überzeugt, daß er sie verschleppt hat, und ich muß gewisse Maßnahmen ....«

»Mark würde Adele nie etwas antun!« unterbrach Mrs. Longden ihn empört. »Das ist absurd. Er ist doch ihr Vater ... Wovon in aller Welt reden Sie, Mr. Figg?«

»Er hat sie verschleppt, was eine Straftat ist. Kidnapping wird streng geahndet, wissen Sie. Und ich muß die Polizei innerhalb der nächsten paar Minuten informieren. Ich kann es nicht länger aufschieben. Wir haben das Anwesen mehrmals abgesucht und Adele nicht finden können, und ebensowenig können wir Mark ausfindig machen. Daher bleibt mir wirklich nichts anderes übrig, als die Justiz und die Medien der Harte-Gruppe einzuschalten, die im Fernsehen und Radio darüber berichten werden. Wir müssen Adele so schnell wie möglich finden, das ist im Moment das einzig Wichtige.«

»Sie scherzen nicht, Mr. Figg, nicht wahr?« Sie klang aufgewühlt.

»Keineswegs, Mrs. Longden.«

»Aber eines verstehe ich nicht«, begann sie, offenkundig noch fassungsloser als zuvor. »Warum sollte Mark Adele mitnehmen, ohne Tessa etwas davon zu sagen?«

Jack wußte, daß die Frau die Wahrheit sagte, und deswegen klang seine Stimme weicher, als er es ihr erklärte. »Wegen der Scheidung. Sie verspricht äußerst unangenehm zu werden, und er versucht, Adele als Druckmittel gegen Tessa einzusetzen.«

»*Scheidung!* Sie lassen sich scheiden? Davon weiß ich nichts. Oh, das ist vollkommen absurd, Mark hätte mir doch davon erzählt. Mein Sohn erzählt mir alles. Das ist einfach nicht möglich«, beteuerte sie.

»Aber ja, es stimmt«, antwortete Jack. »Möchten Sie jetzt mit Ihrer Schwiegertochter sprechen?«

»Ja, bitte.«

»Einen Moment.« Jack winkte Tessa, die blitzschnell neben ihm stand. Er legte die Hand über die Sprechmuschel. »Passen Sie auf, was Sie sagen. Wir brauchen die Frau«, mahnte er leise.

Tessa nahm den Hörer entgegen. »Hallo, Hilary«, begann sie mühsam beherrscht. »Jack hat recht. Mark hat Adele tatsächlich mitgenommen. Es gibt keine andere Erklärung für ihr Verschwinden. Das arme kleine Geschöpf, sie muß schrecklich aufgeregt und verwirrt sein.«

»Ja, ja, ich weiß, ich glaube dir. Aber stimmt das mit der Scheidung wirklich?«

»Ja, es ist wahr. Ich habe mir die größte Mühe gegeben, aber zwischen uns klappt es einfach nicht mehr. Wir sind seit Juni getrennt.«

»Aber Mark hat mir nie ein Wort davon gesagt!« rief Hilary Longden mit tränenerstickter Stimme aus. »Wie konnte er mir das antun?«

»Keine Ahnung, aber so ist es nun einmal. Und jetzt müssen wir Mark unbedingt finden«, wiederholte Tessa nervös. »Und Adele.«

»Ich weiß nicht, wo er ist, und das ist die reine Wahrheit!«

»Ob Marks Vater vielleicht eine Ahnung hat?« hakte Tessa nach.

»Nein, nein, natürlich nicht. Mark ist kein kleiner Junge; er meldet sich nicht bei uns an und ab. Das weißt du doch, Tessa.«

Tessa sah Jack an, verzog das Gesicht und reichte das Telefon wortlos an ihn zurück.

»Hier ist wieder Jack Figg, Mrs. Longden. Da Sie nichts über Marks Aufenthaltsort wissen, werde ich jetzt die Polizei von North Yorshire hinzuziehen. Ich weiß, daß Mark sich während der letzten paar Tage in Yorkshire aufgehalten hat, einschließlich letzter Nacht, und ich bin mir ziemlich sicher, daß die Polizei ihn schnell findet. Bedauerlich, daß ich zu solchen Mitteln greifen muß. Und dann all dieses scheußliche Gerede. Das wird seinem Ruf sicher schaden. Nun ja, danke, daß Sie so freundlich waren, mich anzuhören, Mrs. Longden. Guten Abend.«

»Bitte legen Sie nicht auf, Mr. Figg! Ich schwöre Ihnen, daß ich keine Ahnung habe, wo Mark ist, und ich weiß auch nichts über Adeles Verschwinden. Ich habe allerdings eine Handynummer, die Mark mir letzte Woche gegeben hat. Vielleicht hat er ja ein neues Mobiltelefon.«

»Bitte geben Sie sie mir.«

»Einen Moment. Sie muß irgendwo hier auf dem Schreibtisch liegen.« Den Bruchteil einer Sekunde später gab sie ihm die Nummer durch und nahm ihm das Versprechen ab, sie über die Situation auf dem laufenden zu halten.

Jack legte auf. »Kennen Sie diese Nummer?« fragte er, an Tessa gerichtet. Er zeigte ihr den Notizblock, auf dem er sie mitgeschrieben hatte.

Sie schüttelte den Kopf. »Seine Mutter hat recht. Das muß eine neue Nummer sein.«

Jack nahm den Hörer und wählte.

Sofort ging jemand an den Apparat. »Hallo?«

»Mark Longden?«

»Ja?« Die Stimme klang zögernd, mißtrauisch.

»Wenn Sie auflegen, alarmiere ich sofort die Polizei von North Yorkshire. Und ich werde die Medien informieren, daß Sie Adele entführt haben.«

»Wie bitte?« brüllte Mark empört.

»Verkaufen Sie mich nicht für dumm, Mark. Wir wissen, daß Sie Adele haben. Man hat Sie gesehen.«

»Wer zum Teufel ist da überhaupt?« erwiderte er aufgebracht.

»Mein Name ist Jack Figg. Ich arbeite für Paula O'Neill, und ich bin auf Pennistone Royal, zusammen mit Tessa. Wir wollen Adele zurückhaben. Sofort.«

»Ich habe sie nicht. Das ist das erste Mal, daß ich von einer Entführung höre.«

»Sie klingen aber nicht, als ob das plötzliche Verschwinden Ihrer Tochter Sie besonders beunruhigt. Was für mich heißt, daß Sie genau wissen, wo sie ist. *Nämlich bei Ihnen.* Was halten Sie von einer Anklage wegen Kidnapping, Mark? Wird wahrscheinlich Ihre Karriere und Ihren Ruf außerordentlich fördern, was?«

»Ich habe keine Ahnung, wovon Sie reden«, schrie er.

Tessa trat zu Jack, schenkte ihm einen harten Blick und wies auf das Telefon. Er reichte es ihr sofort.

»Mark, hier ist Tessa. Bitte bring Adele zurück.«

»Warum versuchst du mir das anzuhängen?« fragte er, jetzt wieder zornig.

»Weil du sie heute morgen verschleppt hast. Wir wissen Bescheid. Wiggs hat dich gesehen. Bitte, bitte, bring sie mir zurück. Tu es für Adele.«

»Ich habe dir doch gesagt, daß ich sie nicht habe!«

»Doch, du hast sie. Treib keine Spielchen mit mir, Mark.«

Am anderen Ende herrschte Schweigen, und sie fragte sich schon, ob die Verbindung unterbrochen sei, als er plötzlich weitersprach. »Du bekommst sie erst zurück, wenn du auf meine Bedingungen eingehst.«

»Alles, was du willst«, keuchte sie, von Erleichterung überwältigt.

»Für den Anfang erst mal das gemeinsame Sorgerecht«, verkündete Mark.

»Darüber werden die Anwälte verhandeln. Aber du

kannst das Haus in Hampstead haben, die Autos, eine Abfindung, alles wie du es wolltest.«

»Gemeinsames Sorgerecht«, wiederholte er mit eiskalter Stimme.

Jacks Handy begann zu läuten. Er nahm das Gespräch an und trat ans Fenster.

Tessas Blick folgte Jack. »Die Anwälte müssen sich zusammensetzen und darüber reden«, sagte sie ins Telefon. Sie holte tief Luft. »Wenn es kein gemeinsames Sorgerecht geben wird, kannst du sie auf jeden Fall oft sehen«, setzte sie wider besseres Wissen hinzu.

Plötzlich eilte Jack auf sie zu. Auf seinem Gesicht stand ein grimmiges Lächeln. Er blieb stehen und nahm ihr ohne weitere Umstände das Telefon ab. »Jack Figg hier«, sagte er. »Ich habe eben am anderen Apparat mit der Polizei von North Yorkshire gesprochen. Wir wissen, daß Sie sich zusammen mit Adele im Spa-Hotel in Ripon aufhalten. Angemeldet unter dem Namen William Stone. Die Beamten sind auf dem Weg zu Ihnen.«

Jack unterbrach sich, als er hörte, wie Mark am anderen Ende verblüfft den Atem einsog. »Wenn Sie jetzt losfahren, können Sie in einer halben Stunde hier auf Pennistone Royal sein, und dann bekommen Sie es nur mit mir zu tun. Oder Sie können auf die Polizei warten, die Sie in einer Viertelstunde verhaften wird. Sie haben die Wahl, Kumpel.«

»Ich fahre sofort los«, sagte Mark mit einemmal. Er klang plötzlich weit weniger überheblich.

»Mit Adele?«

»Ja, ich bringe sie mit«, brummte er und legte auf.

Jack legte den Hörer auf und sah Tessa an. In seinen hellgrauen Augen stand ein triumphierendes Glitzern. »Das am Handy war einer meiner Detektive. Als er entdeckte, daß ein Mann mit einem kleinen Mädchen im Spa in Ripon abgestiegen war, hat er sich mit einem Informanten verständigt, den er dort kennt. Der Name William Stone sagte Pete nichts, aber er dachte, er sollte es mir lieber melden, und natürlich wußte ich gleich, daß es Mark war.«

»Gott sei Dank!« Tessa legte die Hand auf Jacks Arm. »Danke, Jack, tausendmal danke.«

Jack trat näher heran, zog sie in die Arme und hielt sie fest. »Ehe Sie es sich versehen, ist Adele wieder bei Ihnen. Aber jetzt kommen Sie, wir haben noch eine Menge zu tun, bis er kommt.«

Tessa nickte und brach unmittelbar darauf in Tränen aus. »Das ist die Erleichterung«, sagte er sanft zu ihr und führte sie zum Sofa. »Eine ganz normale Reaktion«, setzte er, an India gerichtet, hinzu. »Sie hat den ganzen Tag unter starker Anspannung gestanden. Setzen Sie sich zu ihr; sie beruhigt sich bald wieder.«

Jack winkte Desmond und Emsie. »Ihr beide müßt ein paar Dinge für mich erledigen.«

»Ja, Jack!« rief Desmond und kam herbei. Emsie folgte ihm auf dem Fuß; ihre Miene war eifrig, und ihre dunklen Augen leuchteten ernst.

»Desmond, such bitte Wiggs und informiere ihn, daß Adele in einer halben Stunde zurück ist. Aber sag nichts weiter und erwähne Mark nicht. Okay?«

Desmond nickte. »Jack, wenn Sie mit Mutter sprechen, müssen Sie ihr sagen, daß wir hier etwas wegen der Sicherheit unternehmen müssen. Im Moment kann ja jeder ein und aus gehen, wie er will.«

»Das hatte ich mir schon vorgenommen, Desmond. Ich habe einen Plan für ein richtiges Überwachungssystem in Arbeit«, antwortete Jack und lächelte dann Emsie zu. »Lauf und sag Margaret und Joe, daß Adele bald nach Hause kommt, und bitte Margaret, ein Tablett mit Drinks und etwas Eis zu bringen. Ich für meinen Teil brauche jetzt einen Wodka, und ich bin sicher, alle anderen möchten auch etwas trinken.«

Die beiden jungen Leute eilten davon, und Linnet trat zu

Jack und umarmte ihn. »Danke, Jack, für alles, was Sie getan haben.«

»Keine Ursache, meine Schöne.« Er sah sie eindringlich an. »Ich bin ein bißchen an die Grenze gegangen, aber ich hatte das Gefühl, es wäre das richtige«, sagte er leise. »Gott sei Dank hat es funktioniert. Als ich Mark sagte, die Polizei sei unterwegs, hat er Angst bekommen. Auf einmal wirkte er ziemlich ernüchtert.«

»Warum? War er betrunken?« fragte Linnet rasch und zog eine Augenbraue hoch.

»War nur eine Redewendung.«

»Hätten Sie denn wirklich die Polizei angerufen, Jack, oder haben Sie geblufft?«

»Ich habe geblufft. Aber als Pete, mein Mitarbeiter, der die Hotels in der Gegend überprüft hat, den Namen William Stone nannte, fiel mir ein, daß Sie einmal erwähnten, Mark habe diesen Namen als Pseudonym für seinen Klienten Jonathan Ainsley benutzt.«

»Was für ein Glück, daß ich Ihnen davon erzählt habe.«

Er lächelte, ging zum Schreibtisch und studierte seinen vollgekritzelten Notizblock.

Kurz darauf trat Evan vor den Schreibtisch, und er blickte auf und sah sie fragend an.

»Danke, daß Sie einen so beruhigenden Einfluß ausgeübt haben, Jack. Wäre es in Ordnung, wenn ich Robin mitteile, daß Jonathan sich in Hongkong aufhält? Als ich heute mit ihm zu Mittag aß, hat er das Thema, wo sein Sohn sein könnte, nicht angeschnitten. Aber es wird ihn beruhigen, wenn er erfährt, daß Jonathan nicht im Land ist.«

»Tun Sie das auf jeden Fall, Evan.«

Kurz darauf setzten Linnet und Evan sich zu Tessa und India und versicherten Tessa, daß alles in Ordnung kommen werde. Sie hörte ihnen zu und versuchte zu lächeln. Aber die Spannung wich noch nicht von ihr; und sie war sich bewußt, daß die Ereignisse dieses Tages ihr Leben für immer verändert hatten. Sie würde keinen Frieden finden, bis ihr Kind wieder sicher in ihrer Obhut war. Mark war offensichtlich zu allem fähig.

Gideon Harte saß an seinem Schreibtisch in der Zentrale der Yorkshire Consolidated Newspaper Company im Südosten von London, nicht weit entfernt von der berühmten Fleet Street. Die bekannte Zeitungsmeile existierte natürlich noch, aber viele der großen überregionalen Tageszeitungen hatten ihren Sitz verlegt.

Gideons Büro mit Blick auf die Themse war weiträumig und lichtdurchflutet. Zahlreiche Flachglasfenster wurden von silberfarbenen Blenden aus Metallgewebe beschattet. Der Raum war in dezenten Weiß- und Grautönen gehalten, und in einem halbhohen, schwarz lackierten Regal an der langen Rückwand standen viele Bücher. Sein ebenfalls schwarz lackierter Schreibtisch war fast leer, so wie er es am liebsten mochte. Nur ein paar Memos lagen in einfachen schwarzen Ablagekörben; die einzigen anderen Gegenstände auf der Schreibplatte waren ein Lexikon, ein Synonymwörterbuch sowie ein Silbertablett mit einigen antiken Tintenfäßchen.

Gideon schob den Stuhl zurück und legte die Füße auf den Schreibtisch. Er lehnte sich zurück und behielt die große moderne Uhr an der gegenüberliegenden Wand im Auge. Als die Zeiger auf Viertel vor sieben vorrückten, schwang er die Beine herunter, setzte sich gerade hin und griff zum Telefon. Er wählte die Nummer des Peninsula-Hotels in Beverley Hills und wartete.

»Toby Harte, bitte«, sagte er, als die Zentrale sich meldete.

»Hallo? Toby Harte hier«, hörte er kurz darauf seinen Bruder.

»Ich bin's Toby, Gid. Und ich habe gute Nachrichten. Jack hat Mark gefunden. Er hat zugegeben, daß er Adele bei sich hat, und ist in diesem Moment auf dem Weg nach Pennistone Royal, um sie zurück zu Tessa zu bringen.«

»Gott sei Dank! Was für ein Bastard, Gid. Entführt sein eigenes Kind, und alles, um der armen Tessa eins auszuwischen. Man sollte ihn ... Mir fällt gar nichts ein, das schlimm genug wäre, um diesen Mistkerl zu bestrafen!«

Gideon lachte. »Wie wäre es, wenn wir ihn auf ganz altmodische Weise mit der Reitgerte auspeitschen? Oder noch besser, hängen, strecken und vierteilen.«

Toby fiel in sein Gelächter ein. »Ich werde ihm höchstpersönlich ein paarmal ins Gesicht boxen. Aber erleichtert werde ich erst sein, wenn ich höre, daß Adele tatsächlich wieder im Haus und bei Tessa ist. Vorher finde ich keine Ruhe. Ich traue diesem Hundesohn nicht.«

»Ganz deiner Meinung. Aber ich hatte ja versprochen, mich zu melden, sobald ich *irgend etwas* weiß, und ich habe gerade erst mit Jack gesprochen. Evan hatte mich ein paar Minuten vorher angerufen, um die Nachricht durchzugeben. Und dann wollte Jack selbst noch mit mir über Sicherheitsmaßnahmen reden. Nicht nur auf Pennistone Royal, das, wie wir jetzt wissen, sehr unsicher ist, sondern auch bei uns allen zu Hause. Ich glaube, er hat recht. Wir sollten uns besser schützen.«

»Einverstanden. Und Jack ist genau der Richtige, um alles einzurichten. Ach übrigens, wissen Paula und Shane schon Bescheid, Gid?«

»Du lieber Gott, nein! Und halte dich da bitte heraus. Sag unseren Eltern nichts, denn du weißt ja, daß Mutter es Paula weitererzählen wird. Die beiden sind doch die besten Freundinnen ... Ach, noch etwas. Jack hat mir berichtet, einer seiner Leute habe herausbekommen, daß ein Mann mit einem kleinen Kind im Spa-Hotel in Ripon abgestiegen war – deine alten Jagdgründe, wenn du dich erinnerst. Jedenfalls hatte der Mann sich unter dem Namen William Stone eingetragen. Jacks Mitarbeiter sagte das nichts; aber als Jack das hörte, wußte er sofort, daß es sich um Mark handeln mußte. William Stone ist Jonathan Ainsley. Das ist sein Pseudonym.«

»Himmel, das stimmt! Meinst du, daß Jonathan etwas damit zu tun hatte?«

»Keine Ahnung«, antwortete Gideon, »aber wie Evan mir erzählte, haben Tessa und Linnet an diese Möglichkeit gedacht, und Jack natürlich erst recht.«

»Verstehe. Irgendwann müssen wir Paula aber informieren; so etwas kann man nicht unter den Teppich kehren.«

»Das wäre ohnehin nicht möglich. Tessa hat Mark Longden ein Vermögen versprochen, wenn er Adele zurückbringt; und das wird sie mit ihrer Mutter und Shane abklären müssen. Linnet meint, dabei könnte es um Millionen gehen. Ich schätze, Longden fordert das gemeinsame Sorgerecht, und deswegen versucht Tessa ihn zu kaufen. Jeder hat seinen Preis; Emmas Maxime.«

»Emma hatte recht. Und das mit dem gemeinsamen Sorgerecht wird Tessa gar nicht behagen. Gott sei Dank haben Adrianna und ich keine Kinder; das macht manches einfacher.«

»Dann laßt ihr euch wirklich scheiden, Toby?« fragte Gideon.

»Allerdings, aber wenigstens einvernehmlich. Wir wollen die Scheidung beide, Gid. Sie hat entschieden, daß sie lieber in Hollywood leben und arbeiten möchte, und ich will in London bleiben. Das heißt, ich muß sogar, wenn man meine Verpflichtungen bedenkt. Aber sie verhält sich sehr anständig, ob du es glaubst oder nicht ... Adrianna ist nicht aufs Geld aus, ganz im Gegenteil. Sie will nicht einmal Unterhalt. Lieber möchte sie, daß ich ihr eine kleine Wohnung in London kaufe, damit sie hier eine Basis hat – du weißt schon, einen Fuß auf jeder Seite des Atlantiks –, und ich bin einverstanden. Ich habe sogar überlegt, ob ich ihr unsere alte

Wohnung überlasse. Adrianna liebt sie, und mir hat sie nie wirklich gefallen.«

»Ich hatte das Gefühl, daß du die Scheidung willst, deshalb freue ich mich, daß alles so reibungslos abläuft, Toby. Und Dad wird genauso empfinden. Er wünscht sich Enkelkinder von dir, und er fand immer, Adrianna wäre nicht der mütterliche Typ.«

Toby lachte leise. »Nie hat unser alter Herr ein wahreres Wort gesprochen.« Er zögerte kurz und fuhr dann fort. »Was meinst du, kann ich Tessa anrufen? Ich habe mir solche Sorgen um sie gemacht, und ich möchte, daß sie weiß, daß ich für sie da bin, was immer sie braucht.«

»Warum denn nicht, Toby? Ihr beiden seid doch schon euer ganzes Leben lang wie siamesische Zwillinge. Und sie weiß, daß du für sie da bist. Ruf sie ruhig an.«

»Ich wollte nur nicht gerade anrufen, wenn Adele nach Hause kommt. Da möchte ich nicht stören.«

»Du hast noch ein paar Minuten, bevor Mark auf dem Anwesen eintrifft. Also ruf sie jetzt an, und grüß sie ganz herzlich von mir.«

»Das mache ich. Zwischen dir und Evan ist doch alles in Ordnung, oder, Gid?«

»Absolut. War noch nie besser. Wir sprechen uns später noch einmal.«

»Klar, Gideon.«

Nachdem er aufgelegt hatte, lehnte Gideon sich wieder zurück, legte erneut die Füße auf den Schreibtisch und schloß die Augen. Er dachte an Evan Hughes.

Es stand wirklich gut zwischen ihnen, obwohl sie sich ständig wegen der bevorstehenden Englandreise ihres Vaters sorgte. Aber eigentlich macht sie sich Gedanken darüber, was er von *mir* halten wird, und von Robin Ainsley, dachte er und wünschte, sie würde keine Probleme erfinden, die nicht existierten. Gideon fand, daß Evan in diesem Punkt eine falsche Einstellung hatte: Sie brauchte das Gefühl, daß jeder die Menschen mochte, die ihr selbst am Herzen lagen, doch so funktionierte die Welt nun einmal nicht.

Er wußte, daß er sich ein gemeinsames Leben mit Evan aufbauen wollte. Und er hatte in ihrer Beziehung von Anfang an das Gefühl gehabt, daß sie ihn liebte. Aber er war zu dem Schluß gekommen, daß sie sich wegen ihres Vaters und seiner eigenartigen Einstellung zu den Hartes nicht in der Lage fühlte, diese feste Bindung einzugehen.

Gideon seufzte. Er würde froh sein, wenn ihr Vater endlich aus New York eintraf. Dann würde ohnehin alles ans Licht kommen. Unterdessen hatte er eine überregionale Tageszeitung herauszubringen. Nun, da sein Vater auf Reisen war, stand die *Daily Gazette* unter seiner Leitung. Er öffnete die Augen, setzte die Füße wieder auf den Boden und stand auf. Dann nahm er sein Handy vom Schreibtisch und begab sich in die Nachrichtenredaktion, einen der Plätze, an denen er sich am liebsten aufhielt.

Tessa konnte kaum stillsitzen und sprang schließlich auf. »Ich halte es nicht mehr aus!« rief sie, an Jack gerichtet. »Ich muß einfach zur Tür gehen und dort auf Adele warten.«

»Ich weiß, ich weiß. Laufen Sie nur zu, Tessa. Mark müßte jetzt jeden Moment eintreffen. Wenn ich recht darüber nachdenke, sollte ich Sie begleiten.« Jack nahm ihren Arm und führte sie in die angrenzende Stone Hall.

Doch kaum war sie in den Raum getreten, als Tessa wie angewurzelt stehenblieb und Jack anstarrte. »Die Stoffpuppe! Das erste, wonach sie fragen wird, ist Reggi. Warten Sie einen Moment, ich will sie schnell holen. Ich habe sie in der Bibliothek gelassen.«

Er nickte und sah ihr nach, als sie zurücklief. Den halben Tag hatte sie diese Puppe an sich gedrückt und immer wieder zu ihnen gesagt, Adele sei bestimmt todunglücklich, weil sie die Puppe verloren habe. Er seufzte. Das war wirklich ein scheußliches Schlamassel, ein unangenehmer Scheidungskrieg, der jetzt nur noch erbitterter geführt werden würde.

Als Paula ihn vor einigen Wochen beauftragt hatte, Mark Longden zu durchleuchten, war ihm klargeworden, wie beunruhigt sie wegen ihres Schwiegersohns war. Normalerweise war Paula kein Mensch, der im Leben anderer herumschnüffelte. Im Gegenteil, sie hegte großen Respekt vor der Privatsphäre anderer. Doch nachdem Jack begonnen hatte, der Sache nachzugehen, war er froh, daß sie diesen Schritt getan hatte. Was er über Mark Longden herausgefunden hatte, hatte ihm gar nicht gefallen; und er hatte Paula unverzüglich darüber unterrichtet.

Offensichtlich hatte Longden sich mit Paulas Cousin Jonathan Ainsley zusammengetan, ihrem erbittertsten Feind, der darüber hinaus die gesamte Harte-Familie mit unversöhnlichem Haß verfolgte. Jonathan hatte Longden als Architekten für sein neues Anwesen in Thirsk angeheuert, und dieser war bald völlig unter Jonathans schlechten Einfluß geraten, der ihn zu allem Überfluß mit Alkohol, Drogen und Frauen versorgte. Mark hatte sich darauf eingelassen und war inzwischen abhängig. Paula war ebenso entsetzt wie Jack gewesen und hatte sich um Tessa gesorgt. Schließlich war Mark ihr gegenüber schon gewalttätig geworden. Jetzt waren sie zwar getrennt, aber es war nicht abzusehen, was Mark ihr noch antun würde. Die heutigen Ereignisse waren das beste Beispiel dafür. Adele zu verschleppen war sowohl grausam als auch gefährlich gewesen. Erpressung, dachte Jack. Er hatte Tessa erpressen wollen, und bisher war ihm das gelungen. Longden war hinter Geld her, viel Geld, und dem gemeinsamen Sorgerecht. Das würde er nie und nimmer bekommen; nicht mit den Informationen, die Jack über sein Privatleben gesammelt hatte. Aber Paula würde ihm wahrscheinlich das Geld geben, um ihn loszuwerden.

»Da bin ich wieder!« rief Tessa aus und eilte, die Stoffpuppe in der Hand, zurück in die Stone Hall. »Sie haben ja keine Ahnung, wie sehr sie dieses unscheinbare Spielzeug liebt. Für sie ist es das Kostbarste auf der Welt ...« Tessa hielt inne und sah Jack an. »So, wie sie für mich das Kostbarste ist«, setzte sie leise hinzu. »Noch einmal danke, Jack, daß Sie sie zurückgeholt haben.«

»Schon gut, Tessa. Inzwischen sollten Sie wissen, daß ich Sie immer nach Kräften unterstütze. Ich kenne Sie schließlich, seit Sie in Adeles Alter waren. Damals haben Sie übrigens genauso ausgesehen wie Ihre Tochter heute.«

»Mama sagt auch immer, Adele sei mir wie aus dem Gesicht geschnitten.«

Sie durchquerten die kleine Eingangshalle. Jack öffnete die Vordertür, und beide traten auf die oberste Treppenstufe hinaus. An diesem Augustabend war der Himmel blaßblau und hell, das Licht kristallklar, und es war warm. Doch er bemerkte, daß Tessa leicht zitterte, als sie in Richtung Auffahrt sah, und auf ihren Zügen zeigte sich erneut ihre Nervosität. Sie hatte sich nur kurz entspannt, und er wußte, daß sie sich kaum noch beherrschen konnte, während sie jetzt auf Adele wartete.

Als sie Räder auf Kies knirschen hörten, warfen sie einander einen Blick zu, und Sekunden später bog ein schwarzer Mercedes um die Kurve.

Tessa wollte loslaufen, doch Jack hielt sie zurück. »Ich weiß, daß Sie darauf brennen, Ihre Tochter in die Arme zu schließen, aber warten Sie trotzdem einen Moment, Tessa. Ich muß einen Eindruck davon bekommen, wie sich Adele verhält, wenn er sie aus dem Wagen holt. Zum Beispiel, ob sie verwirrt ist oder, was am wichtigsten ist, ob sie Angst vor ihrem Vater hat. Sehen Sie, solche Details sind für das Scheidungsverfahren von entscheidender Bedeutung.«

»Ich verstehe«, flüsterte Tessa, doch ihre Aufregung wuchs.

Endlich kam der Wagen auf der Fläche neben der Ligusterhecke zum Stehen, die ihnen als Parkplatz diente. Sie wünschte, er wäre bis zur Tür vorgefahren.

Mark stieg aus, warf Tessa und Jack, die in der Tür standen, einen finsteren Blick zu und ging dann um den Wagen, um Adele herauszuholen.

Kurz sah es aus, als wolle er sie tragen, aber Adele begann auf seinem Arm zu zappeln, und ihm blieb nichts anderes übrig, als sie auf den Boden zu setzen. »Mami! Mami!« rief das Kind und rannte von ihm weg, so rasch die kleinen Beinchen es tragen wollten. »Ich habe Reggi verloren«, rief sie und begann laut zu schluchzen.

Tessa, die fürchtete, die Dreijährige könnte stolpern und sich verletzen, lief ihr entgegen; und als sie näher kam, bemerkte sie, wie verwahrlost Adele aussah: ihr silberblondes Haar war zerzaust, im Gesicht hatte sie schwarze Flecken, an ihrem Mund klebte etwas, das nach Himbeermarmelade aussah, und ihr hellblaues Hemd und ihre Shorts waren schmutzig.

Sie hielt die Stoffpuppe hoch, damit Adele sie sehen konnte. »Schau, hier ist Reggi. Ich habe sie gefunden, Schätzchen.«

»Oh, Mami, meine Reggi!« Sofort hörte Adele auf zu weinen, hob ihr tränenüberströmtes Gesicht zu ihrer Mutter, lächelte sie strahlend an und drückte die Stoffpuppe ans Herz.

Tessa hatte sich hingekauert. Sie wischte ihrer Tochter die Tränen ab, erwiderte ihr Lächeln und nahm Adele in die Arme. Die Liebe zu ihrem hilflosen kleinen Mädchen überwältigte sie, und in dieses Gefühl mischte sich die ungeheure Erleichterung darüber, daß sie wieder sicher zu Hause war. Aus dem Augenwinkel sah Tessa, daß Mark näher kam. Sofort ließ sie Adele los und stand auf. Dann nahm sie das Kind auf den Arm und trat einen Schritt zurück, als wolle sie Abstand zu Mark wahren.

Er blieb stehen, sah kurz zu Jack und sprach dann Tessa an. »Sollen wir jetzt unsere kleine Unterhaltung führen?«

»Später. *Bitte.* Adele muß schrecklich müde sein, und vielleicht hat sie sogar Hunger. Hast du ihr heute wenigstens etwas zu essen gegeben?«

»Natürlich hat sie gegessen, du dumme Kuh! Ich liebe mein Kind, warum sollte ich es hungern lassen?« schrie er und starrte sie wütend an. Sein Gesicht war rot angelaufen.

Tessa hielt seinem Blick stand. Sie haßte ihn mit jeder Faser ihres Herzens.

»Aber, aber, Mark«, versetzte Jack gelassen, trat schützend vor Tessa und bedeutete ihr, ins Haus zu gehen. »Beschimpfungen bringen Ihnen gar nichts ein. Und außerdem sollten wir unsere Geschäfte nicht vor Ihrer Tochter abwickeln. Oder auf der Türschwelle.« Über die Schulter warf er Tessa, die direkt hinter ihm stand, einen Blick zu. »Vielleicht könnten wir ein paar Minuten mit Mark reden?« fragte er. »Im Haus?«

Tessa, die vor Zorn glühte und es eilig hatte, ihre Tochter zu baden und ihr zu essen zu geben, nickte nur, drehte sich um und ging in die Stone Hall. Jack folgte ihr. »Warum bringen Sie Adele nicht in die Bibliothek? Ein paar Minuten kann sie ruhig bei den anderen bleiben, und länger dauert das hier nicht, das versichere ich Ihnen. Lassen Sie mich nur machen.«

»In Ordnung, Jack, aber ich hoffe, daß es wirklich nur ein paar Minuten sind.« Durch die weiträumige Halle eilte sie zur Bibliothek. Als sie die Tür öffnete und hineinging, klatschten alle Beifall, lachten und drängten sich um sie. Alle Verwandten machten großes Aufhebens um Adele, die glücklich strahlte und sich küssen ließ.

Als Tessa gerade den Raum verlassen wollte, stürzte Elvira herein. Ihr Gesicht war kalkweiß, und ihre Augen waren ängstlich aufgerissen.

»Elvira!« rief Tessa, als sie das Kindermädchen sah. »Sind Sie gerade aus Leeds zurückgekommen?«

»Ja, Mrs. Longden, und Margaret und Joe haben mir erzählt, was heute mit Adele passiert ist. Oh, Mrs. Longden, es tut mir so leid, ich wünschte, ich hätte mir den Tag nicht freigenommen. Wenn ich doch nur hiergewesen wäre ...« Sie verstummte und sah plötzlich unschlüssig aus.

»Elvi«, sagte Adele und lächelte ihr zu, »ich habe Reggi verloren, aber Mami hat sie gefunden. Schau.« Sie zeigte Elvira die Stoffpuppe.

»Ich bin froh, daß es ihr gutgeht«, sagte Elvira leise zu dem Kind und sah dabei zu Tessa auf.

»Passen Sie doch bitte ein paar Minuten auf sie auf, Elvira. Ich muß mit Mr. Longden sprechen«, sagte Tessa und schob Adele auf das Kindermädchen zu.

Tessa sah Linnet an. »Ich bin gleich zurück. Jack redet draußen mit Mark, und er weiß, was er tut.«

»Ganz bestimmt«, pflichtete Linnet ihr bei. »Er ist der Beste.«

Als Tessa eintrat, saßen Jack und Mark einander am Kamin der Stone Hall gegenüber. Mark war sichtlich wütend, während Jack völlig ungerührt wirkte. Er hat alle Trümpfe in der Hand, dachte sie plötzlich und erinnerte sich an einige Dinge, die Jack ihrer Mutter berichtet hatte.

Da Tessa bei Mark nicht den Eindruck erwecken wollte, daß sie sich auf eine längere Diskussion einlassen würde, blieb sie stehen und bezog neben dem gewaltigen steinernen Kamin Stellung.

Jack sah zu ihr herüber. »Ich habe Mark gesagt, daß Sie gern die Angebote wiederholen, die Sie ihm vorhin am Telefon gemacht haben. Anscheinend will er sie noch einmal hören.«

»Du kannst das Haus in Hampstead haben«, begann Tessa, »das eigentlich *mir* gehört, da meine Mutter es mir geschenkt hat, nicht uns. Ebenso die beiden Autos, die dort in der Garage stehen. Als Zugabe bekommst du alles, was in dem Haus ist, bis auf ein paar Bilder und andere Gegenstände, die mir gehören, und meine anderen persönlichen

Besitztümer wie Kleidung und so etwas. Und ich werde dir eine Abfindung zahlen.«

»Ich will den Schmuck zurück. Alle Schmuckstücke, die ich dir geschenkt habe.«

»Das ist mir nur recht«, sagte sie und dachte, daß sie sämtlich wertlos waren.

»Und ich will das gemeinsame Sorgerecht für Adele.«

»Das kann ich nicht versprechen«, antwortete Tessa, deren Stimme plötzlich zitterte, »aber ich bin mit einer großzügigen Besuchsregelung einverstanden.«

»Gemeinsames Sorgerecht«, zischte er gehässig zurück.

»Nein, Mark, dem kann ich nicht zustimmen. Nicht nach dem, was du heute getan hast.«

»Wir werden ja sehen, was das Gericht dazu sagen wird«, beharrte er drohend.

Jack räusperte sich. »Wenn ich das einmal unterbrechen darf, ich glaube, das Gericht wird eher zu Tessas Gunsten entscheiden.«

»Auf keinen Fall! Heutzutage hat ein Vater ebenso viele Rechte wie die Mutter.«

»Aber Sie sind ein etwas problematischer Vater.«

»Was zum Teufel soll das bedeuten?« Mark funkelte Jack böse an.

»Ich möchte jetzt nicht in Einzelheiten gehen, denn darüber werden Ihre und Tessas Anwälte bald ohnehin reden. Ich will nur erwähnen, daß wir ziemlich viele Informationen über Ihre Ausschweifungen besitzen, Ihren ziemlich ... dekadenten Lebenswandel. Muß ich noch deutlicher werden?« Jack warf dem Jüngeren einen durchdringenden Blick zu, erhob sich und trat zu Tessa.

Mark sprang auf. »Also, für mich klingt das nach einer verdammten Erpressung!« schrie er.

»Nennen Sie es, wie Sie wollen«, brummte Jack. »Aber ich habe Beweise dafür, daß ich die Wahrheit sage. Und im übrigen sind das genau die Art von Informationen, an denen ein Richter mit Sicherheit interessiert ist, insbesondere wenn es um das Wohl eines Kindes geht.«

Mark bedachte zuerst Tessa, dann Jack mit wütenden Blicken. »Sie hören noch von mir!« schrie er.

»Auch Sie werden noch von mir hören, Kumpel«, gab Jack zurück. »Und jetzt, finde ich, sollten Sie angesichts der Umstände lieber gehen. Ich begleite Sie zur Tür.«

6

Paula stand an einem der Schlafzimmerfenster ihrer Wohnung in der Fifth Avenue und sah auf den Central Park hinaus. Draußen war es sonnig und warm, aber nicht feucht, und in der Luft lag dieses gewisse Glitzern, das alles frisch und neu erscheinen ließ. Die dichten Baumkronen im Park standen leuchtendgrün vor dem azurblauen Himmel, und dahinter erhob sich majestätisch die Skyline von Manhatten. Heller Sonnenschein spiegelte sich in Tausenden von Fenstern, so daß die Wolkenkratzer in dem klaren Licht beinahe zu flirren schienen.

Keine Stadt auf der Welt ist wie diese, dachte Paula. Sie liebte New York, seit sie als Kind zum erstenmal mit ihrer Großmutter hergekommen war; auch Emma war geradezu süchtig nach dieser bunten, aufregenden, brodelnden Stadt gewesen, in der einfach alles möglich war. »Hier ist der Himmel die Grenze, Paula. Vergiß das niemals«, hatte Emma oft zu ihr gesagt.

Paula wandte sich vom Fenster ab und durchquerte das Schlafzimmer und die Eingangshalle. Auf dem schwarzweißen Marmorboden klickten ihre hochhackigen Schuhe, als sie in die Bibliothek weiterging, einem ihrer Lieblingsräume in dieser Wohnung. Auch ihr Großvater hatte die Bibliothek geliebt, hatte Emma ihr einmal anvertraut, die dunkle Holztäfelung der Wände, die vielen in rotes Leder gebundenen Bücher, die von ihr ausgesuchten georgianischen Antiquitäten und das warme Dunkelrosé des Brokats, den sie für die Fenstervorhänge und die Sofabezüge ausgesucht hatte. »Er pflegte zu sagen, dieser Raum sei maskulin, ohne stickig und schwer zu wirken«, hatte ihre Großmutter erklärt. »Aber andererseits mochte er es immer, wie ich unsere Wohnungen eingerichtet habe.«

Paul McGill hatte die Wohnung in der Fifth Avenue in den dreißiger Jahren für sich und Emma gekauft – eine geräumige Maisonette, die der renommierte Architekt Rosario Candela 1931 entworfen hatte. Nach Pauls frühem Tod 1939 hatte Emma darüber nachgedacht, sie zu verkaufen, aber nur kurz. Damals war Krieg, und sie hatte zu viel mit den Bombenangriffen auf London zu tun, um sich Gedanken wegen der Wohnung in Manhattan zu machen. »Und ich bin froh, daß ich sie nicht abgestoßen habe«, hatte Emma Paula einmal erklärt, »denn so können wir hier bequem leben und haben unsere Privatsphäre, wenn wir in die Staaten kommen, und brauchen nicht in einem Hotel abzusteigen.«

Nach Emmas Tod war die Wohnung zu gleichen Teilen an Paula und ihren Bruder Philip gegangen, doch auch andere Familienmitglieder nutzten sie, wenn sie in Amerika waren, insbesondere Emily und Winston Harte, ihre Cousine und ihr Cousin, und Emilys Halbschwester Amanda Linde, die sich häufig in New York aufhielt. Alle liebten die Wohnung und waren stolz auf ihre ungewöhnliche Schönheit, denn sie war luxuriös und bot alle Annehmlichkeiten, ohne protzig zu wirken. Sie trug in jeder Hinsicht Emmas Stempel und offenbarte ihr kritisches Auge für Farben und die edelsten Antiquitäten und Gemälde.

Als Paula sich jetzt an ihren Schreibtisch setzte, empfand sie wieder einmal große Ehrfurcht vor ihrer Großmutter und ihren Leistungen. Wirklich unvorstellbar, was Grandy im Leben alles erreicht hatte – ein armes Mädchen aus Fairley, einer Arbeitersiedlung in den Mooren von Yorkshire, das mit zwölf Jahren als Hausmädchen in den Dienst der Fairleys auf Fairley Hill getreten war.

Wie in aller Welt hat sie das nur geschafft? fragte sich Paula. Woher kamen dieses Talent, dieser unfehlbare Geschmack, dieses Kunstverständnis? Und woher stammten ihr Elan und ihre Energie, ihre Kraft und ihr Durchhaltevermögen? Wie hatte sie nur diese Unbezwingbarkeit aufgebracht, diesen Drang, die höchsten Gipfel zu erklimmen? Wie, um Himmels willen, war dieses kleine Dienstmädchen solch eine große Dame, eine solche Finanzmagnatin, so absolut unnachahmlich geworden? Emma Harte hatte fast allein ein internationales Geschäftsimperium geschaffen, das heute Milliarden englische Pfund wert war, und ihren Nachfahren ein außerordentliches Erbe an Macht, Reichtum und Privilegien hinterlassen.

Eine wie sie gibt es nicht noch einmal, dachte Paula. Emma war einzigartig gewesen; Gott hatte die Form zerbrochen, nachdem er sie geschaffen hatte.

Das Telefon klingelte, und automatisch hob Paula ab. »Hallo?«

»Hallo, Mama, hier ist Linnet.«

»Was für eine nette Überraschung, Schatz! Geht es allen gut? Wie kommt die Renovierung der Kaufhäuser voran?« Ihre Stimme verriet, wie sehr sie sich freute, von ihrer Tochter zu hören.

»Ach, sehr gut, ich bin zufrieden ...« Linnet hielt inne und holte tief Luft. »Mama, hör zu«, sagte sie rasch. »Heute ist etwas passiert. Jetzt ist aber alles wieder in Ordnung, alles bestens. Ehrlich. Aber ich dachte, ich sage dir lieber Bescheid. Und ...«

»Was ist geschehen, Linnet?« unterbrach Paula sie rasch. »Ich hoffe doch, daß niemandem etwas zugestoßen ist?« Plötzlich stand ihr wieder lebhaft der Tag vor Augen, als ihr Cousin Winston Harte bei Shane in Connecticut angerufen hatte, um ihr zu sagen, daß ihr Vater und ihr Mann tot waren, in Chamonix von einer Lawine mitgerissen. Gänsehaut überzog ihre Arme, und sie verkrampfte sich in Erwartung der schlimmen Nachricht, die jetzt kommen würde.

»Ja, wirklich, alles in Ordnung«, rief Linnet aus. Dann berichtete sie ihr ausführlich von den Ereignissen des Tages.

»Oh Gott, nein! Nicht Adele! Aber ihr habt sie wirklich gefunden? Es stimmt doch, daß es allen gutgeht?«

»Ja, sie ist heil und gesund und wieder auf Pennistone Royal, bei Tessa.« Linnet schwieg kurz. »Ich habe Jack um Hilfe gebeten, und er ist hier und möchte mit dir sprechen, Mama. Ich komme in ein paar Minuten noch einmal an den Apparat.«

»Hallo, Paula«, meldete sich Jack.

»Hallo, Jack, ich bin sehr froh, daß Sie dort sind.« Ihre eigene Stimme klang ihr fremd in den Ohren.

»Alle sind in Sicherheit«, fuhr er in seinem begütigendsten Ton fort. Er verehrte Paula von jeher; einige Familienmitglieder waren sogar der Überzeugung, er sei seit Jahren insgeheim verliebt in sie. »Wie Linnet Ihnen eben sagte, ist das Kind unverletzt. Aber ich muß wirklich darauf bestehen, daß Sie bessere Sicherheitsmaßnahmen ergreifen, Paula. Sie haben ja fast nichts, nur eine einfache Alarmanlage ... das ist zu gefährlich.«

»Shane hat in letzter Zeit auch mehrmals davon gesprochen. An so etwas hat dabei natürlich niemand gedacht, an eine ... Entführung. Aber Sie haben recht, Sicherheit ist jetzt sehr wichtig geworden. Können Sie alles Nötige für uns veranlassen, Jack?«

»Ja, ich engagiere sofort die besten Fachleute. Gleich morgen.«

»Das ist eine gute Idee. Und danke für alles, was Sie für uns getan haben. Dafür stehe ich ewig in Ihrer Schuld.«

»Sie können sich darauf verlassen, daß ich immer für Sie dasein werde.«

»Kann ich mit Tessa sprechen, Jack?«

»Aber ja, sie steht gleich neben mir. Ich melde mich später noch einmal, Paula.«

»Hallo, Mama«, begann Tessa, doch dann versagte ihr die Stimme.

»Tessa, Liebling, es tut mir so leid, daß das passiert ist, ganz schrecklich leid. Du mußt ja heute durch die Hölle gegangen sein.«

»Ja«, antwortete Tessa. »Aber ich kann dir versichern, daß es Adele wirklich gutgeht. Sie ist überhaupt nicht verstört; aufgeregt hat sie sich nur, weil sie glaubte, ihre Stoffpuppe verloren zu haben. Sie schläft jetzt fest, und Elvira übernachtet heute in ihrem Zimmer. Aber Mama, Mark war wirklich gemein. Er hat das getan, um mir eins auszuwischen. Es war nicht richtig, daß er Adele dazu benutzt hat. Ach, und er will das gemeinsame Sorgerecht.«

»Das wird er nicht bekommen, Tessa, sei unbesorgt. Als Jack Mark ins Visier genommen hat, hat er jede Menge unappetitliche Fakten ermittelt, und ich bin mir sicher, daß das Gericht ihm die Eignung zum Erziehungsberechtigten absprechen wird. Was hast du ihm in Aussicht gestellt, um Adele zurückzubekommen, Liebling?«

»Nur das, was wir vorher schon abgesprochen hatten. Das Haus in Hampstead, die Autos, die dort stehen, und eine Abfindung. Nichts weiter, und beim Thema Sorgerecht bin ich sehr vorsichtig gewesen. Ich habe gesagt, darüber müßten die Anwälte verhandeln.«

»Braves Mädchen. Und laß von jetzt an wirklich die Anwälte reden.«

»Natürlich, Mama. Aber ich mußte ihm doch etwas anbieten, damit er Adele nach Hause brachte.«

»Ich weiß, und ich finde, du hast dich wacker geschlagen. Wir müssen vor allem sicherstellen, daß der Preis stimmt. Du willst doch nicht, daß Mark dir für den Rest deines Lebens wie ein Klotz am Bein hängt, oder?«

»Natürlich nicht. Was meinst du, kann ich hier in Yorkshire bleiben? Jack sagt, daß es vollkommen in Ordnung ist und daß Mark mich nicht wieder belästigen wird. Und er hat für heute abend das Vorder- und das Hintertor abschließen lassen.«

»Ja, ich finde, du solltest wie geplant bleiben, und natürlich hat Jack recht. Und ich denke, daß er auch Mark richtig einschätzt. Wahrscheinlich bedauert er schon, daß er diese schreckliche Tat begangen hat. Wie geht es übrigens Emsie und Desmond? Sie waren doch wahrscheinlich dabei, als es passiert ist?«

»Nein, sie waren ausgeritten. Aber sie wollen dir Hallo sagen. Ich gebe dann das Telefon weiter, Mama.«

Nachdem Paula aufgelegt hatte, bedachte sie alles, was Jack und ihre Kinder ihr berichtet hatten; sie hatte auch mit India und Evan gesprochen. Alle schienen sich einig darüber zu sein, daß Jonathan Ainsley irgendwie in die Geschichte verwickelt war.

Jonathan Ainsley. Ihr Cousin und erbitterter Feind, der ihre Familie und den ganzen Harte-Clan aus tiefstem Herzen haßte. Und auch die O'Neills und Kallinskis, die eng mit den Hartes verbunden waren. Sie wußte, daß er sie und Emily, Winston und Shane seit ihrer Kindheit verabscheute, und damals hatten sie ihm wirklich keinen Grund dazu gegeben. Er war ganz einfach ein schlechter Mensch, der von Neid und Gier beherrscht wurde.

Vor einiger Zeit hatte er Mark in seinen Dunstkreis gezogen, indem er ihn mit dem Bau seines neuen Hauses in Yorkshire beauftragt hatte. Mark hatte den Köder geschluckt, war über Jonathan in schlechte Gesellschaft geraten und dadurch zu seiner Marionette geworden. Ihr Cousin hatte selbst gar nichts zu tun brauchen, um ihr zu schaden – es hatte gereicht, Mark Longden einfach ein paar Flausen über Tessa in den Kopf zu setzen.

Im Moment wußte sie noch nicht, wie sie mit Jonathan

umgehen sollte. Irgendwann würde sie schon einen Weg finden, sich seiner zu entledigen. Aber was sie mit Mark anfangen würde, damit er keine Macht mehr über ihre Tochter und ihr Enkelkind hatte, das wußte sie schon. Und morgen würde sie ihre Pläne in die Tat umsetzen.

Paula warf einen Blick auf den Reisewecker, der auf dem Schreibtisch stand. Schon nach fünf. Wo blieb nur Emily? Sie konnte doch nicht mehr bei der Vorstandssitzung von Harte Enterprises sein, oder? Doch, möglich war das schon, Emily war gewissenhaft und ...

»Tut mir leid, daß ich so spät komme!« rief Emily. Mit leicht gerötetem Gesicht eilte sie in die Bibliothek. »Oh Gott, ist das hier schön kühl. Draußen ist es wie ein Glutofen ...« Emily unterbrach sich und sah ihre Cousine stirnrunzelnd an. »Was ist los, Paula? Du siehst ja schrecklich aus.«

»Hallo, Emily«, antwortete Paula, ging um den Schreibtisch und küßte ihre Cousine auf die Wange. »Ich habe einen mächtigen Schrecken bekommen, aber jetzt ist alles in Ordnung. Ich erzähle dir gleich davon. Sollen wir eine Tasse Tee trinken? Oder möchtest du Eistee?«

Ohne Paula aus den Augen zu lassen, setzte Emily sich aufs Sofa. »Ich glaube, ich hätte zur Abwechslung gern einen Eistee. Soll ich Alice Bescheid sagen?«

»Nein, nein, das mache ich schon. Kommt übrigens Winston aus Toronto zurück? Alice möchte wissen, wie viele Personen wir zum Abendessen sein werden.«

»Wir werden wieder zu zweit sein, meine Liebe. Winston schafft es heute nicht. Vielleicht morgen, und ich nehme an, daß Shane am Freitag kommt.«

»Richtig. Er nimmt den Morgenflug von Nassau. Damit sind wir heute abend wieder Strohwitwen«, meinte Paula, während sie den Raum verließ. Sie ging in die Küche, sprach mit Alice, der Haushälterin, und kam zurück.

Sie ging zur Sitzgruppe und setzte sich Emily gegenüber in einen Sessel. »Heute gab es auf Pennistone Royal ziemliche

Aufregung«, begann sie. In ihrer üblichen präzisen Art berichtete Paula Emily alles, was sich in Yorkshire zugetragen hatte.

»Was für einen schrecklichen Tag die arme Tessa gehabt haben muß. Gott sei Dank ist alles gut ausgegangen. Da hätte ja alles mögliche passieren können. Und hör mal, Paula ...«, Emily beugte sich vor und fuhr viel leiser, vertraulicher fort, »ich bin der gleichen Meinung wie Linnet und Tessa. Dieser verfluchte Jonathan hat wahrscheinlich wirklich damit zu tun. Wir müssen etwas gegen ihn unternehmen – irgendwie.«

»Ich stimme dir zu, aber im Moment weiß ich noch nicht genau, was, Em. Aber immerhin glaube ich, daß mir etwas eingefallen ist, wie ich Mark Longden zur Raison bringe. In der letzten halben Stunde habe ich mir einen Plan ausgedacht, und morgen fange ich an, ihn in die Tat umzusetzen.«

Nachdem Emily in ihr Zimmer gegangen war, um sich bis zum Abendessen auszuruhen, setzte sich Paula eine Weile an den Schreibtisch und ging ihre Termine für die nächsten Tage durch. Aber dann schlug die Uhr in der Eingangshalle und ließ sie hochfahren. Mit ihrer Konzentration war es vorbei.

Sie lehnte sich zurück und dachte über Tessa und ihre Enkelin Adele nach, und über die heutigen Ereignisse auf Pennistone Royal. Gott sei Dank waren beide in Sicherheit. Sie wünschte, Shane wäre hier gewesen. Sie wandte den Kopf und sah zu den Bildern, die auf einem runden Tischchen in der Nähe arrangiert waren. Dann stand sie auf und ging hinüber.

Sie setzte sich in einen Stuhl und nahm einen Silberrahmen mit einem Bild von Shane in die Hand. Ein Lächeln huschte über ihr Gesicht. Das Bild war vor vielen Jahren aufgenommen worden, als er sechsundzwanzig gewesen war, und unwillkürlich kam ihr der Gedanke, wie wunderbar er aussah, so attraktiv, schon damals distinguiert. Was hatte Emma noch über ihn gesagt? Er verfüge über eine beinahe magische Ausstrahlung. Und das stimmte. Sie war noch nie jemandem begegnet, ob Mann oder Frau, der diese Art von Glanz um sich verbreitete. Mit seinem dunklen Haar und den dunklen Augen war er durch und durch der dunkle keltische Typ, und sie zog ihn immer damit auf, bestimmt habe er den berühmten Blarney-Stein in Irland geküßt, der angeblich Charme und Redegewandtheit verlieh. »Das habe ich wohl von meinem Großvater, der auch alle um den Finger wickeln konnte«, pflegte er dann zu erwidern. »Ja, Emma meinte immer, Blackie habe den Blarney-Stein mindestens dreimal geküßt«, lautete dann meist Paulas Antwort.

Schon komisch, wie das Leben manchmal spielt, dachte sie plötzlich, als ihr Blick auf ein Photo fiel, auf dem Tessa und Lorne zusammen mit Shane zu sehen waren. Er hatte die beiden von frühester Jugend an wie seine eigenen Kinder großgezogen. Sie wußte, wie sehr Lorne Shane liebte, aber manchmal war sie sich nicht sicher, was Tessa für ihn empfand.

Natürlich liebt sie ihn, sagte Paula sich. Alle haben Shane schon immer geliebt. Grandy. Meine Mutter. Winston Harte, sein bester Freund und Kamerad seit Kindertagen. Und Emily. Und Sally und Anthony Standish. Um die Wahrheit zu sagen, war Shane der beliebteste Mensch in den drei Clans!

Ihr Blick glitt weiter, und sie lachte laut auf, als er auf ein Photo fiel, das sie alle als Teenager zeigte; es war eines Sommers in Heron's Nest aufgenommen worden, Emmas Haus in Scarborough am Meer. Das war das Jahr gewesen, als die Jungs ihre eigene Band gegründet hatten. Sie nannten sich die Herons, und natürlich war Shane der Bandleader. Er spielte auch Klavier und sang. Alexander, ihr geliebter Sandy, der leider schon seit vielen Jahren tot war, hatte Schlagzeug und Becken gespielt. Michael Kallinski hatte auf der Mundharmonika geblasen, Jonathan auf der Geige gekratzt, und Philip spielte Flöte. Aber Winston war derjenige gewesen, der sich als wichtigstes, talentiertestes Mitglied des Ensembles betrachtete. Er hatte den Film *Der Jazztrompeter* gesehen und sich Bix Beiderbecke zum Vorbild erkoren, und er hielt sich für den Größten. Sie hatten sich alle laut gefragt, wo er Trompete spielen gelernt hatte. Emma hatte verkniffen gelächelt und gesagt, das hätte er nicht und genau das sei das Problem. Was hatten sie damals für Spaß zusammen gehabt!

Shane gehörte zu ihrem Leben, solange sie denken konnte. Sie war sich seiner Existenz bewußt geworden, als sie vier und er acht war und sie ihm überallhin nachgelaufen war.

Eines Nachmittags hatte Shane ihr gesagt, er habe eine wunderbare Idee. Sie sollte Königin Boadicea spielen, die Anführerin der alten Briten, und er würde ihr Prinzgemahl, ihr Lord sein. »Aber wir müssen echt aussehen«, hatte Shane gemeint. »Und wie?« hatte sie gefragt, und ihre veilchenfarbenen Augen hatten schon damals vor Liebe und Stolz geleuchtet, weil er ihr Freund war. »Blau. Die alten Briten sind mit blauer Kriegsbemalung in die Schlacht gezogen«, hatte der Achtjährige erklärt. Und dann hatte er sie ausgezogen und über und über mit blauer Lackfarbe bemalt. Als züchtiges Mädchen hatte sie allerdings darauf bestanden, den Schlüpfer anzubehalten, und später war Emma dankbar dafür gewesen. So hatten wenigstens ein paar Poren atmen können, und Paula war nicht gestorben. Irgendwie hatte Shane sie überredet, ihn ebenfalls blau anzumalen – und zum Glück ebenfalls dezent bedeckt. Emma hatte Blackie geholt, damit er ein ernstes Wort mit seinem Enkel redete. »Du nichtsnutziger junger Spund!« hatte er geschimpft und ihm die Hölle heiß gemacht.

Paula lächelte versonnen. Immer wieder hatten Emma und Blackie sie mit Terpentin abgeschrubbt, um die Farbe zu entfernen, und diese Prozedur war schlimmer als jede Tracht Prügel gewesen.

Blau ist anscheinend unsere Farbe, dachte sie und sah vor ihrem inneren Auge ihre wunderschönen blauen Murmeln, die der zehnjährige Shane verloren hatte. Er hatte ihr neue geschenkt, aber die waren längst nicht so hübsch, und sie war ihm noch lange böse gewesen.

Und eines Tages, als sie beide erwachsen waren, hatte er ihr eine kleine rote Lederschachtel gegeben, und sie hatte sie geöffnet und war hingerissen gewesen von den Saphir-Ohrringen, die sich darin befanden. Shane hatte sich zu ihr heruntergebeugt und sie geküßt. »Ich hoffe, die gefallen dir ... Sie sind für die blauen Murmeln, die ich verloren habe, als du sechs warst oder so.«

Aber geheiratet hatten Paula und Shane erst viel später.

Die beiden waren zusammen aufgewachsen und sogar noch als Teenager unzertrennlich gewesen; aber dann war sie aufs Internat gegangen und anschließend auf die Universität, und sie hatte ihn weniger oft gesehen.

Und sie war Jim Fairley begegnet, der für Emma arbeitete, und hatte sich verliebt. Zumindest hatte sie das damals geglaubt. Sie hatte Jim geheiratet, und dann waren die Zwillinge zur Welt gekommen, Tessa und Lorne.

Shane war nach New York gezogen, um die Hotelkette der O'Neills auf der anderen Seite des Atlantiks zu leiten. Aber er hatte nie geheiratet, und eines Tages, als Paulas Ehe in die Brüche ging, hatten sie plötzlich erkannt, daß sie einander liebten und schon immer geliebt hatten.

Entdeckt hatten sie es in Shanes wunderbarer alter Scheune in New Milford, dieser Oase des Friedens im ländlichen Connecticut. Und sie hatten sich geschworen, immer zusammenzubleiben. *Irgendwie.* Weil sie füreinander bestimmt waren.

Das Leben nimmt schon merkwürdige Wendungen, murmelte sie jetzt nachdenklich vor sich hin. Bei einem Skiurlaub in Chamonix waren Jim Fairley und ihr Vater, David Amory, bei einem Lawinenunfall getötet worden. Winston und Emily hatten an diesem Tag beschlossen, nicht zum Skilaufen zu gehen, und waren so mit dem Leben davongekommen. Ihre Zeit war noch nicht abgelaufen, flüsterte Paula. Wie Emma stets zu sagen pflegte: »Das Leben währt, bis unsere Zeit abgelaufen ist.«

Lange Zeit hatte sie um Jim und ihren Vater getrauert und unter überwältigenden Schuldgefühlen gelitten. Wegen ihres schlechten Gewissens hatte sie Shane fortgeschickt. Aber schließlich hatte sie erkannt, wie sehr sie ihn liebte und brauchte, hatte verstanden, daß er ihr ganzes Leben war. Und so war es bis heute geblieben.

Evans Mutter, Marietta Hughes, war außer sich vor Wut.

Wieder einmal hatte Owen sich so unglaublich arrogant aufgeführt, daß sie ihn am liebsten erwürgt hätte. Doch ihre Mutter hatte ihr stets eingeschärft, angesichts der juristischen Konsequenzen sei kein Mann einen Mord wert, und so hatte sie sich gegen diese ziemlich drastische Lösung entschieden.

Sie mußte für ein paar Stunden flüchten; nur so konnte sie sich an ihrem Mann rächen und sich zugleich beruhigen. Daher schnappte sie sich ihre Handtasche, nahm die Einkaufstüte, die sie seit Tagen hinter ihren Kleidern im Schrank versteckt hatte, und verließ die Suite. Sie ging nicht einmal ins Schlafzimmer, um sich von ihm zu verabschieden. Sollte er sich doch Sorgen machen, wenn er entdeckte, daß sie fort war.

Als sie den Aufzug ins Hotelfoyer nahm, betete sie darum, daß sie nicht den Besitzern begegnen würde, George und Arlette Thomas – besonders nicht Arlette, die ständig versuchte, sie zum Tee oder Kaffee einzuladen, um über Evan zu plaudern. Sie wußte, daß die Französin ihre Tochter anbetete und sich nichts dabei dachte, aber für gewöhnlich fühlte

Marietta sich unwohl, wenn man sie zwang, über Mitglieder ihrer Familie zu diskutieren, besonders über Evan, die ihr sehr am Herzen lag.

Zum Glück wurde sie nicht aufgehalten. Es war ein schöner, wenn auch etwas zu feuchter Tag, und sie war erleichtert, daß es nicht regnete. Ein Taxi blieb vor ihr stehen. Sie stieg ein, gab dem Fahrer die Adresse der Bank und lehnte sich zurück. Sie war froh, aus dem Hotel entwischt zu sein, ohne mit George oder Arlette reden zu müssen und – noch wichtiger –, daß die Einkaufstüte in ihrem Versteck im Schrank unentdeckt geblieben war.

Marietta legte ihre Handtasche auf den Sitz neben sich, behielt die Einkaufstüte aber auf dem Schoß. Seit sie dieses Päckchen mit Papieren entdeckt hatte, war sie überzeugt davon, daß es Dynamit enthielt – und sie mußte dafür sorgen, daß es in Sicherheit war. Sie wußte nicht genau, ob sie es zu ihrem Vorteil würde einsetzen können, aber sie war sich auf jeden Fall seines Werts bewußt.

Ihr ging durch den Kopf, wie klug es gewesen war, ihr altes Konto bei der Barclay Bank zu behalten. Es lag nicht viel Geld darauf, aber sie war Kundin, und so war es kein Problem gewesen, ein Schließfach zu mieten. Wie erleichtert sie sein würde, wenn das Päckchen sicher auf der Bank lag! Dann würde sie zu Fortnum & Mason gehen und im Restaurant einen Kaffee trinken und vielleicht im Laden herumstöbern. Vielleicht würde sie sich sogar einen Hut kaufen, obwohl sie wußte, daß sie in nächster Zeit keine Gelegenheit haben würde, ihn zu tragen. Aber sie hatte Hüte schon immer geliebt.

Normalerweise hätte sie ihren Kaffee bei *Harte's* in Knightsbridge getrunken, aber sie fürchtete, dort auf Evan zu treffen. Angeblich hielten sie und Owen sich nämlich noch in Connecticut auf und wurden erst nächste Woche in London erwartet. Doch Owen hatte beschlossen, früher als geplant zu reisen. »Dann haben wir Zeit, uns von unserem

Jetlag zu erholen«, hatte er behauptet, aber sie wußte, das war nur ein Vorwand. Er hatte früher als geplant ankommen wollen, um Evan unvorbereitet zu erwischen.

Marietta hatte das gar nicht gefallen, aber sie hatte geschwiegen. Sie hatte vor langer Zeit gelernt, nicht mit Owen zu streiten. Meist hatte sie seitdem ihre Meinung für sich behalten; das hinderte sie jedoch nicht daran, ihre eigenen Schlüsse zu ziehen, und sie wußte, daß sie recht hatte, was seine Haltung gegenüber ihrer Tochter anging.

Owen hatte Evan schon immer als sein Eigentum betrachtet. Jedenfalls hatte er sich so benommen. Er hatte ihre gemeinsame Tochter an sich gerissen, als sie noch sehr klein war, und sie, Marietta, verdrängt. Durch seine Besitzgier hatte sie Evan verloren; und vielleicht auch durch eigene Fehler. Sie umklammerte die Einkaufstüte so fest, daß ihre Knöchel weiß hervortraten, und dachte über die Vergangenheit nach. Manchmal tat oder unterließ man etwas, nur eine Kleinigkeit, doch die konnte die weitreichendsten Konsequenzen haben.

Das Taxi hielt an, und sie stieg rasch aus, bezahlte den Fahrer und ging in die Bank. Alles war ganz einfach … nur Minuten später legte sie das kostbare Päckchen in ein Schließfach und steckte den Schlüssel in ihre Handtasche. Jetzt konnte dem Päckchen nichts mehr geschehen, noch konnte es verloren gehen oder gestohlen werden.

Erst viel später, als sie bei Fortnum's saß und ihren Kaffee trank, kam Marietta ein schrecklicher Gedanke. Was, wenn sie krank wurde und starb, bei einem Umfall ums Leben kam oder senil wurde? Was würde dann aus dem Päckchen in dem Bankschließfach? Nur sie wußte, daß es dort lag. Aber wem konnte sie sich anvertrauen?

Marietta verzog den Mund zu einem bitteren Lächeln. Es gab niemanden, bei dem ihr Geheimnis sicher gewesen wäre, weil sie niemandem, den sie kannte, vertraute. Einen Anwalt, dachte sie; ich brauche einen Anwalt. Um ein Testament aufzusetzen. Genau, das muß ich tun. Sie hatte einige Dinge zu vererben, die von Wert waren. Und außerdem das Päckchen in dem Bankschließfach. Alles sollte einmal ihrer Tochter Evan gehören; dem Menschen, den sie auf der ganzen Welt am meisten liebte.

Morgen würde sie ihren Plan in die Tat umsetzen und sich einen Anwalt nehmen. Daran führte kein Weg vorbei.

7

Zu viert schlenderten sie gemächlich über das Anwesen – Jack Figg, Gideon Harte, Evan Hughes und Desmond O'Neill. Jack, dessen Zuhörer ihm gebannt lauschten, sprach über sein Lieblingsthema: Sicherheit, und zwar in Großbuchstaben geschrieben. »Jahrelang waren auf Penniстone Royal einfache Alarmanlagen vollkommen ausreichend, weil sich hier meist sehr viele Menschen aufhalten … Wiggs und seine Gärtner, die Stallburschen, Joe und die Arbeiter vom Gut. Aber heute ist das anders. Wir leben in gefährlichen Zeiten. England hat sich verändert, und nicht zum Besseren.«

»Sie haben vollkommen recht«, meinte Gideon. »Genauso ist es übrigens auf Allington Hall. Mein Vater hat bis auf die Alarmanlagen auch kein vernünftiges Überwachungssystem, und wenn man richtig darüber nachdenkt, grenzt das schon an groben Leichtsinn … schon wegen der wertvollen Pferde.«

»Onkel Winston hat auch mit Dad über Sicherheitssysteme geredet«, meinte Desmond. »Ich habe es vor ein paar Wochen mitgehört. Aber ich glaube, Dad und Onkel Winston sind da sehr blauäugig. In dieser Hinsicht leben sie richtig hinter dem Mond.«

Gideon brach in Gelächter aus. »Vielleicht, wenn es um ihre Privathäuser geht. Aber ich weiß genau, daß dein Vater bei allen Hotels der O'Neill-Kette größten Wert auf Sicherheit legt, und Dad ist sich durchaus bewußt, daß Sicherheit in den Zeitungsredaktionen, den Fernsehsendern und unseren Radiostationen höchste Priorität hat.« Er warf Jack einen Blick zu. »Ich erteile Ihnen hier und jetzt den Auftrag, das Sicherheitssystem auf Allington Hall zu überholen. Und ich möchte, daß Sie sich die Zeitungen, die Fernsehstudios und die Radiosender ebenfalls vornehmen. Sorgen Sie dafür, daß wir auf dem neuesten Stand der Technik sind.«

»Vielen Dank für Ihr Vertrauen, Gideon«, meinte Jack, »aber wenn das für Sie in Ordnung ist, werde ich Spezialfirmen engagieren. Natürlich werde ich mit ihnen zusammenarbeiten und sie überwachen.«

Gideon nickte.

»Das Kaufhaus jedenfalls ist perfekt abgesichert«, warf Evan ein und schenkte Jack ein Lächeln. »Und ich weiß, daß Sie verantwortlich dafür sind.«

»Ja, das Kaufhaus hat immer ganz oben auf meiner Liste gestanden, als ich noch Sicherheitschef bei *Harte's* war.«

Evans Handy klingelte, und sie hielt es ans Ohr. »Hallo?«

»Hi, Evan, Schätzchen, ich bin's«, meldete sich Owen.

»Dad! Schön, deine Stimme zu hören.« Sie strahlte Gideon an und setzte sich auf eine Bruchsteinmauer. Sie sah den drei Männern nach, die weitergingen und sich dabei angeregt unterhielten.

»Ich kann es gar nicht abwarten, bis ihr herkommt, solche Sehnsucht habe ich nach dir und Mom«, fuhr sie fort.

»Das ist gut. Wir sind nämlich schon hier, Liebes«, verkündete Owen verhalten lachend.

»Was! Aber warum habt ihr mir nichts davon gesagt, daß ihr früher kommt?« rief sie aus, verblüfft, aber nicht über Gebühr verärgert. »Wie lange seid ihr schon in London, Dad?«

»Drei Tage, seit Mittwoch abend. Ich hatte beschlossen, unsere Ankunft vorzuverlegen, damit wir uns von unserem Jetlag erholen können, bevor wir anfangen, durch die Gegend zu laufen. Aber wir würden dich gern heute sehen, wenn du das schaffst. Deine Mutter ist schon ganz gespannt auf deine neue Wohnung, und ich auch. Wir könnten dich am Nachmittag besuchen.«

»Oh, Dad, das wäre schön gewesen, aber ich bin gar nicht in London, sondern in Yorkshire.«

»Oh, hast du dort oben zu arbeiten?«

»Nein, heute nicht, wir haben doch Sonntag. Ich bin ein paar Tage hergekommen, um auszuspannen, und ich werde bis nächsten Mittwoch hier sein, denn ich muß India in der Filiale in Leeds bei einigen Aufgaben zur Hand gehen. Ich kann euch erst am Donnerstag treffen, wenn ich wieder in London bin.«

»Verstehe.« Er klang enttäuscht.

»Tut mir schrecklich leid, Dad. Aber ich habe um euer ursprüngliches Reisedatum herum geplant. Herrje, ich weiß nicht, ob ich meine Termine ändern kann ...« Sie verstummte und überlegte, wie sie alles verschieben könnte; aber sie wußte, daß das nicht funktionieren würde, jedenfalls nicht so einfach.

»Deine Mutter möchte dir auch Hallo sagen, Evan.«

»Gib sie mir, Dad ... Hi, Mom, schön, dich zu hören. Wie geht es dir?«

»Mir geht es im Moment sehr gut.« Die Stimme ihrer Mutter klang liebevoll und herzlich. »Ich habe schon geahnt, daß du gar nicht da bist.«

»Nein, ich bin in Yorkshire. Ich hatte euch erst nächste Woche erwartet.«

»Ich weiß, ich weiß. Ich habe deinem Vater gesagt, du hättest wahrscheinlich zu tun. Aber mach dir um uns keine Gedanken. Dann sehen wir uns eben, wenn du wieder in London bist. Jedenfalls hoffe ich das.«

»Auf jeden Fall. Das Hotel ist nett und gemütlich, oder, Mom? George und Arlette haben euch bestimmt sehr freundlich aufgenommen.«

»Ja. Du fehlst ihnen natürlich, seit du ausgezogen bist. Aber ich kann es dir nicht verdenken. Es geht doch nichts über eine eigene Wohnung, nicht wahr, Evan?«

»Ja, stimmt.« Sie lachte. »Oh, Mom, jetzt, wo ich weiß, daß ihr da seid, kann ich es gar nicht erwarten, wieder in die Stadt zu kommen.« Das meinte sie ernst, und besonders freute es sie, daß ihre Mutter so *normal* klang. Ein anderes Wort dafür gab es nicht. Normal. Und sogar *munter.* Richtig fröhlich. Ihre Mutter, die sie gar nicht anders als deprimiert kannte.

Sie unterhielten sich noch ein paar Minuten, und nachdem Evan versprochen hatte, ihre Eltern am nächsten Tag im Hotel anzurufen, legte sie auf. Sie sah, daß Gideon und die anderen den Weg zum Eingangstor einschlugen, und rannte ihnen nach.

Evan freute sich aufrichtig über den Besuch ihrer Eltern. Sie hatte sie seit Januar nicht gesehen, und jetzt war es August. Acht Monate, in denen ihr Leben sich in vielerlei Hinsicht verändert hatte. Und in einem gewissen Sinn hatte sie selbst sich ebenfalls verändert. Sie war heute ein anderer Mensch. Sie konnte es kaum erwarten, sie zu sehen, aber gleichzeitig plagten sie auch ungute Vorahnungen. Zwar hatten sie und Robin sich erst vor ein paar Tagen darüber verständigt, daß sie ihrem Vater nicht von ihm erzählen würde; aber es gab auch viele andere Themen, über die sie mit ihren Eltern reden mußte. Schwierige Themen.

Tessa stand an ihrem Schlafzimmerfenster und sah zu Jack Figg hinaus. Heftig gestikulierend, unterhielt er sich mit Gideon und Desmond, der die beiden begleitete.

Wahrscheinlich hatte es mit dem Überwachungssystem zu tun. Seit Adeles Verschwinden am Mittwoch hatte Jack eine ganze Kompanie Fachleute hergeholt. Während der letzten Tage hatten Dutzende von Männern gegraben, Kabel verlegt und Kameras, Monitore und andere Geräte herbeigeschleppt. Linnet hatte gemeint, ihr käme es vor, als seien sie von einer Armee überrannt worden, und Tessa ging es ebenso. Auf einem Teil des Anwesens war sogar der Boden aufgerissen worden, aber das Durcheinander machte ihr nichts aus. Sobald die Männer fort waren, konnten sie alles in Ordnung bringen, hatte Wiggs Linnet versichert; sie bräuchten sich keine Sorgen zu machen. Also machte sie sich auch keine, sondern hielt sich immer wieder vor Augen, daß die Sicherheit an erster Stelle kam. Pennistone Royal wurde zu einer uneinnehmbaren Festung ausgebaut.

Tessa wandte sich vom Fenster ab und ging in ihr kleines Wohnzimmer, das neben dem Schlafzimmer lag. Sie sah sich um und freute sich wie immer an diesem gemütlichen Raum. Die Wände waren in Schlüsselblumengelb gehalten, und die rot-gelben Vorhänge waren aus einem *Toile de Jouy*-Baumwollstoff gefertigt. Der fröhliche, sonnendurchflutete Raum gehörte ihr, seit sie ein kleines Mädchen gewesen war, und war noch immer ihr Zufluchtsort.

Vor dem viktorianischen Spiegel blieb sie stehen. Was sie sah, gefiel ihr gar nicht. Sie fühlte sich vollkommen ausgepumpt, und ihr wurde klar, sie sah auch so aus; ihr Gesicht war kreidebleich, und unter ihren Augen lagen dunkle Schatten. Weil sie in den letzten Tagen nicht viel gegessen hatte, wirkte ihr Gesicht schmaler und zeigte immer noch Spuren der Anspannung. Nur ihr silberblondes Haar sah prachtvoll wie immer aus.

Seufzend trat Tessa vom Spiegel weg und setzte sich an ihren Schreibtisch, ein französisches *bureau*, das an genau dieser Stelle gestanden hatte, solange sie denken konnte. Neben dem Lampenfuß aus gelbem Porzellan stand ein Photo von Adele, das im Frühsommer aufgenommen worden war, und sie streckte die Hand aus und berührte das Bild mit einem Finger. Die tiefe Liebe, die sie zu ihrer Tochter empfand, wallte in ihr auf, und Tessa war sich mehr denn je bewußt, daß ihr Kind für sie Vorrang vor allem anderen auf der Welt hatte, und auf jeden Fall vor allem anderen in ihrem Leben.

Adeles Entführung hatte sie für immer verändert, das war Tessa innerhalb weniger Stunden nach dem Verschwinden des kleinen Mädchens klargeworden. Jetzt erkannte sie, daß sie ihr ganzes Leben neu bedenken und entscheiden mußte, welche Veränderungen sie vornahm. Und ändern würde sich vieles. Sie war nicht bereit, das Wohlergehen ihrer Tochter für ihre Karriere zu opfern. Mit einemmal hatte die Aussicht, vielleicht eines Tages zur Chefin von *Harte's* aufzusteigen, viel von ihrem Glanz verloren. Zumindest für den Moment. Vielleicht würde ihre Einstellung sich ja ändern, wenn sich alles beruhigte, wenn Mark ihr nicht mehr gefährlich werden konnte, obwohl sie sich sicher war …

Ein leises Klopfen an der Tür unterbrach Tessas Gedankengang. »Herein!« rief sie.

Die Tür öffnete sich, und Elvira steckte den Kopf ins Zimmer. »Könnte ich kurz mit Ihnen sprechen, Mrs. Longden?«

»Ja, natürlich, Elvira.« Sofort bemerkte sie, daß das Kindermädchen allein gekommen war. »Wo ist Adele?«

»Ihr geht es gut, Mrs. Longden. Sie ist bei Margaret in der Küche und veranstaltet eine Teeparty für ihre Puppen.«

»Tut mir leid, Elvira, sie hatte mir ja erzählt, daß sie das vorhatte.« Tessa lächelte gezwungen. »Ich glaube, so langsam leide ich unter Verfolgungswahn.«

»Aber nein, es ist doch ganz natürlich, daß Sie noch unruhig sind.« Elvira stand vor dem Schreibtisch, trat von einem Fuß auf den anderen, knetete ihre Hände und schaute verängstigt drein.

»Was ist los, Elvi?« fragte Tessa, wobei sie Adeles Kosenamen benutzte, um die nervöse junge Frau zu beruhigen.

»Da ist etwas, das ich Ihnen sagen muß, Mrs. Longden … Am Mittwoch morgen, kurz nachdem ich das Anwesen verlassen hatte, habe ich Mr. Longden gesehen. Er saß mit einem anderen Mann im Auto, und er ... nun ja, er hat mich herangewinkt. Er hat wohl meinen Wagen erkannt.«

Tessa riß die Augen auf. »Wer war der andere Mann?« fragte sie eindringlich. »Kannten Sie ihn, Elvi?«

Die Nanny schüttelte den Kopf. »Nein, Mrs. Longden. Ich habe ihn noch nie gesehen. Jedenfalls hat nur Mr. Longden mit mir gesprochen. Er hat mir erzählt, er wolle Adele besuchen, und fragte, ob Sie da wären oder ob Sie nach Harrogate ins Kaufhaus gefahren seien. Und ich sagte nein, Sie wären auf Pennistone Royal und arbeiteten in der Bibliothek und Adele würde auf der Terrasse spielen ...« Sie unterbrach sich. Tränen stiegen ihr in die Augen, und sie versuchte sie mit den Fingerspitzen wegzuwischen. »Ich wünschte, ich hätte nicht angehalten. Ich habe das Gefühl, als ob ich an allem schuld wäre.«

»Oh Elvira, das dürfen Sie nicht. Es war nicht Ihre Schuld. Aber warum haben Sie mir nicht früher davon erzählt? Schließlich sind Sie am Mittwoch abend zurückgekommen, ziemlich genau, als Mr. Longden Adele zurückgebracht hat. Wäre das nicht der richtige Zeitpunkt gewesen, sich mir anzuvertrauen?«

»Das stimmt, ja; aber Sie waren so aufgeregt und erschöpft, und ich war selbst sehr traurig, am Boden zerstört, wenn Sie wissen, was ich meine.«

»Heute ist *Samstag,* Elvi.«

»Ich weiß, aber am Donnerstag und Freitag hatten Sie so viel mit Mr. Figg zu besprechen, und ich wollte Sie wirklich nicht stören. Ich habe immer versucht, den richtigen Moment abzupassen, aber es gab einfach keinen. Um ehrlich zu sein, hatte ich auch etwas Angst. Ich hatte ein sehr schlechtes Gewissen, weil ich mit Mr. Longden geredet hatte, und ich dachte, Sie würden wütend auf mich sein.«

»Machen Sie sich darüber keine Gedanken. Aber sagen Sie mir, Elvi, hatten Sie den Eindruck, daß Mr. Longden Ihnen an der Straße aufgelauert hat? Glauben Sie, er hat damit gerechnet, daß Sie um diese Zeit wegfahren würden?«

»Ich weiß es nicht, Mrs. Longden, aber an meinem freien Tag halte ich eigentlich immer die gleichen Zeiten ein. Für gewöhnlich breche ich gegen zehn, halb elf auf. Und er weiß, daß Mittwoch mein freier Tag ist. Seit Adele ein Baby war, habe ich mir immer mittwochs freigenommen.«

Tessa nickte. »Ich verstehe. Wir wollen das Ganze vergessen. Aber wenn noch einmal etwas passiert, Elvira, egal was, das Ihnen merkwürdig vorkommt, müssen Sie es mir sagen.«

»Ganz bestimmt, Mrs. Longden, versprochen.« Die Nanny versuchte zu lächeln, was ihr nicht ganz gelingen wollte. »Dann gehe ich jetzt besser wieder zu Adele zurück«, sagte sie. Ohne ein weiteres Wort huschte sie hinaus.

Tessa war allein. Ihr war merkwürdig kalt, und zugleich verspürte sie eine leise Angst. Offensichtlich hatte Mark die Entführung sorgfältig geplant: Er hatte am Straßenrand auf Elvira gewartet, sie ausgehorcht und war dann rasch hineingelaufen und hatte sich Adele geschnappt. Unterdessen hatte sein unbekannter Komplize sie am Telefon abgelenkt.

Einige Minuten später hatte Tessa sich wieder im Griff. Sie schwor sich, daß sie Mark Longden kaltstellen würde. Genau das würde sie tun, was immer sie das kosten würde. Ihn kaltstellen.

»Meine Eltern sind schon in London«, sagte Evan und sah Gideon an.

Ein Ausdruck echter Überraschung flog über sein Gesicht, und er zog verwirrt die Brauen zusammen. »Ich dachte, sie würden nächste Woche kommen.«

»Wollten sie auch. Aber Dad hat ihren Abflug vorverlegt; er meinte, damit sie Zeit hätten, sich von ihrem Jetlag zu erholen. Jedenfalls sind sie in London, in meinem alten Hotel.

Der Anruf auf meinem Handy, als wir mit Jack unterwegs waren, das war Dad.«

Evan und Gideon saßen an dem schmiedeeisernen Tisch unter der alten Eiche. Gideon setzte sein Glas Weißwein ab und beugte sich zu ihr herüber. »Und, wann werde ich die beiden kennenlernen?« Fragend hob er eine Augenbraue. »Ich werde sie doch zu sehen bekommen, oder?« hakte er nach, als sie nicht sofort antwortete.

»Natürlich. Aber ich dachte, ich treffe mich lieber zuerst allein mit ihnen. Am Donnerstag, wenn ich wieder in London bin. Wir haben uns schließlich acht Monate nicht gesehen und haben uns bestimmt viel zu erzählen.« Außerdem war ihr der Gedanke unangenehm, er könnte mitkommen, aber das verschwieg sie ihm.

»Verstehe«, meinte er. »Weißt du was?« sprach er dann rasch weiter. »Ich lade euch drei am Freitagabend zum Abendessen ein, oder am Sonntag zum Lunch, in ein richtig schönes Restaurant.« Sein Tonfall duldete keinen Widerspruch, und er sah sie durchdringend an. In seinen Augen stand ein stahlhartes Glitzern.

»Das wäre großartig«, antwortete Evan sanft. Sie wußte, daß es im Moment besser war nachzugeben.

Angesichts ihrer fehlenden Begeisterung spürte Gideon einen leisen Stich, er war enttäuscht und fühlte sich unbehaglich. Er nahm ihre Hand und sah sie aus seinen grünen Augen bohrend an. »Ich weiß, daß ich das schon einmal gesagt habe, aber ich liebe dich, Evan.«

»Das weiß ich.«

»Und was ist mit dir? Wie sind deine wahren Gefühle für mich?«

»Ich liebe dich, Gideon«, antwortete sie, und plötzlich klang ihre Stimme zärtlich. »Das weißt du doch.«

Ihm wurde klar, daß sie es ehrlich meinte, und er entspannte sich, lächelte und drückte ihre Hand. »Ich möchte den Rest meines Lebens mit dir verbringen, und ich möchte dich heiraten. Ich weiß, daß ich dir das schon einmal gesagt habe, aber ich frage dich noch einmal ... Willst du meine Frau werden, Evan?«

Sie zögerte nur den Bruchteil einer Sekunde. »Ja«, sagte sie. »Das will ich, Gideon.«

»Dann laß es uns deinen Eltern sagen, wenn wir sie sehen. Damit ist es offiziell, und wir können *meine* Eltern in New York anrufen und ihnen die gute Nachricht mitteilen. Ich möchte, daß wir uns richtig verloben.« Er grinste und sprach rasch weiter, ohne auf ihre Antwort zu warten. »Ich muß dir etwas gestehen. Ich schleppe schon seit Ewigkeiten einen Verlobungsring für dich mit mir herum.«

»Tatsächlich?« Evans graublaue Augen blitzten, und sie begann zu lachen. »Herrje, du warst dir aber ganz sicher, daß ich ja sagen würde, was?« neckte sie ihn.

»Ich konnte nur hoffen, meine Liebste, ich konnte nur hoffen. Und die Wahrheit ist, daß ich ihn dir jetzt nicht einmal geben kann. Er liegt leider auf Allington Hall im Safe.«

»Na, wenigstens ist er in Yorkshire«, konterte sie.

»Du bekommst ihn heute abend. Können wir es deinen Eltern nächste Woche sagen?« drängte er.

Evan holte tief Luft und blies die Luft in kleinen Stößen aus. »Ich würde es ihnen gern bei unserem gemeinsamen Essen mitteilen. Aber ich mache mir immer noch ein wenig Sorgen wegen dieser Sache mit Robin und Dad. Ich weiß einfach nicht, wie ich damit umgehen soll.« Sie runzelte die Stirn, schüttelte den Kopf und suchte nach Worten, um ihre Empfindungen zu beschreiben. »Ich fühle mich so hin und her gerissen, und Dad zu sagen, daß sein Vater nicht sein leiblicher Vater war, das wird ...«

»Laß uns nicht wieder davon anfangen.« Gideon wurde ungeduldig. »Außerdem wirfst du wieder alles in einen Topf. Unsere Verlobung hat nichts mit Robin, deinem Vater oder Richard Hughes zu tun.«

»Doch, weil mein Vater ...«

»Evan, fang jetzt nicht mit der Geschichte an, daß wir verwandt sind. Meine Großmutter Elizabeth und dein Großvater Robin sind Geschwister, aber das macht doch nichts. Eine Ahnentafel würde zeigen, daß wir nur über mehrere Ecken Cousin und Cousine sind. Also, was soll's! In diesem Land ist es nicht einmal illegal, wenn Cousin und Cousine ersten Grades heiraten, also tun wir gewiß nichts Gesetzwidriges. Und ich glaube nicht an diese Altweibergeschichten, daß Kinder von Cousin und Cousine mit Schäden geboren werden. Meine Eltern sind auch Cousin und Cousine, und Toby, Natalie und ich sind vollkommen gesund. Natürlich hast du Nat noch nicht kennengelernt, weil sie im Moment in Australien lebt. Aber ich gebe dir mein Wort darauf, daß meine Schwester topfit ist, genauso wie Toby und ich.«

»Oh Gid, sei doch bitte nicht böse. Ich liebe dich wirklich sehr, und daß wir verwandt sind, ist überhaupt kein Problem für mich. Ich will dich ja heiraten. Es ist nur einfach so, daß mein Vater einen Groll gegen die Hartes zu hegen scheint, und ich möchte herausfinden, was der Grund ist. Kannst du das nicht verstehen?«

»Doch, das kann ich. Aber denk auch einmal über folgendes nach: Ich weiß, wie wichtig es dir ist, daß meine Eltern dich mögen, und das tun sie. Sie haben dich sogar sehr gern. Doch ich würde dich auch heiraten, wenn sie dich ablehnten. Sie können mein Leben nicht an meiner Stelle leben, und ich würde nie zulassen, daß sie einen Einfluß darauf nehmen, wen ich mir als Frau aussuche.« Er runzelte die Stirn und sah sie forschend an. »Empfindest du nicht genauso? Du legst doch auch Wert darauf, deine Entscheidungen selbst zu treffen, oder?«

»Ganz bestimmt, und ich bin meine eigene Herrin. Ich will doch nur herausfinden, was genau mein Vater gegen die Hartes hat, also versuch das bitte zu akzeptieren. Letztendlich wird es nichts an meiner Entscheidung ändern, was er sagt oder was meine Mutter sagt. Ich werde dich heiraten.«

Vor ein paar Minuten hatte er ihre Hand losgelassen, und jetzt war es Evan, die nach seiner griff. »Ich glaube, ich weiß jetzt, was der Grund ist, Gideon.«

»Ja? Dann laß mich um Gottes willen nicht im dunklen tappen.«

»Ich glaube, das Ganze hat mit sozialen Unterschieden zu tun. Geld, Privilegien, Erziehung, Herkunft, solche Dinge. Die ganz verschiedenen Sphären, aus denen wir stammen. Schau, meine Familie war niemals bettelarm. Wir hatten zwar nicht viel Geld, aber meine Schwestern und ich haben nie etwas entbehrt. Wir hatten ordentliche, wenn auch etwas einfachere Kleidung, sind jedes Jahr in die Ferien gefahren und haben gute Schulen besucht. Aber für meinen Vater stamme ich aus einer anderen Welt als du, Gideon, und er glaubt, daß ein Konflikt unvermeidlich ist, daß eine Beziehung zu dir mich nur unglücklich machen kann. Auf eine bizarre Art denkt er wohl, daß ich nicht gut genug für dich bin, daß ich nicht den richtigen Stammbaum habe.«

Gideon war wie vor den Kopf geschlagen. »Das klingt aber, als wäre er extrem voreingenommen, Evan«, sagte er schließlich sehr leise, »und ein bißchen antiquiert.«

»Dad ist altmodisch und außerdem dickköpfig und rechthaberisch. Und ja, du hast recht, er hat Vorurteile.«

»Und deine Mutter? Wie wird sie auf unsere Verlobung reagieren?«

»Ich bin mir nicht sicher ... Ich glaube, sie wird sich freuen, wenn ich glücklich bin. Aber um die Wahrheit zu sagen, habe ich manchmal den Eindruck, daß ich meine Mutter nicht besonders gut kenne. Die vielen Jahre, in denen sie ... krank war, manisch-depressiv, haben sich negativ auf unsere Beziehung ausgewirkt. Wir haben so viel verpaßt, als ich jung war, und das tut mir heute leid. Ich wünschte, wir hätten einander nähergestanden, wirklich.«

»Das verstehe ich. Hast du heute morgen auch mit ihr gesprochen?«

»Dad hat sie ans Telefon geholt, und weißt du was? Ich fand, daß sie anders klang als früher. Keine Spur von Depression, zumindest nicht in ihrer Stimme, und mir kam es plötzlich vor, als wäre sie richtig fröhlich. Ich kann mich kaum erinnern, daß sie jemals so munter geklungen hätte oder glücklich gewesen wäre, zeit meines Lebens nicht. Ich war vollkommen verblüfft. Aber ich habe mich darüber gefreut, daß sie glücklich war.«

Den letzten Satz fand Gideon so traurig, daß es ihm einen Moment die Sprache verschlug. Wie schrecklich, den größten Teil seines Lebens so zu verbringen, als Gefangene des eigenen Schmerzes, dachte er, und eine Woge des Mitgefühls für Evan stieg in ihm auf. »Das muß schwer für dich gewesen sein, als du ein Kind warst«, sagte er einfühlsam. »Es tut mir so leid, Evan.«

Sie schwiegen beide. Evan sah zu Pennistone Royal auf, dem stattlichen Haus auf der Hügelkuppe, und dachte über ihre Kindheit in Connecticut nach. Es fiel ihr nicht leicht, darüber zu sprechen. In vieler Hinsicht war es eine trostlose Zeit gewesen; doch da waren ihr Vater und natürlich ihre Großmutter gewesen, die immer fest hinter ihr gestanden hatten.

Evans Miene hellte sich auf. »Ach, ich hatte ja Glynnis«, rief sie aus. »Meine wunderbare Großmutter war immer für mich da. Im Grunde hat sie mich großgezogen, und sie war … einfach wundervoll.«

»Das kann ich mir gut vorstellen. Und nach dem Schnappschuß zu urteilen, den du mir heute morgen gezeigt hast, war sie eine echte Schönheit«, meinte Gideon.

Evan nickte. »Erstaunlich, daß Robin das Photo all die Jahre aufbewahrt hat.«

»Ganz offensichtlich war er wirklich sehr in sie verschossen, meine Süße, genau wie ich in dich. Ich wünschte, wir könnten nach Allington Hall zurückfahren und den Rest des Tages im Bett verbringen.«

Lachend schüttelte sie den Kopf. »Ich auch, aber das geht nun wirklich nicht.«

»Ist mir schon klar. Ich habe so ein ungutes Gefühl, daß wir uns nicht davor drücken können, zum Lunch zu bleiben. Mit Tessa.«

»Ja, und Jack Figg. Nur wir vier.«

»Oh. Wo sind denn Linnet und India?«

»Linnet hat mir gesagt, sie wolle zum Kaufhaus in Harrington fahren und später Sir Ronald besuchen. Julian hat ihn aus London mitgebracht, aber offensichtlich geht es dem alten Herrn nicht gut. Sie wollte zum Lunch hinüberfahren. Und India trifft sich mit einem Freund.«

»Gott sei Dank ist Jack da; er weiß die Menschen gut zu unterhalten«, sagte Gideon. »Tessa ist ja manchmal etwas schwer zu ertragen. Wie geht es ihr übrigens? Ich schätze, der vergangene Mittwoch hat ihr ziemlich zugesetzt.«

»Das stimmt. Wie ich dir schon erzählt habe, hat sie sehr gelitten. Manchmal dachte ich, sie würde vor Angst in Ohnmacht fallen. Gestern schien es ihr ein bißchen besserzugehen, aber sie war schrecklich still. Sie scheint in ständiger Angst und Sorge zu leben. Linnet findet, sie hätte sich in den letzten Tagen sehr verändert, aber ich bin mir nicht sicher.«

»Na, hoffentlich ist es ein Wandel zum Besseren«, kommentierte er lakonisch und dachte daran, wie Tessa gerade Linnet durch ihren Ehrgeiz und ihr Konkurrenzverhalten oft das Leben schwergemacht hatte. Kompliziert wurde diese Situation natürlich noch dadurch, daß Paula sich standhaft weigerte, bereits jetzt eine der beiden – Tessa, ihre erstgeborene Tochter, oder die jüngere, aber geschäftlich brillante Linnet – zu ihrer Nachfolgerin zu bestimmen.

Schweigend tranken sie ihren Wein aus. »Schätze, wir machen uns besser auf den Rückweg«, meinte Gideon dann. Sie standen auf, nahmen ihre leeren Gläser und gingen langsam über den Hügel. Es war immer noch heiß, aber nicht drückend. Der strahlendblaue Himmel und der herrliche

Sonnenschein hatten ihnen einen wunderbaren Augusttag beschert.

Gideon warf Evan einen verstohlenen Blick zu. Wie jung und frisch sie mit ihrem trägerlosen Sommerkleid und den Sandalen wirkte! Bis auf einen Hauch Lippenstift trug sie kein Make-up, und plötzlich erschien sie ihm zart und verletzlich. Er verspürte den Drang, sie zu beschützen und zu umsorgen. Was für eine eigenartige Kindheit sie gehabt haben mußte! Mehrere Male hatte sie ihm gegenüber ihrer Besorgnis Ausdruck verliehen, sie könnte die Krankheit ihrer Mutter geerbt haben. Aber nachdem er sie jetzt acht Monate kannte, war er sich ziemlich sicher, daß diese schwere Krankheit nicht in ihr steckte. Noch nie war er einer Frau wie Evan begegnet. Sie hatte so viele wunderbare Eigenschaften, und sie war intelligent, einfühlsam und, was das wichtigste war, sie hatte einen großartigen Sinn für Humor.

Evan dachte ebenfalls über ihre Mutter nach, fragte sich, was wohl diese Veränderung bei ihr bewirkt hatte, warum sie so ... *beschwingt* geklungen hatte. Es gab einfach kein anderes Wort dafür. Ihre Gedanken wandten sich ihrem Vater zu; sie fürchtete sich davor, ihm zu sagen, daß er teilweise ein Harte war, genau wie sie selbst, und daß sie beschlossen hatte, einen Harte zu heiraten. Ich werde Probleme mit Dad bekommen, dachte sie, insbesondere wegen Gideon.

Unauffällig sah sie zu ihm herüber, und ihr Herz schmolz dahin. Er war der netteste, freundlichste Mann, dem sie je begegnet war, gar nicht zu reden davon, wie charmant und gutaussehend er mit seinem rötlichblonden Haar und den grünen Augen war. Emma Hartes Farben, dachte sie, genau wie Linnet und sein Vater. Er war ein reinblütiger Harte, und sie selbst zur Hälfte eine Harte, aber was machte das? Sie liebte ihn sehr und würde ihn heiraten, ganz egal, was ihr Vater dazu meinte. Endlich habe ich meinen Entschluß gefaßt, dachte sie, wenigstens, was Gideon angeht. Und sie lächelte leise in sich hinein.

»Wo hast du gesteckt, Emma? Vater hat dich überall gesucht. Es geht um die Lady-Hamilton-Kollektion.« Sir Ronald Kallinski schob sich die Brille zurecht und blinzelte zu dem Paar hoch, das vor ihm stand. Er konnte sie nicht richtig erkennen, weil sie die Sonne im Rücken hatten; mehrere Male zwinkerte er und konzentrierte seinen Blick zuerst auf die Frau und dann auf den Mann.

»Bist du das, Michael? Was machst du da mit Emma? Du hältst sie nur auf.«

»Ich bin's, Julian, Großvater, nicht mein Vater. Und das ist meine Verlobte Linnet, nicht Emma. Du erinnerst dich doch an Linnet, Großvater. Sie ist Paulas Tochter und Emmas Urenkelin. Wir beiden sind verlobt, weißt du noch?«

»Jaaa«, sagte der alte Mann unbestimmt und setzte sich auf dem Sofa auf.

»Du bist bestimmt eingenickt, Großvater, und hast von den alten Zeiten geträumt, was?« fragte Julian lächelnd.

Sir Ronald blinzelte noch einmal und sah die jungen Leute an. »Natürlich seid ihr das, Julian und Linnet! Schon möglich, daß ich einen Tagtraum von früher hatte; so geht das, wenn man über neunzig ist: Man träumt von längst vergangenen Zeiten und lebt mit seinen Erinnerungen. Ich bin jetzt einer der Letzten meiner Generation, zusammen mit Bryan O'Neill, Linnets Großvater, und Edwina, Robin und Elizabeth. Alle anderen sind schon gegangen. Ja, ich bin einer der Letzten.«

»Schon wahr, aber du bist doch ziemlich gesund«, meinte Julian begütigend und bedeutete Linnet, sich zu Sir Ronald auf das Sofa zu setzen, während er selbst auf dem Sessel gegenüber Platz nahm. Er machte sich Sorgen um seinen Großvater, dem er sehr nahestand.

Sir Ronald sah Linnet an. »Bei Gott, Linnet, du könntest wirklich Emma sein«, sagte er ehrfürchtig. »Wenn ich dich jetzt so anschaue, habe ich das Gefühl, einen Geist zu sehen, eine Reinkarnation.«

»Ich weiß, Onkel Ronnie, alle sagen das.« Sie lächelte. »Julian und ich wollten mit dir zu Mittag essen und dir von unseren Hochzeitsplänen erzählen.«

»Ich bin zwar ein bißchen wacklig auf den Beinen, aber ich komme auf jeden Fall!« verkündete Sir Ronald, und seine Stimme klang schon viel kräftiger. »Da könnt ihr verdammt sicher sein. Ich habe noch lange nicht vor abzutreten, oh nein. Ich habe noch viel vor.« Er lächelte versonnen. »Es wird die Freude meines Lebens sein, mitzuerleben, wie ihr beide heiratet. Das war immer Emmas Traum ... daß ein Kallinski und eine Harte heiraten. Und irgendwie wollte sie auch, daß jemand von den O'Neills damit zu tun hat. Die drei Clans, begründet von ihr, David Kallinski und Blackie O'Neill.«

»Vergiß nicht, daß ich auch teilweise eine O'Neill bin«, erinnerte Linnet ihn. »Durch die Heirat zwischen Julian und mir werden also tatsächlich die drei Clans vereint.«

Er nickte. »Das ist phantastisch, meine Liebe. Und wann genau ist es denn so weit? Als ich das letzte Mal gefragt habe, wart ihr noch nicht sicher. Weißt du es jetzt, Julian?«

»Auf jeden Fall in der ersten Dezemberwoche, wahrscheinlich am ersten Sonntag im Dezember. In ein paar Tagen wollen wir das endgültig entscheiden.«

»Und wo werdet ihr getraut?« fragte der alte Herr strahlend. Der Besuch hatte ihn außerordentlich aufgemuntert. Nichts hielt einen so jung wie der Umgang mit der Jugend.

»Mama wollte, daß die Hochzeit in der Dorfkirche von Pennistone Royal stattfindet, aber inzwischen sind wir ein bißchen davon abgerückt ... Anscheinend müssen wir so viele Gäste einladen. Dad hat schon überlegt, ob wir nicht die Kathedrale von Ripon nehmen.«

»Ja, das ist ein wunderbares Bauwerk, wirklich eine sehr schöne Kathedrale. Dein Vater hat dort einmal das Lied vom kleinen Spielmann gesungen, Linnet, lange, lange vor deiner Geburt.«

»Ja«, sagte sie leise, »bei Emmas Begräbnis, nicht? Er hat mir davon erzählt.«

»Und wo bleibt eigentlich dein Vater, Julian? Ich dachte, er wollte am Wochenende herkommen.«

»Wird er auch. Er läßt ausrichten, daß er rechtzeitig zum Abendessen da ist, Großvater. Was meinst du, sollen wir jetzt zu Mittag essen? Als wir angekommen sind, hat Mary uns gesagt, wir könnten zu Tisch gehen, sobald du möchtest.«

»Schön, in Ordnung, warum nicht? Muß ja ein bißchen essen, damit ich bis zu eurer Hochzeit bei Kräften bleibe.« Er lächelte den beiden gütig zu. »Ich glaube, ihr müßt mir aufhelfen«, brummte er mit einem Blick auf seinen Enkel. »Mir tun die Knochen weh. Schätze, ich lebe von geborgter Zeit.« Er lachte leise. »Jedenfalls sagt das dein Großvater ständig zu mir«, meinte er, an Linnet gewandt, »und dann muß es ja wohl stimmen.«

8

»Nicht bewegen!« rief Dusty, ohne aufzusehen. Sein Blick war auf die Leinwand gerichtet, die auf der Staffelei vor ihm stand. »Bloß noch ein paar Minuten, dann darfst du dich recken. Vielleicht sogar nur Sekunden.«

»Schon gut, ich werde keinen Muskel rühren«, antwortete India. »Mir geht's gut, wirklich.«

»Braves Mädchen, braves Mädchen!« Immer noch sah er nicht sie an, sondern konzentrierte sich auf das Bild. »So, das war's«, rief er dann unvermittelt aus. »Ich habe es! Diese letzten paar Pinselstriche waren genau das, was ich brauchte. Okay, Schätzchen, du kannst aufstehen und deine wunderschönen Glieder strecken. Du mußt inzwischen ja scheußlich verkrampft sein.«

Dusty legte seinen Pinsel weg und wischte sich die Hände an einem Farblappen ab. Dann ging er zu der Chaiselongue, auf der India geruht hatte, nahm ihre Hände und zog sie hoch. »Du bist ein klasse Modell«, murmelte er und nahm sie in die Arme. »Verdammt klasse. Du hast mit keiner Wimper gezuckt.«

»Ich habe mir große Mühe gegeben, mich nicht zu rühren«, sagte sie und sah lachend in sein Gesicht auf.

»Oh Gott, siehst du heute verführerisch aus«, stöhnte er, beugte sich vor und küßte sie. Seine Lippen verweilten auf ihrem Mund, seine Zunge berührte ihre; und sie legte die Arme um ihn. Zu ihrem eigenen Erstaunen stellte sie fest, daß sie sich an ihn preßte und ihn schon wieder begehrte, obwohl sie erst vor zwei Stunden miteinander geschlafen hatten. Er ließ die Hände an ihrem Rücken herunter und auf ihre Hüften gleiten und drückte sie noch fester an sich.

Dann legte er eine Hand auf ihre Brust und spielte mit der Knospe, die sich unter dem schwarzen Chiffonoberteil abzeichnete. Behutsam hob er den Stoff, senkte den Kopf und küßte ihre Brustwarze. Abrupt unterbrach er sich dann. »Laß uns wieder ins Bett gehen. Ich kann es nicht ertragen, diese Spielchen zu treiben, wenn ich dich so heftig begehre.«

»Ja«, sagte sie nur, und dann lächelte sie. »Aber bei diesem Tempo wird das Bild nie fertig, Mr. Rhodes.«

Er schob sie ein Stück zurück und sah hinab in ihre großen, strahlenden Augen. »Nur zu wahr, Lady India«, flüsterte er, »nur zu wahr. Aber ich möchte ...«

Mit einem leidenschaftlichen Kuß brachte sie ihn zum Schweigen. »Ich bin doch noch den ganzen Tag hier«, sagte sie leise, »und die Nacht auch. Ich stehe Ihnen zur Verfügung, solange Sie wünschen, Mr. Rhodes.« Ihr Lächeln war einladend, ihr Blick herausfordernd.

Er erwiderte ihr Lächeln. Ihm gefiel ihre Koketterie.

»Wir haben Wochenende, und ich bin frei wie ein Vogel. Du kannst mit mir machen, was du willst – mich malen, für mich kochen, mit mir reden und Liebe, Liebe, Liebe mit mir machen«, schloß sie. »Ja bitte, laß es uns auskosten.«

»Darauf können Sie Gift nehmen, Mylady.« Dusty drückte sie an sich. »Du bist die Beste, India, einfach die Allerbeste. Ich kann dir gar nicht sagen, wie es ist, mit dir zu schlafen ... So ein Gefühl von Ekstase habe ich noch nie erlebt.« Sie schwieg. »Das ist mir ernst, weißt du.«

»Ja«, brachte sie nur heraus. Ihre Knie waren weich. Seine Worte machten sie glücklich, erregten sie. Sie wollte, daß er sie so liebte wie sie ihn, von ganzem Herzen und mit ganzer Seele.

Dusty ließ sie los und sah in ihre einzigartigen silbergrauen Augen. »Na schön, dann arbeiten wir noch ein bißchen, und dann machen wir eine sehr, sehr schöne Pause. Später male ich noch einmal eine oder zwei Stunden, und dann koche ich dir das Abendessen. Ich freue mich, daß du nicht vorhast, mich zu verlassen, und wir das ganze Wochenende für uns haben.«

»Ich freue mich auch«, meinte sie, streckte die Arme zur Decke und reckte ihren hochgewachsenen, geschmeidigen Körper. Nachdem sie fast zwei Stunden in ein und derselben Stellung verharrt hatte, fühlte sie sich tatsächlich ein wenig verkrampft, aber trotzdem war die Zeit rasch vergangen, denn sie sah ihm gern beim Malen zu. Sie war so verliebt in ihn, daß sie kaum noch klar denken konnte; er war der einzige Mann, den sie für immer haben wollte, und das war die reine Wahrheit.

Dusty begann ebenfalls umherzugehen, reckte sich, atmete tief durch und machte Rumpfbeugen. »Gott sei gedankt für die Klimaanlage«, bemerkte er dabei. »Stell dir nur vor, wie heiß es an einem solchen Tag hier im Atelier werden würde. Geht es dir auch gut, India? Möchtest du ein Glas Wasser?«

»Danke, aber ich fühle mich gut. Diese Bluse ist ja hauchdünn, und die Pumphosen auch.« Sie lachte, sah an sich herunter und verzog das Gesicht. »Jetzt brauche ich nur noch Glöckchen um die Knöchel und ein Tamburin, dann sehe ich aus wie eine Bauchtänzerin.«

»Treib's nur nicht auf die Spitze. Du siehst in diesem Outfit schon sexy genug aus, und diese Hose! Sie überläßt wirklich nicht allzu viel der Phantasie.« Er verdrehte theatralisch die Augen.

»Ach, Dusty, du bist einfach unbezahlbar«, rief sie aus, rannte zu ihm und umarmte ihn. »Ich liebe dich so sehr …«

Mit einem Knall, der sie beide zusammenfahren ließ, flog die Tür des Ateliers auf. Sie drehten sich um und starrten mit offenem Mund die junge Frau an, die auf der Türschwelle stand. Ihr Gesicht war von Zorn verzerrt, ihre Augen blitzten, ihr Haar war zerzaust, und sogar ihre Kleidung schien krumm und schief zu sitzen.

»Laß ihn los, du verdammte Hure«, kreischte sie. »Geh weg von ihm. Er gehört mir.«

Die Frau rannte ins Atelier und erfaßte mit einem Blick die ganze Szenerie – Dustys farbverschmiertes T-Shirt, Indias halbdurchsichtiges Kostüm, das zerwühlte Bett am anderen Ende des Raums. Schließlich erblickte sie die Leinwand auf der Staffelei.

Sie stürzte zu Dustys Arbeitstisch, ergriff das erstbeste Messer – ein Klappmesser, mit dem er Leinwand zu schneiden pflegte – und lief mit erhobener Klinge auf das Bild zu. »Hure, Hure«, schrie sie.

Dusty hatte schreckerstarrt dagestanden, aber jetzt setzte er sich in Bewegung. Er stieß India beiseite, rannte zur Staffelei und warf sich schützend vor das Bild. Das Messer traf ihn in die linke obere Brustseite. Blut spritzte auf, schoß dann in einem Schwall aus der Wunde, und das weiße T-Shirt färbte sich rot.

India schrie.

Die Frau hatte schon das Messer erhoben, um ein zweites Mal zuzustechen, doch als sie das Blut sah, begann sie zu kreischen. Augenblicklich ließ sie das Messer fallen, fuhr herum und floh aus dem Atelier. Mit einem Knall fiel die Tür hinter ihr zu.

Dusty trat an den Arbeitstisch, nahm den Farblappen und drückte ihn gegen die Wunde. Unterdrückt fluchend stützte er sich am Tisch ab.

India rannte zu ihm. Ihr Gesicht war bleich, und sie hatte vor Entsetzen die Augen weit aufgerissen. »Oh Gott, Dusty, das sieht ernst aus!« rief sie, lief ins Bad und kehrte mit einem Stapel Handtücher zurück. »Das ist schlimm«, versicherte sie und wand ihm die Farblappen aus der blutigen Hand. Sie drückte zwei saubere Handtücher auf seine Brust und legte seine Hand darüber. »Fest drücken«, befahl sie. »Wir müssen die Blutung so gut wie möglich stillen.«

»Ich glaube, sie hat die Arterie über meinem Brustmuskel durchtrennt«, erklärte er mit erstickter Stimme und verzog plötzlich das Gesicht. »Jesus! Das tut verflucht, verdammt weh!« Er keuchte und ließ sich auf den nächstbesten Stuhl fallen.

»Zieh dich an, India. *Beeil dich*. Du mußt mich nach Harrogate ins Krankenhaus bringen. Mit einer durchtrennten Arterie kann ich verbluten; und ich werde bestimmt bald in einen Schockzustand fallen.«

»Nur eine Minute«, rief India. Sie sah die Qual in seinen strahlendblauen Augen, seinen schmerzverzerrten Mund. Sie warf das Chiffonkostüm ab, fuhr in ihre Baumwollhosen und ihr T-Shirt, griff nach ihrer Handtasche und rannte zu ihm zurück.

Sie nahm seinen rechten Arm und half ihm aufzustehen. »Komm, wir müssen los. Unterwegs schnappe ich mir noch ein paar Handtücher. Wo hast du die Türschlüssel hingelegt? Ich muß abschließen.«

»Tisch. An der Tür«, keuchte er.

Er klang so schrecklich, daß India seinen Arm fester faßte und zu ihm aufsah. Er war jetzt kreidebleich, und Schweißperlen überzogen sein Gesicht.

»Werde mir nur nicht ohnmächtig, Liebling«, sagte sie mit fester Stimme. »Ich muß dich in den Wagen bringen und dann in die Notaufnahme.«

»Das schaffe ich so gerade ... hoffe ich.« Er stöhnte.

Strahlender Sonnenschein blendete India, als die beiden das Atelier verließen, und sie war froh, daß sie direkt hinter dem Gebäude und nicht an der Scheune geparkt hatte. Bald hatte sie Dusty in den Aston Martin gepackt, ihm den Gurt über die Brust gelegt und eingeklickt. Sie kramte in ihrer Tasche und zog noch zwei Handtücher hervor, die sie unter den Gurt stopfte, über die Handtücher, die bereits dort steckten.

Als sie fertig war, sah sie ihn an. Er war aschfahl, schwitzte immer noch stark, und sie wußte, daß ihr nur wenig Zeit blieb, bis er in einen Schockzustand fallen würde. Und er verlor beängstigend viel Blut. Nachdem sie die Beifahrertür geschlossen hatte, lief sie um den Wagen, stieg ein und steckte den Zündschlüssel ins Schloß.

»Ateliertür«, murmelte er und versuchte den Kopf zu ihr zu wenden. »Abschließen.«

»Keine Sorge, Dusty, ich habe zweimal umgeschlossen«, versicherte sie ihm, drehte den Zündschlüssel und startete den Wagen. Sie setzte auf dem unbefestigten Weg zurück, fuhr ums Haus und dann zur Haupteinfahrt. »Der Gurt hält die Handtücher fest, Liebster«, erklärte sie, aber er schien sie nicht zu hören. Er hielt die Augen geschlossen, und seine rechte Hand drückte immer noch auf die Handtücher, mit denen sie die Wunde abgedeckt hatte.

Als sie zum Vordertor von Willows Hall kam, bremste sie ab, holte ihr Handy hervor und wählte Linnets Nummer. Es läutete nur wenige Male, dann meldete sie sich. »Hallo?«

»Linnet, hier ist India. Sag bitte nichts, hör mir nur zu. Ich habe hier ein schwerwiegendes Problem. Dusty ist mit einem Messer verletzt worden. Schwer. Ich glaube, eine Arterie ist durchtrennt. Er verliert sehr viel Blut. Ich fahre jetzt von Willows Hall los und müßte in etwa zwölf Minuten das Bezirkskrankenhaus in Harrogate erreichen, wenn der Verkehr nicht dichter als sonst ist. Würdest du bitte in der Notaufnahme anrufen, Linny, und uns ankündigen?«

»Gott, wie schrecklich! Ich rufe sofort an. Dann fahre ich selbst los. Ich bin bei Onkel Ronnie. Wenn ich sofort aufbreche, müßte ich in fünf Minuten dort sein.«

»Danke, Linnet.« India beendete das Gespräch und warf Dusty einen Blick zu. Seine Augen waren geschlossen, und er schien auf dem Sitz zusammengesunken zu sein. Blut sickerte durch die Handtücher und rann an seinem Arm herunter.

Als India wieder losfuhr, bemerkte sie, daß ihre Hand zitterte, und holte mehrmals tief Luft, um sich zu beruhigen. Sie durfte jetzt auf keinen Fall in Panik geraten. Fest umklammerte sie das Lenkrad und steuerte den Wagen vorsichtig auf die Straße nach Harrogate. Erleichtert sah sie, daß sie bis auf einen Lastwagen und einen Radfahrer leer war. Sie trat das Gaspedal durch und konzentrierte sich aufs Fahren.

Sie schaffte es in genau neun Minuten, und als sie vor dem Krankenhaus abbremste, sah sie, daß am Eingang der Notaufnahme mehrere Personen eine Rolltrage umstanden. Linnet war bei ihnen; sie wirkte blaß und besorgt.

India bremste, sprang nach draußen und winkte den Ärzten; dann lief sie um den Wagen zur Beifahrertür. Bevor sie sie öffnen konnte, kamen schon Ärzte und Sanitäter mit der Rolltrage auf sie zugerannt, und Linnet folgte ihnen.

India trat beiseite, damit die Sanitäter Dusty aus dem Auto heben konnten, und wandte sich an einen der Ärzte. »Mein Freund war der Meinung, daß das Messer seine Arterie getroffen und möglicherweise sogar durchtrennt hat.«

Stirnrunzelnd sah er sie an. »Ist er Mediziner?«

Sie schüttelte den Kopf. »Nein, Maler. Aber er hat sich während des Kunststudiums mit Anatomie beschäftigt.«

»Verstehe«, meinte er und nickte. »Wahrscheinlich hat er recht. Momentan steht er unter Schock und hat offensichtlich enorm viel Blut verloren. Versuchen Sie, sich keine Sorgen zu machen.« Mit diesen Worten rannte er der Rolltrage nach, die bereits nach drinnen gefahren wurde.

Linnet trat zu ihr und nahm ihren Arm. »Komm, wir gehen hinein und setzen uns. Ich habe dem Personal so viele Informationen gegeben, wie ich konnte, aber sie werden bestimmt auch mit dir reden wollen, India.«

Sie nickte. »Ich weiß. Ich vermute, sie haben schon die Polizei verständigt?«

»Das ist in solchen Fällen doch Routine, oder?« murmelte Linnet und betrachtete sie aufmerksam.

»Wahrscheinlich.« Plötzlich begann India unkontrollierbar zu zittern und schlug die Hände vors Gesicht. »Es war so schrecklich, Linny.«

Linnet führte ihre Cousine zu einem Stuhl und setzte sich neben sie. »Was in aller Welt ist passiert?« fragte sie leise. »Wer hat auf Dusty eingestochen?«

»Eine Frau. Frag mich nicht, wer sie war; ich habe keine Ahnung, und ich war unter diesen Umständen nicht in der Lage, Dusty danach zu fragen. Vielleicht kennt er sie, aber sicher bin ich mir nicht. Sie ist einfach ins Atelier hereingeplatzt, und als sie mich sah, wurde sie zur Furie.«

India berichtete Linnet alles, was geschehen war, und holte erst Luft, als sie geendet hatte. Sie stieß einen langen, zittrigen Seufzer aus. »Oh Gott, Linnet, ich hoffe, er wird wieder gesund. Und wenn er stirbt? Ich könnte es nicht ertragen, wenn ihm etwas zustößt.« India ergriff Linnets Arm, sah ihr tief in die Augen und brach dann in Tränen aus.

Sofort legte Linnet den Arm um India und zog sie an sich. »Dusty schafft das schon. Liebes. Er ist jung und kräftig, und die Medizin vollbringt heutzutage wahre Wunder.«

»Aber er hat so viel Blut verloren. Es ist nur so ... aus ihm herausgesprudelt. Richtig beängstigend ...« Sie unterbrach sich, und ihre Miene hellte sich plötzlich auf. »Ich könnte ihm Blut spenden, falls er eine Transfusion braucht«, rief sie aus. »Würdest du auch spenden, Linnet, wenn es nötig ist?«

Linnet war verblüfft. »Ja, natürlich«, antwortete sie mit kaum wahrnehmbarem Zögern, »wenn er es braucht.«

India richtete sich im Sitzen ein wenig auf, und ein Teil der Spannung schien aus ihrem Gesicht zu weichen. Sie schenkte ihrer Cousine ein zaghaftes Lächeln. »Weißt du, ich liebe ihn sehr«, gestand sie ihr leise. »Noch nie habe ich so für einen Mann empfunden. Er ist der einzige, bei dem ich je ans Heiraten gedacht habe.«

Ihr Geständnis überraschte Linnet nicht; von Beginn der Beziehung zwischen India und Dusty Rhodes war ihr klar gewesen, daß ihre Cousine sich rettungslos in den Künstler verliebt hatte, und Linnet freute sich für sie. Bedenken hatte sie nur wegen seines Rufs als schwer trinkender, unbeständiger Lebemann gehegt, doch India hatte ihr versichert, das sei alles nur eine große Schau. Aber hysterische, messerschwingende Frauen waren eine ganz andere Geschichte und ließen einen unpassenden und vielleicht sogar fragwürdigen Hintergrund vermuten. Der Gedanke bereitete ihr Sorge. Abgelegte Geliebte konnten Probleme ohne Ende bereiten.

Linnet sah auf, als jemand vor ihnen stehenblieb. »Lady India, könnten Sie uns bitte noch einige Angaben über Mr. Rhodes machen?«

Sofort erhob sich India. »Selbstverständlich.« Sie folgte der Frau in Schwesterntracht, die ein Klemmbrett und einen Stift in der Hand hielt. Kurz darauf traten zwei Polizeibeamte durch die Tür der Notaufnahme, und Linnet stöhnte auf. Sie zweifelte nicht daran, daß die beiden mit India über den Messerangriff auf Dusty reden wollten. Schließlich ging es um schwere Körperverletzung – und wenn Dusty sterben sollte, um Mord.

Mrs. Anita Giles, die Frau mit der kurzen weißen Jacke und dem Klemmbrett, ging vor und brachte India in ihr Büro, das am Foyer der Notaufnahme lag.

»Ja, Lady India«, begann Mrs. Giles, nachdem sie sich gesetzt hatten, »ich wäre Ihnen sehr dankbar, wenn Sie mir einige Angaben machen würden. Ihre Cousine, Miss O'Neill, hat mir nur den Namen Russel Rhodes genannt und gesagt, er habe eine tiefe Stichwunde. Ich nehme an, bei Mr. Rhodes handelt es sich um den bekannten Künstler?«

»Ja, Mrs. Giles. Sein voller Name lautet Russel Cecil Rhodes, und seine Adresse ist Willows Hall in Follifoot. Er ist zweiundvierzig Jahre alt. Sind das die Informationen, die Sie brauchen?«

Mrs. Giles nickte und machte sich Notizen. »Hat Mr. Rhodes Ihres Wissens irgendwelche gesundheitlichen Probleme?«

»Nein. Wenigstens glaube ich das nicht. Soweit ich weiß, ist er sehr fit. Er treibt Sport, achtet auf seine Ernährung und trinkt nur mäßig.« Als die Frau sie fragend ansah, mußte India lächeln. »Sein Ruf, er sei so etwas wie ein Lebemann, ist nur eine Legende. Größtenteils von ihm selbst in die Welt gesetzt, wenn Sie verstehen, was ich meine, und stark übertrieben.« India beugte sich vor. »Er wird doch wieder gesund, oder? Ich meine, er sagte, wahrscheinlich sei eine Arterie durchtrennt.«

Die Miene der Frau war undeutbar. »Alle im Krankenhaus werden ihr Bestes tun, um ihm zu helfen, Lady India«, sagte sie, »aber Sie können sicher verstehen, daß ich unter diesen Umständen keine Prognose abgeben darf. Könnten Sie mir genau sagen, was ...«

Es klopfte an der Tür, und Mrs. Giles unterbrach sich. »Herein.«

Zwei Polizisten standen in der Tür. »Hallo, Mrs. Giles«, sagte der eine; der andere nickte nur und lächelte ihr zu.

»Guten Tag, die Herren. Dies ist Lady India Standish, eine Freundin von Mr. Russel Rhodes, dem Opfer der Messerattacke, die wir vorhin gemeldet haben. Lady India hat ihn ins Krankenhaus gebracht.«

Sofort stand India auf und schüttelte den Polizisten, die sich als die Constables Hobbs und Charlton vorstellten, die Hand.

»Wären Sie so gut, uns mit Lady India allein zu lassen?« bat Hobbs und warf Mrs. Giles einen entsprechenden Blick zu.

»Ja, natürlich. Ich verstehe, daß Sie allein mit Ihrer Ladyschaft sprechen wollen.« Mit einem an India gerichteten Lächeln eilte sie aus dem kleinen Büro und schloß die Tür hinter sich.

»Viel kann ich Ihnen nicht sagen«, meinte India.

»Berichten Sie uns einfach alle Einzelheiten, Lady India«, sagte Charlton und bedeutete ihr, Platz zu nehmen.

»Danke, aber ich stehe lieber«, entgegnete sie. »Wie Sie sicherlich wissen, ist Mr. Rhodes ein sehr bekannter Künstler, der auf Willows Hall in Follifoot lebt. Er hat dort auch sein Atelier, und er malt im Moment ein Porträt von mir ... für meinen Vater, Graf Dunvale. Kurz bevor ...«

»Dann sind Sie mit der verstorbenen Mrs. Emma Harte verwandt!« rief Hobbs aus und betrachtete sie mit unverhohlenem Interesse.

»Ja, ich bin ihre Urenkelin.«

»Sowohl meine Mutter als auch meine Großmutter haben bei *Harte's* in Harrogate gearbeitet«, erklärte Hobbs versonnen lächelnd; dann setzte er seine Befragung fort. »Also Mr. Rhodes hat Sie gemalt, und plötzlich kam jemand herein und stach auf ihn ein. War es so?«

»Nein, ganz und gar nicht«, gab India scharf zurück. »Wir hatten eine Pause gemacht, weil ich zwei Stunden Modell gesessen hatte, ohne mich zu bewegen. Ich mußte mich recken, und Dusty ... ähem, Mr. Rhodes war ebenfalls ein wenig verkrampft. Jedenfalls haben wir ein paar Streckübungen gemacht und uns unterhalten, als die Tür aufflog und diese junge Frau hereinkam. Ich weiß nicht, wer sie war, und ich bin mir nicht sicher, ob Mr. Rhodes sie kannte.«

»Und sie ist auf ihn losgegangen und hat zugestochen?« fragte Charlton. Er klang skeptisch.

»Aber nein. Sie sah mich und begann mich anzuschreien und zu beleidigen. Sie war ein wenig außer Kontrolle. Doch als sie dann das Porträt erblickte, schien sie vollkommen außer sich zu geraten. Sie rannte los, schnappte sich ein Messer vom Arbeitstisch und rannte mit erhobener Klinge schnurstracks auf das Bild zu.«

»Und sie hat das Bild zerschnitten, bevor sie Mr. Rhodes angegriffen hat?« fragte Hobbs stirnrunzelnd.

»Nein, nein, es war ganz anders! Dusty und ich waren beide ziemlich vor den Kopf geschlagen, ja, das ist das beste Wort. Wir waren sogar vollkommen vor den Kopf geschlagen, und dann wurde ihm klar, daß sie es auf das Porträt abgesehen hatte, und er lief los und warf sich schützend vor das Bild. So hat er den Stich abbekommen. Die Frau wollte auf das Bild einstechen, nicht auf Mr. Rhodes. Das Ganze war ein Unfall.«

»Verstehe«, murmelte Hobbs und sah zu seinem Kollegen. Die beiden tauschten einen vielsagenden Blick aus. »Wir hoffen, daß wir bald mit Mr. Rhodes sprechen können. Sobald er aus dem Operationssaal kommt.«

India krampfte die Hände zusammen, bis die Nägel in die Handflächen schnitten. Ihre Angst wuchs. »Haben die Ärzte Ihnen etwas gesagt, Constable Hobbs? Er wird doch nicht sterben, oder?«

»Ich weiß es nicht«, sagte Hobbs und schüttelte den Kopf. »Ich hoffe nicht. Dr. Palmerton ist ein großartiger Arzt. Wenn überhaupt jemand Mr. Rhodes retten kann, dann er. Aber im Moment können wir nur abwarten.«

9

»Wo ist denn meine schöne andere Hälfte?«

Tessa, die sich in einem der großen Ohrensessel in der Bibliothek vergraben hatte, warf den Ordner mit den Bilanzen, in denen sie gelesen hatte, auf den Boden, sprang auf und rannte zu ihrem Bruder.

Lorne Fairley lehnte lässig im Türrahmen, jeder Zoll der Filmschauspieler, der er war. »Hallo, mein Mädchen«, sagte er mit seiner wohlklingenden Stimme.

»Oh Lorne, du hast es geschafft! Wie schön, daß du hier bist!« Sie flog in seine ausgestreckten Arme, und er hielt sie fest, voller Erleichterung, daß sie nach ihrem schrecklichen Erlebnis einigermaßen ruhig schien.

Lange und zärtlich hielten sie einander in den Armen. Sie waren sich emotional so nahe wie schon immer. Die beiden waren gleich groß, besaßen die gleiche helle Haut- und Haarfarbe und die gleichen feingeschnittenen, makellosen Züge. Es war unverkennbar, daß sie Zwillinge waren und die Gene ihres verstorbenen Vaters Jim Fairley trugen, des ersten Ehemanns ihrer Mutter.

Tessa, die einige Minuten vor Lorne zur Welt gekommen war, betrachtete sich als die Ältere und ließ ihn das nie vergessen; doch der gutmütige, gelassene Lorne lachte einfach, wenn sie versuchte, ihre Überlegenheit herauszustellen. Seit ihrer gemeinsamen Kindheit nannte er sie »altes Mädchen«, sehr zu ihrem Verdruß.

»Es tut mir so leid, daß du meinetwegen den weiten Weg aus der Türkei machen mußtest, aber ...«

»Meine Ferien waren ohnehin fast vorbei«, unterbrach er sie, löste sich von ihr und sah ihr forschend ins Gesicht, bevor er ihr die Wange küßte. »Und um ehrlich zu sein, wurde mir schon verdammt langweilig. Außerdem würde ich dich nie im Stich lassen. Wir sind doch immer füreinander da, oder?« Er legte den Arm um ihre Schultern und führte sie zur Sitzgruppe. »Ich vermute, Mama kommt noch nicht zurück.«

»Nein. Ich habe darauf bestanden, daß sie ihre Termine einhält und mit Shane in New York bleibt.«

»Ich weiß, ich habe mit Dad gesprochen, und er sagte, alles sei unter Kontrolle, und deswegen hätten sie ihre Pläne auch nicht geändert. Und wie geht es meiner süßen Adele?«

»Ihr geht es gut, Lorne; das Erlebte scheint sie nicht zu belasten, dem Himmel sei Dank.« Bei dem Gedanken an ihre Tochter strahlte Tessa. »Sie ist so ein fröhliches Kind«, setzte sie hinzu.

»Und wo ist der kleine Wirbelwind? Ich möchte sie sofort begrüßen.«

»Adele hält ihr Nachmittagsschläfchen, also wirst du dich gedulden müssen.«

Sie setzten sich zusammen auf eines der Sofas, und wieder sah Lorne sie forschend an. »Und, was gibt es Neues von deinem höchst abscheulichen Ehemann?«

»Daß er bald mein Exmann sein wird!«

»So schnell?« Lorne sah sie an, und ein skeptischer Ausdruck huschte über sein Gesicht. »Sag mir nicht, daß er ausnahmsweise nachgibt.«

»Nein, er ist sehr fordernd und arrogant, und natürlich muß das Scheidungsverfahren seinen Gang gehen. Aber unsere Anwälte – seine und meine – haben sehr viel miteinander verhandelt, und zufällig sind *seine* ziemlich verärgert, weil er Adele verschleppt hat. Das setzt ihn natürlich in ein schlechtes Licht, und das gefällt ihnen gar nicht.«

»Das war eine lächerliche Aktion. Wie du sehr wohl weißt, habe ich Mark nie richtig gemocht. Für mich war er immer ein falscher Fünfziger.«

Sie begann zu lachen. »Mit deinen altmodischen Sprüchen erinnerst du mich an Jack Figg. Er führt sie jedenfalls ständig im Mund.«

»Was glaubst du wohl, wo ich sie gelernt habe? Zu Füßen des Meisters selbst. Den ich übrigens gerade gesehen habe, als ich vorgefahren bin. Er war wie immer herzlich und liebevoll, aber er ist ein harter Hund, Tessa, und dafür sollten wir Gott danken. Er hat mir berichtet, daß er dieses Gelände in eine Festung verwandelt, und wenn man nach der Anzahl seiner Mitarbeiter geht, die hier herumlaufen und irgend etwas installieren, glaube ich ihm.«

Tessa nickte. »Er meinte, er würde bis Montag bleiben und dann für ein paar Tage nach Robin Hood's Bay zurückfahren. Er ist Mitte nächster Woche wieder da. Etwas anderes: Ich dachte, ich könnte heute abend für uns alle kochen. Ich möchte, daß Margaret den Abend freihat. Sie und Joe haben sich solche Sorgen gemacht. Dieser ganze Aufruhr hat sie ... ziemlich geschafft.«

»Das überrascht mich nicht, und da wir gerade von Margaret reden ... als ich herkam, bin ich direkt in die Küche gegangen und habe sie gebeten, mir ein Sandwich zu machen. Ich bin in Heathrow aus dem Flieger gestiegen und gleich hergefahren, und ich bin halb verhungert. Laß uns mal sehen, was sie zubereitet hat. Und was heute abend angeht, so kann ich es kaum abwarten, in deinen Gourmet-Spezialitäten zu schwelgen.«

Als sie gemeinsam durch die Stone Hall gingen, stießen sie mit der Haushälterin zusammen. »Da sind Sie ja!« rief sie aus und wandte sich dann an Lorne. »Ihre Sandwiches habe ich in den Morgensalon gestellt, zusammen mit einer Kanne Tee für Sie beide.« Sie nickte, eilte wieder in die Küche und dachte dabei über Lorne nach. Er war immer ihr Liebling gewesen, und sie freute sich, daß er nach Hause gekommen war, um sich um seine Schwester zu kümmern, wenn auch nur für kurze Zeit. Sie wünschte, er würde länger bleiben. Lorne war der freundlichste, liebste Mann, den man sich vorstellen konnte, und sein Ruhm als Schauspieler hatte ihn nicht im geringsten verändert. Er war immer noch derselbe süße Kerl, den sie einst auf ihren Knien hatte reiten lassen.

Bis zum vergangenen Winter war der Morgensalon ein Arbeitszimmer gewesen, das Emma Harte benutzt hatte, wenn sie sich auf Pennistone Royal aufhielt. Doch im Dezember hatte Paula endlich beschlossen, daß das Büro reine Raumverschwendung darstellte, und hatte es in eine bezaubernde Räumlichkeit für ungezwungene Mahlzeiten verwandelt.

Als sie eintraten, sah Lorne sich um und dachte, wie kühl und friedlich der Raum an diesem heißen Augustsamstag wirkte. Sehr einladend, fand er. Die Wände waren in einem weichen Apfelgrün gehalten, und überall waren weiße Akzente verteilt; das hübsche, geschwungene Erkerfenster war mit luftigen Raffrollos aus grün-weiß gestreifter Seide geschmückt, und die Stühle, die den Nußbaumtisch umstanden, waren mit einem grün-weiß karierten Stoff bezogen.

»Dieser Raum ist Mutter großartig gelungen«, bemerkte er, als sie sich an den runden Tisch setzten, den Margaret soeben gedeckt hatte. Lorne betrachtete die Teller mit mundgerecht aufgeschnittenen Sandwiches und schüttelte lächelnd den Kopf. »Diese Frau ist wirklich ein Phänomen! Schau, Margaret hat alle meine Lieblingssorten gemacht.«

»Ja, *dich* hat sie eben immer verwöhnt«, meinte Tessa und warf ihm einen schiefen Blick zu.

Lorne schluckte den Köder nicht, sondern grinste nur, nahm sich ein Mini-Sandwich mit Eiersalat und biß hinein, während er zusah, wie seine Zwillingsschwester Tee in seine Tasse goß und eine Zitronenscheibe hinzugab. Sie hatte so verängstigt geklungen, als sie ihn am Donnerstag auf seinem

Handy angerufen hatte; sie hatte ihn in der Türkei erreicht, wo er ein paar Tage mit Freunden verbrachte. Anschließend würde er in den Shepperton-Studios mit den Dreharbeiten für einen neuen Film beginnen. Doch zuerst kamen die Außenaufnahmen in Paris. Lorne spielte die männliche Hauptrolle, und die weibliche wurde von einer seiner Lieblingsschauspielerinnen verkörpert. Und das Drehbuch war brillant.

Lorne hatte Tessa die Wahrheit gesagt: Er hatte genug von der Türkei gehabt und darauf gebrannt, nach London zurückzukehren. Doch selbst wenn er sich prächtig amüsiert hätte, wäre er sofort aufgebrochen, denn seine Zwillingsschwester brauchte ihn. Wegen des dichten Urlaubsverkehrs hatte er keinen direkten Flug bekommen; und so war er nach Paris gejettet, hatte die Nacht im Pariser O'Neill-Hotel in der Avenue Montaigne verbracht und war heute nach London geflogen.

Er und Tessa standen sich äußerst nahe, und es gab nichts, was er für seine Schwester nicht getan hätte. Und dennoch wußte er genau, daß Tessa Fehler hatte: ihre Konkurrenz mit Linnet um die Vorrangstellung bei *Harte's*, ihre schreckliche Eifersucht auf ihre Halbschwester, die ihm vollkommen unbegründet vorkam. Und dann der Snobismus, mit dem sie sich rühmte, eine Fairley zu sein. Das fand er ein wenig töricht. Schließlich waren sie beide ebenso Hartes und McGills und Amorys; und alles, was sie besaßen, verdankten sie ohnehin ihren Urgroßeltern, Emma Harte und Paul McGill.

Lorne wünschte, Tessa würde die Dinge aus seinem Blickwinkel sehen, aber anscheinend konnte oder wollte sie das nicht. Sie war stur in ihren Ansichten und vehement in ihren Meinungsäußerungen, aber er hatte es schon lange aufgegeben, sie dafür zu tadeln. Das war verlorene Liebesmüh; er war überzeugt davon, daß sie sich niemals ändern würde. Und so betete er sie weiterhin an, wie er es seit ihrer Kindheit getan hatte, nahm Tessa, wie sie war, und versuchte nicht, über sie zu urteilen. Oder über sonst jemanden. Leben und leben lassen, das war schon immer sein Motto gewesen.

Doch nun starrte er seine Zwillingsschwester verblüfft an. »Linnet hatte alles perfekt im Griff«, verkündete sie nämlich gerade. »Wirklich. Ich weiß nicht, was ich ohne sie angefangen hätte.«

»Das sind ja ganz neue Töne von dir!«

»Sei nicht gemein.«

»Ich bin nicht gemein, sondern sage nur die Wahrheit, mein Schatz. Du bist doch diejenige, die sich ständig über Linnet beschwert. Mir ist schon klar, daß du entschlossen bist, bei *Harte's* die erste Geige zu spielen, aber dort ist auch Platz für Linnet, verstehst du.«

»Ich weiß, ich weiß. Reite nicht darauf herum, Lorne. Ich bin wirklich dankbar, daß Linnet die Geistesgegenwart aufgebracht hat, alles zu regeln, zum Beispiel Jack Figg dazuzuholen. Verstehst du, es war niemand sonst hier, als Mark Adele verschleppt hat ... na ja, außer natürlich Wiggs und seine Gärtner.«

»Und wo zum Teufel waren alle?« Jetzt wurde Lorne laut. »Normalerweise wimmelt dieses Haus von Menschen. Komisch, daß an diesem Vormittag alle fort waren, findest du nicht?«

»Keine Verschwörung, Lorne. Reiner Zufall. Margaret hatte sich entschlossen, auf den Markt zu fahren, Joe hatte wegen irgendwelcher Verwaltungsangelegenheiten in East Witton zu tun, und Elvira hatte ihren freien Tag.« Tessa unterbrach sich, lehnte sich zurück und dachte kurz an ihre Unterhaltung mit Elvira. Sie zerbrach sich immer noch den Kopf darüber, warum die Nanny ihr erst so spät über ihr Gespräch mit Mark berichtet hatte.

»Was ist? Du machst dir doch über etwas Sorgen, Tessa.«

»Nein, mir geht es gut. Es ist nur so, daß Elvira mir erzählt hat, Mark hätte auf der Hauptstraße vor Pennistone Royal auf sie gewartet ...«

»Woher zum Teufel hat er gewußt, daß sie um diese Zeit wegfahren würde?«

»Weil es *Mittwoch* war, und das war schon immer ihr freier Tag. Jedenfalls hat er ihr anscheinend gewinkt, sie hat angehalten, und er hat sie gefragt, wo ich sei, wo Adele sei, und behauptet, er sei unterwegs, um uns zu besuchen.«

»Und sie hat es ihm brühwarm erzählt.« Lorne nickte, und ein nachdenklicher Ausdruck trat auf sein Gesicht. »Die beiden stecken doch nicht unter einer Decke, oder? Vertraust du ihr?«

»Ich bin mir ziemlich sicher, daß sie nicht zusammenstecken, und ja, ich vertraue ihr. Unsere Miss Elvira ist ein richtiges Gewohnheitstier und hat sich noch nie einen anderen Tag freigenommen. Bei ihr spielt sich immer alles nach demselben Muster ab, fast wie auswendig gelernt, obwohl es nicht so ... banal ist, wie es klingt.«

»Und Evan? Wo war sie? Du sagtest doch, daß sie momentan hier ist.«

»Sie war nach Lackland Priory gefahren, um mit Onkel Robin zu Mittag zu essen.«

»Und wo mag wohl der heimtückische, flüchtige Jonathan stecken?« Lorne lächelte säuerlich und wartete nicht auf ihre Antwort. »Eins, zwei, drei, vier, fünf, sechs, sieben, wo ist nur mein Schatz geblieben ...«, deklamierte er in einem höchst übertriebenen englischen Oberklassenakzent, »... ist nicht hier, ist nicht da, ist wohl in Amerika.«

Tessa begann haltlos zu kichern; ihr Bruder hatte schon immer die Gabe besessen, sie zum Lachen zu bringen; und sie liebte es, ihm zuzuhören, wenn er seine Schauspielermiene und die passenden Manieriertheiten aufsetzte. »Nach Jacks Auskunft, der einen seiner Topleute auf ihn angesetzt hat, hält Jonathan sich in Hongkong auf. Doch Jack hat auch darauf hingewiesen, daß es im Kommunikationszeitalter nicht darauf ankommt, wo er sich gerade befindet. Der werte Mr. Ainsley kann die Operation von überall auf der Welt dirigieren.«

Lorne signalisierte ihr mit einem Nicken, daß er verstanden hatte, und zog die Brauen zusammen. »Mark und Jonathan. Meine Güte, was für ein Paar. Gott, wenn man darüber nachdenkt, ist Mark ein verdammter Idiot. Wie konnte er sich bloß von Jonathan in diese Schweinerei hineinziehen lassen?«

»Du hast es eben selbst gesagt, Lorne. Er ist eben ein falscher Fünfziger.«

Lorne nahm seine Tasse und trank einen Schluck Tee. »In Evans Haut möchte ich jedenfalls nicht stecken«, bemerkte er. »Jonathan hat es bestimmt auch auf sie abgesehen.«

»Absolut, da bin ich mir sicher. Sie steht Gideon sehr, sehr nahe, verstehst du. Ich glaube …« Tessa lehnte sich zurück und schenkte ihrem Zwillingsbruder einen langen, wissenden Blick, »daß die Sache mit den beiden sehr ernst ist.«

»Das dachte ich schon auf der Party zu Dads sechzigstem Geburtstag. Du nicht?«

Sie senkte einfach den Kopf, denn plötzlich erfüllte sie bei dem Gedanken an Shanes Geburtstag ein seltsamer Schmerz, besser gesagt, ein Gefühl von Trauer. An diesem Abend war sie allein gewesen, nachdem sie Mark zwei Monate zuvor verlassen hatte – und sie hatte sich innerlich leer, verlegen und etwas verloren gefühlt. Doch ihr Cousin Toby Harte hatte sie gerettet, hatte sich um sie gekümmert wie damals, als sie Kinder waren. Merkwürdig, wie das Leben spielt, dachte sie. Jetzt hatte er selbst Probleme und ließ sich von Adrianna scheiden.

Scheidung. Sie drehte und wendete das Wort in Gedanken. Tessa konnte es nicht ertragen, wenn ihr etwas mißlang, und in dieser Ehe war sie gescheitert. Aber als Mutter würde sie nicht versagen. Was immer dazu nötig war, was immer es sie kosten würde, sie würde dafür sorgen, daß Adele eine schöne Kindheit und ein wunderbares Leben hatte – und zwar ohne daß Mark Longden sich einmischte.

Tessa nahm ihre Tasse, trank einen Schluck Tee und bemerkte leicht erschrocken, daß ihre Hand zitterte. Rasch stellte sie die Tasse auf den Unterteller, wandte sich ab und sah aus dem Fenster. Plötzlich überwältigten sie die Erinnerungen an Mark und an die ersten Jahre ihrer Ehe.

Sie hatte sich mit so vielen Hoffnungen in diese Beziehung gestürzt. Warum war sie derart schiefgegangen? Lag die Schuld irgendwie bei ihr? Hatte sie sich nicht genug Mühe gegeben? Und warum war Mark unter den Einfluß von Jonathan Ainsley geraten, eines Mannes, von dem er doch wußte, daß die ganze Familie ihn haßte? War Gier seine Triebfeder gewesen? Das Bedürfnis nach Ruhm? Unzufriedenheit mit ihr? Oder war er ganz einfach ein schwacher Mensch, ein Mann, der zu seiner Befriedigung Drogen, Alkohol und andere Frauen brauchte?

Unerwartet wurden ihre silbergrauen Augen feucht. Sie versuchte, die Tränen herunterzuschlucken, spürte ein Brennen in der Kehle ... und jetzt purzelten die Tränen ungehindert aus ihren Augen. Hinter der erhobenen Hand versuchte sie ihr Gesicht zu verstecken, doch ohne Erfolg.

Lorne hatte sofort bemerkt, wie aufgewühlt sie war. Bekümmert und besorgt sprang er auf, kam zu ihr und legte den Arm um ihre Schultern. »Ach, mein kleines Häschen«, sprach er sie mit ihrem Kosenamen aus Kindertagen an. »Nicht weinen, Tessa, er ist es doch gar nicht wert. Kein Mann ist das, verstehst du.« Sie schwieg. »Hast du ihm dein Herz geschenkt, Tessa?« fragte er leise.

Sie räusperte sich, wischte sich mit beiden Händen über das Gesicht, schüttelte den Kopf und sah ihren Bruder dann direkt an. »Es geht schon wieder. Setz dich ruhig wieder, Lorne, und iß deine Sandwiches auf.« Sie seufzte. »Und nein, ich habe ihm ... nicht mein Herz geschenkt.«

»Aber du hast dich in ihn verliebt«, meinte Lorne und kehrte zu seinem Stuhl zurück.

»Wahrscheinlich. Jedenfalls habe ich geglaubt, verliebt in

ihn zu sein. Vielleicht war es bloß eine dumme Schwärmerei.«

»Schon möglich. So etwas kenne ich.«

»Oh, du denkst wohl an deine letzte Freundin? Und ... hast du Miriam Delaney dein Herz geschenkt?«

Er verzog den Mund; ein trauriges Lächeln, das kurz über seine Lippen huschte und dann wieder verschwunden war. »Oh ja«, sagte er.

»Und was ist passiert?«

»Sie ist darauf herumgetrampelt.«

»Das tut mir schrecklich leid. Ich weiß, daß du sehr verliebt in sie warst. Aber ich habe ja nicht geahnt, daß die Sache so einseitig war.«

»Ich auch nicht, jedenfalls zu Anfang.« Er zuckte die Achseln und hob die Hände zu einer typisch französischen Geste des Bedauerns. »*C'est la vie, chérie.*«

Ein kurzes Schweigen trat ein, das aber nicht angespannt war, denn die beiden fühlten sich heute genauso wohl miteinander wie in ihrer Kindheit. Sie hatten dieselbe Wellenlänge und dachten in den gleichen Bahnen.

»Ich werde nie wieder heiraten«, versetzte Tessa abrupt. »Es lohnt sich einfach nicht.«

»Ich hoffe aufrichtig, du hast jetzt nicht vor, dich für den Rest deines Lebens der Keuschheit hinzugeben.«

»Warum nicht? Es gibt Schlimmeres.«

Lorne beugte sich über den Tisch. »Jetzt hör mir mal zu, Tessa Fairley«, rief er empört. »Ich werde nicht zulassen, daß du ein trostloses, leeres Leben ohne Liebe führst. Du mußt dir selbst gegenüber fair sein. Zugestanden, nach dieser üblen Geschichte mit Mark ist eine neue Ehe vielleicht zu früh für dich, aber du solltest dir wenigstens einen Freund suchen. Ich finde, du brauchst in deinem Leben einen Mann, einen liebevollen, zärtlichen Mann, der dich so behandelt, wie du es verdienst. Also, wenn ich dabei etwas zu sagen habe, dann werde ich dafür sorgen, daß du dir eine lange

Reihe ergebener Liebhaber zulegst«, schloß er in neckischem Tonfall.

Tessa zwang sich zu lachen und schob ihre sorgenvollen Gedanken beiseite. »Dasselbe gilt dann aber auch für dich. Laß Miss Delaney hinter dir, und such dir ein wunderbares Mädchen. Vielleicht triffst du bei den Außenaufnahmen in Paris ja eine bezaubernde *Mademoiselle.*«

Lorne war erleichtert, daß ihre Stimmung sich aufgehellt hatte, ergriff ihre Hand und drückte einen Kuß darauf. »Jetzt klingst du schon besser, viel besser. Ganz meine gute alte Tessa.«

»Dieses Atelier ist wirklich außerordentlich, India.« Linnet sah sich begeistert um. »Das hat Dusty ganz wunderbar konstruiert. Du sagtest doch, daß er es selbst entworfen hat, oder?«

»Das hat er«, antwortete India, doch ihre Stimme klang bedrückt. Sie ließ den Blick durch den Raum schweifen und nahm alles in sich auf. Auf dem Boden vor dem Gemälde waren eine Menge Blutspritzer zu sehen. Sie eilte hinüber, um das Porträt zu inspizieren, und stellte zu ihrer großen Erleichterung fest, daß die Leinwand nichts abbekommen hatte.

Erst in diesem Moment bemerkte sie das Messer, das noch auf dem Boden lag, wo die junge Frau es fallen gelassen hatte. »Sieh mal, Linnet, dort drüben! Das Messer.« Sie wies darauf. »Ich sollte es weder aufheben noch berühren. Wegen der Fingerabdrücke.«

»Ganz recht«, bekräftigte Linnet energisch. »Eines wollte ich im übrigen noch sagen. Fandest du nicht, daß diese beiden Polizisten zwar nett zu uns waren, dir gegenüber aber auch ein wenig mißtrauisch wirkten?«

»Allerdings. Constable Charlton hat mir die Geschichte nicht ganz abgenommen, Hobbs dagegen schon. Man weiß ja, daß die Menschen, die dem Opfer am nächsten stehen, und erst recht die vom anderen Geschlecht, für gewöhnlich als Täter verdächtigt werden. Daher haben sie mir höchstwahrscheinlich nicht ganz geglaubt.«

Linnet warf einen Blick auf die große Wanduhr. »Die beiden werden bald hiersein. Bist du dir sicher, daß ich Jack Figg nicht dazubitten soll, für den Fall, daß du ihn brauchst?«

»Nein, ehrlich, es ist schon in Ordnung. Meine Abdrücke sind nicht auf dem Messer, und wenn Dusty aufwacht, wird er genau die gleiche Geschichte erzählen wie ich. Weil sie nämlich wahr ist. Außerdem ist gegen vier Uhr auch Paddy Whitaker wieder zurück. Vielleicht kann er ja noch etwas Licht in die Angelegenheit bringen. Er ist der Hausmanager, von dem ich eben gesprochen habe ...«

»Gehe ich recht in der Annahme, daß dies Dustys proletarische Bezeichnung für einen Butler ist?«

India lächelte in sich hinein. »Da liegst du ganz richtig. Jedenfalls mußte Paddy heute morgen nach Manchester fahren, aber ich habe gehört, wie er zu Dusty sagte, er sei zum Nachmittagstee zurück.«

»Und was sagtest du noch, wo die Haushälterin steckt?« bohrte Linnet weiter, während sie neugierig durch das Atelier schlenderte.

»Ich habe dir doch schon erklärt, daß sie dieses Wochenende freihat«, gab India leicht ungeduldig zurück. »Deswegen hatten wir uns ja so darauf gefreut, hier zu sein. *Allein.*«

»Dann glaubst du, daß der Hausmanager wissen könnte, wer die junge Frau war beziehungsweise ist?«

»Ja«, antwortete India leise und weniger scharf. »Wenn es jemand aus Dustys Vergangenheit ... oder Gegenwart war. Andererseits könnte sie auch eine vollkommen Fremde gewesen sein.«

Linnet warf ihrer Cousine einen Blick zu und schüttelte den Kopf. »Das ist aber ziemlich weit hergeholt, Liebes.

Warum sollte eine Fremde ihn attackieren? Genauer gesagt, das Bild.«

»Vielleicht ein geistesgestörter Fan.«

»Also wirklich, India! Er ist schließlich kein Filmschauspieler oder Rockstar. Kunstliebhaber sind keine ... *Stalker*, um Himmels willen. Sie platzen nicht in Ateliers und stechen auf Menschen ein, oder auf Bilder.«

»Also ich finde, sie könnte ein verrückter Fan sein. Oder eine frühere Freundin oder sogar Geliebte. Aber ich vertraue Dusty. Wenn eine solche Person in seinem Leben immer noch wichtig wäre, hätte er mir davon erzählt. Das weiß ich ganz einfach, Linnet.« Indias Stimme war um einige Oktaven schriller geworden.

»Okay, schon gut, reg dich nicht auf. Und ich traue dir und deinem Urteilsvermögen, India. Wenn du sagst, daß er aufrichtig ist, dann glaube ich dir.« Linnet trat an eines der hohen Seitenfenster. »Ich sollte lieber Julian anrufen, er wird sich schon fragen, wo ich stecke.« Sie zog ihr Handy hervor und tippte die Nummer ihres Verlobten ein.

Schmunzelnd nickte India. Sie ging zu dem Porträt, neigte den Kopf und betrachtete es. Ihre Gedanken wanderten zu Dusty, der im Krankenhaus lag und an Drähten und Infusionen und Gott wußte was noch hing. Er befand sich in diesem Zustand, weil er spontan losgestürzt war, um sein Bild zu schützen. Tatsächlich hätte er sogar dafür sterben können, und das Schreckliche war, daß sich das Gemälde noch in einem sehr frühen Stadium befand. Schließlich hatte er erst seit drei Tagen daran gearbeitet; bestimmt hätte er doch einfach neu anfangen können, oder? Vielleicht hatte er aus einem Impuls heraus gehandelt, einem Reflex.

Zum Glück würde er wieder gesund werden; das hatten die Ärzte ihr versichert, bevor sie ins Atelier aufgebrochen war – zum »Tatort«, wie die Polizei das nannte. Aber bis auf das Messer und Dustys Blut gab es hier nichts zu sehen. Bevor sie das Krankenhaus verließ, hatte man ihr noch kurz erlaubt, Dusty auf der Intensivstation zu besuchen. Allein hatte sie neben dem Bett gestanden und auf sein Gesicht hinuntergesehen, das abgespannt und kalkweiß aussah, so als wäre das Leben daraus entwichen. Und beinahe wäre es auch so weit gewesen. Er hatte gefährlich viel Blut verloren und Transfusionen gebraucht. Glücklicherweise hatten die Ärzte die Arterie erfolgreich genäht. Da er noch nicht aus der Narkose aufgewacht war, hatte sie sich einfach über ihn gebeugt, zwei Finger auf sein Gesicht gelegt und ihm zugeflüstert, daß sie ihn liebe. Und dann hatte die Krankenschwester den Kopf durch die Tür gesteckt und sie mit einer Handbewegung zum Gehen aufgefordert.

India hatte sich unglaublich erleichtert gefühlt, und langsam war die Spannung von ihr gewichen. *Er würde überleben.* Und so war sie gern bereit gewesen, nach Willows Hall hinüberzufahren und der Polizei das Atelier aufzuschließen.

Wer die Frau wohl gewesen war? Die Frage stand immer noch ungelöst im Raum, wie schon vor Stunden. War sie eine Stalkerin, die ihn verletzen wollte? Oder eine abgelegte Geliebte? Und würde sie zurückkommen, um erneut zuzuschlagen?

10

Gideon hatte geglaubt, die Küchentür verschlossen vorzufinden. Doch als er den Türknauf drehte, öffnete sie sich sofort, und er trat ohne Umschweife ein. Er rechnete damit, daß Margaret und Joe, die um diese Zeit für gewöhnlich hier saßen und eine Tasse Tee tranken, ihn fröhlich begrüßen würden. Doch zu seinem großen Erstaunen war der Raum leer.

Er blieb wie angewurzelt stehen, sah sich um und sog die wunderbaren Düfte ein. Die Luft war erfüllt vom Aroma einer Gewürzmischung, die augenblicklich die Erinnerung an Nordafrika in ihm erweckte. Die Düfte nach köchelndem Fleisch und gedämpftem Gemüse und anderen Köstlichkeiten erinnerten ihn daran, daß heute Tessa für sie alle kochte, und ihm lief das Wasser im Mund zusammen. Er wußte, daß ihn ein Festmahl erwartete, denn Tessa war ohne Einschränkung die beste Köchin, die er kannte. Sie hatte wirklich ihre Berufung verfehlt, ging es ihm durch den Kopf, während er eilig die Küche durchquerte und auf den dahinter liegenden Personalflur hinaustrat.

Eine Hintertreppe führte in den ersten Stock, der größtenteils Paulas Reich war, und weiter in die zweite Etage, wo die Zimmer der meisten Familienangehörigen lagen. Hier gibt es jedenfalls keine Sicherheitsvorkehrungen, dachte er. Jeder hätte einfach hereinspazieren können, so wie er selbst eben, und den Hauptteil des Hauses erreichen. Sie würden sich daran gewöhnen müssen, die Außentüren abzuschließen, sonst würden sie es mit Jack Figg zu tun bekommen. Seufzend stieg er die Hintertreppe hinauf, die von den Dienstboten benutzt worden war, als es im Haus noch viel Personal gegeben hatte.

Es war ein steiler Aufstieg, und er dachte an die kleinen Hausmädchen aus früheren Tagen, die hier Frühstückstabletts auf die Zimmer geschleppt hatten. Sie waren bestimmt am frühen Vormittag schon erschöpft gewesen. Ja, damals war die Welt voll grober Ungerechtigkeiten gewesen; zumindest in mancherlei Hinsicht hatte sie sich zum Besseren verändert.

Im zweiten Stock hing an jeder Tür eine kleine Messingtafel, auf der der Name der Suite stand: Gelb, Blau, Rot, Gold und so weiter; der Einfall, jeden Raum nach einer Farbe zu benennen, stammte von Emma Harte, und er hatte das immer für eine bezaubernde Idee gehalten. Vor der gelben Suite blieb er stehen, klopfte an die Tür und trat ein, ohne dazu aufgefordert worden zu sein.

»Oh mein Gott!« schrie Evan. »Hast du mich erschreckt!« Sie stand da, ein Handtuch an ihren nackten Körper gepreßt, und sah ihn aus großen Augen an.

»Tut mir leid«, entschuldigte er sich und trat auf sie zu. Er nahm ihre Hand und zog sie besitzergreifend in die Arme. Fest umschlang er sie, küßte sie leidenschaftlich und führte sie dann durch das Zimmer.

Evan versuchte, ihr Handtuch festzuhalten, und auf ihrem Gesicht stand ein unsicherer Ausdruck. »Was ist los?« fragte sie leise, sah zu ihm auf und versuchte sich aus seinem festen Griff zu befreien.

Er antwortete nicht gleich, sondern schob sie weiter auf das Bett zu. »Setz dich hin und hör auf zu zappeln. Ich werde dich schon nicht vergewaltigen.«

»Bist du dir ganz sicher?« fragte sie, setzte sich aber folgsam auf das Bett und sah zu, wie er sich auszog. Als er nackt auf sie zukam, erkannte sie deutliche Anzeichen dafür, daß sie einige Zeit in diesem Bett verbringen würden, was bedeutete, daß sie zu spät zum Abendessen kamen. Aber sie hatte keine Chance zu protestieren, denn ehe sie sich versah, lag er neben ihr und küßte sie leidenschaftlich. Und natürlich reagierte sie sofort heftig auf ihn, denn sie liebte ihn von ganzem Herzen.

Nach einer Weile lösten sie sich voneinander, und er stützte sich auf einen Ellbogen und sah in ihr Gesicht herunter. »Ich weiß schon, was du sagen willst; daß wir zu spät zum Essen kommen und so weiter. Aber ich bin seit über einer Woche nicht mehr allein mit dir gewesen, und ich habe das Bedürfnis, dir nahe zu sein, sehr nahe.«

»Ich weiß, ich weiß«, flüsterte sie, und schon glitt ihre Hand seinen Nacken hinauf und in sein dichtes Haar. »Ich habe dich auch vermißt. Es hat mir so gefehlt, bei dir zu sein, mit dir zärtlich zu sein.«

Lächelnd sah Gideon in ihre leuchtenden blaugrauen Augen; dann setzte er sich unerwartet, fast unwillkürlich, auf, sprang vom Bett und ging zu seinen Kleidern, die auf einem Stuhl lagen. Kurz darauf war er zurück und nahm ihre Hand. »Ich habe mich so sehr nach dir gesehnt, daß ich es gar nicht abwarten konnte, an deiner Seite zu liegen. Andererseits haben wir noch unser ganzes Leben lang Zeit, uns zu lieben, aber man verlobt sich nur einmal.« Er begann zu lachen. »Hoffen wir zumindest, daß es nur einmal geschieht«, sagte er und steckte ihr den Saphirring, den er mitgebracht hatte, an den Finger. »Jetzt sind wir richtig verlobt, Evan, und nur darauf kommt es an.«

Kerzengerade saß sie da und starrte zuerst ihn an und dann den Ringfinger ihrer linken Hand. Vor Verblüffung und Freude gingen ihr fast die Augen über. »Danke für den herrlichen Ring«, sagte sie und küßte ihn auf die Lippen. »Und ja, wir sind wirklich verlobt.« Ihre Stimme hüpfte vor Lachen. »Wir sind verlobt, ob es meinem Vater paßt oder nicht! Mir gefällt es jedenfalls! Oh, ja!«

Gideon lachte mit ihr und genoß ihr Glück und ihre Begeisterung. »Ich freue mich, daß dir dein Ring gefällt.«

»Ich liebe ihn. Oh Gid, damit hast du mich wirklich überrascht. Es ist alles wundervoll, und ich bin sehr glücklich.«

»Ich auch.« Er strahlte sie an. »Und jetzt laß uns unseren Handel mit einem Kuß besiegeln, ja?«

Sie erwiderte sein Lächeln, schlang die Arme um seinen Hals und zog ihn an sich, so daß er auf ihr lag. Hungrig und leidenschaftlich küßten sie sich und streichelten einander am ganzen Körper, und rasch flammte sein Begehren auf. Auch sie spürte, wie eine heiße Woge sie überrollte, und sie umklammerte ihn. Sie liebte ihn so sehr. Dann schlang sie die Beine um seinen Rücken, und als er in sie eindrang, schrie sie wie immer leise auf, als wäre sie überrascht von ihren eigenen Empfindungen. Ihn entzückte das, und als sie begann, sich heftig zu bewegen, glaubte er, vor Lust fast zu explodieren. Innerhalb weniger Sekunden stiegen und fielen sie im Einklang, hatten den perfekten Rhythmus gefunden. Immer schneller wurden sie, und ihre Erregung wuchs. Als sie den Gipfel der Ekstase erreichte, schrie sie seinen Namen, und den Bruchteil einer Sekunde später rief er ihren; und dann konnte er ihr nur immer wieder sagen, wie sehr er sie liebte.

Nachdem sie wieder zu Atem gekommen waren, duschten sie.

Danach ging Evan ins Schlafzimmer, um ihr Haar zu trocknen und in Form zu bürsten. Als Gideon wieder ins Zimmer kam und sich rasch anzog, war sie noch in ein Handtuch gewickelt und legte ein wenig Make-up auf. Er setzte sich in einen Sessel, sah ihr zu und dankte seinem Schöpfer, daß er sie gefunden hatte. Ja, er hatte in dieser unsicheren Welt seine große Liebe gefunden, und er wußte, daß er sich sehr glücklich schätzen konnte. Diese Frau paßte in jeder Hinsicht zu ihm; sie harmonierten perfekt miteinander.

Nachdem Evan einen hübschen Musselinrock und Sandalen angezogen hatte, drehte sie sich zu ihm um. »Was ist los? Du schaust mich so durchdringend an.«

»Ich bewundere dich nur, Liebling, das ist alles«, murmelte er träge.

Sie trat auf ihn zu und streckte die linke Hand aus. »Er ist herrlich, nicht, Gideon? Der perfekte Verlobungsring.«

»Ich finde schon. Und du trägst ihn doch heute abend, oder? Unten beim Essen, meine ich.«

»Ja, wenn du möchtest ... Dann wissen aber alle, daß wir uns verlobt haben.« Sie hielt inne, beobachtete ihn aufmerksam und wartete seine Reaktion ab.

»Natürlich. Aber wir sind ja auch verlobt, warum sollten sie es denn nicht erfahren? Sie sind doch unsere Verwandten, sowohl deine als auch meine. Und hör zu, ich möchte nicht, daß du ihn abnimmst, auch nicht, wenn du dich nächste Woche mit deinen Eltern triffst. Okay?« Aus seinen grünen Augen sah er sie forschend an.

»Okay, okay«, antwortete sie rasch. Sie meinte es ernst, aber sie hatte in seiner Stimme und seinem Blick auch etwas bemerkt, das keinen Widerspruch duldete. Und er hatte ja auch recht. Sie waren verlobt und wollten heiraten, warum also sollten sie das vor ihren Eltern verbergen? Ihr Vater würde nicht gerade glücklich darüber sein, da war sie sich ziemlich sicher, aber es war ihr Leben, nicht seines. Auf der anderen Seite wußte sie, daß Gideons Eltern hocherfreut sein würden. Hatten Emily und Winston ihr nicht bereits angedeutet, sie hofften, daß sie ihren Sohn heiraten würde? »Können wir nicht morgen zu Robin fahren und es ihm erzählen, Gid?« rief sie spontan aus. »Ich möchte gern, daß er es erfährt.«

»Warum nicht? Robin ist so ein Romantiker, nicht? Er wird sich schrecklich freuen, wenn wir es ihm zuerst erzählen. Stell dir vor, Evan, da hat er diesen Schnappschuß von deiner Oma all diese Jahre aufbewahrt.«

Evan lachte leise. »Meine Glynnis war doch keine Oma!

Nicht einmal, als sie alt war. Und vor über fünfzig Jahren war sie ein richtiges Glamourgirl.«

»Ich habe doch das Bild gesehen, oder? Sie war eine echte Schönheit, genau wie du. Meine Schöne. Meine schöne zukünftige Frau.«

Tessa stand am Herd und hatte mehrere Töpfe gleichzeitig im Blick. So konzentriert war sie, daß sie sich unmöglich umdrehen konnte, als sie hinter sich Schritte hörte. »Wo bleibst du denn, Lorne?« rief sie einfach. »Ich dachte, du wärest längst schon gekommen, um mit mir zu plaudern.«

»Ich bin nicht Lorne«, sagte Jack Figg und trat näher. »Lorne hat mich aber geschickt. Ich soll fragen, ob Sie etwas trinken wollen.«

Jetzt drehte Tessa sich um und nickte. »Das wäre nett, Jack.«

»Lorne öffnet in der Stone Hall gerade eine Flasche Champagner. Ist das in Ordnung? Oder möchten Sie lieber etwas anderes?«

»Champagner, und danke, daß Sie ihn mir holen.«

»Bin gleich zurück.«

Tessa widmete sich erneut ihren Töpfen, rührte vorsichtig das Fleisch um, hob mehrere Deckel an, nickte zufrieden und stellte dann einige der Kochplatten ab. Kurz darauf kehrte Jack zurück und reichte ihr eine Champagnerflöte.

»Danke.«

»Cheers.« Er ließ sein Glas an ihres klingen.

»Cheers«, antwortete sie und nahm einen Schluck. »Schön frisch. Schmeckt großartig.«

»Das riecht alles mächtig gut. Was gibt es denn zu essen?«

Nachdem Tessa die restlichen Kochplatten heruntergeschaltet hatte, ging sie zum Küchentisch, setzte sich und trank ihren Champagner. Jack folgte ihr, doch er blieb stehen und sah sie an. »Oder ist das ein Geheimnis?«

»Aber nein. Als Vorspeise habe ich weißen Spargel gedämpft, den ich warm mit einer Hollandaise servieren werde. Als Hauptgang gibt es Couscous. Das klingt vielleicht nach einem merkwürdigen Gericht für einen heißen Abend, ist es aber nicht. Schließlich stammt das Couscous aus Marokko und damit aus einem Land, wo es sehr warm ist. Couscous ist sehr leicht und körnig, eine Art grober Grieß, verstehen Sie, und als Fleischbeilage habe ich mich für Kalb entschieden, das viel magerer ist als Lammfleisch. Sie müssen es sich als eine Art marokkanisches *blanquette de veau* vorstellen, aber mit einer braunen Sauce, keiner weißen. Es wird Ihnen schmecken, Jack.«

»Das weiß ich jetzt schon«, meinte er und setzte sich an den Tisch. »Die Düfte sind jedenfalls herrlich. Aber was genau rieche ich da?«

»Zum einen eine Mischung aus zahlreichen Gewürzen. Kurkuma, Ingwer, Safran, Kreuzkümmel, und ich habe Zwiebeln verwendet, die Sie bestimmt auch riechen, dazu gekochtes Gemüse und Fleischsaft. Ich hoffe, Sie bringen Hunger mit, denn ich habe jede Menge davon gekocht.«

Jack lachte. »Allein die Düfte haben meine Geschmacksnerven schon auf Hochtouren gebracht, und mir läuft buchstäblich das Wasser im Mund zusammen. Vorher hatte ich nur Hunger, aber jetzt könnte ich ein Pferd vertilgen!«

»Ich bin fast fertig. Sind schon alle unten?«

»Gideon und Evan sind noch nicht aufgekreuzt, und India auch nicht, aber die anderen sind alle da.«

»Herrje, dann gehe ich wohl besser zurück an meine Töpfe und Pfannen.«

Jack legte eine Hand auf ihren Arm. »Hätten Sie noch ein paar Minuten Zeit für mich, Tessa? Oder brennt inzwischen etwas an? Ich möchte natürlich nicht ein Essen ruinieren, an dem Sie seit vielen Stunden arbeiten.«

»Nein, nein, solange es wirklich nur ein paar Minuten dauert, verdirbt nichts.« Sie warf ihm einen neugierigen Blick zu. »Sie wollen mit mir über Adele sprechen, stimmt's?«

Jetzt war er an der Reihe, ihr einen überraschten Blick zuzuwerfen. »Woher haben Sie das gewußt?«

»Weil Sie seit Donnerstag nicht von ihr gesprochen und mich nicht nach ihr gefragt haben, und das fand ich eigenartig. Verstehen Sie, Jack, niemand hat mich bisher gefragt, was in der Zeit war, die sie bei Mark verbracht hat, und das kam mir ziemlich eigenartig vor. Vielleicht nicht bei meiner Familie – ich vermute, sie wollten mich schonen –, aber ich habe mich gefragt, warum Sie nicht die Sprache darauf gebracht haben.«

»Ich wollte, daß Sie sich zuerst einmal beruhigen. Außerdem wußte ich, daß Sie mir schon sagen würden, wenn da etwas wäre, das ich wissen muß. Und um ehrlich zu sein, kamen Sie mir ziemlich ... gelassen vor, und wenn Mark Adele schlecht behandelt oder ihr irgendwie Schaden zugefügt hätte, dann wären Sie sofort zu mir gekommen.«

»Das stimmt, Sie liegen ganz richtig. Wie Adele mir erzählt hat, ist nichts Besonderes passiert. Er ist eine Zeitlang mit ihr spazierengefahren, dann hat er mit ihr in Betty's Café in Harrogate zu Mittag gegessen, und nachher sind die beiden nach Ripon gefahren. Ich glaube, sie hat sich vor allem gelangweilt, und sie war traurig und hat geweint, weil sie ihre Puppe verloren hatte. Und natürlich ist sie am Nachmittag müde geworden; deswegen mußte er ein Zimmer im Spa-Hotel nehmen, damit sie ihr Schläfchen halten konnte. Gott weiß, was er sich bei dieser Aktion gedacht hat. Na ja, er wollte mich wohl treffen, mir Angst einjagen.«

»Absolut richtig. Hat Adele den anderen Mann im Auto erwähnt? Kannte sie ihn?«

»Nein, und dabei scheint sie für ein kleines Mädchen ein sehr gutes Gedächtnis zu haben. Sie sagte, ein Freund von Daddy sei bei ihnen gewesen. Sein Name sei Buddy. Aber ich bin mir nicht sicher, ob das wirklich sein Name ist.«

»Was meinen Sie?« Jack sah sie aufmerksam an.

»Als ich Adele nach diesem Mann gefragt habe, meinte

sie, ihr Vater habe gesagt: ›Das ist mein Buddy‹, und vermutlich dachte sie, das sei sein Name, weil er ihn später noch mehrmals so angesprochen hat. Ich habe keine Ahnung, um wen es sich handelt, Jack, außer es war vielleicht einer seiner Assistenten aus dem Büro.«

Jack nickte. »Das ist eine Idee. Ich lasse gleich Montag früh überprüfen, ob einer seiner Mitarbeiter am Mittwoch gefehlt hat.«

Tessa sprang auf. »Jetzt muß ich mich aber um das Essen kümmern, Jack, sonst verkocht mir noch alles«, rief sie aus. »Das war's doch mehr oder weniger? Ich meine, was Sie mich fragen wollten.«

»Ja, Tessa. Kann ich Ihnen jetzt irgendwie helfen?«

»Nicht beim Kochen, aber Sie könnten gleich die Platten ins Speisezimmer tragen.«

»Wird mir ein Vergnügen sein.« Er nahm einen Schluck von seinem Dom Pérignon und sah zu, wie sie Töpfe leerte und Gerichte auf große Platten dekorierte, die sie in den beiden Backöfen vorgewärmt hatte. Geschmeidig, effektiv, vollkommen beherrscht. Er fand, daß sie nie besser ausgesehen hatte. Normalerweise war sie gespenstisch blaß, aber heute abend schien sie von innen heraus zu leuchten. Ihre milchweiße Haut zeigte einen rosigen Schimmer, der von der Anstrengung und der Hitze in der Küche herrührte, ihr aber sehr gut stand. Außerdem war sie den ganzen Nachmittag beschäftigt gewesen, und er wußte, daß sie normalerweise viel besser gelaunt war, wenn sie schwer arbeitete. In dieser Hinsicht ähnelte sie ihrer Mutter. Paula leistete am meisten, wenn sie unter großem Druck stand. Wenn sie nichts zu tun hatte, wurde sie mürrisch und verlor ihre ganze Superfrau-Energie. Tessa und Linnet kamen beide ganz nach ihrer Mutter, aber er wußte auch, daß alle drei diesen Charakterzug von der Gründungsmutter der Dynastie geerbt hatten. Solange er Emma gekannt und für sie gearbeitet hatte, waren ihr Müßiggang und Langeweile stets auf die Stimmung geschlagen; in Topform und voller Energie war sie, wenn sie schuftete wie ein Galeerensklave.

Und da war noch etwas – Tessa liebte das Kochen wirklich; es verschaffte ihr enorme Befriedigung, Gourmetmahlzeiten für ihre Familie und ihre Freunde zuzubereiten. Und wenn ein Mensch seine Arbeit liebte, dann blühte er Jacks Erfahrung nach zwangsläufig auf. Und heute abend sah Tessa einfach strahlend aus, trotz ihrer Sorgen wegen Mark und der bevorstehenden Scheidung.

Tessa unterbrach seine Gedanken. »Jack, wären Sie so nett, ins Speisezimmer zu gehen und die Kerzen auf dem Tisch anzuzünden? Und vielleicht könnten Sie die Warmhalteplatten auf dem Sideboard überprüfen. Ich habe sie vor etwa einer halben Stunde auf niedrige Temperatur gestellt, also müßten sie jetzt eigentlich schön warm sein. Dann können Sie mir mit den Platten helfen.«

»Jawoll, General ... Sir!« rief er aus. Zackig sprang er auf, salutierte vor ihr und eilte schmunzelnd hinaus.

Tessas Blick folgte ihm. Jack verehrte ihre Mutter und betete Linnet, die er immer seine Schöne nannte, an. Aber auch sie mochte er wenigstens gut leiden, da war sie sich sicher, und er war seit ihrer Kindheit immer freundlich zu ihr gewesen. Doch Jack Figg war ihr auch ein Rätsel, ein Mann, der wenig über sein Privatleben sprach. Ihre Mutter hatte ihr erzählt, daß er vor Jahren verheiratet gewesen war, doch dann mußte irgendeine Tragödie geschehen sein. Ab und zu ließ er ein paar Informationen fallen – wie gern er in der Bucht von Robin Hood's Bay segelte, der malerischen Stadt an der Küste von Yorkshire, wo er lebte; daß er ein begeisterter Theatergänger war und sich in seiner Freizeit als Amateurmaler versuchte.

Sie wußte, daß er den Hartes ergeben war und auf Honorarbasis für die Kaufhauskette arbeitete; und in letzter Zeit, seit die Probleme mit Mark begonnen hatten, hatte sie ihn oft gesehen. Sie war froh darüber. Jacks Anwesenheit wirkte beruhigend, er war sehr verläßlich und gehörte praktisch zur Familie. Doch es gab so vieles, was sie über ihn nicht wußte. Irgendwie ist er ein großer Unbekannter, dachte sie und begann, die Gemüse abzugießen.

Als sie Couscous auf eine extragroße Platte häufte, kehrte Jack in die Küche zurück; er beobachtete, wie sie die lockere Masse zu einem Hügel formte. »Was sind die anderen Zutaten in dem Couscous?« fragte er und beugte sich vor, um besser zu sehen.

»Kichererbsen und Sultaninen, die traditionelle Art, dieses Gericht zuzubereiten. Jetzt umlege ich das Couscous mit den gedämpften Gemüsen.« Während sie erklärte, hatte sie begonnen, Möhren, Rübchen, Pastinaken, Zucchini und Perlzwiebeln mit einem Löffel um das Couscous zu verteilen. Jetzt drehte sie sich zu ihm um. »Könnten Sie das bitte zum Warmhalten in den großen Backofen dort drüben stellen? Ich muß jetzt noch das geschmorte Kalbfleisch anrichten und die Hollandaise für den Spargel wärmen. Dann bin ich fertig.«

»Ich freue mich, wenn ich helfen kann, Tessa. Und Glückwunsch, das Essen sieht herrlich aus.« Er ging mit der Couscous-Platte zum Ofen. »Wie wollen Sie das servieren?«

»Ich dachte, nach dem Spargel könnten Sie, Desmond, Linnet und ich die großen Platten ins Eßzimmer tragen und auf die Wärmeplatten stellen. Dann kann sich jeder selbst bedienen, wie an einem Buffet.«

»Ist wohl das einzig Richtige«, meinte er, »und auf jeden Fall am einfachsten.«

Der Raum war ihm fremd; so fremd, daß er sich vollständig desorientiert fühlte.

Blinzelnd spähte er in das Halbdunkel, sah sich um und begann nach und nach Umrisse und Gegenstände zu erkennen: einen Nachttisch, einen Stuhl, eine Wanduhr und rechts ein Fenster. Wo zum Teufel war er?

Wieder blinzelte Dusty Rhodes, bis seine Augen sich an die Lichtverhältnisse gewöhnten. Ganz langsam bekam er ein besseres Bild von diesem Raum, ein vollständiges, das nicht nur aus Fragmenten bestand. Ein Krankenhauszimmer ... und er lag in einem Krankenbett. Am Tropf oder sonst einem Gerät.

Einen Moment konnte er sich an nichts erinnern. Und dann stand ihm blitzartig wieder alles vor Augen, und er sah sich selbst im Atelier, wie er vor das Gemälde gestürzt war, um es vor dem erhobenen Messer zu schützen.

Wieder spürte er den scharfen Schmerz, mit dem die Klinge in seinen Körper eingedrungen war. Entsetzliche Qual. Blut. Ströme von Blut, das aus ihm herausspritzte und sein Hemd tränkte. Blut tropfte auf seine Hand, rann seinen Arm hinunter und tropfte auf den Boden.

Sie hatte ihn hergefahren. Ins Bezirkskrankenhaus von Harrogate. Jetzt wußte er, wo er war, und erinnerte sich an alles. *India*. Lady India Standish, die Tochter eines Grafen, eine Aristokratin. Und ein wunderbares Mädchen, ein Engel. Sie hatte ihm das Leben gerettet. Sie war ruhig geblieben. Er sah sie jetzt vor seinem inneren Auge, gelassen, beherrscht, praktisch. Sie hatte ihn mit Handtüchern verbunden und hergefahren. Mit halsbrecherischer Geschwindigkeit; er wußte noch, daß er gefürchtet hatte, im Graben zu enden, bevor er verbluten konnte. Aber sie hatte ihn in der Notaufnahme abgeliefert. Ja, und deswegen war er noch am Leben. Weil sie dagewesen war.

Vor einer Weile hatte sie nach ihm gesehen. Da war er noch benebelt von der Narkose gewesen. Einmal hatte er die Augen aufgeschlagen und sie da sitzen gesehen, neben seinem Bett. Bleich und geisterhaft, das helle Haar zerzaust, hatte sie seine Hand gehalten und begütigende Worte gemurmelt. Er hatte versucht, ihr etwas zu sagen, aber er war zu schwach gewesen. Dann war es wieder dunkel um ihn geworden.

Nun war sie fort. Hoffentlich nicht für immer. Er wollte sein Leben mit ihr teilen. Würde sie bleiben?

Jetzt würde alles herauskommen. Über seine lange Affäre mit Melinda. Die Presse würde erfahren, daß sie ein Kind hatten. Atlanta, ein kleines Mädchen. Die wunderschöne Atlanta. Er wollte nicht, daß es geschah, aber er wußte, daß es so kommen würde. Noch hatten die Polizisten nicht mit ihm gesprochen, weil die Narkose noch nachwirkte. Aber sie würden morgen wiederkommen, so sicher wie das Amen in der Kirche. Mit ihren Notizbüchern, und alles aufschreiben. Auf dem Papier würde alles so schlimm aussehen.

Aber Melinda hatte ihn nicht verletzen wollen. Es war ein Unfall gewesen. Sie war wütend darüber gewesen, eine andere Frau in seinem Atelier anzutreffen, und hatte das Bild zerschneiden wollen. Wie hatte sie es nur fertiggebracht, aus der Klinik herauszukommen? Wie war sie in sein Atelier gelangt?

Was sollte er India sagen? Die Wahrheit mußte ans Licht, das war die einzige Möglichkeit. Vollkommene Aufrichtigkeit. Die Frage war nicht, ob, sondern eher, wie er es ihr sagen sollte und wann. Aber er mußte ihr alles erzählen, von Melinda, Melindas Krankheit, ihrer Drogensucht. Von ihrem gemeinsamen Kind. Er liebte sie. Atlanta. India. Er liebte sie beide.

Was sollte er nur mit Melinda anfangen? Er mußte dafür sorgen, daß sie gesund wurde, wieder auf die Beine kam … und dann aus seinem Leben verschwand. Gott sei Dank hatte er sie nie geheiratet. Trotzdem mußte er sich seiner Verantwortung stellen. Melinda helfen. Sich um Atlanta kümmern. India halten … Seine Gedanken verschwammen.

Als kurz darauf die Krankenschwester nach ihm schaute, sah sie, daß Russell Rhodes, der berühmte Maler, wieder fest schlief. Das Beste, was er tun kann, dachte sie. Schließlich hatte sein Leben an einem seidenen Faden gehangen, und einmal wäre er während der Operation fast gestorben. Gott sei Dank hatte er überlebt; das Glück hatte auf seiner Seite gestanden. Manchmal braucht man im Leben einfach Glück, dachte sie. Dann zog sie leise die Tür zu und ging ihren anderen Pflichten nach.

11

Die Gegensprechanlage summte. Evan hob ruckartig den Kopf, und ihr Blick huschte zu der Uhr auf dem Kaminsims. Zwanzig vor sieben, und ihre Eltern sollten erst um sieben kommen; aber sie wußte genau, daß sie es waren. Kurz zuvor hatte sie eine schwarze Leinenhose angezogen; jetzt schlüpfte sie in hochhackige Sandaletten aus schwarzem Lackleder und knöpfte rasch ihre ärmellose weiße Bluse zu, während sie schon zur Tür rannte.

Wieder schrillte der Summer, und sie riß den kleinen Telefonhörer von der Wand. »Hallo?«

»Wir sind's«, meldete sich die leicht verzerrte Stimme ihres Vaters.

»Hi, Dad! Ich lasse euch herein. Einfach gegen die Tür drücken. Ich wohne im dritten Stock.«

»Bis gleich.«

Sie legte den Hörer auf, rannte zurück ins Schlafzimmer, steckte sich Perlenohrringe an, stürzte dann zu ihrem Toilettentisch, um ihren Verlobungsring zu holen, und steckte ihn an. Schließlich eilte sie wieder zur Wohnungstür, öffnete sie und blieb auf der Schwelle stehen. Sie wartete darauf, daß ihre Eltern aus dem Aufzug stiegen, der beinahe, aber nicht direkt gegenüber ihrer Tür lag. Als sie auftauchten, strahlte sie, rannte zu ihnen und umarmte zuerst ihre Mutter und dann ihren Vater.

Owen Hughes drückte sie herzlich, hielt sie dann ein

Stück von sich weg und sah ihr forschend ins Gesicht. »Es ist großartig, dich zu sehen«, rief er strahlend aus. »Ganz wunderbar.«

»Du hast uns gefehlt, Schatz«, sagte ihre Mutter und lächelte ebenfalls.

»Ihr mir auch. Wie schön, euch beide nach all den Monaten wiederzusehen«, antwortete Evan und sah zuerst ihre Mutter an, bevor ihr Blick wieder zu ihrem Vater glitt.

Den Bruchteil einer Sekunde starrte sie ihn bestürzt an, und ihr Magen tat einen Satz. Mein Gott, er ist eine jüngere Ausgabe von Robin Ainsley, dachte sie sofort. Und ich hatte immer geglaubt, er sehe Richard Hughes ähnlich. Wie merkwürdig, daß er beiden Männern ähnelte – seinem leiblichen Vater und dem Mann, der ihn als seinen eigenen Sohn großgezogen hatte. Aber Robin und Richard waren auch genau der gleiche Typ Mann – groß und schlank, beinahe hager, mit strahlendblauen Augen und dunklem Haar. Nun ja, Robins Haar war inzwischen weiß, und auch Richard war schon lange vor seinem Tod grau meliert gewesen.

Anscheinend hatte ihre Großmutter Glynnis sich – wie die meisten Frauen – immer wieder vom gleichen Typ Mann angezogen gefühlt. Plötzlich wurde ihr bewußt, daß das Schweigen sich in die Länge zog. »Aber laßt uns nicht hier im Flur stehen«, sagte sie rasch. »Immer hinein.« Sie drehte sich um und ging voran.

Ihre Eltern folgten ihr schnell, und als sie die Tür schloß und zu ihnen trat, bemerkte sie sofort, daß sie sich aufmerksam umsahen. »Das hier ist das Wohnzimmer«, erklärte sie, »und am anderen Ende liegt eine kleine Küche. Daneben liegt ein kleines Eßzimmer. Dann gibt es noch ein Schlafzimmer und ein Bad, und das war's. Nicht besonders groß, aber mir gefällt es sehr.«

»Irgendwie dachte ich, deine Wohnung wäre viel größer«, murmelte ihr Vater. »So, wie du davon erzählt hast …«

Evan fand, daß er etwas kritisch klang. »Die Wohnung ist wunderschön, Dad!« rief sie abwehrend.

»Sicher«, nickte er, schritt den Raum ab und sah sich immer noch um. Er schwieg, als fehlten ihm die Worte. Dann ging er zu dem Sofa, das in der Nähe des Kamins stand.

»Ich finde sie sehr hübsch, wirklich sehr, Evan«, sagte ihre Mutter herzlich und selbstsicher. »Komfortabel, sogar gemütlich, und genau das richtige für dich.«

»So ist es, Mom.« Evan war aufrichtig verblüfft darüber, daß ihre Mutter so bestimmt und sicher klang und sich von ihrem Vater weniger einschüchtern ließ als früher. Liebevoll nahm sie ihre Mutter bei der Hand und führte sie zu den Sesseln, die gegenüber der Couch standen. Sie setzten sich. »Weißt du, ich wollte gar keine große Wohnung, Dad. Ich hatte schon gewaltiges Glück, diese hier zu finden. Sie wurde möbliert vermietet, und es kostet wenig Mühe, sie in Ordnung zu halten. Außerdem ist es nicht weit zum Kaufhaus, und ich kann jeden Tag zu Fuß zu *Harte's* gehen.«

Wieder war es ihre Mutter, die sich zu Wort meldete. »Mir gefällt sie sehr gut, Schatz, und ich sehe, daß du viele eigene Akzente hinzugefügt hast. Eine Menge Blumen und Pflanzen, mit denen du dich schon immer gern umgeben hast, Photos von uns allen, deine Lieblingsbücher, die Modezeitschriften und Nachrichtenmagazine, die du so gern liest, lauter Kleinigkeiten, die ich wiedererkenne. Und ich wette, diese vielen Kissen gehören dir und daß du sie erst kürzlich gekauft hast. Ja, du hast dich hier richtig eingerichtet.« Evan schwieg. »Ich habe doch recht, oder Evan?« setzte Marietta leise hinzu.

»Ja, Mommy, und danke für deine lieben Worte.« Sie grinste. »Und die Kissen sind wirklich ziemlich neu. Ich habe versucht, der Wohnung meine persönliche Note zu geben. Verstehst du, die Eigentümerin hatte all die kleinen Gegenstände und Accessoires mitgenommen, so daß der Gesamteindruck ziemlich kühl war. Aber auf diese Weise hatte ich so etwas wie ein leeres Blatt Papier vor mir, das ich gestalten konnte. Außerdem werde ich ja nicht bis in alle Ewigkeit hier wohnen, sondern nur für den Übergang.«

»Das Mobiliar ist sehr schön«, erklärte ihr Vater, der offenkundig seine ersten, ziemlich unsensiblen Bemerkungen wieder wettmachen wollte. »Da drüben steht ein außerordentlich gut erhaltener georgianischer Schreibtisch, und ich bin mir sicher, daß die Regale ebenfalls aus dieser Zeit stammen.« Er trat an die Bücherwand und begutachtete sie mit Expertenblick. »Ja, genau wie ich dachte.« Er betrachtete den Spiegel, der an der langgestreckten Rückwand hing. »Eindeutig ein georgianischer Spiegel. Das sind alles sehr wertvolle Stücke. Wem gehört die Wohnung?«

»Das weiß ich gar nicht«, antwortete sie rasch und entschied, daß eine kleine Notlüge nicht so tragisch war, wenn sie für den Moment den Frieden wahrte. »Ich bin über einen Immobilienmakler an die Wohnung gekommen. Die junge Frau, der sie gehört, hält sich im Ausland auf.«

»Verstehe. Ja, sie ist ... sehr nett«, brummte er, offensichtlich beeindruckt von den Antiquitäten, und nahm wieder auf dem Sofa Platz.

»Kann ich euch denn etwas zu trinken anbieten?« fragte Evan und stand auf. »Etwas Alkoholfreies? Scotch oder Wodka? Wein? Ich habe sogar Champagner.«

»Ich nehme ein Glas Weißwein, Evan«, sagte ihr Vater. »Danke.«

»Für mich auch eins, bitte«, schloß Marietta sich mit heller, klarer Stimme an.

Evan war verblüfft über ihre Mutter, die sonst nie Alkohol trank, doch sie ließ sich nichts anmerken. »Kommt sofort«, sagte sie und ging in die Küche.

Als sie allein war, nahm Evan den Verlobungsring ab und ließ ihn in ihre Hosentasche gleiten. Sie hoffte nur, daß ihre Eltern ihn nicht an ihrem linken Ringfinger entdeckt hatten. Aber dann hätte ihr Vater sicherlich eine Bemerkung gemacht. Er hätte der Versuchung nicht widerstehen können, ein paar bohrende Fragen zu stellen.

Während sie die Flasche Sancerre öffnete, gestand sie sich ein, daß sie Angst davor hatte, mit ihren Eltern über ihre Verlobung mit Gideon zu diskutieren. Gideon seinerseits wäre schrecklich wütend, wenn er wüßte, daß sie seinen Ring abgenommen hatte. Aber sie fühlte sich wohler damit, die Neuigkeit für sich zu behalten. Zumindest für den Augenblick.

Sie goß Wein in die eleganten Kristallkelche, die sie aus dem Schrank genommen hatte, und dachte über ihre Mutter nach. Der Wandel war verblüffend.

Zum einen hatte Mariettas Äußeres sich stark verändert. Sie sah viel schicker aus als sonst; ihr Haar war gepflegter, das Make-up sorgfältig aufgelegt. Außerdem war das marineblaue Leinenkleid, das sie trug, außerordentlich gut geschnitten und von elegantem Design und hatte bestimmt weit mehr gekostet, als ihre Mutter normalerweise für sich selbst ausgab. Nein, das war nicht der übliche Stil ihrer Mutter, die eher T-Shirts und lässige Hosen vorzog und oft schlampig und unordentlich wirkte.

Außerdem schaffte ihre Mutter es, sich gegen Owen zu behaupten. Evan hatte noch nie zuvor erlebt, daß ihre Mutter sich gegen ihren Vater durchsetzte, und ganz bestimmt nicht so wie eben, als sie sich mit ihrer eigenen Meinung über seine Bemerkungen hinweggesetzt hatte. Sie hatte ja praktisch seine Kritik an ihrer Wohnung beiseite gewischt!

Evan fiel auf, daß ihre Mutter nicht nur gesünder zu sein schien, sondern viel unabhängiger, ja sogar *lebhaft* wirkte. Unwillkürlich fragte sich Evan, was diesen außerordentlichen Wandel bewirkt haben mochte. Doch er machte sie glücklich, und sie freute sich für ihre Mutter. Verblüffend, dachte sie. Und etwas rätselhaft. War ein neues Medikament die Ursache für ihren guten Zustand? Oder etwas ganz anderes?

Sie öffnete den Kühlschrank und nahm die Platte mit Hors d'œuvres heraus, die sie zubereitet hatte. Während sie die Frischhaltefolie abzog, wandten ihre Gedanken sich ihrem Vater zu. Sie hatte gewußt, daß Owen die echten Antiquitäten in der Wohnung entdecken würde; schließlich gehörte er in Manhattan und Connecticut zu den führenden Antiquitätenhändlern. Owen war ein anerkannter Experte für georgianische Möbel und hielt sogar Vorträge über diese Epoche.

Und in der Wohnung war tatsächlich alles antik und kostbar. Sowohl das Mobiliar als auch die Wohnung selbst gehörten Emily Barkstone Harte, Gideons Mutter. Normalerweise wohnte Gideons Schwester Natalie hier. Doch da sie momentan bei der Harte-Zeitungsgruppe in Sydney arbeitete, hatte Gideon dafür gesorgt, daß Evan hier einziehen konnte, bis seine Schwester nach London zurückkehrte.

Evan hatte es eilig gehabt, das bezaubernde kleine Hotel zu verlassen, in dem sie bis vor ein paar Wochen gelebt hatte. Auch Gideon hatte Evan ihr eigenes Reich und endlich ausreichend Privatsphäre gegönnt. Denn das Hotel gehörte einem guten Freund ihres Vaters, George Thomas, und sie fanden beide, daß Georges Frau Arlette zwar eine liebevolle und mütterliche Frau war, sich aber viel zu sehr für ihre Beziehung interessierte. Evan hatte das Gefühl gehabt, daß Arlette ihr Kommen und Gehen ständig überwachte und alles an ihren Vater weitermeldete, wenngleich wahrscheinlich in aller Unschuld.

Es gab keinen Grund, ihren Eltern – abgesehen davon, daß sie sich etwas Eigenes wünschte – mitzuteilen, warum sie das Hotel verlassen hatte. Ebensowenig brauchten sie zu wissen, wem diese Wohnung voller wunderschöner georgianischer Stücke gehörte. Das ging nur sie selbst etwas an. Schließlich war sie, wie man in den Staaten sagte, frei und über einundzwanzig. Tatsächlich sogar siebenundzwanzig, finanziell unabhängig und daher ihre eigene Herrin.

Trotzdem fühlte Evan sich unbefangener, nachdem sie ihren Verlobungsring abgenommen hatte. Sie trug das Tablett mit den Getränken ins Wohnzimmer und setzte es auf dem Beistelltisch neben dem Sofa ab.

Sie reichte ihrer Mutter und ihrem Vater die Weingläser und ging dann zurück in die Küche. »Ich habe ein paar kleine Häppchen gemacht«, sagte sie über die Schulter. »Bin gleich wieder da.«

Sie stellte die Platte auf den Couchtisch, setzte sich neben ihre Mutter und griff nach ihrem Glas. »Cheers, Mom und Dad, und willkommen in London.«

»Cheers«, antworteten die beiden wie aus einem Munde und nahmen einen Schluck.

»Bedient euch doch von dem Räucherlachs und dem Roastbeef«, forderte sie ihre Eltern herzlich auf. »Alles selbstgemacht.«

Ihre Mutter sah sie strahlend an. »Du hast dir viel Mühe gegeben. Danke, Schatz.«

»So, und jetzt erzähl mal, was es Neues gibt, Evan«, schaltete sich ihr Vater ein. »Wir sterben vor Neugierde, wie sehen deine Planungen für den Rest des Jahres aus.«

Verblüfft sah Evan ihn an. »Aber ich rufe dich doch jede Woche an, Dad«, rief sie, »und du weißt doch Bescheid über meine Pläne. Ich arbeite schrecklich gern bei *Harte's*, und genau das werde ich auch den Rest des Jahres tun.« Und den Rest meines Lebens auch, hätte sie am liebsten hinzugefügt, zügelte sich aber. Den Blick fest auf ihren Vater gerichtet, lehnte sie sich zurück.

»Ich verstehe. Aber vorhin sagtest du doch, die Wohnung sei nur eine Übergangslösung ...« Er verstummte und wirkte verwirrt und unsicher.

»Sicher, das habe ich gesagt. Aber ich meinte eine Übergangslösung, bis ich etwas finde, das mir wirklich gefällt. Dann kaufe ich mir eine eigene Wohnung.«

»Das ist eine gute Idee«, meinte Marietta, »und eine ausgezeichnete Investition.«

Ihr Vater warf ihrer Mutter einen vorwurfsvollen Blick zu. »Willst du damit sagen, daß du dich auf Dauer in London niederlassen willst, Evan?« fragte er ziemlich kleinlaut.

»Allerdings.«

»Aber als du im Januar hergekommen bist, hatte ich dich so verstanden, daß es nur für ein Jahr sein sollte, so eine Art Sabbatjahr, wie ich es mir vor einiger Zeit auch genommen habe.«

»Das dachte ich auch; aber das war damals, Dad. Doch jetzt arbeite ich schrecklich gern im Kaufhaus. Ja, ich liebe dieses Haus. Dank Emma Harte und ihrer Erben ist es wahrscheinlich das tollste Kaufhaus auf der Welt, und es begeistert mich, ein Teil davon zu sein.«

»Ich hoffe, die Leute dort lassen dich nicht zu hart arbeiten. Es kommt mir vor, als hättest du abgenommen. Du siehst sehr dünn aus.«

In Evan stieg die Wut hoch, und ihr lagen einige scharfe Antworten auf der Zunge. Aber sie wußte, daß es klüger war, nicht auf die Bemerkungen ihres Vaters einzugehen. Auch der besorgte Ausdruck, der plötzlich die Miene ihrer Mutter umwölkte, bewog sie, sich sarkastische Bemerkungen zu verkneifen. »Nein, sie beuten mich ganz bestimmt nicht aus, Dad«, antwortete sie statt dessen. »Die Hartes arbeiten sogar alle viel härter als ich und jeder andere von den Angestellten. Und sie sind wirklich wunderbare Menschen. Ich kann nicht begreifen, warum du so einen Haß auf die Hartes hast.« Da, jetzt war es heraus. Sie hatte nicht davon anfangen wollen, jedenfalls noch nicht; aber es war ihr herausgerutscht, und sie würde es jetzt nicht mehr zurücknehmen.

»Ich hasse die Hartes nicht!« brüllte ihr Vater. »Ich kenne sie ja nicht einmal. Warum sagst du so etwas? Du bist ein dummes Ding und bildest dir allen möglichen Unsinn ein.«

»Nein, das tue ich nicht, Dad. Seit ich im Kaufhaus angefangen habe, hast du ständig abfällige Bemerkungen über sie gemacht; und du gibst immer noch merkwürdige Kommentare über Gideon ab, einen Mann, den du nicht einmal kennst.«

»Dreht sich darum das Ganze? Um deinen Freund?« fragte er, und plötzlich klang seine Stimme eisig.

»Ganz und gar nicht. Du hast doch damit angefangen und angedeutet, meine Vorgesetzten ließen mich zu hart arbeiten, und ich sähe aus, als hätte ich abgenommen. Vielleicht habe ich das ja sogar, weil ich schmal und elegant aussehen will, damit ich die hübschen Kleider, die ich habe, selbstbewußt tragen kann. Außerdem bin ich schon immer ziemlich schlank gewesen. Und was Gideon angeht, er ist ein sehr netter junger Mann, der mir seit dem Tag, an dem ich hier angekommen bin – und an dem ich ihn kennengelernt habe –, nichts als Freundlichkeit entgegengebracht hat.«

Marietta schien zu spüren, daß sich ein Streit zusammenbraute. »Ich finde es nett, daß du einen Freund hast, Evan«, sagte sie, »einen Mann, der freundlich und verständnisvoll ist und dich offensichtlich sehr schätzt. Ich hoffe, wir werden ihn während unseres Aufenthalts hier kennenlernen.«

Evan war dankbar, daß Marietta die Wogen geglättet hatte, und schenkte ihrer Mutter ein zärtliches Lächeln. »Natürlich sollt ihr das. Ich wünsche mir sehr, daß ihr Gideon kennenlernt, du und Dad. Tatsächlich möchte er euch am Sonntag zum Lunch einladen ...«

»Oh, ich glaube, das wird nicht gehen«, fiel ihr Vater ein. »Ich habe George und Arlette versprochen, daß wir am Sonntag zum Mittagessen kommen. Ins Hotel. Du weißt doch, wie gern die beiden dich haben, Evan.«

»Das geht schon in Ordnung«, meinte Evan enttäuscht, aber auch ein wenig erleichtert, daß die schwierige Begegnung durch die Anwesenheit weiterer Personen entschärft würde. »Dann informiere ich Gideon über unsere neuen Pläne. Er freut sich bestimmt auch, George und Arlette wiederzusehen.«

»Also, ich glaube nicht, daß Georges Einladung auch für deinen Freund galt«, versetzte ihr Vater. »Er hat nur uns drei gemeint.«

Wütend lehnte Evan sich zurück. Sie war drauf und dran, ihren Vater daran zu erinnern, daß ihre Eltern nach London gekommen waren, um *sie* zu besuchen und nicht seinen Jugendfreund.

Doch ihre Mutter legte eine Hand auf ihren Arm und räusperte sich. »Nicht aufregen, Evan, Liebes.«

Dann beugte Marietta sich in ihrem Sessel vor und richtete ihre ganze Aufmerksamkeit auf ihren Mann. »Nein, Owen, ich fürchte, wir werden Georges Einladung nicht annehmen. Zu einem späteren Zeitpunkt vielleicht, aber nicht diesen Sonntag. Wir werden mit unserer Tochter und ihrem Freund zum Lunch gehen. Wenn wir Gideon Harte richtig kennenlernen wollen, können wir keine anderen Leute dabei gebrauchen.«

»Ich möchte George aber nicht beleidigen«, begann Owen mit einem wütenden Blick auf seine Frau, doch bevor er seinen Satz beenden konnte, sprach sie schon weiter.

»Ach, er wird bestimmt nicht beleidigt sein«, sagte sie fest. »Er wird es schon verstehen. Ansonsten kann ich ja zusammen mit Evan die Verabredung mit Gideon wahrnehmen, und du, Owen, kannst mit George und Arlette essen, wenn es dir so wichtig ist.«

Einmal mehr war Evan verblüfft und erfreut. Ihr Vater hatte den Mund geöffnet und dann gleich wieder geschlossen. Er sah gekränkt aus, aber das war ihr egal. Im stillen zollte sie ihrer Mutter Beifall. Gott wußte, was mit ihr geschehen war, aber sie war eine ganz andere Frau. Und eine ganz wunderbare dazu, dachte Evan und lächelte in sich hinein.

Doch ihre Mutter sprach schon in ihrem reizenden, neuen und selbstbewußten Tonfall weiter. »So, Evan, gestern sagtest du, du hättest für heute abend einen Tisch in einem ganz besonderen Restaurant reserviert. Und … wohin gehen wir nun?«

»Zu Rules, Mom. Das war Glynnis' Lieblingsrestaurant, und sie und Großvater haben mich immer dorthin ausgeführt, wenn ich mit ihnen in London war. Du und Dad wart auch einmal mit uns dort. Ich dachte, es wäre nett, in ein Lokal zu gehen, an das wir alle gemeinsame Erinnerungen haben.«

12

»Ihr beiden Sturmvögel habt eurem Namen in dieser Woche wahrhaftig alle Ehre gemacht«, meinte Gideon und sah zwischen Linnet und India hin und her, seinen beiden Lieblingscousinen.

Linnet runzelte die Stirn. »*Sturmvögel*?« wiederholte sie. »Wie kommst du denn darauf?« Sie sah zuerst Gideon und dann India an und zog fragend eine Augenbraue hoch.

»Schau mich nicht so an«, sagte India. »Ich habe keine Ahnung, wovon er redet. Aber zufällig weiß ich wenigstens, was ein Sturmvogel ist, nämlich ein sehr hübscher Vogel, der den Großteil seines Lebens auf See verbringt und oft den Schiffen folgt. Ich glaube, er kommt nur zum Brüten an Land, und er lebt auf den Inseln, die unserer Westküste am weitesten vorgelagert sind.«

Julian Kallinski begann zu lachen und schüttelte den Kopf. »Was habt ihr beiden nur für ein kurzes Gedächtnis. Und du, Linnet, hast anscheinend ebenfalls vergessen, was unsere Mutter uns erzählt hat ... die Legende vom Sturmvogel, dessen englischer Name, *Petrel*, angeblich eine Verkleinerungsform von Petrus ist. Versteht ihr, wenn er frißt, hält er sich flatternd knapp über dem Wasser und berührt dabei mit den Füßen häufig die Meeresoberfläche. Man hat den Eindruck, als *gehe er über das Wasser,* so wie der heilige Petrus in der Bibel. Daher der Name *Petrel.*«

»Mensch, Julian, ich glaube, jetzt erinnere ich mich«,

murmelte Linnet. »Meine Mutter hat uns die Geschichte vom Sturmvogel wirklich erzählt. Wir waren alle noch ganz klein und haben den Sommer in Heron's Nest in Scarborough verbracht, und überall flogen Sturmvögel umher. Und ich erinnere mich ganz vage daran, wie du, Gideon, gesagt hast, die Harte-Mädchen seien Sturmvögel ... aber das ist schon so lange her.«

»Ja, du bist auch schon so schrecklich alt«, bemerkte Julian kichernd.

»Wir sind nicht alt. Tessa ist das ›alte Mädchen‹, jedenfalls nennt Lorne sie schon immer so«, erinnerte India die anderen.

Gideon lächelte India zu. »Tessa ist auch ein Sturmvogel, und mein Kompliment gilt für euch alle. Versteht ihr, schon als kleine Mädchen wart ihr für mich wunderschöne Vögel, die auf dem Wasser laufen konnten. Und das finde ich immer noch.«

»Danke, Gid«, antwortete India und erwiderte sein Lächeln. Er war von jeher eines ihrer liebsten Familienmitglieder und immer für sie da, wenn sie ihn brauchte. »Was für eine charmante Art, uns zu beschreiben«, fuhr sie fort. »Von nun an wollen wir uns die Sturmvögel nennen und die Welt daran erinnern, daß wir tatsächlich über das Wasser gehen können.«

»Tessa hat ihre Feuerprobe sehr gut bewältigt«, erklärte Gideon, »und du, Linnet, warst einfach großartig. Was für eine gute Idee, Jack bei der Entführung zu Hilfe zu holen. Und India hat sich bei dem Überfall auf Dusty bemerkenswert geistesgegenwärtig verhalten.« Er lehnte sich zurück, griff nach seinem Weinglas und trank einen Schluck.

Die vier, die seit ihrer Kindheit die besten Freunde waren, hatten sich zu einem Drink zusammengefunden. Später würden sie gemeinsam essen gehen. Dieses wöchentliche Abendessen war so etwas wie ein Ritual, obwohl manchmal der eine oder andere fehlte, weil er oder sie Geschäftstermine hatte oder auf Reisen war. Aber sie versuchten immer zusammenzukommen, selbst wenn sie nicht vollzählig waren, weil sie ihre lebenslange Beziehung zueinander schätzten.

Linnet wedelte sich mit einer Hand Luft zu. »Es ist schrecklich heiß hier drinnen, Julian«, meinte sie. »Bist du sicher, daß die Klimaanlage funktioniert?«

»Ja, aber ich schaue trotzdem nach, Liebling«, murmelte er, ging zu dem Gerät und beugte sich prüfend darüber. »Alles in Ordnung«, erklärte er. In seinen dunkelblauen Augen malte sich die Liebe zu ihr. »Da wir gerade von Heron's Nest reden, ich hätte nichts dagegen, jetzt an der Küste von Scarborough zu sein. Ein Königreich für ein Wochenende am Strand und ein paar herrliche Brisen salziger Seeluft.«

India, die nachdenklich in die Ferne gesehen hatte, wurde plötzlich munter. »Heron's Nest!« rief sie aus. »Hört mal, das ist für Dusty der perfekte Ort, dort könnte er sich erholen. Was meint ihr? Wäre es in Ordnung, wenn ich ihn dort hinbringe?«

»Ganz bestimmt, aber wie willst du das schaffen?« fragte Linnet. »Wir haben dort heute kein Personal mehr, India. Nur Mrs. Hodges behält das Haus ein wenig im Auge.«

»Ich bin ein Sturmvogel«, erwiderte India. »Ich kann über das Wasser gehen, schon vergessen? Da werde ich doch auch mit einem Haus und einem genesenden Mann fertig werden, meinst du nicht?«

Linnet lachte. Wie immer genoß sie Indias treffende Bemerkungen.

»Und wie geht es Dusty?« fragte Gideon, an seine Cousine gerichtet.

India seufzte und biß sich auf die Lippen. Ein Schatten glitt über ihre Miene. »Die Verletzung war schlimmer, als ich gedacht hatte, aber er wird wieder gesund. Um ehrlich zu sein, stand es viel ernster um ihn, als mir zuerst bewußt war. Die Oberarmarterie liegt dort, wo der Brustmuskel in die Schulter übergeht, und sie war fast vollständig durchtrennt.

Er hat enorm viel Blut verloren und hätte leicht daran sterben können …«

»Er hat es dir zu verdanken, daß es nicht so gekommen ist!« warf Linnet rasch ein. »Wenn du nicht sofort gehandelt hättest, wäre er jetzt tot.«

India nickte, schwieg aber. Sie konnte den Gedanken, daß Dusty tot sein könnte, nicht ertragen.

Julian beugte sich vor. »Was hast du denn jetzt für ein Gefühl, wenn du an den Überfall denkst? Irgendwelche neuen Ideen?«

Sie schüttelte den Kopf. »Nicht wirklich. Aber mein gesunder Menschenverstand sagt mir, daß er diese Frau gekannt haben muß. Eine Fremde hätte sein Atelier nicht sofort gefunden oder wäre unangekündigt hereingeplatzt. Und eine Unbekannte hätte sich bei meinem Anblick nicht wie eine Furie aufgeführt, auf ein Porträt von mir eingestochen und wäre dann weggelaufen. Für mich ist der Gedanke ziemlich albern, daß Dusty die Frau nicht gekannt hat, meinst du nicht?«

»So ist es«, pflichtete Gideon ihr bei. Inzwischen wußte er sehr viel über Dusty Rhodes. Er hatte im Lauf der vergangenen Woche zwei seiner Spitzenreporter auf die Geschichte des Malers angesetzt. Allerdings hatte er nicht vor, an India allzuviel von dem, was er erfahren hatte, weiterzugeben. Aber zumindest er mußte soviel wie möglich wissen, um sie – und die ganze Familie – schützen zu können.

»Deine praktische Veranlagung trügt dich nicht«, sagte er jetzt. »Dusty kannte die Frau tatsächlich. Ich will dich nicht anlügen, India: Ich habe meine Journalisten recherchieren lassen; aber nicht, weil ich darüber in unseren Zeitungen berichten will, im Gegenteil. Wir wollen nur hoffen, daß auch die anderen Blätter nichts drucken.«

India hatte sich kerzengerade aufgesetzt und starrte Gideon an. »Wer ist sie? Was hast du herausgefunden?«

»Leider nicht so viel, wie wir beide gern wüßten. Die Frau

ist tatsächlich eine Zeitlang seine Freundin gewesen. Sie ist Model und Schauspielerin. Nach dem, was ich erfahren habe, hatte sie Drogenprobleme und hält sich seit längerer Zeit in einer Klinik auf. Zum Entzug.«

»Verstehe«, murmelte India, die plötzlich finster dreinblickte.

Gideon hatte ihren Stimmungsumschwung sofort bemerkt. »Wie ich gehört habe, liegt ihre Beziehung schon lange zurück. Aber sie scheint ... na ja, ein wenig besessen von ihm zu sein.«

»Wie ist ihr Name?« fragte India leise.

»Das willst du nicht wirklich wissen ... Schon gut, ich sehe, du willst. Sie heißt Melinda Caldwell.«

»Ich kann nicht verstehen, warum Dusty mir nicht von ihr erzählt hat!«

»Unter diesen Umständen finde ich das aber verständlich, Liebes«, warf Julian ein. »Falls sie ihn vorher schon belästigt hat, wollte er nicht, daß du dir Sorgen machst. Außerdem neigen Männer nicht dazu, mit neuen Freundinnen über ihre alten Flammen zu reden.« Um Unterstützung heischend, sah er Gideon an.

»Julian hat recht«, meinte dieser, »Dusty hatte keinen zwingenden Grund, dir von seinen Verflossenen zu erzählen, oder?«

»Wahrscheinlich nicht«, flüsterte India und schob sich das Haar aus dem Gesicht, das mit einemmal viel blasser wirkte.

»Hast du schon mit ihm darüber gesprochen?« fragte Julian. »Inzwischen müßte er doch so weit wiederhergestellt sein, daß er mit dir reden kann.«

»So gut ging es ihm auch nicht. Die Ärzte haben sich sogar ein wenig Sorgen um ihn gemacht«, erklärte India. »Ich wollte ihn nicht über Gebühr aufregen, deswegen habe ich beschlossen, damit zu warten, bis er aus dem Krankenhaus entlassen wird.«

»Verstehe. Und wann darf er nun nach Hause?« erkundigte sich Julian.

»Nächste Woche, entweder am Montag oder am Dienstag. Daher mein Gedanke an Heron's Nest. Wenn es so heiß bleibt, ist es am Meer vielleicht angenehm. Auf der anderen Seite ist es vielleicht klüger, ihn nach Willows Hall zu bringen. Dort hat er sein Personal um sich, und im Notfall sind es nur zehn Minuten zum Krankenhaus.«

»Ich bin froh, daß du dich so entschieden hast. In Heron's Nest muß wahrscheinlich erst einmal gründlich saubergemacht werden. Seit Ewigkeiten ist keiner von uns mehr dort gewesen.«

»Das sollten wir aber vielleicht«, rief Gideon mit leuchtenden Augen aus. »Ich würde gern irgendwann mit Evan ein Wochenende dort verbringen. Eigentlich könnten wir alle mal übers Wochenende hinfahren. Wie in alten Zeiten.«

»Warum nicht? Schade übrigens, daß Evan heute abend nicht bei uns ist«, meinte Linnet und stand auf. »Aber sie hat sich entschieden, mit ihren Eltern auszugehen. Schließlich hat sie sie seit acht Monaten nicht gesehen.«

»Das stimmt«, sagte Gideon. »Sie hat einen Tisch im Rules bestellt. Anscheinend haben ihre Großeltern sie oft dorthin mitgenommen, wenn sie als Kind mit ihnen in London war.«

»Und wohin gehen wir heute?« fragte India.

»Ich habe uns Plätze im Ivy reserviert«, erklärte Gideon. »Weil ich weiß, wie gern du das Restaurant magst.«

»Danke, Gid«, sagte India und erhob sich ebenfalls. Sie seufzte. »Es ist so schön, mit euch allen zusammenzusein. Die letzten Tage waren einfach schrecklich, und wenn ich an den letzten Samstag denke, läuft es mir noch einmal kalt über den Rücken.«

»Das kann ich gut verstehen. So etwas Bizarres habe ich noch nie gehört!« rief Linnet kopfschüttelnd. »Wirklich unglaublich.«

»Es war surrealistisch«, erklärte India. »Ich kann immer noch nicht glauben, daß es passiert ist.«

»Laß es uns wenigstens für heute abend vergessen.« Gideon nahm Indias Arm und ging mit ihr zur Tür. »Die Polizei hat jetzt alle Informationen, die sie braucht, und wird dich jetzt Gott sei Dank nicht wieder belästigen.«

Während der Taxifahrt zum Rules verbesserte sich die Stimmung. Kurz bevor sie die Wohnung verließen, hatte Evan ein paar Minuten lang den Eindruck gehabt, ihr Vater würde den ganzen Abend lang mürrisch und streitsüchtig sein. Als sie aufgebrochen waren, hatte er eine grimmige, unzufriedene Miene aufgesetzt; doch sobald der Wagen fuhr, war er munterer geworden und hatte sogar ein wenig Konversation gemacht.

Der Empfang im Restaurant war zuvorkommend und hob die Laune ihres Vaters. Das Rules war eines von Evans Lieblingsrestaurants in London; sie kam oft her, und das Personal kannte sie gut, daher wurden sie herzlich begrüßt und bekamen den besten Tisch des Hauses.

Evan bestellte eine Flasche Pouilly-Fuissé, und sie alle tranken ein Glas von dem trockenen Weißwein, während sie die Karte studierten. Nach langen Diskussionen über verschiedene Gerichte, die jeder von ihnen hier schon einmal gegessen hatte, entschieden sie sich schließlich für das gleiche: marinierten Flußkrebs als Vorspeise, gefolgt von gegrillter Dover-Seezunge und einer Melange von Sommergemüsen.

Während die drei auf das Essen warteten, plauderten sie kurz über das Restaurant und die schönen Erinnerungen an Glynnis und Richard, die es bei allen weckte. Dann erkundigten Evans Eltern sich nach ihrer Arbeit, und sie unterhielt sie mit Einzelheiten über ihren üblichen Tagesablauf und amüsanten Anekdoten. Es war unverkennbar, wie sehr sie ihre Arbeit liebte.

»Dad«, bemerkte Evan plötzlich, »weißt du noch, wie du

gesagt hast, du glaubtest, deine Mutter hätte Emma Harte während des Zweiten Weltkrieges kennengelernt, hier in London?«

»Ja, Evan.«

»Ist das alles, was du weißt? Daß Gran zu dieser Zeit mit Emma Harte bekannt war?«

»Wie, ja natürlich«, antwortete er rasch und sah sie verwundert an. »Wieso?«

»Weil die wunderschöne Glynnis, das Mädchen aus Rhondda Valley in Wales, tatsächlich bei *Harte's* angestellt war, genauso wie ich heute. Deine Mutter war Emma Hartes Privatsekretärin, Dad, und hat ihrer Chefin sehr nahegestanden.«

»Ach, du lieber Himmel!« rief ihr Vater aus. »Ich hatte ja keine Ahnung.«

»Aber es stimmt«, fuhr Evan fort, »und deine Mutter war bei der ganzen Familie sehr beliebt.« Als ihr Vater schwieg, warf Evan ihrer Mutter einen Blick zu und entdeckte einen höchst merkwürdigen Ausdruck auf ihrem Gesicht, den sie sofort als Verachtung interpretierte. Intuitiv erfaßte sie, daß ihr Vater sie eben angelogen hatte und ihre Mutter das genau wußte.

Evan räusperte sich und wechselte das Thema. »Ich hoffe, du kommst mich nächste Woche einmal im Kaufhaus besuchen und ißt mit mir zu Mittag, Mom. Dann veranstalte ich auch eine große Führung mit dir.«

»Ich würde mich sehr freuen, Evan, Schätzchen.«

»Wie wäre es, wenn wir uns am Dienstag treffen? Am Mittwoch muß ich nach Leeds. Wir gestalten einige der Kaufhäuser neu, und ich bin zusammen mit India für die Renovierung in Leeds verantwortlich.«

»Und wer ist India?« wollte Marietta wissen.

»Sie ist Linnet O'Neills andere Assistentin und außerdem ihre Cousine. Ihr voller Name lautet Lady India Standish, und sie ist ein tolles Mädchen.«

»Ich bin so froh, daß du hier nette Freundinnen gefunden hast«, meinte Marietta und lächelte Evan zu. Kurz zögerte sie. »Ein ungewöhnlicher Name, *India*«, meinte sie dann bedächtig. »Ich habe ihn noch nie als Vornamen gehört.«

»Es ist ein Name aus viktorianischer Zeit«, schaltete sich Owen ein, bevor Evan antworten konnte. »Seine damalige Beliebtheit fußt auf der Rolle Englands in Indien und dem Einfluß, den es jahrhundertelang in diesem Land ausgeübt hat. Während der Jahre des sogenannten ›Raj‹, also der britischen Kolonialherrschaft, schwärmten die Engländer für alles, was aus Indien kam, und natürlich waren dort auch viele britische Truppen stationiert. Jedenfalls vermute ich, daß eines Tages jemand auf die geniale Idee kam, ein Kind nach dem Land zu benennen. India wurde ein beliebter Mädchenname, als Königin Victoria auf dem Thron saß und gleichzeitig Kaiserin von Indien war, und ist es bis heute geblieben.«

»Donnerwetter, Dad, ich wußte gar nicht, daß du so beschlagen in britischer Geschichte bist!« rief Evan aus. Sie war froh, daß sie von dem Thema Emma Harte und Glynnis abgekommen waren. Wenn er nicht zugeben wollte, daß er von der engen Verbindung zwischen den beiden Frauen gewußt hatte, dann würde es ihm erst recht nicht gefallen, daß sein leiblicher Vater Robin Ainsley war, Emmas Lieblingssohn. Keine Chance, dachte sie und nickte dem Kellner zu, der begann, die Teller abzuräumen.

Von da an verlief das Gespräch in normalen Bahnen; sie sprachen über ihre Schwestern Elayne und Angharad, die im Beruf und im Privatleben Erfolg hatten. Beide hatten inzwischen neue Freunde, und Marietta erklärte, sie sei ziemlich sicher, daß die Beziehung zwischen Angharad und ihrem aktuellen Verehrer von Dauer sein werde.

Evan nickte, lächelte und sagte sehr wenig, denn sie hatte keine Lust, sich in eine Diskussion um ihr eigenes Liebesleben verwickeln zu lassen. Und ihr kam es vor, als empfände ihre Mutter genauso, denn Sekunden später hatte Marietta schon wieder das Thema gewechselt und erzählte von einigen der Tagesausflüge, die Owen und sie während ihres Aufenthalts in London unternehmen wollten. Dann berichtete ihr Vater langatmig, daß er nach Frankreich fahren und auf dem Land nach Antiquitäten suchen wollte. Schließlich fragte er Evan, ob sie ihn nicht begleiten wolle.

»Im Moment kann ich einfach nicht weg, Dad«, erklärte Evan und berichtete, wie beschäftigt sie mit der Renovierung der Filiale in Leeds war. Er schien diese Erklärung gnädig aufzunehmen; als sie das Dessert bestellten, fand Evan, daß seine Stimmung vollständig umgeschlagen war.

Er hat sich beruhigt, dachte sie und beobachtete ihn über den Rand ihrer Speisekarte hinweg. Plötzlich fiel ihr auf, wie attraktiv er mit seinem grauen Leinenjackett, dem blaßblauen Hemd und der dunkelblauen Krawatte aussah. Gott, er war Robin wie aus dem Gesicht geschnitten; zumindest dem Robin, wie er in diesem Alter ausgesehen haben mußte … mit siebenundfünfzig. Er besitzt Robins Eleganz, seine Kultiviertheit, dachte sie. Ich wünschte, ich könnte ihm die Wahrheit sagen. Aber das wage ich nicht. Zumindest nicht heute abend. *Und vielleicht niemals.*

»Findest du nicht, daß India sich durch diese Beziehung zu Rhodes in Gefahr bringt?«

Linnet drehte den Kopf und sah zu Julian auf; sie stieß einen leisen Seufzer aus, schmiegte sich dann wieder in die Arme ihres Verlobten und legte den Kopf an seine nackte Brust. »Das glaube ich nicht«, antwortete sie, nachdem sie einen Moment über seine Frage nachgedacht hatte. »Wir könnten ohnehin nichts dagegen unternehmen. Wie du genau weißt, hat India ihren eigenen Kopf.«

»Ja, das stimmt. Aber ich muß zugeben, daß ich ihretwegen ein wenig besorgt bin, Liebling. Russell Rhodes hat schließlich einen Ruf wie Donnerhall.«

Linnet setzte sich im Bett auf, kauerte sich neben Julian und sah ihm konzentriert ins Gesicht. »Mach dir nicht so viele Gedanken«, flüsterte sie. Seit sie beide Kinder gewesen waren, machte er sich ständig Sorgen. »India hat mir schon vor Wochen gestanden, daß sein Ruf größtenteils selbst erfunden ist. Verstehst du, wegen der Publicity, die er ihm verschafft. Sie hat mir erzählt, sein ganzes Böse-Buben-Image sei bloß viel Lärm um nichts. Und er trinkt kaum Alkohol, hält sich den ganzen Abend an einem einzigen Glas Wodka fest.«

Julian runzelte die Stirn. »Gideon scheint ihn aber für einen ziemlichen Lebemann zu halten. Und Gid ist sehr scharfsinnig.«

»Aber India behauptet, daß er keine anderen Frauen gehabt hat, seit sie ihn kennt, und das sind inzwischen mehrere Monate. Außerdem hat sie mir gesagt, er hätte ihr anvertraut, daß er ziemlich lange Zeit allein war, bevor die beiden zusammengekommen sind.« Julian schwieg, doch Linnet sprach weiter. »Hör mal, ein Künstler, der mit einer solchen Präzision malt, muß jeden Morgen eine ruhige Hand haben; und seine Gemälde sind großartig, wie du weißt.«

»Mehr als das, sie sind *überragend*. Aber ich habe von seinen Frauengeschichten gesprochen, nicht von seinem Alkoholkonsum.«

»Ich weiß. Darüber schien Gideon allerdings nicht viele Informationen zu haben. Er wußte nur von dieser Melinda Caldwell.«

»Wahrscheinlich würde er vor India sowieso nicht von anderen Frauen reden.«

»Hat Gideon dir sonst noch etwas mitgeteilt, das ich nicht weiß?«

Julian schüttelte den Kopf. »Nein. Als du und India zur Toilette gegangen seid, hat er nur noch gesagt, daß die Polizei von Harrogate den Vorfall wohl unter den Teppich gekehrt hat.«

»*Oh.*« Verblüffung malte sich auf ihrem Gesicht. »Warum in aller Welt machen die denn so was?«

»Gideon meint, es liegt daran, daß die Leute auf dem Land zusammenhalten. Soweit ich weiß, hat die Polizei die Geschichte aus den Akten gestrichen, und das Krankenhaus ebenso. Der Überfall ist nie passiert. Außerdem ist Gideon sich ziemlich sicher, daß Dusty die Frau nicht anzeigen wird.«

»India sagt auch, daß es ein Unfall war.«

»Wahrscheinlich war es das auch. Und genau darauf wollte ich ja eben hinaus, Linny. Ist Melinda Caldwell eine Gefahr für India? Die Frau ist anscheinend besessen von Dusty. Woher wissen wir, daß sie ihn in Zukunft nicht verfolgt und ihm – und India – das Leben zur Hölle macht? Und noch etwas, wie ernst ist diese Beziehung zwischen India und Dusty eigentlich?«

»Was India angeht, ist es ernst, soviel weiß ich. Sie würde gern eine dauerhafte Beziehung daraus machen. Aber er ist nicht so wild aufs Heiraten.«

»Meine Güte, was für ein Kerl, der seine fünf Sinne beisammenhat, würde India einen Korb geben?«

»Dusty Rhodes, der arme Junge aus den Gassen von Leeds.«

»Aber warum?« Julian schüttelte den Kopf; seine Miene zeigte eine Mischung aus Verwirrung und Unglauben.

»*Warum?*« wiederholte Linnet und konnte nicht verhindern, daß ein kleines, süffisantes Lächeln um ihre Mundwinkel spielte. »Weil sie die ist, die sie ist. Er kann ihre Familie nicht leiden, nicht nur uns, sondern auch ihre Eltern, die er nie getroffen hat. Er hat etwas gegen die Hartes, weil wir ihm zu elitär und vermögend sind, und erst recht gegen ihre Eltern, weil Anthony einen Adelstitel hat. So eine Art umgekehrter Snobismus, vermute ich. Zum Beispiel bezeichnet er seinen Butler als ›Hausmanager‹, ob du es glaubst oder nicht.«

»Doch, das tue ich. Ich bin schon Typen wie Dusty begegnet. Aber wenn er uns kennenlernt, wird er seine Meinung sicherlich ändern. So übel sind wir nicht.«

»Ich finde, daß *du* ganz wunderbar bist, Julian Kallinski, mein zukünftiger Ehemann und Licht meines Lebens. Ach übrigens, da wir jetzt endlich entschieden haben, am 1. Dezember zu heiraten, habe ich Anfang der Woche mit den Einladungen angefangen.«

Julian strahlte. »Großartig.« Er strich behutsam über ihr Gesicht. »Das wird meinen Großvater freuen.« Ihm gefiel es ebenfalls. Schon seit er zwölf war, hatte er sich gewünscht, Linnet zu heiraten.

»Meinen auch.« Linnet neigte nachdenklich den Kopf. »Die letzten zehn Tage waren ... ziemlich höllisch, meinst du nicht auch? Eines kommt zum anderen, und so langsam glaube ich, daß ein Fluch auf dieser Familie liegt.«

»Rede doch nicht solchen Unsinn!« rief Julian aus. »Die Hartes sind eine große Familie, und da passiert eben mehr als in einer kleinen ... und manchmal wird einem das halt zuviel. Aber die Hartes sind nicht verflucht, und die O'Neills und die Kallinskis ebensowenig.« Er schüttelte den Kopf. »Es ist einfach so, daß das Leben manchmal eine Katastrophe ist ...«

»Aber für manche Familien mehr als für andere«, warf sie ein. »Momentan sind bei uns zwei Scheidungen im Gange, und eine davon wird außerordentlich unangenehm werden. Wir hatten eine Entführung, die glücklicherweise vereitelt wurde. Aber trotzdem hat sie Tessa einen Höllenschrecken eingejagt und in einem gewissen Maß auch ihr Leben verändert. India war in eine Messerattacke verwickelt. Sehen wir den Dingen ins Auge, sie hätte durchaus verletzt werden können ...«

»Genau das meinte ich ja, als ich davon sprach, daß diese Beziehung gefährlich für sie sein könnte«, unterbrach er sie.

»Ich weiß. Und diese Melinda Caldwell ist ein Problem

für Dusty. Er wird es lösen müssen, Julian, weil India sich nicht mit Halbheiten abfinden wird. Was wiederum bedeutet, daß ihre Aussichten auf eine gemeinsame Zukunft noch unsicherer sind, als ich dachte.«

»Finde ich auch. Aber ich wollte noch einmal auf Tessa zurückkommen. Glaubst du wirklich, daß es ihr ernst damit ist, sich mehr Zeit für Adele zu nehmen? Daß sie ihre Karriere nicht mehr so wichtig nimmt?«

»Doch, das glaube ich schon ... im Moment. Bei Tessa ist so etwas immer schwer einzuschätzen; sie ändert ihre Meinung so schnell. Aber ich denke, sie hat Angst vor Mark Longden, besser gesagt vor dem, was er vielleicht als nächstes anstellt. Die Anwälte der beiden haben sich diese Woche getroffen. Anscheinend führen sie irgendwelche Verhandlungen über Finanzen. Aber nach dem zu urteilen, was sie Mama kürzlich am Telefon erzählt hat, beruhigt das Tessa auch nicht.«

»Weiß deine Mutter eigentlich, daß wir das Datum für die Hochzeit festgelegt haben?«

Linnet lächelte ihm zu. »Ja, und sie ist froh, daß wir die Sache endlich erledigt haben. Aber um ehrlich zu sein, überlege ich, ob wir nicht einen früheren Termin hätten wählen sollen, vielleicht im November.«

Julian nickte, denn er hatte sofort begriffen, was sie meinte. »Weil Großvater alt und nicht gut beieinander ist«, murmelte er, zog sie in die Arme und streichelte ihr Haar. »Darauf willst du doch hinaus, oder?«

»Ja«, flüsterte sie an seiner Brust. »Und meiner kommt ebenfalls in die Jahre. Nicht, daß man Großvater Bryan sein Alter anmerken würde.«

»Allerdings nicht. Aber alles wird in Ordnung kommen, Linnet. Unsere Großväter werden schon nicht sterben, bevor wir verheiratet sind.« Er lachte leise. »Du weißt doch, daß sie sich immer gewünscht haben, daß wir beide ein Paar werden, weil Emma die Vorstellung liebte, die Clans zu vereinen. Die alten Herren werden sich allein aus reiner Sturheit ans Leben klammern, bis der große Tag vorüber ist.«

Linnet fiel in sein Gelächter ein. »So etwas Ähnliches hat Mama auch gesagt.«

»Wann kommt sie eigentlich aus New York zurück?«

»In der ersten Septemberwoche, wie geplant. Dad muß noch für ein paar Tage auf die Bahamas, aber Emily und Winston kehren zusammen mit Mama nach London zurück.«

»Was hat sie über den Empfang gesagt?«

»Sie möchte ihn auf Pennistone Royal abhalten; darauf besteht sie nach wie vor.«

»Schön.«

Julian zog sie an sich, und sie lagen eine Weile engumschlungen da. Schließlich brach Linnet das Schweigen. »Immerhin sind, sozusagen zum Ausgleich, in der letzten Woche auch zwei schöne Dinge passiert: Wir beiden haben endlich den Termin für die Hochzeit festgelegt, und Evan und Gideon haben sich verlobt.«

»Das stimmt! Er will am Sonntag ihre Eltern treffen und es offiziell machen; und anschließend hat er vor, Emily und Winston anzurufen, um es ihnen zu sagen.«

»Sie werden so glücklich sein, sie lieben Evan.« Kurz schwieg sie. »Ich möchte, daß wir sofort ein Baby bekommen, Julian«, sagte sie dann leise. »Ich will nicht warten, sondern gleich eine Familie gründen. Bist du einverstanden?«

»Natürlich bin ich das. Kinder sollte man bekommen, solange man jung ist.«

»Besonders berufstätige Frauen. Wenn man in den Zwanzigern ist, lassen sich Baby und Job leichter vereinbaren.«

»Ach, du wirst doch mit allem fertig, Liebling«, erklärte Julian zuversichtlich. »Schließlich hat Gideon dir die höchsten Weihen verliehen ... du bist ein Sturmvogel, der über das Wasser gehen kann.«

»Oh Julian, Liebling, laß uns gleich anfangen«, sagte sie leise kichernd.

»Womit … über das Wasser zu gehen?«

»Nein, du Dummkopf! Du weißt genau, was ich meine … Babys zu machen.« Sie liebte es, ihn aufzuziehen.

»Es wird mir ein Vergnügen sein«, flüsterte er in ihr Haar hinein, beugte sich über sie und begann sie leidenschaftlich zu küssen.

13

Am Samstagmorgen saß Evan an ihrem Schreibtisch bei *Harte's* und betrachtete die einfachen Skizzen, die sie seit letzter Woche für Linnet angefertigt hatte. Sie zeigten ihre Veränderungsvorschläge für die verschiedenen Modeabteilungen in der Filiale in Leeds. Ihr selbst gefielen ihre Ideen, und sie hoffte, daß Linnet sie ebenfalls mögen würde; vor allem ließen sie sich ohne hohe Kosten umsetzen.

Als Linnet ihr die Aufgabe übertragen hatte, drei Modeabteilungen auf zwei verschiedenen Stockwerken umzugestalten, war Evan zugleich geschmeichelt ob ihres Vertrauens zu ihr gewesen als auch aufgeregt angesichts der Herausforderung. Jetzt glitt ihr Blick über die Skizzen. Sie waren noch grob, würden einem Konstruktionszeichner aber helfen, detaillierte Pläne zu entwerfen. Auf jeden Fall stimmten die Details und die Maße.

Evan legte die Zeichnungen beiseite, schaltete ihren Computer an, um ihre E-Mails nachzusehen und machte sich ein paar Notizen zu dem Projekt in Leeds. Dann lehnte sie sich zurück und trank einen Schluck von ihrem Kaffee. Alle möglichen Dinge gingen ihr durch den Kopf; aber nur Sekunden später grübelte sie schon wieder über das Essen mit ihren Eltern nach.

Am Ende war es doch noch ein Erfolg geworden; aber begonnen hatte es in einer eigenartigen Stimmung. Ihre Gedanken wandten sich ihrem Vater zu. Als ihre Eltern ankamen, war er ihr gereizt vorgekommen. Ihre Mutter war vollkommen gelassen geblieben. Aber ihr Vater hatte sich aufgeführt, als wolle er einen Streit vom Zaun brechen.

Vielleicht war er ja nur nervös gewesen, hatte sich Sorgen gemacht, sie könnte sich in den acht Monaten, die sie jetzt in London lebte, irgendwie verändert haben. Natürlich hatte sie sich verändert, das wußte Evan, aber nicht grundlegend und ganz gewiß nicht in ihrem Charakter. Sie hatte den Eindruck, daß er das schließlich erkannt und sich beruhigt hatte. Zumindest war er wieder mehr der Vater gewesen, den sie kannte.

Evan hatte ihrem Vater immer nahegestanden. Sie liebte ihn, betete ihn an. In ihrer Kindheit waren sie ein Zweiergespann gewesen, unzertrennlich. Grandma Glynnis hatte Witze darüber gemacht, daß sie alles gemeinsam unternahmen. Wie zwei alte Spießgesellen, hatte Grandma immer gesagt.

Aber gestern abend war etwas Seltsames geschehen. Die ganze Nacht hatte sie sich hin und her geworfen und über Owen Hughes nachgedacht, darüber, wer und was er war. Er war immer noch ihr Vater, aber er hatte sie angelogen, da war sie sich ganz sicher; und plötzlich war er nicht mehr der Mann, für den sie ihn gehalten hatte.

In den frühen Morgenstunden war sie endlich zu dem Schluß gelangt, daß es nicht darauf ankam. Sie liebte ihn immer noch. Man liebte Menschen eben trotz ihrer Fehler. Niemand war vollkommen. Er hatte sie angelogen, aber es war eine harmlose Lüge gewesen, und vielleicht hatte er einen Grund dafür gehabt.

Evan hätte nicht einmal gemerkt, daß er nicht die Wahrheit sagte, wenn sie nicht zufällig im selben Moment ihre Mutter angesehen hätte. Ihre Miene hatte Verachtung offenbart. Oder war es Empörung gewesen? Was auch immer, sie hatte ihr eindeutig verraten, daß Owen log.

Plötzlich klopfte es, und bevor Evan etwas sagen konnte,

flog die Tür schon auf. Linnet, sichtlich aufgewühlt, stürzte ins Büro. Evan drückte den Rücken durch und wappnete sich gegen die Probleme, die mit Sicherheit auf sie zukamen.

»Hast du eine Minute Zeit, Evan?«

»Natürlich. Was ist los? Du wirkst besorgt.«

»*Perplex* ist vielleicht das bessere Wort.« Linnet ließ sich schwer auf den Stuhl fallen, der neben Evans Schreibtisch stand. »Ich hatte soeben ein höchst eigenartiges Gespräch mit Tessa, und ich bin immer noch ganz durcheinander.«

»Worum ging es denn?«

Linnet beugte sich vertraulich vor. »Sie hat mich gebeten, auf Adele aufzupassen, wenn sie mit Lorne nach Paris fährt.«

Evan war selbst einen Moment lang verblüfft. »Aber warum sollte sie dich nicht darum bitten, Linnet?« rief sie dann aus. »Du bist schließlich ihre Schwester, und sie vertraut dir und weiß, daß sie sich auf dich verlassen kann. Sie ist momentan halt sehr nervös und um Adeles Wohlergehen besorgt.«

»Ich weiß, aber ich war ein wenig erstaunt, daß sie nicht unsere Großmutter Daisy Rickards gefragt hat. Die beiden verstehen sich sehr gut, und Daisy könnte sich viel besser um die kleine Adele kümmern als ich.«

»Offensichtlich findet Tessa, daß du die beste Wahl bist, solange deine Mutter sich noch in New York aufhält. Wenn sie hier wäre, hätte Tessa bestimmt Paula gebeten, den Babysitter für Adele zu spielen.«

Linnet blies die Wangen auf und stieß die Luft dann wieder aus. »Gott, das ist eine gewaltige Verantwortung, auf das Kind von jemand anderem aufzupassen, und besonders auf Adele, unter diesen Umständen. Immerhin kommt Elvira auch mit, und es ist nur für ein langes Wochenende«, erklärte Linnet. »Auf Pennistone Royal, Tessa besteht darauf, daß es dort sein muß. Jedenfalls ...« Linnet unterbrach sich und warf Evan ein zaghaftes Lächeln zu. »Ich hatte überlegt, ob du vielleicht mitkommen und das Wochenende in Yorkshire verbringen würdest?« fragte sie. »Wir könnten unsere Jungs mitnehmen, das wäre doch ein Spaß. Bitte sag ja.«

»Ja«, meinte Evan lachend. »Ich fahre gern mit dir und Adele nach Pennistone Royal; ich bin immer gern dort. Und du hast recht, es wäre schön, wenn Gideon und Julian mitkämen.«

»Tausend Dank, ich weiß das wirklich zu schätzen, Evan. Übrigens, bevor ich mich einverstanden erklärte habe, Tessa den Gefallen zu tun, habe ich ihr vorgeschlagen, Adele und Elvira mit nach Paris zu nehmen, aber das hat sie rundheraus abgelehnt. Was ich ihr aber nicht übelnehmen kann. Ich finde ja auch, daß es besser ist, wenn Adele in England bleibt, bei jemandem aus der Familie, und nicht ins Ausland reist, bis diese scheußliche Scheidung vorüber ist. Ich kann vollkommen verstehen, daß Tessa sich Sorgen wegen Mark Longden macht. Ich traue ihm auch nicht über den Weg.«

»Auch ich habe so meine Befürchtungen, was ihn angeht«, meinte Evan, »und seinen Freund und Auftraggeber Jonathan Ainsley. Der ist nun wirklich ein hundsgemeiner Mistkerl. Er ist Robin ein lausiger Sohn gewesen.«

»Jack Figg sitzt ihm im Nacken«, erklärte Linnet, »oder jedenfalls Jacks Leute in Hongkong, und von jetzt an werden wir immer genau wissen, wo er sich aufhält. Ach, noch etwas: Tessa hat sich inzwischen zu Jack Figgs Religion der absoluten Sicherheit bekannt.«

Evan mußte laut lachen. »Du hast eine putzige Art, das auszudrücken, Linnet. Aber ich finde auch, daß Jack ein toller Bursche ist.«

»Genau, und Pennistone Royal hat er in das sicherste Haus auf den ganzen Britischen Inseln verwandelt. Wollen wir wetten?«

»Auf keinen Fall! Du hast bestimmt recht.«

»Nur eines gibt mir Rätsel auf«, meinte Linnet und trat ans Fenster. »Ich komme einfach nicht darüber hinweg, daß Tessa ausgerechnet mich gebeten hat, auf ihre Tochter aufzupassen«, fuhr sie fort, ohne sich umzudrehen. »Ich meine … sie hat mich sonst immer als Konkurrenz betrachtet, sich selbst als Kronprinzessin bezeichnet und kundgetan, daß sie am liebsten sofort die Geschäfte übernehmen würde. Und dabei denkt Mama überhaupt nicht daran, sich zurückzuziehen – um Himmels willen, sie wird erst ausscheiden, wenn sie alt und hinfällig ist. Wahrscheinlich nicht einmal dann. Na ja, die Zeiten ändern sich.«

»Oder Tessa hat sich verändert«, meinte Evan leise.

Linnet drehte sich wieder zu Evan um. Ihre grünen Augen blitzten. »Zum Teil hat sie das bestimmt. Ich glaube schon, daß die Entführung sie geängstigt hat. Und vielleicht stellt sie ja wirklich Adele über alles andere. *Im Moment.*«

»Also, ich wäre nicht überrascht, wenn sie ausscheiden würde, und zwar eher, als du glaubst.«

»Da bin ich mir nicht so sicher, Evan. Verstehst du, dazu ist Tessa viel zu ehrgeizig. Sie will die Kaufhauskette leiten und glaubt, daß es ihr natürliches Recht ist. Aber sie möchte sie auf ihre Weise führen, nicht so, wie Mama das seit über dreißig Jahren tut.« Linnet lachte verhalten. »Weißt du was, Evan, Tessa möchte viel lieber, daß ich gehe, und das ist die reine Wahrheit.«

»Ich weiß, aber es ist ein bißchen unsinnig, das alles zu diskutieren, da sich ohnehin nichts ändern wird, solange Paula die Verantwortung trägt.«

»Ganz deiner Meinung.«

»Warum fliegt Tessa eigentlich mit Lorne nach Paris?« fragte Evan, deren Neugierde die Oberhand gewann.

»Weil er dort einen Film dreht. Sie fangen übernächste Woche an. Tessa sagte, die ganze Besetzung und die Crew führen rüber und würden ungefähr sechs Wochen dort bleiben. Dann kommen sie zurück und drehen zwei Monate in den Shepperton-Studios. Er hat Tessa für sein erstes Wochenende dort eingeladen, weil er dachte, der Tapetenwechsel würde ihr guttun.«

»Lorne ist wirklich nett«, sagte Evan. Dann fiel ihr Blick auf die Skizzen, die auf ihrem Schreibtisch lagen. »Bevor du hereingekommen bist, war ich gerade dabei, diese Zeichnungen durchzugehen und hätte sie dir dann ins Büro gebracht. Meine Vorstellungen für die Filiale in Leeds.« Sie reichte Linnet die Blätter.

Linnet sah sie rasch durch; dann begann sie noch einmal mit der ersten Seite und betrachtete die insgesamt sechs Skizzen aufmerksam. Schließlich sah sie auf. »Wirklich ein kluger Einfall, alle sechs Modeabteilungen auf einem Stockwerk unterzubringen und alles offen anzulegen, so daß sie nahtlos ineinander übergehen.«

»Durch die kleinen Accessoire-Boutiquen in mehreren Ecken und auf kleineren Flächen entsteht ein wunderbar aufgelockerter Eindruck«, erklärte Evan. »Und die Kundin braucht nicht in ein anderes Stockwerk zu fahren, um nach Schuhen, Taschen oder sonstigem Zubehör zu suchen. Alles ist direkt zur Hand.«

»Ich glaube, das wird perfekt funktionieren. Gute Arbeit, Evan.«

»Danke«, antwortete sie erfreut. »Tatsächlich«, gestand sie, »habe ich mich von der Idee deiner Mutter für unseren fünften Stock hier inspirieren lassen, wo sie auf ganz ähnliche Weise Wäsche, Nachtbekleidung, Homewear, Freizeit- und Sportbekleidung, Strumpfwaren und Freizeitschuhe in verschiedenen Boutiquen nebeneinander angeordnet hat.«

»Stimmt, jetzt fällt mir das auch auf. Aber ich finde diese offene Anlage besser, Evan. Laß uns mal in den fünften Stock fahren und uns alles vor Ort ansehen, ja?«

Zu den Dingen, die Evan an ihrer Stelle bei *Harte's* am meisten liebte, gehörte das Kaufhaus selbst. Häufig kam sie morgens so früh, daß sie durch einige Stockwerke streifen konnte, bevor das Haus für die Kundschaft geöffnet wurde. Es faszinierte sie, in aller Ruhe durch die Abteilungen zu schlendern, besonders wenn sie bis auf vereinzelte Wartungsleute oder den einen oder anderen Frühaufsteher unter den Angestellten allein war.

Linnet empfand ebenso; und oft verglichen die beiden ihre Notizen. »Ich liebe alle Etagen, alle Abteilungen, aber am liebsten mag ich die Kosmetikabteilung«, vertraute Evan ihr an, während sie gemeinsam durch die Dessous-Abteilung schritten. »Welche magst du am liebsten, Linnet?«

»Auch die Kosmetik, aber ich bin ebenso verrückt nach unserer Lebensmittelabteilung. Du weißt ja, daß meine – das heißt *unsere* – Urgroßmutter mit einem kleinen Laden in Upper Armley, in den Außenbezirken von Leeds, angefangen hat. Ihr wichtigstes Sortiment waren damals die Lebensmittel. Meine Mutter hat mir erzählt, daß Emma Harte auch unsere Lebensmittelabteilung hier liebte, und vielleicht habe ich diese Neigung von ihr geerbt. Ich meine, sie ist doch einfach wunderbar ... Fleisch und Fisch, Meeresfrüchte, Hühnchen und Truthahn, und dann die herrlichen Schinken und kalten Braten. Und die Obststände und die Kuchen. Für mich sind sie einfach die besten auf der Welt.«

»Wer würde unsere Lebensmittelabteilung nicht lieben? Sie ist phantastisch. Ich selbst muß leider einen großen Bogen darum machen, weil sie so verführerisch ist. Aber Tessa sehe ich oft dort herumschlendern und einkaufen, sie ist schließlich eine begeisterte Köchin. Gideon meint, sie hätte ihre Berufung verfehlt und sollte lieber die ganze Welt bekochen.«

»Und ich wette, er hat gesagt ›genau wie Paula‹, denn meine Mutter glaubt ebenfalls, die hungernden Massen füttern zu müssen. Sie hält sich manchmal wirklich für Mutter Erde.«

»Ich weiß, und ja, er hat das gesagt, aber er hat es sehr nett gemeint.«

»Ach, das weiß ich doch. Gideon betet meine Mutter an.«

»Tun wir das nicht alle? Aber um auf meine Skizzen zurückzukommen ... ich habe mir besonders diese Abteilung hier zum Vorbild genommen, aber, wie gesagt, die Verkaufsflächen eher offen angelegt.« Sie sah sich um. »Ach du meine Güte, da ist meine Mutter!« rief sie plötzlich aus.

»Wo?« fragte Linnet. »Ich sehe hier keine Frau, die auch nur entfernt aussieht, als wäre sie deine Mutter, Evan.«

»Da drüben, die Frau, die sich die Negligés anschaut. Die Blondine.«

»Die Blondine? Das ist deine Mutter? Herrje, das kann ich kaum glauben. Sie sieht eher wie deine Schwester aus.«

»Nicht ganz.« Evan lachte. Dann faßte sie Linnet am Arm und zog sie hinter sich her. »Hallo, Mom! Was für eine Überraschung, dich hier zu treffen!«

Mariettas Miene hellte sich auf, als sie ihre Tochter sah. »Hi, Evan, Schätzchen. Ich wollte dich auf deinem Handy anrufen, sobald ich hier fertig bin.«

»Mom, ich möchte dir Linnet O'Neill vorstellen. Linnet, das ist meine Mutter.«

Die beiden Frauen schüttelten einander strahlend die Hand. »Dafür, daß Sie hier die Chefin sind, sehen Sie sehr jung aus«, meinte Marietta dann.

Linnet begann zu lachen. »Das bin ich auch, und außerdem bin ich nicht die Chefin. *Harte's* wird von meiner Mutter geleitet, Mrs. Hughes.«

»Oh, das weiß ich doch. Ich meine Evans Chefin. Das sagt sie nämlich immer: ›Linnet ist mein Boss.‹«

»Ich wette, ich weiß, warum du dir diese herrlichen Nachthemden ansiehst, Mom. Du suchst nach etwas Besonderem für Angharad, weil du überzeugt bist, daß sie bald heiratet.«

Marietta schenkte ihrer Tochter ein strahlendes Lächeln und schüttelte den Kopf. »Also, eigentlich hatte ich etwas für mich selbst gesucht.«

Ihre Bemerkung verblüffte Evan, doch sie brachte es fertig, eine neutrale Miene zu wahren. »Ja dann ... wir haben ein paar sehr hübsche Sachen hier, Mom. Linnet tätigt nämlich einen großen Teil des Einkaufs selbst.« Sie wandte sich an Linnet. »Was meinst du, was wäre das richtige für meine Mutter?«

»Lassen Sie uns einmal auf die andere Seite der Abteilung gehen, Mrs. Hughes. Ich kenne genau den richtigen Designer für Sie.«

»Danke, Linnet, und nennen Sie mich doch bitte Marietta.«

Lächelnd neigte Linnet den Kopf, nahm Mariettas Arm und führte sie zur anderen Seite der Abteilung.

Evan folgte den beiden. Heute trug Marietta einen blaßblauen Baumwollrock mit passender Bluse und hochhackige blaue Sandalen. Unwillkürlich dachte Evan, daß ihre Mutter tolle Beine hatte. Eigenartig, das war ihr noch nie aufgefallen. Natürlich nicht. Solange sie denken konnte, hatte sie ihre Mutter nur im Bademantel oder in Hosen gekannt.

Einmal mehr gingen Evan unzählige Fragen durch den Kopf. Was mochte diese außerordentliche Veränderung bei ihrer Mutter bewirkt haben? Sie beschloß, es herauszufinden. So bald wie irgend möglich.

Tessa saß an ihrem Schreibtisch und dachte über ihre bevorstehende Reise nach Paris nach. Plötzlich beschlichen sie gemischte Gefühle. Sie fragte sich, ob sie einen Fehler gemacht hatte, als sie zugestimmt hatte, ihren Zwillingsbruder zum Beginn seines Filmdrehs zu begleiten.

Der Gedanke, Adele mit Elvira allein zu lassen, bereitete ihr Sorgen, obwohl die beiden sich auf Pennistone Royal aufhalten würden, das dank Jack Figg und seinen Überwachungssystemen inzwischen zu einer Festung geworden war. Als sie gestern Lorne gegenüber ihrer Besorgnis Ausdruck verliehen hatte, da hatte er vorgeschlagen, Linnet zu bitten, ob sie das Wochenende auf Pennistone Royal verbringen und Adele im Auge behalten würde. »Sie wird es dir bestimmt nicht abschlagen, Tessa«, hatte Lorne gemeint und sie daran erinnert, wie sehr Linnet ihr kleines Mädchen liebte.

Und so war sie heute morgen – zugegeben etwas zaghaft – auf Linnet zugegangen und angenehm überrascht gewesen, als ihre Halbschwester bereitwillig zugestimmt hatte. Ihre *Halbschwester*. So bezeichnete sie Linnet bei sich, genauso wie sie an Shane als ihren *Stiefvater* dachte, was er ja auch war; doch er hatte sie immer wie seine eigene Tochter behandelt, und sie wußte, wie sehr er sie liebte. Aber die beiden waren O'Neills und sie eine Fairley, und irgendwie konnte sie das nicht vergessen. Und dabei hatte Linnet sich bei Adeles Entführung wirklich wie eine richtige Schwester verhalten. Sie hatte die Verantwortung übernommen und die richtigen Entscheidungen getroffen. Linnet war es zu verdanken, daß alles mit einem Minimum an Aufruhr und dem größtmöglichen Erfolg abgelaufen war ...

Das Telefon auf ihrem Schreibtisch klingelte und unterbrach ihren Gedankengang. »Hallo?«

»Bist du das, Tessa?« fragte eine Frauenstimme.

»Ja. Wer ist denn da?«

»Großtante Edwina«, verkündete die Gräfin von Dunvale. Die alte Dame bellte wie ein britischer General, der seine Truppen in die Schlacht führt. »Hast du mich etwa vergessen, Tessa Fairley?« fuhr sie fort. »Seit Ewigkeiten habe ich nichts von dir gehört.«

»Ich habe dich überhaupt nicht vergessen, Großtante Edwina. Gerade kürzlich haben India und ich von dir gesprochen, und wir ...«

»Und wie geht es meiner Enkelin? Sie macht sich in letzter Zeit auch auffällig rar. Na ja, ihr seid beide noch sehr jung, da habt ihr wohl keine Zeit für eine alte Frau, was?«

»Bitte sag doch so etwas nicht!« rief Tessa aus. Sie hatte ein ganz schlechtes Gewissen, weil sie ihre Großtante vernachlässigt hatte, und überlegte zugleich, warum Edwina sich wohl bei ihr gemeldet hatte. Ein Anruf von ihr hatte immer einen bestimmten Grund. Plötzlich dachte Tessa an Dusty Rhodes und die Messerattacke und fragte sich, ob Edwina Wind davon bekommen hatte. Aber wie? *Nichts leichter als das.* Sie lebte in der Nähe von Harrogate, am Rande von Knaresborough. Neuigkeiten verbreiteten sich dort rasch, und schlechte Nachrichten noch schneller. Und dann war da noch Onkel Robin, der in der Nähe wohnte und ständig mit Evan in Verbindung stand; sie hatte ihn zweifellos auf dem laufenden gehalten.

Tessa räusperte sich. »India und ich haben davon gesprochen, eine Dinnerparty für dich zu geben, Großtante Edwina, und ich habe dich nur noch nicht angerufen, weil ...«

»Adele entführt worden ist«, unterbrach Edwina sie. »Ich bin froh, daß es Linnet gelungen ist, deinem schrecklichen Ehemann eine Lektion zu erteilen. Und das Kind ist in Sicherheit. So, und was soll nun dieses Geschwafel von einer Dinnerparty? Warum solltet du und India eine Party für eine alte Frau wie mich veranstalten? Und wer sollte wohl kommen? Verrate mir das mal, Tessa Fairley.«

»Dein Sohn und deine Schwiegertochter würden bestimmt anreisen ...«

»Ach, Unsinn. Aus Irland. Vergiß es. Anthony rührt sich nie allzu weit von seinen gräßlichen Sümpfen fort.«

»Sie würden auf jeden Fall kommen, Großtante, und auch deine Enkel und Mama und Shane und ich natürlich. Und was ist mit deinen Geschwistern, Robin und Elizabeth? Und da sind noch Emily und Winston. Die ganze Familie würde daran teilnehmen, da bin ich mir ganz sicher.«

»Ob die liebe India wohl ihren neuen Freund mitbringen würde, was meinst du? Den berühmten Maler.«

»Da mußt du sie schon selbst fragen«, murmelte Tessa unverbindlich. Sie hatte keine Lust, sich in eine Debatte über Russell Rhodes hineinziehen zu lassen.

»Ich möchte dich und India sehen. So bald wie möglich«, sagte Edwina.

»Oh. Fehlt dir etwas, Großtante?«

»Nein. Jedenfalls nicht daß ich wüßte, aber wie dir bekannt ist, bin ich fünfundneunzig. Aber immer noch bestens in Form und bereit, es mit allem und jedem aufzunehmen. Also, wie sieht es aus? Wann seid ihr beiden denn einmal in Yorkshire?«

»Wir müssen die kommende Woche hinfahren. Wir richten die Kaufhäuser in Harrogate und Leeds neu ein«, erklärte Tessa besorgter denn je. Die Beteuerungen ihrer Tante hatten sie nicht beruhigt.

»Dann sollten wir uns in dieser Woche treffen. Ihr kommt zum Dinner nach Niddersley House. Bitte sei so gut und gib India Bescheid. Ich kann sie telefonisch nicht erreichen. Und sag mir spätestens morgen, wann genau ihr kommt.«

»Ja, Großtante Edwina. Und was ist mit der Dinnerparty ...«

»Darüber reden wir, wenn wir uns sehen.«

»Ich versuche, India aufzutreiben. Sie muß irgendwo im Kaufhaus sein.«

»Wenn du sie findest, sag ihr bitte, daß sie mich anrufen soll. Und danke, Tessa. Auf Wiederhören.«

»Bis dann, Großtante. Ich sage India, daß sie dich anrufen soll, und wir sehen uns dann nächste Woche.«

Tessa legte auf, lehnte sich zurück und überlegte, was wohl hinter dem Anruf steckte. Unwillkürlich fragte sie sich, ob Edwina über den Überfall auf Dusty Rhodes Bescheid wußte. Aber woher sollte sie das wissen? *Robin könnte es ihr erzählt haben.* Die beiden waren schließlich Geschwister.

Mein Gott, jetzt ist sie die Älteste von allen, schoß es Tessa plötzlich durch den Kopf. Edwina war Emma Hartes erstes Kind gewesen, unehelich geboren, als Emma erst sechzehn war. Die einzige Tochter von Edwin Fairley und eine Fairley bis in die Fingerspitzen, obwohl sie illegitim war. Und die Tante *ihres* Vaters, Jim Fairley, Edwins Enkel. Meine Güte, was für eine komplizierte Familie, dachte sie.

Tessa schlug ihren Terminkalender auf, blätterte zu der Seite für die kommende Woche und überlegte, für welchen Abend sie ihren Besuch in Niddersley House planen sollten. Ihr Flug nach Paris mit Lorne war für Donnerstag abend vorgesehen. Donnerstag, den 30. August 2001. Und ihre Mutter würde am 5. September aus New York zurückkehren.

Dann werden wir uns am Montag oder Dienstag zum Essen mit Edwina treffen, entschied Tessa. Denn sie mußte am Mittwoch nachmittag wieder in London sein.

Sie klappte den Kalender zu, stand auf, nahm ihr Handy und steckte es in ihre Jackentasche. Dann machte sie sich im Kaufhaus auf die Suche nach ihrer Cousine India.

14

»Was für ein schöner Zufall, daß wir uns über den Weg gelaufen sind«, sagte Marietta und lächelte Evan zu. Mutter und Tochter aßen zusammen im *Birdcage* zu Mittag, einem der Kaufhausrestaurants. Sie plauderten, nippten an ihrem Wasser, während sie auf das Essen warteten, und fühlten sich vollkommen entspannt zusammen.

»Das finde ich auch, Mom«, antwortete Evan, »und der Samstag ist immer ein guter Tag für mich. Normalerweise sitze ich dann am Computer oder arbeite den Papierkram auf. Unter der Woche wird es oft sehr hektisch.«

»Ich wollte kurz durch das Kaufhaus bummeln und dich dann anrufen, aber dann habe ich mich vertrödelt und die Nachthemden bewundert«, erklärte Marietta mädchenhaft kichernd. »Stell dir vor, in meinem Alter.«

Evan nickte nur, betrachtete ihre Mutter und dachte, daß Linnets Worte von vor einer Stunde nur zu wahr waren: Marietta sah wirklich nicht alt genug aus, um ihre Mutter zu sein. Sie war neunundvierzig und würde bald fünfzig, doch sie wirkte viel jünger. Sah sie plötzlich so jugendlich aus, weil sie nicht mehr unter Depressionen litt? Oder war da noch etwas anderes? Ein Lifting vielleicht? Nein, ihr Vater hatte gar nicht genug Geld, um ihr eine kosmetische Operation zu finanzieren. Das hieß, seit dem Tod seiner Mutter eigentlich schon; Glynnis Hughes hatte sowohl Evan als auch ihrem Vater ein kleines Erbe hinterlassen.

»Du starrst mich an, Evan, und du wirkst sehr verwirrt. Habe ich etwas im Gesicht kleben? Oder gefällt es dir nicht, wie ich angezogen bin?«

Evan blinzelte. »Rede keinen Unsinn, Mom«, rief sie schnell aus, »natürlich hast du nichts im Gesicht! Und um ehrlich zu sein, finde ich, daß du großartig aussiehst. Genau wie kürzlich beim Abendessen. Und genau deswegen sehe ich dich so an, wenn du die Wahrheit hören willst. Weil du plötzlich ein ganz neuer Mensch bist. Das ist phantastisch. Du hast dich so verändert, daß ich es kaum glauben kann.«

»Sicher kannst du das. Du siehst es doch mit eigenen Augen, und Sehen ist Glauben, stimmt's, Evan Hughes? Weißt du noch, wie ich das zu dir gesagt habe, als du klein warst ...« Ihre Mutter verstummte, als sie Evans ratlose Miene bemerkte.

»Natürlich erinnere ich mich!« rief Evan dann aus. »Als ich an der Existenz des Weihnachtsmanns gezweifelt habe, da hast du gesagt ›Sehen ist Glauben‹, und du und Gran, ihr seid mit mir ins Kaufhaus nebenan gegangen, damit ich ihn treffen konnte.«

Sichtlich erfreut, daß sie sich erinnert hatte, lächelte Marietta und nahm einen Schluck Wasser. »Du warst so ein reizendes Kind.«

Evan beugte sich über den Tisch. »Komm schon, Mama, raus mit der Sprache«, flüsterte sie verschwörerisch. »Jetzt erzähl schon, was passiert ist.« Doch Marietta schwieg. »Du bekommst ein neues Medikament, ist es das? Und das hat dein Leben verändert, oder?« vermutete Evan.

Marietta sagte immer noch nichts, und Evan lehnte sich zurück und wartete. Als das Schweigen sich in die Länge zog, überlegte sie, ob ihre Mutter vielleicht etwas gegen ihre neugierigen Fragen hatte. Sie nahm Mariettas Hand und drückte sie. »Tut mir leid, ich wollte nicht aufdringlich sein. Ich freue mich nur ganz schrecklich, daß du so großartig aussiehst und es dir gesundheitlich etwas besserzugehen scheint.«

»Mir geht es *viel* besser, und du bist nicht aufdringlich. Ich will ja auch mit dir reden, Evan, ich weiß bloß nicht, wo ich beginnen soll.«

»Dann fang einfach am Anfang an«, schlug Evan vor, »und laß dir so viel Zeit, wie du brauchst. Ich habe heute eigentlich nichts Besonderes mehr vor. Und natürlich bin ich eine gute Zuhörerin.«

»Der Anfang, ja ... Es begann im letzten Februar, kurz nach deiner Abreise. Ich weiß nicht, ob du dich noch an Tante Dottie erinnerst. Sie war die Schwester meiner Mutter und lebte in Los Angeles, nicht weit von meiner Mutter entfernt. Die beiden standen sich bis zu Moms Tod sehr nahe.«

»Ich erinnere mich sehr vage. Du hast manchmal von ihr erzählt. Sie war Filmschauspielerin, als sie sehr jung war, in den Vierzigern.«

»Das stimmt.« Marietta schaute verblüfft. »Ich kann kaum glauben, daß du dich noch erinnerst, denn du bist ihr nur ein paarmal begegnet, wenn sie ihren Mann auf Geschäftsreisen an die Ostküste begleitete. Damals warst du noch sehr klein. Ich war ihre einzige Nichte, und sie hat normalerweise immer versucht, mich zu treffen, wenn sie in der Nähe war. Tante Dottie war ihr ganzes Leben lang mit Howard Kempson verheiratet, der bis zu seinem Tod vor zehn Jahren Leiter der Werbeabteilung von Ardent Pictures war.«

»Weißt du, ich erinnere mich an seinen Tod, weil du damals sehr bestürzt warst. Die beiden müssen einen bleibenden Eindruck bei mir hinterlassen haben. Oder du, indem du mir Geschichten über Tante Dotties Arbeit beim Film erzählt hast und darüber, wie sie und Howard sich kennengelernt haben.«

Marietta lachte. »Sie hat nur kleine Rollen gespielt, aber die Familie gab gern mit ihrer Filmkarriere an.«

Die Kellnerin brachte ihren Tomatensalat und den Eistee und eilte wieder davon.

Evan nahm eine Gabel voll Salat. »Erzähl weiter.«

»Im Februar kam Tante Dottie nach New York, zur goldenen Hochzeit einer ihrer Freundinnen aus ihrer Hollywoodzeit. Und wir haben uns getroffen. Sie freute sich, daß ich relativ gut beieinander war, aber sie fand, eigentlich müßte es mir bessergehen. Sie hat mir von ihrer Freundin erzählt, Dr. Anna Marcello, und bestand darauf, daß ich einen Termin mit ihr vereinbarte.«

Marietta legte ihre Gabel weg und beugte sich zu Evan herüber. »Nie werde ich Tante Dotties Abschiedsworte vergessen. ›Steh auf, setz dich in Bewegung, und hol dir dein Leben zurück‹, sagte sie. ›Bevor es zu spät ist, Mari.‹ Ich schätze, ihre Worte haben mich einfach ... elektrisiert.«

»Manchmal brauchen wir alle einen kleinen Schubs von jemandem, dem wir vertrauen.«

»Ich bin also zu Dr. Marcello gegangen, und sie hat meine Behandlung übernommen.«

»Dachte ich mir doch, daß deine Veränderung mit deiner Gesundheit zu tun hat.«

»Dr. Marcello hat mir neue Medikamente verordnet und mich ausgezeichnet behandelt. Aber nicht nur das hat mir geholfen, mich zu verändern. Noch etwas anderes ist geschehen.«

»Erzähl es mir«, bat Evan.

»Nicht lange nach ihrem Besuch in New York starb Tante Dottie. Sie war weit über achtzig, aber mir kam sie sehr fit vor und kein bißchen senil. Aber eine Woche nach ihrer Rückkehr an die Westküste erlitt sie einen tödlichen Herzanfall. Um auf den Punkt zu kommen, wie sie gesagt hätte, Dottie hat mir alles hinterlassen. Ihre Wohnung in Brentwood, ein paar Aktien und ihren Schmuck. Das meiste ist Modeschmuck, aber einiges davon ist wirklich alt und sehr hübsch. Jedenfalls habe ich, wie sie in ihrem Testament verfügt hat, ›all ihre weltlichen Besitztümer erhalten‹.«

»Man stelle sich das vor: Du hast geerbt, und so plötzlich und unverhofft.«

»Na ja, es ist kein Vermögen«, lachte Marietta, »bei weitem nicht.«

»Und was hat Dad gesagt?«

»Nicht viel.«

»Hat er sich denn nicht gefreut?« fragte Evan, einen Moment lang völlig verblüfft.

»Eigentlich nicht.«

»Aber wieso denn nicht, Mom?«

»Weil Tante Dottie mein Leben verändert hat, als sie starb und mir ihr Geld und alles andere hinterließ. Sie hat mir Unabhängigkeit geschenkt.«

Evan starrte ihre Mutter mit offenem Mund an. »Dad gefiel das nicht? Weil du ihn nicht mehr brauchtest? Das heißt finanziell. Genau das sagtest du doch eben, oder?«

»Ja, so ist es.«

»Aber ihr seid doch euer ganzes Leben verheiratet gewesen. Er kann doch unmöglich glauben, daß du ihn ausgerechnet jetzt verlassen wirst, nur weil deine Tante dir Geld hinterlassen hat. Oder hat er Grund zu dieser Annahme?«

»Ich habe keine Ahnung, was er damals dachte oder heute denkt, Evan. Dein Vater spricht mit mir nie über seine Gefühle«, antwortete Marietta und trank von ihrem Eistee. »Weißt du, ich war froh, daß ich auf Tante Dotties Rat gehört hatte und zu Dr. Marcello gegangen war. Und nach ihrem Tod und nachdem ich das Erbe angetreten hatte, da beschloß ich, daß ich unbedingt die Verantwortung für mein Leben übernehmen mußte. Und für mein Erbe ebenfalls.«

»Weil du wußtest, daß deine Tante das so gewollt hätte.«

»Genau. Ich habe Kontakt zu einem Immobilienmakler an der Westküste aufgenommen und Tante Dotties Wohnung zur Vermietung angeboten. Möbliert natürlich. Innerhalb einer Woche hatte der Makler einen Mieter gefunden, und jetzt beziehe ich aus der Wohnung ein regelmäßiges Einkommen. Die Aktien habe ich nicht verkauft, sondern behalten, und das Geld vom Konto meiner Tante habe ich auf eine Bank in Manhattan transferiert.«

»Mom, ich bin so stolz auf dich! Du hast dich tüchtig, geschäftsmäßig und sehr praktisch verhalten. Meinen Glückwunsch!«

»Danke, Evan. Gerade von dir ist das wirklich ein Lob.«

»Mir ist jedes Wort davon ernst.«

»Eines sollst du noch wissen. Das Geld ist mir nicht zu Kopf gestiegen. Ich habe mir nur ein paar neue Sachen gekauft. Es ist nett, zur Abwechslung mal etwas Hübsches zum Anziehen zu haben.«

Marietta klang so wehmütig, daß Evan aufblickte und sie alarmiert ansah. Hatte ihre Mutter denn früher keine schönen Kleider gehabt? Eigentlich nicht, jedenfalls nicht, soweit sie sich erinnerte. War das die Schuld ihres Vaters gewesen? Hatte er ihrer Mutter kein Geld gegeben, um sich hübsche Sachen zu kaufen? Vielleicht hatte er sich das damals nicht leisten können. Gib ihm nicht die Schuld, warnte Evan sich selbst. Mom war sehr krank, manisch-depressiv, vergiß das nicht. Ja, ihr Dad hatte sein Bestes getan, da war sie sich ganz sicher, aber manchmal war er auch schrecklich mutlos gewesen.

Ein paar Minuten lang konzentrierte sich Evan auf ihren Salat, aber sie schaute ihn mehr an, als daß sie aß. Plötzlich hatte sie keinen großen Hunger mehr, und sie legte die Gabel weg und richtete sich auf ihrem Stuhl auf.

Schweigend saßen Evan und ihrer Mutter beieinander, und es war ein freundliches, von gegenseitiger Zuneigung erfülltes Schweigen. Evan begann sich zu fragen, ob sie all diese Jahre unfair gegenüber ihrer Mutter gewesen war. Hatte sie nicht immer ihr die Schuld gegeben und ihren Vater idealisiert? Vielleicht hätte ihre Mutter ja auch ein wenig Lob gebrauchen können und manchmal auch Beifall. Und ihre Liebe. Sie fühlte, wie Schuldgefühle in ihr aufkeimten.

Die Kellnerin kam, trug ihre Teller ab und erklärte, sie

würde gleich den Hauptgang bringen. Dann eilte sie wieder davon.

»Ich möchte dir etwas sagen, Mom«, sagte Evan leise, den Blick auf Mariettas Gesicht gerichtet. »Bei dem Essen hast du wirklich wunderbar ausgesehen, genau wie heute. Dad muß doch froh sein, daß es dir so viel besser geht, in jeder Hinsicht. Und daß du so hübsch aussiehst.«

»Ich weiß nicht ... ich hoffe es, Schatz. Aber er achtet nicht wirklich darauf.«

Evan schüttelte den Kopf. »Ich kann mir nicht vorstellen, was in ihm vorgeht, Mom«, murmelte sie und spürte plötzlich Zorn auf Owen und sein Verhalten.

Ich schon, dachte Marietta, sagte aber nichts darüber. »Wie ich schon sagte, ist mir das Geld gar nicht so wichtig. Ich renne schon nicht los und kaufe jede Menge Dinge. Aber ich mag das Gefühl von Unabhängigkeit, das es mir schenkt. Mir gefällt der Gedanke, daß ich mich selbst ernähren könnte, wenn es sein müßte.«

Einen Moment lang fehlten Evan die Worte. Sie verstand ihre Mutter. Was sie nicht begriff, war die Haltung ihres Vaters, der Marietta anscheinend, um es vorsichtig auszudrücken, ihr neues Leben mißgönnte. War er eifersüchtig? Fühlte er sich bedroht? Fürchtete er wirklich, ihre Mutter würde ihn verlassen? Aber warum? Mit einem kleinen Schock erkannte Evan, daß sie nicht viel über die Ehe ihrer Eltern wußte. Schließlich war sie vor neun Jahren von zu Hause weggegangen und zu Glynnis und Richard Hughes nach Manhattan gezogen. War ihre Mutter zu lange schwer krank gewesen? Hatten die verlorenen Jahre ihren Vater verbittert? Immerhin hatte er als Antiquitätenhändler beruflichen Erfolg gehabt, und er liebte sein Zuhause, ein bezauberndes altes Farmhaus in Connecticut.

»Bitte urteile nicht zu hart über deinen Vater«, sagte Marietta.

Evan riß sich aus ihren Gedanken. »Ich urteile überhaupt

nicht über ihn. Aber ich möchte dich etwas fragen. Du hattest so einen merkwürdigen Gesichtsausdruck, als Dad sagte, er hätte keine Ahnung gehabt, daß seine Mutter einmal für Emma Harte gearbeitet hat.« Sie holte tief Luft und wagte den Sprung ins kalte Wasser. »Was ich gesehen habe, war Verachtung, oder? Du hast ihn verächtlich angesehen.«

»Nicht verächtlich, Evan. Nur traurig.«

»Er hat mich angelogen, stimmt's?«

Marietta nickte nur.

»Aber warum nur, Mom? Wieso hat es etwas zu bedeuten, daß sie für Emma gearbeitet hat? Und wieso haßt Dad die Hartes?«

»Du hast mir vier Fragen hintereinander gestellt, und ich kann sie in vier Worten beantworten: *Ich weiß es nicht.*«

»Dann frage ich dich etwas anderes. Wenn Dad wußte, daß Glynnis im Kaufhaus für Emma gearbeitet hat, und er die Hartes so verabscheut, warum hat er mich im Januar dabei unterstützt, nach London zu gehen?«

»Weil er damals noch nicht über Glynnis und Emma Bescheid wußte. Oh ja, er wußte schon, daß seine Mutter Emma während der Kriegsjahre kennengelernt hatte und sie auch nach dem Krieg noch eine Zeitlang in Verbindung standen. Aber er hatte keine Ahnung, daß sie Emmas Sekretärin gewesen war.«

»Und wie hat er es herausgefunden? Hat er etwas in den Papieren seiner Mutter entdeckt?«

Marietta nickte. »Ein Empfehlungsschreiben, das Emma Glynnis vor vielen Jahre ausgestellt hatte und in dem sie ihre Fähigkeiten als Sekretärin lobte.«

»Und das ist alles?«

»Ja.«

»Das erklärt aber immer noch nicht, warum er sich mir gegenüber so verhält.«

»Nein. Außer … außer er hat schreckliche Angst. In dem Moment, als du das Kaufhaus betreten hast, hast du dich

Hals über Kopf verliebt – in das Haus, in Linnet O'Neill, Paula O'Neill und India Standish. Und auch in Gideon Harte. Vielleicht fühlt dein Vater sich ja von dir im Stich gelassen. Möglicherweise befürchtet er, daß du nie wieder nach Hause kommst.«

»Ach, Mom«, sagte Evan leise.

»Ich weiß genau, daß du nicht zurückkommst, jedenfalls nicht für immer. Mir ist schon klar, daß du in England bleiben wirst. Verstehst du, Frauen haben eine gute Intuition und denken viel praktischer als Männer. Und wir sehen die Dinge so, wie sie wirklich sind, und nicht so, wie wir sie gern hätten ... im Gegensatz zu den Männern.« Marietta seufzte. »Ich weiß, daß du Gideon sehr liebst, und ich freue mich für dich, Schätzchen. Meinen Segen hast du auf jeden Fall.«

»Und Dads Segen nicht, willst du das damit sagen?«

»Nein, ganz und gar nicht. Es ist nur so, wie ich sagte – er will dich nicht verlieren. Du warst immer ... sein Liebling, da gibt es keine zwei Meinungen.«

»Warum habt ihr eigentlich Elayne und Angharad adoptiert?« fragte Evan, um das Thema zu wechseln.

»Ich konnte keine Kinder mehr bekommen.«

»Aber du warst krank, und es ist dir schon schwergefallen, dich um mich zu kümmern, geschweige denn um zwei weitere Kinder.«

»Dein Vater wünschte sich eine größere Familie, Evan.«

Evan nahm die Hand ihrer Mutter und hielt sie ganz fest. Sie schaute ihr aufmerksam ins Gesicht und fand darin Schönheit und Gelassenheit. Sie sah sanft geschwungene Konturen und eine hohe Stirn. Mariettas Gesicht war wie immer faltenfrei und ruhig. Sie besaß einzigartige Augen, die weder blau noch grün waren, sondern einen zarten Türkiston aufwiesen. Das blonde Haar umgab ihr Gesicht wie ein leuchtender Heiligenschein, und mit einemmal wurde Evan klar, daß Marietta immer so ausgesehen hatte – auf ihre ruhige, sehr sanfte Weise war sie eine perfekte Schönheit.

»Das war *dein* Wunsch, Mom«, sagte Evan behutsam. »Du wolltest noch ein Kind ... weil er mich dir weggenommen hat. Er hat dich verdrängt und mich ganz für sich beansprucht. War es nicht so?«

Marietta blinzelte, wandte den Kopf ab und gab keine Antwort.

»Ich liebe dich, Mom. Wirklich. Und ich habe dich immer geliebt«, flüsterte Evan zärtlich.

»Und ich liebe dich, Evan«, antwortete ihre Mutter. Evan sah, daß in ihren ungewöhnlichen Augen Tränen glitzerten.

Das plötzliche Auftauchen der Kellnerin unterbrach das Gespräch. »Ich wollte dich nicht traurig stimmen«, sagte Evan, als sie wieder allein waren.

»Ich weiß. Nach dem Essen würde ich gern kurz mit dir in dein Büro gehen. Ich muß dir noch etwas erklären.«

Evan fragte nicht weiter, sondern nickte nur.

»Ich möchte dir etwas über deine Großmutter erzählen«, sagte Marietta eine Stunde später zu Evan. Inzwischen saßen sie in ihrem Büro.

»Sag es mir. Meinst du, daß ich dann alles besser verstehe?«

»Das hoffe ich, Schatz. Letzten Sommer, bevor sie so schwer krank wurde, bat mich Glynnis, nach New York zu kommen und mit ihr zu Mittag zu essen. Ich habe mich über ihre Einladung gefreut, weil ich wußte, daß sie mich gern mochte, und ich habe sie ebenfalls geliebt. Damals dachte ich, sie wolle entweder über meine Gesundheit oder über ihre reden; ich war mir nicht sicher, was von beidem.« Marietta hielt einen Moment inne und überlegte, ob sie wirklich weitersprechen sollte. War sie nicht dabei, die Büchse der Pandora zu öffnen und schreckliche Geheimnisse in die Welt zu entlassen?

Den Blick auf ihre Mutter gerichtet, wartete Evan und räusperte sich mehrere Male. »Und warum wollte Grandma nun mit dir sprechen?« hakte sie nach, doch Marietta schwieg. »Ich wette, es ging um *deine* Gesundheit. Sie hat sich immer Sorgen um dich gemacht. Glynnis hat dich sehr geliebt.«

»Ja, das hat sie. An diesem Tag allerdings wollte sie nicht über mich reden, nicht einmal über sich selbst. Sie hat sich Sorgen um *dich* gemacht.«

»Tatsächlich?« Evan schien verblüfft über diese Enthüllung.

»Ja, deine Grandma fand, daß du beruflich und persönlich festgefahren warst. Sie hatte den Eindruck, daß du in einer Sackgasse steckst.«

»Und sie hatte recht. Ich habe ihr ja mein Herz ausgeschüttet. In meinem Job gab es keine Aufstiegschancen mehr, ich war gelangweilt und hatte New York einfach satt.«

»Sie hat mir erklärt, du müßtest nach London gehen«, sagte Marietta. »Sie wollte dir Geld geben und dich losschikken. Als ich dagegen war und sie fragte, was du dort allein anfangen solltest, meinte sie, du könntest bei *Harte's* arbeiten. Sie erklärte, sie sei einmal gut befreundet mit Emma Harte gewesen und kenne das Kaufhaus, weil sie dort während des Zweiten Weltkriegs gearbeitet habe. Sie sagte, bei *Harte's* in Knightsbridge wärest du am richtigen Platz.«

»Mein Gott, Mom, sie hat es damals schon geplant! Wußte sie denn nicht, daß Emma Harte tot war?«

»Ich bin mir ziemlich sicher, daß sie es wußte, Evan, aber an jenem Tag hat sie mir nichts davon gesagt. Glynnis sagte, sie wolle dich unter die Hartes bringen, in ihr Umfeld, denn dort gehörtest du hin. Als ich sie fragte, was sie damit meine, wurde sie ziemlich still, beinahe einsilbig. Dann erzählte sie wieder von ihnen, erklärte mir, sie habe eine lange gemeinsame Geschichte mit den Hartes, und ich solle ihr vertrauen. Und als ich immer noch dagegen war, daß du New York verläßt, meinte sie, unsere Kinder seien uns nur für kurze Zeit geliehen und dann müßten sie gehen, um sich ein eigenes

Leben aufzubauen. ›Laß sie ziehen‹, sagte sie, ›schick sie nach London. Sie werden ihr nicht widerstehen können.‹ Genau das waren ihre Worte.«

»Sie meinte, die Hartes würden mir nicht widerstehen können?«

»Ja.«

»Und was hat Dad dazu gesagt?«

»Ich habe ihm nie von diesem Gespräch erzählt. Das mußte ich deiner Großmutter geloben.«

Evan lehnte sich zurück, sah ihre Mutter an und fragte sich, wieviel Marietta wußte. Die Frage lag ihr auf der Zunge, ob sie wußte, daß Glynnis und Robin eine Affäre gehabt hatten, doch dann entschied sie sich dagegen. Besser, sie forschte noch ein wenig nach. Sie war immer noch unsicher, ob sie ihrem Vater die Wahrheit sagen sollte. »Tja, am Ende hat Grandma ihren Willen bekommen, nicht?« bemerkte sie statt dessen mit einem leisen Lächeln.

»Richtig, auf ihrem Totenbett«, flüsterte Marietta. »Als sie dir auftrug, nach London zu gehen und Emma Harte zu suchen, weil sie den Schlüssel zu deiner Zukunft besitze, da wußte Glynnis ganz genau, was sie tat.«

»Das stimmt. Weil sie sicher war, daß ich tun würde, was sie mir sagte; daß ich der Vorstellung, nach London zu gehen, nicht widerstehen könnte.«

»Ich weiß, daß du es nicht bereust«, sagte ihre Mutter, den Blick fest auf Evans Gesicht gerichtet.

»Das ist wahr, Mom, ich bedaure nichts. Hat Grandma dir sonst noch etwas über ihre Verbindung zu den Hartes erzählt? Ob sie die ganze Familie kannte, zum Beispiel?«

»Nein«, antwortete Marietta und fragte sich im stillen, ob sie richtig handelte, indem sie log. Aber sie hatte gar keine andere Wahl, zumindest momentan nicht. Vielleicht konnte sie später reinen Tisch mit ihrer Tochter machen und ihr die Wahrheit gestehen.

Evan beobachtete ihre Mutter aufmerksam. »Mom, du

wirkst so bedrückt«, rief sie aus. »Verschweigst du mir etwas?«

»Nein, natürlich nicht«, sagte Marietta. Noch eine Lüge.

»Du kannst es mir ruhig sagen, wenn du etwas auf dem Herzen hast. Ich werde Dad nichts davon verraten.«

»Ach du lieber Gott, du darfst ihm auf keinen Fall erzählen, was ich dir gerade enthüllt habe, Evan! Ich habe nie mit ihm darüber gesprochen, nicht einmal, nachdem Glynnis tot war und du nach London gegangen warst. Ich habe seiner Mutter *bei meiner Ehre* versprochen, darüber zu schweigen, und dasselbe mußt du mir jetzt schwören.«

»Ist ja gut. Ich werde Dad nichts von deinem Gespräch mit Grandma erzählen. *Bei meiner Ehre.*«

Marietta entspannte sich sichtlich, und sie lächelte ihrer Tochter zu. »Danke für den heutigen Tag, Schatz«, sagte sie leise. »Ich habe es so genossen, mit dir zusammenzusein ... Anteil an deinem Leben zu haben. Und es tut mir leid.«

»Was tut dir leid?«

»Daß ich in deiner Kindheit praktisch nicht anwesend war. Wir beide haben so viel verpaßt ...«

»Du warst eben oft krank. Aber bei vielen Gelegenheiten warst du auch für mich da ... und ich erinnere mich an jede einzelne davon, Mom.«

»Das freut mich. Ach übrigens, wegen des Essens mit Gideon morgen: Dein Vater und ich werden doch beide kommen. Inzwischen freut er sich sogar richtig darauf, Gideon kennenzulernen.«

»Und George war nicht ärgerlich, weil ihr die Verabredung mit ihm und Arlette verschoben habt?«

»Natürlich nicht. Das war nur so eine fixe Idee von deinem Vater. So, wo treffen wir uns jetzt und um welche Zeit?«

»Im Dorchester, um ein Uhr. Ich warte im Foyer auf euch«, antwortete Evan. Sie war glücklich und erleichtert; endlich würden ihre Eltern den Mann kennenlernen, den sie liebte und dem sie versprochen hatte, ihn zu heiraten.

Um halb drei stürzte India in Tessas Büro. »Tut mir schrecklich leid, daß ich nicht erreichbar war«, rief sie. »Ich habe deine Nachricht bekommen. Es ist doch nichts mit Großmutter?«

»Ihr geht es blendend, India. Sie klingt wie immer: wie ein britischer General an der Spitze seiner Truppen, der gleich einen Eingeborenenaufstand niederschlagen wird. Großtante Edwina muß wirklich aus Gußeisen bestehen.«

India kicherte los. »Da hast du wohl recht. Hat sie dir gesagt, was sie wollte?«

»Ja, du sollst sie anrufen. Und sie möchte auch, daß wir beide irgendwann in der nächsten Woche mit ihr auf Niddersley House zu Abend essen. Ich habe gesagt, wir kämen. Aber es muß schon Montag oder Dienstag sein, weil ich Mittwoch nachmittag nach London zurückfahren muß. Am nächsten Tag fliege ich mit Lorne nach Paris.«

»Das muntert dich sicher ein bißchen auf«, meinte India. »Aber ich frage mich, warum Großmutter unbedingt mit uns essen will. Hat sie dir irgendeinen Hinweis gegeben?«

»Überhaupt nichts; aber sie klang entschlossen, resolut und auf eine merkwürdige Weise sehr nett. Ich habe schon oft gedacht, daß sie irgendwie ... *cool* ist. Besonders für so eine alte Dame.«

»Ich weiß, was du meinst«, pflichtete India ihr bei. »Sie kommt einem gar nicht alt vor, und sie benimmt sich auch nicht so. Immer in Bewegung, wie ein junges Mädchen.«

Tessa lächelte. »Ich soll ihr morgen sagen, wann wir kommen.«

»Wenn es dir nichts ausmacht, wäre mir der Montag lieber, Tessa, vor allem, weil ich hoffe, daß ich Dusty am Dienstag nachmittag zurück nach Willows Hall holen kann, und dann möchte ich auch den Abend dort verbringen. Zum Glück ist er jetzt auf dem Weg der Besserung, und die Ärzte können ihn entlassen.«

»Freut mich zu hören, daß es ihm bessergeht. Und Montag ist für mich in Ordnung. Wann fährst du nach Yorkshire? Morgen nachmittag?«

»Ja. Und du?«

»Ebenfalls. Ich nehme Adele und Elvira mit; ich möchte, daß sie sich schon einleben, bevor ich am Mittwoch fahre. Linnet trifft am Mittwoch abend auf Pennistone Royal ein, um alles im Blick zu behalten.«

»Verstehe«, murmelte India und ließ sich auf einen Stuhl sinken. Sie war überzeugt, daß es keinen Grund zur Sorge gab. Jack Figg hatte das Haus und das Gelände inzwischen gesichert wie Fort Knox. »Dort sind sie vollkommen in Sicherheit, ganz bestimmt«, sagte sie. »Irgendwelche Neuigkeiten von dem gefürchteten Mark?«

»Uhh, nein«, antwortete Tessa und erschauerte unwillkürlich. »Gott sei Dank. Unsere Anwälte verhandeln miteinander, aber es scheint alles so langsam zu gehen. Mama meint aber, das würde sich bald ändern. Sobald sie wieder in London ist, will sie ihnen Dampf machen.«

»Und wie ich Tante Paula kenne, wird sie genau das tun.« India stand wieder auf und trat an Tessas Schreibtisch. »Hast du etwas dagegen, wenn ich Großmutter von hier aus anrufe? Dann kannst du ihr auch gleich sagen, daß wir am Montag kommen.«

»Bedien dich.«

India wählte und wartete auf das Rufzeichen. »Kann ich bitte mit der Gräfin sprechen?« fragte sie, als am anderen Ende abgenommen wurde.

»Du sprichst mit ihr, India. Ich bin's.«

»Hallo, Grandma. Ich bin hier bei Tessa. Sie sagt, du hättest versucht, mich zu erreichen.«

»Korrekt. Ich wollte mit dir über deinen Freund sprechen. Wie geht es ihm? Ist er noch im Krankenhaus?«

India warf Tessa einen verblüfften Blick zu und verdrehte die Augen. »Es geht ihm besser, Großmutter, und er wird am Dienstag aus dem Krankenhaus entlassen.«

»Freut mich zu hören. Wenn er sich danach fühlt, solltest du mit ihm nach Niddersley House kommen, damit ich ihn kennenlernen kann. In Ordnung?«

»Ja, sehr gern.«

»Er besitzt ein gewaltiges Talent. Nein, ich muß mich korrigieren: Das ist mehr als großes Talent. Der Mann ist ein Genie.«

»Oh ja, das ist er«, rief India aus. Sie war erleichtert, daß ihre Großmutter sich so positiv über Dusty äußerte. »Tessa möchte mit dir sprechen.«

»Dann habt ihr einen Tag für unser Abendessen ausgesucht?«

»Ja, Großmutter, Montag abend, wenn es dir recht ist.«

»Natürlich ist es das. Ich führe nicht mehr das gesellschaftliche Leben einer Debütantin, India. Ach, und übrigens, was soll dieser Unsinn, daß du und Tessa ein Dinner für mich geben wollt?«

»Dann hat sie davon gesprochen? Wir dachten einfach, es wäre nett, dich zu ... *ehren*, als ältestes lebendes Mitglied der Harte-Familie.«

»Erinnere mich bloß nicht daran«, rief Edwina aus und kicherte. »Da ihr beide zum Teil Fairleys seid, genau wie ich, werde ich über die Idee nachdenken. Meint ihr, ihr könnt euren Vater aus seinen irischen Sümpfen locken? Wird er kommen?«

»Da bin ich mir ganz sicher, Grandma.«

»Laßt uns am Montag darüber reden. Punkt sieben Uhr, India. Leb wohl.«

»Bis dann«, sagte India, aber Edwina hatte den Hörer schon aufgeknallt. India sah Tessa an. »Sie wußte, daß ich mit Dusty befreundet bin«, meinte sie verwirrt. »Wer könnte ihr davon erzählt haben?«

»Du warst es nicht?« fragte Tessa mit ausdrucksloser Miene.

»Nein. Außer Linnet hatte ich niemanden eingeweiht. Erst nach dem Überfall ist alles ans Licht gekommen.«

»Da hast du deine Antwort. Auf einmal wußte es die ganze Familie.«

»Wahrscheinlich hat sie es von Onkel Robin. Evan spricht ja jeden Tag mit ihm, na ja, fast jeden«, bemerkte India.

»Macht es dir etwas aus, daß Großtante Edwina es weiß? Und wie hat sie überhaupt reagiert?«

»Sie sagt, daß er ein Genie ist ... und sie möchte ihn kennenlernen.« India kehrte zu ihrem Sessel zurück und schmiegte sich in die Kissen. »Das Problem ist, daß er wahrscheinlich keine Lust hat, *sie* zu treffen«, murmelte sie.

»Aber warum in aller Welt nicht?«

»Weil er glaubt, die ganze Familie sei hochnäsig und arrogant, er hat jede Menge Vorurteile, und nur, weil Daddy einen Adelstitel hat.«

»Ich wette, daß er sich mit ihr trifft, wenn du sie ihm in den schillerndsten Farben ausmalst – oh, entschuldige das Wortspiel. Du mußt sie ihm als ausgemachte Exzentrikerin schildern, und das ist sie ja auch.« Noch während sie sprach, schaltete Tessa den Computer ab und griff nach ihrer Handtasche. »Dann sehen wir uns Montag abend um sieben in Niddersley House. Und jetzt gehe ich nach Hause zu meinem Kind.«

India sprang auf. »Ich lasse es auch für heute gut sein. Bist du mit dem Wagen hier, oder kann ich dich zum Haus deiner Mutter mitnehmen?«

»Ich wollte eigentlich laufen, aber das wäre prima. Danke, India. In letzter Zeit ist London so gefährlich geworden ... sogar am hellen Tag.«

Auf dem Weg zu Paulas Haus am Belgrave Square erzählte India ein paar Minuten von Dusty und dem Porträt, das er von ihr malte. »Wie lange willst du eigentlich noch bei deinen Eltern wohnen, Tessa?« fragte sie dann unvermittelt.

Tessa warf ihr einen raschen Blick zu. »Bis die Scheidung

rechtskräftig ist und ich mit Mark alles geregelt habe. Dann suche ich mir eine Wohnung. In dem Haus in Hampstead möchte ich nicht leben, obwohl es sogar mir gehört. Aber ich kann es nicht ertragen. Seitdem Mark es umgebaut hat, ist es so häßlich, kalt und finster. Er kann es gern behalten.«

»Ich habe gehört, daß er eine Menge Forderungen stellt.«

»Das stimmt. Meine Mutter scheint einen Plan zu haben, doch das erfahre ich erst, wenn sie Anfang September zurückkommt. Aber das Haus am Belgrave Square ist ziemlich groß, und dann ist da noch die separate Wohnung im Erdgeschoß, die früher Paul McGill bewohnt hat. Wenn ich etwas Privatsphäre brauche, kann ich mich auch dorthin zurückziehen.«

»Kann ich auf einen Sprung mit hineinkommen?« bat India, als sie auf den Platz einbogen. »Ich würde Adele gern sehen und ihr einen Kuß geben.«

»Natürlich. Oh mein Gott, India! Da steht ja Mark auf der Türschwelle und klingelt. Was in aller Welt will er?«

»Keine Panik«, sagte India mit fester Stimme. »*Wir beide* werden mit ihm fertig.« Kurz darauf hielt sie den Wagen vor dem Haus an. »Bleib ganz ruhig«, flüsterte sie, als Tessa sich anschickte, aus dem Aston Martin auszusteigen.

»Mache ich.« Tessa eilte über die Straße. »Was willst du, Mark?« rief sie.

Als er ihre Stimme hörte, fuhr er herum. »Ich will meine Tochter sehen, das will ich. Du läßt mich nicht zu ihr, und das ist nicht fair«, stieß er aggressiv hervor, und sein Gesicht lief rot an.

»Du weißt genau, daß du einen Termin vereinbaren mußt. Du kannst nicht einfach so auftauchen«, entgegnete Tessa scharf. Sie blieb am Fuß der Treppe stehen, sah zu ihm hoch und versuchte ihre Gefühle im Zaum zu halten.

»Jetzt bin ich aber hier, Mrs. Longden. Adele ist mein Kind, und es ist mein Recht, sie zu sehen. Ich liebe sie, und sie liebt mich.«

»Dieses Recht hast du an dem Tag verwirkt, an dem du sie entführt hast«, entgegnete Tessa.

»Ich habe sie nicht entführt, sondern nur einen Ausflug mit ihr unternommen und mit ihr zu Mittag gegessen, und ich habe sie heil und gesund zurückgebracht. Was immer du vielleicht denkst, ich würde ihr niemals ein Leid zufügen, und das habe ich auch deinen Anwälten gesagt. Ich finde es einfach unmöglich, wie du mich verleumdet hast.«

»Du kannst sie erst sehen, wenn wir eine wasserdichte Übereinkunft haben«, erklärte Tessa kalt und starrte ihn aufgebracht an. »Du bist doch derjenige, der die Sache verzögert.«

»Du bist ein solches Miststück, und ich ...«

In diesem Moment flog die Tür auf, und Harriet, die Haushälterin, stand auf der Schwelle.

»Oh, Sie sind's, Miss Tessa«, sagte sie und wartete dann auf Anweisungen, denn das gesamte Personal war informiert worden.

India trat zu Tessa und nahm ihren Arm. »Es wäre vielleicht besser, wenn wir ihn auf einen Tee hereinbitten. Ihr könnt euch doch hier draußen keinen Streit liefern.«

Zusammen mit India stieg Tessa die Treppe hinauf. »Dann komm, Mark«, sagte sie mit gesenkter Stimme zu ihm. »Wir trinken mit Adele Tee.«

Harriet zögerte den Bruchteil einer Sekunde und öffnete dann die Tür weiter, damit Tessa eintreten konnte. »Ist schon in Ordnung«, murmelte Tessa. »Kein Problem, Harriet. Ist Ben auch da?«

»Ja, Gott sei Dank«, flüsterte Harriet. Sie war erleichtert, daß ihr Mann oben vor dem Fernseher saß.

Drinnen wandte Tessa sich an Mark. »Dieses eine Mal werde ich von den Regeln absehen, denen du selbst letzte Woche zugestimmt hast«, sagte sie mit einer Stimme, die vor eisiger Ablehnung geradezu klirrte. »Aber das war es dann, bis wir eine endgültige Vereinbarung ausgearbeitet haben. Haben wir uns verstanden?«

Er nickte und folgte ihr über die Treppe zum Spielzimmer. Alle Hartes hatten darin gespielt, als sie klein waren; und jetzt war es Adeles Lieblingsplatz.

Als Adele ihren Vater sah, lächelte sie und winkte ihm zu, aber es war Tessa, der sie entgegenrannte. »Mami, Mami«, rief sie, »wie schön, daß du zu Hause bist.«

Tessa bückte sich, umarmte ihre Tochter, küßte sie auf die Wange und drückte sie noch einmal. »Daddy und Tante India sind auch da«, sagte sie dann und richtete sich auf. »Wir möchten eine Teeparty veranstalten, mit dir, Elvira und deinen Puppen.«

»Toll, Mami. Reggi hat schon den Wasserkessel aufgesetzt«, erklärte das phantasievolle Kind und wies auf die Stoffpuppe, die sie nie aus den Augen ließ.

»Dann wollen wir uns alle setzen und warten, bis Harriet den Tee zubereitet hat«, murmelte Tessa liebevoll.

Eineinhalb Stunden später begleitete Tessa Mark die Treppe hinunter in die mit Marmor ausgelegte Eingangshalle. »Danke«, sagte er leise, und bevor sie ihm Einhalt gebieten konnte, hatte er sie schon in die Arme gezogen, bedeckte ihr Gesicht mit Küssen und streichelte ihr silberblondes Haar. Sie wehrte sich verzweifelt, und schließlich gelang es ihr, ihn fortzustoßen. »Mach das nicht noch einmal!« rief sie. »Nie wieder, hast du mich verstanden?«

»Tut mir leid, ich wollte dich nicht so hart anfassen.«

»Rühr mich nie wieder an. Nie wieder«, schrie sie mit schriller Stimme.

»Tessa, es tut mir leid. Ich weiß, daß ich dich erschreckt habe, aber es kam einfach über mich. Hör zu, ich liebe dich. Laß uns diese Scheidung vergessen und noch einmal von vorn anfangen. Wir könnten wieder eine Familie sein. Wir drei.«

Tessa stand mitten in der Halle und starrte ihn verblüfft und zornig an. Was für eine Unverschämtheit! Plötzlich zerbrach etwas in ihr. »Von vorn anfangen? Nach allem, was du mir angetan hast? Du hast mich gedemütigt, mich seelisch und körperlich mißhandelt und Adele entführt! Du bist verrückt, wenn du glaubst, daß ich auch nur darüber nachdenke!«

»Bitte, Tessa. Du übertreibst wie immer.«

»Geh«, sagte sie, und ihre Stimme klang eisiger denn je. Sie ging zur Haustür und öffnete sie. »Hinaus, Mark. *Sofort.*«

Er ging, ohne ein weiteres Wort zu sagen, doch sein Mund war verkniffen, seine Miene finster verzerrt, und seine Augen glühten vor Zorn.

Sie knallte die Tür hinter ihm zu und schob den Riegel vor. Dann drehte sie sich um und rannte nach oben. Sie zitterte und war immer noch aufgebracht, aber sie schaffte es, eine ausdruckslose Miene aufzusetzen, bevor sie das Spielzimmer wieder betrat.

Als India sie sah, stand sie auf und eilte auf sie zu. »Alles in Ordnung?« fragte sie, doch sie sah, daß das Gegenteil der Fall war.

»Er hat soeben vorgeschlagen, daß wir uns wieder zusammentun. Ist dieser Bastard nicht unglaublich? Er tut einfach so, als wäre er am Scheitern unserer Ehe völlig unschuldig.«

15

Gideon Harte stand im Foyer des Dorchester und wartete auf Evan. Er warf einen Blick auf die Uhr über der Drehtür, sah, daß es zehn vor eins war, und wußte, daß sie jeden Moment hereinstürmen würde. Evan war pünktlich, noch ein Charakterzug, der ihnen gemeinsam war und den er an ihr mochte.

Er wünschte, sie würden allein essen. Die Vorstellung, ihre Eltern kennenzulernen, hatte plötzlich ihren Reiz verloren, vielleicht, weil Evan dieses Treffen in den letzten paar Tagen mit enormer Bedeutung belegt hatte. Inzwischen wünschte er sogar, die Hughes wären nie nach London gekommen. Seit der Ankunft ihrer Eltern war Evan nicht sie selbst gewesen, und sie zweifelte immer stärker, ob sie ihrem Vater die Wahrheit über Robin Ainsley sagen sollte.

Anfänglich hatte er gesagt, er werde jede Entscheidung, die sie traf, mittragen. Doch unterdessen war ihm klargeworden, daß es doch auf die Wahrheit ankam. Er hatte das Gefühl, daß es wichtig für ihren Vater war, zu erfahren, daß er ebenfalls ein Harte war, genau wie Evan.

Seine Gedanken zerstoben, als sie durch die Drehtür wirbelte. Sie sah ihn, und ein Lächeln flog über ihr Gesicht. Wie hübsch sie in ihrem locker sitzenden, fließenden Kleid aus blaßblauer Baumwolle aussah! Sie trug blaue Sandalen mit sehr hohen Absätzen, die sie noch schmaler erscheinen ließen, und rauchblaue Perlen am Hals und den Ohren, die genau die Farbe ihrer Augen wiedergaben.

»Ich komme doch nicht zu spät, oder, Gid?« fragte sie, als sie neben ihm stehenblieb und ihm ein strahlendes, herzliches Lächeln schenkte.

Er schüttelte den Kopf. »Du bist sogar zu früh dran. Aber wo hast du deine Eltern gelassen?«

»Ich habe ihnen gesagt, daß sie uns hier um Viertel nach eins treffen sollen. Ich wollte ein paar Minuten allein mit dir sein. Du hast mir gefehlt.«

»Du mir auch.« Er nahm ihren Arm. »Komm, wir setzen uns da drüben auf das Sofa.«

»Ich habe Mom gesagt, daß wir im Grillroom essen, also können wir ebensogut schon hineingehen.«

Sobald sie an Gideons Lieblingstisch in einer Ecke Platz genommen hatten, bestellte er eine Flasche Veuve Clicquot, lehnte sich zurück und sah sie lächelnd an. »Du siehst wunderbar aus, Evan«, begann er, doch dann unterbrach er sich plötzlich, und sein Lächeln verflog. »Aber du trägst deinen Ring nicht«, sagte er mit einem Blick auf ihre linke Hand.

Sie erwiderte seinen Blick, und ihr Gesicht lief rosig an.

»Du hast es ihnen nicht gesagt, stimmt's, Evan?«

»Schau, Gideon, sei bitte nicht böse, aber kürzlich abends habe ich nicht gewagt, etwas zu sagen. Ich hatte die beiden seit Monaten nicht gesehen, und Dad war, vorsichtig ausgedrückt, in einer eigenartigen Stimmung. Ich wollte sie nicht gleich damit überfallen, sondern lieber warten, bis sie dich kennengelernt haben.«

»Ach, dann hat es für dich doch Bedeutung, was sie von mir halten? Und wenn ich ihnen nicht genehm bin, machst du dann einen Rückzieher?«

»Red keinen Unsinn, natürlich nicht«, sagte sie leise und beugte sich zu ihm herüber. »Du weißt genau, daß ich dich liebe und den Rest meines Lebens mit dir verbringen will. Aber mein Vater war mir gegenüber schon immer ein bißchen ... besitzergreifend, und er muß sich auch an den Gedanken gewöhnen, daß ich nicht mehr nach Hause komme, sondern in London bleibe. Damit muß er sich zuerst abfinden.«

»Das wird er bestimmt.«

»Bitte versuch die Sache doch einmal von meinem Standpunkt aus zu sehen, Gideon. Bitte, Liebling.«

Er seufzte. »Verstehen kann ich dich schon ... zumindest teilweise. Aber hast du dabei auch an Robin gedacht? Hast du deinem Vater wenigstens gestanden, daß er in Wirklichkeit ein Harte ist, ein Mitglied der Familie, die er so haßt?«

Sie biß sich auf die Lippen. »Nein. Ich hatte das Gefühl, es wäre besser, ihn zu schonen und nicht gleich all diese Themen anzusprechen. Schließlich hatte er mich gerade erst seit acht Monaten zum erstenmal gesehen. Mom war natürlich großartig, und ich habe gestern mit ihr zu Mittag gegessen. Sie weiß, wie sehr ich dich liebe, und ich glaube, sie rechnet damit, daß wir heiraten, Gid. Sie gibt uns ihren Segen, so hat sie es formuliert.«

»Gut zu wissen«, brummte er, und die Anspannung in seinen Schultern ließ nach. »Ich will dir doch nicht das Leben schwermachen, Evan, ich möchte einfach, daß sie von unserer Verlobung erfahren, damit ich es meinen Eltern sagen kann, bevor es noch jemand anderer tut. Schließlich sind unsere Cousins und Cousinen in unser Geheimnis eingeweiht, das damit im Grunde keines mehr ist.«

Evan, die seine Stimmungen immer ganz genau wahrnahm, war bedrückt. Sie hörte an seiner Stimme, daß er ihr noch nicht ganz verziehen hatte. »Ich verspreche, daß ich es ihnen bald sage, und ich rede auch mit meinem Vater über Robin ...«

Ihr Gespräch wurde durch den Kellner unterbrochen, der den Champagner brachte und einschenkte. Sie stießen an und tranken einen Schluck. »Ich hoffe nur, er bringt Verständnis für Glynnis und Robin auf … und daß er sich nicht schrecklich aufregt«, meinte Evan.

»Ein Schock wird es bestimmt für ihn«, räumte Gideon ein wenig widerwillig ein. Doch dann begann er von seiner Arbeit für die Harte-Zeitungsgruppe und von seinen Plänen für die nächsten paar Monate zu erzählen.

Gideon war angenehm überrascht. Owen und Marietta Hughes waren freundlich und zuvorkommend, und Evans Vater schien keineswegs der Griesgram zu sein, als den Evan ihn beschrieben hatte.

Als sie an den Tisch getreten waren, hatte Gideon verblüfft geblinzelt. Die starke Ähnlichkeit zwischen Robin Ainsley und Owen Hughes hatte ihn wie ein Schock getroffen. Bei Evans Vater trat die Familienähnlichkeit viel stärker hervor als bei ihr selbst. Kein Zweifel, Owen Hughes war wirklich ein Harte. Er war groß, schlank und gut aussehend und besaß Robins adlerähnliche Züge und das gleiche dunkle, von Grau durchzogene Haar. Gideon brauchte nur einen Moment, um zu erkennen, daß er ebenfalls große Ähnlichkeit mit seinem Urgroßvater hatte, dem älteren Winston Harte, Emmas Bruder.

Auch ihre Mutter überraschte ihn. Auf eine weiche und feminine Art war sie eine hübsche Frau und sah sehr jung aus. Er bemerkte keine Spur ihrer Depressionskrankheit. Tatsächlich strahlte sie vor guter Laune. Wahrscheinlich die Wirkung ihrer Medikamente, dachte Gideon.

Nachdem der Kellner ihnen Champagner serviert und sie miteinander angestoßen hatten, plauderten sie ein wenig. Für Gideon schien der Small talk sich ewig hinzuziehen.

»Ich hatte gehofft, Sie zum Lunch ins Waterside Inn in Bray einladen zu können, aber leider habe ich heute noch zu arbeiten. Ich muß ziemlich früh zurück in die Redaktion, und nach Bray ist es doch eine ziemliche Strecke. Aber vielleicht ein andermal. Ich habe gehört, daß Sie segeln und sich gern am Wasser aufhalten, Mr. Hughes.«

»Oh ja«, antwortete Owen, »und an einem heißen Tag wie heute wäre das nett gewesen. Auf der anderen Seite hatte ich schon immer eine Schwäche für den Grillroom hier im Dorchester. Meine Mutter ist oft mit mir hierhergegangen, als ich ein kleiner Junge war.«

»Tatsächlich!« rief Gideon aus und sah Evan vielsagend an, aber sie wich seinem Blick bewußt aus. Auch sie war aufrichtig verblüfft. Sie hatte nicht gewußt, daß ihr Vater als Kind in London gewesen war. Gab es noch mehr, was sie nicht wußte? fragte sie sich.

»Ich war mit ihr in den fünfziger Jahren mehrmals in England«, berichtete ihr Vater Gideon gerade. Evan spitzte die Ohren, und ihre Mutter warf ihr einen wissenden Blick zu.

Evan ignorierte sie. »Ich habe Gideon erzählt, daß du auch eine Reise nach Frankreich planst, Dad, und er hat gleich gefragt, ob du vorhast, in den Süden zu fahren.«

»Vielleicht. Ich würde deiner Mutter gern Monte Carlo zeigen; sie ist noch nie dort gewesen.«

»Heutzutage ist es ziemlich verbaut«, murmelte Gideon, »um genau zu sein, vollkommen zubetoniert. Aber wenn Sie fahren, könnten Evan und ich vielleicht für ein paar Tage nachkommen.«

»Das wäre nett«, antwortete Owen so leise, daß er kaum zu verstehen war. Offensichtlich hielt er nicht viel von Gideons Vorschlag.

»Das wäre ja ganz wunderbar«, schaltete sich Marietta ein und lächelte strahlend. »Wir haben seit Jahren keinen Urlaub mehr zusammen gemacht, nicht, Evan?«

»Nein, Mom.«

»Ich dachte, du könntest dich nicht von deiner Arbeit losreißen.« Owen sah seine Tochter tadelnd an.

»Kann ich auch nicht, jedenfalls nicht für eine Reise nach

Paris und durch die Normandie, wie ihr sie plant. Aber später kann ich bestimmt ein langes Wochenende einrichten.«

»Klingt gut«, antwortete ihr Vater kurz angebunden.

»Sollen wir bestellen?« fragte Gideon. »Ich möchte Sie nicht drängen, aber ich esse zumindest am Sonntag gern in Ruhe. Meinen Sie nicht, Mrs. Hughes?«

»Auf jeden Fall, Gideon, und nennen Sie mich bitte Marietta.«

»Gern, vielen Dank.«

»Evan hat mir erzählt, daß dies eines Ihrer Lieblingsrestaurants ist, Gideon. Was können Sie uns denn empfehlen?« fragte Marietta und musterte den Freund ihrer Tochter beifällig. Seine regelmäßigen Züge und seine offene Art gefielen ihr. Sie betete nur, daß Owen nicht alles verdarb, indem er Evan gegenüber mürrisch und unwirsch war, denn sie wußte, daß die Beziehung zwischen den beiden eng war. Aber hatte Owen das auch mitbekommen? Sie war sich nicht sicher.

Gideon studierte die Karte, blickte auf und lächelte Marietta zu. »Ich neige dazu, immer das gleiche zu bestellen«, erklärte er, »für gewöhnlich nehme ich als Vorspeise Räucherlachs oder eingelegte Shrimps, etwas in der Art; und dann verfalle ich, fürchte ich, immer auf das, was sie gerade auf dem Servierwagen haben, entweder Lammbraten oder Roastbeef.«

»Und als Beilage Yorkshire-Pudding«, warf Evan ein. »Obwohl Gideon ja behauptet, daß es richtigen Yorkshire-Pudding nur an einem Ort auf der Welt gibt, nämlich in Yorkshire.«

Gideon lachte. »Ich fürchte, da bin ich, weil ich in Yorkshire geboren und aufgewachsen bin, einfach voreingenommen. Die kleinen Teigpastetchen, die hier unter diesem Namen serviert werden, sind aber auch sehr gut.«

»Ich glaube, ich nehme das Roastbeef«, meinte Evan. »Was ist mit euch, Mom, Dad?«

»Das gleiche«, antwortete ihre Mutter.

Owen nickte. »Das ist auch meine Wahl, und als Vorspeise nehme ich die eingelegten Shrimps aus Morecambe Bay.« Er warf Marietta einen Blick zu. »Probier sie doch auch, meine Liebe«, murmelte er.

»Danke, Owen, aber ich hätte lieber den Spargel. Kalt, mit Vinaigrette.«

»Apropos Yorkshire«, meinte Gideon, nachdem alle bestellt hatten, »ich hoffe, Sie kommen einmal und besuchen meine Eltern auf Allington Hall oder vielleicht auch meine Tante Paula O'Neill und ihren Mann Shane auf Pennistone Royal. Ich weiß, daß sie sich sehr freuen würden.« Als er keine Antwort bekam, bohrte er weiter. »Es ist so ein schönes Land, ganz besonders die Dales, wo wir alle wohnen. Sind Sie schon einmal in Yorkshire gewesen?«

»Doch, ja«, sagte Owen, ohne nachzudenken. Um seine Verlegenheit zu überspielen, weil ihm das herausgerutscht war und weil er jede weitere Diskussion über Yorkshire abschneiden wollte, setzte er rasch hinzu: »Als ich klein war, bin ich mit meiner Mutter ziemlich viel herumgereist. Sie wollte, daß ich ihr Land kennenlernte. Sie ist auch mit mir nach Schottland gefahren und nach Wales. Sie war Waliserin, wissen Sie.«

»Das hatte ich gehört«, meinte Gideon und warf Evan einen verschmitzten Blick zu.

Evan ignorierte Gideon; sie hatte beinahe Angst, ihn anzusehen. »Also so etwas, Dad!« sagte sie statt dessen zu ihrem Vater. »Du bist wirklich ein Geheimniskrämer! Du hast mir nie erzählt, daß du Großbritannien von Nord nach Süd und Ost nach West durchreist hast! Wußtest du davon, Mom?«

»Nein«, antwortete Marietta, und dieses Mal sagte sie die Wahrheit.

»Pennistone Royal würde Ihnen gefallen«, fuhr Gideon fort. Er war entschlossen, Owen einen Kommentar über die

Hartes zu entlocken. »Es ist ein wunderbares Haus, eines von Englands großen herrschaftlichen Anwesen. Aber ich glaube, ganz besonders begeistern würde Sie das Mobiliar. Meine Urgroßmutter Emma Harte war eine Expertin für georgianische Möbel und hat sie gesammelt. Von Evan weiß ich, daß Sie ebenfalls Fachmann für diese Epoche sind.«

»Ja, das sagt man mir nach«, antwortete Owen knapp. Er fürchtete sich, zu viel zu sagen, damit ihm nicht noch etwas entschlüpfte.

Der erste Gang wurde gebracht. Evan zerteilte ihren dünn aufgeschnittenen Räucherlachs und sah zuerst ihre Mutter und dann ihren Vater an. »Es wäre großartig, wenn ihr Yorkshire besuchen könntet. Wir könnten ein nettes Wochenende zusammen verbringen.«

»Ich weiß nicht, ob das möglich ist«, meinte ihr Vater, kaum hörbar.

»Also, ich finde das ist eine wunderbare Idee«, rief Marietta aus und schenkte Gideon und Evan ein strahlendes Lächeln. »Weißt du was, Owen, du könntest doch dort oben auch etwas für dein Geschäft tun und ein paar Antiquitätenläden aufsuchen. Ich habe gehört, daß sie sehr gut sind. Vielleicht findest du sogar einige georgianische Stücke.«

»Oh ja, besonders in Harrogate«, warf Evan ein. »Überleg es dir noch einmal, Dad.«

»In Ordnung«, brummte er und konzentrierte sich auf seine eingelegten Shrimps.

»Möchte jemand Wein?« fragte Gideon. »Da wir alle das Roastbeef bestellt haben, würde meiner Meinung nach ein vollmundiger Roter ausgezeichnet passen.«

»Vielen Dank«, antwortete Marietta, die wieder einmal die Führung übernahm, um diesem netten jungen Mann die Befangenheit zu nehmen.

Gideon winkte dem Weinkellner, und nachdem er die Weinkarte studiert hatte, bestellte er schließlich einen Château Duhart-Milon, einen der Lieblingstropfen seines

Vaters. »Dad mag diesen Wein sehr gern«, erklärte er Owen, »und ich bin sicher, er schmeckt Ihnen ebenfalls, Mr. Hughes. Er kommt von den Domaines Barons de Rothschild und ist exzellent.«

Owen nickte nur. Er hatte das unangenehme Gefühl, daß dieser junge Mann mit seinem guten Aussehen, seiner Ausstrahlung, seinem Selbstbewußtsein und seinem Charme seine Tochter erobert hatte. Es machte ihn traurig, daß er sie verloren hatte; und auf eine merkwürdige Weise nahm er Gideon übel, was und wer er war, nämlich ein Harte, und dazu noch eines der führenden Familienmitglieder. Um ihn herum plätscherte das Gespräch weiter; doch er war ganz in seine trübsinnigen Gedanken versunken.

Gegen Ende des Essens hob Gideon plötzlich sein Glas und sah Owen und Marietta an. »Ich möchte zusammen mit Ihnen einen Toast auf Evan ausbringen«, sagte er bedächtig.

Alle drei Hughes waren verblüfft, besonders Evan, aber sie nahmen ihre Gläser und erwiderten Gideons Blick.

»Auf dich, Evan«, sagte er mit leiser, zärtlicher Stimme, »das einzigartigste Mädchen, dem ich je begegnet bin, und meine zukünftige Frau.«

Verblüfftes Schweigen folgte auf seine Worte.

Gideon, der sich bewußt war, daß er eine Bombe hatte platzen lassen, warf Owen und Marietta einen Blick zu. »Das war einer der Gründe, aus denen ich Sie heute zum Essen eingeladen habe. Evan und ich wollten Ihnen sagen, daß wir uns verlobt haben. Ich hoffe sehr, daß Sie einverstanden sind.«

Owen warf Evan wütende Blicke zu und räusperte sich mehrere Male. »Nun ja, wenn Evan das möchte«, stieß er schließlich gepreßt hervor.

Er musterte seine Tochter durchdringend, und Gideon tat es ihm nach und bemerkte sofort, wie blaß sie geworden war. Abgesehen davon, war ihre Miene undeutbar.

Wieder kam ihnen Marietta zu Hilfe, die sich der Spannung zwischen ihrem Mann und ihrer Tochter bewußt war. »Herzlichen Glückwunsch, ihr beiden! Unseren Segen habt ihr. Wir freuen uns für euch.« Die offensichtliche Verstimmung ihres Mannes ignorierte sie. »Und wann wollt ihr es offiziell machen?« fragte sie.

»Also, eigentlich jetzt, Marietta«, antwortete Gideon. Er wandte den Blick zu Evan. »Wie schade, daß du deinen Ring nicht trägst, Liebling«, sagte er mit sanfter, ausdrucksloser Stimme.

Evan wußte, daß sie keine Chance hatte. »Oh, ich habe ihn aber bei mir, Gideon«, murmelte sie und kramte in ihrer Handtasche.

Kurz darauf glitzerte er am Ringfinger ihrer linken Hand. Ihre Mutter, die von der Größe des Saphirs und der Diamanten beeindruckt war, bewunderte ihn gebührend. »Er ist wunderschön, Evan«, sagte sie. »Du bist ein sehr glückliches Mädchen.«

Geschafft, dachte Gideon, und Genugtuung stieg in ihm auf. Und zwar im allerbesten Harte-Stil.

Gideon wollte gerade sein Büro verlassen und sich zur nachmittäglichen Redaktionskonferenz auf den Weg machen, als sein Handy klingelte. Er bemerkte, daß er vergessen hatte, es in die Tasche zu stecken, lief zurück zu seinem Schreibtisch und griff danach. »Hallo?«

»Ich bin's«, sagte Evan.

»Hi, Schatz. Ich kann im Moment wirklich nicht reden. Ich komme schon zu spät zur Redaktionssitzung. Der Verkehr zwischen dem Dorchester und hier war katastrophal. Ist etwas Wichtiges?«

»Allerdings. Gideon, wie konntest du nur?«

»Wie konnte ich was?« fragte er sanft, obwohl er ganz genau wußte, was sie meinte, und hörte, daß sie verärgert war.

»Einfach so, völlig unerwartet und unverblümt, zu verkünden, daß wir verlobt sind. Ich bin wirklich sehr ärgerlich über dein Verhalten.«

»Das solltest du aber nicht. Deine Mutter ist begeistert, und dein Vater sah gar nicht so unglücklich aus. Außerdem …«

»Er war schrecklich wütend darüber, daß ich ›hinterhältig‹ gewesen sei, wie er es nannte, und ihm nicht alles schon früher erzählt habe. Der Nachmittag war ruiniert, und er hat sich in ziemlich übler Laune verabschiedet.«

»Ach, wirklich? Als ich gegangen bin, war er sehr herzlich zu mir. Auf jeden Fall ist es vorüber und erledigt, und jetzt laß uns in die Zukunft schauen.«

»Das fällt mir aber schwer. Du hast mir gegenüber nicht einmal eine Andeutung gemacht, hast mich hinters Licht geführt …«

»Ich habe dich nicht hereingelegt, Evan, sondern einfach die Wahrheit gesagt«, fauchte er. »Ich finde, du solltest jetzt nach vorn sehen, Liebling«, setzte er versöhnlicher hinzu, »und die Abneigung deines Vaters ignorieren. Schau, in ein paar Tagen solltest du ihm auch erzählen, daß Robin Ainsley sein Vater ist, und auch das hinter dich bringen. Mach reinen Tisch, damit es keine Geheimnisse mehr gibt. Ich glaube, das ist besser für uns alle.«

»Ich kann ihm doch nicht ausgerechnet jetzt von Robin erzählen!« rief sie. »Das wäre viel zuviel für ihn.«

»Das bezweifle ich«, versetzte Gideon kalt. »Und jetzt muß ich gehen; ich komme zu spät zur Besprechung, und ohne mich können sie nicht anfangen. Laß uns später reden, Liebling.« Er drückte das Gespräch weg, steckte das Telefon in die Tasche und verließ das Büro. Er fragte sich, wie eine Frau, die so klug und intelligent wie Evan war, plötzlich so zaghaft sein konnte, wenn es um ihren Vater ging.

Unwillkürlich wünschte er, sie hätte sich verhalten wie eine echte Harte. Er wünschte sich Evan kühn und stark, so wie seine Cousinen. Aber andererseits war sie auch nicht als eine Harte erzogen worden, oder?

Dieser unerwartete und beunruhigende Gedanke hinderte ihn nicht daran, zu seinem Meeting zu eilen. Doch später am Abend nahm er sich Zeit, lange und eingehend über seine Beziehung zu Evan Hughes nachzudenken.

Tessa stand in der Eingangshalle von Niddersley Hall und sah zu Großtante Edwina auf, die gemessen die Freitreppe herunterschritt. Sie trug ein Seidenkleid in Purpur, ihrer königlichen Lieblingsfarbe, und wirkte äußerst majestätisch. Ihr silbergraues Haar war zu einer eleganten Frisur hochgesteckt, und wie immer hatte sie sich sorgfältig geschminkt und sah zwanzig Jahre jünger aus, als sie war.

»Da bist du ja, Tessa!« rief sie aus und glitt auf ihre Großnichte zu, die ihr entgegenlief. »Dafür, daß du in letzter Zeit so viel durchgemacht hast, siehst du viel besser aus, als ich gedacht hätte. Was für eine Tortur!«

»Danke, Großtante Edwina, dafür siehst du einfach phantastisch aus!« Tessa küßte ihre Tante auf die Wange, trat zurück und sah sie an. Sie konnte sich die Frage nicht verkneifen. »Sind diese Perlen *echt?*«

»Mein liebes Kind, die ganze Welt weiß, daß ich niemals falschen Schmuck trage. Natürlich sind sie echt. Ich habe sie erst vor ein paar Wochen gekauft. Südseeperlen, vollkommen ebenmäßig. Verstehst du, ich dachte, ich gönne mir mal etwas.«

Tessa und ihre Tante gingen in den Salon; der Raum war relativ klein, wirkte aber mit einem wunderschönen klassischen Kamin und mehreren hohen Fenstern, die den Blick in den Garten freigaben, dennoch elegant.

»Sollen wir uns dort drüben hinsetzen?« fragte Tessa und wies auf eine Sitzgruppe in der Nähe eines offenen Fensters. Wieder war es ein heißer Tag gewesen, und obwohl jetzt, am frühen Abend, die Sonne schon untergegangen war, herrschte immer noch drückende Schwüle, und Tessa bevorzugte ein kühles Plätzchen.

»Sicher«, meinte Edwina und ging auf die Lehnstühle zu, die rund um einen niedrigen Couchtisch arrangiert waren. »Ich habe Frome gebeten, uns Champagner zu bringen. Oder möchtest du etwas anderes?«

»Champagner ist genau richtig, danke.« Tessa nahm gegenüber ihrer Großtante Platz. »India müßte jeden Moment hiersein«, erklärte sie. »Für mich war es von der Filiale in Harrogate nur ein Katzensprung, aber sie kommt aus Leeds.«

»Ja, sie hat mich angerufen und gesagt, daß es noch ein bißchen dauert, aber das ist schon in Ordnung, meine Liebe. Dann können wir beiden ein wenig plaudern, während wir auf sie warten. Ah, da sind Sie ja, Frome«, fuhr sie fort, als der Butler eintrat und auf einem Tablett einen Eiskübel mit einer Flasche Champagner brachte. »Wir nehmen beide Champagner, danke.«

»Sehr wohl, Mylady«, antwortete Frome, und Sekunden später reichte er ihnen zwei Kristallgläser.

Edwina hob ihr Glas und lächelte Tessa zu. »Auf dich, Tessa, und auf eine prickelnde Zukunft.«

Tessa erwiderte ihr Lächeln und ließ ihr Glas an das ihrer Tante klingen. »Eine prickelnde Zukunft wünsche ich auch dir, Großtante.«

Edwina kicherte los. »Gut gesprochen, kleine Tessa, gut gesprochen. Danke. Ich habe nämlich nicht die geringste Absicht, jetzt schon abzutreten.«

»Ganz offensichtlich«, konterte Tessa und fiel in ihr Lachen ein. »Wer sich eine solche Perlenkette kauft, hat auch vor, sie noch eine Weile zu tragen. Ich finde es herrlich, daß du dir selbst ein Geschenk gemacht hast. Es zeugt von einer außerordentlich positiven Haltung.«

»Wahrscheinlich tut es das.« Edwina nahm einen Schluck Champagner, schmiegte sich in die Gobelinpolster des französischen Lehnstuhls und sprach weiter. »So, was hat dein nichtsnutziger Gatte denn nun ausgeheckt? Meiner wohlbedachten Meinung nach ist er nicht ganz bei Trost.«

»Er ist sehr schwierig, Großtante, und du hast wohl recht, ich denke, er ist ein bißchen durch den Wind, und …«

»Anders läßt sich nicht erklären, daß er ein so wunderbares Mädchen wie dich so schäbig behandelt. Ich bin entsetzt darüber, wie er sich dir gegenüber verhalten hat, und ich freue mich sehr, daß du die nötigen Schritte für eine Scheidung eingeleitet hast«, erklärte Edwina nachdrücklich.

»Bald ist er nur noch mein Ex.«

»Schaff ihn dir vom Hals, was immer das kostet. Er hat dir schon viel zu viel Kummer bereitet. Weißt du, ich bin eine überzeugte Verfechterin der Scheidung. Es ist albern, wenn zwei Menschen, die einander nur unglücklich machen, zusammenbleiben. Wie ich gehört habe, stellt er hohe Ansprüche.«

Tessa nickte. »Ja. Sobald Mama nächste Woche aus New York zurück ist, will sie dafür sorgen, daß alles schneller vorangeht.«

»Ja, wie ich schon sagte, zahl ihn aus und schaff ihn dir aus dem Weg.« Edwina nahm einen Schluck Champagner. »Verstehst du Tessa, jeder hat seinen Preis, und der ist nicht immer in Geld zahlbar …«

»Wie deine Mutter zu sagen pflegte«, unterbrach Tessa sie. »Ich kenne Emma Hartes Credo ebenfalls.«

»Das freut mich zu hören. Sie war eine höchst bemerkenswerte Frau und eine Legende ihrer Zeit. Wenn du ihre Regeln befolgst, liegst du niemals falsch. Jedenfalls wollte ich nur sagen, daß es oft auch andere Gesichtspunkte gibt. Es führen viele Wege nach Rom.«

»Nicht bei Mark, Großtante Edwina. Er ist nur an Geld interessiert.«

»Und an ein paar anderen Dingen, wie ich gehört habe. Zum Beispiel Wein, Weib und Gesang, um es höflich auszudrücken.«

»Das stimmt. Aber ich empfinde nichts mehr für ihn. Ich möchte nur, daß er aus meinem Leben verschwindet.«

»Es war ziemlich verwegen von ihm, Adele so einfach zu entführen.«

»Es läßt ihn in den Augen meiner Anwälte schlecht dastehen – und bei seinen eigenen auch, wenn ich das sagen darf.«

»Ganz bestimmt.« Ein kurzes Schweigen trat ein. Edwina sah Tessa forschend an. »Ich hoffe nur, er hat nicht erreicht, daß du dich fürchtest, wieder eine Beziehung zu einem Mann einzugehen«, meinte sie besorgt. »Du bist jung und eine sehr schöne Frau, und du mußt diese Hürde so rasch wie möglich meistern. Überwinde deine Ängste, er könnte Adele wieder entführen, und fang ein neues Leben an.«

»Woher wußtest du, daß ich mich davor fürchte?« fragte Tessa, sah ihre Großtante an und dachte, was für eine außerordentliche Frau sie doch für ihr Alter war.

»Weil das bei jeder Mutter, die mit einem Psychopathen wie Mark Longden zu tun hat, eine natürliche Reaktion wäre. Aber ich bezweifle, daß er es noch einmal versuchen wird, sobald Paula ihn ausgezahlt hat.«

»Ich hoffe, daß du recht hast.«

In diesem Moment eilte India, die rosig angehaucht aussah und ein wenig außer Atem war, in den Raum. »Tut mir leid, Grandma, aber der Verkehr zwischen Leeds und hier war heute abend ziemlich unmöglich.«

»Wir laufen schon nicht weg«, meinte Edwina und hob ihrer Enkelin ihr Gesicht zum Kuß entgegen. »Und jetzt entspann dich, India, Liebes, und schenk dir ein Glas Champagner ein. Das geht schneller, als wenn wir nach Frome klingeln. Er wird langsam alt.«

India lachte. »Grandma, er ist höchstens fünfzig! Viel jünger als du.«

»Kann schon sein, aber er ist ein bißchen zerstreut. Da bin ich viel rüstiger. Ein Glas Kribbelwasser, oder hättest du lieber etwas anderes?«

»Champagner ist großartig, danke«, antwortete India und ging, immer noch schmunzelnd, zu dem Schränkchen, auf dem das Getränketablett stand. Ihre Großmutter war wirklich ein spezielles Exemplar: manchmal so offen, daß es an Unverschämtheit grenzte, und eine echte Exzentrikerin. Aber sie war etwas ganz Besonderes, und India betete sie an.

India kehrte zu der Sitzgruppe zurück, setzte sich neben Tessa und hob ihr Glas. »Cheers.« Sie nahm einen Schluck. »Wer hat dir eigentlich von Russell Rhodes erzählt, Grandma, von meiner Beziehung zu ihm und über die Messerattacke?«

»Ehrlich gesagt jemand, der im Bezirkskrankenhaus von Harrogate arbeitet. Aber ich habe versprochen, die Information vertraulich zu behandeln, und daran muß ich mich halten, meine Liebe.«

»Dann war es niemand aus der Familie?« rief India erstaunt aus.

»Absolut nicht. Ich habe seit Wochen nicht mit Robin oder Elizabeth gesprochen, und die jüngere Generation will ja heutzutage nicht mehr viel von mir wissen.«

»Ach, Grandma, sag das nicht. Da bekomme ich ein ganz schreckliches Gefühl.«

»Das brauchst du nicht, weil es mir wirklich nichts ausmacht. Ausgenommen bei euch beiden, India und Tessa. Ihr beiden seid meine liebsten Mädchen, zum Teil Fairley wie ich, und es fehlt mir schon, wenn ich nichts von euch höre. Ich habe das Gefühl, aus eurem Leben ausgeschlossen zu sein.«

India sah Tessa an und wußte, daß ihre Cousine sich ebenso schuldig fühlte wie sie.

Bevor India etwas sagen konnte, sprach Edwina schon weiter. »Ich weiß, daß er sich erholt und morgen nach Hause nach Willows Hall darf. Wenn er sich im Lauf dieser Woche besser fühlt, möchte ich gern, daß du mit Dusty herkommst, damit er mich kennenlernt. Zum Lunch, Tee oder Dinner, was immer dir lieber ist, Liebes.«

»Ich versuche, ihn zu einem Abendessen zu überreden, aber er ist kein einfacher Mensch.«

»Tu dein Bestes. Ich weiß, daß ich eine Menge Theater mache und damit angebe, daß ich noch lange nicht abtrete, aber man weiß ja nie. Das Leben hat so eine komische Art, einem ins Gesicht zu schlagen, wenn man am wenigsten damit rechnet.«

»Sag so etwas nicht!« rief India. »Du wirst noch lange bei uns sein.«

»Wollen wir es hoffen. So, und jetzt mal ernsthaft: Liebst du diesen Mann so sehr, daß du den Rest deines Lebens mit ihm verbringen willst?« Edwina klang streng.

India nickte, öffnete den Mund, um etwas zu sagen, und änderte dann ihre Meinung. Ganz still saß sie da und sah ihre Großmutter an.

»Du bist dir über *seine* Absichten nicht im klaren?«

»Du hast wie üblich recht, Großmutter«, gestand India bedrückt.

»Wenn du ihn willst, dann mußt du ihn dir holen! So geht das nun einmal. Die meisten Männer können sich nicht entschließen, wenn es um Frauen geht oder eine längerfristige Beziehung. Aber wenn du ihn liebst, mein Schatz, dann vertraue ich deinem Urteil. Ich weiß, daß er ein anständiger Mensch und ein Mann von Ehre sein muß, wenn du ihn dir ausgesucht hast.«

»Ja, das ist er. Zumindest glaube *ich* das.«

»So ... einer der Gründe, weshalb ich euch zum Essen eingeladen habe, ist, daß ich euch beiden ein Geschenk machen möchte.« Edwina stand auf. »Folgt mir, Mädchen«, befahl sie und marschierte in die Eingangshalle. Majestätisch schwebte sie durch das Foyer und in die Bibliothek. India und Tessa folgten ihr und wechselten verblüffte Blicke.

Edwina zog einen Schlüssel aus ihrer Tasche, setzte sich hinter einen riesigen georgianischen Schreibtisch, der vor dem Erkerfenster stand, und schloß eine der Schubladen auf.

»Steht nicht herum wie die Ölgötzen«, befahl sie scharf. »Setzt euch, alle beide. Auf das Sofa.«

Ohne ein Wort gehorchten sie; sie wußten, daß es klüger war, der Gräfin von Dunvale, die offensichtlich heute abend in Höchstform war, das Feld zu überlassen.

Kurz darauf, nachdem sie verschiedene Gegenstände aus der Schublade genommen hatte, winkte Edwina India und Tessa heran. »Kommt und helft mir, diese Sachen zum Couchtisch zu tragen«, sagte sie, stand auf und nahm selbst eine der Schachteln.

Die beiden jungen Frauen taten es ihr nach, und dann setzten sie sich alle drei. Edwina war sich ganz sicher, daß ihre Enkelin und ihre Großnichte von Neugier platzten; und sie lächelte, als sie daran dachte, welche Überraschung ihnen bevorstand.

Nun ja, es ist eine schöne Überraschung, dachte sie und wußte, daß sie die nächsten Minuten genießen würde. In letzter Zeit hatte sie, ehrlich gesagt, nicht viel Spaß gehabt. Adeles Entführung hatte sie beunruhigt, und dann, kurz danach, noch der Messerangriff auf Russell Rhodes, den sie zufällig unter allen lebenden Malern am meisten schätzte.

Ihre Herzensmädchen hatten zu ihrem großen Kummer in letzter Zeit allerhand einstecken müssen. Sie liebte sie beide und wünschte sich nichts mehr, als sie beschützen zu können. Und nun wollte sie ihnen auf eine sehr reale Weise ihre Liebe beweisen.

Edwina richtete sich auf, strich über ihre Knie und glättete ihr purpurfarbenes Seidenkleid. Dann sah sie Tessa an.

»Du bist ein paar Jahre älter als India«, begann sie gemessen, »deswegen werde ich zuerst mit dir reden. Deine Urgroßmutter Emma Harte war eine ganz außerordentliche Frau, und alles, was du bist, alles, was du auf dieser Welt besitzt, das schuldest du ihr, ihrer Brillanz als Geschäftsfrau und Unternehmerin, ihrem Durchhaltevermögen, ihrer harten Arbeit und ihrem Erfolgswillen. Und ihrem Weitblick natürlich. Das darfst du nie vergessen, Tessa. So, aber jetzt zu etwas anderem ... Vor vielen, vielen Jahren machte meine Mutter mir ein Geschenk. Sie wußte, daß es von großer Bedeutung für mich sein würde, weil ich mich damals für eine richtige Fairley hielt, obwohl ich unehelich zur Welt gekommen war. Ich war auch eine Harte, aber zu dieser Zeit war ich ein ziemlicher Snob und sah mich gern als eine Fairley und Aristokratin. Als ob so etwas auf lange Sicht eine Bedeutung hätte. Wer gibt heute schon noch etwas auf blaues Blut?«

Edwina betrachtete die Gegenstände auf dem Couchtisch, stieß einen langen Seufzer aus, als erinnere sie sich an längst vergangene Zeiten, und sprach leise weiter. »Es war ein Weihnachtsgeschenk. Emma wußte, daß ich seine Bedeutung erkennen würde, weil es einmal meiner Großmutter Adele Fairley gehört hatte.«

Sie griff nach einer uralten schwarzen Lederschatulle, öffnete sie und legte sie zurück auf den Couchtisch.

Tessa und India keuchten auf und beugten sich dann vor, um besser zu sehen.

Auf dem schwarzen Samt im Inneren der abgeschabten runden Schachtel ruhte die herrlichste Diamanthalskette, die sie jemals gesehen hatten. Sie hatte eine spitz zulaufende Form, fiel beinahe wie ein Halstuch und war aus Hunderten von Diamanten gearbeitet. Im Licht der Lampen glitzerten sie wie weißes Feuer, ein herrlicher Anblick.

Die beiden jungen Frauen sahen zu Edwina auf, die sie gedankenverloren musterte. India ergriff als erste das Wort. »Die Kette ist einfach überwältigend, Grandma, aber wie ist sie in Emmas Besitz gelangt, wenn sie einmal Adele Fairley gehört hat?«

»Meine Mutter hat die Kette viele Jahre, bevor sie sie mir schenkte, bei einer Auktion in London erworben, bei der Adeles Schmuck versteigert wurde. Sie hat damals die gesamte Sammlung gekauft.«

»Warum wohl der Schmuck versteigert wurde?« überlegte India laut.

»Weil Gerald Fairley Geld brauchte, um seinen Betrieb weiterzuführen, und er hatte die Schmucksammlung seiner Mutter von seinem Vater geerbt.«

»Also hat Gerald sie zum Verkauf angeboten, und Emma hat sie erworben«, stellte Tessa fest.

»Ja. Ich glaube, sie sah die Ironie des Ganzen, so wie nur sie das mit ihrem großartigen Sinn für Humor vermochte. Diese Kette war Adeles Lieblingsstück gewesen, und als Emma ein kleines Dienstmädchen auf Fairley Hall war, gehörte es zu ihren Aufgaben ihrer Herrin diese Kette um den Hals zu legen. Jahre später gehörte sie ihr. Welch eine Umkehrung der Verhältnisse, was, Mädchen?«

»Allerdings«, meinte India. »Mochte Emma die Kette denn genauso gern?«

»Oh, sie hat sie nie getragen. Merkwürdigerweise hat sie nach Adele niemand mehr angelegt, bis meine Mutter sie mir geschenkt hat. Ich habe sie ein paarmal getragen, und jetzt schenke ich sie dir, Tessa.«

»Das kann ich nicht annehmen, Großtante Edwina! Die Kette sollte an India gehen, sie ist deine Enkelin. Danke, aber ...«

»Nein, danke ... meinst du das?« fragte Edwina.

»Absolut.«

»Nein, Tessa!« rief India aus. »Großmutter sollte damit so verfahren, wie sie möchte, und sie will, daß du sie bekommst ... Du mußt tun, was du für richtig hältst«, setzte sie, an Edwina gewandt, vollkommen aufrichtig und neidlos hinzu.

»Ich habe einen guten Grund dafür, sie Tessa zu geben«, erklärte Edwina und blickte zwischen den beiden jungen Frauen hin und her. »Jim Fairley war ein *legitimer* Sproß des Hauses Fairley, der Enkel von Edwin, und er war dein Vater, Tessa. Daher finde ich, daß Adeles Kette dir gehören sollte. Und es gibt noch einen anderen Grund ... Deine Mutter hat

Emma sehr nahegestanden. Emma hätte ihre Kette also ganz leicht irgendwann Paula schenken können und nicht mir. Aber sie hat es nicht getan.«

»Aber ich …«

Edwina hob abwehrend die Hand. »Bitte widersprich mir nicht, Tessa, Liebes. Dies ist mein Geschenk an dich, weil du die bist, die du bist, nämlich eine echte Fairley durch deinen Vater. Aber du darfst nie vergessen, daß du auch eine Harte bist, Tessa. Niemals. Ich habe das einmal getan und mein Leben lang bereut. Ich liebe dich, und die Kette gehört dir.«

»Danke«, sagte Tessa mit zitternder Stimme. Sie versuchte zu schlucken, doch plötzlich war ihre Kehle wie zugeschnürt, und sie mußte die Tränen wegblinzeln.

»Und nun zu dir, meine Schöne«, fuhr Edwina fort und sah ihre Enkelin an. »Auch der andere Schmuck in diesen alten Etuis hat Adele gehört. Es handelt sich um die gesamte Sammlung, die Emma vor vielen Jahren auf dieser Auktion gekauft hat. Sie hat sie mir in ihrem Testament vermacht. Du kannst dir aussuchen, was du möchtest, India, aber ich dachte, das hier würde dir vielleicht gefallen.« Edwina beugte sich über den Tisch, griff nach einer großen, mit rotem Leder bezogenen Schachtel und öffnete sie.

Wieder rissen die beiden jungen Frauen staunend die Augen auf und sahen zuerst einander und dann die alte Gräfin an.

»Das soll für mich sein, Grandma?« flüsterte India staunend.

»Wenn du es willst, meine Liebe.«

India brachte kein Wort heraus. Sie beugte sich über den Tisch und nahm das Halsband hoch. Es war vollständig aus Perlen gefertigt und sehr breit, wie es zur Zeit Edwards VII. Mode gewesen war. Im Zentrum befand sich ein riesiger Saphir, der von fünf Reihen Diamanten im Rosenschliff umgeben war. Das ganze Mittelstück war oval. Wie die Diamantkette war das Halsband ein wahrhaft herrliches Stück.

»Ich dachte, das würde zu dir passen, India, da du einen langen Schwanenhals hast. In einer anderen Schachtel findest du die passenden Saphirohrringe. Ach, und Tessa, da sind auch tropfenförmige Diamantohrringe, die zu deiner Kette gehören. Kramt ruhig ein bißchen in den kleineren Schachteln herum und sucht sie.« Lächelnd lehnte Edwina sich zurück.

»Soll das wirklich für mich sein, Grandma?« fragte India. Ihre Stimme bebte leicht.

»Aber ja, mein Schatz, weil ich dich sehr liebe. Auch du bist über mich mit den Fairleys verwandt und sollst etwas haben, das deiner Ururgroßmutter gehört hat.«

»Danke, tausendmal danke«, rief India, legte das Perlenhalsband zurück in seine Schachtel und umarmte ihre Großmutter. Tränen standen ihr in den Augen.

Tessa folgte ihrem Beispiel und gab ihrer Tante einen Kuß. Edwina begann zu lachen. Es hatte ihr große Freude bereitet, ihre Überraschung, ihre Begeisterung und ihre offensichtliche Dankbarkeit zu beobachten. »Da drüben hängt ein Spiegel. Probiert sie doch mal an, Mädchen.«

India, die ein schwarzes Kleid mit einem runden, halsfernen Ausschnitt trug, stellte fest, daß das Halsband ausgezeichnet paßte. Sie drehte sich zu ihrer Großmutter um. »Wie sieht es aus? Es ist so wunderschön, nicht?«

»Es steht dir ausgezeichnet, India. Ich habe vollkommen richtig gelegen, als ich es für dich ausgesucht habe. Komm her und laß dich richtig ansehen.«

India stellte sich vor Edwina, die beifällig nickte. »An deinem schlanken Hals sieht es absolut perfekt aus, meine Liebe.«

»Nochmals danke, Großmutter. Du bist so großzügig.«

»Ich habe Probleme mit dieser Kette«, rief Tessa über die Schulter. »Irgendwie fällt sie nicht richtig.«

India lief zu ihr und öffnete den Reißverschluß auf dem Rücken von Tessas weißem Kleid ein Stück. »Zieh das Kleid ein wenig herunter, so daß die Schultern frei sind, dann müßte die Kette richtig sitzen.« Tessa tat, was ihre Cousine ihr geraten hatte, und ging dann ebenfalls zu Edwina.

»Was meinst du, Großtante Edwina? Steht sie mir?«

Edwina nickte, und unerwartet wurden ihre Augen feucht. »Also, ihr beiden seht auf einmal aus wie ätherische Wesen aus einer längst vergangenen Zeit, und wißt ihr was, ihr seht Adele ähnlicher als je zuvor. Euer blondes Haar und die silbergrauen Augen ...« Edwina kramte nach einem Taschentuch und putzte sich die Nase. Doch sie nahm sich rasch zusammen. »Dieser Schmuck ist meine Hinterlassenschaft an euch beide«, fuhr sie in nüchternerem Ton fort, »und den Rest von Adeles Sammlung werde ich deiner Mutter vermachen, India. Sally soll den Großteil erben, aber ich werde auch Paula bedenken.«

Edwina erhob sich. »Laßt uns zum Abendessen gehen«, meinte sie gelassen. »Jetzt habe ich doch ziemlichen Hunger bekommen.«

»In Ordnung, Großmutter«, pflichtete India ihr bei. »Aber vielleicht sollten wir die anderen Lederetuis wegschließen?«

»Gute Idee«, meinte Tessa, nahm die Diamantkette ab und legte sie in die Schachtel. Dann schloß sie ihr Kleid wieder. Plötzlich warf sie India einen vielsagenden Blick zu und wandte sich an Edwina. »Hast du denn keinen Safe hier, Großtante?«

»Du glaubst doch nicht, daß ich diesen unbezahlbaren Kram einfach herumliegen lasse, du dummes Mädchen? Jack Figg würde mir die Ohren abschneiden und sie sich zum Frühstück braten.«

Tessa und India kicherten los. »Wer hat Jack zu dir geschickt?« fragte India.

»Gideon Harte, wer sonst? Er hatte schon immer eine Schwäche für mich. Aber Jack war hocherfreut zu hören, daß ich drei Safes besitze. Einen für Dokumente, einen für

Schmuck und einen für das Tafelsilber. Er war zutiefst beeindruckt.«

»Darauf wette ich.« Tessa lachte.

»Ach, Grandma, du bist einfach die Beste«, meinte India und machte sich daran, die Schachteln zum Schreibtisch zu tragen. Tessa half ihr.

Mit freudestrahlendem Gesicht sah Edwina ihren beiden Mädchen zu.

16

Prachtvolle Ölgemälde beherrschten die Wände des Salons auf Willows Hall – Landschaften, die Dusty zu Beginn seiner Karriere gemalt hatte. Vor jedem blieb India einige Minuten stehen, betrachtete es aufmerksam und ging dann zum nächsten weiter. Insgesamt waren es vier Bilder, eines auf jeder Schmalseite und zwei an der Längswand, die von Glastüren, über die man auf die Terrasse und in die Gärten gelangte, unterbrochen wurde.

Sie liebte diese Landschaften mit ihren üppigen, dunklen Grüntönen und dem blassen Himmelblau. Sie wirkten lichterfüllt und strahlend. Dustys Himmel erinnerten sie an das Gemälde von Turner, das auf Pennistone Royal hing. Sie wußte, wie schwierig es war, Licht auf der Leinwand einzufangen. Dusty war das hier vollkommen gelungen, und er beherrschte diese Kunst noch immer. Sie bewunderte den klassisch-realistischen Stil, in dem er malte, besonders, nachdem er ihr einmal erklärt hatte, wie schwer er zu meistern war. »Landschaften und Menschen genau so abzubilden, wie man sie sieht, ist nicht so einfach«, hatte er erläutert. Sie hatte verständnisvoll genickt. Gern hätte sie ihm gesagt, wie sehr seine Bilder von englischen Landschaften den klassischen Gemälden von Constable ähnelten. Doch sie hatte nicht gewollt, daß er glaubte, sie verdächtige ihn der Nachahmung, was natürlich nicht der Fall war. In solchen Dingen konnte er empfindlich sein.

Über dem Kamin aus elegant behauenem weißen Marmor hing ein fünftes Bild, ein Porträt einer schönen Dame, die Kleider aus der georgianischen Epoche trug. Es sah aus, als wäre es um siebzehnhundert gemalt, aber Dustys kleine Initialen in der rechten unteren Ecke bewiesen das Gegenteil. Das Gemälde erinnerte an George Romneys berühmtes Porträt der Lady Hamilton, das in der Frick Collection in New York hing. Ihr Mädchenname war Emma Hart gewesen, ohne »e« am Ende. Wegen dieses seltsamen Zufalls hatte India sich schon immer für Lady Hamilton interessiert, die Geliebte von Lord Nelson.

Sie setzte sich auf das Sofa, das gegenüber dem Kamin stand, und sah zu dem Porträt der jungen Frau auf. Doch ihre Gedanken galten nicht dem Kunstwerk, sondern dem Künstler.

Heute morgen war sie zum Krankenhaus in Harrogate gefahren, hatte Dusty abgeholt und ihn nach Hause gebracht. Nach einem leichten Mittagessen, das Angelina, seine Haushälterin, gekocht hatte, war Dusty in sein Atelier gegangen. »Um mich wieder einzuleben«, hatte er erklärt, »und um die Kobolde zu vertreiben.«

Er hatte ihr nicht zu sagen brauchen, daß er allein gehen wollte; dafür hatte sie Verständnis. Überhaupt war es eine von Indias großen Gaben, die Stimmungen anderer wahrzunehmen, andere Menschen zu verstehen und sogar ihre Reaktionen vorauszuahnen, sich in sie hineinzufühlen.

Sie hörte Schritte auf dem Marmorboden der Eingangshalle und wandte den Kopf zu den offenstehenden Türen aus schönem Nußbaumholz. Bei dem Gedanken, daß es Dusty war, leuchtete ihr Gesicht auf, doch ihr Lächeln wurde etwas verhaltener, als Paddy Whitaker in Sicht kam.

»Störe ich Sie, Lady India?« fragte er von der Tür aus. Seine Umgangsformen waren makellos wie immer.

»Nein, nein, Paddy«, antwortete sie. »Ich habe nur hier gesessen und das Porträt über dem Kamin bewundert.«

»Ja, das Bild ist sehr hübsch«, pflichtete er ihr bei und trat in den Salon. »Mr. Rhodes läßt fragen, ob Sie ins Atelier kommen würden. Er hat mich eben über die Gegensprechanlage in der Geschirrkammer angerufen. Verstehen Sie, im Salon haben wir keine.«

»Natürlich«, gab sie zurück.

»Ich hatte noch gar keine Gelegenheit, mich dafür zu bedanken, daß Sie den Kontakt zu Jack Figg hergestellt haben«, sagte Paddy. »Er ist nach Willows Hall gekommen, um sich ein Bild zu machen, und hat dann ein Expertenteam geschickt. Bemerkenswerte Burschen. Wissen Sie, ich habe Mr. Rhodes schon lange in den Ohren gelegen, er solle die Sicherheitsvorkehrungen hier modernisieren. Bei uns kann jeder ein und aus gehen, wie er will. Jedenfalls bisher. Jetzt ist es schon viel besser.« Der Hausmanager sah ihr direkt in die Augen. »Sie haben Mr. Rhodes das Leben gerettet, und dafür sind wir alle dankbar, sehr dankbar.«

Als sie ins Atelier trat, stand Dusty Rhodes neben der Staffelei. Jetzt kam er auf sie zu, streckte ihr die Hände entgegen und lächelte breit. »Hier drinnen ist alles in Ordnung, India. Alles klar. Keine Kobolde und auch keine schlechten Schwingungen.«

Sie nahm seine Hände, erwiderte sein Lächeln und ließ zu, daß er sie an sich zog. Dusty schmiegte sich an sie. »Danke«, flüsterte er an ihrer Wange. Dann trat er zurück und sah ihr ins Gesicht. »Du hattest eine schwere Zeit, und das tut mir leid.«

»Du brauchst dich doch nicht zu entschuldigen, Dusty! Es ist einfach passiert, und Gott sei Dank geht es dir wieder gut. Du fühlst dich doch wohl, oder?«

»Aber ja. Und du?« fragte er behutsam.

»Absolut. Mir geht es gut … solange es dir gutgeht.«

»Ich hatte befürchtet, ich würde mich hier vielleicht beklommen fühlen, aber dem ist nicht so. Dann kann ich also morgen beruhigt wieder an die Arbeit gehen, India, meine Liebste.«

»Bist du dir ganz sicher?«

»Oh ja, sehr sicher. Außerdem male ich mit der rechten Hand, nicht mit der linken.«

Sie nickte, ging quer durch das Atelier und setzte sich in einen der Sessel.

Dusty stand noch einen Moment bei der Staffelei, dann folgte er ihr, ließ sich in den anderen Sessel fallen und streckte die Beine aus. Ein kurzes Schweigen trat ein. »Bis jetzt habe ich mich nicht in der Lage gefühlt, über den Überfall zu reden«, begann er. »Dabei weiß ich, daß du darauf brennst, darüber zu sprechen.«

»Das möchte ich allerdings, Dusty, unbedingt.«

»An dem Tag, an dem es passiert ist, ging es natürlich nicht; und seither war ich nicht in der Verfassung dazu. Aber jetzt fühle ich mich gut. Das Wichtigste vorweg, India: Ich kenne sie ... die Frau, die auf mich eingestochen hat.«

India nickte nur.

»Wir hatten einmal eine Beziehung, aber nur kurz. Sie ist drogensüchtig und sehr selbstzerstörerisch, und um ehrlich zu sein, konnte sie einfach nicht die Finger vom Heroin lassen, obwohl ich nach Kräften versucht habe, ihr zu helfen. Als ihre Mutter mich vor etwa sechs Monaten anrief, hatte ich sie seit einem Jahr nicht gesehen. Melinda, so heißt sie, ging es ziemlich schlecht, und ihre Mutter wollte, daß ich ihr half, sie in einer Klinik unterzubringen. Ich habe mein Bestes getan, um die richtige Klinik zu finden, und glücklicherweise war sie damit einverstanden, sich einer Entgiftung zu unterziehen. Ich war der Meinung, alles verlaufe gut – bis sie hier auftauchte und dann die Nerven verlor, als sie dich sah.«

»Sie empfindet wohl noch etwas für dich«, meinte India und sah ihm forschend in die Augen.

»Keine Ahnung, kann schon sein. Und ich habe nicht die

geringste Vorstellung, wie es ihr gelungen ist, die Klinik zu verlassen«, antwortete er leicht verlegen.

»Ist sie jetzt wieder dort?« hakte India nach.

»Ja. Ihre Mutter ist ein guter Mensch; sie hat Melinda innerhalb eines Tages gefunden und davon überzeugt, in die Klinik zurückzukehren. Sie hat sich wieder in die Behandlung von Dr. Jeffers begeben.«

»Kann ihr Zustand sich bessern, Dusty?«

»Wenn sie will und wenn sie daran arbeitet. Ich hoffe es, um ihretwillen.«

»Ich ebenfalls.« India räusperte sich und sah ihn noch einmal unverwandt an. »Du hast sie doch nicht angezeigt, oder?«

»Wie könnte ich? India, sie war an diesem Tag nicht ganz bei sich! Ich bin überzeugt davon, daß sie sich irgendwelche Drogen verschafft hat. Außerdem weißt du ganz genau, daß sie auf das Bild losgegangen ist, nicht auf mich.«

»Ja, das weiß ich«, sagte sie sanft und biß sich auf die Lippen. »Ich finde, das hast du richtig gemacht«, setzte sie leise hinzu.

Dusty sah sie aufmerksam an und wagte kaum zu atmen. Er war sich ihrer besorgten Miene bewußt, des matten Tons, in dem sie sprach. Er hoffte, sie werde ihm nicht als nächstes sagen, daß sie ihn verlassen würde. Denn er wollte, daß sie blieb, daß sie sein Leben mit ihm teilte. Schon im Krankenhaus war ihm das klargeworden, aber jetzt begriff er erst richtig, wie wichtig sie für ihn geworden war. Er beugte sich zu ihrem Sessel herüber und nahm ihre Hand. »Es wäre wirklich keine gute Idee gewesen, sic vor Gericht zu zerren, Liebling.«

»Natürlich, und ich weiß auch, daß der Messerstich ein Unfall war.« India schluckte. »Hast du denn das Gefühl, daß sie dich weiter verfolgen wird? Sie könnte dir das Leben zur Hölle machen.«

»Und dir auch. Darauf willst du doch hinaus, oder?«

»Ja. Ich mache mir Sorgen um uns beide, Dusty.«

»Sie wird noch lange in der Klinik bleiben müssen. Außerdem kann in Zukunft dank eures Jack Figg weder sie noch sonst jemand unentdeckt auf das Anwesen gelangen. Die Überwachung ist lückenlos.«

India begann zu lachen. »Der arme Jack ist einmal für Linnet in die Bresche gesprungen, und seitdem ist er zum Sicherheitsexperten für die ganze Familie aufgerückt, und für dich ebenfalls. Du meine Güte, wahrscheinlich verflucht er uns heimlich schon alle!«

Dusty hörte ihr Lachen, sah ihre plötzlich heitere Miene und fühlte, wie ihm gleich leichter ums Herz wurde. Zwischen India und ihm würde alles in Ordnung kommen, das spürte er jetzt. Er wollte sie irgendwie erfreuen. »Wie war das vorhin gleich noch?« fragte er daher. »Ich soll zum Dinner bei deiner Großmutter erscheinen?«

»Würdest du denn mitkommen?«

»So, wie du erzählst, muß sie eine beherzte Lady sein. Genau mein Typ, meinst du nicht?«

»Das ist sie. Und sie wird begeistert sein. Sie möchte gern, daß wir zum Abendessen kommen, sobald du dich danach fühlst. Sie wohnt nicht weit entfernt, zwischen Harrogate und Knaresborough. Kann ich ihr zusagen? Vielleicht für das Wochenende?«

»Du kannst ihr zusagen«, antwortete er und stand lächelnd auf. »Komm, laß uns wieder ins Haus gehen.«

Hand in Hand verließen sie das Atelier. Ihre Großmutter würde sich schrecklich freuen, Dusty kennenzulernen, dachte India.

Dusty ging etwas ganz anderes durch den Kopf. Was für ein Feigling er gewesen war, India nicht zu gestehen, daß er ein Kind mit Melinda hatte. Er hoffte zu Gott, daß die Presse nicht zuerst Wind davon bekam und die Geschichte zu schreienden Schlagzeilen verarbeitete.

Klopf auf Holz, Rhodes, sagte er sich. *Klopf auf Holz.*

»Also, diese Suite gefällt mir wirklich«, bemerkte Lorne in seiner wohlklingenden Stimme. Er durchquerte den großen Wohnraum und öffnete die Tür am anderen Ende. »Schau doch, Tessa, hier ist noch ein Schlafzimmer. Da ist unser Vater aber wirklich großzügig gewesen, Schatz.« Er drehte sich zu seiner Zwillingsschwester um. »Als ich Dad kürzlich in New York angerufen habe, sagte er, er wolle dafür sorgen, daß wir eine schöne Suite bekommen, die groß genug für uns beide ist. Er verwöhnt uns wirklich.«

»Das kannst du laut sagen«, fiel Tessa ein und sah sich in dem elegant möblierten Wohnzimmer um. Sie waren im Pariser Haus der O'Neill-Hotelkette in der Avenue Montaigne abgestiegen. »Und wie schön, daß man direkt auf den Eiffelturm blickt.«

Sie lief zu ihrem Bruder und umarmte ihn spontan. »Ich bin froh, daß ich mitgekommen bin, Lorne. Danke, daß du nicht lockergelassen hast. Ich war so niedergeschlagen, aber du hattest ganz recht, dieser Ausflug wird mich ganz bestimmt aufheitern.«

»Jedenfalls wenn du dich entspannst und dir nicht ständig Gedanken um Adele machst. Bei Elvira und Linnet auf Pennistone Royal ist sie gut aufgehoben, und Evan ist doch auch da, oder?«

»Ja, sie hat mit India in der Filiale in Leeds gearbeitet, aber ich vermute, daß India momentan eher bei Dusty Rhodes ist und nicht auf Pennistone Royal. Aber Gideon und Julian kommen zum Wochenende, um Evan und Linnet zu besuchen. Linnet hat mir erzählt, daß sie morgen abend eintreffen. Also bin ich ganz beruhigt, ehrlich. So, welches Schlafzimmer möchtest du?«

Lorne sah über seine Schulter zurück in das Zimmer, das er gerade entdeckt hatte. »Ich finde, dieser Raum ist irgendwie femininer und außerdem größer. Nimm du doch dieses Zimmer, Tessa, und ich ziehe in das andere.«

An der Tür klopfte es, und Lorne öffnete. Er ließ den Pagen mit ihrem Gepäck ein, erklärte ihm, wohin die einzelnen Koffer gehörten, und gab ihm ein Trinkgeld.

»So, Tessa, mein Liebling«, sagte Lorne, als er wieder allein mit seiner Schwester war, »jetzt möchte ich, daß du dich richtig nett zurechtmachst. Wir haben heute abend etwas Besonderes vor.«

»Ach, tatsächlich? Wohin gehen wir? Davon hast du im Flieger aber nichts gesagt.«

»Ich dachte, es wäre eine nette Überraschung. Zuerst gehen wir zu einer Lesung – nun ja, mehr eine Kombination aus Cocktailparty und Signierstunde –, und nachher sind wir als Gäste des Autors zum Dinner eingeladen.«

»Und wer ist der Autor? Wahrscheinlich eine schöne Frau, so wie ich dich kenne, Brüderlein«, meinte Tessa und warf ihm einen vielsagenden Blick zu.

»Nein«, sagte Lorne kopfschüttelnd und strahlte sie schelmisch an. »Es ist Jean-Claude Deléon.«

Tessa runzelte die Stirn. »Du sagst das so, als müßte ich ihn kennen. Sollte ich das?«

»Du bist ihm einmal begegnet. Kurz. Bei einer meiner Premieren. Aber ich glaube, an diesem Abend hast du keine Notiz von ihm genommen. Du solltest ihn aber kennenlernen, Tessa, denn nach Bernhard-Henri Lévy ist er der berühmteste Intellektuelle Frankreichs.«

»Von dem habe ich auch noch nie gehört. Wer ist Bernhard-Henri Lévy?«

»Ach, Tessa, du bist wirklich eine Banausin. Lévy ist der bekannteste Intellektuelle Frankreichs, und beide sind sehr angesehen, richtige Berühmtheiten.«

»Ich glaube nicht, daß ich Lust auf diese Party habe. Absolut nicht mein Fall.«

»Natürlich, red keinen Unsinn. Außerdem ist das eine von diesen Partys zwischen sieben und neun. Wir lassen uns also um Viertel nach acht für eine Dreiviertelstunde blicken, und dann gehen wir mit ihm und einem kleinen Kreis von Freunden essen.«

»Sogar eine Dreiviertelstunde kommt mir noch zu lang vor. Kann ich nicht nur die letzten zehn Minuten kommen?«

»Nein, kannst du nicht«, entgegnete er scharf. »Es wird langsam Zeit, daß du wieder unter Leute gehst. Wir sind in Paris, und du hast versprochen, mich überallhin zu begleiten. Also gehen wir zu der Signierstunde. Um Viertel nach acht.«

»Schon gut, schon gut, nun reg dich nicht künstlich auf!«, rief sie aus und sah auf ihre Uhr. »Wir haben halb sieben, und in England ist es eine Stunde früher. Ich rufe jetzt Elvira und Adele an, und dann mache ich mich zurecht.«

»Ich möchte, daß du großartig und betörend aussiehst«, befahl Lorne und ging in sein Schlafzimmer, um sich ebenfalls für den Abend umzuziehen.

Eine Stunde später stand Tessa im Bad und betrachtete sich in den verspiegelten Wänden. Sie drehte sich hin und her und überlegte, ob sie die richtige Garderobe gewählt hatte. Vielleicht hätte sie etwas Eleganteres anziehen sollen. Lorne hatte ihr erzählt, daß Jean-Claude Deléon eine nationale Berühmtheit war und der Liebling der Kulturschickeria. Auf der Party würde es also vor kultivierten Schriftstellern und Intellektuellen nur so wimmeln, dazu die *beau monde* von Paris und auch Schauspieler. Und dafür war ihre Aufmachung, vorsichtig ausgedrückt, viel zu zurückhaltend.

Doch ihr Spiegelbild sagte ihr, daß sie hübsch aussah, und das gefiel ihr. Sie hatte sich schon ewig nicht mehr schön gefühlt. Lange hatten die Sorgen wegen ihrer Scheidung sie niedergedrückt, das Gefühl des Versagens, weil ihre Ehe gescheitert war. Und die Ängste, die sie bei Adeles Entführung ausgestanden hatte, waren nicht spurlos an ihr vorübergegangen.

Einer der Gründe, aus denen sie diese Kombination gewählt hatte, war das Wetter. Hier war es ebenso heiß wie in London, daher hatte sie sich für Rock und Top aus weißem Voile entschieden. Der dünne Stoff war so leicht, daß er kaum auf der Haut zu spüren war; der Rock, der kurz über ihren Knöcheln endete, war relativ weit und von schmalen Spitzenbordüren durchzogen, der gleichen Spitze, mit der auch der Saum abgesetzt war. Das ärmellose Oberteil hatte einen gerafften Ausschnitt, den sie sehr vorteilhaft fand. Ein weißer Ledergürtel umspannte ihre Taille und paßte zu ihren hochhackigen Sandalen, und als einzigen Schmuck trug sie ihre Uhr und Perlenohrringe.

Sie betrachtete sich noch einmal, entschied, daß sie ihr Bestes getan hatte, und ging zurück ins Schlafzimmer, wo sie eine kleine Lederhandtasche an sich nahm. Dann öffnete sie die Tür zum Wohnraum.

Lorne telefonierte und blickte auf, als sie die Tür öffnete. »Muß Schluß machen, Phil. Meine Verabredung ist gekommen. Bis morgen«, sagte er rasch und legte auf.

Mit langen Schritten strebte er auf sie zu und stieß einen leisen, galanten Pfiff aus. »Ich bin stolz auf dich, altes Mädchen! Du siehst verdammt gut aus.«

Tessa lachte. »Du siehst selbst nicht so übel aus, Lorne Fairley. Wie gut, daß du Schwarz trägst. Wir passen gut zusammen, findest du nicht?«

»Allerdings. Gott sei's gedankt, daß ich nicht meinen weißen Anzug angezogen habe. Wir hätten ausgesehen wie ein komisches altes Ehepaar.«

»Niemals«, konterte sie. »Wir beide würden zusammen niemals komisch aussehen, Lorne. Höchstens ich, aber nicht du, mein Goldstück.«

»Ach, du bist nur voreingenommen, weil du mit mir verwandt bist. Ich armer kleiner, berühmter Schauspieler«, meinte er in seiner üblichen selbstironischen Art und lachte. »Jetzt komm, ich möchte nicht später als Viertel nach acht dort sein.«

»Aber es ist noch früh, erst zwanzig vor acht …«

»Schon, aber der Verkehr ist hier noch dichter als in London«, unterbrach er sie. »Und wir müssen zum Faubourg Saint-Germain.«

»Dann komm, du Schnecke, machen wir uns auf den Weg«, sagte Tessa und eilte schon zur Tür der Suite. »Ich nehme doch an, du hast dafür gesorgt, daß uns ein Wagen zur Verfügung steht.«

»Natürlich haben wir einen Wagen, dummes Mädchen«, rief er aus, nahm ihren Arm und öffnete gleichzeitig mit ihr die Tür. »Ich bin ein sehr gut organisierter Mensch. Das Harte-Training, du weißt schon.«

Sie sah zu ihrem Bruder auf und begann zu lachen. Zum erstenmal seit langer Zeit fühlte sie sich glücklich. Froh, mit jemandem zusammenzusein, der sie so liebte wie Lorne, froh in Paris zu sein, einer Stadt, für die sie eine Schwäche hatte. Als sie klein waren, hatte ihre Mutter sie oft mit hergenommen, und seitdem hatten sie Paris regelmäßig besucht; oft auf dem Weg nach Südfrankreich, zur Villa Faviola, wo sie mehrmals im Jahr Urlaub machten. Im Aufzug überfiel sie plötzlich ein Gefühl großer Vorfreude, und sie fragte sich, was wohl der Grund sein mochte.

»Ich mag das siebte Arrondissement«, gestand Tessa, als sie im Wagen saßen und der Fahrer vor dem Hotel anfuhr. »Eigentlich habe ich schon oft gedacht, daß man eine Wohnung in diesem Viertel haben müßte. Oder sonst irgendwo am linken Seineufer, das wäre wunderbar. Ich habe diesen Teil von Paris immer geliebt und fühle mich dort zu Hause.«

Lorne warf ihr einen erstaunten Blick zu. »Überall rund um Saint-Germain kosten Immobilien ein kleines Vermögen«, rief er aus, »aber diese großen Stadthäuser sind auch sehr schön.«

»Ach, ich meine kein ganzes Haus, nur eine kleine Dachwohnung für meine Tochter und mich. Ein Schlupfwinkel, in den man sich ab und zu zurückziehen kann.«

»Warum eigentlich nicht?« murmelte er und fragte sich im stillen, ob sie es ernst meinte. »Mir gefällt dieses Viertel auch, weil es so eine wunderbare Mischung darstellt, eine Enklave für Aristokraten und ein Tummelplatz für Studenten, Künstler und Schriftsteller. Und abgesehen von den vielen historischen Bauwerken – Napoleons Grabmal, der Académie Française und dem Rodin-Museum –, befinden sich dort zwei der berühmtesten Stammlokale für Schriftsteller und Künstler, das Café aux Deux Magots und das Café de Flore, die ich beide liebe.«

»Ja, und dann noch all die Antiquitätenläden und Bistros und Kunstgalerien. Es wäre doch wunderbar, in diesem charmanten Viertel ein kleines Versteck zu haben.«

»Wenn dir das ernst ist, können wir uns ja in den nächsten paar Tagen ein paar Objekte ansehen. Dazu hätte ich richtig Lust«, bemerkte Lorne, doch er fragte sich immer noch, ob seine Schwester nur Tagträume spann.

»Vielleicht sollten wir das wirklich tun. Das wäre ein Spaß, ein kleines Abenteuer«, meinte Tessa. »Wann genau beginnt denn deine Arbeit?«

»Die Dreharbeiten starten am Montag, aber ich bin erst am Mittwoch dran. Warum?«

»Kein besonderer Grund; ich wußte es nur nicht genau. So, Lorne, und jetzt erzähl mir von Jean-Claude Deléon.«

»Hab ich doch schon.«

»Nicht richtig. Du hast nur gesagt, er sei bekannt, eine Berühmtheit, ein Intellektueller und ein guter Freund von dir. Erzähl mir etwas mehr über ihn, damit ich mir nicht vollkommen deplaziert vorkomme, wenn ich ihn kennenlerne.«

»Mal sehen ... Er ist Journalist und schreibt auch Bücher, und er hält Vorträge. Man betrachtet ihn als einen der großen französischen Denker von heute und als einen Philosophen, der gleich nach Bernard-Henri Lévy kommt. Er ist ein angenehmer Mensch, charmant, ein toller Bursche. Du wirst ihn mögen, und bestimmt wirst du den Abend genießen.«

»Woher kennst du ihn eigentlich?«

»Ich habe ihn vor ein paar Jahren getroffen, als ich zusammen mit Gideon, Toby, Onkel Winston und Dad in der Villa Faviola war. Weißt du noch, wir haben da so eine Art Männerwochenende veranstaltet. Einer von Tobys Freunden hat Jean-Claude mitgebracht, und wir haben uns gleich gut verstanden. Haben stundenlang über Theater und Film geredet. Wenn er in London ist, ruft er mich immer an, und wir treffen uns, sooft wir können.«

»Gibt es eine Madame Deléon?«

»Nein, und ich glaube, er ist auch nie verheiratet gewesen. Allerdings hat Jean-Claude einen gewissen Ruf … als ein Mann, der die Frauen liebt.«

»Oh, so jung ist er also?« fragte Tessa.

»Vielleicht neunundvierzig, fünfzig, genau weiß ich das nicht.«

»Und wo werden wir essen?«

»Ich habe keine Ahnung, Tessa, Liebes. Er hat nur gesagt: ›Bring deine Schwester zu der Lesung mit, und später geht ihr mit mir und ein paar Freunden etwas essen.‹ Ich weiß also genauso viel wie du.«

17

Er sah sie sofort, als sie hereinkam. Eine Vision in Weiß. Ätherisch, beinahe überirdisch. Er wandte unauffällig den Kopf, um sie besser zu erkennen. Sogleich wußte er, wer sie war: Tessa Fairley, Lornes Zwillingsschwester. Lorne hielt sie am Ellbogen und manövrierte sie durch die Menschentraube, die sich an der Tür versammelt hatte. Die beiden kamen auf ihn zu.

Er saß an dem *bureau* in der großen Eingangshalle des herrschaftlichen Stadthauses in Saint-Germain und signierte sein neues Buch. In diesem Moment allerdings hatte er die Autogrammstunde ganz vergessen. Er saß da und war gebannt von der Frau in Weiß, der schönsten Frau, die er je gesehen hatte.

Als sie näher kam, trafen sich ihre Blicke. Sie bemerkte, daß er sie unverwandt ansah, und schien den Bruchteil einer Sekunde zu zögern. Doch dann schritt sie weiter auf ihn zu und wandte den Blick nicht von ihm.

Das Stimmengewirr, das ihn umgab, verschwamm zu einem dumpfen Hintergrundgeräusch; alle anderen Menschen interessierten ihn nicht mehr, nur noch dieses Mädchen. Denn so erschien sie ihm, jung, frisch, unschuldig, ein wenig, als sei sie nicht von dieser Welt.

Plötzlich war er aufgesprungen, trat um den Schreibtisch herum und wartete auf sie.

»Jean-Claude, guten Abend«, begrüßte ihn Lorne, als die beiden vor ihm stehenblieben.

»Ah, Lorne, *quel plaisir de te voir.*«

Die Männer schüttelten sich die Hand. »Das ist meine Schwester Tessa«, fuhr Lorne fort und schob sie ein wenig nach vorn, auf Jean-Claude zu.

»*Enchanté*«, sagte er und wechselte dann ins Englische. »Ich freue mich, daß Sie kommen konnten.« Seine eigene Stimme klang ihm rauh, ja sogar krächzend in den Ohren.

»Sehr erfreut, Sie kennenzulernen, Monsieur Deléon«, antwortete Tessa mit einer klaren, hellen Stimme und bot ihm die Hand.

Er nahm sie und hielt sie fest. Sie lächelte ihm zu. Dieses Lächeln, ihre silbergrauen Augen, das helle, seidige Haar ... ihm blieb fast das Herz stehen. Sein Blick brannte sich in ihre Augen. Wie hypnotisiert standen die beiden da und schauten sich an.

»Ich glaube, ich muß dieses Idyll zerstören; die Leute starren euch beide schon an«, ließ Lorne sich mit einem leicht verlegenen Lachen vernehmen.

Jean-Claude blinzelte. »Entschuldigen Sie mich, ich muß weitersignieren«, murmelte er. Widerstrebend ließ er Tessas Hand los, lächelte ihr zu und trat wieder hinter den Schreibtisch. »Ich signiere auch zwei Bücher für euch, *mon ami*«, erklärte er, an Lorne gewandt. Er zog ein Exemplar zu sich heran, schrieb etwas hinein und reichte es Tessa.

»Danke«, sagte sie und schlug das Buch auf. Sie las die Widmung und warf ihm einen fragenden Blick zu.

Jean-Claude sah ihr tief in die Augen. Ein Schmunzeln umspielte seine Mundwinkel, als er ihre verblüffte Miene wahrnahm. »Du solltest Tessa unserer Gastgeberin vorstellen, Marie-Hélène; du hast sie einmal in meiner Gesellschaft kennengelernt. Sie ist im Salon. Ich muß hier weitermachen, aber anschließend gehen wir zusammen essen.«

»Danke für das Buch, Jean-Claude. Klingt großartig«, murmelte Lorne.

Jean-Claude nickte und sah sich um. Er hatte den Eindruck, daß alle Menschen, die sich um ihn gedrängt hatten, verschwunden waren, und er zuckte die Achseln und überlegte, ob er die Signierstunde nicht rascher beenden konnte. Aber nein ... da kamen sie schon, sobald sie gesehen hatte, daß er wieder allein war. Seine Freunde und Bekannten umringten von neuem den Schreibtisch und wollten das Buch, wollten seine Widmung, und so lächelte er und signierte und wünschte sich, er wäre allein mit der jungen Frau, die seinen Blicken inzwischen entschwunden war. Später, dachte er, später sehe ich sie ja wieder.

Lorne hatte Tessa durch das Marmorfoyer geführt, zwischen den Wandteppichen, Kristallkronleuchtern und dem eleganten Mobiliar hindurch. »Meine Güte, was war denn das?« flüsterte er, nachdem sie weit genug von Jean-Claude entfernt waren.

»Ich habe keine Ahnung«, flüsterte Tessa, aber bei sich dachte sie: Ich bin dem Schicksal begegnet. Ich habe den Mann getroffen, der meine Bestimmung ist. So bizarr dieser Gedanke auch zu sein schien, sie wußte, daß sie sich nicht irrte. Eine seltsame Ruhe senkte sich über sie herab wie ein weicher, transparenter Schleier. Und ihr Herz schwieg mit einemmal vollkommen still. Tessa dachte an die Worte, die er in ihr Buch geschrieben hatte, und plötzlich wußte sie, was sie bedeuteten. Er empfand genau wie sie. *Natürlich.* Aber hatte sie das nicht bereits gewußt, bevor sie die Widmung gelesen hatte? Sie hatte es in seinem Gesicht gesehen ... und in seinen Augen. Darin hatte sich exakt widergespiegelt, was sie selbst empfand.

»Du bist plötzlich so ruhig geworden«, meinte Lorne und erforschte ihre Miene. »Fühlst du dich auch wohl?«

»Wunderbar«, antwortete sie und lächelte ihm verhalten, aber liebevoll zu.

»Dann werde ich dir jetzt die Gastgeberin vorstellen.«

»Wer ist eigentlich diese Marie-Hélène?«

»Sie ist eine Dame der Gesellschaft und mit einem französischen Industriellen verheiratet, Alain Charpentier. Die beiden sind alte Freunde von Jean-Claude. Ich glaube, die zwei kommen auch mit zum Essen, zusammen mit einem anderen Paar, und außerdem hat Jean-Claude seinen Verleger eingeladen. Wir werden zu acht sein.«

»Er hat erwähnt, daß du Marie-Hélène schon begegnet bist, aber kennst du jemand von den anderen?«

»Ich habe Alain, ihren Mann, und Jean-Claudes Verleger, Michel Longeval, schon mehrmals getroffen, aber das andere Paar kenne ich nicht. Ohnehin werden wir es bald herausfinden. So, da drüben am Kamin steht Marie-Hélène. Laß uns hingehen und sie begrüßen.«

Kurz darauf schüttelte Tessa die Hand einer der schicksten Frauen, die sie je gesehen hatte, ihre Mutter eingeschlossen. Sie strahlte diese Art von Eleganz aus, die nur Französinnen zu erlangen wissen. Marie-Hélène, eine schmale, mittelgroße Blondine unbestimmbaren Alters, trug ein einfaches, ärmelloses schwarzes Futteralkleid mit rundem Halsausschnitt, offensichtlich ein exklusives Modell. An ihren Ohren funkelten diamantbesetzte Perlenstecker, und um ihren Hals lag eine einfache Reihe großer Perlen, Südseeperlen. Also, die von Großtante Edwina sind schöner, dachte Tessa und mußte bei der Vorstellung lächeln. Plötzlich fragte sie sich, was Edwina wohl von Jean-Claude Deléon halten würde.

Ihre Gastgeberin war der Charme in Person und plauderte angeregt mit Lorne und Tessa, während sie alle ihren Dom Pérignon tranken. Lorne bestritt den größten Teil der Unterhaltung und flirtete, wie Tessa am Rande bemerkte, dezent mit der Dame, die bei näherem Hinsehen über fünfzig sein mußte.

Tessa selbst nickte gelegentlich und steuerte ab und zu eine Bemerkung bei, doch mit den Gedanken war sie anderswo. Sie dachte nur an den Mann, der im Foyer saß und sein neuestes Buch signierte.

Jean-Claude setzte sich zum Fahrer nach vorn, während Lorne, der Verleger und Tessa auf dem Rücksitz Platz nahmen.

Alain und Marie-Hélène waren mit dem anderen Paar zum Restaurant unterwegs. Sie hießen Natalie und Arnaud; ihren Familiennamen hatte Tessa nicht mitbekommen, aber sie hatte sie sehr sympathisch gefunden, als man sie einander vorgestellt hatte.

Jean-Claudes Hinterkopf befand sich direkt in Tessas Blickfeld, und ihr fiel auf, daß er sehr wohlgeformt war. Und er hatte schönes Haar. Plötzlich, als hätte er ihren Blick gespürt, sah er über die Schulter und schaute sie an. Und sie erwiderte seinen Blick. Ohne ein Wort drehte er sich dann abrupt wieder um und sah geradeaus durch die Windschutzscheibe. Er schwieg auf der gesamten Fahrt zum Restaurant.

Auch Tessa saß ganz still da, sagte nichts, sondern dachte nur an ihn, fragte sich, was da gerade mit ihr geschah. Und warum ausgerechnet jetzt? Mit halbem Ohr hörte sie zu, wie Lorne und Michel über einen alten französischen Film sprachen, den sie beide liebten – *Belle de jour* –, aber vor allem dachte sie über Jean-Claude Deléon nach und ließ immer wieder ihre Begegnung vor über einer Stunde vor ihrem inneren Auge ablaufen. War tatsächlich erst eine Stunde vergangen? Sie hatte das Gefühl, ihn schon immer gekannt zu haben … was für eine merkwürdige Empfindung …

Da war sie ganz ohne Hintergedanken mit Lorne zu dieser Lesung in das große Stadthaus – *hôtel particulier*, wie man hier sagte – gegangen. Ihr Bruder hatte ihr nicht viel über seinen alten Freund erzählt, daher hatte sie nicht gewußt, was sie erwartete. Doch zu ihrem großen Erstaunen hatte Jean-Claude Deléon sie vom ersten Moment an fasziniert.

Er war leicht zusammengezuckt, als er sie erblickt hatte, und dann hatten sich ihre Blicke verschränkt. Sie hatte sich sofort zu ihm hingezogen gefühlt. Vielleicht lag es an seinen unwiderstehlichen Augen. Sie waren von einem dunklen Bernsteinton und lagen tief unter wohlgeformten Brauen von der Farbe seines dunklen Haars. Sein Gesicht war markant – kräftiger Kiefer, breite Stirn, Adlernase, sinnlicher Mund und eine volle Unterlippe. Tessa hatte keine Ahnung, wie alt er war – um einiges älter als sie bestimmt, aber das machte ihr nichts aus. Sofort hatte sie sich von seiner starken männlichen Ausstrahlung angezogen gefühlt.

Plötzlich war sie innerlich erbebt. Sie hatte seinen durchdringenden Blick kühn erwidert und dann die Augen nicht mehr abwenden können. Als sie einander die Hand schüttelten, hatte er nicht mehr losgelassen, und sie hatte nichts dagegen gehabt. Sie hatten einfach dagestanden, die Welt um sich vergessen und einander angesehen. Sie hatte seine unwiderstehliche erotische Anziehung gespürt. Doch die Spannung zwischen ihnen ging weit über das rein Körperliche hinaus. Sie hatte das Gefühl, als könne er tief in ihre Seele hineinsehen, ihr wahres Ich erkennen, und noch etwas hatte sie verstanden ... daß sie in diesem Moment einen unausgesprochenen Pakt miteinander geschlossen hatten.

Jetzt, auf dem Rücksitz des Wagens, überfiel sie ein unwillkürliches Zittern. Sie hatte das Gefühl, als sei bereits alles entschieden. Das Schicksal hatte sie zusammengeführt.

Sie fuhren zu Taillevent in der Rue Lamennais, ein Restaurant, in dem Tessa schon gegessen hatte, das sie aber nicht gut kannte. Es war seit Mitte Juli geschlossen gewesen – Sommerpause – und hatte erst kürzlich wieder eröffnet, so daß die Stammgäste mit aufgeregten Bekundungen von Wiedersehensfreude und freundlichem Geplauder begrüßt wurden. Und Jean-Claude wurde respektvoll wie ein König empfangen. Aber dennoch herrschte zwischen ihm und dem

Personal eine herzliche Vertrautheit, und ihr wurde klar, daß er trotz seines Ruhmes ein bescheidener Mensch war. Das gefiel ihr.

Marie-Hélène, ihr Mann und das andere Ehepaar trafen ein, und Jean-Claude verteilte seine Gäste um den Tisch. Tessa bemerkte, daß sie nicht neben ihm sitzen würde; er hatte sie an das Ende der Tafel plaziert, zwischen Alain und Michel, während er an der Stirnseite des Tisches zwischen Marie-Hélène und Natalie Platz nahm.

Auf diese Weise saß er ihr direkt gegenüber, und obwohl er der perfekte Gastgeber war – ganz der Bonvivant, kümmerte er sich um aller Wohl, plauderte mit jedem und dirigierte die Kellner –, kehrte sein Blick alle paar Minuten zu ihr zurück.

Für Tessa verging der Abend wie in einem Nebel. Sie bestellte Essen, das sie kaum kostete und dessen Geschmack sie kaum wahrnahm. Gelegentlich trank sie einen Schluck Wein oder richtete ein Wort an ihre Tischnachbarn zur Rechten und Linken.

Manchmal sah sie zu Lorne, lächelte ihm verhalten zu oder sagte etwas zu ihm, doch meist lauschte sie schweigend dem Tischgespräch und wandte den Blick fast nie von Jean-Claude. Ein- oder zweimal fragte er sie, ob ihr das Essen schmecke, oder schenkte ihr ein leises Lächeln, doch meist sprach er wortgewandt über die Themen, die ihn und die anderen am Tisch interessierten – Theater und Film, Literatur und Politik.

Tessa lauschte und begann ihn besser zu verstehen. Sie erfuhr, daß er auch als Kriegsberichterstatter unterwegs gewesen war – in Bosnien, im Kosovo und in Afghanistan. Rasch wurde ihr klar, daß er ein Journalist von einigem Ansehen war; sie entnahm den Gesprächen auch, daß der verstorbene Präsident Mitterrand ihn gefördert hatte und daß die französische Elite ihn für einen neuen André Malraux hielt. Außerdem hatte er Dokumentarfilme gedreht und ein Stück geschrieben, das an der Comédie Française, einem der großen Pariser Theater, aufgeführt worden war.

Was sie jedoch immer noch nicht kannte, war sein genaues Alter. Lorne hatte gemeint, er sei etwa neunundvierzig, aber sie glaubte, daß ihr Bruder sich irrte. Sie hatte den Eindruck, daß Jean-Claude älter war, über fünfzig. Allerdings hatte sie sich noch nie gut darauf verstanden, das Alter anderer Menschen zu schätzen.

So verging der Abend wie im Flug, bis es Zeit war, das Restaurant zu verlassen. Wieder fuhr Jean-Claude mit ihnen im Wagen, doch er bestand darauf, Tessa und Lorne als erste abzusetzen. Als sie vor dem Hotel hielten, stieg Jean-Claude aus und wünschte ihr auf den Stufen eine gute Nacht. Er nahm ihre Hand, führte sie an die Lippen und küßte sie. Dann trat er zurück und sah sie lange und eindringlich an, als wolle er sie seinem Gedächtnis einprägen.

»*À bientôt*«, flüsterte er, trat beiseite und schüttelte Lorne die Hand. Dann war er verschwunden.

»Das war aber ein abrupter Abschied«, meinte ihr Bruder zu ihr, während sie durch die Lobby auf den Aufzug zu schritten. »Ich hatte eigentlich vor, ihn noch auf einen Schlummertrunk nach oben zu bitten. Normalerweise weiß er einen guten Calvados zu schätzen.«

»Er wollte wohl rasch nach Hause«, bemerkte sie leise.

»Du hast ihn sehr beeindruckt, Tessa.«

»Ach, wirklich?«

Lorne warf ihr einen raschen, vielsagenden Blick zu. »Nun tu nicht so, als wüßtest du das nicht!« rief er aus. »Und du?« fragte er, als sie schwieg.

»Ich?«

»Du weißt, was ich meine. Bist du an ihm interessiert? Dumme Frage eigentlich. Du bist ja fast zu seinen Füßen in Ohnmacht gesunken.«

»War das so offensichtlich?« Sie schaute zu ihrem Bruder auf.

»Allerdings. So habe ich dich noch nie gesehen. Aber ihn auch nicht.«

»Dann hast du ihn schon in Gesellschaft von Frauen erlebt?«

»Gelegentlich.«

»Und wie war er da?«

»Gelassen. Distanziert.«

»Und wie hat er sich deiner Ansicht nach mir gegenüber verhalten? Zum Beispiel bei der Signierstunde?«

»Wie vom Donner gerührt. Sprachlos. Ich glaube, das Wort, das ich suche, lautet *entschlossen*. Sehr entschlossen und eindringlich.«

Tessa seufzte, sagte aber nichts weiter, während sie in den Aufzug traten. Kaum waren sie wieder in ihrer Suite, drehte sie sich zu ihrem Bruder um. »Ich würde gern gute Nacht sagen, mein Lieber. Ich bin müde. Du bist doch nicht böse, oder?«

»Nein, natürlich nicht, Tessa.« Er küßte sie auf die Wange und sah ihr nach, als sie in ihr Schlafzimmer ging. Sie wird sich wieder fangen, dachte er.

In ihrem Zimmer setzte Tessa sich auf den Stuhl neben dem Bett und betrachtete das Buch, das sie den ganzen Abend mit sich herumgetragen hatte. Das Cover zeigte die Bruchstücke einer mittelalterlichen Rüstung. Darüber prangte *sein* Name, und darunter stand der Titel. Nur ein Wort: *Warriors*. Sie schlug den Klappentext auf, sah sein Photo an und begann die Informationen über den Autor zu lesen.

Das Telefon klingelte, und sie nahm ab. »Hallo?«

»*C'est moi.*«

»Ich weiß.«

»Wann können wir uns sehen?«

»Morgen vielleicht?«

»Das ist gut. Zum Lunch?«

»Ja«, sagte sie, und ihr Herz begann schmerzhaft zu pochen.

»Ich hoffe nur, Lorne fühlt sich nicht – wie sagt man noch – übergangen?«

»Er hat morgen etwas anderes vor«, sagte sie aufs Geratewohl.

»*Bien. Je vous enverrai une voiture.* Ich schicke Ihnen einen Wagen. Gegen Mittag.«

»Danke.«

»*À demain*«, sagte er und legte auf.

Tessa starrte noch einen Moment auf das Telefon, dann legte sie das Buch auf ihr Bett und ging in den Wohnraum. Lorne hielt ein Glas mit Calvados in der Hand und verfolgte ein politisches Magazin auf CNN, doch er sah sich um, als sie hereinkam. »Möchtest du auch einen?« fragte er und hob sein Glas.

»Ich weiß nicht ...« Sie blieb vor dem Sofa stehen und sah ihren Bruder an. »Jean-Claude hat eben angerufen.«

»Dachte ich mir, daß er das war.«

»Ich esse morgen mit ihm zu Mittag.«

Lorne nickte. »Er hat mir gesagt, daß er dich anrufen und zum Lunch einladen wollte.«

Sie setzte sich auf die Sofalehne. »Ach ja?« rief sie aus. »Wollte er etwa deine Zustimmung einholen? Ich hoffe doch nicht. Um Himmels willen, ich bin zweiunddreißig, habe ein Kind und werde bald eine geschiedene Frau sein.«

Lorne warf den Kopf zurück und lachte. »Nun empör dich doch nicht so. Natürlich hat er mich nicht um Erlaubnis gebeten. So etwas ist nicht seine Art. Er hat mir nur, als wir das Taillevent verließen, zugeflüstert, er wolle dich von zu Hause aus anrufen und dich zum Essen einladen. Ich vermute, er wollte mir das mitteilen, weil ich dein Bruder bin und wir gemeinsam in Paris sind. Außerdem sind wir gute Freunde.«

Tessa schwieg; ihre Miene zeigte Besorgnis. »Jean-Claude ist ein erwachsener Mann, Tessa«, setzte Lorne hinzu. »Das war reine Höflichkeit. Er war schon immer ein Gentleman.«

Sie nickte nur. »Ich verstehe.« Dann trat sie an die Bar und schenkte sich auch ein Glas Calvados ein.

Als sie zum Sofa zurückkehrte, drehte Lorne den Ton des Fernsehers leiser und hob sein Glas. »Cheers«, sagte er lächelnd.

»Cheers.« Tessa nahm ihm gegenüber Platz. »Was hat er dir als Widmung in dein Buch geschrieben?«

»Er hat mich seinen *cher ami* genannt und geschrieben, er bewundere mein schauspielerisches Talent und wünsche mir Glück für meinen Film. Und dir?«

»Etwas ziemlich Seltsames.«

»Was denn?«

»Er hat nur meinen Namen geschrieben, und dann *Je suis là*.«

»Er hat geschrieben ›Ich bin da‹? Das klingt allerdings ein bißchen merkwürdig. Als wäre der Satz nicht ganz vollständig.«

Tessa schüttelte den Kopf. »Ich bin hier … und warte. Ich bin … für Sie da. So habe ich es interpretiert.«

»Ich glaube, du hast recht. Wie ich schon sagte, er ist sehr zielbewußt.«

»Ich finde ihn überwältigend.«

»Ja, er hat eine starke Ausstrahlung.«

»Und es macht dir wirklich nichts aus, daß ich mit ihm zu Mittag esse? Du versuchst nicht, mich vor ihm zu warnen?«

»Nein. Vor einem Mann wie Jean-Claude Deléon brauche ich dich nicht zu beschützen. Er ist … *treu wie Gold,* wie unsere Mutter sagen würde. Ein Riese von einem Mann, sehr ernsthaft, sehr verantwortungsbewußt, genau das, was Onkel Ronnie mit dem schönen jiddischen Wort *mensh* bezeichnen würde.«

»Aber *du* hast doch gesagt, er sei ›ein Mann, der die Frauen liebt‹.«

»Das habe ich, aber ich meinte nicht, daß er ein Frauenheld ist, denn das glaube ich nicht. Oh, natürlich hat es in seinem Leben viele Frauen gegeben. Aber er ist kein Schürzenjäger. Was ich sagen wollte, ist, daß er Frauen mag, sie *bewundert*. Er ist kein Frauenhasser wie manche Männer, die ich kenne und die zwar auf erotische Eroberungen aus sind, aber Frauen nicht wirklich mögen.«

»Verstehe.« Sie schmiegte sich in ihren Sessel und nippte an ihrem Calvados. »Er schickt mir morgen mittag einen Wagen.«

»Wie ich schon sagte: ein Gentleman. Du solltest dich übrigens geschmeichelt fühlen, meine Tessa. Bevor er mit dir zu Mittag ißt, trifft er im Elysee-Palast den französischen Präsidenten.«

Nicht weit entfernt vom Pariser Haus der O'Neill-Hotelkette saß Jonathan Ainsley in einer kleinen Bar in einer schmalen Nebenstraße der Champs-Élysées.

Während er auf Mark Longden wartete, nippte er an einem Cognac. Wo steckte der junge Mann bloß? Immer wieder sah er auf die Uhr und fluchte unterdrückt. Er selbst war überpünktlich und haßte es, wenn andere zu spät kamen. In letzter Zeit hatte er sich immer häufiger gefragt, ob Mark nicht inzwischen eine Belastung für ihn war, ein Risiko. Er hatte mehr von ihm erwartet, damit gerechnet, daß er größeren Schaden anrichtete und ihn dem Ziel näher brachte, Paula zu vernichten, indem er ihren Kindern Schaden zufügte.

Sicher, Mark hatte es geschafft, Tessa in die Knie zu zwingen. Aber er mußte sich noch um Linnet kümmern, und dann um Emsie. Jonathan wollte, daß diese drei Harte-Frauen zusammen mit Paula untergingen. Bis auf seine Cousine Sarah haßte er alle Frauen der Hartes; sie war die einzige Ausnahme von seiner Regel. Aber Paula und ihre drei Töchter erinnerten ihn viel zu stark an seine Großmutter Emma Harte, die er zeit ihres Lebens verabscheut hatte und noch über ihren Tod hinaus haßte. Er war überzeugt davon, daß sie ihn zu Paulas Gunsten um sein Erbe betrogen hatte. Seit ihrer gemeinsamen Kindheit bestimmten Neid und Mißgunst sein Verhältnis zu Paula.

Plötzlich stieß Mark die Tür auf und eilte in die Bar. Jonathan beobachtete ihn und bemerkte sofort Marks Blässe, seine Anspannung, die müden Augen. Die beiden Männer begrüßten einander, dann setzte sich Mark und winkte dem Kellner. Er bestellte einen Cognac, eine Tasse schwarzen Kaffee und ein Päckchen Gauloises.

»Haben Sie etwa wieder mit dem Rauchen angefangen, Mark?« fragte Jonathan und zog eine Augenbraue hoch. »Ich dachte, Sie seien einer dieser fanatischen Nichtraucher, die sogar Passivrauchen in Grund und Boden verdammen.«

»Daran hat sich auch nichts geändert, aber heute muß ich einfach rauchen. Man könnte sagen, daß ich eine harte Woche hatte und mir etwas gönnen muß.«

»Mein lieber Mark, ich habe eine Menge Genüsse zur Verfügung, an denen Sie sich erfreuen können. Sie brauchen nur ein Wort zu sagen. Und darunter befindet sich sicherlich vieles, das weit vergnüglicher ist als nur eine Zigarette.«

Mark sah zur Seite und schüttelte den Kopf. »Keine Frauen heute abend, mein Freund. Oder sonst etwas. Dazu bin ich verdammt noch mal zu müde. Die Fahrt von Thirsk nach London war scheußlich, und ich habe den Flieger nach Paris gerade noch erwischt.«

»Ich sagte Ihnen doch, Sie sollten ab Manchester fliegen. Sie hätten sogar in Yeadon eine Maschine nehmen können. Ist ja auch gleich ... Wie kommen die Arbeiten an meinem Haus voran?« Er klang aufrichtig interessiert, obwohl ihm das Thema herzlich egal war.

»Großartig, wenn ich das so sagen darf. Ich weiß, daß es

Ihnen gefallen wird, Jonathan«, sagte Mark. »Mehr noch, Sie werden es lieben und nie mehr anderswo leben wollen.«

Jonathan lächelte nur dünn und neigte den Kopf. Er wußte, daß er keineswegs dort wohnen wollte, ganz im Gegenteil. Schließlich besaß er noch eine Luxuswohnung in Paris und eine palastartige Villa auf einem Hügel oberhalb des Hafens von Hongkong, gar nicht zu reden von seinem bäuerlichen Anwesen in der Provence, seiner neuesten Errungenschaft. Natürlich würde er weiter zwischen diesen Adressen pendeln, die alle viel bombastischer waren als dieses Haus auf dem Land in Yorkshire. Der Hausbau in Thirsk war nur eine List gewesen, ein Köder, damit Mark dachte, er bräuchte einen Architekten, während er in Wirklichkeit einen Mann suchte, der seine schmutzige Arbeit tat ... und diese abscheulichen Harte-Frauen vernichtete. Mark mit seinem Minderwertigkeitskomplex, seiner Sehnsucht nach Ruhm und Geld und seinen unzähligen Schwächen war ein leichtes Opfer gewesen. Er war lüstern, liebte ordinäre Frauen und konnte nicht genug von den Drogen bekommen, mit denen er ihn versorgte – Ecstasy und sogar manchmal Heroin, obwohl er bei letzterem ein wenig vorsichtiger war. Und dazu reichlich Alkohol.

Er ist meine Kreatur, dachte Jonathan und musterte den Jüngeren. Ich habe ihn vollständig unter Kontrolle. Er ist süchtig nach allem, was ich ihm bieten kann. Jonathan lehnte sich zurück, und ein süffisantes Lächeln umspielte seine Mundwinkel.

Mark trank den Kaffee und stürzte den Cognac herunter. Dann zündete er sich eine Zigarette an und inhalierte tief. »In Yorkshire habe ich munkeln hören, daß Ihr verschollener Halbbruder, Owen Hughes, sich in London aufhält«, sagte er, nachdem er einige Züge getan hatte. »Wohnt im Hotel dieses Walisers in Belgravia und hat seine Frau aus New York mitgebracht. Sie treffen sich regelmäßig mit Evan, der einzigen Enkeltochter Ihres Vaters, und haben sogar mit Gideon und Evan zu Mittag gegessen. Anscheinend ein großes Familientreffen. Wollen Sie deswegen etwas unternehmen?«

Evan Hughes. Schon bei dem Namen stieg Zorn in Jonathan auf. Sie war das Enkelkind, das sein Vater sich immer gewünscht hatte. *Sie würde er ebenfalls aus dem Weg räumen müssen.* Er lachte lautlos. Auch sie war eine Harte, eine Nachfahrin der verhaßten Emma. Um sie würde er sich selbst kümmern.

»Ich habe auch einen Sohn, wissen Sie«, entfuhr es ihm stolz, bevor er sich Einhalt gebieten konnte.

Mark war wie vom Donner gerührt. »Sie haben einen Sohn! Jesus Christus, Mann, wieso fahren Sie mit ihm nicht nach Yorkshire und stellen ihn Ihrem Vater vor? Da würde Evan Hughes ganz schön dumm aus der Wäsche schauen!«

»Mein Sohn lebt in einem anderen Land«, antwortete Jonathan wahrheitsgemäß, doch dann wurde ihm klar, daß er Mark eine Erklärung schuldig war. »Er ist längere Zeit krank gewesen und braucht ein warmes Klima und eine besondere Umgebung.« Was nicht stimmte. Die Wahrheit war, daß der Sohn, den seine Frau ihm vor einigen Jahren hatte unterschieben wollen, nicht von ihm stammte, sondern von seinem chinesischen Geschäftspartner Tony Chiu. Die Augen des Kindes hatten sie verraten. Hölle und Verdammnis auch über sie, dachte er.

»Woher haben Sie all diese Informationen über Owen Hughes, Mark?«

»Hier und da aufgeschnappt. Ich habe meine Quellen. Wie lange haben Sie eigentlich vor, in Paris zu bleiben?«

»Ich bin mir nicht sicher. Deswegen wollte ich mich auch nicht in London mit Ihnen verabreden, sondern Sie hier treffen. Ich muß noch auf einen Sprung nach Südfrankreich reisen, wo ich einen bezaubernden kleinen Bauernhof gekauft habe ... Für dieses Projekt werde ich Sie ebenfalls brauchen,

Mark. Ich werde Sie natürlich sehr gut bezahlen. Aber darüber können wir später reden. Im Moment würde ich gern erfahren, wie Ihre Scheidung vorankommt. Sie wissen, wieviel es mir bedeutet, daß Sie sich von dieser furchtbaren Frau getrennt haben. Wir können doch nicht zulassen, daß eine Frau, die glaubt, jemand zu sein, bloß weil sie mit den Hartes verwandt ist, einem talentierten Architekten wie Ihnen Steine in den Weg legt, oder? Und dazu ist sie noch ein ziemliches Miststück, stimmt's?«

»Miststück ist ein viel zu mildes Wort, um Tessa Fairley zu beschreiben. Ich wünschte, ich könnte ihr Adele irgendwie wegnehmen«, zeterte Mark aufgebracht.

»Warum versuchen wir es dann nicht, mein lieber Junge? Wenn es um Ihr Wohl geht, spielt Geld für mich keine Rolle. Ich gebe Ihnen, soviel Sie brauchen, wenn Sie diesen Kampf ... nun, wie soll ich mich ausdrücken ... bis aufs Messer führen wollen.«

Mark warf ihm einen raschen Blick zu. »Ich habe nichts dagegen, Tessa ein paar Prügel zu verabreichen, aber ich würde sie nie umbringen, Jonathan«, zischte er leise. »Ich bin kein Mörder, und ich riskiere wegen einer Frau auch nicht meinen Kopf.«

»Hören Sie zu, mein Freund, ich habe da ein paar Ideen.« Die beiden steckten die Köpfe zusammen, und langsam breitete sich ein Lächeln über Marks Gesicht.

Noch ungefähr eine Stunde saßen die zwei Männer zusammen, redeten und tranken. Dann bezahlte Jonathan die Rechnung, und die beiden verließen gemeinsam das Lokal. So vertieft waren sie in ihre Verschwörung, daß sie das unauffällige Paar nicht bemerkten, das in einer Ecke saß und sie schon beobachtete, seit Jonathan die Bar betreten hatte. Der Mann und die Frau traten kurz hinter ihnen auf die Straße und hefteten sich an ihre Fersen, bis Jonathan seinen Wagen und seinen Chauffeur gefunden hatte. Die beiden Detektive folgten ihnen in ihrem eigenen Auto und richteten sich auf eine lange Nacht ein.

Freitagmittag, und Lorne saß allein in der Hotelsuite und studierte seine Rolle. In der nächsten Woche mußte er in den Studios in der Nähe von Paris antreten, und er wollte absolut textsicher sein.

Er war gerade dabei, die ersten paar Seiten seines Skripts zum fünftenmal durchzugehen, als das Telefon auf seinem Schreibtisch klingelte und ihn aus seiner Konzentration riß. Er hatte kaum Zeit, sich zu melden, da hörte er schon die Stimme seiner Halbschwester Linnet. »Hallo, Lorne, ich bin's.«

»Wie schön, dein Zwitschern zu hören, kleines Vögelchen. Wo …?«

»Könntest du bitte mit diesem dummen Spitznamen aufhören? Unsere Mutter hätte ihn dir schon austreiben sollen, als du klein warst! Und ich bin hier, auf Pennistone Royal.«

»Wie ist das Wetter?«

»Kühler, sehr angenehm sogar, und ich sitze hier auf der Terrasse und spanne ausnahmsweise einmal aus.«

»Du und ausspannen! Das glaube ich erst, wenn ich es sehe.« Er lachte, voller Zuneigung für Linnet, die schon immer seine Lieblingsschwester gewesen war. »Dann ist bei euch alles in Ordnung?«

»Ja, keine besonderen Vorkommnisse. Ich kann Adele sehen; sie spielt mit ihren Puppen, und Elvira ist bei ihr. Evan hat sich zum Mittagessen angekündigt. Sie hat sich ebenfalls den Nachmittag freigenommen; sie hatte in der Filiale in Leeds eine ziemlich harte Woche. Und wie geht's Tessa? Ich hoffe, sie macht sich keine allzu großen Sorgen.«

»Nein, ihr geht es gut. Ich hätte sie ja ans Telefon geholt, aber sie ist vor ein paar Minuten aufgebrochen, um sich mit einem Freund zum Lunch zu treffen.«

»Ich wollte auch gar nicht mit ihr sprechen, sondern mit dir, Lorne.«

»Was ist los? Du klingst plötzlich so seltsam.«

»Hier ist alles okay, mehr oder weniger. Aber ich wollte dich darüber informieren, daß Jonathan Ainsley Hongkong verlassen hat und sich in Paris aufhält ...«

»Woher weißt du das?« unterbrach er sie.

»Jack Figg hat mich eben angerufen. Seine Agenten sind überall und behalten Jonathan im Auge. Jedenfalls hat man ihn gestern abend in Paris gesehen, zusammen mit dem abscheulichen Mark Longden. Sie saßen in einer Bar und steckten die Köpfe zusammen.«

»Verdammt, das ist wirklich das Letzte.«

»Mach dir keine Gedanken, Lorne, und sag vor allem Tessa nichts davon. Sie braucht es nicht zu erfahren. Du kannst ihr ja sagen, ich hätte angerufen, um Bescheid zu geben, daß hier alles in Ordnung ist, was ja auch stimmt.«

»Ich hoffe nur, daß die Halunken nicht etwas aushecken«, brummte Lorne. »Ich traue keinem der beiden über den Weg.«

»Ich auch nicht«, stimmte Linnet ihm zu. »Aber andererseits könnten sie sich auch wegen des Hauses getroffen haben, das Mark Longden in Thirsk für Jonathan baut. Jack sagt nämlich, er sei ein paar Tage in Yorkshire gewesen. Versuch dir keine Sorgen zu machen, aber spitze Augen und Ohren, wie Dad immer so schön sagt.«

»Das werde ich, und danke für die Warnung. Wann kommt Mama eigentlich zurück? Tessa meinte, nächste Woche, und Dad noch ein paar Tage später.«

»Genau. Mama fliegt um den 6. September zusammen mit Winston und Emily zurück, aber Dad hat noch ein paar Termine auf den Bahamas – oder war es Barbados? – und dann noch einen in New York. Wie Mama sagte, will sie versuchen, daß Tessas Scheidung vorankommt, und sie hat das Gefühl, daß dazu ihre Anwesenheit erforderlich ist.«

»Wahrscheinlich hat sie ganz recht. Also hör mal, Spatz ...«

»He, jetzt hör aber auf mit diesem Vogel-Quatsch, Bruderherz. Davon habe ich als Kind schon genug gehört.«

Er schmunzelte. »Sorry, aber alte Gewohnheiten sind schwer abzulegen. Einen dicken Kuß, Linnet.«

»Dir auch, großer Bruder. Und Hals- und Beinbruch für nächste Woche.«

18

Der Fahrer hielt ihr die Tür auf und reichte ihr dann einen Briefumschlag. Tessa lehnte sich bequem in die ledernen Polster und sah den Umschlag an. *Madame Tessa Fairley*, hatte Jean-Claude geschrieben.

Einen Moment lang betrachtete sie die Handschrift. Er hat eine schöne Schrift, dachte sie, kühn und fließend. Sie zog die Nachricht hervor. *Verehrte Tessa*, lautete sie, *der Chauffeur bringt Sie in meine Wohnung. Sollte ich ein paar Minuten zu spät eintreffen, wird mein Hausdiener Hakim Ihnen eine Erfrischung reichen. JCD*

Sie las die Notiz noch einmal, steckte sie in die Handtasche und sah aus dem Fenster. Wo er wohl wohnen mochte? Der Fahrer hatte kein Wort darüber verloren, und sie beschloß, sich nicht danach zu erkundigen. Als sie heute morgen mit Lorne gefrühstückt hatte, da hatten ihr viele Fragen auf der Zunge gelegen, aber sie hatte sie bewußt nicht gestellt. Sie wollte selbst herausfinden, wer dieser Mann war; die Meinung anderer war dabei unwichtig, sogar die ihres Zwillingsbruders. Außerdem wußte sie, daß Lorne sich ohnehin nicht anders als lobend über Jean-Claude äußern würde.

Tessa strich die schwarze Leinenbluse glatt, die sie über den passenden engen Hosen trug, und schmiegte sich in eine Ecke des Autositzes. Da sie nicht wußte, wo sie essen würden, hatte sie diese einfache maßgeschneiderte Kombination gewählt, denn sie paßte überall, in einem Bistro oder auch in einem weit eleganteren Restaurant. Ein paar Perlenohrstekker und eine blumenförmige Brosche aus Gold und Perlen, die sie am Kragen trug, verliehen dem Ganzen einen gewissen Chic. Sie konnte sie aber auch ebensogut abnehmen, falls es nötig werden sollte, die Wirkung des Ensembles zu dämpfen.

Als sie aus dem Hotel getreten war, hatte die Hitze sie fast erschlagen, und jetzt war sie froh, daß sie das ärmellose Oberteil und Riemchensandalen an den bloßen Füßen trug. Dieser letzte Augusttag würde offensichtlich glühend heiß werden, und der schwarze Leinenstoff fühlte sich auf der Haut kühl und luftig an.

Der Wagen schob sich durch den dichten Verkehr, und Tessa begann zu vermuten, daß sie unterwegs zu ihrem Lieblingsviertel in Paris waren, dem siebten Arrondissement. Und richtig, es dauerte nicht lange, bis der Fahrer in die Rue de Babylone einbog. Schließlich hielt er vor einem Gebäude aus der Zeit der Jahrhundertwende mit einer gewaltigen *porte cochère*, einem riesigen Holzportal, durch das in längst vergangener Zeit Pferdekutschen in den Hof gefahren waren.

Nachdem er ihr aus dem Wagen geholfen hatte, wies der Fahrer auf eine kleinere Tür, die in einen der Torflügel eingelassen war, und verabschiedete sich von ihr. Lächelnd dankte sie ihm und trat durch die Tür auf den gepflasterten Innenhof des Gebäudes, das offensichtlich einmal ein aristokratisches Stadtpalais gewesen war, bevor man es in einzelne Wohnungen aufgeteilt hatte.

Sofort trat der *concierge* aus seiner Pförtnerloge, grüßte sie freundlich und fragte, ob er ihr helfen könne. Sie erklärte ihm, Monsieur Deléon erwarte sie, und er nickte, führte sie in das Gebäude und dirigierte sie zu einer Doppeltür aus Mahagoni neben dem kleinen, käfigartigen Aufzug.

Sie dankte ihm, trat auf die Tür zu, läutete und wartete.

Kurz darauf öffnete ein lächelnder Mann mittleren Alters, der ein weißes Butler-Jackett trug, ihr die eine Türseite. Der Olivton seiner Haut und sein dunkles Haar ließen sie vermuten, daß er aus Nordafrika stammte.

»*Madame, bonjour*«, begrüßte er sie, riß die Tür auf und bat sie in die Wohnung. »Ich bin Hakim«, setzte er in schwer akzentuiertem Englisch hinzu.

»*Bonjour,* Hakim«, antwortete Tessa. Ihre Absätze klickten auf dem Marmorboden der Diele.

Hakim führte sie in einen weitläufigen Raum, offensichtlich die Bibliothek. »*Madame* ... einen *apéritif?*« fragte er. »Monsieur wird in zehn Minuten zurück sein.«

»Nur ein Glas Wasser ... *un verre d'eau, s'il vous plaît*«, bat Tessa.

Hakim ließ sie allein, und sie blieb einen Moment an der Tür stehen und sah sich von dort aus in der Bibliothek um. Begierig musterte sie alles, um soviel wie möglich über Jean-Claude Deléon zu erfahren.

Die Bibliothek war auf eine zurückhaltende, maskuline Art elegant und ähnelte keinem Raum, den sie je gesehen hatte. Sie verriet einen ausgezeichneten Geschmack, der besonders in den Antiquitäten sichtbar wurde, die auf Tessa wie Stücke aus einem Museum wirkten. Der Raum war in einem einzigen Farbspektrum gehalten, das auf einem Zusammenspiel sanfter Creme- und Beigenuancen basierte, und diese Mischung blasser Farben bildete einen unaufdringlichen Hintergrund für die weichen Holztöne der diversen antiken Stücke. Der Farbton der Wände paßte zu den langen cremefarbenen Wollvorhängen an den Fenstern und den cremefarbig und beige gemusterten Bezügen der Sofas und Sessel. Der Holzboden, der von keinem Teppich verdeckt wurde, schimmerte wie Glas.

Am anderen Ende des Raums befanden sich zwei hohe Fenster. Davor standen ein großer antiker Mahagonischreibtisch und ein passender Stuhl aus dem gleichen Holz.

Tessa hielt beides für französisches Empire. Auf der Schreibplatte standen ein Paar Säulenlampen aus vergoldetem Holz mit quadratischen schwarzen Schirmen sowie einige andere Gegenstände, die sie – bis auf die Rückseite einer großen Uhr – nicht richtig erkennen konnte.

Tessa sah nach links und entdeckte, daß diese Wand von einem weißen Marmorkamin beherrscht wurde, über dem ein sogenannter *trumeau* hing, ein antiker Spiegel. Die große Sitzgruppe vor dem Kamin bestand aus vier *Louis-quinze-bergères* – eleganten hochlehnigen Sesseln – und zwei passenden Sofas. In der Mitte befand sich ein gläserner Couchtisch, der merkwürdigerweise zwischen den antiken Möbeln nicht fehl am Platz wirkte.

Die gegenüberliegende Wand wurde vollständig von bis zur Decke reichenden, überquellenden Bücherregalen aus poliertem dunklen Holz eingenommen. Davor stand ein hübscher Lesetisch aus dem achtzehnten Jahrhundert, und zu ihrer Rechten, in einer Ecke, sah sie einen *guéridon*, ein antikes Tischchen mit Säulenfuß, und daneben einen Stuhl mit gerader Lehne und eine Stehlampe.

In diesem Moment erschien auf leisen Sohlen Hakim und brachte ihr Glas Wasser. Sie nahm es, dankte ihm und trat an die Fenster, um hinauszusehen.

Zu ihrem großen Erstaunen erstreckte sich dort eine breite Terrasse, und dahinter erkannte sie eine Wiese und Blumenbeete mit weißen Blumen. Vor einer hohen Steinmauer wuchsen eine Vielzahl hoher Bäume und Büsche, und unter den Bäumen standen mehrere Gartenstühle aus Metall. Was für ein bezauberndes Fleckchen Erde mitten in Paris, dachte sie. Welch ein Luxus, ein Garten hier im Stadtzentrum.

Jetzt trat Hakim auf die Terrasse und begann einen Tisch zu decken, und plötzlich begriff sie, daß sie und Jean-Claude hier essen würden, nicht in einem Restaurant. Die Vorstellung gefiel ihr.

Sie wandte sich um und betrachtete den Schreibtisch, den

sie jetzt deutlicher erkennen konnte. Die antike Uhr stammte von dem berühmten Pariser Uhrmacher Le Roy et Fils. Daneben befanden sich eine reichgeschmückte, vergoldete Bronzeschachtel, zwei Brieföffner aus Kristall, deren Griffe mit einem filigranen Bronzemuster dekoriert waren, und ein schwarzer Tintenlöscher, dessen weißes Löschpapier makellos rein war. Und das war alles. Gerade, weil sein Schreibtisch nicht mit allem möglichen vollgestellt war, wirkte er elegant und maskulin.

Sie trat an die Regale und nahm die Bücher in Augenschein. So viele Philosophen ... Descartes, Aristoteles, Platon, Sophokles; Bücher von französischen Autoren wie Victor Hugo, Céline, André Malraux, Jean-Paul Sartre, Émile Zola und Colette; Bände über französische, englische und amerikanische Geschichte; einige ihrer eigenen Lieblingsromane von Dickens, den Brontë-Schwestern und Jane Austen. Alle Aspekte der Politik waren abgedeckt, wie die Bücher von Charles de Gaulle, Winston Churchill und anderen bezeugten. Da standen auch eine Vielzahl politischer Biographien über Churchill, John Major, de Gaulle, John Kennedy, Ronald Reagan und Franklin Roosevelt; außerdem historische Abhandlungen über Napoleon, Talleyrand, Nelson, den Herzog von Marlborough und Cromwell sowie über Elizabeth Tudor und Charles II. Und, wie ihr auffiel, eine Sammlung von Churchills berühmten Reden aus dem Zweiten Weltkrieg und seine vierbändige *Geschichte der englischsprachigen Völker.*

Bücher über das Christentum, den Judaismus, den Buddhismus und den Islam repräsentierten die großen Weltreligionen. Sie bemerkte, daß neben einer Sammlung neuerer Bücher über Terrorismus eine ganze Reihe Bände über den Islam standen. Daneben erstreckten sich unzählige Bände über Hunderte von Kriegen aus vergangenen Jahrhunderten. In merkwürdigem Gegensatz dazu standen auf einem anderen Regalbrett viele neuere Romane, und sie erkannte eine

Anzahl von Büchern bekannter britischer Autoren mit ihren bunten Schutzumschlägen.

Sie ging weiter und entdeckte eine Reihe von Kunstbänden über die Werke von Renoir, Picasso, Manet, Monet, Degas, Gauguin, Turner, Constable, Gainsborough, Bernard Buffet und Rodin. Auf einer anderen Etage sah sie Bücher über die Musik von Massenet, Bizet, Ravel, Bach, Beethoven, Mozart, Puccini und die Opern von Wagner.

Unwillkürlich fragte sie sich, ob Jean-Claude all diese Bücher tatsächlich gelesen hatte, und kam zu dem Schluß, daß das höchstwahrscheinlich der Fall war. Ganz offensichtlich kultivierte er breitgefächerte Interessen und beschäftigte sich auch mit Kunst und Musik.

Tessa hatte den Großteil des Wassers getrunken und stellte das Glas auf den modernen Couchtisch, wohl die einzige Stelle in diesem Raum voller wertvoller Antiquitäten, wo es keinen bleibenden Schaden hinterlassen konnte. Sie spazierte umher und betrachtete die Bilder an den Wänden. Zur Rechten des Spiegels über dem Kamin hingen ein eindrucksvolles Porträt von Napoleon und ein Gemälde, das Napoleon und Josephine gemeinsam darstellte, und auf der anderen Seite sah sie ein schönes, anscheinend sehr altes Bild von einer eleganten Frau in einem blauen Kleid, und Tessa fragte sich, ob das ein Ingres war. Zu beiden Seiten der Tür, die ins Foyer führte, hingen gerahmte antike Tafelbilder, die einen Mann und eine Frau in der Kleidung des siebzehnten Jahrhunderts zeigten und im Stil von Fragonard Herbst und Winter darstellten.

Schließlich trat sie wieder an den Kamin und sah sich noch einmal um. Sie ließ den ganzen Raum erneut auf sich wirken und dachte anerkennend, daß die Bibliothek nicht nur Geschmack und Raffinement spiegelte, sondern auch ein Bild des außergewöhnlichen Mannes zeichnete, der sie eingerichtet hatte. Eines brillanten Menschen, der hochgebildet und kultiviert war, ein Intellektueller und Philosoph und ein Mann, der im Leben Enormes geleistet hatte.

Plötzlich vernahm sie draußen seine Schritte. Sekunden später stand er in der Tür und sah sie an. Er trug einen dunklen Anzug und ein weißes Hemd und lockerte gerade seine Krawatte. Sein Blick nahm sie gefangen, und dann kam er auf sie zu.

Vor ihr blieb er stehen und streckte die Hand aus. Tessa nahm sie. Er führte ihre Hand zum Mund, streifte sie kaum wahrnehmbar mit den Lippen und ließ sie dann los.

»Bitte um Verzeihung. Ich habe Sie warten lassen.«

»Das macht nichts«, antwortete sie und fragte sich, warum ihr Mund sich mit einemmal wie ausgetrocknet anfühlte.

Jean-Claude trat einen Schritt zurück. »Würden Sie mich bitte kurz entschuldigen? Ich möchte etwas anderes anziehen ... etwas Bequemeres. *Je reviens toute de suite* ... bin gleich zurück.«

Damit war er fort. Sie blieb allein zurück und ließ sich auf eine der *bergères* sinken, denn plötzlich fühlte sie sich ein wenig schwach in den Knien.

Rasch rannte Jean-Claude die Treppe hinauf, wobei er zwei Stufen auf einmal nahm, und eilte in sein Schlafzimmer. Nachdem er seine Kleidung abgestreift hatte, zog er ein sauberes weißes Baumwollhemd an, rollte die Ärmel hoch, trat in einen begehbaren Kleiderschrank und wählte ein Paar beigefarbener Baumwollhosen. Schließlich fuhr er mit den bloßen Füßen in leichte braune Halbschuhe. Schon fühlte er sich wohler. In dem formellen Anzug, den er am Vormittag zu dem Treffen im Präsidentenpalast getragen hatte, war er fast erstickt, und er war froh, ihn loszuwerden.

Er ging zum Telefon, das auf der anderen Seite des Raums stand, hob den Hörer ab und wählte Lorne Fairleys Handynummer.

Lorne meldete sich fast sofort. »Hallo?« sagte er knapp.

»*C'est moi*«, erwiderte Jean-Claude. »Ich bin jetzt in meiner Wohnung. Tessa ist hier, und wir werden im Garten zu Mittag essen.«

»Das halte ich für eine ausgezeichnete Idee, Jean-Claude. Es wäre wahrscheinlich nicht gut, wenn sie in Paris mit einem anderen Mann gesehen würde. Ich bezweifle zwar, daß zwei Engländer zufällig in deine Umgebung geraten würden, aber man weiß ja nie.«

»Ich habe eine Frage. Ich vergaß, sie dir zu stellen, als du mich eben angerufen hast.«

»Nur zu.«

»Ist die Anwesenheit ihres Ehemanns ein Zufall? Oder stellt er ihr vielleicht nach? Sollte ich Vorkehrungen für Tessas Sicherheit treffen?«

»Das ist nicht nötig, aber danke, daß du daran gedacht hast. Ich bin mir ziemlich sicher, daß Mark Longden in Paris ist, um seinem Auftraggeber Bericht zu erstatten. Wahrscheinlich hat Ainsley ihn herbestellt.«

»*Bien*. Ich verstehe. Und sei ganz beruhigt, Lorne, bei mir ist sie sicher. Ich bleibe mit dir in Verbindung ... und du mußt dich ebenfalls bei mir melden.«

»Wird gemacht. Danke, Jean-Claude. Und vergiß nicht, keinen Ton zu Tessa. Sie macht sich nur Sorgen, wenn sie hört, daß Longden in Paris ist.«

»Kein einziges Wort. *Au revoir, mon ami.*« Aus seinem Jackett, das er über einen Stuhl geworfen hatte, zog er sein Handy und steckte es in die Hosentasche. Dann ging er ins Bad. Nachdem er sich die Hände gewaschen hatte, erfrischte er sein Gesicht mit kaltem Wasser, trocknete sich ab, nahm etwas Eau de Cologne und fuhr sich mit einem Kamm durch die Haare. Er wollte sich schon vom Waschbecken abwenden, als er herumfuhr und sich im Spiegel betrachtete. Ihm fiel auf, daß er heute ein wenig abgespannt aussah.

Bin ich zu alt für sie? fragte er sich und sah Tessa Fairley vor seinem inneren Auge. Er stieß einen tiefempfundenen Seufzer aus. Schon vor langer Zeit hatte er begriffen, daß in Herzensangelegenheiten das Alter meist keine Rolle spielte.

Seit er ihr gestern abend begegnet war, hatte er das Gefühl, sein Leben sei auf den Kopf gestellt worden. Bei dem Gespräch im Elysee-Palast hatte er sich zwar stark konzentriert, aber dennoch waren seine Gedanken immer wieder zu ihr abgeschweift. Wie sollte er mit dieser Situation umgehen? Er, der sich so gut darauf verstand, alle möglichen Probleme zu lösen, war plötzlich so ratlos.

Er würde einfach loslassen … alles auf sich zukommen lassen wie einen Zug, der mit hoher Geschwindigkeit auf ihn zu raste. Was sollte er sonst tun? Und kurz darauf, auf dem Rückweg in die Bibliothek, gestand er sich ein, daß er keine Kontrolle mehr über die Lage hatte. Er war ein Mann und sie eine Frau, und zwischen ihnen war gestern abend etwas Intimes, Grundsätzliches und zutiefst Bewegendes geschehen … Ihm blieb nichts anderes übrig, als den Dingen ihren Lauf zu lassen.

19

Als Jean-Claude in die Bibliothek trat, stand Tessa am Fenster und sah in den Garten hinaus. Sie hörte seine energischen Schritte auf dem Parkettboden und wandte sich zu ihm um.

An dem gläsernen Couchtisch blieb er stehen, und ihre Blicke trafen sich. Einen Moment sah er sie an, und ein Lächeln begann um seine Mundwinkel zu spielen.

Sie erwiderte sein Lächeln und gab dem Drang nach, auf ihn zuzugehen.

»Champagner, glaube ich«, murmelte er und nahm die Flasche aus dem Kühler, den Hakim eben gebracht hatte. »Ah, ein Rosé Billecart-Salmon, eine meiner Lieblingssorten«, erklärte er. »Ich finde seinen Geschmack besonders weich … Hoffentlich mögen Sie ihn.«

»Ich liebe Rosé-Champagner«, antwortete sie wahrheitsgemäß. Als Tessa zusah, wie er den Champagner öffnete, mußte sie mehrmals schlucken und stellte fest, daß sie sich wieder eingeschüchtert fühlte. Aber wer wäre in seiner Gegenwart nicht befangen gewesen? fragte sie sich. Er war ein erfolgreicher, gefeierter Mann, der Liebling der französischen Elite und anscheinend ein Vertrauter des Präsidenten.

Abgesehen davon, wurde Tessa klar, daß in ihrem Inneren viele verschiedene Gefühle um die Vorherrschaft rangen. Zum einen fühlte sie sich in seiner Nähe verlegen, ja sogar ein wenig nervös. Dann wieder hätte sie am liebsten die

Hand nach ihm ausgestreckt, und sie wünschte sich, er würde sie berühren und an sich ziehen. Seine Arme sahen stark aus, dachte sie; und dann sog sie scharf die Luft ein und trat auf die andere Seite des Couchtisches, bevor sie sich noch zur Närrin machte.

Doch den Bruchteil einer Sekunde später stand er wieder neben ihr und reichte ihr ein Glas Champagner. Seine Hand streifte die ihre und versetzte ihr eine Art elektrischen Schock. Ohne ein Wort setzte sie sich auf einen Sessel. Als er sein eigenes Glas füllte, entging ihr sein amüsiertes Lächeln nicht.

Kurz darauf hob er das Glas. »*Santé.*«

»*Santé*«, antwortete sie und nahm einen tiefen Schluck.

Ein kurzes Schweigen trat ein. »Und, Tessa ... wie fühlen Sie sich?« Seine dunklen, faszinierenden Augen ruhten nachdenklich auf ihr, während er auf ihre Antwort wartete.

Seine Frage hatte sie verblüfft. Stirnrunzelnd sah sie ihn an. »Eingeschüchtert«, entfuhr es ihr dann, bevor sie sich Einhalt gebieten konnte.

»Von mir?« Er klang bestürzt, und nun war er an der Reihe, ratlos auszusehen.

Einigermaßen verblüfft über ihre eigene Ehrlichkeit, schüttelte Tessa den Kopf. »Ja, doch, von Ihrem Können und Ihren Leistungen, Ihrer gesellschaftlichen Stellung. Ich bin nicht an berühmte Männer wie Sie gewöhnt.«

»Aber ich bin auch nur ein Mensch ... ein Mann wie alle anderen.«

»Nein, das sind Sie nicht. Sie sind ein gefeierter Autor.«

»Ruhm hat für mich keine Bedeutung.« Er holte tief Luft und sah sie noch einmal nachdenklich an, bevor er fortfuhr. »Sie sind vielleicht nervös, Sie fühlen sich sogar gehemmt. Ja, ich glaube, so ist es. Weil ich mich genauso fühle.«

»Oh«, versetzte sie erstaunt und sah ihn über den Rand ihres Glases an.

»Das ist nur natürlich. Selbstverständlich empfinden wir

so. Plötzlich sind wir allein, und wir wissen nicht, wie wir miteinander umgehen sollen.«

»Vielleicht ...«

Jean-Claude beugte sich vor, sah sie unverwandt an und begann leise zu sprechen, beinahe wie zu einem Kind. »Gestern abend ist zwischen uns etwas geschehen. Ich habe dich in dem großen Foyer in Marie-Hélènes Haus angesehen, du hast meinen Blick erwidert, und wir haben eine Verbindung geschaffen. Die intimste Verbindung, die es zwischen einem Mann und einer Frau geben kann. Wir haben einander ganz genau verstanden. Und wenn wir allein gewesen wären, hätten wir deswegen etwas unternommen.«

»Was meinen Sie?« Sie konnte den Blick nicht von ihm lösen.

»Ich hätte gesagt ... Komm mit mir nach Hause.«

»Du hättest fragen sollen«, flüsterte sie. »Ich wäre mitgekommen.«

»*C'est dommage*. Eine verpaßte Gelegenheit.« In einer typisch französischen Geste hob Jean-Claude die Hände, zuckte leicht mit den Schultern und schenkte ihr ein bedauerndes Lächeln.

»Und warum hast du mich nicht gefragt?«

Er antwortete nicht.

»Lag es daran, daß deine Freunde bei dir waren?« riet sie und hob fragend eine Augenbraue.

»*Non, non*«, antwortete er. »Ich richte mich im Leben nicht nach der Meinung meiner Umwelt. Es lag an Lorne.«

»Aber er hätte bestimmt keinen Anstoß daran genommen! Er betet dich an!« rief sie aus.

»Das ist eine merkwürdige Art, es auszudrücken, findest du nicht?« Er warf ihr einen merkwürdigen Blick zu.

Sie schüttelte den Kopf. »Er verehrt dich, glaubt, daß niemand auf der Welt wie du ist. Bei meinem Bruder kannst du wirklich nichts falsch machen.«

»Ich fühle mich geschmeichelt. *Naturellement*. Du mußt

verstehen, wie sehr ich seine Freundschaft schätze. Ich würde nie etwas tun, das diese Wertschätzung gefährden würde.«

»Also, er sagt, du seiest ein wahrer Gentleman«, setzte Tessa pflichtschuldig hinzu und nahm mehrere rasche Schlucke von ihrem Champagner. Sie fragte sich, ob sie schon einen Schwips hatte.

»Ich bin mir nicht sicher, ob das hier eine Rolle spielt«, antwortete er gelassen.

Tessa sah ihn an, sagte aber nichts.

Sie verstummten, aber es war kein verlegenes Schweigen. Die offenen Worte hatten die Spannung zwischen ihnen gelöst. Tessa war sich vollständig bewußt, daß sie diese Art von Aufrichtigkeit bei Mark nie gekannt hatte. Der bloße Gedanke an ihn ließ sie innerlich zusammenzucken, und sie schob ihn beiseite. Jetzt war kein Platz für Erinnerungen an ihn; hier in dieser Wohnung, bei diesem Mann, der ein richtiger Mann war und kein jämmerliches Exemplar. Ein Riese von einem Mann ... Jean-Claude Deléon.

Jean-Claude seinerseits war froh, daß er sie ermuntert hatte, ebenso offen über ihre Gefühle zu sprechen wie er über seine. Er haßte diese künstlich in die Länge gezogenen Spielchen zwischen Männern und Frauen, fand sie kindisch und albern. Für ihn waren nur Ehrlichkeit und Wahrhaftigkeit akzeptabel.

»Hast du Angst?« fragte er.

»Ein wenig«, antwortete sie rasch.

»Aber doch bestimmt nicht vor mir?«

»Nein, eigentlich nicht ... mehr vor dem, was geschehen könnte. Zwischen uns.«

»Ah ja, es ist immer riskant, sich auf eine Liebesaffäre einzulassen.«

Sie schwieg, und ihre silbergrauen Augen wirkten plötzlich nachdenklich.

»Einen *centime* für deine Gedanken, Tessa Fairley«, sagte er zärtlich und leicht amüsiert.

»Wie alt bist du?« Ihre Worte schienen im Raum nachzuhallen.

Jean-Claude starrte sie an. Offensichtlich hatte er diese Frage nicht erwartet.

Tessa hätte sich die Zunge abbeißen mögen. »Es tut mir schrecklich leid. Wie konnte ich nur so unhöflich sein?« Sie spürte, wie sie rot anlief. »Du brauchst nicht auf die Frage zu antworten, weil sie ...«

»Viel zu alt für dich«, unterbrach er sie lächelnd, und kurz huschte ein Ausdruck des Bedauerns über sein Gesicht.

»Nein, das bist du nicht.«

Er ignorierte ihre Bemerkung. »Als ich gestern nacht hier allein war und über den Abend nachgedacht habe, da habe ich mich gefragt, warum der Anblick einer Frau mir einen solchen Schock versetzen kann. Das ist etwas, das ich noch nicht ganz begriffen habe.« Doch er kannte die Antwort bereits. Das war der Schock des Erkennens gewesen, des Wissens, daß dies die eine Frau auf der Welt war, die das Rätsel seines Lebens entwirren konnte.

»Jetzt ist es an dir, nachdenklich auszusehen«, meinte Tessa und unterbrach seinen Gedankengang.

»Ah, ja. Ich habe an dich gedacht. Wie sehen deine Pläne aus?«

»Meinst du für dieses Wochenende? Oder für die Zukunft?«

»Beides.«

»Ich habe am Wochenende noch nichts vor.«

»Würdest du es mit mir verbringen?«

»Ja.«

»Und was ist mit Lorne? Ich kann ihn deiner Gesellschaft nicht berauben. Ihr seid gemeinsam nach Paris gekommen. Es wäre ... *unfreundlich*, ihn auszuschließen.«

»Mein Bruder nimmt seine Arbeit sehr ernst, aber das weißt du ja, Jean-Claude. Er wird zufrieden sein, wenn er seinen Text studieren kann. Lorne bereitet sich gern lückenlos auf seine Auftritte vor.«

»*Mais oui*. Das weiß ich natürlich. Aber wir müssen ihn dennoch einbeziehen.«

»Wir können ihn doch fragen. Warum nicht?«

»Du klingst jetzt entspannter, Tessa.«

»Das bin ich auch. Ich fühle mich ein wenig besser.«

»Und was ist mit deinen Zukunftsplänen?«

»Zuerst muß ich meine Scheidung durchstehen. Sobald meine Mutter nächste Woche aus New York zurückkehrt, wird bestimmt alles viel schneller gehen. Probleme zu lösen ist ihre Spezialität, und besonders gut ist sie, wenn es um juristische Fragen geht. Bist du ihr in Lornes Gesellschaft schon einmal begegnet?«

»Allerdings. Sie ist eine außergewöhnliche Frau.« Und ich fürchte, sie wäre der Meinung, daß ich nicht der richtige Partner für dich bin, dachte er bei sich, beschloß aber, daß es klüger war, seine Bedenken nicht laut auszusprechen.

Hakim erschien in der Tür der Bibliothek. »Es ist angerichtet, Monsieur.«

»*Merci*, Hakim.« Jean-Claude stand auf. »Komm, Tessa. Das Essen ist fertig. Wir können durch das Speisezimmer in den Garten gehen.«

Das Speisezimmer lag neben der Bibliothek, und Jean-Claude brachte es fertig, sie hindurchzusteuern, ohne sie zu berühren. Sie war sich bewußt, daß er dasselbe empfand wie sie … jeder körperliche Kontakt zwischen ihnen würde eine explosive Reaktion hervorrufen.

Als sie aus der kühlen Wohnung auf die Terrasse traten, traf die Hitze sie wie ein Schlag, und Jean-Claude hielt inne. »Das war vielleicht ein Fehler. Hier draußen ist es sehr heiß.«

»Ich weiß. Aber sieh, die Sonne steht jetzt dort.« Tessa wies auf das andere Ende des Gartens. »Für mich ist es in

Ordnung, wenn es das für dich auch ist. Ich esse ganz gern im Freien.«

»Wie du meinst«, pflichtete er ihr bei und führte sie zum Tisch. Er rückte ihr einen der Gartenstühle zurecht, und sobald sie saß, zog er den großen Schirm heran, so daß sie vollständig im Schatten sitzen konnten. Dann nahm er ihr gegenüber Platz und goß aus einer bereitstehenden Flasche Wasser in ihre Gläser. »Sollen wir beim Champagner bleiben?« fragte er, nachdem er einen Schluck genommen hatte. »Oder hättest du zum Lunch lieber Weißwein?«

»Für mich Champagner, bitte«, antwortete sie, da sie wußte, daß Wein ihr zu Kopf steigen würde; und das war das letzte, was sie wollte.

»Entschuldige mich, ich bin gleich zurück«, sagte er, stand auf und verschwand durch die Glastür, um den Champagner zu holen. Beinahe sofort war er wieder da und trug den Kühler mit dem rosa Champagner in der Hand. Hakim folgte ihm auf dem Fuß und brachte ein Tablett mit zwei sauberen Champagnergläsern. Er nickte höflich und zog sich sofort wieder zurück.

»Lourdes, meine Köchin, hat ein ganz einfaches Mahl zubereitet. Es ist viel zu heiß, um etwas Schweres zu sich zu nehmen.«

»Genau«, meinte sie und fragte sich, ob sie überhaupt etwas würde essen können. Unerwartet wurde sie wieder nervös. Nach ihrem offenen Gespräch hatte sie begonnen, sich zu entspannen, aber jetzt fühlte sie sich erneut ratlos und unzulänglich – sie, die sonst so selbstbewußt war. Wie ein Schulmädchen kam sie sich vor, als sie jetzt gegenüber diesem kultivierten Mann in seinem eleganten Garten mitten in Paris saß ... überwältigt von ihm, von der Situation und ihrer Reaktion auf ihn.

Jean-Claude schien ihre Gedanken zu lesen. »Das ist sehr schwierig«, ließ er sich plötzlich vernehmen, »... einen Menschen kennenzulernen, sich in seiner Gegenwart wohl zu fühlen. Ich verstehe das, mir geht es nicht anders … aber das vergeht … vertrau mir.«

Tessa schwieg und nahm einen Schluck aus ihrem Kristallglas. Sie wollte nicht wieder über ihre Gefühle sprechen und wechselte das Thema. »Deine Bibliothek ist einer der elegantesten und schönsten Räume, die ich je gesehen habe. Aber deine Bücher schreibst du nicht darin, oder?«

»Nein. Ich sitze allerdings oft dort und denke nach.«

»Und wo schreibst du? Hast du irgendwo ein Büro?«

»Nein, ich arbeite hier in der Wohnung. Ich habe oben noch ein Arbeitszimmer. Wenn du magst, zeige ich es dir später.«

»Gern. Hast du *Warriors* dort geschrieben?«

»Ja …« Er unterbrach sich und nahm einen Schluck Champagner. »Ich habe dir mein Buch aus Höflichkeit gegeben, weil du auf dem Empfang warst«, sagte er dann rasch. »Du brauchst es aber nicht zu lesen, verstehst du.«

»Oh, aber ich habe schon damit angefangen«, antwortete sie. »Ich konnte heute nacht nicht schlafen«, entfuhr es ihr. Ihr Geständnis machte sie verlegen; sie fuhr ruckartig hoch und wurde rot. »Jedenfalls habe ich in dein Buch geschaut und dann festgestellt, daß ich es nicht mehr aus der Hand legen konnte«, fuhr sie hastig fort. »Du weißt eine Menge über Kriege, Terrorismus und Politik, oder?«

Er nickte. »Und warum konntest du nicht schlafen?«

Sie schluckte mehrmals und wollte ihm schon eine Lüge auftischen, doch dann entschied sie sich für die Wahrheit. »Ich habe an dich gedacht.«

Jean-Claude holte tief Luft. »Ich weiß. Ich hatte dasselbe Problem.« Er schaute ihr tief in die Augen, bis sie schließlich blinzelte und den Blick senkte.

Er wollte, daß sie ihn wieder ansah. »Ich bin froh, daß du Französisch verstehst«, sagte er daher. »Das ist mir wichtig.«

»Und du sprichst sehr gut Englisch«, meinte sie und bemühte sich, normal zu klingen. »Wo hast du es gelernt?«

»Ich habe Stunden genommen, als ich sehr jung war, habe gelernt und hart an mir gearbeitet. Schon mit zwölf oder dreizehn hatte ich beschlossen, Schriftsteller zu werden, und ich wollte gern reisen, besonders nach Amerika oder England. Und aus diesem Grund wollte ich die englische Sprache perfekt beherrschen.«

Hakim brachte die Vichyssoise, so daß ihr Gespräch kurz unterbrochen wurde. Als er Tessa die gekühlte Suppe serviert hatte, kostete sie davon, stellte aber fest, daß sie kaum schlucken konnte, obwohl sie köstlich war.

»Du bist in vielen Kriegen gewesen, um später darüber zu schreiben. Das ist doch sicher gefährlich.«

»Das Leben ist nun einmal nicht ohne Risiko.«

Sie gab keine Antwort.

»Das müßtest du doch am besten wissen, Tessa.«

Sie zog leicht die Augenbrauen zusammen. »Lorne hat über mich gesprochen«, vermutete sie.

»Nein. Ich habe ihn vor ein paar Wochen getroffen, als er von Istanbul nach London geflogen ist und einen Zwischenstopp in Paris eingelegt hat. Wir haben zusammen zu Abend gegessen, und da hat er mir von der Entführung deines Kindes erzählt. Weil er sich Sorgen um dich machte. Aber das ist alles.«

»Verstehe.« Sie seufzte. »Aber in den Krieg zu ziehen ist noch etwas anderes. Man fordert die Gefahr doch geradezu heraus, oder?«

»Nein. Ich gehe keine Risiken ein … zumindest nicht im Krieg.«

Ein langes Schweigen trat ein. Ein vieldeutiger Ausdruck trat in seine Augen, und sein Blick ruhte unverwandt auf ihrem Gesicht. Er schenkte ihr ein zärtliches, liebevolles Lächeln.

Seine magnetische Anziehung war fast mit Händen zu greifen. In dem Bemühen, den Bann, den er über sie geworfen hatte, zu brechen, nahm Tessa ihr Champagnerglas.

Doch zu ihrer Bestürzung zitterte ihre Hand heftig. Sie holte ein paarmal tief Luft und brachte es fertig, das Glas abzusetzen, ohne etwas zu verschütten.

Sie wußte, daß er ihr Zittern bemerkt hatte. Natürlich hatte er das.

Hakim kam und räumte den Tisch ab. Dann brachte er die Omeletts und war wieder fort. Sie versuchte zu essen, doch ohne großen Erfolg, und nach einer Weile bemerkte sie, daß Jean-Claude ebenfalls nicht aß.

Er hatte ihren forschenden Blick bemerkt. »Ich bin nicht hungrig.«

»Ich auch nicht.«

»Ich finde, wir sollten es hinter uns bringen.«

»Was denn?«

»Die ... physischen Aspekte dieser Situation. Komm, Tessa, komm mit mir.« Er stand auf, sie tat es ihm nach, und gemeinsam verließen sie den Garten.

Als sie wieder im Haus waren, wandte er sich ihr zu. »Ich sagte ja, daß ich dir mein Arbeitszimmer zeigen werde. Es liegt da oben.« Er deutete auf die Treppe und ließ ihr den Vortritt.

Jean-Claude öffnete ihr die Tür und trat hinter ihr in das Arbeitszimmer. Doch als er sie gerade in die Arme schließen wollte, klingelte das Telefon. »*Merde*«, brummte er, schob die Tür mit dem Fuß zu und eilte zum Schreibtisch. Er nahm ab und stellte fest, daß seine Schwester Marie-Laure am Apparat war.

Er sprach freundlich mit ihr und lauschte, aber sein Blick folgte Tessa. Sie betrachtete die Photos, die an den Wänden hingen und ihn zusammen mit anderen Schriftstellern, mit Politikern, Schauspielern, Philosophen, Malern und sonstigen Freunden zeigten – die *beau monde* von Paris und aus der ganzen Welt. Jean-Claude versuchte das Telefonat mit seiner Schwester kurz zu halten, erklärte, er sei in einem Gespräch. Die Unterhaltung dauerte nur wenige Minuten, doch er hatte das Gefühl, sie zöge sich ewig hin. Endlich legte er auf. Tessa wandte sich um und schaute ihn an. Sofort erkannte er in ihrem Gesicht die lange zurückgehaltene Sehnsucht, sah in ihren Augen, wie sehr sie ihn begehrte, und ihm wurde klar, daß sie ebenso überwältigt von ihren Gefühlen war wie er.

Rasch kam er um den Schreibtisch herum und trat auf sie zu, und sie stolperte in seine Arme, wäre beinahe gestürzt. Ein leiser Schrei entrang sich ihr, als sie sich an ihn klammerte, und dann vergrub sie das Gesicht an seiner Schulter. Sie zitterte so stark, daß es Jean-Claude erschreckte, und er versuchte sie zu beruhigen, streichelte ihren Rücken und drückte sie an sich. »Tessa, es ist in Ordnung«, flüsterte er zärtlich in ihr silberblondes Haar hinein, »entspann dich, *chérie*, ganz ruhig.«

Schließlich hob sie das Gesicht und sah ihn an. Er hatte das Gefühl, in diesen einzigartigen silbrigen Augen zu ertrinken. Ihre Nähe raubte ihm den Atem, und erneut fühlte er sich überwältigt von ihrer herzergreifenden ätherischen Schönheit. Sie öffnete ganz leicht den Mund und fuhr mit der Zungenspitze verführerisch über ihre Lippen.

Um Jean-Claude war es geschehen. Leidenschaftlich preßte er den Mund auf ihre Lippen und drang mit der Zunge in ihren Mund ein. Sie kam ihm entgegen und erwiderte seinen Kuß, und sie kosteten einander aus. Ein Schauer überlief ihn, und er umarmte sie noch fester. Schließlich kamen ihre Zungen zur Ruhe, doch sie küßten sich weiter. Ganz ineinander versunken, nahmen sie nichts anderes mehr wahr als sich und ihre Empfindungen.

Immer noch engumschlungen sanken sie auf das Sofa, und er fuhr fort, sie leidenschaftlich zu küssen, so wie er es sich seit dem gestrigen Abend jede Minute gewünscht hatte. Endlich war sie genau da, wo er sie haben wollte, nämlich in seinen Armen; kurz davor, ein Teil von ihm zu werden, so wie er sich in ihr verlieren würde. Er sehnte sich verzweifelt danach, sich ihr zu ergeben und sie in Besitz zu nehmen.

Ungeduldig stand er auf und begann sein Hemd aufzuknöpfen, während er zur Tür ging und sie abschloß. Als er zurückkehrte, hatte sie sich entkleidet und erwartete ihn, den hochgewachsenen, geschmeidigen Körper auf dem Sofa ausgestreckt. Wie schön sie war, dachte er.

Sekunden später hatte er seine Kleidung achtlos auf den Boden geworfen und war ebenfalls nackt. Überwältigt von seiner Begierde, legte er sich neben sie und nahm sie in die Arme. Sehnsüchtig drückte er sie an sich und spürte ihr Herz an seiner Brust pochen, im Einklang mit seinem eigenen Herzschlag.

Schließlich stützte er sich auf und sah in ihre bemerkenswerten Augen, und sie erwiderte seinen tiefen Blick und berührte sein Gesicht.

»Jean-Claude«, flüsterte sie.

»Ja, Liebling?«

»Ich begehre dich so sehr.«

»Und ich dich.« Ganz langsam küßte er ihre Stirn, ihre Augen und ihre kleinen, festen Brüste und streichelte ihre schlanken Glieder und ihren Bauch. Zärtlich huschten seine Hände über ihren ganzen Körper, bis sie leise stöhnte, sichtlich erregt auf jede seiner Berührungen reagierte. Zärtlich und leidenschaftlich erkundete sie ebenso seinen Körper.

Als seine Hände und sein Mund in dem seidigen Haar zwischen ihren Beinen zur Ruhe kamen, konnte sie sich nicht länger bezähmen und schrie vor Lust laut auf. Zärtlich und erfahren brachte er sie zum Höhepunkt und spürte, wie eine Woge nach der anderen sie überrollte. Dann glitt er auf sie, zwischen ihre Beine, und drang rasch in sie ein. »*Chérie*«, flüsterte er in ihr Haar hinein. »Tessa, meine Geliebte …«

»Jean-Claude, Jean-Claude.« Seufzend schlang sie die Arme um ihn, hielt ihn fest, wollte alles von ihm.

Ihm war, als stiegen und fielen sie wie in Zeitlupe. Ihre

Körper paßten perfekt zusammen, sie fanden einen gemeinsamen Rhythmus, als wären sie miteinander verschmolzen. Immer heftiger flammte ihre Leidenschaft auf, und immer rascher bewegten sie sich, bis sie schwer atmend, keuchend gemeinsam explodierten. Er hatte das Gefühl, zusammen mit ihr in einen von silbrigem Licht erfüllten Raum zu stürzen, und er wußte, daß er sie nie, nie wieder gehen lassen würde.

Sie lagen auf dem Sofa, noch leicht benommen vom sanften Nachhall ihrer Lust. Ihre angestaute Sehnsucht war befriedigt, alle Spannung war verflogen, und zwischen ihnen herrschten nur noch Freude und Erfüllung.

»Geht es dir auch gut?« fragte Jean-Claude an ihrer Schulter.

»Sehr gut. Nur etwas durstig.«

Er küßte sie auf die Nasenspitze, stand auf und durchquerte den Raum.

Sie sah ihm nach und dachte, wie harmonisch er sich doch bewegte. Gestern abend hatte Lorne ihn einen Mann der Tat genannt, weil er ständig zu irgendwelchen Einsätzen unterwegs war, aus Kriegen berichtete, Aufträge im Ausland annahm, und das konnte sie sich jetzt sehr gut vorstellen.

Er war in ein Nebenzimmer gegangen und kehrte mit einer Flasche Wasser und zwei Gläsern zurück. Er stellte die Gläser auf seinen Schreibtisch, öffnete die Flasche, schenkte ein und trug die Gläser zum Sofa.

Tessa setzte sich auf, schwang ihre langen, schlanken Beine auf den Boden und nahm ihr Glas entgegen. »Danke. Ich bin wie ausgedörrt. Das muß der viele Champagner sein, den du mir eingeflößt hast.«

Er setzte sich neben sie und warf ihr einen raschen Blick zu. »Jetzt wirst du wahrscheinlich behaupten, ich hätte dich betrunken gemacht und dann verführt.«

»Nein, das werde ich nicht. Verführt hast du mich schon

gestern abend, bei Marie-Hélène. Und zwar vor den Augen von halb Paris.«

Er lachte laut auf. »*Touché.*«

»Hast du vielleicht einen Hausmantel oder ein Hemd für mich? Oder warte, ich kann das hier überziehen«, sagte sie und griff nach seinem weißen Hemd, das auf dem Boden lag.

»Ich hole dir etwas anderes; das Hemd ist nicht sauber. Ich habe es getragen.«

»Deswegen möchte ich es ja anziehen.« Sie vergrub das Gesicht in dem Stoff. »Es riecht nach deinem Eau de Cologne.« Sie stand auf, schlüpfte in das Hemd und schloß ein paar Knöpfe. »Und nach dir.«

Schmunzelnd ging er ins Bad. Als er kurz darauf zurückkehrte, trug er einen marineblauen Hausmantel. »Bist du hungrig?«

»Ein wenig. Aber ich glaube kaum, daß unsere Omeletts noch heiß sind.«

Wieder spielte ein Lächeln um seine Mundwinkel, und er trat zu ihr und schloß sie in die Arme. »Ich kann bestimmt ein paar Sandwiches auftreiben. Aber zuerst möchte ich mit dir reden.«

»Worüber?« fragte sie und rückte ein wenig von ihm ab, als sie bemerkte, wie ernst er klang. Sie sah ihn offen an und zögerte ein wenig. »Stimmt etwas nicht?« fragte sie dann rasch.

»Setz dich dorthin«, sagte er ein wenig herrisch und wies auf das Sofa. Prompt gehorchte sie.

Er wandte sich um, zog einen Stuhl vor die Couch und setzte sich ihr gegenüber hin. Kurz schwieg er und sah nachdenklich aus.

Verstohlen musterte sie ihn. Kein Wunder, daß ihm die Frauen zu Füßen lagen. Ihr war es schließlich nicht anders ergangen. *Und zwar von einem Moment auf den anderen.* Er besaß eine starke maskuline Ausstrahlung und einen kräftigen, muskulösen Körper. Seine bernsteinfarbenen Augen konnten gefühlvoll oder auch grüblerisch blicken und wirkten manchmal geradezu hypnotisch. Sein feingezeichneter Mund war sinnlich, aber auch sanft. Ja, das war es. Diese Sanftheit war der Zug an seinem Gesicht, der so anziehend und zugleich schwer zu fassen war. Doch als er jetzt ihren Blick erwiderte und sie eindringlich ansah, bemerkte sie, daß er ernst wurde. »Ist etwas nicht in Ordnung?« fragte sie noch einmal, plötzlich besorgt.

»Nein.« Er nahm einen tiefen Schluck von seinem Wasser, stellte das Glas auf einem Tischchen in der Nähe ab und setzte sich auf dem Stuhl zurecht. »Ich bin ein erwachsener Mann von dreiundfünfzig Jahren. Das hier ...« – er hielt inne und vollführte eine Handbewegung, die sie beide umfaßte –, »ist für mich weder ein Spaß noch ein Spiel.«

»Das weiß ich doch, Jean-Claude.«

»Dazu habe ich zu viel gesehen, zu viel erlebt und auf vielen verschiedenen Gebieten zu viel gelitten. Schmerz und Kummer sind mir ... alte Vertraute. Ich habe mit Enttäuschung und Verzweiflung gerungen und viel Leid ertragen. Man könnte wahrscheinlich behaupten, daß mir schon fast alles begegnet ist. Manche Menschen in Paris sind der Meinung, ich sei müde, ausgebrannt sogar, und in mancher Hinsicht bin ich das vielleicht sogar.« Wieder griff er nach seinem Wasser; offensichtlich war er ebenso durstig wie Tessa.

»Daher«, fuhr er fort, »kann ich es mir in meinem Alter nicht mehr leisten, meine Zeit zu vergeuden, denn ich habe noch viel zu schreiben, zu lernen, zu erreichen und zu tun. Verstehst du, was ich meine, Tessa?«

»Ich glaube schon.«

»Als ich gestern abend nach diesem Essen nach Hause kam, fühlte ich mich *erschüttert*. Das ist das einzige Wort, das mir dazu einfällt ... erschüttert. Und der Grund warst du, unsere Begegnung. Du hast eine enorme Wirkung auf mich ausgeübt. Und ich glaube, dir ging es nicht anders, habe ich recht?«

»Ja, ich empfinde genau wie du. Haben wir das einander nicht eben bewiesen, Jean-Claude? Aber ...« Sie unterbrach sich.

»Aber ... was?«

»Ich fürchte mich ein wenig.«

Er lächelte. »Und ich schlottere vor Angst.«

Tessa räusperte sich. »Du möchtest nicht, daß *ich* deine Zeit verschwende, das wolltest du doch eben sagen, oder?«

»Das stimmt. Im Lauf der Jahre habe ich eine Menge Zeit vergeudet, und zwar ziemlich oft mit Frauen, die schließlich doch nicht das waren, wofür ich sie hielt.«

»Und was ist mit mir? Wofür hältst du mich?«

»Für die Frau, nach der ich mein ganzes Leben lang gesucht habe.«

»Die Widmung, die du mir in mein Buch geschrieben hast, hieß *je suis là*. Was hast du damit gemeint?«

»Was glaubst du denn?«

»Ich bin für dich da ... ich warte auf dich.«

»Das hast du sehr scharfsinnig erfaßt, Tessa.«

»Lorne sagte, er habe dich noch nie so erlebt. Und er meinte, ich sei ja fast ohnmächtig zu deinen Füßen zusammengesunken, und das stimmte. Zumindest kam es mir so vor.«

»Dein Bruder hat recht, ich glaube nicht, daß ich mich schon einmal so benommen habe.« Plötzlich lachte er leise. »Am liebsten hätte ich dich einfach gepackt, mit hergeschleppt, dich in meine Arme genommen und nie wieder losgelassen. Das war ein so überwältigendes Gefühl, daß ich buchstäblich wie erschlagen war.«

»Du sagtest, du möchtest nicht, daß ich deine Zeit verschwende ... aber was genau erwartest du von mir?«

»Einen fairen Deal, wie meine amerikanischen Freunde sagen würden. Jetzt, in diesem Moment, möchte ich wissen, ob du bereit bist, eine Beziehung zu mir einzugehen. Und noch etwas anderes ... ich muß mir sicher sein, daß du immer ehrlich mit mir bist und mir die Wahrheit sagst.«

»Ich würde dich niemals anlügen«, rief sie aus. »Und eine Beziehung mit dir ...«, fuhr sie mit sanfter Stimme fort. »Natürlich möchte ich das. Haben wir nicht gerade eine begonnen?«

»Nun ja, manch einer würde das vielleicht als einen ... One-Night-Stand betrachten.«

»Einen One-*Afternoon*-Stand wohl eher«, verbesserte sie ihn und begann zu lachen.

Gutmütig fiel er ein und schüttelte den Kopf.

Ganz leise sprach sie weiter. »Aber wir leben in verschiedenen Städten. Ich habe eine dreijährige Tochter, und außerdem einen Beruf und Verantwortung.«

»Das weiß ich doch alles, Tessa. Aber laß es uns versuchen, ja?«

Sie schwieg. »Sag schon, willst du?« drängte er.

»Ja, ich will«, sagte sie.

20

Tessa strich sich das Haar aus dem Gesicht, blieb auf dem Sofa sitzen und sah auf die Tür. Jean-Claude war nach unten gegangen, um die Sandwiches zu holen. Sie fragte sich, warum sie sich plötzlich so merkwürdig fühlte, und dann traf die Erkenntnis sie wie ein Schlag: Jean-Claude fehlte ihr bereits jetzt schmerzlich. Und dabei war er erst ein paar Minuten fort.

Als sie gestern nacht nicht schlafen konnte, hatte sie in seinem Buch gelesen und im stillen ihrer Mutter dafür gedankt, daß sie darauf bestanden hatte, sie Französisch lernen zu lassen. Wenn sie seine Sprache nicht verstünde, könnte sie auch seine Bücher nicht lesen, und das fand sie plötzlich ganz unabdingbar.

Er war wirklich überlebensgroß, dachte sie. Wenn er sich in einem Raum aufhielt, dann beherrschte er ihn mit seiner körperlichen Präsenz und seiner Persönlichkeit vollkommen, und genau das vermißte sie jetzt. Ohne ihn wirkte sein Arbeitszimmer leer und leblos.

Auch in der Liebe schenkte er ihr etwas, das sie noch nie erfahren hatte. Vor ihrer Heirat mit Mark hatte sie nur einen einzigen Mann gekannt, und der war im Bett eine Katastrophe gewesen. Und Mark hatte es immer eilig; nie dachte er an sie, nie sorgte er dafür, daß auch sie Befriedigung fand. Und schließlich war er sogar gewalttätig geworden, hatte ihr beim Sex weh getan und sie am Ende brutal vergewaltigt, daß sie ihn verlassen hatte und sich glücklich schätzte, mit dem Leben davongekommen zu sein.

Denk nicht an Mark, ermahnte sie sich streng und verdrängte die Erinnerung sofort. Sie lehnte sich auf dem Sofa zurück, schloß die Augen und durchlebte noch einmal ihre Liebesszene ... eine Stunde solcher Seligkeit ...

Sie wußte, daß er es ernst mit ihr meinte, deutlicher hätte er nicht werden können. Schließlich war es sein Beruf, sich unmißverständlich auszudrücken, oder? Er wünschte sich eine langfristige Beziehung. Und sie dachte genauso, das war ihr inzwischen klar. Bedeutete das eine Ehe? Sie war sich nicht sicher. Wie sollte das funktionieren? Paris war seine Domäne, hier war er einer der führenden Köpfe der Nation. Ständig war er unterwegs, um von Kriegen und Aufständen zu berichten und auf der ganzen Welt Interviews mit Politikern und Präsidenten zu führen ... und begab sich dabei oft in Gefahr. Würde sie damit umgehen können?

Und außerdem hatte sie noch ihr eigenes Leben ... und Adele. Wo immer sie hinging, würde auch ihre Tochter mit ihr kommen, aber das war kein Problem. Jean-Claude würde sich augenblicklich in sie verlieben, so wie alle, die das kleine Mädchen kannten. Doch sie hatte auch an ihre Karriere zu denken, die Verantwortung, die sie bei *Harte's* trug. Wie sollte sie in London arbeiten und in Paris leben? Und hier leben mußte sie, wenn ihre Affäre sich so weiterentwickeln sollte, wie er es wünschte, nein von ihr erwartete.

Adeles Entführung hatte sie so schmerzlich erschüttert, daß sie endlich richtig begriffen hatte, daß ihre Tochter ihr wichtiger war als alles andere in ihrem Leben. Und daran hatte sich seither nichts geändert. Ihre Karriere war für sie an den zweiten Platz gerückt. Würde sie jetzt wegen Jean-Claude an dritter Stelle stehen?

Ruckartig setzte sie sich auf.

Sie hatte sich wirklich in ihn verliebt.

Auf der Stelle, gestern abend. Genau wie India einem anderen reifen Mann erlegen war, Russell Rhodes. Jetzt verstand sie plötzlich, welche Art von Beziehung ihre Cousine und den Künstler verband.

In ihrem ständigen Bestreben, mehr über Jean-Claude zu erfahren, stand sie auf und ging in seinem Arbeitszimmer umher. In einem Regal stand eine Reihe von Büchern, die er verfaßt hatte, fünfundzwanzig insgesamt. Sie bemerkte, daß einige davon ins Englische und weitere Sprachen übersetzt worden waren. Warum spürte sie dabei einen Anflug von Stolz? Schließlich hatte sie ihn erst gestern abend kennengelernt. *War das wirklich erst gestern gewesen?*

Dann ergriff sie plötzlich ein Gefühl von Panik. Wie sollte sie das alles bloß vereinbaren? Einen Moment lang fühlte sie sich überfordert; dann holte sie tief Luft und versuchte sich zu entspannen. Sie würde alles auf sich zukommen lassen und einen Tag nach dem anderen bewältigen. Etwas anderes blieb ihr ohnehin nicht übrig.

An der anderen Wand stand sein Schreibtisch, auf dem sie Schreibmaschine, Computer und Drucker sowie zwei moderne Lampen aus Edelstahl entdeckte. Hier wird wichtige und ernsthafte Arbeit geleistet, dachte sie und nickte. Sein Arbeitsplatz vermittelte ihr das Gefühl, daß er rasch und effizient schrieb.

Als Tessa auf ihre Uhr sah, stellte sie zu ihrem Erstaunen fest, daß es fast drei Uhr war. In diesem Moment öffnete sich die Tür. »Tut mir leid, daß es so lange gedauert hat«, brummte Jean-Claude und bückte sich nach dem Tablett, das er auf dem Boden abgesetzt hatte. Er ging zum Schreibtisch und stellte das Tablett darauf ab.

»Komm, Tessa«, winkte er ihr, »setz dich in den Schreibtischstuhl, er ist bequemer.«

Herrisch ist er auch noch, dachte sie amüsiert, schenkte ihm aber ein strahlendes Lächeln und eilte zu ihm. Er schloß sie fest in die Arme. »*Chérie*«, flüsterte er und streichelte ihr

Haar. Dann ließ er sie los, holte sich einen Stuhl und nahm ihr gegenüber Platz.

Sie bemerkte, daß jemand – Hakim wahrscheinlich – das Tablett mit einem schneeweißen Organdytuch, passenden Servietten und hübschem Porzellan ansprechend gedeckt hatte. Tessa nahm einen Teller und eine Serviette, und Jean-Claude goß den Tee ein. Schweigend aßen sie, bis sie gesättigt waren.

Jean-Claude sah Tessa an und lächelte. »Ich war so mit dir beschäftigt, daß ich gar nicht gemerkt habe, wie hungrig ich war.«

»Ich weiß, ich war selbst völlig ausgehungert«, antwortete sie. Dann legte sie den Kopf auf die Seite und sah ihn nachdenklich an.

»Was ist?« fragte er und stellte seine Teetasse ab.

»Mir ist gerade ein ganz merkwürdiger Gedanke gekommen. Hältst du es für möglich, daß mein Bruder uns beide verkuppelt hat?«

Jean-Claude war verblüfft. Er zog leicht die Augenbrauen zusammen und begann dann zu lachen. »*Mon Dieu!* Was für eine Vorstellung«, sagte er dann, immer noch schmunzelnd. »Dazu kann ich nur eins sagen: Wenn das wirklich stimmt, werde ich ihm ewig dankbar sein.« Immer noch amüsiert, schüttelte er den Kopf. »Und wie kommst du darauf?«

»Na ja, kürzlich habe ich mich mit ihm unterhalten, und ich sagte, wahrscheinlich würde ich nie wieder heiraten, nach diesem Debakel mit ...«

»Und was hat Lorne geantwortet?« unterbrach er sie rasch.

»Er hat erklärt, das sei in Ordnung; aber er wolle nicht zulassen, daß ich allein bleibe. Er werde dafür sorgen, daß ich jede Menge Liebhaber habe.«

»Nur einen bitte, *ma chérie.*« Er legte seine Hand auf ihre. »*Oui, absolument.* Nur einen. *Dich.*«

Er strahlte, und seine dunklen Augen blickten zärtlich.

»Da hast du also an deinen Bruder gedacht. Ich übrigens auch, als ich unten war, um die Sandwiches zu holen. Vielleicht wäre es eine gute Idee, wenn er uns morgen aufs Land begleiten würde.«

»Wir fahren aufs Land?« fragte sie verblüfft.

»Du hast doch zugestimmt, das Wochenende mit mir zu verbringen, oder?«

»Ja, das habe ich.«

»Ich besitze ein Haus außerhalb von Paris, klein, aber gemütlich. Es wird dir dort bestimmt gefallen. Du kommst doch mit, Liebling?«

Mit dir würde ich überall hingehen, dachte sie. »Das wäre nett. Aber vielleicht sollten wir auch mit Lorne reden. Ich weiß nicht genau, wie seine Pläne aussehen.«

»Ich dachte, er lernt seinen Text«, meinte Jean-Claude, nahm das Telefon, das auf dem Schreibtisch lag, und wählte die Nummer des Hotels.

Kurz darauf sprach er mit Lorne. »*C'est moi, mon ami. Comment vas-tu?*«

»Hallo, Jean-Claude«, meldete sich Lorne am anderen Ende. »Mir geht's gut und dir? Alles in Ordnung bei euch beiden?«

»*Bien sûr.* Hast du morgen schon etwas vor?«

»Nein, ich wollte nur für meine Rolle lernen. Warum fragst du?«

»Ich dachte, es wäre gut, wenn ... wenn Tessa dieses Wochenende nicht in Paris verbringen würde. Und es wäre mir ein Vergnügen, wenn du mitkommen würdest. In mein kleines Häuschen auf dem Land ... Du kennst es ja.«

»Kleines Häuschen!« lachte Lorne. »Hast du ihr nicht verraten, daß es eher ein *château* ist?«

»Ach, mein lieber Freund, immer übertreibst du. Von einem Schloß kann man da wohl kaum sprechen. Aber du kommst doch mit, oder?«

»Danke für die Einladung, Jean-Claude, und ich halte es

für eine sehr gute Idee, Tessa von Paris fernzuhalten, solange diese beiden Burschen in der Stadt herumlungern.«

»Genau das war mein Gedanke«, antwortete Jean-Claude. »Dann rechnen wir mit dir.«

»Wenn Tessa mich mitnimmt …«

»Ich gebe sie dir«, murmelte Jean-Claude und reichte Tessa das Telefon.

»Hallo, Lorne«, sagte sie. »Du kommst doch mit, oder? Sonst fahre ich nämlich auch nicht.«

»Natürlich komme ich. Ich liebe dieses Haus. Geht's dir gut, Schätzchen?«

»Mehr als das, ich fühle mich … *großartig.*«

»Jean-Claude ist ein phantastischer Mann, ein wirklich wunderbarer Mensch. Wenn du bei ihm bist, bin ich beruhigt. Bei Jean-Claude bist du immer in Sicherheit.«

»Das weiß ich. Wahrscheinlich wird er dich später anrufen und dir unsere genauen Pläne durchgeben. Sonst etwas Neues?«

»Nichts. Hast du etwas von Linnet gehört?«

»Nein, aber ich hatte auch nicht damit gerechnet, daß sie anruft. Ich habe noch heute morgen mit ihr gesprochen, und da war alles in Ordnung. Außerdem habe ich mein Handy bei mir, und es ist ständig eingeschaltet.«

Jean-Claude trug das Tablett zurück in die Küche, und während er fort war, zog Tessa sich wieder vollständig an. Als er erneut in das Arbeitszimmer trat, war sie in die Betrachtung eines Photos versunken, das an der Wand hing. Sie drehte sich zu ihm um, und ein verwirrter Ausdruck stand in ihren Augen.

»Wer ist dieses Kind bei dir? Das bist doch du, oder?«

Er kam zu ihr und schlang die Arme um sie. »Ja. Und das ist mein Sohn«, sagte er und sah zu ihr herunter. »Damals war er zehn.«

»Oh«, brachte sie nur heraus.

»Er ist jetzt erwachsen, fast so alt wie du. Deswegen sagte ich ja, ich sei zu alt für dich.«

»Nein, das bist du nicht! Ich wußte nur nicht, daß du verheiratet warst.« Sie räusperte sich. »Du warst doch mit seiner Mutter verheiratet, oder?«

»Ganz kurz. In meiner Jugend, vor langer Zeit. Ich habe mit einundzwanzig geheiratet, und Philippe kam zur Welt, als ich zweiundzwanzig war.«

»Ich verstehe. Lebt er in Paris?«

»Nein, in Südfrankreich. Er ist Künstler«, erklärte Jean-Claude.

Tessa zögerte. »Und ... seine Mutter?«

Er brach in Gelächter aus. »Wir sind seit vielen Jahren geschieden.«

»Und du hast nie wieder geheiratet?«

»Nein. Aber ich war ... mit vielen Frauen zusammen.«

»Das kann ich mir denken.«

Er drehte sie zu sich um und faßte sie bei den Schultern. »Ich kann die Vergangenheit nicht ungeschehen machen«, sagte er und sah in ihr Gesicht. »Und du ebenfalls nicht, *ma chérie*. Wir beiden bringen ... einiges an Gepäck mit in diese Beziehung und müssen damit so gut wie möglich umgehen. Aber eines kann ich dir ganz aufrichtig versichern: Ich glaube, daß du die Richtige für mich bist. Ich glaube, du kannst all diese leeren Stellen in meinem Herzen ausfüllen, und ich kann dasselbe für dich tun. Also laß uns nicht auf der Vergangenheit herumreiten, weder auf meiner noch auf deiner. Die Vergangenheit ist abgeschlossen, aber die Zukunft gehört uns.«

Sie legte den Kopf an seine Schulter und dachte an das, was Lorne kurz zuvor zu ihr gesagt hatte. »Bei Jean-Claude bist du immer in Sicherheit.« Und sie wußte, daß ihr Bruder die Wahrheit gesprochen hatte.

Jonathan Ainsley saß an seinem Schreibtisch im Arbeitszimmer seiner opulenten Wohnung in der Avenue Foch, einer der elegantesten Straßen von Paris, und telefonierte. Aufmerksam lauschte er der Frauenstimme am anderen Ende. »Und du bist dir ganz sicher, daß Tessa Fairley sich in Paris aufhält?« fragte er, als seine Informantin ihren Bericht beendet hatte.

»Ja. Zusammen mit ihrem Bruder, Lorne Fairley. Und sie müssen einfach im Pariser Hotel der O'Neills abgestiegen sein. Wo sollten sie sonst wohnen, wenn nicht im Hotel ihres Vaters?«

»Nur zu wahr, meine Liebe«, sagte Jonathan und spielte mit dem Jadestück, das er in der Hand hielt. »Wann sind sie angekommen?«

»Donnerstag abend, und Tessa wird erst am Mittwoch nächster Woche wieder in London erwartet. Ihr Bruder bleibt noch, weil er in Paris dreht, aber sie kommt eher zurück, zweifellos, weil ihre Mutter am 6. September aus New York zurückkehrt.«

»Gut gemacht, wirklich gut. Wenn wir uns in London sehen, habe ich eine hübsche Überraschung für dich. Ein kleines Geschenk und natürlich ein Rendezvous, ein Wiedersehen. Das würde dir doch gefallen, was, Schätzchen?«

»Das weißt du doch, Jonathan.«

»Nun gut, ich lasse dich wissen, wann ich nach London komme. Unterdessen vielen Dank für die Information. Sie wird mir sehr von Nutzen sein.«

Sie verabschiedeten sich und legten beide auf, und Jonathan wählte sofort das Ritz an, wo Mark wohnte. Doch er war nicht auf seinem Zimmer. Jonathan knallte den Hörer auf und wählte als nächstes die Nummer des Pariser O'Neill-Hotels und fragte nach Mrs. Tessa Longden.

Den Bruchteil einer Sekunde später meldete sich die Vermittlung wieder. »Mrs. Longden ist nicht registriert«, erklärte ihm jemand in leicht akzentuiertem Englisch.

»Vielleicht ist ihr Bruder, Mr. Lorne Fairley, im Hotel abgestiegen, und sie begleitet ihn. Können Sie es bitte in seiner Suite probieren?«

»Mr. Fairley ist nicht hier, Monsieur. Momentan weilt niemand aus der Familie im Hotel.«

Jonathan murmelte ein Dankeswort und legte auf. Sein Gesicht hatte sich zu einer häßlichen Fratze verzogen. Im Hotel ihres Vaters wohnten die beiden also nicht, aber in einem anderen Haus wären sie bestimmt nicht abgestiegen. Da Fairley in Paris filmte, war es gut möglich, daß er für ein paar Wochen oder sogar Monate eine Wohnung gemietet hatte. Jonathan überlegte, wie er in diesem Fall die Adresse herausfinden sollte. Ach, sollte doch Mark Longden diese schmutzige Arbeit tun. Er wollte sich die Gelegenheit nicht entgehen lassen, Tessa etwas anzutun. Sobald er wußte, wo sie in Paris logierte, wäre es ein leichtes, irgendeinen Unfall zu arrangieren.

Da Longden momentan nicht erreichbar war, beschloß Jonathan, seine Cousine Sarah Pascal anzurufen. Wissen würde sie wahrscheinlich nichts, da sie mit den Hartes auf ebenso schlechtem Fuß stand wie er. Aber gelegentlich bereitete es ihm ein kleines, sadistisches Vergnügen, Sarah mit Seitenhieben auf ihre Cousinen zu quälen. Seine Provokationen schienen sie immer zu ärgern.

Doch erneut war das Glück ihm nicht hold. Er rief in Sarahs Büro an, nur um zu hören, daß sie bereits ins Wochenende gegangen war. Natürlich, es war vier Uhr am Freitagnachmittag; zweifellos war sie zu ihrem Mann in ihr Haus auf dem Land gefahren.

Zu dumm, dachte er und wählte die Nummer seiner Geliebten, Yvette Duval. Aber ihre Haushälterin teilte ihm mit, Madame sei nach Rom geflogen. »Rom!« stieß er hervor und knallte wütend und frustriert den Hörer auf die Gabel.

Was zum Teufel führte Yvette im Schilde? Er fragte sich, ob sie sich als ein genauso treuloses Miststück erweisen würde, wie es seine Ehefrau gewesen war. Plötzlich sah er sie vor seinem inneren Auge – *Arabelle Sutton.* Die Frau, die er bis zum Wahnsinn geliebt hatte – und die ihn betrogen und ihm auf die gemeinste Art Hörner aufgesetzt hatte, indem sie mit seinem chinesischen Partner Tony Chiu schlief. Schon oft hatte er daran gedacht, Arabelle zusammen mit den Harte-Frauen und Evan Hughes auf seine schwarze Liste zu setzen, aber irgendwie war er davor zurückgeschreckt. Vielleicht, weil er sie einmal geliebt hatte. Aber warum zum Teufel eigentlich? Nach dem, was sie ihm angetan hatte, verdiente sie es, zu leiden.

Und mit Yvette Duval war er fertig. Heute abend würde er sich bei einer der kostspieligen Huren von Madame Simone austoben. Nächste Woche würde er dann beginnen, Yvettes Tochter Chantal zu umwerben. Konnte es eine bessere Rache geben? Er würde die Mutter fallenlassen und eine Affäre mit ihrer bezaubernden Tochter beginnen, die zwar erst neunzehn war, aber umwerfend sexy.

Der bloße Gedanke an diese Intrige zauberte ein erfreutes Lächeln auf sein Gesicht. Wieder griff er zum Telefon, rief im Ritz an und fragte nach Mark Longden.

Doch der meldete sich immer noch nicht, so daß er eine Nachricht hinterließ. Irgendwann würde er von ihm hören. Mark war schwach, verkommen und immer in Geldnöten und würde tun, was er von ihm verlangte. Solange er ihn brauchte. Wenn Longden ihm nicht mehr von Nutzen war, würde er ihn einfach den Krähen zum Fraß vorwerfen.

Jonathan war nicht im geringsten überrascht, als Mark Longden ihn später anrief und zum Essen einlud. Da er nichts Besseres zu tun hatte, nahm er die Einladung an, und die beiden Männer trafen sich auf einen Cocktail im Ritz am Place Vendôme.

Als sie zusammen in der Bar saßen und trockene Martinis schlürften, erzählte Jonathan Mark, was er heute gehört hatte. »Ihre schöne Ehefrau, die liebreizende Tessa, hält sich in Paris auf. Wette, das wußten Sie nicht.«

Mark war offensichtlich verblüfft und starrte Jonathan durchdringend an. »Woher wissen Sie das?«

»Hat mir ein kleines Vögelchen geflüstert. Sie ist mit ihrer anderen Hälfte hier, das heißt dem höchst attraktiven Schauspieler Lorne Fairley. Er dreht hier einen Film.«

Mark nickte nur und nippte nachdenklich an seinem Drink.

Es irritierte Jonathan, daß er nicht darauf ansprang. »Schade, daß Sie nicht in England sind. Dann könnten Sie Ihrem absolut anbetungswürdigen Kind einen Besuch abstatten.«

Mark erstarrte; in seinen Ohren klang das sarkastisch. »Adele ist tatsächlich anbetungswürdig und das schönste Kind der Welt.«

Sein Gegenüber schaltete einen Gang zurück und erinnerte sich, daß man Mäuse mit Speck fing. »Natürlich ist sie wunderschön, Mark. Sie fehlt Ihnen bestimmt.«

»Allerdings«, gestand Mark. »Und außerdem ist sie ein kleines Plappermäulchen und liebt es, mir alles zu erzählen, was sie erlebt. Sie wird Brautjungfer bei Linnet O'Neills Hochzeit sein, und sie ist schon ganz aufgeregt, zusammen mit den älteren Mädchen aufzutreten.«

Jonathan beugte sich vor. Plötzlich wirkte er hellwach, und seine Augen leuchteten vor boshafter Freude auf. »Wann ist eigentlich die berühmte Hochzeit? Ist mir ganz entfallen«, log er. Tatsächlich hatte er das Datum nicht herausbringen können; Eleanor belieferte ihn nicht mehr mit Informationen. Auch sie mußte verschwinden, da gab es kein Vertun.

»Am ersten Samstag im Dezember. Es ist der Erste, glaube ich.«

»Ach ja. Und zweifellos werden die Clans dort sein. Sämtliche Hartes, O'Neills und Kallinskis. Stellen Sie sich das vor,

Mark. Alle werden zur selben Zeit in Yorkshire sein. Und wo soll die Trauung stattfinden?«

»In der kleinen Kirche im Dorf, und der Empfang auf Pennistone Royal, zumindest habe ich das so verstanden.«

»Da würde ich gern Mäuschen spielen. Sie nicht, Mark?«

Mark zog ein Gesicht. »Im Leben nicht. Diese Snobs gehen mir gehörig auf die Nerven.«

»Denken Sie nur, die kompletten Clans ... Wie schade, daß wir keine Bombe auf die Kirche werfen können. Oder sie in die Luft sprengen. Sie anzünden. Mein Gott, was für eine Vorstellung!« Er begann ausgelassen zu lachen.

»Sie machen Witze, oder?« fragte Mark und beäugte Jonathan mißtrauisch.

»Natürlich, mein lieber Junge. Meinen Sie, ich würde mich in diese Lage bringen ... für einen Haufen Hartes am Galgen zu baumeln? Niemals. Aber wissen Sie, Mark, manchmal hätte ich schon Lust, ein bißchen zu zündeln. Nur so zum Spaß.«

»Ach, Sie doch nicht«, versetzte Mark etwas zu schnell. »Sie erzählen nur gern haarsträubende Dinge.«

»Yeah, das stimmt«, pflichtete Jonathan ihm bei. »Kürzlich habe ich in der *Daily Mail* einen Bericht über eine Bande von Rowdys gelesen, Sie wissen schon, Skinheads, Hooligans, die mit einem Transporter in eines dieser malerischen Dörfer in Somerset gefahren sind und auf der Dorfwiese kampiert haben. Sie behaupteten, es sei öffentliches Gelände, und sie hätten das Recht, sich dort niederzulassen. Die Polizei konnte sie monatelang nicht von der Wiese vertreiben, und das Dorfleben war völlig auf den Kopf gestellt. Stellen Sie sich das mal vor!«

Mark winkte dem Kellner und bestellte noch zwei trockene Martinis. »Über so etwas sollten Sie nicht scherzen, Jonathan«, sagte er leise. »Zumindest nicht gegenüber anderen. Am Ende nimmt Sie noch jemand ernst.«

Jonathan lächelte nur noch einmal und kippte den zweiten

Drink herunter, der plötzlich in seiner Hand aufgetaucht war. Aber mir ist es ernst, dachte er. Tödlicher Ernst. Ein hübsches kleines Feuer in dieser Kirche, und sämtliche Hartes, O'Neills und Kallinskis werden geröstet. Ich könnte drei Fliegen mit einer Klappe schlagen, besser gesagt, mit einem Feuer. Jetzt brauche ich nur noch eine Bande Rowdys anzuheuern, ihnen einen Transporter zu besorgen und sie nach Pennistone Royal zu schicken, damit sie am 1. Dezember Chaos und Verderben stiften. Was für eine gute Idee. Eine ganz ausgezeichnete Idee.

21

Lorne packte für die Fahrt aufs Land, als sein Handy klingelte. Sofort nahm er das Gespräch an. »Hallo?«

»Mr. Fairley? Ich bin's, Vincent.«

»Hallo, Vincent«, rief Lorne, als er die Stimme des Hotelmanagers hörte. »Da habe ich wohl einige Anrufe bekommen. Oder gibt es einen anderen Grund, warum Sie sich melden?«

»Es geht um einen bestimmten Anruf, Mr. Fairley. Vor ein paar Minuten rief ein Mann an und fragte zuerst nach Mrs. Longden und dann nach Ihnen. Die Vermittlung hat ihm natürlich gesagt, keines der Familienmitglieder wohne im Hotel, so wie Sie es uns aufgetragen haben.«

»Gut. Und übrigens stimmt das ab sofort auch. Meine Schwester hat Paris bereits verlassen, und ich selbst breche in einer halben Stunde auf. Halten Sie auf jeden Fall unsere Namen aus dem Register heraus, und stellen Sie keine Anrufe durch. Wir sind ganz einfach nicht hier.«

»Ich verstehe, Mr. Fairley. Ich wünsche Ihnen ein schönes Wochenende.«

»Danke. Ach, Vincent, der Anrufer hat wahrscheinlich keinen Namen hinterlassen, oder?«

»Nein, aber die Mitarbeiterin in der Vermittlung, die den Anruf entgegengenommen hat, meint, er sei Engländer gewesen.«

»Verstehe. Ich melde mich am Wochenende noch einmal

bei Ihnen. Die Vermittlung soll alle Anrufe, die für uns eingehen, kontrollieren. Und legen Sie bitte eine Liste an.«

»Wird gemacht, Sir.«

Der Manager legte auf, und Lorne packte weiter.

Am frühen Abend erreichten sie Clos-Fleuri. Das kleine Anwesen lag in einem Privatpark am Rande des Walds von Fontainebleau, und als Jean-Claudes Wagen durch das Eisentor fuhr, hielt Tessa verblüfft den Atem an. Das Haus stand am Ende einer kurzen Auffahrt, und jetzt, im letzten Tageslicht, hob sich seine Silhouette makellos schön vor dem tiefblauen Himmel ab. Drinnen waren die Lichter eingeschaltet, und die Fenster strahlten hell. Was für ein hübscher, einladender Anblick.

Sofort sah sie, daß es wirklich kein Schloß war, genau wie Jean-Claude vorhin behauptet hatte. Lorne hatte ihn nur aufgezogen. Von außen wirkte das Gebäude kompakt. An allen vier Ecken ragten runde Türme auf, und jeder trug ein konisches, dunkelblaues Schieferdach. Da waren vier Kamine, und all diese hohen, schmalen Fenster, so viele, daß man sie nicht zählen konnte. Zur Linken des Hauses standen Gebäude, die Tessa für ehemalige Ställe hielt, und zur Rechten lag eine Baumgruppe. Das Anwesen war alt, das erkannte sie an den ausgewaschenen Steinen und den blaßrosa Ziegeln. Achtzehntes Jahrhundert, schätzte sie.

Als sie näher kamen, gestand Tessa sich ein, daß sie noch nie ein so reizendes Haus gesehen hatte, und sie wußte, diesen ersten Eindruck würde sie nie vergessen. Dieses Gefühl der Anziehung hatte sie überrascht, da sie normalerweise kein Mensch war, der angesichts architektonischer Schönheit ins Schwärmen geriet. Aber andererseits gehörte Clos-Fleuri *ihm*, und vielleicht erklärte das, warum es ihr so gefiel.

Wenige Minuten später hielt Jean-Claude vor der Vordertür, die aufgerissen wurde, noch bevor er die Handbremse angezogen hatte. Ein ziemlich junger Mann, der wie Hakim in eine weiße Butlerjacke gekleidet war, kam rasch die Stufen herunter und begrüßte sie alle mit großer Herzlichkeit. Nachdem Jean-Claude sie Gérard, dem Hausdiener, vorgestellt hatte, führte er sie ins Haus, und Gérard holte ihr Gepäck.

»Ich zeige euch eure Zimmer«, erklärte Jean-Claude, führte die beiden durch die ansprechend möblierte Eingangshalle und eine breite Mitteltreppe mit blankpolierten Mahagonigeländern hinauf. »Anschließend muß ich in die Küche und unseren Speisenkorb auspacken, damit wir entscheiden können, was wir zu Abend essen wollen.«

»Tessa ist eine großartige Köchin«, schwärmte Lorne. »Sie kann für uns kochen.«

Jean-Claude schien erstaunt, das zu hören. »Ich glaube allerdings nicht, daß es etwas zu kochen gibt. Lourdes hat für heute abend verschiedene kalte Gerichte für uns zusammengestellt. Und morgen kommt sie natürlich und kocht für uns.«

»Aber ich würde gern das Abendessen kochen, wirklich!« rief Tessa aus. »Wenn dir das recht ist«, setzte sie hinzu, als Jean-Claude keine Antwort gab.

»*Mais oui* ... was für eine nette Idee.«

Als sie den Treppenabsatz erreichten, warf sie ihm einen Blick zu und dachte, daß er nicht besonders begeistert geklungen hatte. Aber sie sagte nichts weiter, sondern folgte ihm mit Lorne die Treppe hinauf.

Auf halber Höhe öffnete er eine Tür und wandte sich an Lorne. »Da sind wir, *mon vieux*. Ich weiß ja, daß du dieses Zimmer magst.« Er geleitete ihren Bruder hinein.

Tessa spähte hinein und sah, wie charmant der Raum durch den blau-weißen *Toile de Jouy*-Baumwollstoff wirkte, der für die Wandbespannung und die Fenstervorhänge verwendet worden war. Auf dem Boden lag ein blauer Teppich.

»Danke, Jean-Claude. Mein Lieblingszimmer. Ich sehe

dich dann in ein paar Minuten unten.« Lorne lächelte ihm und Tessa zu und schloß die Tür.

Am Ende des Korridors blieb Jean-Claude stehen. »Dein Zimmer ist hier, Tessa. Ich hoffe, es gefällt dir.«

Der gesamte Raum war mit einem ungewöhnlichen pergamentfarbenen Druckstoff mit rosa Rosen und grünen Blättern dekoriert, der schon lange verblichen war und dem Zimmer etwas Altertümliches verlieh, einen Anklang längst vergangener Zeiten. Langsam drehte sie sich und bemerkte das große Himmelbett, den hübschen Frisiertisch und die Chaiselongue.

»Nun, was sagst du?« fragte er und musterte sie forschend.

»Es ist wunderschön«, murmelte sie und schenkte ihm ein Lächeln, das aber fast augenblicklich wieder verflog. Sofort bemerkte er ihre niedergeschlagene Miene und erriet, was sie bedrückte. Er durchquerte den Raum und öffnete eine Tür. »Ich bin hier, wenn du mich brauchst. Das hier ist mein Zimmer, Tessa. Möchtest du hereinkommen?«

Augenblicklich verbesserte sich ihre Stimmung, und sie folgte ihm in sein Schlafzimmer. Er wartete in der Mitte des Raums auf sie. Ein leises Lächeln umspielte seinen sensiblen und doch sinnlichen Mund. Er umarmte sie. »Fühlst du dich jetzt besser?« fragte er in ihr Haar hinein.

»Ich dachte schon, du wolltest mich verbannen«, wisperte sie.

»So etwas würde ich nie tun, *chérie. Je suis là. Toujours.*«

»Soll ich hier bei dir schlafen?« fragte sie immer noch im Flüsterton.

»Komm nur nicht auf die Idee, anderswo zu nächtigen! Aber ich finde, daß wir diskret sein sollten; mehr um deinet- als um meinetwillen. Aus diesem Grund habe ich dir ein eigenes Zimmer gegeben. Du kannst es natürlich als Ankleidezimmer benutzen.« Er schob sie ein wenig von sich weg, beugte sich zu ihr herunter und küßte sie auf die Nasenspitze. »Mein Vater hat mich gelehrt, daß Diskretion der bessere Teil der Kühnheit ist.«

Kurz darauf ging Tessa in die Küche hinunter, und ihre Miene hellte sich auf, als sie eintrat. Sie war geräumig und ganz aus blassem Stein erbaut. An einigen Stellen waren provenzalische Fliesen verlegt, und mit seiner Balkendecke strahlte der Raum einen authentischen ländlichen Stil aus. Doch sie entdeckte auch die modernsten Küchengeräte. »Hier würde ich gern einmal kochen, Jean-Claude!« rief sie aus.

Er drehte sich um und nickte lachend. »Ich weiß, daß man hier gleich Lust bekommt, eine Gourmet-Mahlzeit zuzubereiten. Aber ich fürchte, heute abend müssen wir essen, was Lourdes gekocht hat.«

»Ich weiß.« Sie trat zu ihm an den großen Eichentisch und betrachtete die Schätze, die er aus dem Korb genommen hatte: eine Bauernpastete in einem Steinguttopf, Cornichons, aufgeschnittener Landschinken, ein cremiger Kartoffelsalat, eine Dose Beluga-Kaviar und eine große Glasschale voll mit saftigen dunkelroten Kirschen. »Das ist ja ein richtiges Festmahl«, meinte sie.

»Und Gérard hat mir eben gesagt, daß in der Speisekammer noch ein Laib Brie und frisches Baguette liegen. Also, verhungern werden wir jedenfalls nicht.«

»Das stimmt.« Sie lachte und sah dann zur Tür, durch die eben Lorne geschlendert kam. In weißen, legeren Hosen und einem schwarzen Leinenhemd wirkte er lässig-elegant. »Gott, du hast dich umgezogen, und ich habe nicht einmal daran gedacht«, murrte sie kopfschüttelnd. »Ich sollte ...«

»Nicht nötig, *chérie*«, sagte Jean-Claude und legte ihr liebevoll die Hand auf den Arm. »So, wie du bist, siehst du wunderbar aus.«

Lächelnd sah sie zu ihm auf. »Danke. Jetzt muß ich aber unbedingt ein Glas Eiswasser trinken, ich bin sehr durstig.«

»Ich gebe den Barkeeper«, bot Lorne an, trat an den Kühlschrank und nahm eine Flasche Wasser heraus. »Was ist mit dir, Jean-Claude? Was hättest du gern?«

»Ich nehme rosa Champagner, glaube ich.« Jean-Claude wandte sich zu Lorne um. »Bestimmt findest du darin eine Flasche. Gérard stellt für gewöhnlich eine kalt.«

Lorne öffnete wieder den Kühlschrank, spähte hinein und zog eine Flasche Billecart hervor. »Yep, da ist sie, und ich glaube, ich trinke das gleiche wie du. Jetzt lauft zu, ihr beiden. Ich bringe die Getränke auf die Terrasse.«

»Gute Idee.« Jean-Claude nahm Tessa bei der Hand und zog sie durch die Küche. »Mach dir keine Gedanken wegen des Essens, darum kümmert Gérard sich gleich.«

Eine Seitentür führte auf die Terrasse hinaus, die entlang der Rückseite des Hauses verlief, und Jean-Claude und Tessa gingen zu einer Gruppe von Stühlen, die locker um einen weißgestrichenen, alten Kaffeetisch aus Schmiedeeisen arrangiert waren.

»Was für ein herrlicher Abend, Tessa«, murmelte er, als sie sich setzten. »Ich bin so froh, daß wir Paris verlassen haben. Es geht doch nichts über einen Sommerabend auf dem Land. Ich muß zugeben, daß ich während meiner Abwesenheit immer wieder vergesse, wie schön Clos-Fleuri ist.«

»Was für ein hübscher Name, Clos-Fleuri ... es bedeutet ›Feldblume‹, nicht wahr?«

»Genau. Das Haus hieß schon so, als ich es entdeckt habe. Aber es war schrecklich vernachlässigt, ein verfallenes altes Gemäuer; aber meine Schwester Marie-Laure hat mir geholfen, es wieder zum Leben zu erwecken. Du wirst sie morgen kennenlernen; sie kommt mit ihrem Mann zum Lunch.«

»Ich kann es kaum erwarten«, meinte Tessa und lächelte verstohlen. Sie wollte soviel wie möglich über Jean-Claude erfahren, und seine Schwester würde ihr sicherlich einige neue Anhaltspunkte liefern.

Tessa lehnte sich bequem zurück und sah zum Himmel

auf. Er hatte inzwischen ein sehr tiefes Blau angenommen, und einige Sterne waren bereits zu erkennen. Sie schienen so tief zu stehen, daß sie das Gefühl hatte, sie könnte einfach die Hand ausstrecken und sie herunterholen. Im Garten, der das Haus umgab, war es ruhig; die einzigen Geräusche waren das Rascheln der Blätter in der leichten Brise und ein eigenartiger Laut, den sie nicht ganz einzuordnen vermochte.

»Was ist das für ein merkwürdiges Geräusch?« fragte sie Jean-Claude.

»*Les grenouilles* ... Frösche ... Im Teich am anderen Ende der Wiese.«

»Natürlich, jetzt weiß ich, warum es mir bekannt vorkam. Auf dem Anwesen meiner Mutter in Yorkshire haben wir auch einen Froschteich.«

Gérard betrat die Terrasse. »Ein Anruf für Sie, Monsieur.«

»Oh. Entschuldige mich bitte.« Er stand auf.

Während er nach drinnen ging, schloß Tessa die Augen und ließ ihre Gedanken schweifen. Hatte sie sich jemals so entspannt gefühlt? So vollständig erfüllt und zufrieden? Sie konnte sich nicht erinnern. Mit Mark Longden hatte sie nicht viele ruhige Augenblicke erlebt. Ständig raste er umher wie ein Derwisch. Nie war ihm etwas recht. Und er hielt nie inne, um nachzudenken ... über nichts; er hatte keine Ahnung, was in der Welt vor sich ging, so ichbezogen war er. Tessa konnte es kaum abwarten, frei zu sein, eine geschiedene Frau.

Plaudernd kamen Lorne und Jean-Claude die Terrasse entlang. Sie richtete sich auf und nahm das Glas Wasser an, das Jean-Claude ihr reichte.

Die drei ließen ihre Gläser aneinander klingen. »Ich wollte dich schon lange etwas fragen, Jean-Claude«, meinte Lorne dann. »Warum hast du dein Buch *Warriors* genannt, ein englischer Titel für ein auf französisch erschienenes Buch?«

»Ich finde, daß *Warriors* einen schönen Klang hat ... irgendwie bildhafter. Der Verleger war ebenfalls dieser Meinung, und schließlich kennt beinahe jeder seine Bedeutung. Findest du nicht auch, daß es internationaler ist als das französische Wort für ›Krieger‹, *guerrier*?«

»Allerdings. Und du hast recht, die Idee würde auch bei einer Übersetzung in andere Sprachen funktionieren.«

»Ich habe dich heute schon einmal gefragt, warum du über Kriege berichtest und dich in Gefahr begibst«, schaltete sich Tessa ein. »Aber du hast mir keine richtige Antwort gegeben. Also noch einmal ... warum tust du das, Jean-Claude?«

»Vor allem wahrscheinlich, weil ich gern direkt am Puls der Ereignisse bin. Außerdem arbeite ich schon seit meiner Jugend so.«

»Aber du bist wirklich in einigen höllischen Kriegen gewesen«, sagte sie leise.

»Jeder Krieg ist die Hölle, Tessa, und trotzdem fangen wir immer wieder Kriege an.« Er schüttelte den Kopf, und ein kleiner Seufzer entrang sich ihm. Den Bruchteil einer Sekunde wirkte er aufgewühlt, doch dann glättete sich seine Miene. »Ich frage mich, ob wir jemals daraus lernen werden. Wahrscheinlich nicht, außer der Mensch ändert grundlegend seinen Charakter, was ich für höchst unwahrscheinlich halte. Der Krieg scheint ... ein fester Bestandteil unserer Geschichte zu sein, und ich überlege ständig, warum das so ist. Ich spüre das Bedürfnis, das zu verstehen, und darüber mich selbst und die Menschheit. Ich glaube, das ist der Grund, warum ich mich ständig selbst auf die Probe stelle.«

Kurze Zeit sagte niemand etwas.

Schließlich räusperte sich Jean-Claude und lachte ein wenig gezwungen. »Aber genug vom Krieg. Wir wollen uns entspannen und dankbar für die Gaben sein, die uns zuteil werden.« Er wandte den Kopf und sah Tessa an. »Unerwartete Gaben.«

Sie lächelte ihm zu.

Zwischen den beiden ist der Funke übergesprungen,

dachte Lorne. Wußte ich doch, daß sie zueinander passen. Im Halbdunkel schmunzelte er still in sich hinein. Er wußte, daß er das Richtige getan hatte, als er die beiden zusammenbrachte.

»Ich werde mir aber Sorgen machen, wenn du wieder in den Krieg ziehst«, platzte Tessa heraus, bevor sie sich Einhalt gebieten konnte.

Jean-Claude sagte nichts darauf. Statt dessen nahm er ihre Hand, führte sie an seine Lippen und drückte einen Kuß darauf. Dann begann er ein Gespräch über den Film, in dem Lorne die Hauptrolle spielen würde. Als Gérard sie zum Essen holte, hielt er immer noch Tessas Hand.

Viel später lag Tessa schlafend in seinen Armen. Doch Jean-Claude war noch wach und starrte zur Decke hinauf. Unzählige Gedanken gingen ihm durch den Kopf. Er wußte, daß er sein Leben mit Tessa teilen wollte.

Er erinnerte sich, wie er sich einmal, vor langer Zeit, gefragt hatte, woher man wissen sollte, ob Liebe auf den ersten Blick immer die Garantie für eine glückliche Ehe war. Eine Liebesbeziehung war eine riskante Angelegenheit. Dennoch war er sich seiner Gefühle sicher und wußte genau, daß sie beide ein gutes Paar sein würden. Trotzdem war diese Aussicht furchteinflößend, denn es würde eine feste Beziehung werden. Er hatte keine Zeit zu vergeuden, nicht an diesem Punkt in seinem Leben. Schließlich war er bereits dreiundfünfzig.

Tessa war zu jung für ihn, nur ein Jahr älter als sein eigener Sohn. Und doch war sie reif für ihr Alter, intelligent, gebildet, kultiviert, gewandt, alles Eigenschaften, die er an einer Frau anziehend fand.

Innerhalb eines Tages waren sie einander verfallen, voneinander angezogen, als seien sie zwei Teile einer einzigen Seele, eines Ganzen. Was spielte das Alter da für eine Rolle?

Gut möglich, daß Tessa sein Schicksal war.

22

Gideon Harte nahm seine Aktentasche, steckte sein Handy in die Tasche seines Jacketts und schickte sich an, sein Büro zu verlassen. Als er bereits an der Tür stand, begann das Telefon auf seinem Schreibtisch zu läuten.

Er eilte zurück, beugte sich über die Tischplatte und nahm den Hörer ab. »Gideon Harte.«

»Andy hier. Hast du einen Moment Zeit?«

»Ich wollte gerade gehen. Gibt es ein Problem?«

»Vielleicht.«

»Gut, dann komm in mein Büro.«

»Alles klar. Bin in einer Minute bei dir.«

Gideon stellte seine Aktentasche auf den Boden neben den Schreibtisch. Er trat ans Fenster und blickte über die Dächer von London. Am Rande des Horizonts zeigte der Himmel ein eigenartiges dunkles Glühen, als brenne in der Ferne ein Feuer. Gideon seufzte. Er war sehr müde; es war zweiundzwanzig Uhr an diesem Montagabend, und er hatte einen langen Tag hinter sich. Er war froh, daß sein Vater Ende der Woche aus New York zurückkehren würde. In Shanes Abwesenheit hatte er die Aufsicht über das gesamte Zeitungsimperium geführt, eine ziemlich anspruchsvolle Aufgabe, da er auch noch die *London Evening Post* zu leiten hatte.

Jetzt bereitete er sich innerlich auf das Gespräch mit Andy McHugh vor. Er hoffte nur, daß sein bester Enthüllungsreporter ihm nichts von dem mitteilen würde, was er seit einiger Zeit befürchtete, aber eigentlich lieber nicht wissen wollte.

Als es kurz darauf klopfte und Andy hereinstürmte, fuhr Gideon herum. »Sorry, Gid«, rief der Reporter aus, »aber ich dachte, das willst du heute abend noch hören.« Er schloß die Tür hinter sich und kam zu Gideon ans Fenster.

»Okay, schieß los, und komm gleich zur Sache«, bat Gideon und sah Andy in die Augen.

»Es geht um Dusty Rhodes.«

»Verflixt, ich wußte, daß uns das früher oder später in die Quere kommen würde. Was ist passiert? Und wer hat die Story?«

»Gott sei Dank geht es nicht um aktuelle Berichterstattung. Wie du ja weißt, haben die Polizei von Harrogate und das Krankenhaus praktischerweise vergessen, daß die Messerattacke je stattgefunden hat. Aber morgen oder am Mittwoch erscheint in der *Daily Mail* ein Sonderbericht. Ein Interview mit Melinda Caldwell.«

»Na ja, zum Glück geht es wenigstens nicht um den Überfall. Bei einer Geschichte dieser Machart hätte Indias Name wohl im Vordergrund gestanden.«

»Richtig, und in dieser kommt sie möglicherweise gar nicht vor, obwohl wir das noch nicht genau wissen. Aber da ist noch etwas anderes, Gideon. Diese Caldwell hat ein Kind mit Dusty. Ein kleines Mädchen namens Atlanta, drei Jahre alt.«

Verblüfft starrte Gideon den Reporter an. »Oh Gott, und er hat India nichts davon erzählt. Das weiß ich ganz genau, sonst hätte sie es mir oder einer ihrer Cousinen anvertraut. Wir sind ja alle ziemlich eng befreundet. Das wird ein gewaltiger Schock für sie. Er hat sie hintergangen, und das wird für India alles verändern.«

»Vielleicht auch nicht. Ich bin mir ganz sicher, daß die Beziehung zwischen Dusty Rhodes und dieser Caldwell beendet ist, und zwar schon lange. Harry Foster und ich haben Dustys Vergangenheit ziemlich gründlich durchleuchtet, und er hat sich eindeutig schon 1998 von Melinda Caldwell getrennt, vielleicht sogar kurz nach der Geburt des Kindes. In diesem Punkt hat er India die reine Wahrheit gesagt.«

»Ja, er hat nur zu erwähnen vergessen, daß er ein dreijähriges Kind hat. Also, ich würde das als Unterlassungslüge bezeichnen.«

»Stimmt.«

»Wie hast du es herausgefunden, Andy?«

»Du weißt ja, daß ich einen Informanten in der Suchtklinik habe, einen Pfleger, den wir gut bezahlen und den ich gebeten hatte, mich über Melinda auf dem laufenden zu halten. Er hat mich heute abend angerufen. Vor etwa zwei Wochen bekam Melinda Besuch von einer Freundin, Carrie Vale, wie schon oft in den vergangenen Monaten. Aber dieses Mal hatte sie noch eine andere Frau mitgebracht, angeblich eine weitere Freundin von Melinda. Ich sage angeblich, weil diese andere Frau für die *Mail* schreibt. Offensichtlich haben die beiden Melinda überredet, ihre Story zu verkaufen. ›Mein Martyrium an der Seite von Großbritanniens größtem lebenden Maler‹ oder so etwas. Barry, mein Kontaktmann, hat mir erzählt, daß Melinda sich ihm heute abend anvertraut hat. Sie hat damit angegeben, daß sie eine Menge Geld dafür bekommt, ihre Version der Geschichte zu erzählen, obwohl Barry glaubt, daß bei ihr eher Rache als Geldgier dahintersteckt. Will Dusty Rhodes eins auswischen, weil er sie fallengelassen hat. Du weißt ja, wie das ist ... Es hat die Hölle keine Wut wie ein verschmähtes Weib, frei nach Conreve.«

Gideon setzte sich an seinen Schreibtisch und dachte kurz nach. »Setz dich einen Moment her, Andy«, sagte er zu seinem Reporter und wies auf den Stuhl, der vor dem Schreibtisch stand. »Laß uns überlegen, wie groß der angerichtete Schaden ist ... für India.«

Andy nickte, ließ sich auf den Stuhl sinken und runzelte die Stirn. »Ich glaube nicht, daß ihr ein wirklicher Schaden entsteht, Gid, ich meine durch die Story. Daran, daß sie eine Beziehung zu Dusty Rhodes hat, ist nichts auszusetzen. Er ist alleinstehend und ungebunden. Ich bin mir allerdings ziemlich sicher, daß sie selbst es ziemlich übel aufnehmen wird, wenn er ihr nichts von seinem Kind erzählt hat. Ich meine, falls das wirklich so ist. Gut möglich, daß er ihr alles erklärt hat.«

»Das bezweifle ich aber stark! Sie hätte sich einem von uns anvertraut. Aber was die unmittelbare Auswirkung der Geschichte angeht, hast du wohl recht.« Gideon atmete hörbar aus und sackte auf seinem Stuhl zusammen. »Ich muß India warnen, besonders weil du meinst, der Artikel könnte morgen erscheinen.«

»Richtig, und einer der Gründe, weshalb ich noch heute abend mit dir reden wollte, ist, daß sich bestimmte Revolverblätter darauf stürzen werden. Sobald die Geschichte erscheint, werden sich möglicherweise andere Zeitungen mit eigenen Recherchen über Dusty und sein Kind anschließen. Wenn India bei ihm auf Willows Hall ist, wird sie dem ausgesetzt sein, vielleicht genau in dem Moment, in dem die ganze Klatschpresse über ihn herfällt wie ein Schwarm Geier. Du kennst doch diese Leute; manche sind richtige Mistkerle«, schloß Andy.

»Verdammt!« Gideon richtete sich kerzengerade auf. »Ich kann mir die Schlagzeilen der Boulevardpresse schon vorstellen ... sie werden vor allem ihre unterschiedliche Herkunft hochspielen. Es war sehr umsichtig von dir, diesen Pfleger zu engagieren. So werden wir wenigstens nicht vollständig überrumpelt.«

»Ich halte den Deckel drauf, Gideon; aber wir können nicht viel dagegen tun, wenn andere Zeitungen das Thema aufgreifen und ausschlachten.«

»Das ist mir klar. Aber wir wollen auch für kleine Gaben

dankbar sein. Ich werde India anrufen, um sie zu warnen; und wenn sie sich gerade auf Willows Hall aufhält, werde ich ihr raten, schleunigst von dort zu verschwinden.«

Linnet saß im oberen Salon auf Pennistone Royal und betrachtete die Entwürfe für ihr Brautkleid und für die Roben der Brautjungfern, die sie vor sich ausgebreitet hatte. Plötzlich schaute sie auf und richtete den Blick auf Evan, die auf der anderen Seite des Raums saß, in der Nähe des Erkerfensters.

»Ich weiß, daß du gerade die Checkliste für die morgigen Arbeiten in der Filiale in Leeds durchgehst, Evan. Hättest du trotzdem ein paar Minuten Zeit für mich?«

»Natürlich. Was brauchst du?«

»Deinen fachmännischen Blick. Ich kann mich einfach für keines der Hochzeitskleider entscheiden. Du hast doch so einen guten Geschmack, vielleicht kannst du mir helfen.«

Evan setzte sich zu Linnet auf das Sofa, nahm eine der Skizzen, betrachtete sie einige Minuten und verzog dann das Gesicht. »Nein, das auf keinen Fall. Viel zu modern.« Langsam und auf jede Einzelheit achtend, ging sie alle Entwürfe durch und verwarf jeden einzelnen. »Um ehrlich zu sein, so richtig begeistert mich keiner davon, Linny«, meinte sie dann. »Dieses Kleid ist nicht so übel.« Sie reichte Linnet eine der Skizzen. »Aber trotzdem ist das nicht die Art von Kleid, in dem ich dich an diesem besonderen Tag vor mir sehe.«

»Und wie siehst du mich?« fragte Linnet, lehnte sich in die Kissen und sah Evan gespannt an.

»Ich finde, du solltest elegant und romantisch zugleich wirken.« Evan bewegte die Hände, als wolle sie einen Entwurf in die Luft zeichnen. »Du solltest ein mittelalterliches Kleid tragen ... nein, eher etwas, das an ... die Tudor-Zeit erinnert. Genau, das ist es! Und nicht weiß, reines Weiß ist zu grell für deine blasse Haut und dein rotes Haar. Meiner Meinung nach sollte das Kleid cremeweiß sein, ins Gelbliche spielend, wie Sauerrahm, und aus Satin. *Schwerem* Satin.

Mit Perlen bestickt. Empirestil, könnte ich mir vorstellen, mit einem hohen Taillenansatz, vielleicht sogar einem halsnahen Ausschnitt und langen Ärmeln. Einen weiten Rock, fast eine Krinoline. Elizabethanischer Stil. Genau, so solltest du aussehen, wie eine junge Tudor-Königin ... schließlich bist du an diesem Tag eine Königin.«

Linnet sah sie aus strahlenden grünen Augen an. »Was du beschreibst, hört sich wunderbar an. Hör mal, du bist doch Modedesignerin. Könntest du nicht das Kleid für mich entwerfen? Oh bitte, sag ja, Evan. Wenn du sofort anfängst, haben wir gerade noch genug Zeit. Heute ist der 4. September, und meine Hochzeit findet am 1. Dezember statt, das sind praktisch noch drei Monate.«

»Möchtest du wirklich, daß ich dein Hochzeitskleid entwerfe?« fragte Evan und beäugte sie beklommen. »Bist du dir sicher, daß du nicht lieber ein Kleid von Balmain oder Yves Saint Laurent möchtest, von einem Modeschöpfer mit einem großen Namen?«

»Nein, ich möchte ein Evan-Hughes-Modell. Sag, daß du es machst. Bitte.«

In diesem Moment klingelte das Telefon auf dem Schreibtisch, und Linnet ging an den Apparat. »Hallo? Hier Pennistone Royal.«

»Ich bin's, Gideon.«

»Hi, mein Lieber! Wolltest du Evan sprechen? Sie ist hier bei mir.«

»Gleich, Linny. Aber zuerst muß ich mit India reden.«

»Oh, Gid, India ist heute in Niddersley, um mit ihrer Großmutter zu Abend zu essen. Großtante Edwina wollte Dusty Rhodes kennenlernen, und die beiden sind um halb sieben losgefahren. Hast du versucht, sie auf ihrem Handy zu erreichen?«

»Es ist abgeschaltet. Hmm. Weißt du, ob sie heute bei Dusty übernachten wollte? Oder kommt sie nach Pennistone Royal zurück?«

»Sie kommt auf jeden Fall wieder. Sie hat nämlich zu Evan gesagt, sie beide könnten morgen zusammen nach Leeds fahren, da sie mitten in der Renovierung des Kaufhauses stecken. Das ist schließlich das besondere Projekt der beiden.«

»Da bin ich aber froh!« sagte er ein wenig scharf. »Ich meine, daß sie bei euch sein wird.«

»Du klingst ziemlich verärgert, Gideon. Ist etwas?«

»Sozusagen«, antwortete er mit einem tiefen Seufzer und erzählte ihr dann alles, was Andy McHugh ihm berichtet hatte.

»Ich bezweifle, ob sie weiß, daß Dusty ein Kind hat«, meinte Linnet, nachdem er geendet hatte. »Sie hat mir gegenüber einmal erwähnt, wie gut es sei, daß er nie verheiratet gewesen wäre und keine Kinder hätte. Puh! Das wird ihr aber gar nicht gefallen.«

»Ganz und gar nicht. Da sie selbst so unumwunden und offen ist, kann sie Doppelzüngigkeit bei anderen nicht ausstehen.«

»Vielleicht war es ihm nur zu peinlich, ihr davon zu erzählen«, vermutete Linnet, die wie üblich versuchte, in anderen das Beste zu sehen.

»Schon möglich. Andererseits, hätte er nicht wenigstens nach der Messerattacke mit ihr reden können? Seine Affäre mit Melinda Caldwell war ohnehin ans Licht gekommen – warum hat er nicht gleich die ganze Wahrheit gesagt? Er muß India doch gut genug kennen, um zu wissen, daß sie Verständnis gehabt hätte.«

»Wahrscheinlich, aber wir wissen schließlich nicht, was in Dusty Rhodes vorgeht, oder?« In diesem Moment trat India ein. Ihre Miene wirkte verwirrt.

»Hi, India!« rief Evan aus, sah dann Linnet an und zwinkerte ihr zu. »Da kommt India!« sagte sie und betonte den Namen besonders.

»Ich weiß«, gab Linnet zurück. »Gideon, India ist gerade

gekommen. Ich gebe sie dir jetzt, und dann kannst du mit Evan sprechen.«

Stirnrunzelnd ging India zum Schreibtisch. »Warum habt ihr über Dusty geredet?« fragte sie verstimmt.

Linnet schwieg. Sie hielt ihr den Hörer hin, setzte sich dann wieder zu Evan aufs Sofa und verzog vielsagend das Gesicht. Sie wußte, daß India verärgert sein würde … und warum auch nicht? Sie hatte jedes Recht dazu.

Schweigend beobachteten sie India. Mit unbewegtem Gesicht stand sie da und hörte Gideon zu. Aber Linnet und Evan sahen beide, wie die kleine Ader an ihrer Schläfe pochte, und sie hatte deutlich die Stirn in Falten gelegt. Sie war wütend, aber beherrscht.

Schließlich war Gideon anscheinend fertig. »Ja, auf jeden Fall«, sagte sie in den Hörer. »Natürlich übernachte ich nicht in Willows Hall, Gideon, damit würde ich das Schicksal ja geradezu herausfordern. Zufällig hatte ich ohnehin vor, wegen meiner Arbeit im Kaufhaus die ganze Woche auf Pennistone Royal zu bleiben. Evan und ich arbeiten zusammen an einem Projekt. Oh, da kommt sie schon. Danke für die Warnung und den guten Rat, Gideon.«

Hastig nahm Evan den Hörer. »Gideon, wie geht's dir?«

»Heute abend bin ich erschöpft, vollkommen erledigt. Ich kann dir gar nicht sagen, wie froh ich bin, wenn Dad am Montag wieder an seinem Schreibtisch sitzt.«

»Ich weiß, daß diese Zeit hart für dich war, besonders dieser Monat.« Evan wandte sich ab, zur Fensterfront hin, und senkte die Stimme. »Du bist doch nicht mehr böse auf mich, oder, Schatz?«

»Ach was, durch die viele Arbeit ist mein Ärger schon verflogen.« Er lachte. »Ich liebe dich, Evan, das darfst du nie vergessen. Nur, weil wir ab und zu eine Meinungsverschiedenheit haben, heißt das noch lange nicht, daß ich dich nicht mehr liebe. Vielleicht war ich einfach mit dem linken Fuß zuerst aufgestanden. Manchmal verdirbt einem das den ganzen Tag.«

Sie lachte mit ihm, obwohl sie wußte, daß das nicht stimmte. Er war die ganze Woche ärgerlich auf sie gewesen. Aber heute abend klang er mehr wie er selbst. »Ach übrigens, vielleicht muß ich am kommenden Wochenende hierbleiben, Gid.«

»Wegen der Arbeit?«

»Teilweise. Aber ich habe auch Robin versprochen, ihn zu besuchen. Das ist doch kein Problem für dich, oder?«

»Nein. Vielleicht komme ich sogar auch. Ich vermute, daß meine Eltern direkt nach Yorkshire fahren werden; das tun sie meist, wenn sie im Ausland waren. Was sagst du dazu?«

»Das wäre wirklich schön.« Sie trat noch weiter weg und senkte ihre Stimme noch eine Oktave. »Nach dem, was ich von deinem Gespräch mit Linnet mitbekommen habe, gibt es Probleme mit Dusty.«

»Linnet wird dir die peinlichen Einzelheiten erzählen, aber der Kern der Sache ist, daß er ein Kind von der Frau hat, die auf ihn eingestochen hat, und India nichts davon erzählt hat.«

»Das war aber ziemlich dumm von ihm.«

»Oh ja. Und jetzt muß ich los, Liebling, ich bin todmüde. Ich rufe dich morgen an. Einen dicken Kuß.«

»Einen Kuß zurück. Ich liebe dich, Gideon.«

»Ich dich auch.«

Evan legte den Hörer auf und ging zu ihren Cousinen, die zusammen auf der Couch saßen. India sah ungewohnt blaß aus, und ihre Miene wirkte angespannt.

»Was denkst du darüber, Evan?« fragte India leise und zog eine Braue hoch.

Evan nahm gegenüber den beiden Platz. »Im Moment kenne ich ja nicht einmal die ganze Geschichte. Was ist denn nun passiert?«

Linnet erklärte alles und erwähnte auch den Artikel, der

erscheinen würde. »Gideon macht sich allerdings mehr Sorgen um die Nachwirkungen«, schloß sie. »Die Boulevardpresse wird sich darauf stürzen. Ihr wißt ja, daß diese Leute Skandale lieben, besonders welche, die sich um bekannte Persönlichkeiten drehen.«

Evan sah India mitfühlend an. »Und du hattest nicht die leiseste Ahnung?« fragte sie sanft.

»Nein. Und ich verstehe nicht, warum er nicht wenigstens nach dem Überfall damit herausgerückt ist. Gideon hat recht. Er hat mir damals von Melinda erzählt, warum dann nicht auch von seiner kleinen Tochter?«

Linnet nahm ihre Hand und drückte sie beruhigend.

»Was wohl aus dem kleinen Mädchen geworden ist?« überlegte Evan laut. »Ihre Mutter ist schon so lange in der Klinik, wer kümmert sich um sie?«

»Wahrscheinlich die Großmutter«, meinte Linnet.

»Ich wünschte, er hätte es mir gesagt. Ich komme mir so dumm vor.« India lehnte sich zurück und sah plötzlich traurig aus. »Und er hat mich falsch beurteilt.«

»Wie ging es denn Großtante Edwina heute abend?« fragte Linnet, um India wenigstens kurz abzulenken. »Und wie lief das Abendessen?«

»Gut. Prima.«

»Mochte sie ihn?« bohrte Linnet.

»Oh ja, sehr. Er hat sie nach allen Regeln der Kunst eingewickelt.«

Evan konnte nicht anders; sie begann zu lachen. Linnet fiel ein, und bald lachte auch India mit ihnen.

Endlich nahm Linnet sich zusammen und wischte sich die Lachtränen aus den Augen. »Oh, India«, rief sie, »du sagst manchmal wirklich die komischsten Sachen. Ich hatte gerade eine lebhafte Vorstellung von Großtante Edwina, eingewickelt wie eine ägyptische Mumie. Aber mal ernsthaft: Was willst du wegen Dusty unternehmen?«

»Ich werde ihn zur Rede stellen. Was soll ich sonst tun?«

»Und wann?« fragte Linnet, die wie immer gleich Nägel mit Köpfen machte.

»Morgen früh. Auf dem Weg nach Leeds. Evan und ich fahren sehr früh und machen in Follifoot halt. Machst du mit, Evan?«

»Natürlich, India. Du wirfst ihm den Fehdehandschuh hin, und ich sekundiere dir. Harte-Regel Nummer eins, oder?«

Es war früher Morgen, und Dusty Rhodes schwebte noch in einem Zustand zwischen Schlafen und Wachen. Doch in seinem Schlafzimmer wurde es immer heller, und er regte sich. Er wußte, daß er in sein Atelier gehen und versuchen sollte zu malen. Als er sich endlich aufrichtete, wurde ihm bewußt, daß sich noch eine andere Person im Raum befand.

Er blinzelte in das Halbdunkel und sah eine Gestalt am Fußende seines Betts stehen. Es dauerte einen Moment, bis er sie erkannte.

»India!« rief er dann, sprang auf und trat rasch auf sie zu. »Was machst du denn hier, Liebling?«

Zuerst antwortete sie nicht, sondern stand nur da und sah ihn an. »Ich bin gekommen, um dich zu warnen«, sagte sie schließlich.

»Mich warnen? Wovor?«

»Melinda Caldwell hat ihre Geschichte an die *Daily Mail* verkauft.« Sie reichte ihm die Zeitung.

Er hatte gewußt, daß so etwas eines Tages passieren mußte, aber trotzdem hatte er das Gefühl, man hätte ihm den Boden unter den Füßen weggezogen, und ihm wurde heiß und kalt.

Er nahm die Zeitung, warf sie aufs Bett und starrte India sprachlos an. Er sah, wie kalt sie ihn betrachtete, bemerkte ihre zusammengepreßten Lippen und ihre beherrschte Haltung, hinter der ihr Zorn deutlich spürbar war.

Plötzlich fühlte er sich verwundbar und töricht, wie er so

splitternackt dastand, während sie korrekt für die Arbeit gekleidet war. Hastig griff er nach seinem Hausmantel und zog ihn an.

»Heute steht noch nichts in der Zeitung«, fuhr sie mit eisiger Stimme fort. »Aber der Beitrag ist im Innenteil angekündigt. Zwei Teile, der erste erscheint morgen. Mein Cousin Gideon ist der Meinung, daß einige der Boulevardzeitungen versuchen werden, sich anzuhängen, und wegen eines Interviews hinter dir her sein werden. Ich schlage vor, daß du eine Woche irgendwo hinfährst, bis die Aufregung sich gelegt hat.«

»Aber ich habe hier jetzt jede Menge Sicherheitsanlagen, dank dir und Jack Figg«, protestierte er. »Hinter meinen Toren bin ich sicher.«

»Ich wollte dich nur warnen. Was du damit anfängst, ist deine Sache. Außerdem wollte ich dir eine Frage stellen.«

»Nur zu, Liebling.« Er trat auf sie zu, doch sie wich sofort zurück, und er wußte, daß es nicht leicht werden würde, sie von seiner Aufrichtigkeit zu überzeugen. »India, du kannst mich alles fragen, was du möchtest«, wiederholte er.

»Warum hast du mir nicht erzählt, daß du ein Kind mit Melinda Caldwell hast?«

Sprachlos starrte er sie an; es gab keine Entschuldigung. Er hätte es ihr gestehen sollen, ihr alles erklären. Mit einemmal fühlte er sich verlegen, und so zuckte er nur hilflos die Achseln. »Wahrscheinlich habe ich befürchtet, das könnte zwischen uns stehen.«

»Das tut es jetzt auch, aber nur, weil du mir nicht genug vertraut hast, um mir gegenüber offen zu sein. Du hast mich vollkommen falsch beurteilt, Dusty, und das macht mich sehr traurig. Gestern abend ist mir nämlich klargeworden, daß du mich nicht wirklich verstehst. Du hast keine Ahnung, wer ich bin und woher ich komme … weder emotional noch ideell. Du kennst mich überhaupt nicht, und deswegen ist es mir nicht möglich, unsere Beziehung fortzusetzen.«

»Sag so etwas nicht!« schrie er. »Ich kenne dich, und ich verstehe dich. Du bedeutest mir sehr viel, India. Du mußt doch wissen, daß du mir sehr wichtig bist.«

Sie schüttelte den Kopf. »Eines weiß ich ganz genau ... In deiner Einstellung zu meiner Familie irrst du dich vollkommen. Du tust sie als Snobs ab, mit denen du dich nicht abgeben willst. Aber das sind sie nicht. Meine Verwandten sind sehr nette, normale und schwer arbeitende Menschen. Aber du hast dir ja nie die Mühe gemacht, das herauszufinden. Und das bringt mich zu dem Schluß, daß du arrogant, egozentrisch und ein Feigling bist.«

»Wie kannst du so etwas behaupten?« empörte er sich. »Gestern abend erst habe ich deine Großmutter besucht, oder?«

»Ach, sei doch nicht albern! Eine alte Dame von fünfundneunzig, die dir innerhalb von fünf Minuten aus der Hand gefressen hat, weil du mit ihr geflirtet hast. Ich rede vor allem von meinen Cousins und Cousinen, die zugleich meine besten Freunde sind. Die willst du nicht kennenlernen, weil sie eher auf deiner Augenhöhe sind und du sie nicht so leicht manipulieren kannst.«

»Jetzt reg dich bitte nicht künstlich auf, India. Ich wollte dir ja von Atlanta erzählen, sobald ich aus dem Krankenhaus war, aber um ehrlich zu sein, wollte ich unser kleines romantisches Intermezzo nicht ruinieren ...«

»Das jetzt auf jeden Fall verdorben ist«, zischte sie und wandte sich zur Tür.

»He, warte mal einen Moment! Willst du dich etwa von mir trennen, weil ich ein Kind habe?« explodierte er.

»Nein. Ich besitze ganz bestimmt genug Einfühlungsvermögen, um zu begreifen, daß du deine kleine Tochter liebst, daß sie ein Teil deines Lebens ist und du Verantwortung für sie trägst. Ich verlasse dich, weil du mir nicht vertraust, mich nicht kennst und dir nicht die geringste Mühe gibst, die Dinge auch einmal von meiner Warte aus zu sehen.«

»Ich finde, du bist sehr unfair, India«, murrte er, aber er klang betreten.

»Und du ebenfalls, Dusty. Du weißt ganz genau, wie sehr ich dich liebe, und ich glaube sogar, daß du mich ebenfalls liebst. Aber du willst nicht an unserer Beziehung arbeiten, und ganz bestimmt möchtest du dich nicht fest binden.« Sie zuckte die Achseln. »Ich sehe keinen Sinn mehr darin, und ehrlich gesagt, möchte ich das alles hinter mir lassen.«

Sie ging die Treppe hinunter.

Er rannte ihr nach. »Warte, India!« flehte er vom Treppenabsatz aus.

»Es ist vorbei, Dusty.« Ohne sich umzudrehen, ging sie weiter.

»Aber hör mal, was ist mit deinem Porträt?«

»Das Porträt kannst du dir …« Sie verschluckte den Rest, durchquerte die Eingangshalle und verschwand durch die Vordertür. Sie knallte die Tür so fest zu, daß er glaubte, die Fensterscheiben rechts und links würden herausspringen, doch sie schepperten nur.

Eine Weile vermochte Dusty sich nicht zu rühren. Schließlich wandte er sich ab und ging zurück in sein Schlafzimmer. Er fühlte sich zutiefst niedergeschlagen. Würde es ihm gelingen, sie zurückzugewinnen? India war wütend auf ihn, und er verstand ja, warum. Er verfluchte sich, weil er ihr nicht stärker vertraut hatte. Aber andererseits war er noch nie in der Lage gewesen, den Menschen, die ihn wirklich liebten, auch Vertrauen entgegenzubringen. Würde er denn nie aus den Fehlern der Vergangenheit lernen?

India schoß aus dem Haus und rannte den ganzen Weg zu ihrem Aston Martin, den sie an der ehemaligen Scheune geparkt hatte. Sie kletterte auf den Fahrersitz und sah Evan an.

»Bist du in Ordnung?« fragte Evan und strich mit der Hand leicht über ihren Arm. Ihre Miene wirkte besorgt. »Du siehst schrecklich blaß aus, Liebes.«

»Mir geht's gut«, antwortete India und brach prompt in Tränen aus.

Evan legte den Arm um sie und versuchte sie zu beruhigen, reichte ihr Papiertaschentücher und murmelte begütigende Worte. Nach einer Weile erholte India sich. Sie putzte sich die Nase und drehte den Zündschlüssel. »Laß uns bloß verschwinden«, sagte sie. »Ich möchte Mr. Rhodes möglichst weit hinter mir lassen.«

»Verstehe«, murmelte Evan und beschloß, ihr im Moment keine Fragen zu stellen.

Auf der Straße nach Leeds berichtete India ihr alles. »Ich liebe ihn wirklich, weißt du«, setzte sie hinzu. »Aber ich kann nicht mit einem Mann zusammensein, der nicht weiß, woher ich komme und was ich für ein Mensch bin«, fuhr sie fort, den Blick auf die belebte Fahrbahn gerichtet. »Ich werde darüber hinwegkommen. Irgendwann.«

»Da bin ich mir ganz sicher«, pflichtete Evan ihr bei. Doch insgeheim fragte sie sich, ob India diese Trennung wirklich verwinden würde.

23

Als sich die Tür des oberen Salons öffnete, sah Paula auf, und ein Lächeln breitete sich über ihr Gesicht, als sie ihre älteste Tochter erblickte. »Guten Morgen, Tessa, Schätzchen«, sagte sie. »Die Kanne Kaffee, die du da bringst, kommt zur rechten Zeit. Steh nicht so schüchtern da, sondern komm herein. Ich sehe, daß du dir auch eine Tasse mitgebracht hast. Das ist gut, so können wir ein wenig plaudern und die verlorene Zeit aufholen.«

»Ich weiß ja, daß du seit dem Morgengrauen auf bist und arbeitest, und vorher wollte ich dich nicht stören. Aber jetzt haben wir fast elf, und ich dachte, du könntest eine Erfrischung gebrauchen.« Tessa ging zu dem Couchtisch, der zwischen den beiden großen Sofas stand, stellte das Tablett ab und setzte sich.

Paula schob den Stuhl zurück und erhob sich von dem altehrwürdigen georgianischen Schreibtisch, der einmal ihrer Großmutter gehört hatte. Sie nahm Tessa gegenüber Platz und goß den Kaffee ein. Nachdem sie Milch und Süßstoff in ihre Tasse gegeben hatte, nahm sie einen Schluck. Dann lehnte sie sich zurück und betrachtete ihre Tochter voller Zuneigung. »Du siehst wunderbar aus, Tessa, und sehr erholt. Das ist mir schon gestern beim Abendessen aufgefallen. Paris hat dir anscheinend gutgetan.«

»So ist es, und Lorne ist immer so freundlich und aufmerksam. Wir hatten viel Spaß zusammen.«

»Das hat er mir erzählt«, murmelte Paula und dachte sofort an Jonathan Ainsley und Mark Longden, deren gemeinsamer Aufenthalt in Paris am letzten Wochenende ihr Sorgen bereitete. Zuerst Linnet und dann Lorne hatten sie auf dem laufenden gehalten; und Jack Figg hatte ihr gestern vollständig Bericht erstattet. Die Informationen, die er geliefert hatte, hatten sie nur noch in ihrem Entschluß bestärkt, Tessas Ehemann ein für allemal kaltzustellen.

»Gestern meintest du, du hättest das Treffen mit Mark und allen Anwälten auf Montag nachmittag gelegt«, sagte Tessa und schmiegte sich in die Polster. »Und ich solle auch dasein. Aber muß ich wirklich?«

»Ja, allerdings, Tessa«, erklärte Paula und beugte sich nach vorn. »Ich weiß, du kannst Marks Gegenwart nur schwer ertragen. Mir geht das genauso, aber es ist wirklich notwendig. Christopher Jolliet besteht darauf, und er ist einer der besten Anwälte, die ich je gehabt habe. Du denkst wahrscheinlich, daß ich alle Fäden in der Hand halte, aber ich richte mich schon nach seinem Rat, verstehst du.«

Tessa lachte. »Gut, dann komme ich, Mama ...« Sie beendete ihren Satz nicht, sondern runzelte die Stirn und zögerte, bevor sie weitersprach. »Muß ich irgend etwas tun? Etwas sagen?«

»Nur, wenn Christopher dir eine Frage stellt oder einer von Marks Anwälten. Dann mußt du natürlich antworten«, erklärte Paula.

»Verstehe. Als ich dich vor ein paar Wochen in New York angerufen habe, erzähltest du mir von einem Plan. Wie genau sieht der aus?«

»Wenn es dir nichts ausmacht, möchte ich heute noch nicht mit dir darüber reden, Tessa«, entgegnete Paula rasch. »Ich muß am Wochenende noch einiges mit Christopher besprechen, bevor ich alles klar vor mir sehe. Aber ich bin mir sicher, daß mein Plan funktionieren wird.«

»Wenn du es sagst, Mama. Ist schon gut, wir brauchen

jetzt noch nicht darüber zu sprechen. Ich traue deinem Urteil; ich finde, niemand ist klüger als du.«

»Na ja, dein Vater vielleicht.« Paula lachte. »Aber danke für dein Vertrauen. Ach übrigens, heute morgen in der Küche hatte ich eine kleine Besucherin. Adele. Sie ist so bezaubernd, und es geht ihr wunderbar, sie ist munter wie ein Fisch im Wasser.« Paula hielt inne. »Gott sei Dank ist ihr an diesem schrecklichen Tag nichts zugestoßen«, sagte sie dann. »Und es tut mir so leid, daß ich nicht hier war, um dich zu entlasten ...«

»Aber Linnet war da«, unterbrach Tessa sie, »und sie hat alles außerordentlich gut im Griff gehabt. Ich weiß wirklich nicht, was ich ohne sie angefangen hätte. Es war so klug von ihr, Jack hinzuzuziehen. Aber das habe ich dir ja schon erzählt.«

»Ja, das hast du, und du hast ganz recht. Sie war sehr besonnen.«

»Ich habe Linnet zugesagt, ihre Trauzeugin zu sein, Mama.«

»Du hast es dir anders überlegt?« Paula war verblüfft.

»Ja. Ich glaube, sie war ein wenig verletzt, als ich mich geweigert habe.«

»Dann bist du also Trauzeugin und India, Evan und Emsie die Brautjungfern?«

»Und Adele. Ich habe noch einmal darüber nachgedacht und meine Meinung geändert. Ich habe Linnet gesagt, Adele könnte doch Brautjungfer werden, so wie sie sich das gewünscht hat.«

Endlich Harmonie zwischen meinen Töchtern, dachte Paula. Kaum zu glauben. »Ich finde das ganz lieb von dir, Schatz, und ich bin so froh, daß du dich doch dazu entschlossen hast. Ich weiß, daß Linny zutiefst enttäuscht war, als du nein gesagt hast.«

»Hat sie dir erzählt, daß Evan ihr Hochzeitskleid entwirft?«

»Nein, aber wir haben auch erst Samstag. Ich bin ja kaum zum Atemholen gekommen, seit ich in Yorkshire bin. Erzähl mir alles darüber, Tessa.«

»Linnet mochte keinen der Entwürfe leiden, die verschiedene Designer für sie angefertigt hatten, und kürzlich hat sie Evan nach ihrer Meinung gefragt. Und Evan hatte ein paar großartige Ideen, wie schweren, cremefarbenen Satin, Perlenstickerei und einen Stil, der an die Tudor-Periode erinnert, und Linnet war begeistert von ihren Vorschlägen. Also zeichnet Evan seitdem die ganze Zeit. Und zwischendurch hat sie das Kaufhaus in Leeds abgerissen und baut es zusammen mit India wieder auf.«

»Was das Kaufhaus angeht, machst du hoffentlich Witze«, meinte Paula und sah ihre Tochter von der Seite an.

»Natürlich. Aber die beiden sind ungemein innovativ. Du wirst dich wundern, Mama. Sie sind viel radikaler vorgegangen als ich in Harrogate.« Tessa trank von ihrem schwarzen Kaffee.

»Und wie geht es India?« fragte Paula. »Linnet hat mir erzählt, daß es Probleme zwischen ihr und diesem Künstler gegeben hat, Russell Rhodes.«

Tessa berichtete ihrer Mutter. »Sie tut mir schrecklich leid«, schloß sie. »India ist so gutherzig, so ein aufrechter Mensch. Wahrscheinlich ist es nur natürlich, daß sie das Gefühl hat, hinters Licht geführt worden zu sein.«

Paula nickte und goß sich noch eine Tasse Kaffee ein. Als sie die Kanne abstellte, warf sie Tessa einen langen, forschenden Blick zu. Schon gestern abend hatte sie eine bemerkenswerte Veränderung in Tessas Verhalten registriert. In diesem Moment war sie besonders offensichtlich.

Ihre Tochter war nicht so bissig und aggressiv wie sonst häufig. Sie strahlte sogar etwas Weiches aus, das Paula an ihr noch nie wahrgenommen hatte. Tessa wirkte viel femininer, entspannter. Sie strahlte ein wunderbares Leuchten aus, die Art von Leuchten, das normalerweise von einer Frau ausgeht, die mit allen Sinnen liebt und geliebt wird, die sexuell befriedigt ist – anders vermochte Paula es nicht zu beschreiben.

Oh Gott! Paula setzte sich kerzengerade auf und musterte Tessa eingehend. *Sie hat sich verliebt.* Und offensichtlich wird dieses Gefühl erwidert. Liebe hatte diese außerordentliche Wandlung bei ihrer Tochter bewirkt.

Diese Erkenntnis erschütterte Paula so, daß sie sofort aufstand, zum Fenster ging und auf das Moor hinaussah. Sie wollte nicht, daß Tessa ihren Gesichtsausdruck sah. Wer kann es nur sein? fragte sie sich. Wann war es passiert? Paula war fast zwei Monate im Ausland gewesen, daher hatte sie keine Antwort darauf. Aber wenn jemand anderes aus der Familie etwas gewußt hätte, dann hätte er oder sie ihr ganz bestimmt am Telefon davon erzählt.

Tessa war verliebt, aber niemand wußte etwas darüber. Bedeutete das, daß die Beziehung mit irgendeinem Problem behaftet war? War der Mann vielleicht verheiratet? Sie hoffte nicht.

»Mama, ich habe vergessen, dir von dem Abend zu erzählen, an dem India und ich mit Großtante Edwina gegessen haben. Bitte komm wieder aufs Sofa, ich möchte, daß du alles darüber hörst.«

Paula setzte eine neutrale Miene auf, glättete ihren marineblauen Leinenrock und kehrte zur Sitzgruppe zurück. »Ich bin ganz Ohr«, flüsterte sie und nahm gegenüber ihrer Tochter Platz.

Tessa erzählte ihrer Mutter die ganze Geschichte, von dem Abend und den Juwelen, die Edwina ihr und India geschenkt hatte.

»Großtante Edwina hat mir geraten, ich soll mich nicht in meinen Eheproblemen vergraben«, fuhr Tessa fort. »Ich solle mich scheiden lassen und ein neues Leben beginnen. Sie sagte, sie hoffe, das Debakel mit Mark würde mich nicht davon abhalten, neue Beziehungen einzugehen. Ich müsse diese Hürde überwinden. Und zwar schnell.«

»Ach, das hat sie gesagt?« Paula sah Tessa nachdenklich an. »Ich nehme an, du hast dir ihren Ratschlag zu Herzen genommen«, sagte sie mit kaum wahrnehmbarem Zögern.

»Ja, das habe ich.« Tessa sprang auf und setzte sich neben Paula. »Mir ist etwas ganz Wunderbares passiert ...«

»Du hast dich verliebt!«

»Woher weißt du das?«

»Es steht dir ins Gesicht geschrieben, Liebling. Gestern abend kamst du mir schon sehr verändert vor, und heute ist das noch deutlicher. Ich nehme an, er hat sich ebenfalls in dich verliebt?«

»Ja«, antwortete Tessa errötend. »Auf den ersten Blick.«

»Und wer ist nun dieser Mann, der diesen Wandel bei dir bewirkt hat?«

»Jean-Claude Deléon, der französische Schriftsteller. Du hast ihn in Paris kennengelernt ... er ist ein Freund von Lorne. Erinnerst du dich an ihn?«

Paula fehlten selten die Worte, doch jetzt war sie sprachlos. Sie holte tief Luft. »Natürlich erinnere ich mich«, sagte sie dann, »er ist ein außergewöhnlicher Mensch. Sehr attraktiv, sehr anerkannt. Und wann ist das passiert?«

Bevor Tessa antworten konnte, erschien Margaret in der Tür. Die Köchin räusperte sich. »Entschuldigen Sie, Mrs. O'Neill, aber ich wollte nur wissen, wie viele wir heute zum Lunch sind.«

»Du meine Güte, Margaret, ich habe nicht die geringste Ahnung«, antwortete Paula und wandte sich zu Tessa. »Wir beide und Großvater Bryan, richtig, Tessa? Was ist mit Linnet und Evan?«

»Oh ja, sie kommen. Sie sitzen unten und arbeiten an den Entwürfen für das Brautkleid und die Kleider der Brautjungfern. Das heißt, Evan zeichnet und Linnet kümmert sich um die anderen Hochzeitsvorbereitungen.«

»Schön, Margaret, dann sieht es aus, als wären wir zu

fünft. Ach ja, und Emsie und Desmond. Also sind wir sieben Personen.«

»Nein, nein, warte einen Moment«, warf Tessa ein. »Linnet hat erwähnt, daß Julian mit Onkel Ronnie zum Lunch kommt.«

»Oh, wie schön, ich kann es kaum abwarten, die beiden zu sehen. Wissen Sie was, planen Sie doch einfach für zehn Personen, Margaret. Es ist immer möglich, daß Gideon auch noch auftaucht.«

Die Haushälterin nickte und sah zuerst auf den Zettel, den sie in der Hand trug, und dann zu Paula. »Als ersten Gang habe ich Ihre Lieblingssuppe gekocht, Mrs. Beetons Mulligatawny-Suppe, und dann wollte ich einen Cottage-Pie machen – den mag Mr. O'Neill so gern – und noch eine Pastete mit Rindfleisch und Nierchen. Dazu frische gedämpfte Gemüse, und ich habe auch einen köstlichen Yorkshire-Schinken im Ofen. Zum Nachtisch mache ich einen süßen Brotauflauf. Und für alle, die Diät halten, gibt es frisches Obst«, setzte sie mit einem Blick auf Tessa hinzu.

»Das klingt nach einem Festmahl. Ich muß zugeben, daß ich Ihre wunderbare Küche vermißt habe, Margaret.«

»Danke, Mrs. O'Neill, und ich freue mich sehr, daß Sie zurück sind.«

Sobald sie wieder allein waren, erzählte Tessa rasch weiter. »Um auf Jean-Claude zurückzukommen, Mama. Wir sind uns letzte Woche begegnet, als ich mit Lorne in Paris war. Es war einer dieser Momente, in denen der Blitz einschlägt. Wir haben uns gleich in jeder Hinsicht verstanden, und na ja... was soll ich sagen ... wir fühlen uns beide, als wäre uns der Himmel auf den Kopf gefallen.«

Paula nickte. »Und du bist dir sicher, daß das kein Strohfeuer ist, Tessa?«

»Ja, und von ihm weiß ich das auch ganz genau. Jean-Claude wünscht sich eine ernsthafte, langfristige Beziehung.«

»Reden wir hier über eine Heirat?«

»Nun ja, das Wort ist noch nicht gefallen, aber ja, ich glaube, das meint er, wenn er von einer langfristigen Beziehung spricht.« Sie bemerkte die besorgte Miene ihrer Mutter. »Du bist nicht einverstanden mit ihm?«

Paula schwieg einen Moment. »Der Altersunterschied ist ziemlich groß, oder, Liebling?«

»Ja. Aber das macht mir nichts aus und ihm auch nicht.«

»Wie alt ist er?«

»Dreiundfünfzig.«

»Tatsächlich. Er sieht jedenfalls viel jünger aus, und ich bin mir sicher, daß er ernste Absichten hat. So, wie ich ihn erlebt habe, ist er ein verantwortungsvoller, liebevoller Mensch.«

»Dann ist es in Ordnung?«

Paula fixierte ihre Tochter. »Würde es etwas ändern, wenn ich diese Beziehung nicht billigen würde?«

»Schon, weil ich möchte, daß du einverstanden bist. Aber das würde meine Meinung nicht ändern ... Wie könnte ich gegen meine Gefühle ankämpfen?«

»Wenn du ihn wirklich liebst, kannst du das nicht. Und du bist zweiunddreißig, eine erwachsene Frau, und deswegen kannst du mit deinem Leben tun, was du willst. Aber zufällig habe ich überhaupt nichts gegen Jean-Claude einzuwenden. Ganz im Gegenteil. Ich habe ihn immer für einen ganz charmanten Menschen gehalten, und dein Vater schätzt ihn ebenfalls.«

Tessa lehnte sich zurück und entspannte ihre verkrampften Muskeln. »Das ist eine große Erleichterung, Mama. Nach den schrecklichen Problemen, die wir mit Mark hatten, ist es mir wichtig, daß du den Mann magst, zu dem ich jetzt eine Beziehung habe.«

»Das tue ich. Aber in einem Punkt muß ich dich warnen. Im Moment, solange wir über die Details der Scheidung verhandeln, solltest du vorsichtig sein.«

»Du meinst, ich darf Jean-Claude nicht sehen?« fragte Tessa, entsetzt über diese Vorstellung.

»Nein, das ist schon in Ordnung, vorausgesetzt, daß ihr euch nicht über Gebühr zur Schau stellt.«

»Das würden wir nie, und das haben wir auch in Paris nicht getan. Wir haben in seiner Wohnung gegessen, und über das Wochenende sind Lorne und ich mit Jean-Claude in sein Landhaus gefahren. Wir werden vorsichtig sein.«

»Noch etwas, Tessa.«

»Ja, Mama?«

»Du siehst im Moment außerordentlich strahlend und glücklich aus. Aber am Montag wäre es mir lieber, wenn du unglücklich und ein wenig unscheinbar aussiehst, falls du das zustande bringst. Für das Treffen mit den Anwälten und mit Mark, meine ich.«

»Ich sehe zu, daß ich farblos aussehe, und werde kaum Make-up benutzen. Das müßte eigentlich funktionieren.«

»Es wird. Du mußt wie ein Opfer aussehen. Das du ja auch tatsächlich bist. Aber im Moment siehst du ganz und gar nicht so aus.«

Tessa verließ den oberen Salon, da sie vor dem Mittagessen noch mit Adele spielen wollte, und Paula kehrte an den georgianischen Schreibtisch am Fenster zurück. Sie nahm ihren Stift zur Hand, um noch etwas zu arbeiten, doch sofort wurde ihr klar, daß sie nicht in der Stimmung dazu war. Nein, nicht heute vormittag, dachte sie. Ich bin jetzt zu sehr abgelenkt.

Sie legte den Stift weg, lehnte sich zurück und sah aus dem Fenster. Bereits jetzt blühte im Moor die Heide, und bis Mitte September würden die Hügel ein wogendes Meer von Violett sein, das sich erstreckte, so weit das Auge reichte. Wie schön es heute dort draußen war ... Der Himmel war von einem sanften, hellen Blau mit fedrigen weißen Wolken, die auf den Horizont zu trieben. Paula mochte das Moor am liebsten um diese Jahreszeit, wenn dort, wo die Heide blühte, die Bienen im Sonnenlicht summten. Linnet dagegen war das ganze Jahr über süchtig nach der Moorlandschaft, genau wie Emma es gewesen war.

Plötzlich spürte Paula, wie glücklich sie war, wieder hier auf Pennistone Royal zu sein, dem Haus, in dem sie aufgewachsen war und das sie so sehr liebte. Sie war froh, hier an diesem Fenster zu sitzen, an dem Schreibtisch, an dem Grandy so viele Jahre lang gearbeitet hatte, in Erinnerungen zu schwelgen, an ihre unwandelbare Liebe zu Emma zu denken. Aber kurz darauf wandten ihre Gedanken sich ihrer erstgeborenen Tochter zu.

Paula lächelte in sich hinein und begriff, was für einer Gehirnwäsche sie unterlegen war. Sie alle waren das, denn jahrelang hatte Tessa ihnen eines eingeimpft: *Sie war fünf Minuten vor Lorne auf die Welt gekommen.* Und deswegen war Tessa, wie sie jedem, der es hören wollte, erklärte, das älteste unter Paulas Kindern.

Tessa McGill Harte Fairley Longden. Eine ziemlich einzigartige junge Frau.

Zumindest das *Longden* konnte sie vergessen, rief Paula sich ins Gedächtnis. Ihre Tochter hatte *seinen* Namen bereits abgelegt und ihren Mädchennamen wieder angenommen, auf den sie von jeher außerordentlich stolz war.

Wie tragisch, daß ihr Ehemann Tessa körperlich und seelisch mißhandelt hatte. Und niemand aus der Familie hatte eine Ahnung gehabt, weil sie zu beschämt und zu verängstigt gewesen war, um sich jemandem anzuvertrauen. Bis dann der Tag gekommen war, an dem sie es nicht mehr ertragen hatte und in Angst um ihr Leben aus der ehelichen Wohnung geflüchtet war. Doch sie hatte die Kraft, den Mut, den Stolz und den Willen zum Überleben aufgebracht – sämtlich Eigenschaften, die Tessa über ihre Mutter von Grandy geerbt hatte. Und so hatte Tessa sich selbst und ihr Kind gerettet.

Und jetzt war ein Mann namens Jean-Claude Deléon in ihrem Leben aufgetaucht. Sie daß da und dachte über ihn nach ... einen Mann von solchem Format und Intellekt, solcher Ethik und Vision, daß ihm Frankreich praktisch zu Füßen lag. Sie wußte um seine Prominenz und seinen Ruhm, nicht nur aus den Medien, sondern auch von Lorne, der ihn wie ein Idol verehrte, und das aus gutem Grund.

Jean-Claude hatte sie bereits bei mehreren Gelegenheiten beeindruckt. Sie mochte seine Bescheidenheit, er war frei von Arroganz und Selbstgefälligkeit. Er besaß einen wunderbaren Sinn für Humor und hatte sie schon oft dazu gebracht, schallend zu lachen; auch seine Weisheit und Freundlichkeit hatten sie beeindruckt, und sie kannte die Macht seines enormen Charmes sehr gut.

Er war einundzwanzig Jahre älter als ihre Tochter und nur drei Jahre jünger als sie selbst; aber Paula erkannte, daß sein Alter auch ein Vorteil war. Er war reif, ernsthaft, verantwortungsvoll und vertrauenswürdig. Sollte ihre Beziehung von Dauer sein, würde Tessa für den Rest ihres Lebens in sicheren Händen sein, und dafür war Paula dankbar.

Ja, Jean-Claudes Auftauchen war eine ernste Angelegenheit, über die ihre Familie, und besonders sie, nachdenken mußte. Sie hatte bereits gesehen, welche Wirkung er auf Tessa ausübte; plötzlich war sie ein viel netterer Mensch, zumindest kam es ihrer Mutter so vor. Und wenn Tessa auf längere Sicht mit ihm zusammenblieb, mochte es noch weitere bedeutende Veränderungen in ihrer Persönlichkeit und ihrem Leben geben. Vielleicht würde ihre älteste Tochter sogar in der Lage sein, ihren übersteigerten Ehrgeiz zu dämpfen, mit dem sie ihrer Halbschwester Linnet in der Vergangenheit so oft das Leben – und die gemeinsame Arbeit bei Harte's – schwergemacht hatte.

Ich muß Jean-Claude wiedersehen, und zwar bald, dachte Paula. Ihn mit den Augen einer Mutter betrachten.

Die Tür flog auf, und Paulas Gedankengang wurde unterbrochen. Ihre Enkeltochter kam in den Salon gerannt. »Gran, Gran, komm und spiel mit mir«, rief Adele.

Paula erhob sich, fing die Kleine in ihren Armen auf und drückte sie an sich. Über Adeles glänzendes silberblondes Haar hinweg sah sie Tessa, die an der Tür stand, eindringlich an. »Was meinst du, wird er die Kleine akzeptieren?« fragte sie. »Oder ist das ein Problem für ihn?«

»Absolut nicht«, antwortete Tessa voller Überzeugung. »Wir haben ausführlich über das Thema gesprochen. Es macht ihm nichts aus, er freut sich sogar.«

Paula nickte. Wenn Jean-Claude der Mann war, für den Tessa ihn hielt, dann bekam sie vielleicht doch noch die Chance, glücklich zu werden. Vorausgesetzt, es gelang Paula, Mark in die Schranken zu weisen.

24

Im Konferenzraum der Kanzlei Crawford, Creighton, Phipps, Crawford und Jolliet hatte sich seit vielen Jahren nichts verändert. Den größten Teil ihres Erwachsenenlebens war Paula immer wieder hier gewesen, wenn es nötig gewesen war, den juristischen Rat John Crawfords zu suchen, der Seniorpartner der Firma und ihr Familienanwalt war. Und an diesem Montagnachmittag strahlte der vertraute Raum mit seinen dunkel getäfelten Wänden, dem von vierundzwanzig Stühlen umgebenen Konferenztisch aus Mahagoni und den eleganten Bronze-Kronleuchtern etwas Beruhigendes aus.

Eine der Sekretärinnen hatte Paula vor wenigen Minuten hineingeführt, und nun trat sie ans Fenster und sah auf die Straße. Tessa mußte jeden Moment eintreffen, doch noch war von ihr nichts zu sehen.

Paula wandte dem Fenster den Rücken und schlenderte zu dem großen Ölgemälde, das John darstellte. Was für ein distinguierter Mann er doch war! Inzwischen hatte er sich weitgehend aus der Kanzlei zurückgezogen, ließ sich aber gern ansprechen, wenn sein einzigartiges Wissen gebraucht wurde oder es um irgendeine Frage in den weitläufigen Familienangelegenheiten der Hartes ging. Er besaß ein photographisches Gedächtnis und einzigartige Kenntnisse über die Hartes und ihr Geschäftsimperium, die bis in Emmas Zeiten zurückreichten.

In vielerlei Hinsicht war John praktisch ein Mitglied der Familie, und er traf sich immer noch einmal monatlich mit Paulas Mutter, da er Treuhänder der von Daisy geleiteten Emma-Harte-Stiftung war. Die Organisation verteilte regelmäßig große Geldsummen an eine Vielzahl wohltätiger Einrichtungen, die Daisy und John für würdig befanden.

»Guten Tag, Paula«, rief Christopher Jolliet, Johns Neffe, aus und eilte in den Raum. »Tut mir leid, daß ich Sie habe warten lassen; ich mußte noch ein Telefongespräch mit Onkel John beenden. Er läßt Sie übrigens herzlich grüßen.«

Paula nickte lächelnd und nahm Christophers Hand; er küßte sie auf die Wange. »Hallo, Christopher.« Sie wies auf die Wand. »Ich habe gerade sein Porträt bewundert. Und Sie haben mich nicht warten lassen; ich bin zu früh gekommen.«

Rasch glitt sein Blick über ihr schickes schwarzes Kostüm und die weiße Seidenbluse, ihre elegante Gesamterscheinung. Aber zugleich strahlte sie Strenge und finstere Entschlossenheit aus, und er wußte besser als jeder andere, daß sie auf dem Kriegspfad war. Sie schickte sich an, einen Mann zu demontieren, was er ihr im übrigen nicht verdenken konnte. Mark Longden hatte sich diese Suppe selbst eingebrockt. »Schön, Sie zu sehen; nur schade, daß der Anlaß so unerfreulich ist«, fuhr Christopher fort und führte sie an den Konferenztisch. »Sie sehen gut aus, Paula. New York ist Ihnen anscheinend gut bekommen.«

»Das ist wahr. Wir hatten zwar alle viel zu tun, aber ich liebe diese Stadt wirklich, und der Aufenthalt dort war eine wunderbare Abwechslung.«

»Und wann kommt Shane zurück?«

»Er fliegt morgen, am Dienstag. Am Vormittag hat er noch einen Termin im World Trade Center, und dann nimmt er den Nachtflug nach London und trifft am Mittwoch morgen ein. Er mußte aus geschäftlichen Gründen noch in New York bleiben, und dann hat sich in letzter Minute noch dieses Meeting ergeben. Es geht um den Bau eines neuen O'Neill-Hotels in Manhatten. Normalerweise kümmert sich, wie Sie wissen, seine Schwester um das Geschäft in Amerika, aber Merry macht irgendwo in den kanadischen Rockies Urlaub mit ihrer Familie.«

»Shane hat die Hotelkette zu großem Erfolg geführt; verständlich, daß Großvater Bryan so stolz auf ihn ist.«

Paula lachte. »Sein Vater betet ihn an und uns alle auch. Er ist ein großartiger alter Herr.«

»Wir sollten einmal zusammen essen, wenn Shane zurück ist«, meinte Christopher, rückte Paula einen Stuhl zurecht und nahm neben ihr Platz. Er legte den Stapel brauner Aktenmappen, die er in der Hand trug, auf den Tisch und lehnte sich zurück. »Haben wir noch etwas zu besprechen, bevor die anderen kommen?«

Paula schüttelte den Kopf. »Ich glaube nicht. Einige Punkte haben wir ja noch geklärt, als wir am Wochenende telefoniert haben. Ich bin zufrieden. Tatsächlich habe ich alles so eingehend bedacht, daß ich es komplett auswendig weiß.«

»Das glaube ich gern.« Als die Tür sich öffnete, stand Christopher auf. Eine der Sekretärinnen führte Tessa herein.

»Hallo, Christopher«, sagte sie und reichte ihm die Hand.

»Guten Tag, Tessa«, antwortete er und küßte sie lächelnd auf die Wange.

»Hallo, Mama«, murmelte Tessa und umarmte Paula, bevor sie ebenfalls Platz nahm. »Ich hoffe, ich komme nicht zu spät.«

»Nein, du bist pünktlich. Wie du siehst, ist die andere Partei noch gar nicht eingetroffen«, antwortete Paula und musterte ihre Tochter kritisch.

»Ich sehe schrecklich aus, oder?« meinte Tessa und begann zu kichern. »Du hast gesagt, ich solle dafür sorgen, daß ich unscheinbar und farblos aussehe, wie ein richtiges Opfer, und das habe ich.«

Christopher mußte schmunzeln. »Ich fürchte, Ihre Schönheit läßt sich nicht verbergen, Tessa, trotz Ihrer offensichtlichen Bemühungen, dies zu erreichen.«

»Ich habe dich in Braun noch nie gemocht. Wo in aller Welt hast du dieses unmögliche braune Leinenkleid aufgetrieben?« fragte Paula irritiert und zog die dunklen Brauen zusammen.

»Mir steht schließlich ein ganzes Warenhaus zur Verfügung«, rief Tessa aus. »Und genau dort habe ich es entdeckt. Ich weiß, daß Braun nicht meine Farbe ist, aber es hat doch die gewünschte Wirkung, oder? Ich finde, daß es meinem Gesicht jede Farbe nimmt und mein Haar stumpf wirken läßt.«

»Ja, wahrscheinlich tut es das, aber wenn das hier vorüber ist, wirf es bitte weg. Und mach gleich noch den Pferdeschwanz auf. Das ist nicht dein Stil, Liebling.«

»Natürlich, Mama. Aber du sagtest doch, ich soll wie das Opfer eines prügelnden Ehemannes aussehen.« Tessa unterbrach sich, sah zwischen ihrer Mutter und Christopher hin und her und zuckte die Achseln. »Ich habe nur deine Anweisungen befolgt, Mama.«

»Ich weiß, und es ist in Ordnung, Tessa. Das hast du gut gemacht.« Sie wandte sich an Christopher. »Tessa war mit ihrem Bruder unterwegs«, erklärte sie. »Er hat sie auf einen Kurzurlaub mitgenommen, und als sie zurückkam, sah sie so ausgeruht und hübsch aus, daß ich dachte, es wäre besser, wenn sie ihre Wirkung ein wenig herunterspielt. Ich kenne Mark Longden. Er wird hier hereinspazieren und zu seinen Anwälten sagen: ›Schauen Sie meine Frau an. Sieht so eine Frau aus, die von ihrem Mann mißhandelt wird?‹ Er wird alles abstreiten, sobald er nur die geringste Chance dazu sieht.«

»Ich weiß, Paula. Aber ich habe Tessas Verletzungen gesehen und die Photos. Und ich fürchte, es dürfte ihr unmöglich sein, ihr inneres Feuer vollständig zu dämpfen.«

Paula starrte ihn an und dachte, daß er plötzlich ganz poetisch klang. Aber alle Männer reagierten so auf Tessa, und zwar schon immer. Vielleicht lag es daran, daß sie so etwas Ätherisches ausstrahlte, und diese Wirkung hatte sie nicht ganz ausmerzen können, da hatte der junge Mann ganz recht.

In diesem Moment ging die Tür auf, und Geoffrey Creighton, einer von Christophers Juniorpartnern, eilte geschäftig herein. Auch er trug einen Stapel Aktenmappen. Nachdem er alle begrüßt hatte, nahm er neben Tessa Platz. »Longdens Anwälte treffen eben unten ein. Aber er selbst hat sich noch nicht blicken lassen.«

»Typisch. Solange ich ihn kenne, kommt er immer zu spät«, murrte Tessa.

Mark Longden kam als letzter.

Von dem Moment an, in dem er den Konferenzraum betrat, war Tessa auf der Hut, denn sie wußte nicht, was sie erwarten sollte. Äußerlich sah er mehr oder weniger so aus wie immer, ziemlich jugendlich, wie ein Collegeabsolvent. Doch sie bemerkte neue Linien um seinen Mund, und seine Augen wirkten seltsam stumpf. Sie fragte sich, warum sein verdorbener Charakter sich nicht deutlicher auf seinem Gesicht malte. Als er durch den Raum ging, bemerkte sie, daß er unter der ruhigen Oberfläche sehr erregt war. Er versuchte sich zu beherrschen, aber sie entdeckte sofort alle verräterischen Anzeichen.

Unwillkürlich maß sie ihn an Jean-Claude Deléon, obwohl sie natürlich wußte, daß Vergleiche immer hinkten. Jean-Claude war gelassen, zielstrebig und selbstbewußt, ohne dabei arrogant zu sein. Mark dagegen, verwöhnt, undiszipliniert und genußsüchtig, zeigte seine Schwächen in allem, was er tat. Und er war über alle Maßen geldgierig.

Tessa war verblüfft, als Mark ihr zulächelte. Sie selbst bewahrte ihre eisige, unversöhnliche Miene.

Sofort wandte Mark sich ab. Er lächelte immer noch, und dann huschte ein selbstzufriedener Ausdruck über sein Gesicht. Er setzte sich zu seinen Anwälten und begann mit ihnen zu reden.

Einige Minuten später räusperte sich Christopher und sah Mark und seine Vertreter an, Jonas Ladlow und Herbert Jennings.

»Meine Herren«, begann er, »wie Sie wissen, sind wir heute zusammengekommen, um eine finanzielle Vereinbarung zwischen den beiden anwesenden Parteien zu treffen, Tessa und Mark Longden, die kurz davor stehen, die Scheidung einzureichen. Nun ...«

»Ich habe genau aufgeschrieben, was ich will«, warf Mark ein. »Meine Notizen beruhen auf den Zusagen, die Tessa mir vor einigen Wochen gemacht hat, und meinen eigenen ...«

»Lassen Sie mich bitte ausreden, Mr. Longden«, versetzte Christopher kurz angebunden und warf Marks Anwälten einen vernichtenden Blick zu.

Mark gestikulierte verärgert, doch Jonas legte ihm begütigend die Hand auf den Arm, beugte sich zu ihm herüber und flüsterte etwas.

»Ich wollte eben erklären«, fuhr Christopher fort, »daß nun Mrs. O'Neill das Wort ergreifen wird. Sie möchte ihrer Tochter und Mr. Longden erläutern, welche Art von Abfindung sie Mr. Longden zu gewähren gedenkt. Es gibt allerdings einige Auflagen ...«

»Keine Auflagen!« schimpfte Mark gehässig.

»Mark, bitte«, sagte Herbert. »Sie müssen Mr. Jolliet aussprechen lassen, ohne ihn ständig zu unterbrechen.«

Mark warf ihm einen finsteren Blick zu und lehnte sich schmollend zurück.

Jetzt ergriff Jonas das Wort. »Wir sind bereit, uns Ihre Bedingungen anzuhören, Mr. Jolliet«, sagte er, an Christopher und Paula gerichtet, »und dann können wir vielleicht darüber diskutieren.«

»*Erste Bedingung*. Nachdem Mrs. O'Neill ihr Angebot erläutert hat, ist – vorausgesetzt, Mr. Longden akzeptiert – die Vereinbarung zwischen den beiden Parteien noch heute zu unterzeichnen.«

»Das ist ziemlich kurzfristig«, rief Jonas stirnrunzelnd aus. »Ich bin mir ziemlich sicher, daß mein Kollege und ich das Schriftstück ausführlich studieren müssen.«

»Ich glaube nicht, daß das nötig ist, aber lassen Sie mich bitte fortfahren«, antwortete Christopher höflich. »Die *zweite Auflage* lautet, daß bestimmte Aspekte der Vereinbarung so bald wie möglich in Kraft treten müssen.«

»Und welche Aspekte genau?« fragte Jonas.

»Mrs. O'Neill wird sie ... Ihnen erläutern«, murmelte Christopher und wirkte plötzlich geheimnisvoll.

»Vielleicht sollte ich jetzt übernehmen, Christopher«, schlug Paula vor und warf ihrem Anwalt einen vielsagenden Blick zu.

Er nickte. »Natürlich. Fahren Sie fort, Paula.«

»Ich bin bereit, dir eine Abfindung anzubieten, Mark, unter der von Mr. Jolliet bereits erwähnten Bedingung, daß die Vereinbarung noch heute unterzeichnet wird. Die Unterschrift ist in diesem Büro zu leisten. Hast du verstanden, Mark? Meine Herren?«

Die drei nickten. »Wollen Sie sagen, daß Sie Ihr Angebot zurückziehen, wenn die Vereinbarung nicht heute nachmittag unterzeichnet wird?«

»Genau das, Mr. Ladlow.«

»Und was bietest du?« fragte Mark zur großen Irritation seiner Anwälte.

»Zehn Millionen Pfund Sterling«, verkündete Paula gelassen, »meiner Ansicht nach unter den gegebenen Umständen eine sehr großzügige Summe.«

Mark lächelte. »Angenommen. Wo ist der Stift? Ich unterschreibe sofort.«

Seine Anwälte wechselten rasche Blicke. »Zuerst müssen wir alle Bedingungen kennen und die Vereinbarung sehen«, sagte Jonas schnell.

»Natürlich müssen Sie sie zur Hand haben, damit Sie sich mit den Klauseln vertraut machen können, Mr. Ladlow«, sagte Paula verhalten lächelnd. »Ich bezweifle allerdings, daß Sie die Vereinbarung lange studieren müssen, da sie äußerst einfach gehalten und sehr kurz ist. Aber lassen Sie mich noch eines betonen: Wenn Mark mein Angebot nicht annimmt und die Vereinbarung nicht unterzeichnet, wird er es riskieren müssen, vor Gericht zu ziehen. Und unter den gegebenen Umständen bezweifle ich stark, daß der Richter ihm überhaupt eine Abfindung zusprechen wird.«

Tessa beugte sich zu ihrer Mutter herüber. »Mach das nicht, Mama«, flüsterte sie. »Das ist viel zuviel Geld. Zieh dein Angebot zurück und laß uns vor Gericht gehen. Überlaß ihn doch dem Urteil des Richters.«

Bei Paulas Worten machten Marks Anwälte sorgenvolle Mienen. »Wie lauten die übrigen Bedingungen, Mrs. O'Neill?« fragte Jonas. Er kannte Paulas Ruf als Geschäftsfrau und harte Verhandlungspartnerin und war sich sicher, daß sie Mark die zehn Millionen nicht einfach auf einem Silbertablett überreichen würde.

»Ich würde gern zuerst über die Auszahlungsmodalitäten sprechen«, antwortete Paula. »Ich mache dir folgendes Angebot, Mark. Eine Million Pfund dreißig Tage nach der Unterzeichnung der Vereinbarung und eine weitere Million, nachdem der Richter die Scheidung ausgesprochen hat. Während der folgenden Jahre erhältst du jährlich eine Million Pfund, also erstmals 2002. Damit kommen wir auf sieben Millionen Pfund, zahlbar über sechs Jahre. Die letzte Rate von drei Millionen Pfund wird dir nach weiteren drei Jahren gezahlt, also 2010.«

Eine Weile herrschte Schweigen. Die Anwälte wirkten verblüfft, nur Mark schien sich zu freuen. Tessa dagegen stand der Zorn deutlich ins Gesicht geschrieben.

Jonas Ladlow und Herbert Jennings entschuldigten sich kurz. Die beiden standen auf und traten ans Fenster. »Die Sache muß einen Haken haben, Herb«, flüsterte Jonas. »Irgendwo muß eine Fußangel stecken.«

»Das glaube ich auch, Jonas. Mrs. O'Neill ist viel zu gerissen, um einfach so zehn Millionen Pfund herauszurücken. Immerhin über einen Zeitraum von neun Jahren verteilt, aber trotzdem ist das eine Menge Geld.«

»Vor allem unter diesen Umständen. Mark ist ja nun wirklich kein Engel.«

»Das kannst du laut sagen. Aber laß uns erst einmal hören, was sie noch zu sagen hat.«

Die beiden Anwälte kehrten an den Tisch zurück. »Wie lauten die übrigen Klauseln, Mrs. O'Neill?« fragte Jonas.

»Wenn Mark die Vereinbarung heute unterzeichnet, erklärt er sich gleichzeitig bereit, nach Australien zu gehen.«

»Soll mir recht sein«, schaltete sich Mark ein. »Das unterschreibe ich gern. Oh, und was ist mit meinem Haus in Hampstead? Bekomme ich das nun? Tessa hat es mir versprochen.«

»Das ist nicht dein Haus, und übrigens gehört es auch nicht Tessa. Ich habe es euch beiden zwar bei eurer Hochzeit geschenkt, aber ich habe es Tessa nie überschrieben. Rechtlich gehört es immer noch mir. Und ich habe nicht vor, es dir zu überlassen, und Tessa bekommt es auch nicht. Wir reden hier von einer Abfindung über zehn Millionen Pfund in bar. Das Haus in Hampstead steht nicht zur Debatte.«

Mark öffnete den Mund, doch Jonas schnitt ihm das Wort ab. »Wenn Mark also heute unterzeichnet«, warf er rasch ein, »ist die erste Rate von heute an in dreißig Tagen fällig, insgesamt zwei Millionen. Und nach der Scheidung muß er nach Australien übersiedeln und sich dort auf Dauer niederlassen? Habe ich Sie da richtig verstanden, Mrs. O'Neill?«

»Genau, Mr. Ladlow. Sobald der Richter die Scheidung ausgesprochen hat, kann Mark nach Sydney gehen. Zu diesem Zeitpunkt erhält er die zweite Million. Während der nächsten fünf Jahre wird er in Sydney bleiben, ohne nach England zurückzukehren. Auch sonstige Reisen sind ihm untersagt.«

»Was?« schrie Mark aufgebracht. »Ich kann dort fünf Jahre lang nicht weg? Du schickst mich ins Exil!«

»Nenn es, wie du willst«, erwiderte Paula kalt. »Aber du wirst dich verpflichten, fünf Jahre dort zu bleiben. Damit hast du Gelegenheit, dein Architekturbüro zu einem profitablen Unternehmen auszubauen. Nach fünf Jahren ist dir gestattet, zu einem einmonatigen Besuch nach England zurückzukehren.«

»Einen Monat!« brüllte er. »Diesen Bedingungen werde ich auf keinen Fall zustimmen, Paula.«

»Nun gut, das verstehe ich. Aber vergiß nicht, daß zehn Millionen Pfund auf dem Spiel stehen. Triff keine törichten oder übereilten Entscheidungen, Mark. Denk darüber nach.«

»Und was geschieht nach dieser Fünfjahresfrist?« fragte Jonas ruhig und sah Paula an. Er wahrte eine neutrale Miene, doch er konnte nicht umhin, diese Frau zu bewundern. Sie war eine gewiefte Gegnerin, und offensichtlich kannte sie Mark Longden ganz genau.

Paula schwieg einen Moment. »Wenn diese fünf Jahre um sind«, antwortete sie sanft, »darf Mark alle zwei Jahre nach England reisen, und nach der letzten Zahlung von drei Millionen Pfund im Jahr 2010 steht es ihm frei, nach Belieben zu kommen und zu gehen.«

»Ja, und bis dahin ist Adele zwölf!« schrie Mark. »Dann habe ich ihre ganze Kindheit verpaßt.«

»Das stimmt, aber an Adele hättest du von Anfang an

denken sollen, Mark, vielleicht wärest du dann sogar noch mit Tessa verheiratet. Du bist der Autor deines eigenen Lebens. Du hast das Drehbuch geschrieben und die Rolle gespielt.« Paula zuckte leichthin die Achseln. »Sehr bedauernswert«, setzte sie hinzu.

Die beiden Anwälte und Mark erhoben sich und gingen ans Fenster, wo sie zehn Minuten standen und über die Vereinbarung berieten. Als sie an den Tisch zurückkehrten, ergriff Jonas Ladlow das Wort.

Er räusperte sich und sah Paula direkt an. »Mark hat beschlossen, daß er es vorzieht, die Vereinbarung auszuschlagen. Er möchte vor Gericht gehen. Wir hoffen, daß er einen fairen Richter finden wird, einen, der versteht, daß einem Vater das Recht auf ungehinderten Umgang mit seinem Kind zusteht, wenn nicht sogar das gemeinsame Sorgerecht.«

»Sehr gut, Mr. Ladlow, ich verstehe. Das ist natürlich Marks Entscheidung.« Sie wandte sich an Christopher. »Würden Sie mir bitte den Ordner geben, den Sie vor zwei Wochen erhalten haben? Oh, und auch den anderen für den vergangenen Monat. Für Juli.«

Ohne ein Wort reichte Christopher ihr die Mappen.

Paula schlug die oberste auf, warf einen Blick hinein und sah dann Marks Anwälte an. »Mißhandlung. Drogensucht. Alkoholmißbrauch. *Kidnapping*. In allen Einzelheiten belegt.«

»Ich habe Adele nicht entführt!« schrie Mark und lief rot an.

»Sei still!!« Paula starrte ihn wutentbrannt an. »Du hast meine Tochter geschlagen, sie eine Treppe hinuntergestoßen. Sie hätte dabei sterben oder dauerhafte Schäden zurückbehalten können. Du hast sie vergewaltigt. *Oft*. Du hast Adele entführt. Ohne ihre Mutter zu informieren, hast du sie einen ganzen Tag verschleppt. Du hast Tessas Geld aus dem Fenster geworfen. Die Liste ist endlos, Mark.« Sie holte tief Luft. »Nur zu. Versuch dein Glück bei Gericht. Laß dir aber eines sagen: Mit dem Dossier, das ich hier über dich habe« – sie hielt inne und klopfte auf den Ordner –, »kannst du dich glücklich schätzen, wenn du nicht im Gefängnis landest.«

Jonas Ladlow und Herbert Jennigs sahen Paula mit offenem Mund an. Mark, der zwischen ihnen saß, war plötzlich aschfahl im Gesicht geworden.

»Dürfte ich die Dokumente in der Mappe einmal sehen?« fragte Jonas gelassen, obwohl er beinahe Angst hatte, sie aufzuschlagen. Ihm kam der Gedanke, daß er damit so etwas wie die Büchse der Pandora öffnen würde, und Hunderte schmutziger Geheimnisse würden herausfliegen. Geheimnisse, über die er lieber nicht so genau Bescheid wissen wollte.

Paula nickte. »Eines müssen Sie aber noch wissen, bevor ich Ihnen diese Papiere übergebe, Mr. Ladlow.«

»Ja, Mrs. O'Neill?« Er sah sie fragend an.

»Obwohl ich es im Moment noch nicht abschließend beweisen kann, habe ich Ihren Klienten im Verdacht, gemeinsam mit meinem Cousin Jonathan Ainsley an einer Verschwörung beteiligt zu sein, deren Ziel es ist, etlichen Mitgliedern meiner engeren Familie körperlichen Schaden zuzufügen. Bisher habe ich mich mit meinen Befürchtungen und den Informationen, die ich habe, noch nicht an Scotland Yard gewandt, aber höchstwahrscheinlich werde ich das bald tun. Ich kann beispielsweise zweifelsfrei beweisen, daß Mark Longden und Jonathan Ainsley sich am vorletzten Wochenende in Paris getroffen haben. Ich weiß ebenfalls, daß Jonathan Ainsley plant, Tessa und ihren Bruder Lorne sowie meine Tochter Linnet anzugreifen.«

Jonas Ladlow und Herbert Jennings saßen reglos da und starrten sie an. Die beiden Anwälte begannen sich zu fragen, warum in aller Welt sie Mark Longdens Vertretung übernommen hatten.

Auch Mark war sprachlos, aber insgeheim verfluchte er Jonathan Ainsley.

Paula kam zum Ende. »Ich glaube nicht, daß Ihr Klient sich wegen einer Anklage wegen Verschwörung zum Mord verantworten möchte, oder?«

Herbert besprach sich kurz mit seinem Kollegen, dann ergriff er das Wort und sah Christopher, Geoffrey und Paula an. »Könnten wir die Vereinbarung bitte sehen? Und dann hätten wir gern für kurze Zeit ein Besprechungszimmer, damit wir mit unserem Klienten konferieren können.«

»Es wird mir ein Vergnügen sein, Gentlemen«, sagte Christopher.

Als die drei Männer zusammen mit Geoffrey Creighton den Konferenzraum verlassen hatten, faßte Tessa ihre Mutter am Arm. »Ist das wahr, Mama?« flüsterte sie eindringlich. »War Mark letztes Wochenende in Paris? Und will Jonathan uns tatsächlich etwas antun?«

»Ja, auf beide Fragen. Aber du warst zu keinem Zeitpunkt in Gefahr, Liebling. Jack Figg wußte, daß Jonathan und Mark sich in Paris aufhielten. Er hat sie beschatten lassen. Jack hat Linnet informiert, und sie wiederum hat Lorne auf dem laufenden gehalten.«

»Dann hat also Linnet Freitag morgen bei Lorne angerufen?«

»Ja, auf Jacks Anweisung hin. Er hielt es für besser, Lorne Bescheid zu geben. Dein Bruder hat dir nur nichts davon gesagt, damit du dir keine Sorgen machst.«

»Verstehe. Hat uns Jean-Claude deswegen über das Wochenende eingeladen?«

Paula schüttelte den Kopf. »Kann ich mir nicht vorstellen. Das war Zufall, wenn auch ein sehr passender.«

»Ist Adele in Gefahr, Mama?« fragte Tessa sichtlich beunruhigt.

»Ich glaube nicht, Liebes. Aber Jack will trotzdem einen Leibwächter einstellen, um sicherzugehen. Der Mann soll allerdings als dein Fahrer auftreten, damit es keine unnötige Aufregung gibt.«

»In Ordnung.« Tessa lehnte sich zurück und sah ins Leere, wandte sich kurz darauf aber wieder ihrer Mutter zu. »Ich finde, du hättest Mark nicht so viel Geld anbieten sollen«, sagte sie kaum hörbar. »Nach dem, was er mir angetan hat, verdient er eigentlich keinen Penny.«

»Ganz meine Meinung«, antwortete Paula. »Aber ich habe gewisse Situationen gern unter Kontrolle, und wenn Mark die Vereinbarung unterschreibt und alle Klauseln akzeptiert, ist das Geld gut angelegt. Denn dann habe ich ihn in der Hand. Vollständig.«

Tessa nickte und biß sich auf die Lippen. »Das verstehe ich ja, aber trotzdem ist das eine schrecklich hohe Summe.«

»So hoch nun auch wieder nicht, Tessa«, meinte Paula. »Rechne einmal so: Das Haus in Hampstead gehört mir, und ich habe vor zehn Jahren eineinhalb Millionen dafür bezahlt. Ich wollte es für Lorne herrichten lassen, aber er hat sich nicht dafür interessiert. Also habe ich es vermietet, wie du weißt. Ich habe mit Emily über das Haus gesprochen; sie wird es über die Immobilienabteilung von Harte Enterprises anbieten. Sie denkt, daß es etwa dreieinhalb Millionen einbringen wird, vielleicht sogar vier. Damit habe ich einen ordentlichen Gewinn gemacht. Und wenn ich das Geld aus dem Hauskauf wieder investiere, komme ich fast auf die zehn Millionen, die ich Mark geben will.«

»Ich verstehe, was du meinst. Danke, Mutter, daß du so für Adele und mich sorgst. Glaubst du, er wird dein Angebot annehmen?«

»Da hege ich keinerlei Zweifel.« Paula begann zu lachen. »Was meinen Sie?« fragte sie, an Christopher gerichtet.

»Sie haben ihn nicht nur völlig diskreditiert, sondern ihm auch einen ganz gehörigen Schreck eingejagt. Ich meine, wegen der Geschichte mit Ainsley. Ich bin mir sicher, daß er sich glücklich schätzen wird, zehn Millionen Pfund und eine

Reise nach Australien geschenkt zu bekommen. Weit weg von allen Ermittlern von Scotland Yard. Würden Sie unter diesen Umständen nicht genauso empfinden?«

»Bestimmt«, murmelte Paula, und Tessa nickte ebenfalls.

In diesem Moment kehrte Geoffrey zurück, gefolgt von einer der Sekretärinnen der Kanzlei. Sie trug ein Tablett, auf dem alles Notwendige für den Nachmittagstee angerichtet war. »Leider nur Plätzchen, keine Sandwiches«, entschuldigte er sich. »Aber immerhin Schokolade von Cadbury.«

Zum erstenmal an diesem Tag lachte Tessa ausgelassen, und Geoffrey sah sie erstaunt an. »Die Lieblingsplätzchen meiner Tochter«, erklärte sie ihm.

Paula schenkte allen Tee ein. Etwa zwanzig Minuten später kehrten Mark und seine Anwälte in den Konferenzraum zurück.

Nachdem sie sich gesetzt hatten, reichte Herbert Paula die Ordner zurück. »Interessante Lektüre, wirklich sehr interessant. Ich nehme an, wenn diese Scheidung ihren normalen Gang nähme, würden Sie Mr. Jack Figg und seine Informanten als Zeugen vorladen?«

»Selbstverständlich«, antwortete Paula.

»Uns bliebe nichts anderes übrig«, setzte Christopher hinzu.

»Mrs. O'Neill, Mr. Jolliet, Mark hat unseren Rat beherzigt und ist bereit, die Vereinbarung jetzt zu unterzeichnen«, erklärte Herbert.

»Die Vereinbarung ist vollkommen klar«, erklärte Jonas. »Wie Sie sagten, Mr. Jolliet. Präzise und auf den Punkt, ganz zu schweigen von der Kürze.«

»So arbeite ich gern.« Paula lächelte ihm zu. »Kurz und schmerzlos. Und ich bin zufrieden. Äußerst zufrieden.«

Die beiden Anwälte nickten.

Mark unterzeichnete als erster alle Exemplare der Vereinbarung, dann Tessa und schließlich Paula. Darauf wurden die Kopien durch die juristischen Vertreter beider Parteien beglaubigt.

Hab ich dich, du Bastard, dachte Paula, als sie ihren Stift zurück in die Handtasche steckte. Jetzt habe ich dich unter Kontrolle. Du bist nicht länger Jonathan Ainsleys Marionette, sondern meine.

25

Evan Hughes war eine ganz besondere Frau, dessen war sich Gideon Harte durchaus bewußt. Sie war auch die erste Frau in seinem Leben gewesen, bei der er ernste Absichten hegte, die er heiraten wollte. Aber dann, in den vergangenen Wochen, waren unerwartet Spannungen zwischen ihnen aufgetreten, und er hatte zu zweifeln begonnen.

Er seufzte. Tief im Inneren war er immer noch ärgerlich, weil Evan ihren Eltern nicht erzählt hatte, daß sie mit ihm verlobt war, weil sie an dem Tag, an dem sie sich alle zum Lunch im Dorchester getroffen hatten, seinen Ring nicht getragen hatte. Das hatte ihn verletzt, und er war enttäuscht darüber, daß sie so ... *feige* war. Ebenso ängstlich war sie, wenn es darum ging, ihrem Vater die Wahrheit über seine Herkunft zu sagen. Ursprünglich hatte das Gideon nichts ausgemacht, aber irgendwie berührte es ihn jetzt doch. Er wollte, daß Owen Hughes wußte, wer sein leiblicher Vater war. Owen sollte endlich erfahren, daß er ein Harte war.

Ein Jammer, daß sie nicht handelt wie eine Harte, dachte er. In gewissem Sinne war genau das die Wurzel seines Unbehagens. Er wünschte, er könnte sich darüber hinwegsetzen. War er nicht kleinlich und kindisch? Wenn er ...

Vier Telefone schrillten zugleich los: das Handy in seiner Hosentasche und drei der vier Leitungen auf seinem Schreibtisch. Das Läuten ließ ihn von seinem Stuhl hochfahren, und er zog als erstes sein Mobiltelefon heraus. »Gideon Harte.«

»Schalt den Fernseher ein. Terroristen haben New York angegriffen. Das World Trade Center«, schrie sein Bruder Toby.

»Jesus Christus! Bleib dran. Meine anderen Telefone klingeln.« Gideon hob den Hörer der Telefonanlage ab und drückte den ersten Knopf. »Harte hier.«

»Hier ist Andy, hast du schon …«

»Ich weiß. Ich ruf dich zurück.« Er unterbrach seinen Reporter und drückte auf den zweiten Knopf. »Harte hier.«

»Ich bin's, Gideon«, sagte sein Vater. Er klang ausgesprochen merkwürdig. »Das World Trade …«

»Ich weiß, Dad. Bleib dran, ich gehe nur noch an die andere Leitung.« Gideon drückte auf den Knopf, mit dem er das Gespräch hielt, und betätigte den dritten. »Gideon Harte.«

»Hier ist Joel. Ich trommle alle für eine vorgezogene Redaktionskonferenz zusammen, für die morgige Ausgabe der *Gazette*. Okay?«

»In Ordnung. Ich rufe dich später an.« Gideon schaltete sich wieder in die zweite Leitung ein. »Ich habe Toby am Handy, Dad.«

»Gut, dann rede mit ihm. Ich komme in dein Büro. Bin in vier Minuten bei dir.«

»Okay.« Er legte auf. »Bist du noch da, Toby?«

»So gerade eben. Ich muß in die Nachrichtenredaktion. Kann jetzt nicht reden. Schalt CNN ein. Wenn du mich brauchst, ruf mich beim Sender an.«

»Danke, Toby.« Gideon rannte quer durch sein Büro, drückte das Gespräch weg und steckte das Handy in seine Tasche, während er gleichzeitig nach der Fernbedienung suchte. Normalerweise lag sie auf seinem Schreibtisch, aber ausgerechnet jetzt konnte er das verdammte Ding nicht finden. Schließlich entdeckte er sie auf dem Regal über dem Fernseher, griff danach und drückte darauf herum, bis die CNN-Nachrichten über den Bildschirm flimmerten.

Entsetzen stieg in ihm auf, als einer der Zwillingstürme vor seinen Augen zusammenbrach. Er warf einen Blick auf seine Armbanduhr und sah, daß es fünf vor halb drei war. Fünf vor halb zehn an diesem Dienstagmorgen in New York.

Schreckerstarrt stand Gideon da und starrte wie gebannt auf die Bilder. Himmelhoch lodernde Flammen. Dicke Rauchschwaden. Staubwolken. Herabregnende Trümmer.

Ihm stockte der Atem, als er bemerkte, daß da Menschen aus den Fenstern sprangen und sich in den Tod stürzten. Oh Gott! Andere Menschen rannten in Panik durch die Straßen. Sirenen jaulten, lautes Krachen war zu hören. Einen Moment schloß er die Augen, weil er einfach nicht mehr aufnehmen konnte.

Das Telefon zwang ihn, sich abzuwenden. Er hob ab. »Ja?« meldete er sich mit belegter Stimme.

»Gideon? Noch mal Andy. Ich übernehme die Redaktionskonferenz für die *Post.* Tony Wharley mußte heute früher weg; Arzttermin.«

»Fangt schon mal an. Ich warte auf meinen Vater. Ich überlasse die Sache dir.«

Gideon trat wieder vor den Fernseher und verfolgte die chaotischen Ereignisse. In seinem Kopf überschlugen sich Tausende von Gedanken. War das ein kriegerischer Angriff? Wer war nur verantwortlich für diese Katastrophe?

Seine positive Lebenseinstellung und sein enormer Optimismus waren Winston Hartes Markenzeichen. Für ihn war das Glas immer halb voll und nicht halb leer. Alles war möglich. So dachte er schon seit früher Jugend.

Diese Haltung hatte ihm im Lauf der Jahre über so manche schlimme Zeit hinweggeholfen. Aber heute nachmittag war zum erstenmal in seinem Leben sein Optimismus verflogen. Winston fühlte sich innerlich vollkommen leer, ein Gefühl, mit dem er nur sehr schwer umgehen konnte.

Als der Aufzug zum Stillstand kam, trat er auf die Redaktionsetage der *London Evening Post* hinaus; er ging zu der Glaswand hinüber, durch die man vom Flur aus in die Redaktion hineinsehen konnte. Wie immer blieb er kurz stehen.

Der Blick in eine Redaktion, ganz besonders seine eigene, erfüllte ihn immer mit freudiger Erregung, doch heute blieb das vertraute Gefühl aus. Ihm war eiskalt bis auf die Knochen, und Schmerz und Trauer machten ihm das Herz schwer. Doch er wußte, daß er diese Gefühle abschütteln mußte. Er war der Vorstandsvorsitzende, der Boss, und sein Team würde seine Führung brauchen; er mußte heute und in den Tagen, die vor ihnen lagen, für seine Leute dasein.

Seine Liebe zum Journalismus hatte Winston von seinem Großvater und Namensvetter geerbt, dem älteren Winston Harte, der Emmas Zeitungsverlag geleitet hatte; und auch von seinem Großonkel Frank, Emma jüngerem Bruder, der zu seiner Zeit ein bekannter Journalist, Kriegsberichterstatter und politischer Kolumnist gewesen war. In Winstons Adern floß Druckerschwärze, und Gideon war da nicht anders.

Winstons Blick wurde von dem Bildschirm angezogen, der sich direkt in seinem Blickfeld befand ... Immer noch liefen die entsetzlichen Bilder aus New York. Beim Anblick der Verheerungen und der Panik zog sich sein Herz zusammen.

Er eilte weiter, zu Gideons Büro. Vor der Tür holte er tief Luft und trat ein.

Sein Sohn stand vor dem Fernseher und vermochte den Blick nicht loszureißen. »Komm, sieh dir das an, Dad!« rief er. »Da ist John Bussey vom *Wall Street Journal*. Er berichtet live aus seinem Büro im neunten Stock, gegenüber dem World Trade Center ... Oh mein Gott, der Turm stürzt ein! *Oh mein Gott!* Das ist eine *Katastrophe*!«

Winston trat zu seinem Sohn, doch nur kurz. Es fiel ihm schwer, auf den Bildschirm zu sehen. Abrupt wandte er sich ab und setzte sich, um sein inneres Zittern zu beherrschen.

Gideon fuhr herum. »Wir können es nur noch kurz unter ›letzte Meldungen‹ bringen. Die Nachmittagsausgabe läuft bereits, aber ...« Er unterbrach sich, verblüfft über den Ausdruck von Qual und Verzweiflung, der im Gesicht seines Vaters stand.

»Du siehst ja furchtbar aus, Dad! Ganz blaß! Geht es dir nicht gut?« rief Gideon, eilte herbei und legte seinem Vater eine Hand auf die Schulter. Winston sah zu ihm auf und öffnete den Mund zum Sprechen, brachte jedoch keinen Ton heraus. Er legte einfach seine Hand über die Gideons.

Gideon wußte, daß sein Vater viel zu sehr Journalist war, um sich angesichts der Ereignisse in New York von seinen Gefühlen überwältigen zu lassen, wie sehr er auch mit den Menschen fühlen mochte, die darunter leiden mußten. Blitzartig begriff Gideon, daß noch etwas anderes seinen Vater bedrückte, etwas Ernstes und sehr Persönliches.

»Bist du krank, Dad?« fragte er und versuchte, seine Stimme ruhig klingen zu lassen.

Winston versuchte sich zu fassen. »Er ist da drin«, antwortete er langsam, mit einer Stimme, die barsch und gepreßt klang. »In diesem Trümmerhaufen. Da kommt er niemals lebend heraus.«

»Wer, Dad? Von wem redest du?«

»Shane«, sagte Winston. »Er hatte heute morgen einen Termin im World Trade Center. Deswegen hat er sich nicht bei uns gemeldet.« Er schüttelte den Kopf, und ein Schluchzen entfuhr ihm. »Wahrscheinlich ist er längst tot.«

Von Entsetzen gepackt, beugte Gideon sich über seinen Vater und zog ihn an seine Brust. »Bitte zieh keine voreiligen Schlüsse, Dad«, sagte er nach einer Weile leise und liebevoll. »Du kannst doch gar nicht wissen, ob Shane herausgekommen ist. In diesem Moment wissen wir nur, was wir auf dem Bildschirm sehen. Ich weiß, daß das eine dumme Frage ist, aber hast du versucht, ihn anzurufen?«

»Ja, und natürlich kann ich ihn auf seinem Handy nicht erreichen. Ich komme überhaupt nicht nach New York durch. Zu niemandem.«

Gideon löste sich von seinem Vater und richtete sich auf. »Dad, was ist mit Paula?« fragte er leise.

»Ich habe sie angerufen, sobald ich von den Ereignissen erfahren habe. Aber sie war in einem Meeting. Also habe ich Emily gebeten, zum Kaufhaus zu fahren, um ihr beizustehen.«

»Ja, Mum kann sich in einer solchen Krise am besten um sie kümmern.«

»Unsere Mütter waren eng befreundet, weißt du«, erklärte Winston unvermittelt. »Als wir Babys waren, haben sie uns zusammen im Kinderwagen ausgefahren. So lange kenne ich Shane schon. Sechzig Jahre.«

»Ich weiß. Dein ganzes Leben lang.«

»Wir hatten niemals eine Meinungsverschiedenheit. In all diesen Jahren nicht. Er ist mein bester Freund, der Bruder, den ich niemals hatte …« Winston verstummte und brachte kein Wort mehr heraus.

»Komm, versuchen wir doch, positiv zu denken!« rief Gideon aus. »Vielleicht lag das Büro, in dem Shane diesen Termin hatte, ja in einem der unteren Stockwerke. Möglicherweise konnte er über die Treppe flüchten. Und hör mal, Dad, wenn du telefonisch nicht durchkommen konntest, dann ging es ihm vielleicht genauso. Ganz bestimmt hast du deswegen nichts von ihm gehört.«

»Ich bete zu Gott, daß du recht hast.«

Das Telefon läutete, und Gideon stürzte an seinen Schreibtisch. »Gideon Harte hier.«

»Ich bin's, Paula«, sagte sie mit schwacher Stimme. »Ist dein Vater bei dir, Gideon?«

»Ja, Paula, und er …«

»Gib sie mir!« rief Winston aus, bevor Gideon noch etwas sagen konnte. Er sprang auf, lief zum Schreibtisch und riß seinem Sohn den Hörer aus der Hand.

Gideon trat beiseite, um die beiden ungestört reden zu lassen. Aber selbst wenn er hätte lauschen wollen, wäre das nicht möglich gewesen. Nachdem sein Vater leise Paulas Namen gesagt hatte, verstummte er und hörte nur noch zu.

Er ging wieder zum Fernseher, setzte sich auf einen Stuhl und sah weiter zu, wie die Katastrophe ihren Lauf nahm. Bei dem Gedanken an Shane O'Neill tat ihm das Herz weh. Wie sollten sie alle nur damit fertig werden, wenn er dort umgekommen war? Er schloß die Augen, stellte sich das Gesicht seines Onkels vor und betete lautlos. Bitte, Gott, laß Shane am Leben sein. Ein ums andere Mal wiederholte er dieses Gebet, während er darauf wartete, daß sein Vater auflegte.

Tessa stand vor dem Porträt Emma Hartes, das im Hauptkorridor der Verwaltungsetage hing. Jedesmal, wenn sie stehenblieb und ihre Urgroßmutter ansah, hatte sie den Eindruck, einen Blick auf Linnet zu erhaschen, so wie sie aussehen würde, wenn sie in den mittleren Jahren war, so wie Emma auf dem Bild.

Ihre Schwester ähnelte ihrer Urgroßmutter wirklich sehr. Der gleiche klare, rosigweiße Teint, die großen, blitzenden grünen Augen, das helle rotgoldene Haar, das auf ihrer Stirn einen dramatischen, spitzen Ansatz bildete. Manche Familienmitglieder behaupteten, Linnet hätte von ihrer berühmten Vorfahrin nicht nur das Aussehen geerbt, sondern auch Emmas Intelligenz. Und vielleicht stimmte das ja. Möglicherweise war Linnet die Richtige, um die Kaufhauskette zu leiten, obwohl sie eigentlich sich selbst als Erbin, als Kronprinzessin betrachtete. Aber wollte sie wirklich die Chefin werden? Sie war sich nicht mehr sicher, ob sie die Antwort kannte.

Was wollte sie eigentlich?

Sie wußte die Antwort sofort. *Jean-Claude Deléon.* Ganz und gar und für immer.

Das konnte aber bedeuten, daß sie ihre beruflichen Ambitionen zurückschrauben müßte. Wäre sie dazu in der Lage?

Warum nicht? Sie wollte nicht jede Nacht einsam und allein in einem kalten Bett schlafen. So wie Emma nach Pauls Tod 1939. Alle in der Familie kannte die Geschichte dieser großen Liebe, von Pauls tragischem Unfall und seinem Tod. Seinem Selbstmord eigentlich, denn Paul hatte sich das Leben genommen, um einem qualvollen Siechtum, das unvermeidlich zum Tode geführt hätte, zu entrinnen.

»Du warst eine wunderschöne Frau, Grandy«, flüsterte Tessa. »Und du hattest recht damit, daß jeder Mensch seinen Preis hat. Mark Longden hatte auf jeden Fall seinen Preis. Aber du hättest wohl gesagt ›lieber weg mit Schaden‹, nicht wahr?«

Sie konnte jetzt nichts mehr daran ändern, aber sie wünschte immer noch, ihre Mutter hätte Mark nicht so eine hohe Abfindung zugestanden. Was für ein geldgieriger Taugenichts Mark doch war. Er hatte gegen seine Verbannung protestiert, gegen sein Exil, wie er das nannte, aber am Ende hatte er die Vereinbarung unterzeichnet. Mark hatte lieber das Geld genommen und war davongelaufen, statt in London den Gerichtsmarathon auf sich zu nehmen, damit er wenigstens das Besuchsrecht für Adele zugesprochen bekam.

Sie drehte sich wieder um und ging auf die Tür zu, die zu den Verwaltungsbüros führte. Doch bevor sie dort ankam, flog die Tür auf, und Linnet stürzte heraus. Sie trug Blaßblau und sah aus wie die junge Emma, dachte Tessa.

»Mama will dich sehen. *Sofort*, Tessa«, rief Linnet.

Tessa runzelte die Stirn. »Was ist los? Du bist ja ganz aufgeregt.«

»Wo hast du gesteckt, Tessa?«

»Ich war in meinem Lagerraum und bin die Inventarlisten durchgegangen. Für ungefähr eineinhalb Stunden. Wieso?«

»Dann weißt du es noch gar nicht, oder?«

»Was denn?«

»Terroristen haben New York angegriffen ... sie haben Flugzeuge ins World Trade Center stürzen lassen.«

»Oh Gott, nein! Wie furchtbar, Linnet.«

»Komm. Mama ist schrecklich besorgt. Sie braucht uns.«

Shane, dachte Tessa. Ihr Vater war noch in New York. War ihm etwas zugestoßen? Sie konnte sich nicht rühren, und jetzt sah sie ihre Schwester erst richtig: das abgespannte Gesicht, die fest zusammengepreßten Lippen. Ihre Totenblässe. Den entsetzten Blick in ihren grünen Augen, wie bei einem Reh, das plötzlich von Scheinwerferlicht überrascht wird.

»Ist Dad in Ordnung? Ihm ist doch nichts passiert, oder?« fragte Tessa.

Linnet erwiderte ihren Blick. »Wir wissen nichts. Aber wir haben ihn bis jetzt nicht erreicht. Und auch sonst niemanden. Ich vermute, daß das gesamte Telefonnetz in Manhattan zusammengebrochen ist.« Linnet ergriff ihren Arm. »Komm bitte, Tessa. Laß uns zu Mama gehen. Sie braucht uns wirklich.«

Tessa ließ sich von ihrer jüngeren Schwester durch die Tür ziehen. All diese Jahre habe ich gebraucht, um zu erkennen, daß er wirklich mein Vater ist, dachte sie. Shane hat mich großgezogen und mein ganzes Leben lang geliebt. Er hat dazu beigetragen, mich zu dem Menschen zu machen, der ich bin. Nicht Jim Fairley. Jim ist ums Leben gekommen, als ich ein Kleinkind war. Jetzt betete sie darum, daß Shane bei diesem Terroranschlag nicht getötet worden war. Das würde ihre Mutter nicht überleben. Keiner von ihnen könnte das ertragen.

26

Linnet hatte diesen Gesichtsausdruck erst einmal bei ihrer Mutter gesehen, vor Jahren, als ihr Bruder Patrick, Paulas erstes Kind von Shane, gestorben war. *Abgrundtiefe Verzweiflung.* Das war es, schlicht und einfach. Sie steht vollkommen unter Schock, dachte Linnet, als sie Tessa in das Büro ihrer Mutter folgte. Sie glaubt, daß Dad tot ist.

Bei der bloßen Vorstellung schnürte sich Linnets Kehle zu, und sie versuchte blinzelnd, die Tränen zu verscheuchen, die ihr in die Augen getreten waren. Ich glaube es einfach nicht, entschied sie. Ich hätte es gespürt. Linnet hielt sich für eine echte Keltin, genau wie Shane, und das bedeutete, daß sie sensibler, spiritueller und intuitiver war als die meisten Menschen. Zwischen ihr und ihrem Vater bestand ein besonderes Band, und sie hätte es gewußt, wenn er tot wäre. *In dem Moment, in dem er gestorben wäre.*

Er ist nicht tot. Ich weiß, daß er es nicht ist, dachte sie wieder. Außerdem mußte sie stark ein, um ihrer Mutter willen. Das war unabdingbar.

Linnet drückte sich in der Nähe des Schreibtisches ihrer Mutter herum, nicht weit entfernt von dem Sofa, auf dem Paula zusammen mit Emily Harte saß. Die beiden waren Cousinen ersten Grades und gemeinsam aufgewachsen; und Linnet fand manchmal, daß sie wie Schwestern wirkten, da sie einander so nahestanden.

Ihre Schwester Tessa hatte sich auf Paulas andere Seite gesetzt, und zu Linnets großem Erstaunen redete sie in genau demselben Ton auf ihre Mutter ein wie sie selbst vorhin.

»Ich glaube nicht, daß Dad etwas passiert ist, Mama, wirklich nicht. Du sagtest doch, er hätte seinen Termin gegen neun gehabt. Wenn das stimmt, dann wäre Dad doch genau vor dem Gebäude angekommen, als das erste Flugzeug eingeschlagen ist. Schau, dort im Fernseher blenden sie noch einmal die Uhrzeit ein«, meinte Tessa. »Er wäre doch niemals in ein brennendes Gebäude gegangen, oder?«

Paula strich sich mit der Hand über das angespannte Gesicht und versuchte ruhig zu bleiben. Bedrückt sah sie Tessa an und nickte schließlich. »Du hast ja recht, Tessa«, sagte sie leise und sog tief die Luft ein. »Deine Schwester hat das ja auch gesagt. Ich wünschte nur, ich könnte mit ihm sprechen ... damit ich sicher bin, daß es ihm gutgeht.«

»Schatz, er versucht wahrscheinlich jetzt gerade, uns zu erreichen«, sagte Emily. »Winston hat vor ein paar Minuten angerufen und mir erzählt, daß man nicht nach New York durchkommt. Entweder sind die Leitungen überlastet, oder das ganze System ist zusammengebrochen.«

»Habt ihr mal versucht, ein Fax an Daddys Büro zu schikken?« fragte Tessa und verzog dann das Gesicht. »Natürlich, ihr habt bestimmt an alles gedacht.«

»Mehr oder weniger«, meinte Linnet und setzte sich auf einen Stuhl in der Nähe. »Und Onkel Winston hat versucht, unser Büro in der zweiundvierzigsten Straße zu erreichen und kommt nicht durch. Vor zehn Minuten haben sie im Fernsehen eingeblendet, daß um neun Uhr einundzwanzig alle Brücken und Tunnel nach Manhattan geschlossen worden sind. Im Moment ist die Insel vom Rest der Welt abgeriegelt, und Gott weiß, was mit den Telefonleitungen los ist.«

»Wir müssen uns eben an die Hoffnung klammern, daß er lebt«, murmelte Emily. »Vielleicht ist er ja gar nicht bis zu seinem Termin gekommen. Wenn er bemerkt hat, daß etwas

Merkwürdiges vorging, hat er vielleicht einfach umgedreht und ist in die Wohnung oder sein Büro zurückgefahren.«

»Ich weiß ja, daß ihr alle recht habt«, sagte Paula und nahm Tessas Hand, »aber beruhigt bin ich erst, wenn ich wirklich seine Stimme höre.«

»Oder wir ein Zeichen bekommen«, meinte Linnet. Sie bemerkte, daß Paula ihr einen merkwürdigen Blick zuwarf. »Zum Beispiel ein Fax«, setzte sie deswegen rasch hinzu.

»Natürlich«, rief Paula. Sie klang auf einmal viel munterer. »Wir haben nicht versucht, ein Fax in die Wohnung zu schicken, Emily. Vielleicht sollten wir das versuchen. Sofort.«

»Eine großartige Idee!« rief Linnet und lief zu Paulas Schreibtisch. Sie nahm einen der Bögen mit dem Briefkopf des Kaufhauses und schrieb: *Lieber Shane. Wir wissen, daß Du heute morgen einen Termin im World Trade Center hattest. Bitte melde Dich bei uns, damit wir wissen, daß Du in Sicherheit bist. Alles Liebe, Paula, Tessa, Linnet und Emily.* Sie legte den Stift weg und las den anderen den Text vor.

»Schick es sofort ab«, rief Emily.

»Ja, mach das«, setzte ihre Mutter hinzu.

Paula hatte sich vor einiger Zeit in den kleinen Ruheraum zurückgezogen, der von ihrem Büro abging, um sich etwas zu fassen. Sie liebte ihre Töchter und Emily und wußte, daß sie nur ihr Bestes wollten, aber in diesem Augenblick brauchte sie etwas Platz um sich ... Ruhe und Frieden.

Der bloße Gedanke, daß Shane heute morgen im World Trade Center umgekommen sein könnte, war unerträglich. Doch möglich war es. Sie kauerte sich auf dem kleinen Zweiersofa zusammen und preßte das Gesicht in die Kissen. War er zur falschen Zeit am falschen Ort gewesen?

Die Lawine ... Plötzlich fühlte sie sich um Jahrzehnte zurückversetzt. Sie erinnerte sich an den schrecklichen Tag, an dem ihr Vater und ihr erster Mann in Chamonix von einer

Lawine getötet worden waren. Sie waren damals jedenfalls zur falschen Zeit am falschen Ort gewesen. Alle hatten damals von einem schicksalhaften Zufall gesprochen. Aber die Katastrophe, die heute morgen in New York geschehen war, war ein Terrorakt ... von Menschen erdacht.

Sie begann unkontrollierbar zu zittern; plötzlich war ihr eiskalt. Und sie hatte Angst. Ein Leben ohne Shane konnte sie sich nicht vorstellen. Sie waren zusammen aufgewachsen und die besten Freunde gewesen. Doch dann waren sie in gewissem Sinne getrennte Wege gegangen, und schließlich hatte sie Jim geheiratet, den Letzten der Fairleys. Dabei war es Shane gewesen, den sie wirklich und von ganzem Herzen liebte, und bald, als ihre Ehe mit Jim zu kriseln begann, hatte sie das erkannt. Ihre Trennung war schmerzhaft gewesen. Und dann, plötzlich und unerwartet, war Jim umgekommen. Das hatte sie nicht gewollt, sie wollte doch nur die Scheidung ...

Natürlich war es möglich, daß Shane am Leben war. Die Mädchen und Emily hatten recht. Denk positiv, sagte sie sich. Sie richtete sich auf und strich ihre Kleidung glatt. Und versuch, so klar wie sonst zu denken.

Kurz darauf stand Paula auf und ging zum Waschbecken. Sie korrigierte ihr verlaufenes Augen-Make-up, legte frischen Lippenstift auf und bürstete ihr Haar. Dann ging sie in ihr Büro zurück. Sie wußte, daß sie jetzt die Verantwortung übernehmen und alles zusammenhalten mußte.

Drei Augenpaare richteten sich auf sie, als sie in den Raum trat, und sie sah die Angst und Sorge auf den Gesichtern ihrer liebsten Menschen. Ein Lächeln brachte sie nicht zustande, aber sie mußte ihnen Kraft geben und etwas tun. »Ich finde, wir sollten noch einmal versuchen, nach New York durchzukommen«, sagte sie mit fester Stimme. »Ist das Fax durchgegangen?« fragte sie, an Linnet gerichtet.

»Nein. Verstehst du, Faxgeräte nutzen ebenfalls die Telefonleitung, und daher ...« Linnet zuckte die Achseln. »Sobald das Problem beseitigt ist, wird das Fax automatisch gesendet, Mama.«

»Ich weiß. Bitte bestell doch etwas Tee, Liebes. Emily, würdest du bitte Winston anrufen und erfragen, ob er etwas weiß, das wir nicht wissen? Und du, Tessa, könntest du vielleicht versuchen, unsere Wohnung in New York zu erreichen?«

»Ja, natürlich«, gab Tessa zurück, trat an eines der Fenster, zog ihr Mobiltelefon aus der Tasche und begann zu wählen.

Paula setzte sich an ihren Schreibtisch und überlegte, was sie jetzt noch unternehmen konnten. Nicht viel. *Verflucht*, murmelte sie unterdrückt. Wenn nur die Telefonleitungen in Manhatten wieder funktionierten! Ohne Telefon und Fax waren sie isoliert.

»Kein Glück, Mama«, sagte Tessa, als läse sie ihre Gedanken. »Nichts passiert, ich bekomme kein Rufzeichen.«

Paula nickte und sah auf die Uhr. Zu ihrem Erstaunen war es fast vier. Elf Uhr morgens in New York.

»Ich habe gerade mit Winston gesprochen«, sagte Emily. »Er hat dasselbe Problem wie wir. Nicht einmal E-Mails kommen durch.«

»Weil natürlich alles über die Telefonleitungen läuft«, meinte Linnet und setzte sich wieder auf das Sofa, den Blick auf den Fernsehbildschirm gerichtet. Der Tee wurde gebracht, und sie tranken ihn, ohne viel zu sagen. Jede war in ihre sorgenvollen Gedanken versunken und verfolgte die Geschehnisse am Bildschirm.

Während der nächsten Stunde klingelten die Telefone in Paulas Büro pausenlos. Winston, Gideon und Toby riefen an, um zu erfahren, ob Paula etwas von Shane gehört habe; Julian rief mehrmals an, um mit Linnet zu sprechen, und aus Paris meldete sich Lorne bei seiner Schwester. Als später Großvater Bryan anrief, log Paula ihn schweren Herzens an und erklärte ihm, Shane sei nicht einmal in der Nähe des World Trade Centers gewesen.

»Jetzt haben sie auch die Flughäfen geschlossen«, sagte Linnet irgendwann in den Raum hinein. »Manhattan ist vollständig isoliert. Dad wird tagelang nicht nach Hause kommen können.«

Paula sah ihre Tochter forschend an. »Du bist überzeugt davon, daß es deinem Vater gutgeht, nicht?«

»Ja, das bin ich. Du wirst schon sehen, wir hören von ihm. Das spüre ich ganz einfach.«

Großvater Bryan rief wieder an, und India und Evan meldeten sich aus der Filiale in Leeds. Edgar Madsen, Shanes Assistent, rief innerhalb einer halben Stunde viermal an, jedesmal unter einem anderen Vorwand. Paula wußte, daß Edgar ebenso außer sich vor Sorge war wie sie alle und einfach ihre Stimme hören wollte, weil sie ihn beruhigte. Beinahe bat sie ihn, ins Kaufhaus zu kommen, überlegte es sich aber anders. Es war viel besser, wenn er in Shanes Büro in Mayfair blieb, für den Fall, daß ihr Mann dort durchkam.

Ab und zu sah sie auf die Uhr. Sie war erleichtert, daß Desmond am Sonntag ins Internat zurückgefahren war. Auch Emsie ging wieder in Harrogate zur Schule und hatte nur ihre Pferde im Kopf, so daß alles andere sie nur am Rande interessierte. Die Kinder wußten zwar, daß ihr Vater noch in New York geblieben war, aber beide ahnten nicht, daß er heute einen Termin im World Trade Center gehabt hatte.

Paula trank einen Schluck von dem frischen Tee, den die Sekretärin eben gebracht hatte, und sah sich um. Emily stand am Fenster und telefonierte auf ihrem Handy, entweder mit ihrem Büro oder mit Winston.

Tessa hatte sich zu Linnet auf die Couch gesetzt. Die beiden waren vollständig auf die tragischen Ereignisse in Lower Manhattan konzentriert, die auf dem Bildschirm an ihnen vorbeizogen. Gegen ihren Willen ließ Paula sich ebenfalls gut eine Viertelstunde in den Bann der Bilder ziehen, bis eine

Flaute in der Berichterstattung eintrat und eine frühere Sequenz noch einmal gezeigt wurde.

Linnet hielt die Fernbedienung in der Hand und begann in rascher Folge durch die Programme zu schalten: von CNN zu Sky News und BBC und dann zu ITV. Sie zappte weiter und stieß schließlich auf ITIN, ihren eigenen Sender Independent Television International Network. Er gehörte zum internationalen Medienimperium der Hartes, wurde von Winston und Toby geleitet und war mit CNBC in New York assoziiert. Aufmerksam verfolgte sie die Berichterstattung.

Ihre Mutter war aufgestanden, um sich wieder zu Linnet und Tessa vor den Fernseher zu setzen, als eines der Telefone auf dem Schreibtisch zu klingeln begann. Als sie den Hörer abnehmen wollte, sah sie, daß es ihre Privatleitung war, und ihr Herz tat einen Satz. »Paula O'Neill«, meldete sie sich leise.

»Ich bin's, Liebling.«

»*Shane!* Oh Shane, Liebster! Gott sei Dank, du lebst! Ich war schon in Panik. Alle hier waren außer sich vor Sorge ...«

Paula verstummte, konnte sich nicht mehr beherrschen und brach in Tränen aus. Sie zitterte am ganzen Körper und ließ sich, von Erleichterung überwältigt, schwer auf den Stuhl fallen.

»Ich weiß, du hast dir sicher schreckliche Sorgen gemacht. Nicht weinen, mir geht's gut. Ich konnte einfach niemanden erreichen, Schatz. Weder dich noch Dad, weder das Büro in London oder Winston. Nicht einmal bei meinem Büro in New York oder in der Wohnung bin ich durchgekommen. Die Telefonleitungen sind überlastet, in einigen Gebieten vielleicht auch zusammengebrochen.«

»Shane, Liebster, ich bin hier mit Linnet und Tessa zusammen. Emily ist auch hier. Alle schicken dir Küsse und kommen gleich ans Telefon. Aber zuerst sag mir, was passiert ist. Wie bist du aus dem World Trade Center herausgekommen? Das kann nur ein Wunder gewesen sein.«

»Ich war nie bei diesem Meeting, Paula«, erklärte Shane sachlich. »Thomas Mercado, der Bursche, mit dem ich den Termin hatte, rief mich heute morgen um acht zu Hause an und bat mich, um halb zehn statt um neun in sein Büro zu kommen. Er mußte seinen Sohn noch in die Schule bringen. Um zwanzig nach neun stand ich in Downtown Manhattan im Stau. Ich bin gar nicht bis zum World Trade Center gekommen. Aber ich habe alles mit angesehen, Paula. Es war grauenhaft, unbeschreiblich. Nach ungefähr zehn Minuten wurde mir klar, daß ich nichts anderes tun konnte, als zurückzufahren. Aber der Verkehr war zusammengebrochen. Schließlich mußte ich den Wagen stehenlassen. Der Chauffeur ist mit mir gekommen. Dann habe ich auf der Straße gestanden und erfolglos versucht, dich und Winston anzurufen oder überhaupt irgend jemanden.«

»Du hast solches Glück gehabt, Shane«, flüsterte Paula. Plötzlich wurde ihr die Kehle eng, und von neuem stiegen ihr Tränen in die Augen.

»Unglaubliches Glück, Liebling«, antwortete er. »Gegen zehn Uhr habe ich gesehen, wie der Südturm zusammenbrach, und dann gegen halb elf der Nordturm. Ein Feuerwehrmann, der in meiner Nähe war, hat mich angebrüllt, ich solle laufen, was das Zeug hält. Und das habe ich gemacht. Mein Chauffeur und ich sind mit all den anderen durch die Straßen von Lower Manhattan gerannt. Dieses Donnergrollen, als die Türme einstürzten ... so etwas habe ich in meinem ganzen Leben noch nicht gehört. Das werde ich nie vergessen.«

»Oh Shane, wir hatten so ein Glück, du und ich ...« Sie verstummte einen Moment und schickte ein lautloses Dankgebet zum Himmel. »Hier kommt Linnet«, sagte sie dann mit zitternder Stimme.

Linnet, Tessa und Emily sprachen ebenfalls mit Shane, und schließlich ging Paula noch einmal ans Telefon. »Wahrscheinlich sitzt du jetzt in New York fest, oder, Shane?«

»Ich fürchte ja. Sämtliche Flughäfen sind geschlossen. Aber ich bin mir sicher, daß sie bis Ende der Woche den Betrieb wiederaufnehmen.«

»Ach, Liebling, ich bin unmöglich. Ich habe dich nicht einmal gefragt, wo du momentan bist.«

»In der Wohnung. Wie schon gesagt, versuche ich seit Stunden zu telefonieren, und ich konnte es kaum glauben, als ich dich endlich erreicht habe. Jetzt versuche ich, meinen Vater anzurufen. Aber ruf ihn auf jeden Fall in zehn Minuten an, für den Fall, daß ich nicht durchkomme, und sag ihm, daß es mir gutgeht. Vielleicht war es ja purer Zufall, daß ich dich erreicht habe.«

»Schon möglich. Ich liebe dich, Shane.«

»Und ich liebe dich.«

27

Von ihrer ersten Begegnung an hatte Evan sich in Robin Ainsleys Gegenwart wohl gefühlt. Sicher lag das daran, daß er sie gleich so herzlich und freundlich empfangen hatte. Und er verhielt sich ihr gegenüber bis heute natürlich, aufgeschlossen und offen und sprach mit ihr, als sei sie seine einzige Vertraute. Vielleicht war sie das sogar. Auf jeden Fall schüttete er ihr von Zeit zu Zeit sein Herz aus, und in den letzten Monaten war ihr klargeworden, welch wichtige Rolle sie in seinem Leben spielte. Sie war seine Enkelin, und so begegnete er ihr auch, und sie behandelte ihn wie ihren Großvater. Sie hatte sich nur ein wenig an den Gedanken gewöhnen müssen. Robin war ihr leiblicher Großvater, und sie liebte ihn; aber das änderte nichts an ihrer Liebe zu Richard Hughes, der ebenfalls ihr Großvater gewesen war, ihr ganzes Leben lang bis zu seinem Tod.

Als sie jetzt auf der Terrasse von Lackland Priory saß und darauf wartete, daß Robin wieder nach draußen kam, fühlte sie sich ein wenig traurig, weil ihre Eltern beschlossen hatten, früher als geplant in die Staaten zurückzukehren. Sie hatte gehofft, sie zu einem Besuch in Yorkshire überreden zu können. Sie hätten bei Paula auf Pennistone Royal wohnen können, und bei dieser Gelegenheit hätte sie auch eine Begegnung mit Robin arrangieren können. Aber davon war jetzt keine Rede mehr.

Seit den Terrorattacken auf New York und Washington

vor vier Tagen hatten ihre Eltern nur noch den Wunsch, nach Hause zu kommen, »um zu helfen, wo wir können«, wie ihre Mutter das gestern ausgedrückt hatte. Evan hatte Verständnis für ihren Patriotismus; sie empfand ja selbst genauso. Aber sie hatte Pflichten in England, wichtige Angelegenheiten, die innerhalb der nächsten paar Wochen erledigt werden mußten.

Dann lernen sie Robin eben ein andermal kennen, dachte sie. Zu meiner Hochzeit müssen sie ja wiederkommen, oder? Falls es denn eine Hochzeit gab, überlegte sie niedergeschlagen. Gideon war in letzter Zeit reizbar gewesen; sie hatten einander die ganze Woche nicht gesehen, und so hatten sie keine Gelegenheit gehabt, ihre Unstimmigkeiten auszuräumen. Sie war mit dem Umbau der Filiale in Leeds beschäftigt; und er hatte in London mit der Berichterstattung über die Terrorangriffe alle Hände voll zu tun.

Er hatte beschlossen, auch am Wochenende in London zu bleiben. Evan hatte zwar Verständnis dafür, aber enttäuscht war sie doch. Aber die Zeitungen waren ihm wichtiger, das wußte sie schon lange. Bei allen Hartes stand das Geschäft an erster Stelle.

Evan griff nach der silbernen Kaffeekanne, schenkte sich noch eine Tasse ein und gab Milch und Süßstoff hinzu. Dann saß sie da, trank ihren Kaffee und genoß den herrlichen Septembertag. Es war ungewöhnlich warm, ein wunderschöner Tag mit blauem Himmel und hellem Sonnenschein. Die Luft war klar. *Kristallklar.* Heute morgen kroch kein Nebel vom Moor herunter.

Sie hörte Robins Schritte, warf einen Blick über die Schulter und lächelte ihm zu.

Er erwiderte ihr Lächeln und setzte sich neben sie. »Tut mir leid, daß es so lange gedauert hat«, meinte er, »aber meine Schwester Edwina wollte mit mir über einige geschäftliche Dinge reden, und sie läßt sich einfach nicht abwimmeln.« Er schmunzelte. »Wer es nicht weiß, errät nie, daß sie über neunzig ist.«

»Das habe ich auch gehört«, antwortete Evan. »India und Tessa reden von ihr, als wäre sie ein Backfisch.«

Robin lachte wieder. »Edwina selbst glaubt das jedenfalls.«

»Ich muß dir etwas gestehen, Robin«, sagte Evan, beugte sich zu ihm herüber und sah ihm in die Augen. »Ich fürchte, ich kann meine Eltern nicht, wie geplant, nach Yorkshire mitbringen. Sie fliegen irgendwann nächste Woche nach Amerika zurück. Weißt du, sie haben das Gefühl, daß das ihre Pflicht ist, wegen der Terrorattacken.«

Kurz flackerte Enttäuschung in Robins Augen auf, aber er nickte. »Das kann ich gut verstehen«, versicherte er ihr. »Ich glaube, ich würde genauso empfinden, wenn unser Land angegriffen würde. Und das, was am Dienstag geschehen ist, war ein kriegerischer Akt gegen die Vereinigten Staaten. Deine Mutter und dein Vater haben das tiefe Bedürfnis, nach Hause zu fahren; das ist nur natürlich.« Er schenkte ihr ein liebevolles Lächeln. »Aber sie kommen bestimmt wieder nach England. Und ... waren wir uns nicht sowieso einig, daß es vielleicht besser wäre, deinem Vater nicht zu sagen, wer ich bin?«

Sie nickte. »Das dachte ich auch, aber inzwischen bin ich da in einem Zwiespalt, und ich weiß, daß Gideon findet, Dad sollte die Wahrheit erfahren, und meine Mutter denkt genauso, besonders, nachdem wir uns verlobt haben. Schließlich weiß die ganze Familie Bescheid. Es wird also zwangsläufig durchsickern.«

»Höchstwahrscheinlich. Aber ich kann Owen auch zu einem anderen Zeitpunkt treffen. Mach dir deswegen keine Sorgen, Evan.«

»Danke, Robin. Du bist immer so verständnisvoll und lieb zu mir.«

»Ich liebe dich, mein Schatz, und du bist mein einziges Enkelkind.« Er goß Kaffee in seine Tasse und gab Zucker hinzu. »Ich muß dir etwas sagen, Evan«, fuhr er nachdenklich fort. »Etwas, das strikt unter uns bleiben muß.«

»Ich verstehe. Du weißt doch, daß ich nie etwas verraten würde, das mir jemand im Vertrauen mitteilt.«

»Natürlich. Aber das, was ich dir jetzt mitteilen werde, muß um jeden Preis ein Geheimnis bleiben, denn ich möchte nicht, daß Jonathan es je herausfindet. Ist das klar?«

»Ja«, antwortete Evan leise. Wie immer lief es ihr bei diesem Namen plötzlich kalt über den Rücken.

Aus der Tasche seines abgetragenen Tweedjacketts zog Robin eine kleine weiße Karte und reichte sie ihr. »Ich habe einen Treuhandfonds für dich eingerichtet. Alle Einzelheiten stehen auf der Karte. Das Ganze ist so gestaltet, daß er auf keinen Fall zu mir zurückverfolgt werden kann. Aber um ganz sicherzugehen, sprich bitte mit niemandem darüber, nicht einmal mit Gideon. In Ordnung?«

»Ich verspreche es dir«, antwortete sie. »Aber das war wirklich nicht nötig. Ich habe dir schon einmal gesagt, daß ich nichts von dir will, Robin. Nur deine Zuneigung.«

»Ich weiß, ich weiß.« Er klang ein wenig ungeduldig. »Jedenfalls habe ich eine ganze Reihe Investitionen und Beteiligungen, von denen mein Sohn nichts weiß und die nicht als mein Besitz identifiziert werden können. Und einen Teil davon habe ich auf dich übertragen.«

»Aber Robin ...«

Er drohte ihr mit erhobenem Zeigefinger. »Kein Aber, Evan«, sagte er streng. »Ich will kein Wort mehr darüber hören. Steck die Karte in deine Handtasche, studiere sie später genau, verdaue alles, und verwahre sie dann an einem sicheren Ort.«

»Danke, Robin, du bist sehr großzügig«, sagte sie leise, aufrichtig gerührt von seiner Geste.

»Ist mir ein Vergnügen, Liebes. Aber jetzt erzähl mal, wie

geht es Paula? Ich weiß, daß sie furchtbar aufgeregt war, als Shane in die Terrorattacken in New York geraten ist. Daisy hat es mir erzählt.«

»Ich habe gehört, daß sie sich viel besser fühlt. Am Mittwoch war sie erschöpft, die Anspannung und die Angst, die sie ausgestanden hat, haben ihr zu schaffen gemacht. Das habe ich von Linnet; wir haben zusammen gefrühstückt, bevor ich hergefahren bin. Ach übrigens, sie läßt dich grüßen. Jedenfalls ist der JFK-Flughafen wieder geöffnet, und Shane fliegt morgen früh nach London zurück. Mit der Concorde, und dann wartet der Firmenjet auf ihn und bringt ihn zum Flughafen von Yeadon.« Evan warf ihm einen schüchternen Blick zu. »Linnet meint, sie seien nach so vielen Jahren immer noch verliebt. Es muß wunderbar sein, so eine Ehe zu führen wie die beiden.«

Robin sah sie forschend an. »Das muß es wohl. Aber du klingst so betrübt, Evan. Ist alles in Ordnung zwischen dir und Gideon?«

»Doch, alles ist bestens ...« Evan biß sich auf die Lippe. »Es ist nur so ... ach, ich glaube, er ist immer noch eingeschnappt, weil ich meinen Eltern nicht gesagt habe, daß wir verlobt sind.«

Robin seufzte und schüttelte den Kopf. »Männer sind manchmal solche Dummköpfe. Ich kann das sagen, weil ich ein Mann bin und mich in meinem Leben schon oft wie ein Idiot benommen habe. Ich wünschte, Gideon würde einfach zur Tagesordnung übergehen. Tatsache ist doch, daß ihr verlobt seid und jeder es weiß, deine Eltern eingeschlossen. Jetzt solltet ihr eure Hochzeit planen, ein Datum festsetzen, statt euch zu zanken.«

»Wir streiten uns ja nicht richtig«, erklärte Evan. »Er ist mir gegenüber nur so ... kurz angebunden. Und distanziert, manchmal. Schweigsam.«

»Ist er dieses Wochenende in Yorkshire?«

»Nein. Er hatte das Gefühl, in London bei seinem Vater

und Toby bleiben zu müssen. Er sagte, sie hätten mit der laufenden Berichterstattung alle Hände voll zu tun.«

»Ach ja, er ist eben ein echter Harte, unser Gideon, und geht völlig in seiner Arbeit auf, was ja auch nicht schlecht ist. Er ist natürlich ein Vollblutjournalist, genau wie Winston und meine Onkel.«

Die beiden plauderten noch eine Weile. »Es tut mir leid, daß ich heute nicht zum Lunch bleiben kann, Robin«, sagte Evan dann, »aber Linnet und ich stecken bis über beide Ohren in den Hochzeitsvorbereitungen, und ich habe versprochen, ihr heute nachmittag zu helfen.«

Er nickte verständnisvoll, und sie standen auf. Robin nahm Evans Arm, und zusammen gingen sie über die Terrasse zu dem Platz auf der Rückseite des Hauses, wo sie ihren Wagen geparkt hatte. »Ich hoffe, wir können statt dessen nächste Woche zusammen zu Mittag essen. Wann fährst du nach London zurück?«

»Dienstag morgen. Ich möchte noch ein paar Tage mit meinen Eltern verbringen, bevor sie nach Hause fliegen. Dann komme ich früh am Freitag zurück, um im Haupthaus einiges mit India zu erledigen, und am Samstag bin ich in der Filiale in Leeds. Wie wär's mit Lunch am nächsten Sonntag?«

»Wunderbar!« rief der alte Herr aus und wirkte gleich viel fröhlicher.

Als sie zu Evans Wagen kamen, umarmte er sie und küßte sie auf die Wange. »Vielleicht läßt sich ja Gideon überreden, mit uns zu essen?«

»Ganz bestimmt. Ich sorge dafür, daß er kommt.« Sie öffnete die Wagentür, stieg ein und ließ das Fenster herunter. »Danke für alles«, sagte sie. »Bis nächstes Wochenende dann.«

»Abgemacht, meine Liebe.«

Evan drehte den Zündschlüssel und runzelte die Stirn, als der Wagen nicht ansprang. Sie versuchte es noch einmal, ohne Erfolg. Robin sah durch das Fenster. »Hast du den Motor abgewürgt?«

Evan schüttelte den Kopf. »Nein. Er läßt sich nicht starten.«

»Höchstwahrscheinlich die Batterie. Das ist einer von Paulas alten Wagen, stimmt's? Einer ihrer abgetakelten Flitzer, wie sie zu sagen pflegt.«

»Ja, sie läßt mich immer damit fahren. Aber ich glaube, er müßte mal generalüberholt werden.«

»Da hast du wahrscheinlich recht. Aber kein Problem. Du kannst dir meinen Rover leihen. Ein ganz ausgezeichneter Wagen.«

»Brauchst du ihn denn nicht?« fragte Evan und stieg aus Paulas Jaguar.

»Ich habe noch meine Lieblingskiste in der Garage stehen.«

»Ach ja, deinen wunderschönen alten Bentley Continental Drophead Coupé, circa 1960.«

»Ah, du merkst dir meine unmaßgeblichen Äußerungen also doch.« Er lachte und wirkte geschmeichelt.

»Natürlich. Ich erinnere mich an alles, was du mir erzählst, Robin.«

»Aber es kommt nicht oft vor, daß Mädchen solche Einzelheiten über Autos behalten«, konterte er und führte sie schmunzelnd zur Garage.

Minuten später hatte sie den Rover auf die gekieste Auffahrt gefahren. »Ein herrlicher Wagen, Robin!« rief sie aus und beugte sich aus dem Fenster. »Tausend Dank. Ich bringe ihn dir morgen zurück. Linnet oder India können mich ja in einem anderen Wagen nach Hause fahren.«

»Überhaupt kein Problem«, rief er und winkte, während sie auf das eiserne Tor zurollte. »Bye, meine Liebe.«

Evan gefiel der solide Wagen, der sich zudem leicht lenken ließ. Sanft glitt sie durch die hohen Tore von Lackland

Priory und bog nach links auf die Straße ein, die zu dem kleinen Dorf Lackland führte; hinter Lackland begann die Hauptstraße nach Pennistone Royal.

Sie lehnte sich bequem zurück und entschied, daß sie diese alten Modelle liebte. Sie waren irgendwie anders; vielleicht lag das an dem Gefühl von Luxus längst vergangener Zeiten. Sie wußte, daß Paula genauso empfand. Paula hatte ihr auch erzählt, daß alle Familienmitglieder an ihren alten Modellen hingen. »Vielleicht ja aus Sparsamkeit«, hatte sie gesagt und mit einem trockenen Lachen hinzugefügt: »Aber das bezweifle ich eher.« Selbst India fuhr einen alten Aston Martin, den alle männlichen Familienmitglieder mit begehrlichen Blicken betrachteten. Und Gideon schwärmte für Robins vierzig Jahre alten Bentley Continental.

Als sie die Hügelkuppe erreichte, ging Evan behutsam auf die Bremse. Die Anhöhe war steil, und als sie hinabrollte, spürte sie sofort die Wirkung der Schwerkraft. Sie trat fester auf die Bremse.

Nichts passierte. Die Bremsen funktionierten nicht! Der Wagen raste den Hügel hinunter; sie hatte keine Möglichkeit, ihn zu stoppen.

Plötzlich sah sie den Pferdewagen, der aus einem Feldweg auf die Straße rumpelte. Evan hieb die Hand auf die Hupe. Der Mann, der auf dem Karren saß, blickte hügelaufwärts und sah sie kommen, schien aber unfähig, sich zu rühren. Evan wurde klar, daß sie ausweichen mußte, damit sie ihn nicht rammte. Bei ihrer Geschwindigkeit würde sie wahrscheinlich Mann und Tier töten. Sie biß die Zähne zusammen, riß mit aller Kraft das Lenkrad herum und scherte nach rechts aus. Die Bruchsteinmauer erkannte sie zu spät. Als sie plötzlich vor ihr auftauchte, wußte sie, daß sie geradewegs auf sie zuraste.

Hatte jemand die Bremsen manipuliert? Das war ihr letzter Gedanke vor dem Aufprall.

Billy Ramsbotham, der Mann auf dem Karren, saß nur den Bruchteil einer Sekunde da und starrte das Autowrack an. Dann knallte er mit den Zügeln, schnalzte und jagte mit halsbrecherischer Geschwindigkeit den Hügel hinunter, um Hilfe zu holen.

Er war noch nicht weit gekommen, als er Frazy Gilliger mit dem Fahrrad auf sich zukommen sah und ihm winkte, anzuhalten.

»Wass'n los, Billy? Du fährst ja, wie vom Affen gebissen. Is wat passiert?« fragte Frazy, der die Aufregung des Alten bemerkte.

»Aye, da hinten am Hügel is'n Mädel im Auto verunglückt. 'n Rover, glaub ich. Sieht aus, als wär' Mr. Ainsleys Rover vonner Straße abgekommen. Dat arme Kind hat's schlimm erwischt.«

»Ach du Schande, dat muß Miss Evan sein!« rief Frazy. Ohne Billy eines weiteren Worts zu würdigen, strampelte er, so schnell er konnte, den Hügel hinauf, auf dem Lackland Priory lag.

Keuchend durchquerte er das Tor und erreichte die Rückseite des Hauses, wo er absprang, das Rad einfach fallen ließ und in die Küche stürzte.

Balton, der Butler, sprach gerade mit Mrs. Pickering, der Köchin. Verblüfft fuhr er herum. »Lieber Himmel, Frazy, was hast du?«

»Miss Evan. Se hatte 'nen Unfall mit dem Rover. Hab's aus'm Augenwinkel gesehen, hab mich aber nich lang aufgehalten. Dachte, ich muß Bescheid geben, so schnell ich konnte. Billy Ramsbotham hat gesehen, wie se in die Steinmauer gedonnert ist. Er meint, se wär' schlimm verletzt. Ruf besser 'n Krankenwagen, Percy.«

»Oh mein Gott, ja!« Der Butler wandte sich an die Köchin. »Könnten Sie den Anruf erledigen, Maude? Ich sollte mit Mr. Ainsley sprechen. Und rufen Sie das Krankenhaus in Ripon an, nicht in Harrogate. Das ist näher, und sie haben einen Krankenwagen und Sanitäter. Dort kann sie behandelt werden, und wenn nicht, wird sie nach Harrogate verlegt.«

»Wird sofort gemacht, Percy«, antwortete Mrs. Pickering und eilte zum Telefon.

Bolton begab sich in die Bibliothek. Sekunden später berichtete er Robin Ainsley, was Frazy erzählt hatte.

Robin stand am Fenster. Er mußte die Hand ausstrecken und sich an der Lehne des Ohrensessels abstützen. Sein Herz klopfte heftig, und er hatte das Gefühl, seine Beine würden gleich unter ihm nachgeben.

»Lebt sie?« brachte er schließlich heraus.

»Ich weiß es nicht, Sir. Fahre aber sofort hin. Die Köchin ruft im Krankenhaus von Ripon an, damit sie einen Krankenwagen schicken.«

»Ich komme mit Ihnen, Bolton«, erklärte Robin.

»Sehr wohl, Sir.« Der Butler eilte davon, dicht gefolgt von Robin, der das Gefühl hatte, seine Welt sei soeben zusammengebrochen. Unvorstellbar, sein Mädchen ausgerechnet jetzt zu verlieren, nachdem er sie eben erst gefunden hatte. Er betete darum, daß sie nicht tot war oder schwer verletzt. Das wäre eine Tragödie. Evan hatte so vieles, für das sie leben mußte, sie hatte ihre ganze Zukunft vor sich: ein Leben mit Gideon, ihre Karriere bei Harte's, Kinder ...

Während er dem Butler auf den Hof folgte, überlegte Robin, ob wohl jemand den Wagen manipuliert hatte, ausgerechnet den Rover, den er häufiger benutzte als den Bentley. Er wußte, daß Evan eine ausgezeichnete Fahrerin war. Was also war schiefgegangen?

Blitzartig ging es ihm auf. Wenn jemand den Wagen präpariert hatte, dann hatte der Urheber es auf ihn abgesehen, nicht auf Evan. Er fürchtete sich, den Namen zu denken, der sich ihm aufdrängte. Nein, dachte er, das würde er nicht tun, ganz bestimmt nicht. Warum sollte er versuchen, seinen eigenen Vater umzubringen?

Bolton brauchte nur ein paar Minuten zum Unfallort. Er bestand darauf, daß Robin im Bentley sitzenblieb.

»Lassen Sie mich zuerst gehen, Mr. Ainsley«, bat er eindringlich. »*Bitte,* Sir.«

»Na schön«, meinte Robin zögernd.

Bolton lief zu dem zusammengedrückten Rover und spähte durch das offene Fenster hinein. Sofort sah er, daß Evan in einem eigenartigen Winkel über dem Lenkrad lag. Aber ihr Sicherheitsgurt war angelegt, was ihn etwas beruhigte. Lebte sie? Dann hörte er sie stöhnen, und ihm wurde ein wenig leichter. Er drehte sich um und rannte zurück.

»Miss Evan lebt, Sir!« schrie er. »Ich habe sie gehört. Aber ich fasse sie lieber nicht an, Mr. Ainsley. Wir sollten auf den Krankenwagen warten. Die Sanitäter haben Erfahrung mit so etwas.«

»Gott sei Dank, daß sie nicht tot ist«, antwortete Robin, und ihm fiel ein Stein vom Herzen. »Natürlich haben Sie recht, einen Verletzten sollte man nicht bewegen. Wenn man nicht dazu ausgebildet ist, kann man viel zu leicht Schaden anrichten.«

Robin ließ sich tiefer in den Autositz sinken und begann normaler zu atmen. Er schloß die Augen und schickte ein stilles Gebet an den Gott, an den er eigentlich schon lange nicht mehr glaubte. Plötzlich begriff er, warum in einer Krise ein Gebet so tröstlich war. Irgendwie schenkte es einem Hoffnung, an ein allmächtiges höheres Wesen zu glauben. Und jetzt betete er darum, daß Evan wieder gesund wurde.

Bolton war noch einmal zur Unfallstelle gegangen. Er hörte nichts mehr von Evan, und erneut fürchtete er, sie könnte nicht mehr am Leben sein. Doch plötzlich vernahm er Sirenengeheul, und Sekunden später raste der Krankenwagen die Straße hinauf.

Zwei Helfer und ein Sanitäter kümmerten sich um Evan. Sie zogen sie vorsichtig aus dem Wagen, legten sie auf eine Trage und brachten sie zum Krankenwagen.

»Wissen Sie, wer die Fahrerin ist?« fragte der Fahrer Bolton.

»Evan Hughes, die Enkelin von Mr. Robin Ainsley«, erklärte er.

»Dem Besitzer von Lackland Priory?«

»Ja, genau. Lebt sie?«

Der Fahrer nickte. »Aber wir müssen sie ins Krankenhaus bringen, und zwar schnell. Über ihre Verletzungen können wir aber noch nichts sagen.«

»Gott sei Dank hat sie uns nicht verlassen. Wir fahren Ihnen nach.«

»Sehe Sie dann in Ripon.«

Bolton chauffierte den Wagen zum Krankenhaus; nachdem er geparkt hatte, begleitete er Robin in den Warteraum, wo sie gemeinsam Platz nahmen. Schweigend warteten sie darauf, daß man ihnen Auskunft gab. Nach einigen Minuten fiel Robin ein, daß er Linnet mitteilen mußte, was mit Evan war, denn sie erwartete sie zum Mittagessen.

»Haben Sie das Mobiltelefon dabei, Bolton?« fragte er.

»Ja, Sir. Bitte sehr.«

Robin wählte Pennistone Royal an, und Linnet kam selbst an den Apparat. Rasch berichtete er ihr, was geschehen war. »Evan lebt, Linnet«, schloß er. »Ich weiß allerdings noch nicht, wie schwer sie verletzt ist.«

»Oh mein Gott! Ich komme sofort, Onkel Robin.«

»Nein, nein, nicht nötig. Du kannst nichts für sie tun, und ich verspreche dir, dich auf dem laufenden zu halten.«

»Ich möchte nicht, daß du allein vor dieser Situation stehst«, erwiderte Linnet bestimmt. »Ich bin schon unterwegs, also versuch nicht, mich davon abzubringen. Vorher gebe ich noch Mama Bescheid, sie ist im Kaufhaus in Harrogate. In etwa einer halben Stunde bin ich da.«

»Na schön.« Er gab sich geschlagen, denn er wußte, daß es müßig war, mit Linnet zu diskutieren. Wenn in dieser Familie jemand seiner Mutter ähnelte, dann sie. Sobald sie sich etwas in den Kopf gesetzt hatte, konnte nichts und niemand sie aufhalten.

Eine halbe Stunde später kam Dr. Gibson auf sie zu, und zu seiner großen Erleichterung sah Robin gleich, daß ein Lächeln die Mundwinkel des Arztes umspielte.

»Guten Morgen, Mr. Ainsley«, begann er. »Ich habe Mrs. Hughes untersucht, und sie wird wieder gesund. Sie hat natürlich einen Schock erlitten, und sie hat sich ein Bein sowie eine Rippe gebrochen und zahlreiche Prellungen an den Extremitäten erlitten. Aber soweit ich im Moment sagen kann, hat sie keine inneren Blutungen. Die junge Dame hat wirklich Glück gehabt, ihre Verletzungen hätten auch ernster sein können. Und Sie werden sicher froh sein zu hören, daß dem Baby nichts geschehen ist. So ein Unfall kann leicht eine Fehlgeburt auslösen.«

Irgendwie gelang es Robin, eine neutrale Miene zu wahren.

Er war ein alter Mann, den kaum noch etwas schockieren konnte. Aber er mußte sich eingestehen, daß Evans Schwangerschaft ihn überraschte. Er hatte sie für praktisch veranlagt und umsichtig gehalten, deswegen erstaunte es ihn, daß sie es vor ihrer Hochzeit mit Gideon so weit hatte kommen lassen. Dann kam ihm in den Sinn, daß sie vielleicht mit Absicht schwanger geworden war. Wollte sie Gideon zu einer Entscheidung zwingen? Robin war sich nicht sicher. Aber eines wußte er ganz genau: Er liebte diese junge Frau und war hocherfreut, daß sie schwanger war, daß sie seinen Urenkel unter ihrem Herzen trug.

Der Arzt öffnete eine Tür, führte Robin in einen kleinen Nebenraum und verschwand. Evan lag, in ein weißes Krankenhaushemd gehüllt, auf einer Rolltrage. Sie sah blaß aus und erholte sich noch von ihrem Schock. Auf ihrer Wange prangte ein dicker Bluterguß, und als sie sich aufzurichten versuchte und dann zusammenzuckte, wurde ihm klar, daß sie Schmerzen hatte.

Robin trat zu ihr. »Dein Auto ... tut mir leid«, murmelte sie mit stockender, angespannter Stimme.

»Das macht doch nichts, Evan, Liebes. Hauptsache ist, daß du lebst.« Er beugte sich über sie, küßte sie auf die Stirn und nahm ihre Hand. »Kannst du mir sagen, was passiert ist? Oder ist das zu anstrengend?«

»Bremsen haben versagt ... auf dem Hügel. Keine Kontrolle über den Wagen.« Sie holte tief Luft. »Dann tauchte der Pferdewagen auf. Bin ausgeschert, um ihm auszuweichen.«

Robin schwieg eine Weile, dann warf er ihr einen fragenden Blick zu. »Glaubst du, die Bremsen haben einfach versagt, weil der Wagen alt ist? Oder meinst du, jemand hat sie manipuliert?«

»Ich weiß nicht ...«

Er schüttelte den Kopf und preßte die Lippen zusammen. »Der Rover ist gut gepflegt«, sagte er leise. »Ich könnte die Bremsen in meiner Werkstatt prüfen lassen; aber wahrscheinlich will die Polizei das selbst tun.«

Evan sah ihn an und seufzte, schwieg aber. Ihr spukte derselbe Name im Kopf herum wie eben Robin, doch sie wollte ihn nicht aussprechen.

»Ich habe Linnet angerufen«, erklärte Robin. »Sie kommt her.« Er zog sich einen Stuhl an die Rolltrage. »Die Schwestern werden mich sicher gleich wegschicken; du bekommst noch einen Gips. Dein Bein schmerzt sicher sehr.«

Sie nickte und fühlte sich plötzlich sehr schwach.

»Evan, das Baby ist vollkommen in Ordnung«, sagte er leise. »Dr. Gibson hat es mir gesagt.«

Erschrocken starrte sie ihn an, und langsam färbten ihre Wangen sich leuchtendrosa. »Bitte erzähl niemandem davon«, bat sie leise.

»Natürlich nicht. Was sagt denn Gideon zu dem Baby?«

»Er weiß nichts davon.«

»Warum hast du es ihm nicht erzählt?«

»Ich wollte ihn nicht beeinflussen ... nicht zu einer Entscheidung über unsere Zukunft zwingen.«

»Das verstehe ich. Ob ihr beiden wirklich heiratet oder nicht, ist eure eigene Sache, meine Liebe. Aber du sollst wissen, daß ich für dich und mein Urenkelkind dasein werde, ganz gleich, was geschieht.«

Evans Miene hellte sich auf, und sie schenkte ihm ein zaghaftes Lächeln. »Danke.«

Plötzlich klopfte es an der Tür. »Herein«, rief Robin.

Sekunden später stürzte Linnet an Evans Seite. »Meine Güte, hast du mir einen Schrecken eingejagt, Evan! Was ist denn überhaupt passiert?« Sie blieb stehen, nahm Evans Hand und musterte sie besorgt.

»Die Bremsen haben nicht funktioniert«, erklärte Robin. »Schön, daß du gekommen bist, Linnet. Danke.«

Linnet lächelte ihm zu und drehte sich wieder zu Evan um. Sie unterdrückte den Gedanken an Jonathan Ainsley und seinen Rachefeldzug gegen die ganze Familie. »Bist du sehr schwer verletzt?«

»Gebrochene Rippe, gebrochener Knöchel«, flüsterte Evan. »Bekomme ein Gipsbein.«

»Gott sei Dank, daß es nicht schlimmer gekommen ist«, meinte Linnet.

Russel »Dusty« Rhodes trat aus dem Aufzug, der ihn in den fünften Stock von *Harte's* in Leeds getragen hatte. Er sah sich um und verstand sofort, warum Indias Sekretärin ihm eingeschärft hatte, vorsichtig zu sein. Um zu ihr zu gelangen, mußte er ein mit Seilen abgesperrtes Areal umgehen.

Er entdeckte sie in der Mitte des weitläufigen Raumes. Sie trug beigefarbene Baumwollhosen und eine gleichfarbige Bluse, hielt ein Klemmbrett in der Hand und hatte sich ihre Schildpattbrille ins Haar geschoben. Normalerweise kleidete sie sich mit lässiger Eleganz in die allerneuesten Modelle, doch heute nachmittag wirkte sie viel klassischer. Aber er verstand, wie praktisch diese reduzierte Aufmachung bei der Arbeit war, und wenn India eines war, dann praktisch veranlagt. Überall lagen Schutthaufen; offensichtlich wurden hier im großen Stil Wände eingerissen.

India sprach mit zwei Handwerkern. Ihre Miene wirkte besorgt, und kurz zögerte er. Seit einer Woche hatte er sie nicht gesehen. Sie waren im Zorn auseinandergegangen, und er war sich sicher gewesen, daß sie keinen Anruf von ihm annehmen würde; daher war er statt dessen hergekommen.

Dusty entschloß sich, den Stier bei den Hörnern zu pakken. Er stieg über einen Stapel Bretter, wich einer Schubkarre und ein paar Mörteleimern aus und schlug ihre Richtung ein.

Doch einer der Handwerker entdeckte ihn zuerst. »Hey, Dusty, wie geht's?« fragte der Mann. Er strahlte, und seine hellgrünen Augen blitzten plötzlich. »Lang nicht gesehen, Kumpel.«

Bevor er antworten konnte, fuhr India zu ihm herum, und kurz huschte ein erstaunter Ausdruck über ihr Gesicht, um gleich wieder zu verschwinden. Sie verstand sich gut darauf, ihre Gefühle zu verbergen.

»Hallo, India.«

»Dusty«, erwiderte sie und nickte ihm zu.

Er sah an ihr vorbei und sprach den Handwerker an. »Jackie Pickles war der Name, stimmt's?«

Der Mann grinste. »Goldrichtig, Dusty. Dann hast du unsere alte Schule doch noch nicht vergessen, was?«

Dusty nickte lachend. »Ach was! Die anglikanische Grundschule in der Theaker Lane, Upper Armley, nicht wahr?«

»Seitdem is 'ne Menge Wasser die Themse runtergeflossen«, meinte Jackie nachdenklich. »Aber ich wette, an Harry Thwaites erinnerst du dich nicht mehr, oder, Dusty?«

»Klar doch! Hallo, Harry. Zuletzt hab ich dich an der West Leeds High-School gesehen, richtig?«

Harry lächelte. »Ist lange her, Dusty. Bin jetzt verheiratet und hab 'ne ganze Horde Kinder.«

India hatte das kleine Geplänkel aufmerksam verfolgt. »Du wolltest mit mir reden, Dusty?« fragte sie jetzt.

»Ja.« Aber er sah noch einmal an ihr vorbei. »Was habt ihr hier für ein Problem, Jackie?« fragte er. »Ich wette, diese Stahlträger.«

»Korrekt. Auf Lady Indias Skizzen für diesen Teil sind sie nicht zu sehen, weil wir nicht wußten, daß sie da sind. Wir sind drauf gestoßen, als wir eine Wand eingerissen haben.«

»Zeig mir doch mal die Entwürfe, India, bitte«, sagte Dusty und sah sie an. »Ich habe Architektur studiert.«

Sie reichte ihm die Skizzen. »Ja, ich weiß. Ich möchte gern, daß die Träger entfernt werden.«

Dusty studierte die Entwürfe, trat zu den Stahlträgern und sah sich in dem ganzen Areal um. »Ich wette meinen letzten Penny, daß diese Träger die Deckenträger sind.«

»Dacht' ich's mir doch ... man kann sie nicht rausnehmen.«

Dusty warf India einen Blick zu. »Wenn du die entfernst, wird der Boden darüber geschwächt. Irgendwie mußt du sie wohl in deine Pläne integrieren.«

Die beiden Handwerker strahlten ihn bewundernd an.

India dagegen wirkte verärgert, und dann legte sich ein resignierter Ausdruck über ihr Gesicht. »Schön, dann wäre das geklärt.« Sie wandte sich an die Handwerker. »Bitte entschuldigen Sie uns ein paar Minuten. Vielleicht möchten Sie ja inzwischen Ihre Teepause machen?«

»Danke, Lady India«, sagten die beiden wie aus einem Munde, grinsten Dusty noch einmal zu und gingen davon.

»Du bist dir sicher, daß man die Träger nicht entfernen kann?«

»Na ja, man *kann* sie schon herausnehmen«, antwortete Dusty, »aber ich würde es lieber bleiben lassen. Das gäbe eine Katastrophe.«

»Ich verstehe«, antwortete sie und sah zu ihm auf. »Dein Besuch ist eine Überraschung. Warum bist du gekommen?«

Irgendwie hatten für Dusty die Begegnung mit seinen alten Schulkameraden und die Diskussion über die Stahlträger das Eis gebrochen, und er fühlte sich ziemlich entspannt. »Zuerst einmal, um mich zu entschuldigen, und zweitens, um ... dir die Sache mit Melinda und Atlanta zu erklären.«

»Gehen wir in mein Büro, da können wir reden.«

»Danke, India.«

Schweigend fuhren sie in den siebten Stock hinauf.

India öffnete die Tür ihres Büros. »Schön, dann laß uns reden«, sagt sie schroff. »Aber ich habe nicht ewig Zeit.«

»Ich brauche auch nicht lange.« Dusty schloß die Tür hinter sich. Er ahnte schon, daß sie nicht besonders zugänglich sein würde.

India stellte sich hinter ihren Schreibtisch. Sein Auftauchen hatte sie aus dem Konzept gebracht, aber die Plauderei zwischen ihren Zimmerleuten und Dusty hatte ihr Zeit gegeben, ihr Gleichgewicht zurückzugewinnen. Zu ihrem großen Erstaunen entdeckte sie, daß sie jetzt innerlich ruhig war. Und sie mußte zugeben, daß er ihr gefehlt hatte und sie sich danach gesehnt hatte, zu ihm zu gehen. Sie liebte ihn immer noch.

Dusty sah gut aus, dachte sie, aber unter seinen Augen lagen dunkle Schatten. Ihr ging auf, daß er sich höchstwahrscheinlich in seine Malerei gestürzt hatte, um sich abzureagieren. Weil sie ihn verlassen hatte.

Er trat vor ihrem Schreibtisch von einem Fuß auf den anderen. »Hör mal, ich gebe ja zu, daß ich verdammt blöd war. Ich hätte dir von meiner Tochter erzählen und dir erklären sollten, wer Melinda ist. Es war mir aber peinlich, und ich war feige. Weißt du, ich bin es nicht gewöhnt, mit anderen über mein Privatleben zu reden.«

»Das weiß ich inzwischen«, sagte India. Sie setzte sich und bedeutete ihm, ebenfalls Platz zu nehmen.

Er nahm den Stuhl vor dem Schreibtisch und fuhr fort. »Ich vertraue mich nie jemandem an. Du weißt, daß ich ein Einzelgänger bin, unabhängig. Ich habe mich noch nie auf eine feste Bindung eingelassen, ich meine zu einer Frau, und ich habe mir schon vor langer Zeit geschworen, nie zu heiraten. Um ehrlich zu sein, habe ich erst verstanden, wie ich wirklich für dich empfinde, als du mich verlassen hast.«

Sie starrte ihn lange und durchdringend an. »Wenigstens bist du offen«, fauchte sie. »Du willst also sagen, daß ich nur eine von vielen Frauen war, die durch dein Leben gegangen sind, Dusty, und daß du deswegen keinen Grund gesehen hast, mit mir über deine Vergangenheit zu reden. Korrekt?«

»Irgendwie schon. Aber nicht ganz ... Verstehst du, ich wußte, daß ich verrückt nach dir war, obwohl ich vielleicht nicht begriffen habe, wie sehr. Ich habe dich respektiert, India, und zu dir aufgesehen. All das habe ich an jenem Nachmittag erkannt, aber ich war auch verwirrt, verlegen und wußte nicht, wie ich dir erklären sollte, daß Melinda und ich ein Kind haben.«

»Ich hätte Verständnis dafür gehabt, und gerade deswegen war ich ja so aufgebracht. Du hast mich unterschätzt. Sagt man nicht, im Zweifel für den Angeklagten?«

»Ich weiß das alles, und es tut mir leid. Ich bin ein Idiot.«

»Tja, war nett, daß du gekommen bist und dich entschuldigt hast.« Sie stand auf. »Und jetzt muß ich wirklich wieder an die ...«

»India, ich muß dir noch etwas erklären«, unterbrach er sie. »Ich habe Melinda, ihre Mutter und Atlanta immer finanziell unterstützt. Und ich zahle Melindas Arztrechnungen.«

Sie nickte und kam um den Schreibtisch herum. Offensichtlich hatte sie es eilig, an ihre Arbeit zurückzukehren.

»Ich wollte nur, daß du das weißt. Ich bin durchaus in der Lage, Verantwortung zu übernehmen!«

»Warum habt ihr beide nicht geheiratet?« fragte India, plötzlich neugierig geworden.

»Ich habe sie nicht geliebt. Als wir uns trennten, wußte ich nicht, daß sie schwanger war.«

»Aha.«

Dusty ging zur Tür. Ihm war klargeworden, daß es keinen Sinn hatte, dieses Gespräch fortzusetzen. Er fühlte sich ausgelaugt, erschöpft. Nun hatte er ihr die Wahrheit über Melinda erzählt, und mehr gab es nicht zu sagen. India befand sich nicht in der Stimmung, seinen Liebeserklärungen zu lauschen.

»Und wann begann ihre Drogensucht?« fragte India.

»Kurz nach Atlantas Geburt. Wenigstens dafür sei Gott gedankt. Das Kind war nie in Gefahr.« Er öffnete die Tür, drehte sich um und schenkte ihr ein mattes Lächeln. »Ja, das war's dann wohl ...« Seine Kehle krampfte sich zusammen, und er spürte, daß er gleich in Tränen ausbrechen würde. Was für ein Trottel er war.

India fühlte Panik in sich aufsteigen. *Sie durfte ihn nicht gehenlassen.* Das war ihre letzte Chance, die Verhältnisse zwischen ihnen zu klären. »Warte, Dusty! Bitte geh nicht!«

Er fuhr herum. Seine Augen weiteten sich, als er den Ausdruck in ihren Augen sah. Er sprach von bedingungsloser Liebe.

Er kam zurück ins Büro, schloß die Tür hinter sich und trat auf sie zu. »Was ist, India?«

»Ich liebe dich«, sagte sie. »Und ich habe dich immer geliebt. Ich wollte nur, daß du das weißt, bevor du gehst.«

»Soll ich nicht doch lieber bleiben?«

»Oh ja. Ja.«

Er kam näher, legte die Arme um sie und hielt sie fest. »Ich liebe dich auch. Und ich will den Rest meines Lebens mit dir verbringen ... wenn du mich nimmst.«

Sie sah zu ihm auf, und Tränen schimmerten in ihren silbergrauen Augen. »War das jetzt zufällig ein Heiratsantrag?«

»Allerdings. Ich liebe dich, und ich möchte, daß du meine Frau wirst.«

»Und ich will dich zum Mann«, flüsterte India. Sie stellte sich auf die Zehenspitzen und küßte ihn auf den Mund.

28

Wie so oft in Yorkshire schlug das Wetter plötzlich um. Nach einem warmen und sonnigen Wochenende regnete es am Montag, der Dienstag zog kühl und bewölkt herauf, und der bleigraue Himmel verhieß neuen Regen. Wie immer, wenn das Wetter abkühlte und der Herbst seine ersten Vorboten schickte, hatte Margaret in den Räumen im Erdgeschoß, die am häufigsten benutzt wurden – der Stone Hall, dem Frühstücksraum und der Bibliothek – die Kaminfeuer angezündet. Die Feuer vertrieben die klamme Luft und entschädigten ein wenig für den grauen Himmel, dachte die Haushälterin.

Evan war da ganz ihrer Meinung. »Selbst an einem Sommertag gibt es doch nichts Netteres als ein Feuer, finde ich«, bemerkte sie nach einem leichten Mittagessen, das Margaret ihr im Frühstückssalon serviert hatte. »Meine Großmutter hat in unserem Haus in Connecticut oft den Kamin angezündet, sogar wenn das Wetter sonnig und warm war. Sie liebte Feuer ganz einfach.«

»Meine Mutter denkt genauso«, meinte Margaret. »Sie heißt übrigens Hilda und hat jahrelang als Haushälterin für Mrs. Harte gearbeitet, ich meine für Emma Harte. Und sie hat mir erzählt, daß Mrs. Harte ihre Feuer selbst zu schüren pflegte. Jedenfalls sind in diesem großen Haus die Räume immer kühl; liegt wohl an den Holzböden, den hohen Decken und allem. Man muß sie schon lange, bevor der Winter kommt, anwärmen, jedenfalls finde ich das.«

»Recht haben Sie. Und ein Feuer ist so gemütlich und einladend, Margaret.«

»Allerdings. So, hätten Sie jetzt gern noch etwas Kaffee, Miss Evan?«

»Nein danke. Und danke für das wunderbare Mittagessen.«

»War mir ein Vergnügen, Miss. Um welche Zeit können wir denn Ihre Eltern erwarten?«

»Mein Vater hat darauf bestanden, selbst von London herzufahren, und er meinte, sie würden zur Teezeit dasein. Also nehme ich an, daß sie … wie war das noch … gegen vier Uhr eintreffen.«

»Genau.«

Evan schob ihren Stuhl zurück, stand mit Margarets Hilfe auf und humpelte durch die Stone Hall in die Bibliothek. Gestern nachmittag war sie aus dem Krankenhaus entlassen worden; jedoch erst, nachdem sie dem Arzt hoch und heilig versprochen hatte, ihn anzurufen, wenn sie ungewöhnliche Schmerzen spürte, die möglicherweise auf Probleme mit dem Baby hindeuteten. An den Gips an ihrem rechten Bein hatte sie sich innerhalb weniger Stunden gewöhnt, aber die gebrochene Rippe bereitete ihr Beschwerden, besonders, wenn sie versuchte, sich gerade aufzusetzen. Doch sie wußte, daß sie alles in allem Glück gehabt hatte. Unwillkürlich erschauerte sie bei der Erinnerung daran, wie die Bremsen versagt hatten, und sie fragte sich, ob Jonathan Ainsley dahintersteckte. Aber sie hatte nach reiflicher Überlegung beschlossen, Robin gegenüber ihren Verdacht nicht zu erwähnen, und daher entschied sie jetzt, auch nicht mehr daran zu denken.

Vor einigen Wochen hatte sie Emmas Photoalben entdeckt, wunderbare, gewaltige Wälzer, die ihre Urgroßmutter im Lauf der Jahre gewissenhaft mit Bildern bestückt hatte. Joe, der Verwalter und Margarets Ehemann, hatte sie ihr heute morgen alle herausgelegt, und sie hatte begonnen, sie noch einmal zu studieren. Evan fand es unendlich interessant, ihre Vorfahren zu betrachten, die darin meist in Schwarzweiß, aber manchmal auch in Farbe abgebildet waren.

Noch einmal schlug sie das allererste Album auf, denn die ältesten Aufnahmen faszinierten sie am stärksten. Der Band war im viktorianischen Stil gefertigt, in roten Samt gebunden und mit gravierten Silberecken und einem silbernen Schloß verziert. Emma hatte die Seiten mit zahlreichen Anmerkungen in ihrer präzisen, aber fließenden Handschrift versehen.

Der Mann, zu dessen Bild Evan sich am stärksten hingezogen fühlte, war Emmas älterer Bruder Winston. Ein Photo, das während des Ersten Weltkriegs aufgenommen war, zeigte ihn im Alter von siebzehn Jahren in seiner Uniform der Royal Navy. Er war Gideons Urgroßvater gewesen, und sie erkannte in dem alten Photo das Spiegelbild des Mannes, den sie liebte. Es war nicht schwer zu erkennen, daß Gideon das typische gute Aussehen der Hartes von Winston, dem Älteren, geerbt hatte. Daneben war ein Photo entfernt worden, doch neben der leeren Stelle las sie in Emmas Schrift: *Mein Vater, Big Jack Harte.* Evan fragte sich, wer wohl das Bild aus dem Album genommen hatte, und warum. Weiter hinten fand sie ein weiteres Bild mit der Anmerkung *Mein Vater*, ebenfalls von Emma geschrieben.

Evan musterte es, und mit einemmal ging ihr auf, an wen der Mann auf dem Photo sie erinnerte ... natürlich, Toby, Gideons Bruder. Und warum auch nicht? Toby stammte ebenfalls von Big Jacks Sohn Winston ab. Neben dem offensichtlich mit einem Brownie-Photoapparat aufgenommenen Schnappschuß von Big Jack klebte ein verblaßtes Bild von Elizabeth Harte, Big Jacks Frau und Emmas Mutter. Du meine Güte, Robins Zwillingsschwester Elizabeth sieht genauso aus wie sie, flüsterte Evan vor sich hin. Und ich ebenfalls. Robin hatte recht, als er sagte, ich sei eine waschechte Harte.

Fasziniert von den Bildern, schlug sie behutsam die Seiten um. Da waren Paul McGill in seiner Armeeuniform, Kinderbilder von Robin und Elizabeth mit ihrem Vater Arthur Ainsley; Kit, Emmas Sohn von ihrem ersten Mann Joe Lowther, und Edwina in eleganten Kleidern aus den wilden Zwanzigern.

Im zweiten Album entdecke sie Photos von Kit, Robin und Elizabeth, die während des Zweiten Weltkriegs aufgenommen waren. Wie schick ihre Großtante Elizabeth mit ihrem wallenden schwarzen Haar in ihrer Rotkreuzuniform aussah! Und da stand ihre Urgroßmutter zusammen mit einem elegant gekleideten Paar vor dem Unterhaus. *Meine liebe Freundin Jane Stuart Ogden und ihr Mann Bill*, hatte Emma dazugeschrieben.

Der dritte Band lieferte Bilder von Daisy, der Tochter von Emma und Paul McGill. Ein Schnappschuß zeigte Paul und Emma, und auf einem weiteren waren sie zusammen mit ihrem einzigen Kind Daisy zu sehen. Und daneben klebte ein Photo von Paula und Philip mit ihren Eltern, Daisy und Paul Amory.

Staunend lehnte Evan sich zurück, beeindruckt von den nach Hunderten zählenden Photos, die bis zum Beginn des zwanzigsten Jahrhunderts zurückreichten. Die insgesamt einundzwanzig Alben umfaßten fast hundert Jahre. Wäre ich Schriftstellerin, dachte sie, könnte ich nach diesen Photos die Geschichte dieser Familie schreiben. Was für eine wunderbare Familiensaga dabei herauskommen würde!

Und jetzt trug sie ein weiteres Harte-Kind unter dem Herzen – die nächste Generation. Evan legte die Hände auf ihren Bauch und dachte an ihr Baby. Es war nicht geplant gewesen, ein Unfall, aber trotzdem freute sie sich über ihre Schwangerschaft. Erneut lief es ihr kalt über den Rücken bei der Vorstellung, daß sie und das Baby jetzt ebensogut im Leichenschauhaus liegen könnten.

Evan schloß die Augen und ließ sich von ihren Gedanken

an das Baby und die Veränderungen in ihrem Leben, die es mit sich bringen würde, davontragen. Sie hoffte nur, daß Gideon sie noch heiraten wollte. Er war die Liebe ihres Lebens, und jetzt wußte sie auch, was sie tun mußte, um die Differenzen zwischen ihnen beizulegen.

Robin stand in der Tür der Bibliothek und dachte voller Freude, wie hübsch Evan doch heute nachmittag aussah. Vor allem viel besser als noch gestern, nicht so bleich und ausgehöhlt; und die dunkelgrüne Bluse, die sie trug, stand ihr farblich ausgezeichnet. Sie war ein guter Mensch, aber das hatte er schon seit ihrer ersten Begegnung gewußt – anständig, ehrlich und aufrecht –, und er war sich ganz sicher, daß sie diese kleinere Krise bravourös meistern würde. Sie dachte praktisch und stand mit beiden Beinen auf der Erde, und er war zuversichtlich, daß sie es schaffen würde, ihre Meinungsverschiedenheiten mit Gideon auszuräumen.

Er klopfte an die offenstehende Tür und trat ein. »Da bist du ja, Evan!« rief er aus. »Hoffentlich störe ich dich nicht.«

Sofort blickte sie auf, und ein Lächeln huschte über ihr Gesicht. »Robin, du bist früh dran!«

»Stimmt, aber ich wollte ein paar Minuten allein mit dir sein, bevor deine Eltern eintreffen.« Er trat zu dem Tisch, an dem sie saß, und betrachtete die aufgestapelten Photoalben. »Aha, du büffelst Familiengeschichte?« Schmunzelnd sah er sie an.

»Na klar. Und ich finde es faszinierend.«

Robin beugte sich zu ihr herunter und küßte ihr die Wange. »Ich muß dir noch einmal sagen, wie sehr ich mich über das Baby freue. Kürzlich habe ich zwar gemeint, das gehe nur dich und Gideon etwas an; aber ich frage mich doch, ob du es ihm nicht sagen sollest.«

»Sicher sage ich es ihm, ich muß nur den richtigen Zeitpunkt finden.« Sie schenkte ihm ein liebevolles Lächeln. »Ich werde das Baby Robin nennen, ganz gleich, was es wird. Welch ein Glück, daß der Name in unserer Sprache sowohl für einen Jungen als auch für ein Mädchen paßt.«

Der alte Herr strahlte übers ganze Gesicht. »Wie schön, meine Liebe. Aber jetzt sag mir, was heute nachmittag passieren soll. Ich muß gestehen, daß ich ein wenig erstaunt war, als du mich zum Tee mit deinen Eltern eingeladen hast. Was genau hast du vor?«

Evan lachte. »Ehrlich gesagt, bin ich mir selbst nicht ganz sicher. Aber ich dachte, ich bringe euch alle zusammen … und lasse dann den Dingen ihren Lauf.«

»Verstehe. Und wann wollen deine Eltern jetzt nach New York zurückfliegen?«

»Das weiß ich nicht genau. Als ich sie nach dem Unfall anrief, waren sie vollkommen außer sich, bis ich sie schließlich überzeugen konnte, daß ich wirklich noch ganz bin. Meine Mutter hat darauf bestanden, daß sie herkommen und nach mir sehen. Daher haben sie für den Moment ihre Reisepläne verschoben. Aber ich will auf jeden Fall im Lauf der Woche wieder mit der Arbeit in der Filiale in Leeds beginnen.«

»Überstürz es nicht, Evan. Paula ist bestimmt nicht die Sklaventreiberin, als die wir sie alle manchmal sehen.« Er lachte. »Ich nehme an, bis jetzt bin ich der einzige, der von deiner Schwangerschaft weiß?«

»Oh ja, und behalte es vorerst auch für dich, bitte.«

»Einverstanden. Aber von dem Autounfall hast du Gideon doch erzählt, oder?«

»Ja, und er war sehr besorgt. Er sagte, er komme mich besuchen, sobald er könne. Aber wegen der Terrorangriffe ist so viel los, und er ist natürlich gern dort, wo alles zusammenläuft, in seinen Redaktionen.«

»Ich weiß. Er ist eben sehr engagiert.« Robin räusperte sich und griff nach ihrer Hand. »Ich möchte nicht, daß du dich aufregst oder ängstigst, Evan, aber die Polizei hat mich heute morgen angerufen. Sie haben das Auto und besonders die Bremsen eingehend untersucht; und die Bremsschläuche sind durchschnitten worden.«

Die Information erstaunte sie nicht. »Du meinst, jemand hat sie manipuliert?«

»Ja. Die Bremsen waren schon nicht mehr funktionstüchtig, als du den Hügel hinabgefahren bist. Aber die Polizei meint auch, daß es keinen Hinweis auf den Urheber gebe. Keine Fingerabdrücke, verstehst du.«

Ihr war eiskalt geworden. Nicht nur sie und das Baby, sondern auch der alte Mann auf dem Pferdewagen hätte getötet werden können. »Niemand wußte, daß ich den Wagen nehmen würde ...«, flüsterte sie und verstummte. In ihren großen graublauen Augen stand die Sorge um ihn.

»Wohl kaum. Ich glaube, daß man es auf mich abgesehen hatte, und deshalb solltest du dir nicht allzu viele Sorgen um dich machen.«

»Aber ich mache mir Sorgen um dich!« rief sie empört aus.

»Bitte nicht, mir wird schon nichts passieren. Auf jeden Fall werde ich besser auf der Hut sein als sonst, das verspreche ich dir.«

»War ... war *er* hier?«

»Jonathan, meinst du? Nein, aber du weißt ja so gut wie ich, daß das nichts zu bedeuten hat. Er kann jederzeit andere anwerben, die seine schmutzige Arbeit tun, denn er ist bestimmt bereit, für solche, sagen wir einmal, *Gefälligkeiten* gut zu bezahlen.«

Schweigend sah Evan ihren Großvater an und dachte bei sich, was für ein reizender, würdevoller alter Herr er doch war. Ihr Herz flog ihm zu. Was für ein furchtbares Gefühl es sein mußte, wenn der eigene Sohn versuchte, einen umzubringen! Sie drückte seine Hand und blickte dann auf, als sie ein Geräusch vernahm.

»Ich bin gekommen, so schnell ich konnte«, rief Gideon von der Tür aus und maß Evan mit besorgtem Blick.

»Gideon! Ich hatte erst in ein paar Tagen mit dir gerechnet.«

Er lief zu ihr, schloß sie in die Arme und drückte sie vorsichtig an sich. »Mein Gott, ich weiß nicht, was ich getan hätte, wenn dir etwas zugestoßen wäre, Liebste.« Er löste sich von ihr und sah ihr ins Gesicht. »Was macht die Rippe? Ich habe dir doch eben nicht weh getan, oder?«

»Nein, alles in Ordnung. Und ich habe wirklich Glück gehabt, Gid. Nur eine angeknackste Rippe, ein gebrochener Knöchel und eine Menge Prellungen. Es hätte auch viel, viel schlimmer kommen können.«

»Ich weiß, Liebling.« Gideon wandte sich zu Robin um und schüttelte ihm die Hand. »Danke, daß du dich um sie gekümmert hast, Onkel Robin«, sagte er leise. »Ich bin dir wirklich sehr dankbar.«

Robin lächelte nur und nickte. Er freute sich darüber, daß sein Großneffe so rasch gekommen war.

»Setz dich doch, Gideon«, sagte Evan. »Ich habe dir etwas mitzuteilen.« In dem Moment, als er so unerwartet aufgetaucht war, hatte sie den spontanen Entschluß gefaßt, ihm von ihrem Zustand zu erzählen.

Er warf ihr einen fragenden Blick zu, zog sich einen Stuhl heran und setzte sich neben Robin auf die andere Seite des Kartentisches. »Du klingst so seltsam ... Hast du etwas?«

»Nein. Ich glaube jedenfalls nicht ... Ich bin schwanger, Gid. Ich bekomme ein Kind von dir.«

Sekundenlang war Gideon wie vom Donner gerührt. Dann sprang er auf, lief zu ihr und legte die Hände auf ihre Schultern. »Wir bekommen ein Baby! Das ist ja wunderbar, Evan, phantastisch!«

Sie schaute zu ihm auf und las die aufrichtige Freude in seinem Gesicht. Seine hellgrünen Augen, die manchmal so kalt, kritisch und abschätzig dreinblicken konnten, strahlten vor Glück. An seinen Gefühlen konnte kein Zweifel bestehen, und Erleichterung überwältigte sie.

»Warum hast du mir das nicht früher gesagt?« Fragend blickte er sie an.

»Ich wollte dich in deinen Entscheidungen nicht beeinflussen – über uns, unsere Zukunft.«

»Das verstehe ich. Aber du hast doch nicht geglaubt, ich würde ärgerlich sein, oder?«

»Ich weiß nicht, was ich dachte ... nur, daß ich glücklich darüber war, dein Kind in mir zu tragen, Gid.«

Er lächelte ihr zu, und seine Augen blitzten fröhlich. Dann drehte er ihr Gesicht zu sich hoch, beugte sich zu ihr und küßte sie auf die Stirn. »Ich bin *außer mir vor Freude*, Evan. Überglücklich, und ich fühle mich so ... reich beschenkt, weil ich dich habe, Liebling.« Er warf Robin einen Blick zu und zog eine Augenbraue hoch. »Und was sagst du dazu?«

»Ich bin genauso glücklich wie du, Gideon. Das ist eine wunderbare Neuigkeit, und deine Eltern werden auch ganz aufgeregt sein.«

»Genau. Sie werden völlig aus dem Häuschen sein.« Er stand jetzt wieder hinter Evan, doch seine Hände ruhten immer noch auf ihren Schultern. »Was war mit den Bremsen in dem Rover?« fragte er leise und sah Robin direkt in die Augen. »Evan hat mir erzählt, sie hätten versagt. Sag mir nicht, daß jemand sie mit Absicht beschädigt hat.«

Robin schwieg, dann nickte er. »Doch. Die Polizei hat mir gerade heute morgen mitgeteilt, daß die Bremsschläuche durchtrennt worden sind.«

»Unglaublich.« Gideon schüttelte den Kopf. »Wir wollen nicht groß über das Warum und Wieso diskutieren, Onkel Robin, aber du mußt jetzt sehr vorsichtig sein. Dieser Anschlag galt eindeutig dir.«

»Oh ja, das ist mir klar. Ich habe Evan schon versprochen, in Zukunft sehr, sehr gut auf mich aufzupassen. Aber jetzt laß uns von etwas anderem reden, Gideon. Evans Eltern kommen nämlich jeden Moment. Zum Tee.«

Zum zweitenmal innerhalb weniger Minuten war Gideon

vollständig verblüfft. »Na, das wird ja eine Aufregung geben, wenn du die Katze aus dem Sack läßt!« rief er aus.

Evan war sich bewußt, daß sie sich verändert hatte. Subtil, aber doch entscheidend. Die Auslöser war ihr Autounfall gewesen, und wenn aus einem Unglück auch Gutes erwachsen kann, dann, daß es dieses Umdenken bewirkt hatte.

Am Tag nach dem Unfall war ihr klargeworden, wie verletzlich sie war, und sie hatte endlich akzeptiert, daß sie das Leben an sich nicht kontrollieren konnte. Das Leben diente nur sich selbst. Es passierte einfach. Man wußte nie, was auf einen zukam oder wie man damit fertig werden würde. Das einzige, dessen sie sich wirklich sicher war, das war sie selbst. Und plötzlich und unerwartet wußte sie genau, *wer* sie war. Sie war weder ihre Mutter noch ihr Vater oder ihre Großmutter Glynnis. *Sie war sie selbst.* Und sie *kannte* sich selbst. Und mit dieser Einsicht kam das Begreifen, daß niemand ihr Leben für sie führen konnte.

Es war ihr Leben, und es war ihr überlassen, wie sie es gestaltete. Tief im Inneren wußte sie, daß sie Verantwortung für sich selbst übernehmen mußte und sich nicht länger von ihrem Vater, dem Bild, das sie von ihm hatte, oder der Vergangenheit beeinflussen lassen durfte. Natürlich wurde man ständig von der Vergangenheit begleitet, sie lebte in einem und trug dazu bei, einen zu dem Menschen zu machen, der man war. Aber man mußte sie in die richtige Perspektive rücken. Die Vergangenheit durfte niemals die Zukunft beherrschen.

Und so hatte Evan beschlossen, offen mit ihren Eltern umzugehen, insbesondere mit ihrem Vater. Aus demselben Grund hatte sie sich entschieden, Gideon gegenüber absolut ehrlich zu sein. Bei seinem Eintreffen hatte sie ihm sofort von dem Baby erzählt. Sie hatte ihn zwar an diesem Nachmittag nicht erwartet, aber sie hatte rasch reagiert, tief Luft geholt und sich ins kalte Wasser gestürzt. Und in gewisser Weise hatte sie es sogar genossen. Was für eine Erleichterung, nicht länger mit der Wahrheit hinterm Berg zu halten!

Bevor einer der Männer ihr zu Hilfe eilen konnte, schob sie sich hoch, stützte sich am Tisch ab und ging auf und ab, wobei sie den Gipsfuß vorsichtig manövrierte. Die aufrechte Haltung tat ihr gut. Im Stehen schmerzten ihre Rippen viel weniger. Sitzen ging auch recht gut, aber wenn sie sich zum Schlafen legte, spürte sie ein Unbehagen und sogar einen leichten Schmerz. Aber das machte nichts; sie sagte sich immer wieder, was für ein Glück sie am vergangenen Samstag gehabt hatte.

Sie habe einen Schutzengel gehabt, hatte Linnet gestern lachend gemeint, und vielleicht hatte sie recht. Das wichtigste war, daß ihrem Baby nichts geschehen war. Sie selbst war kräftig und vital und würde bald wieder gesund sein.

Evan freute sich über Gideons Reaktion. Seine Begeisterung war echt gewesen, und nun zweifelte sie nicht mehr daran, daß sie ihre Probleme lösen würden.

»Alles klar, Liebling?« rief Gideon von der anderen Seite des Raumes her.

»Mir geht's prima«, antwortete sie lächelnd. »Ich mußte mich nur einmal recken. Meine Rippen ... haben sich ein wenig beschwert.«

Er fiel in ihr Lachen ein und wandte sich dann wieder Robin zu, der über die Anschläge von New York und Washington gesprochen hatte. Als ehemaliger Parlamentsabgeordneter verfügte er immer noch über viele wichtige Kontakte und hatte Zugang zu Informationsquellen, die anderen verschlossen blieben.

Evan stand am Fenster, beobachtete die beiden, die in ihr Gespräch versunken waren, und lächelte in sich hinein. In sieben Monaten würde Gideon Vater werden und Robin Urgroßvater. Ihr Baby würde als von allen geliebtes Wunschkind zur Welt kommen. Kurz fragte sie sich, ob sie wohl einen Jungen oder ein Mädchen erwartete.

Dann hörte sie einen Wagen auf der Auffahrt und trat wieder an den Kartentisch. »Ich glaube, Mom und Dad sind gerade gekommen. Ich habe sie vorfahren gehört.«

»Sind sie mit dem Auto gekommen?« Gideon klang erstaunt.

»Oh ja, Dad hat darauf bestanden. Er sagte, er kenne den Weg. Weißt du noch, als wir kurz nach ihrer Ankunft mit meinen Eltern gegessen haben, erwähnte er, daß er als Kind schon einmal in Yorkshire war.«

Robin sah aus, als wolle er etwas sagen, überlegte es sich aber anders. Er legte den Arm um Evan. »Darf ich raten, meine Liebe? Du hast mich eingeladen, weil du deinen Eltern sagen willst, wer ich bin.«

»Falls das überhaupt nötig ist, Robin.«

»Was meinst du?«

»Er ist dir wie aus dem Gesicht geschnitten, findest du nicht auch, Gid?«

»Allerdings.« Ihr Verlobter lachte und trat zu ihnen. »Und wir sehen aus wie ein Kirchenkomitee«, setzte er amüsiert hinzu, »so ernst und düster, wie wir uns hier aufgebaut haben.«

»Ich stehe im Moment einfach lieber«, erklärte Evan und lehnte sich bei Robin an.

Margaret erschien in der Tür. »Oh, hallo, Gideon. Ich wußte gar nicht, daß Sie hier sind.«

»Ich habe mich auch hineingeschlichen wie ein Mäuschen«, antwortete er fröhlich, »so wie ich es mein ganzes Leben lang getan habe.«

»Aye, da haben Sie wohl recht«, konterte sie und warf dann Evan einen Blick zu. »Ihre Eltern sind eingetroffen, Miss Evan. Ich habe sie auf ihr Zimmer geführt. Sie machen sich nur ein wenig frisch und kommen gleich nach unten. Ich habe ihnen erklärt, wie sie die Bibliothek finden. Und jetzt bringe ich rasch den Tee. Die beiden müssen ja völlig ausgedörrt sein und hungrig.« Evan dankte ihr, und Margaret eilte hinaus.

»Dann sollte ich vielleicht den Teetisch frei machen«, murmelte Gideon und schritt zum Kamin. Er nahm einen Aschenbecher, eine Vase mit Blumen und ein Buch von dem Couchtisch und zog zwei Stühle näher ans Sofa. »So, wunderbar. Jetzt können wir zu fünft im Kreis sitzen.«

Margaret kehrte mit einem gewaltigen Holztablett zurück, das mit Teeutensilien beladen war, und stellte es auf den Tisch. »Bin in Windeseile wieder da, und dann bringe ich Sandwiches, Scones und eine von meinen Sahnetorten.«

»Mir läuft schon das Wasser im Mund zusammen«, meinte Gideon. »Ihre Torte ist sowieso die beste auf der Welt.«

»Und Sie sind schon immer ein Schmeichler gewesen, Gideon«, entgegnete die Haushälterin und huschte aus der Bibliothek, nur um kurz darauf mit einem zweiten Tablett zurückzukehren, das sie auf den Schreibtisch stellte. »Soll ich bleiben und den Tee einschenken, Miss Evan? Oder kommen Sie allein zurecht?«

»Nicht nötig, Margaret, ich bin ein richtiges As darin, Tee einzugießen und Kuchenteller herumzureichen«, versicherte Gideon ihr, worauf sie nickte und erneut verschwand.

»Ich bin richtig froh, daß ich hier bin und das miterlebe, Evan«, meinte er. »Weißt du schon, wie du genau vorgehen willst?«

»Ich bin mir nicht sicher … schätze, ich werde mich auf meine Eingebung verlassen.«

»Die Entscheidung liegt bei dir, meine Liebe«, ließ sich Robin vernehmen. »Du brauchst es nicht meinetwegen zu tun …«

»Ich möchte es aber, für mich, für mein Kind, für Gideon und natürlich auch für dich, Robin. Wir legen doch alle Wert auf die Wahrheit, oder? Besonders jetzt, wo ich ein Baby erwarte.«

»Das stimmt«, antwortete er und sah Gideon an. »Das findest du doch sicher auch, oder?«

»Allerdings. Wirst du ihnen denn auch von dem Kind erzählen, Evan?«

»Vielleicht.«

»In diesem Fall vergiß eines nicht ... Ich möchte, daß wir so bald wie möglich heiraten. Bitte sag ja.«

»Ja!«

»Herrlich! Endlich heiraten wir.«

Robin lächelte in sich hinein. Diese beiden würden sich schon verstehen, dachte er. Und glücklich werden. Sie paßten sehr gut zusammen.

Plötzlich sahen sie Owen und Marietta, die unschlüssig in der Tür standen und in den weitläufigen Raum hineinspähten.

»Mom, Dad! Kommt doch herein«, rief Evan und humpelte strahlend auf sie zu. »Wie schön, euch beide zu sehen.«

Ihre Mutter stürzte herbei und umarmte sie äußerst vorsichtig. »Ich weiß, wie weh gebrochene Rippen tun«, flüsterte sie in ihr Haar hinein. »Oh Evan, Gott sei Dank bist du in Ordnung. Ich habe mir solche Sorgen um dich gemacht.«

»Mir geht's prima, Mom, wirklich gut.«

Kurz darauf küßte auch ihr Vater sie auf die Wange und nahm ihre Hand. »Wir freuen uns so, dich zu sehen, Schatz«, sagte er und musterte aus seinen strahlendblauen Augen liebevoll und freundlich ihr Gesicht. »Bist du sicher, daß dir nichts fehlt? Keine inneren Verletzungen oder so etwas?«

»Aber nein, Dad! Dann hätten die Ärzte mich wohl kaum aus dem Krankenhaus entlassen.«

Plötzlich stand auch Gideon neben ihr, umarmte ihre Mutter und schüttelte ihrem Vater die Hand. »Schön, Sie beide wiederzusehen, Mr. und Mrs. Hughes. Willkommen auf Pennistone Royal.«

»Wir freuen uns hierzusein«, antwortete Marietta und schenkte ihm ein strahlendes Lächeln. »Wir ...« Sie unterbrach sich, als sie Robin entdeckte, der neben dem Kamin stand. Zuerst starrte sie ihn an und warf dann Owen einen raschen Blick zu.

Evan, der nichts entgangen war, packte die Gelegenheit beim Schopf. Sie nahm ihren Vater bei der Hand. »Ich möchte dir jemanden vorstellen, Dad. Das ist Robin Ainsley, ein Sohn von Emma Harte.«

Sie zog Owen hinter sich her, zu Robin. »Großvater«, fuhr sie fort, »ich möchte dir endlich deinen Sohn vorstellen. Dad, ich hoffe, daß das jetzt kein allzu großer Schock für dich ist, aber Robin ist dein leiblicher Vater ... Er und Glynnis waren während des Krieges ein Paar.«

Robin streckte ihm die Hand entgegen.

Owen nahm sie und sah Robin an. Er erkannte sich selbst in dem älteren Mann wieder. Lange Zeit konnte er kein Wort herausbringen.

Robin war es, der als erster die Sprache wiederfand. »Wir sind uns schon einmal begegnet«, sagte er und ließ Owens Hand los, »aber das ist lange her, so lange, daß du es bestimmt vergessen hast. Das war hier in diesem Haus, bei meiner Mutter – und deiner Großmutter – Emma Harte. Glynnis ... ich meine, deine Mutter, hat dich mit hergebracht, als sie Emma besuchte, und ich bin zufällig vorbeigekommen. Erinnerst du dich?«

»Ganz vage«, antwortete Owen leise und starrte Robin immer noch an. »Wir waren nach Yorkshire gefahren, weil Mom die Landschaft so sehr liebte. Und wir waren zum Tee hier. Ja, jetzt weiß ich es wieder. Aber ich hatte ja keine Ahnung ... daß Sie mein Vater sind. Ich habe immer Richard Hughes für meinen Vater gehalten.«

»Und das war er ja auch, Owen! Er hat dich großgezogen und wie einen eigenen Sohn geliebt. Richard war dein Vater, und zwar ein ganz wunderbarer«, erklärte Robin ihm im Brustton der Überzeugung. »Daran mußt du einfach festhalten.«

Owen nickte nur.

Marietta kam herbei und trat neben Owen. »Das ist Marietta, meine Frau«, sagte er rasch.

»Sehr erfreut, Sie kennenzulernen.« Lächelnd nahm Robin ihre Hand.

»Meine Güte, wie ähnlich ihr euch seht«, rief Marietta aus. »Ich dachte immer, Owen sähe aus wie Richard. Aber ihr beiden seht euch wirklich ähnlich.«

Evan hatte das ganz bemerkenswert gemeistert. So außerordentlich souverän, daß es ihn verblüfft hatte. Und mutig ... um so aufrichtig zu sein, wie sie es gewesen war, bedurfte es einiger Courage. Sie hatte nichts dem Zufall überlassen und alle Spekulation und Unklarheiten aus dem Weg geräumt, und es hatte funktioniert. Vielleicht waren ihre Echtheit und Einfachheit der Grund gewesen. Sie war ganz geradeheraus gewesen, und auch das zählte.

Jetzt lag sie, Kissen in den Rücken gestopft, neben ihm auf dem Bett und schlummerte im gedämpften Licht des frühen Abends. Plötzlich war sie furchtbar erschöpft gewesen, so daß er ihr nach oben in ihr Zimmer geholfen hatte und bei ihr geblieben war ... er wollte sie nicht allein lassen, und außerdem hatte er sich in letzter Zeit ohne sie so einsam gefühlt. Ihre Meinungsverschiedenheiten hatten eine Kluft zwischen ihnen aufgerissen. Aber die hatten sie Gott sei Dank jetzt überbrückt, und ganz gleich, was in ihrem gemeinsamen Leben noch geschah, er würde nie wieder zulassen, daß etwas zwischen sie trat.

Gideon stützte sich auf den Ellbogen und sah in Evans Gesicht hinunter. Sie war ruhig, entspannt und wunderschön. Wie hatte er nur an ihr zweifeln können? Seine eigene Dummheit war schuld daran gewesen, natürlich.

Als er sie vor neun Monaten traf, da hatte er gleich bemerkt, daß sie anders war als alle anderen Frauen, die er je gekannt hatte: grundehrlich, eine junge Frau mit Rückgrat und Moral, und hochintelligent. Was ihn in letzter Zeit gestört hatte, waren ihre Unschlüssigkeit und ihre Einstellung gegenüber ihrem Vater gewesen. Aber andererseits war es nur natürlich, daß sie Owen über alles liebte – er empfand schließlich ebenso für seinen eigenen Vater.

Er strich ihr eine Haarsträhne aus dem Gesicht, und sie schlug die Augen auf und sah ihn an. Gideon erwiderte ihren Blick. Seine klaren grünen Augen waren von Liebe erfüllt.

»Einen Penny für deine Gedanken, Gideon Harte.«

»Ganz einfach. Ich dachte gerade, wie sehr ich dich liebe.« Behutsam legte er eine Hand auf ihren Bauch. »Und unser Kind, das da drinnen heranwächst.«

Ihr Gesicht strahlte vor Glück auf, und ihre graublauen Augen wirkten lichterfüllt und durchscheinend. »Ich liebe euch beide auch.«

»Ach, Evan, Liebling, es tut mir so leid, daß ich in den letzten paar Wochen so unausstehlich war. Verzeihst du mir?«

»Da gibt es nichts zu vergeben. Ich war ja selbst ganz hin und her gerissen.«

»Aber heute hast du den Mut aufgebracht, deinem Vater von Robin zu erzählen.«

Sie verzog das Gesicht. »Manchmal fällt es schwer, die Wahrheit zu sagen. Aber am Ende war es das wert. Stell dir vor, wie schrecklich es gewesen wäre, wenn mein Vater herausgefunden hätte, wer er ist, bevor ich es ihm gesagt hätte. Er hätte sich ... hintergangen gefühlt, da bin ich mir sicher.«

»Immerhin hat er nicht mit der Wimper gezuckt, als du gesagt hast, daß wir ein Kind bekommen und im Januar heiraten. Daß du hofftest, daß er und deine Mutter zur Hochzeit kommen würden, daß es ohne sie nicht dasselbe wäre. Du warst so direkt, daß selbst mir einen Augenblick der Atem gestockt ist.«

»Ich wußte, daß es einfach herausmußte, auf die allerprosaischste Weise. Unkontrollierte Emotionen konnte ich in diesem Moment nicht gebrauchen.«

»Er hat es aber sehr gut aufgenommen, Evan, das muß ich sagen, und deine Mutter war überglücklich über das Baby. ›Mein erstes Enkelkind‹, hat sie immer wieder gesagt, und dein Vater hat schließlich sogar gelächelt. Er hat ja keine einzige Frage gestellt, aber ich habe eine, Liebling.«

»Ja, und was?«

»Warum erst im Januar? Wieso können wir nicht früher heiraten?«

»Ach, das würde ich auch gern, Gid, aber wir können doch Linnet nicht die Schau stehlen, wirklich nicht. Selbst wenn wir ohne Umstände auf dem Standesamt heiraten oder nach Gretna Green durchbrennen, würden wir trotzdem noch ihrer Hochzeit mit Julian etwas wegnehmen.«

»Ja, du hast recht. Aber dann wirst du bei unserer Hochzeit ... ziemlich schwanger aussehen.«

Kichernd nickte Evan. »Allerdings, aber das ist mir egal, und außerdem wünsche ich mir ohnehin eine Hochzeit im kleinen Kreis; nur deine und meine Familie.«

»Meine ist aber ziemlich groß und deine ebenfalls, wenn man es recht bedenkt.«

»Auch wieder wahr. Und da ist noch etwas, Gid. Findest du nicht, daß momentan viele Menschen nicht gern reisen?«

»Ich weiß, worauf du hinauswillst ... wegen der Terrorgefahr wird deine Familie vielleicht nicht über den Atlantik fliegen wollen, habe ich recht?«

»Genau.«

»Dann also im Januar«, meinte Gideon zustimmend und sah auf seine Uhr. »Ich sollte vielleicht einmal unten nach dem Rechten sehen. Begleitest du mich?«

»Ja, ich glaube schon. Ich würde gern wissen, wie Robin und mein Vater zurechtkommen.«

Die drei saßen in der Stone Hall vor dem Kamin: ihre Mutter, ihr Vater und ihr Großvater. Vorhin hatte sie Robin mit »Großvater« angesprochen, um ihren Worten dramatischen

Nachdruck zu verleihen, aber jetzt fragte sie sich, ob er wohl etwas dagegen hatte, wenn sie ihn immer so nannte. Sie würde ihn später fragen, wenn sie allein waren.

Drei Augenpaare wandten sich ihnen zu, als Gideon Evan in den großen Sessel half. »Diesen sperrigen Gips mit sich herumzuschleppen ist sicher unangenehm«, meinte Marietta.

»Allerdings, Mom. Und anstrengend.« Sie sah zuerst Robin an und dann ihren Vater. »Ich war vorhin ziemlich unverblümt, Dad, aber ich dachte, anders könnte ich dir das von Robin und Glynnis nicht sagen.«

Owen eilte zu ihr und küßte sie auf die Stirn. »Das hast du richtig gemacht, Evan. Es war nur eine Frage der Zeit, bis ich selbst auf die Wahrheit gestoßen wäre. Besser, ich erfahre es von dir, Schatz. Das finden deine Mutter und Robin auch. Schließlich bin ich erwachsen und kann mit der Wahrheit umgehen, auch wenn sie mir unerwartet begegnet ist.«

»Das weiß ich doch, Daddy.«

Für Gideon war es spät geworden. »Ich fürchte, ich muß jetzt wirklich aufbrechen, Liebling.«

»Herrje, es ist so eine lange Fahrt nach London! Du wirst völlig erschöpft sein, wenn du ankommst.«

»Nein, ich nehme auf dem Flughafen Yeadon einen Hubschrauber. Da bin ich blitzschnell in London.« Gideon küßte sie auf die Wange. »Steh nicht extra auf, Liebes. Ich rufe dich nachher an.«

»In Ordnung, Gid«, antwortete sie und lächelte zu ihm auf. Sie küßte ihre Fingerspitzen und legte sie an seine Lippen. »Ich liebe dich.«

»Und ich liebe dich.«

Er verabschiedete sich von den anderen, und dann war er fort, und Evan lehnte sich in den Sessel zurück und kostete die weichen Kissen aus, die Wärme und den sanften Schein des Feuers. Trotz der gewaltigen Ausmaße des Raums war es am Kamin urgemütlich, und plötzlich war sie sehr glücklich, hier mit ihren Eltern und Robin zu sitzen ... mit ihrer Familie.

Die drei Älteren tranken Cocktails und plauderten angeregt, während Evan an einem Glas Orangensaft nippte und an das Baby, an Gideon und an ihre gemeinsame Zukunft dachte. Sie fühlte sich so überwältigend glücklich, daß es ihr fast unwirklich vorkam.

Später servierte Margaret das Abendessen im Morgensalon, und ihr Vater half Evan, aus ihrem Sessel aufzustehen. Robin ging voran und plauderte mit ihrer Mutter – ausgerechnet! – über Pferde. Evan hatte gar keine Ahnung gehabt, daß ihre Mutter Pferde und Pferderennen mochte, und jetzt fragte sie sich, warum nicht. Aber andererseits gab es offensichtlich vieles, das sie über ihre Mutter nicht wußte. Und über ihren Vater. Heute nachmittag war ans Licht gekommen, daß er Robin schon einmal begegnet und schon einmal in diesem Haus gewesen war. Warum hatte er so geheimnisvoll getan? Die Antwort sollte sie bald erfahren ...

Nach dem Dinner war Evan so müde, daß sie ihre Mutter bat, ihr nach oben zu helfen. Nachdem sie sich ausgekleidet und hingelegt hatte, setzte Marietta sich auf die Bettkante und nahm die Hand ihrer Tochter.

Ernst räusperte sie sich. »Ich bin froh, daß du deinem Vater von Robin und dem Baby erzählt hast, Evan, aber ganz besonders, weil du ihm die Wahrheit über Robin gesagt hast. Irgendwann mußte er es ja doch erfahren.«

Hellhörig geworden, sah Evan ihre Mutter an. »Du sagst das so merkwürdig, Mom, als ob du das vorher gewußt hättest.«

Marietta zögerte nur kurz. »Das habe ich auch, obwohl ich deinem Vater nichts davon gesagt habe.«

Evan riß die Augen noch weiter auf und rückte näher an ihre Mutter heran. »Wer hat es dir verraten? Ach, wieso frage ich eigentlich? Natürlich war es Gran.«

»Das stimmt. Ich habe es von deiner Großmutter, obwohl sie es mir nicht ausdrücklich gesagt hat. Nicht in Worten.«

»Ich kann dir nicht folgen.«

»Ist schon klar. Gib mir eine Minute, ich bin gleich zurück.« Schon ging Marietta zur Tür und war ohne ein weiteres Wort verschwunden.

Evan hatte kaum Zeit, über das plötzliche Mitteilungsbedürfnis ihrer Mutter nachzugrübeln. Bald trat Marietta wieder ins Zimmer und schloß leise die Tür hinter sich. Sie trug ein in braunes Papier eingeschlagenes Päckchen, das sie Evan in den Schoß legte.

Evan sah zu Marietta hoch. »Was ist das?«

»Briefe, die Emma Harte über viele Jahre an Glynnis geschrieben hat. Glynnis hat sie alle aufbewahrt, und eine der letzten Bitten deiner Großmutter war, daß ich sie aus ihrer Wohnung holen sollte. Sie hat mir eingeschärft, sie dir zu geben, und *nur* dir. Ich mußte es ihr versprechen.«

»Du hast sie aber gelesen«, sagte Evan – eher eine Feststellung als eine Frage. Sie zog eine Augenbraue hoch.

»Die meisten, ja. Das Päckchen war ja nicht so verschnürt, das habe ich erst getan. Tief im Herzen wußte ich, daß sie nichts dagegen gehabt hätte ... Wir hatten eine enge Beziehung, deine Großmutter und ich, und sie hat mich geliebt und mir vertraut.«

»Das habe ich immer gewußt, Mom. Also hast du die Briefe gelesen und entdeckt, daß Dad Robins Sohn ist.«

Marietta seufzte. »Das ... und einiges andere. Aber sie hat darauf bestanden, daß ich sie dir gebe, und hier sind sie.«

Evan lehnte sich in die Kissen. »Sie wollte, daß ich alles erfahre, nicht wahr? Aber warum nur?«

»Ich bin immer überzeugt davon gewesen, daß die Wahrheit eine befreiende Wirkung hat ... und ich glaube, das war auch ihr Beweggrund. Sie wollte, daß du die Wahrheit über sie erfährst, über ihre Vergangenheit und das Erbe deines Vaters.« Ihre Mutter beugte sich zu Evan herüber und küßte sie auf die Wange. »Sie gehören jetzt dir, Liebes ... Lies sie, wann immer du Lust dazu hast. Aber denk daran, daß niemand sonst sie zu sehen bekommen darf.«

»Ich verstehe, Mom, und danke, daß du sie mir gegeben hast. Aber bist du dir sicher, daß Dad nichts davon gewußt hat? Daß er nicht zum Beispiel heimlich darin gelesen hat, wenn du nicht da warst?«

»Aber nein, ich habe sie in meinem Bankschließfach aufbewahrt«, versicherte Marietta ihr.

Evan mußte lachen. »Mom, du erstaunst mich immer wieder!«

Als Evan allein war, konnte sie trotz ihrer Müdigkeit der Versuchung nicht widerstehen, in das Päckchen zu schauen. Nachdem sie die Schnur aufgeknüpft hatte, fand sie eine große Pappschachtel voller Briefe. Aufs Geratewohl zog sie einen heraus, und während der nächsten zwei Stunden las sie in den Briefen, die Emma an ihre Großmutter geschrieben hatte, bis sie die Augen kaum noch offenhalten konnte. Und was sie las, verblüffte und verwunderte sie und rührte sie manchmal zu Tränen.

Schließlich blieb ihr nichts anderes übrig, als das Licht auszuschalten und zu schlafen. Aber es war kein ruhiger Schlummer; ihre Träume waren erfüllt von Emma und Glynnis und Ereignissen, die über fünfzig Jahren zurücklagen ...

ZWEITER TEIL

Emma und Glynnis

Sommer 1950

Liebe reißt Mauern nieder, sprengt die Tore,
durch die man tritt auf Nimmerwiederkehr.
Dem Schicksal liefert sie die stolze Herzensfestung aus.
Liebe, Rupert Brooke, 1913

29

Eine ganze Woge angenehmer Erinnerungen stieg in Emma auf, als sie den Poststempel auf dem Umschlag sah. Wales. Sofort wußte sie, von wem der Brief stammte, denn sie hatte auch die Handschrift erkannt. Begierig riß sie ihn auf und überflog ihn rasch.

27. Mai 1950
Liebe Mrs. Harte,
ich bin hier in Rhondda und besuche meine Familie. Es war wunderbar, alle wiederzusehen, und jetzt habe ich vor, nach London zu reisen. Ich hoffe sehr, daß Sie Zeit haben, mit mir zu Mittag zu essen oder eine Tasse Tee zu trinken. Ich werde voraussichtlich Ende nächster Woche eintreffen und im Hyde-Park-Hotel absteigen.
Mit ganz herzlichen Grüßen, Glynnis

Emma steckte das Blatt zurück in den Umschlag, nahm einen Bogen von ihrem persönlichen Briefpapier und verfaßte gleich eine Antwort.

Liebste Glynnis,
was für eine herrliche Überraschung, von Ihnen zu hören. Ich freue mich sehr, daß Sie wieder einmal im Lande sind, und es wird sehr nett sein, Sie nach all diesen Jahren wiederzusehen. Ich kann es kaum abwarten. Bitte rufen

Sie mich an, sobald Sie in London ankommen, und dann treffen wir uns zum Lunch.
Alles Liebe, Emma Harte

Emma faltete den Brief, steckte ihn in einen Umschlag, adressierte ihn und klebte eine Marke darauf. Sie lehnte den Umschlag an den Lampenfuß, sah ihn an, und wieder breitete sich ein Lächeln auf ihrem Gesicht aus. Was für ein Vergnügen es sein würde, Glynnis wiederzusehen! Sie hatte ihre ehemalige Sekretärin vermißt ... ihre Schönheit, ihre glamouröse Ausstrahlung, ihren Charme und ihre Anmut und ihren reizenden Waliser Akzent. Unwillkürlich fragte sich Emma, wie Glynnis heute wohl aussah. Sie hatte lange keine Photos mehr geschickt.

Sie schob den Stuhl zurück, stand auf und ging zu dem großen Fenster, von dem man auf das Moor hinaussah. Es war ein ganz herrlicher Tag, sonnig und warm und der Himmel strahlend blau.

Wenn man nach dem Wetter gehen konnte, durften sie einen schönen Sommer erwarten. Sie hoffte es. Im letzten Jahr war es so feucht gewesen, daß sie zeitweilig das Gefühl beschlichen hatte, in einem tropischen Regenwald zu leben.

Dieses Jahr hatte Emma vor, so viel Zeit wie möglich in Yorkshire zu verbringen, obwohl sie sich darüber im klaren war, daß sie auch die Villa Faviola in Südfrankreich aufsuchen mußte.

Seit Kriegsende waren zwar schon mehr als fünf Jahre vergangen, aber in der Villa lag noch immer vieles im argen. Die Vernachlässigung in den Kriegsjahren und die Einquartierung von Offizieren hatten großen Schaden angerichtet. Um einiges davon hatte sie sich im letzten Jahr gekümmert, aber es blieb noch genug zu tun.

Vielleicht sollte sie im August oder September fahren; Blackie hatte versprochen, sie zu begleiten, und sie wußte, daß sie seine Erfahrung und sein Können benötigte. Oft zog sie ihn damit auf, er sei tief im Herzen immer noch Maurer, so wie damals vor über fünfundvierzig Jahren, als sie sich kennengelernt hatten. Er lachte dann immer mit, denn er mochte es, wenn sie ihre Späße mit ihm trieb; und genau wie sie erinnerte er sich voller Nostalgie an ihre gemeinsamen Anfänge, als sie beide bettelarm gewesen waren und nach Wegen gesucht hatten, ihr Los zu mildern.

Emma warf einen Blick auf ihre Uhr und sah, daß es erst elf war. Damit hatte sie noch Zeit für einen Spaziergang im Moor. Sie wandte der wunderbaren Aussicht den Rücken, durchquerte den oberen Salon und setzte sich wieder an ihren georgianischen Schreibtisch, um ihre Korrespondenz zu Ende zu lesen. Nachdem sie im Kaufhaus in Leeds angerufen und sich bei ihrer Sekretärin in London gemeldet hatte, lief sie in ihr Ankleidezimmer und wechselte die Schuhe.

Kurz darauf eilte sie nach unten und wandte sich in die Küche.

Als die Tür aufflog, blickte Hilda erschrocken auf. »Ach du meine Güte, haben Sie mich erschreckt, Mrs. Harte«, rief sie aus. »Sie haben mir richtig Angst eingejagt, wirklich.«

»Bedaure, Hilda. Ich wollte Ihnen nur Bescheid geben, daß ich spazierengehe. Ich brauche ein wenig frische Luft. Den Lunch nehme ich dann gegen halb zwei. Ist Ihnen das recht?«

»Ja, Madam. Ich hatte daran gedacht, Ihnen eine schöne Scholle zu braten, mit Kartoffeln, frischen Sommererbsen und Blumenkohl aus dem Garten, gedämpft, wie Sie ihn gerne mögen, und dazu eine köstliche Petersiliensauce. Hätten Sie Appetit darauf, Mrs. Harte?«

»Klingt großartig, Hilda. Und wenn ich zurück bin, können wir, wenn Sie möchten, das Dinner für morgen planen. Mr. O'Neill kommt, wie immer am Freitag, und Sie sollten überlegen, einige seiner Lieblingsgerichte zu kochen. Auch Miss Daisy wird mit Mr. Amory und der kleinen Paula dasein.«

Hilda strahlte über das ganze Gesicht. »Oh, Madam, Paula ist so ein süßes kleines Ding. Wir lieben sie alle, Mrs. Harte.«

»Ja, sie ist zweifellos ein ganz reizendes Kind, Hilda. Aber das weiß sie auch ganz genau.«

Hilda lachte, wandte sich wieder ihren Töpfen und Pfannen zu und überlegte, was sie morgen zum Dinner kochen sollte.

Emma wanderte in ihr geliebtes Moor hinauf, das sie schon als ihr Reich beansprucht hatte, als sie ein kleines Mädchen von zehn Jahren gewesen war, und ließ die kühle, einsame Schönheit der Landschaft auf sich wirken. Manche Menschen hielten sie für trostlos und abweisend, aber sie fand sie tröstlich und aufbauend. Gerade aus der Unerbittlichkeit dieses Landes bezog sie ihre Kraft und Entschlossenheit. Nie fühlte sie sich hier oben einsam, und immer fand sie Frieden zwischen diesen sanft gewellten Hügeln, denn hier war ihre Heimat.

Stetig stieg sie den Abhang hinauf und bemerkte dabei, wie ausgedörrt und trocken die Grasflächen aussahen; aber um diese Jahreszeit wiesen sie immer dieses Graubraun auf. Ende August würde das Heidekraut blühen, zwar nur die einfache Besenheide, aber die Hügel würden wie mit einer violetten Decke überzogen sein. Die Heide wurde zu einem von der Spätsommerbrise wellenförmig bewegten Meer von Farbe.

Schließlich erreichte sie ihren Lieblingsplatz auf der Hügelkuppe und setzte sich auf die Steinbank, die in die Nische zwischen zwei gigantischen Felsbrocken geschoben worden war. Über ihr ragten gewaltige Monolithen auf, die sie schon immer zum Staunen angeregt hatten. Von der Natur vor Millionen von Jahren hier abgelegt, wirkten sie wie gewaltige, von allmächtiger Hand gehauene Skulpturen. Und vor ihr erstreckte sich das atemberaubende Panorama, das sie so gut kannte: die weiten Moore und unter ihnen das grüne Tal, in dem der Fluß in der hellen Junisonne silbrig aufblitzte.

Plötzlich stieg Emma der Duft der Moorflora in die Nase und trug sie zurück in ihre Kindheit. Sie schloß die Augen und dachte einen Moment an ihre Mutter. Auch sie hatte das Moor geliebt, besonders das »Dach der Welt«. Eines Tages würde sie noch einmal dort hingehen ... an den Ort, an den sie so oft mit ihrer Mutter gegangen war – und mit Edwin Fairley. Vor langer, langer Zeit, als sie ein blutjunges Mädchen gewesen war, unerfahren und viel zu vertrauensselig. Sie hörte das leise Summen der Bienen, die über dem gelben Stechginster und den winzigen Moorblumen tanzten, und als sie aufblickte, sah sie die Hänflinge und Lerchen vor dem sonnigen Himmel kreisen. Es war ein herrlicher Tag, mild und erquickend.

Emma schloß die Augen, ließ sich dahintreiben und dachte an Paul, wie immer hier im Moor. Aber sie dachte ohnehin jeden Tag irgendwann an ihn. Er wohnte für immer in ihrem Herzen. Wie sie ihn vermißte, seinen respektlosen Humor, seine Liebe und sein Verständnis, seinen Charme! Paul war ein einzigartiger Mensch gewesen. Er fehlte ihr so sehr ... manchmal mehr, als sie ertragen konnte.

Und doch gab es so viel Glück in ihrem Leben. Sie hatte ihre Brüder Winston und Frank, die sie aufrichtig liebten, und ihren teuren Freund Blackie O'Neill. Und ihre Kinder und Enkel, zu denen jetzt noch eine kleine Enkelin gekommen war, ihr Liebling Paula. Sie war nach Paul McGill benannt und ganz und gar *seine* Enkelin, so ähnlich sah sie ihm mit ihrem dunklen, exotischen Äußeren und den veilchenblauen Augen.

Emmas Gedanken wandten sich jetzt ihrem Sohn Robin zu, und plötzlich fühlte sie ein leichtes Unbehagen, als sie an seine alte Romanze mit Glynnis zurückdachte. Denn er hatte sie schlecht behandelt und ihr das Herz gebrochen. Nun ja, auch gebrochene Herzen heilen, und Glynnis hatte offensichtlich kein Interesse mehr an Robin. Sie hatte ihren amerikanischen G. I. geheiratet, Richard Hughes, der Robins Sohn als sein eigenes Kind großzog. Was konnte sich eine Frau mehr wünschen als einen guten Mann, einen liebenden Gatten, der sie nahm, wie sie war, und ihr zu Füßen lag? Auch Glynnis konnte sich glücklich schätzen.

»Du hast noch nie besser ausgesehen, Blackie«, sagte Emma und sah ihm direkt ins Gesicht. »Du siehst … großartig aus. Ja, das ist genau das richtige Wort, um dich zu beschreiben. Oder vielleicht *prachtvoll*. Ach, und du trägst einen sehr schönen Anzug.«

Er warf den Kopf in den Nacken und lachte schallend. Nachdem er wieder zu Atem gekommen war, sah er sie forschend an. »Mit deinen Schmeicheleien erreichst du alles, Mavourneen«, sagte er. »Wenn ich dich nach all den Jahren nicht besser kennen würde, dann hätte ich das Gefühl, daß du etwas von mir willst.«

»Rede keinen Unsinn. Natürlich will ich nichts von dir.«

»Das sagte ich ja gerade, liebste Emma. Aber damit du es nur weißt, meinetwegen kannst du alles haben, was ich besitze. Alles. Du weißt, wie gern ich dich habe, Emma.«

»Ich liebe dich auch, Blackie. Du meine Güte, wie lange wir schon Freunde sind! Mein ganzes Leben lang eigentlich.«

»Aye, und was für ein komisches kleines Ding du damals warst, nur Haut und Knochen, aber schon damals wunderschön, meine Süße. Wie eine kostbare Blume, die zwischen dem ganzen Unkraut von Fairley Hall blühte.« Er stieß einen Seufzer aus. »Aye, wie lange das jetzt her ist, fast fünfzig Jahre.« Er betrachtete sie prüfend. »Du siehst selbst ziemlich schick aus, Emma Harte. Hast dich für eine Party herausgeputzt, stimmt's?«

Sie schenkte ihm ein nachsichtiges Lächeln. »Nein, nicht für eine Party. Aber als du sagtest, du wolltest schon früh kommen, da habe ich mich lieber gleich so zurechtgemacht, daß ich mich zum Abend nicht mehr umziehen muß.«

»Du siehst so elegant wie immer aus, Emma. So ... von Winston weiß ich, daß man dir gratulieren kann.«

Verständnislos sah sie ihn aus ihren grünen Augen an.

»Dein Bruder hat mir berichtet, daß die Yorkshire Consolidated Newspaper Company die *Yorkshire Morning Gazette* übernommen hat. Jetzt gehört sie dir, Emma. Endlich hast du Edwin Fairley besiegt. Du hast gewonnen, Liebes.«

»Aber das hast du ja immer gewußt, stimmt's, Blackie O'Neill?« antwortete sie mit herausforderndem Unterton. Sie richtete sich auf ihrem Stuhl gerader auf.

»Allerdings. Ich habe den Eindruck, daß du dir in den Kopf gesetzt hattest, diese Zeitung zu kaufen, komme, was da wolle. Also erzähl mir, wie ...«

»Ich war sehr geduldig, und ich hatte einen schwachen Gegner. Meine Zeitungen sind die erfolgreichsten im ganzen Norden, und sie haben der *Gazette* – und auch einigen anderen Blättern – sehr viel von ihrer Auflage weggenommen. Um ehrlich zu sein, Blackie, hat die *Gazette* schon seit Kriegsende Geld verloren, und dann habe ich sie ruiniert.«

»Absichtlich?« Blackie zog an seiner Zigarre und sah sie nachdenklich an.

»Aber natürlich. Ohne die geringsten Gewissensbisse. Edwin Fairley ist noch nie ein guter Geschäftsmann gewesen. Er ist ein viel besserer Anwalt, und ich bin der Meinung, daß er bei der Juristerei hätte bleiben sollen.«

»Winston hat mir berichtet, Edwin habe sehr viele seiner Aktien abgestoßen. Das war offensichtlich ein ungeschickter Schachzug. Damit hat er seine Position geschwächt, stimmt's?«

Emma nickte. »Er war schon lange angeschlagen. Aber vor allem hat er seinen Vorstandsposten nicht abgegeben, und das war wirklich ein Fehler.«

»Warum?«

»Weil seine Stellung sehr schwach war und die anderen Aktionäre aufgebracht über ihn waren. Doch er hat nichts darum gegeben, weil er sich im Recht wähnte. Er hat einfach nicht verstanden, daß sie ihm gegenüber nicht loyal waren, sondern nur an ihr eigenes Bankkonto gedacht haben. Ich habe ihnen ein großzügiges Angebot gemacht und war auch bereit, ein neues Management einzusetzen. Aber den Ausschlag gegeben hat das Geld. Natürlich. Geld regiert die Welt, Blackie, das hast du mir schon beigebracht, als ich noch ein kleines Mädchen war.«

Er lächelte ihr zu, stand auf und trat an die Balustrade der Terrasse, um über die weiten Rasenflächen hinauszusehen. Plötzlich drehte er sich um und nickte. »Winston sagte, Edwin habe seine Aktien schließlich an Harte Enterprises verkauft.«

»So ist es. Ihm blieb nichts anderes übrig.«

»Winston meint, da hättest du einen Coup gelandet, und ich neige seiner Meinung zu. Aber ich bin erstaunt, daß du nicht zu dieser entscheidenden Vorstandssitzung gegangen bist.«

»Warum sollte ich? Winston war doch als mein Vertreter dort.«

»Um Edwins Niederlage beizuwohnen, Emma.«

Ihre schönen grünen Augen wurden steinhart und kalt. Emma richtete sich kerzengerade auf und reckte stolz den Kopf. »Vor fünfundvierzig Jahren habe ich Edwin Fairley gesagt, daß ich ihn nie wiedersehen will, solange ich lebe, und daran halte ich mich«, erklärte sie mit eisiger Stimme. »Du glaubst doch nicht wirklich, daß ich ihn jetzt zu Gesicht bekommen will? Doch nicht du, Blackie, mein einziger wahrer Freund.«

»Wahrscheinlich nicht«, murmelte er, und Erinnerungen stiegen in ihm auf. Einmal war er drauf und dran gewesen, Edwin mit der Pferdepeitsche zu verprügeln, weil er Emma so gemein behandelt hatte. Und lange, Jahre sogar, hatte er bedauert, daß er es nicht getan hatte, denn Edwin hätte es verdient gehabt.

»Aber das ist alles Schnee von gestern«, sagte Emma. »Winston hatte allerdings den Eindruck, Edwin hätte bei der Sitzung zufrieden gewirkt. Ich fand das merkwürdig und meinte, höchstwahrscheinlich hätte er *Erleichterung* in Edwins Gesicht gesehen.«

»Daß er zufrieden war, kann ich mir auch beim besten Willen nicht vorstellen, Emma. Die *Gazette* war seit drei Generationen im Familienbesitz der Fairleys, und jetzt hat er sie an dich verloren.«

Sie begann zu lachen. »Es war Erleichterung, Blackie. Ich habe Edwin eine Last von den Schultern genommen. Zum zweitenmal.«

»Das ist wahr, Mavourneen«, antwortete Blackie leise.

»Grandy! Grandy! Da bin ich wieder!« schrie die fünfjährige Paula und rannte auf ihren stämmigen kleinen Beinchen die Terrasse entlang. Ihr Gesicht strahlte, und ihr Sommerkleid flatterte hinter ihr her.

Emma sprang auf und lief ihrer Enkeltochter entgegen. »Nicht so schnell, Liebling, ich möchte nicht, daß du fällst!« Sie beugte sich hinunter, fing Paula auf und drückte sie an sich. »Du darfst nicht so rennen, Liebes.«

Das kleine Mädchen sah zu ihr auf; dann machte sie sich zappelnd frei und lief zu Blackie, ans andere Ende der Terrasse. »Onkel Blackie, hallo, hallo!«

Erfreut lächelnd, beugte Blackie sich über sie und strich mit der Hand sanft über ihre dunklen Locken. »Bist du nicht ein wunderschönes Mädchen, Mavourneen«, sagte er leise, und in seinen schwarzen Augen stand deutlich seine Liebe zu diesem Kind geschrieben.

»Shane, ich will Shane, Onkel Blackie. *Wo ist Shane?*« Die Kleine sah fragend zu ihm auf.

»Er ist in der Schule, mein Schatz.«

»Kann er morgen mit mir spielen?«

»Ganz bestimmt, Paula.«

Sie klatschte in die Hände. »Oh, prima.«

Als Emma auf sie zukam, sah Blackie auf, und ihm stockte der Atem. Sogar aus dieser kurzen Entfernung sah sie noch aus wie als junge Frau. Ihr rotgoldenes Haar schimmerte in der Sonne, und er fand sie heute genauso schön wie damals ... vor vielen Jahren, als er im nebligen Hochmoor ein halbverhungertes Mädchen getroffen hatte und ihm in dieses elende Haus – Fairley Hall – gefolgt war. Unwillkürlich lief ihm ein Schauer über den Rücken.

Emma blieb stehen und sah ihm ins Gesicht. »Du siehst so bedrückt aus, Blackie«, sagte sie stirnrunzelnd. »Stimmt etwas nicht?«

»Nein, alles in Ordnung, Mavourneen. Jetzt ist ja alles gut.« Er schenkte ihr ein strahlendes Lächeln, beugte sich über das Kind hinweg und küßte sie auf die Wange. »Du sollst nur wissen, daß du immer noch meine junge Emma aus dem Moor bist. Und das wirst du auch bleiben bis zu dem Tag, an dem ich sterbe.«

30

Als Glynnis in Emmas Büro trat, hatte sie augenblicklich das Gefühl, als sei sie niemals fort gewesen. Zehn Jahre lösten sich in nichts auf, und Emma fühlte sich in die Kriegsjahre zurückversetzt. Mit Macht überfielen sie die Erinnerungen, und ihr wurde die Kehle eng.

Emma eilte ihr entgegen, und die beiden Frauen umarmten sich voller Zuneigung. Dann trat Emma einen Schritt zurück, sah ihrer ehemaligen Sekretärin ins Gesicht und lächelte. »Sie haben sich ja kaum verändert, Glynnis!« rief sie aus. »Sie sehen genauso aus wie früher. Vielleicht ein wenig schmaler, aber so hübsch wie eh und je.«

»Ich bin inzwischen ein paar Jahre älter, Mrs. Harte, aber trotzdem danke. Und ich muß sagen, daß Sie nicht einen Tag älter aussehen als damals.«

Emma schmunzelte, als sie zu der Sitzgruppe gingen, die an einem Ende ihres Büros im Londoner Haupthaus der Kette stand. »Ich will Ihnen ein Geheimnis verraten«, sagte Emma, nachdem sie Platz genommen hatten. »Im April bin ich einundsechzig geworden. Nicht, daß ich mich danach fühlen würde. Innerlich komme ich mir immer noch wie eine junge Frau vor.«

»Und so sehen Sie auch aus«, meinte Glynnis vollkommen aufrichtig.

»Ich hätte Sie gern zum Lunch eingeladen, liebe Glynnis, aber Sie sagten, Sie wollten lieber zum Tee kommen, und Sie haben am Telefon erwähnt, es gäbe da ein Problem. Ist etwas nicht in Ordnung?«

»Aber nein, Mrs. Harte. Es ist nur so ... verstehen Sie, ich habe Owen mit nach England genommen. Meine Eltern haben ihn nicht mehr gesehen, seit er ein Baby war, und er ist jetzt mit mir zusammen hier. Und er ißt nun einmal gern mit mir zu Mittag, das ist seine Lieblingsmahlzeit. Nur deswegen habe ich vorgeschlagen, uns zum Tee zu treffen.«

Emma schüttelte den Kopf und lachte plötzlich. »Er hätte doch mit uns kommen können. Wir wollen schließlich nicht vergessen, daß er auch *mein* Enkel ist. Ich freue mich ja so, daß er hier ist. Ich habe ihn nicht mehr gesehen, seit er ganz klein war.«

»Er ist ein lieber Junge, und ich bin sehr stolz auf ihn«, erklärte Glynnis. »Er sieht Robin sehr ähnlich«, setzte sie dann leiser hinzu.

»Ach, wirklich?« sagte Emma, und ihre lebhaften grünen Augen leuchteten interessiert auf. »Und wo haben Sie Owen jetzt gelassen?« fragte sie und beugte sich vor.

»Er ist bei meiner Cousine Gwyneth, die mit ihm in den Zoo gegangen ist. Sie ist jetzt verheiratet und lebt in Hampstead, aber ihre Wohnung ist sehr klein, daher dachte ich, es wäre besser, wenn Owen und ich in ein Hotel ziehen. Deswegen wohnen wir im Hyde-Park-Hotel.«

»Verstehe. Und ihr geht es gut? Ihrer Cousine, meine ich.«

»Oh ja. Sie hat noch keine Kinder, aber die Ehe ist sehr glücklich ...« Glynnis verstummte.

Ein kurzes Schweigen trat ein.

Emma lehnte sich in die Sofapolster und betrachtete Glynnis Hughes forschend. Ihr gingen viele Fragen im Kopf herum. Sie fragte sich, ob Glynnis in ihrer Ehe mit Richard Hughes wohl glücklich war, ob es mit den beiden geklappt hatte, ob sie heute noch miteinander auskamen. Glynnis schrieb ihr zwar immer noch regelmäßig, aber sie erzählte nie viel von Richard oder über ihr Familienleben.

Glynnis hatte bemerkt, daß Emma sie musterte, und räusperte sich. »Sie sehen mich so an, Mrs. Harte. Jetzt bin ich an der Reihe zu fragen, ob etwas nicht stimmt.«

»Nein, es ist gar nichts, Glynnis. Ich hatte nur gerade überlegt, ob *Ihre* Ehe glücklich ist. In Ihren Briefen schreiben Sie darüber so gut wie nichts. Jedenfalls nicht über Richard. Aber ich habe ihn immer für einen sehr netten jungen Mann gehalten.«

»Das ist er auch, und es ist in Ordnung. Ich meine, alles hat seine Richtigkeit. Unsere Ehe ist gut, und er liebt Owen über alles. Richard hat ihn vom Tag seiner Geburt an wie sein eigenes Kind angenommen, aber das wissen Sie ja. Und er hat mich nie gefragt, wer der Vater ist. Er ist ein guter und freundlicher Mensch.«

»Dann habe ich ihn richtig beurteilt. Ich habe nie an ihm gezweifelt, Glynnis, und ich bin froh, daß Sie ihn haben. Übrigens, wieso hat er Sie eigentlich nicht begleitet?«

»Um die Wahrheit zu sagen, er wollte nicht. Verstehen Sie, im letzten Jahr ist sein Geschäft sprunghaft angewachsen. Sein Antiquitätenladen in Manhattan läuft ausgezeichnet, und er hat sogar für einige Kunden, die georgianisches Mobiliar sammeln, ganze Wohnungen ausgestattet. Auf diesem Gebiet ist er Experte. Jedenfalls hat er im Moment einige wichtige Aufträge, und sein Geschäft geht ihm über alles.« Plötzlich umspielte ein Lächeln Glynnis' Mundwinkel. »Darin ist er wie Sie, Mrs. Harte. Bestimmt kann ich ihn so gut verstehen, weil ich einmal für Sie gearbeitet habe.«

Beide kicherten verschwörerisch, und dann klopfte es an der Tür. Alice, Emmas Sekretärin, steckte den Kopf hinein. »Soll ich jetzt den Tee bringen, Mrs. Harte?« fragte sie.

»Ja, danke, Alice.« Emma sah Glynnis an. »Was haben Sie denn am Wochenende vor?«

Ihr Gast zuckte die Achseln. »Eigentlich nichts Besonderes. Ich dachte, ich könnte mit Owen nach Schloß Hampton

Court fahren, ein paar Ausflüge in dieser Art. Ich möchte, daß er seine andere Heimat kennenlernt ... mein Land.«

»Wie wäre es denn, wenn Sie ihm Yorkshire zeigen?« schlug Emma vor und zog eine Braue hoch. Sie sah Glynnis' überraschte Miene und sprach rasch weiter. »Ich finde, Sie sollten mit Owen nach Yorkshire kommen, zu mir nach Pennistone Royal. Übers Wochenende. Ich fahre schon heute abend, und wenn Sie morgen nachkommen, haben Sie noch den Freitagabend, Samstag und Sonntag. Ich bin mir sicher, daß es dem Jungen Spaß machen würde, meine Liebe.«

»Oh, Mrs. Harte, das wäre wunderbar, aber sind Sie wirklich sicher?« Glynnis' blaue Augen leuchteten.

»Absolut, und ich würde mich sehr freuen, Owen wiederzusehen. Irgendwie habe ich natürlich das Gefühl, ihn schon zu kennen, denn Ihre Briefe sind immer so anschaulich, aber den Jungen – sozusagen in Fleisch und Blut – um mich zu haben, das würde ... ja, das würde mich sehr glücklich machen.«

»Nur eine Frage.« Glynnis unterbrach sich, und ein Schatten flog über ihr Gesicht. Sie warf Emma einen besorgten Blick zu. »*Er* wird doch nicht dasein, oder? Ich möchte ihm auf keinen Fall begegnen.«

»Nein, nein. Robin ruft vorher immer an, wenn er bei mir vorbeischaut. Aber oft bleibt er auch über das Wochenende in London. Er ist als Parlamentsabgeordneter sehr erfolgreich.«

Glynnis nickte nur; sie traute ihrer Stimme nicht genug, um seinen Namen auszusprechen oder Fragen über ihn zu stellen.

Alice kam mit dem Teetablett und stellte es zwischen die beiden auf den niedrigen Tisch; dann lächelte sie Emma zu und eilte wieder hinaus.

Emma schenkte den Tee ein und reichte Glynnis eine Tasse. »Tomkins fährt mich nachher nach Yorkshire; aber ich kann Ihnen für morgen früh einen Wagen mit Chauffeur schicken«, schlug sie vor.

»Nein, nein, das möchte ich nicht, Mrs. Harte! Das ist sehr freundlich von Ihnen, aber wir können doch den Zug nach Harrogate nehmen. Wirklich, das ist ...«

»Ich finde, Sie sollten mit dem Wagen kommen«, fiel Emma ein. »Die Züge haben heutzutage oft Verspätung. Wenn Sie aber lieber selbst fahren, ist das überhaupt kein Problem; ich leihe Ihnen gern meinen Riley.«

»Wenn Sie wirklich meinen, Mrs. Harte ...«, begann Glynnis und nickte. »Das wäre schön; und Owen hat so die Möglichkeit, die englische Landschaft zu erleben.«

»Dann ist das abgemacht«, sagte Emma und strahlte ihre ehemalige Sekretärin an. »Ich freue mich auf unser Wochenende. Wir drei werden viel Spaß haben.«

»Wir sind jetzt die größte Zeitungsgruppe im Norden«, erklärte Emma und sah Winston, der auf der anderen Seite des Schreibtisches saß, unverwandt an. »Aber ich möchte gern weiter expandieren, ich will ... eine überregionale Zeitung hinzunehmen.«

Winston erwiderte ihren Blick und blieb gelassen wie immer. Er hatte schon lange aufgehört, über Emma zu staunen. Für ihn, für sie alle, war sie ein Wunder, und seit Kriegsende hatte sie ihr Geschäftsimperium enorm ausgeweitet. Geschafft hatte sie das durch eine Kombination aus Entschlossenheit, purer Unverfrorenheit und harter Arbeit. Inzwischen war sie eine echte Magnatin.

»Du sagst ja gar nichts, Winston.«

»Ich habe nur überlegt ... im Moment stehen gar keine Zeitungen zum Verkauf, Emma, jedenfalls nicht daß ich wüßte. Überregionale *Tageszeitungen*, meine ich.«

»Das weiß ich. Und ich habe ebenfalls nachgedacht ... Vielleicht sollten wir selbst eine gründen. Von Grund auf neu anfangen.«

»Guter Gott, Emma, das wird aber einiges kosten!«

»Und eine Zeitung zu kaufen nicht? Komm schon, du weißt genau, daß ich ein Vermögen hinblättern müßte, wenn ich versuchen würde, eine bereits existierende Zeitung aufzukaufen. Möglicherweise kommt es sogar billiger, eine neue zu starten.«

»Laß uns jedenfalls nichts überstürzen. Denk daran, was Henry Rossiter zu sagen pflegt: Blinder Eifer ...«

»... schadet nur«, unterbrach ihn Emma. »Aber so habe ich meine Geschäfte immer schon gemacht, mein Leben lang. Dann muß ich wohl blind sein«, konterte sie lachend, und ihre Augen blitzten temperamentvoll.

»Das könnte niemand von dir behaupten. Du magst alles mögliche sein, aber blind bist du nicht«, erklärte Winston.

»Wir sollten es wenigstens in Erwägung ziehen, Winston«, sagte sie, jetzt etwas duldsamer. »Außerdem habe ich Blackie, als ich ihn am Freitag gesehen habe, nach dem Grundstück gefragt, das wir uns letzte Woche angeschaut haben, diesem ausgebombten Gelände. Er findet, wir sollten es kaufen, da es als Gewerbegebiet ausgewiesen ist und sehr wertvoll werden könnte.«

Winston nickte. »Um die Wahrheit zu sagen, ist es das bereits, Emma. Sehr wertvoll sogar, und ich wollte vorschlagen, daß wir am Montag ein Angebot dafür abgeben.«

»Ja, mach das nur, Winston. Blackie meint, bei diesem Kauf könnten wir gar keinen Fehler machen.«

Emma stand auf, ging zu dem großen Fenster des oberen Salons und sah hinaus. Das Wetter war sonnig und warm, wie schon die ganze Woche. Ihre Gärten standen in voller Pracht, und sie nahm sich vor, Mr. Ramsbotham, dem Gärtner, zu sagen, wie zufrieden sie mit seiner Arbeit war. Sie würde auch seinen Neffen Wiggs loben, der eines Tages seine Stelle übernehmen würde. Die beiden hatten die Anlage wunderbar bepflanzt.

Schließlich drehte sie sich wieder zu Winston um.

»Du wirst nie erraten, mit wem ich gestern in London Tee getrunken habe.«

»Ganz bestimmt nicht, du kennst ja so viele Leute. Warum sagst du es mir nicht einfach?«

»Glynnis ... die schöne Glynnis Jenkins aus Wales.«

»Du meine Güte, dann ist sie aus New York gekommen?« Er grinste. »Natürlich, dumme Frage. Wie lange bleibt sie denn? Ich würde sie gern einmal wiedersehen.«

»Mehrere Wochen, glaube ich, und ich habe sie mit ihrem kleinen Sohn Owen für ein paar Tage nach Yorkshire eingeladen.«

»Wie alt ist der Kleine eigentlich jetzt?« fragte Winston.

»Sechs, und wie sie sagt, ein intelligenter kleiner Bursche. Jedenfalls hat sie sich sehr über die Einladung gefreut. Sie trifft heute ein. Ich habe Glynnis immer sehr gern gemocht.«

»Haben wir das nicht alle?« murmelte Winston knapp und sah in die Ferne.

»Was meinst du?« fragte sie, denn sie hatte einen merkwürdigen Unterton in der Stimme ihres Bruders wahrgenommen.

»Gar nichts, sie war nur immer so beliebt. Und sie war ja auch wirklich eine nette Person; ich glaube, wir waren alle ein bißchen verschossen in sie. Nicht nur die Männer, sondern auch du, Emma, und einige der anderen Frauen bei *Harte's* auch. Glynnis hatte diese Gabe, jeden dazu zu bringen, daß er sie liebte, und sie war auch sehr schön.«

»Das ist sie immer noch«, meinte Emma. »Ein wenig schmaler, aber sie hat eine so zauberhafte Ausstrahlung, die wahrscheinlich niemals verblassen wird. Diese Anziehungskraft kommt von innen heraus, obwohl das nicht jeder versteht, und hat überhaupt nichts mit der Länge des Haares oder der Augenfarbe zu tun.«

Emma ging vor dem Kamin auf und ab. »Ich dachte, du

und Charlotte würdet vielleicht gern morgen oder am Sonntag zum Lunch kommen. Oder vielleicht morgen abend zum Dinner. Wenn ihr Zeit habt, natürlich. Das liegt ganz bei euch. Ich kann auch Blackie einladen, er hat ohnehin nie etwas Rechtes zu tun.«

»Sehr gern. Charlotte mag Glynnis, sie findet, sie sei die beste Sekretärin, die ich jemals hatte. Ich frage sie, wann wir kommen. Ich dachte, Blackie käme immer am Freitag zum Essen.«

»Ja, aber er kann doch am Samstag auch dabeisein, oder?«

Winston schmunzelte. »Du und Blackie, ihr könntet ebensogut in den heiligen Stand der Ehe treten. Ihr steckt sowieso immer zusammen.«

Emma sah ihn verblüfft an.

»Schau nicht so, Mädel. Blackie betet dich an, schon immer. Das Problem ist nur, daß du immer losmarschiert bist und andere Männer geheiratet hast.«

»Ich liebe Blackie ja auch, solange ich ihn kenne, und er ist mein bester Freund. Aber ich habe nicht vor, noch einmal zu heiraten.«

»Nicht einmal diesen attraktiven amerikanischen Major?« zog Winston sie auf, und seine Augen blitzten schelmisch.

Emma warf ihm einen langen, verständnislosen Blick zu. »Welchen amerikanischen Major?« fragte sie abweisend.

»Tu nicht so, als wüßtest du nicht, wen ich meine … denjenigen, den du bei unserem Bruder kennengelernt hast«, konterte Winston.

»Ach, der … Ich dachte, du sprichst von *meinem* amerikanischen Major, dem netten Piloten, den ich hier während des Krieges oft empfangen habe.«

»Davon hatte ich ja gar keine Ahnung«, antwortete Winston und sah sie erstaunt an.

»Na, weißt du, ich brauche dir ja auch nicht alles zu erzählen.«

»Wer war er?«

»Er ist es immer noch, Winston, er ist weder gefallen noch gestorben. Sein Name ist James Thompson, und er hat mich seit Kriegsende mehrere Male besucht und ist ein guter Freund von mir.«

»Wie hast du ihn kennengelernt?«

»Er war in Topcliffe stationiert, und ich habe immer diese Partys zum 4. Juli gegeben. Ich habe die Soldaten oft hierher eingeladen ... James und die ganze Crew.«

»Verstehe.« Winston sah sie forschend an und wunderte sich plötzlich über seine Schwester. Er hatte nie erlebt, daß sie geheimnisvoll tat, doch was diesen Major betraf, benahm sie sich auf jeden Fall so. Ob es da irgendeine romantische Beziehung zwischen den beiden gab? »Fühlst du dich eigentlich manchmal einsam?« platzte er heraus, bevor er sich Einhalt gebieten konnte.

»Wie könnte ich mich einsam fühlten, mein lieber Winston? Schließlich geht ihr hier alle ein und aus und schaut mir ständig über die Schulter. Ich bin doch immer von Menschen umgeben.«

Als sie den kleinen Owen sah, wußte Emma genau, was Glynnis gemeint hatte, als sie sagte, er sehe Robin sehr ähnlich. Der Sechsjährige war eine Miniaturausgabe ihres Lieblingssohns und besaß das gleiche dunkle Haar und die lebhaften blauen Augen, die zu Robins hervorstechendsten Zügen gehörten. Sogar die Gesichtsform war die gleiche, und als Erwachsener würde er groß und schlank wie Robin sein.

Owen blieb vor ihr stehen, schenkte ihr ein zaghaftes Lächeln und streckte die Hand aus. »Ich bin Owen Hughes«, sagte er mit vollendeter Höflichkeit.

Emma schenkte ihm ein strahlendes Lächeln und nahm

seine kleine Hand. »Mein Name ist Emma Harte, und ich heiße dich willkommen auf Pennistone Royal.«

»Danke, und ich bin sehr erfreut, Sie kennenzulernen.«

»Wir kennen uns schon, Owen, wir sind uns vor langer Zeit einmal begegnet. Aber ich fürchte, du erinnerst dich nicht mehr daran. Zuerst warst du ein Baby und dann später ein Kleinkind.«

Er runzelte die Stirn und sah zu Glynnis auf; in seinen aufgeweckten Augen standen tausend Fragen.

»Das ist wahr, Owen«, erklärte Glynnis und beugte sich zu ihm herunter. »Mrs. Harte kannte dich, als du ein Baby warst, aber wir sind aus England weggezogen, als du noch sehr klein warst, und seitdem haben wir Mrs. Harte nicht wiedergesehen.«

»Leider«, murmelte Emma vor sich hin, ging über die Terrasse und setzte sich. »Es hat mir gefehlt, dich aufwachsen zu sehen, Owen, und das bedaure ich. Du bist aber ein ziemlich großer Junge für deine sechs Jahre, stimmt's?«

»Wie mein Vater«, erklärte der Kleine ernst. »Dad ist auch groß. Und dunkel und gut aussehend, sagt Mom. Und sie hat recht.«

Emma schmunzelte, und sogar Glynnis mußte lächeln. »Es war so nett von Ihnen, uns über das Wochenende einzuladen. Ich habe dieses Haus schon immer gemocht. Es ist so ruhig, und es ist ganz wunderbar, hier zu sein.«

»Ich bin froh, daß Sie kommen konnten. Ruhig ist es wirklich, und ich liebe dieses Haus sehr. So, Owen, jetzt komm einmal her und setz dich neben mich. Laß uns ein wenig plaudern, bis Hilda den Tee bringt. Magst du Erdbeeren mit Schlagsahne?«

Er nickte, den Blick fest auf sie gerichtet, und beschloß, daß er die fremde Frau gut leiden konnte. Seine Mutter hatte ihm erzählt, daß sie früher für Mrs. Harte gearbeitet hätte.

»Gut. Die gibt es nämlich gleich zum Tee. An einem warmen Junitag in Yorkshire gibt es nichts Besseres als Erdbeeren mit Schlagsahne. Und jetzt erzähl mir doch einmal, wie eure Fahrt war.«

»Mom hat uns hergefahren, und ich habe ganz viele Schafe und Kühe auf der Weide gesehen. Haben Sie auch Kühe?«

»Sicher«, antwortete Emma. »Später kannst du mit Tommy, dem Farmburschen, zu ihnen gehen. Hast du denn Tiere gern?«

»Ja, aber ich möchte kein Farmer werden. Wenn ich groß bin, werde ich Präsident von Amerika.«

»Ach, tatsächlich, Owen? Also, das ist ein wirklich wunderbares Ziel.«

»Dad sagt, daß jeder Präsident werden kann, wenn er klug ist und hart arbeitet. Und wenn er brav ist. Ich bin fleißig, und Dad sagt auch, daß ich klug bin.« Owen nickte und sah zu Glynnis. »Und brav bin ich doch auch, oder, Mom?«

»Du bist der liebste Junge auf der ganzen Welt, und ...« Glynnis erblickte den Mann, der über die Terrasse auf sie zukam, und wäre fast ohnmächtig geworden. Etwas legte sich um ihre Brust und preßte sie zusammen. Robin Ainsley. Der letzte Mensch auf der Welt, den sie sich zu sehen wünschte. Ein inneres Zittern ergriff sie, und ihr Mund wurde staubtrocken.

Robin wurde aschfahl, als er zuerst Glynnis und dann das Kind sah. *Sein* Kind. Oh mein Gott, dachte er und fragte sich, warum er ausgerechnet heute beschlossen hatte, seine Mutter zu besuchen. Er hätte seinen Besuch ankündigen sollen, und normalerweise tat er das auch. Jetzt gab es kein Zurück mehr. Aber er hatte schreckliche Angst ... vor ihr, aber am meisten vor sich selbst. Er hatte nie aufgehört, sie zu lieben, davon zu träumen, wie er sie in den Armen hielt und liebkoste. Sie hatten eine so allumfassende Leidenschaft geteilt; gemeinsam waren sie in ungeahnte Höhen aufgestiegen ...

Und wie begehrenswert sie heute nachmittag aussah ... Sie

trug ein blaues Seidenkleid, das exakt die Farbe des Himmels, die Farbe ihrer Augen hatte. Und ihr Gesicht war atemberaubend. Sie war jetzt um die Dreißig, genau wie er selbst, und diese paar Jahre mehr standen ihr ausgezeichnet. Ihr Haar war zu dem gleichen Pagenkopf frisiert wie in seiner Erinnerung, und es war prachtvoll und üppig, ein tiefes, von natürlichen goldbraunen Strähnen durchzogenes Kastanienbraun. Gott, wie er sie wieder begehrte! Aber er konnte sie nicht bekommen. Er hatte sie aufgegeben, und er wußte, wie sehr er sie dadurch verletzt hatte. Sie würde ihn nicht zurückhaben wollen, nie wieder. Und jetzt war sie ohnehin eine verbotene Frucht für ihn, das verstand er. Aber er durfte doch träumen, oder?

Robin blieb stehen und sah seine Mutter an. Emmas Miene war undurchschaubar. Er eilte zu ihr und küßte sie auf die Wange. »Hallo, Ma.«

»Hallo, Robin, Lieber«, murmelte sie. »Warum hast du nicht angerufen?« zischte sie ihm dann ins Ohr, bevor sie sich aufrichtete. »Du erinnerst dich doch an Glynnis?« fuhr sie in normaler Lautstärke fort.

»Ja«, brachte er heraus und hatte keine Wahl, als auf die einzige Frau, die er je wirklich geliebt hatte, zuzutreten. Unerwartet fühlten seine Beine sich schwach an. »Hallo, Glynnis«, sagte er und war erleichtert, daß seine Stimme halbwegs normal klang.

»Robin«, antwortete sie mit leiser, kehliger Stimme und ergriff zögernd seine ausgestreckte Hand.

Ihre Hand war eiskalt, und er hätte sie am liebsten festgehalten, sie gewärmt, aber das war unmöglich. Er ließ sie los, wandte sich um und sah auf ihren kleinen Sohn hinunter, *seinen* Sohn. »Ich bin Robin ... Hallo«, sagte er.

»Ich bin Owen. Sehr erfreut, Sie kennenzulernen.« Er klang sehr ernst.

»Etwas dagegen, wenn ich mich zu euch setze, Junge?« fragte Robin herzlich lächelnd.

»Nein, das ist schon in Ordnung. Oder, Mom?«

Glynnis konnte nur nicken.

»Robin ist mein Sohn, Owen«, erklärte Emma, »genau so, wie du der Sohn deiner Mutter bist.«

Und meiner, dachte Robin, während er auf einem der schmiedeeisernen Gartenstühle Platz nahm. Er spürte einen überwältigenden Drang, diesen Jungen in die Arme zu nehmen. Dies war das Kind ihrer Liebe, sein und Glynnis' Kind.

»Ach, Robin«, ließ Emma sich plötzlich vernehmen, »würdest du bitte Hilda fragen, ob sie noch eine Tasse für dich bringt?«

Robin entschuldigte sich und trat durch die Glastüren in die Bibliothek.

Glynnis sah Emma flehend an. Sie brachte kein Wort heraus, vor allem nicht, solange Owen bei ihnen war.

Emma erkannte ihren Blick: pures Entsetzen stand in Glynnis' Augen. Sie beugte sich zu Owen herüber. »Tu mir doch einen kleinen Gefallen und lauf rasch hinter Robin her. Er ist in die Küche gegangen. Einfach durch diese Tür und dann durch die große Stone Hall. Würdest du ihn bitten, mir ein Glas Wasser mitzubringen?«

»Werde ich die Küche denn finden?« fragte Owen ein wenig ängstlich und sah sie zweifelnd an.

»Natürlich, du bist doch ein kluger Junge«, versicherte sie ihm.

»Das ist wirklich Zufall, Glynnis«, erklärte Emma leise, sobald sie allein waren. »Robin ruft sonst immer an, bevor er vorbeikommt, um sicherzugehen, daß ich auch da bin. Aber aus irgendeinem Grund hat er es heute nicht getan.«

Glynnis konnte nicht sprechen. Tränen standen in ihren Augen, und sie vermochte nur zu nicken. Sie hatte nie aufgehört, ihn zu lieben. *Robin.* Der Name, den sie kaum aussprechen konnte ... außer wenn sie allein war und in ihr Kissen weinte. *Robin Ainsley.* Der einzige Mann, den sie je geliebt hatte und jemals lieben würde. Oh, was würde sie dafür geben, noch einmal in seinen Armen zu liegen. Nichts weiter, nur das. Für einige kurze Augenblicke nur.

»Sie dürfen ihn nicht sehen, Glynnis«, hörte sie Emma wie aus weiter Ferne sagen. »Sie dürfen sich auf keinen Fall allein mit ihm treffen.«

31

Sieben Jahre hatte er sie nicht gesehen, sieben lange Jahre. Doch er wußte, daß es schon wieder um ihn geschehen war ... Er sehnte sich danach, bei ihr zu sein, sie in seine Arme zu nehmen. Damit wäre er schon zufrieden, sogar mit weniger ... nur ein paar Minuten mit ihr zu reden, einfach ihre Hand zu halten.

Er war seit sechs Jahren verheiratet, hatte einen kleinen Sohn. Sein Name war Jonathan. Aber der kleine Jonny kam eher nach seiner Mutter und sah Valerie äußerlich viel ähnlicher als ihm. Ein hübscher blonder Junge, aber er hatte nicht viel von den Hartes in sich, zumindest kam das Robin so vor.

Es war das andere Kind, *ihr* Kind, Owen, das so offensichtlich von seinem Fleisch und Blut war. Der Junge glich ihm wie ein Ei dem anderen, sogar die Hände waren wie seine. Am Freitag nachmittag waren ihm die langen, schmal zulaufenden Finger des Jungen aufgefallen. Ob seine Mutter die Ähnlichkeit bemerkt hatte? Vielleicht. Und kam es darauf an? Natürlich nicht. Er war sich schon seit Jahren sicher, daß seine Mutter von seiner Affäre mit Glynnis wußte. Sie war klug und scharfsinnig und besaß große Menschenkenntnis. Außerdem standen Emma und Glynnis sich nahe. Vielleicht hatte Glynnis sich seiner Mutter sogar anvertraut, aber das würde *er* nie erfahren, denn Emma würde niemals das in sie gesetzte Vertrauen mißbrauchen.

Während er die Hauptstraße nach Harrogate, über die man nach Pennistone Royal gelangte, entlangfuhr, dachte er über die gestrige Reaktion seiner Mutter nach. Sein überraschendes Auftauchen hatte sie bestürzt, aber sie hatte ihren Ärger hinter ihrer inzwischen berühmten undurchdringlichen Maske versteckt. Sie verstand sich gut darauf, ihre wahren Gefühle zu verbergen.

Beim Gedanken an Emma huschte ein Lächeln über sein Gesicht. Sie gerieten oft aneinander und stritten. Aber er liebte und respektierte seine Mutter aufrichtig und wußte genau, daß er ihr Lieblingssohn war. Trotzdem glaubte er nicht, daß sie das, was er jetzt vorhatte, billigen würde. Er wußte ja selbst, daß es falsch war, doch er konnte nicht anders. Er mußte von Angesicht zu Angesicht mit Glynnis reden.

Er fragte sich, ob sie überhaupt zuhören würde. Oder würde sie ihm die Tür vor der Nase zuschlagen? Er war sich nicht sicher. Nur eines wußte er: Er mußte sie sehen.

Als Robin an der Rückseite des Hauses ankam, sah er, daß das Gebäude bis auf einige Räume in den oberen Stockwerken dunkel war – die Zimmer, die seine Mutter und Glynnis bewohnten. Stunden zuvor hatte seine Mutter ihm erzählt, daß sie allein mit Glynnis zu Abend essen würde und daß Winston und Charlotte am Sonntag zum Lunch kamen. Er hatte überlegt, ihr eine Einladung zu diesem Essen abzuschwatzen, dann aber beschlossen, sie nicht in Verlegenheit zu bringen. Das wäre nicht fair gewesen.

Robin parkte an einer Baumgruppe, stieg aus seinem Humber und schloß vorsichtig die Wagentür. Dann ging er schnell zum Dienstboteneingang.

Er sah nach oben. Es war eine herrliche Juninacht und der Himmel von einem so tiefen Blau, daß er beinahe schwarz wirkte. Unzählige Sterne glitzerten, und ein herrlicher, vollkommen runder und strahlender Vollmond wies ihm den Weg.

Robin griff in seine Jackentasche und zog den Schlüssel zur Küchentür hervor, den er besaß, seit er ein Teenager gewesen war. Vorsichtig trat er ins Haus und schloß die Tür wieder hinter sich ab. Leise huschte er durch die Küche und drückte gegen die Tür, die zum Personalflur im hinteren Teil des Hauses führte.

Sekunden später erstieg er die steile Treppe, vorbei am ersten Stock, dem alleinigen Reich seiner Mutter, und öffnete die Tür, die zu den Gästezimmern führte. Er trat in den Korridor und ging in Richtung des Blauen Zimmers, denn er wußte, in dieser Suite wohnte *sie*.

Owen hatte es ihm gestern verraten, als er mit ihm zu den Kühen gegangen war. Stolz hatte der Kleine berichtet, er wohne ganz allein im Goldenen Zimmer. Der Junge hatte auch erklärt, daß sie in London im Hyde-Park-Hotel abgestiegen seien. Robin hatte ihn nur ein wenig anstacheln müssen, und Owen hatte ihm in aller Unschuld eine Menge Informationen geliefert. Das Kind schien ihn zu mögen, und das gefiel Robin sehr.

Der Mond, der durch das hohe Fenster am anderen Ende des Flurs schien, spendete ein wenig Licht. Auf Zehenspitzen schlich Robin über den Teppich, bis er vor der Tür stand, auf deren Messingschildchen *Blaues Zimmer* eingraviert war. Leise klopfte er und wartete dann.

Mehrere Sekunden vergingen, bis sich die Tür einen Spaltbreit öffnete.

Glynnis' Augen weiteten sich verblüfft, als sie ihn sah. Er legte einen Finger an die Lippen, damit sie schwieg, drückte gegen die Tür und stand im Zimmer, bevor sie ihm Einhalt gebieten konnte.

Rasch trat Glynnis zurück und maß ihn mit einem zornigen Blick.

Robin schloß die Tür und lehnte sich von innen dagegen. »Ich muß mit dir reden«, flüsterte er.

Sie wich zurück, quer durch den Wohnraum, bis sie gegen

den Schreibtisch stieß, der vor dem Fenster stand. Dann wurde ihr plötzlich klar, daß sie nur ein dünnes Seidennachthemd trug, und sie flüchtete ins Schlafzimmer.

Robin lehnte lässig an der Tür, obwohl ihm alles andere als gelassen zumute war. Mühsam hielt er sich davon ab, ihr zu folgen. Aus ihrer gemeinsamen Zeit wußte er noch, wie schamhaft sie war, und war sich sicher, daß sie sich einfach einen Morgenmantel holen wollte. Und richtig, als sie kurz darauf zurückkehrte, trug sie über ihrem Nachthemd einen blauen Seidenkimono.

Er schloß die Tür ab und trat auf sie zu.

»Warum hast du die Tür verschlossen?« zischte sie. Ihre blauen Augen blickten wütend, und ihr Gesicht wirkte angespannt, ängstlich sogar.

»Nur wegen Owen, unserem Sohn. Für den Fall, daß er aufwacht und nach dir sucht. So kann er die Tür nicht öffnen, und ich kann mich im Schlafzimmer verstecken, bis du ihn wieder ins Bett gebracht hast, verstehst du?«

Glynnis sagte nichts.

»Es ist besser, wenn er mich nicht hier sieht, besonders mitten in der Nacht.«

»Niemand sollte dich sehen.«

»Ich weiß.«

»Und was willst du nun?« Ihr Blick wurde mit jeder Sekunde eisiger, doch er bemerkte, daß sie unkontrollierbar zitterte.

»Mit dir reden, Glynnis.«

»Ich habe dir nichts zu sagen.«

»Aber ich muß mit dir sprechen. Mir ist schon klar, daß dies weder die richtige Zeit noch der richtige Ort dafür ist. Ich bin gekommen, weil ich dich bitten wollte, dich mit mir zu treffen, wenn du wieder in London bist!«

»Auf gar keinen Fall!« fauchte sie.

»Falls du es dir anders überlegst ...« Er kramte in seiner Tasche und zog einen Umschlag hervor. »Hier findest du eine Adresse und einen Schlüssel. Ich möchte dir beides geben.«

»Warum?«

»Weil ich möchte, daß du dich in der nächsten Woche dort mit mir triffst. Nur um zu reden. Ich muß mit dir sprechen.«

»Ich sagte doch, daß ich von dir nichts hören will.«

»Die Adresse – sie gehört zu Edwinas Häuschen in Belgravia. Ihr kleiner Schlupfwinkel, wenn sie aus Irland herkommt. Da steht auch eine Telefonnummer. Bitte triff dich dort mit mir, Glynnis. Am Mittwoch.« Er hielt ihr den Umschlag hin, doch sie verschränkte die Arme vor der Brust und warf die Lippen auf. Sie warf ihm einen harten Blick zu und trat einen Schritt beiseite.

Robin legte den Umschlag auf den Schreibtisch. »Ich will dir nur erklären, warum alles so gekommen ist. Nur das, wirklich.«

»Oh, Robin, bitte«, flüsterte sie. »Du mußt gehen. *Sofort.*«

Er rührte sich nicht und lächelte ihr verhalten zu. »Der Junge ist so hübsch, Glynnis, und so intelligent und wohlerzogen.«

Sie schwieg.

Plötzlich kam er auf sie zu. Ehe sie ein Wort des Widerspruchs herausbringen oder davonlaufen konnte, hatte er seine Arme schon um sie gelegt, und er preßte sie an seinen hochgewachsenen, schlanken Körper. »Oh, Glynnis, Glynnis«, stieß er heiser hervor. Er küßte ihren Hals, ihre Wangen, und endlich fand er ihre Lippen.

Gegen ihren Willen erwiderte sie seinen Kuß, klammerte sich an ihn, flüsterte seinen Namen und spürte, wie sehr er sie begehrte. Er wollte sie. Und sie sehnte sich nach ihm. Einen Moment lang hätte sie fast nachgegeben und ihn ins Schlafzimmer gezogen.

Doch sie erlag ihm nicht. Mit enormer Anstrengung schob sie ihn fort, aber sie tat es sanft und hätte beinahe laut aufgeschluchzt.

»Oh, Liebling, bitte«, flehte er. Ihre Blicke waren fest ineinander verschränkt, ihre Augen wie Spiegelbilder, nicht nur der Farbe nach, sondern auch in dem überwältigenden Begehren, das darin stand.

»Nein, Robin, nein.«

»Doch, Glynnis.«

Sie schüttelte den Kopf, ging auf unsicheren Beinen zur Tür, drehte sich um und sah ihn fest an. »Bitte, du mußt gehen.«

»Auf dem Zettel steht Edwinas Telefonnummer«, erinnerte er sie. »Wenn du nicht kommst, ruf mich zwischen zwölf und halb eins an.«

Sie gab keine Antwort.

»Du mußt es mir sagen, wenn du nicht kommst«, bat er noch einmal leise, als er an der Tür stand. »Versprichst du mir das?«

Für Worte fehlte ihr die Kraft. Sie nickte nur.

Nachdem er fort war, lag sie auf dem Bett und dachte darüber nach, wie knapp sie entkommen war. Beinahe wäre sie seinem Charme erlegen, aber wo stünde sie dann jetzt? Sie würde sich nicht nur hassen, weil sie in dem Moment, in dem er winkte, zu ihm zurückgelaufen wäre; sondern sie würde sich auch furchtbar schuldig fühlen, weil sie mit ihm geschlafen hatte. Richard war ein guter Mann; er war gut zu Owen, und sie wußte, daß er sie von Herzen liebte. Auf ihre Weise erwiderte sie diese Liebe, war ihm aufrichtig zugetan und hatte versucht, ihm eine gute Frau zu sein. Und was vielleicht am wichtigsten war: sie war Owen eine gute Mutter.

Robin, oh Robin … Wie ich dich liebe … wie ich dich begehre. Ich will dich in meinen Armen halten … Sie fing an zu weinen und schluchzte, bis sie glaubte, keine Tränen mehr zu haben.

Das Wochenende verlief ohne weitere Zwischenfälle. Robin kam seine Mutter nicht noch einmal besuchen, und Glynnis war schockiert über sich selbst, als ihr klar wurde, daß sie enttäuscht war.

Im stillen schalt sie sich selbst und rief sich ins Gedächtnis, daß sie eine erwachsene Frau war und kein törichter Backfisch. Schließlich gelang es ihr unter Aufbietung aller Kraft, die widersprüchlichen Gefühle zu verdrängen und ihre übliche, fröhliche Art an den Tag zu legen.

Mit Emma hatte sie sich schon immer gut verstanden; die beiden Frauen paßten mit ihrer positiven Lebenseinstellung außerordentlich gut zueinander. Glynnis konnte mit ihr über Gott und die Welt reden, und Emma ging es umgekehrt genauso. So unterhielten sie sich beim sonntäglichen Frühstück über alles mögliche und führten ihr Gespräch weiter, als sie vor dem Lunch mit Owen spazierengingen. Sie lächelten nachsichtig, als er zum Teich vorauslief und rief, er wolle die Enten füttern. Owen war ganz offensichtlich in seinem Element. Den ganzen Vormittag rannte und hüpfte er, lachte und plauderte mit ihnen, und Glynnis nahm erfreut Emmas beifällige Blicke zur Kenntnis.

»Er ist ein ganz reizender kleiner Junge, Glynnis«, meinte ihre ehemalige Chefin irgendwann. »Der Kleine ist wirklich prächtig geraten. Ich hoffe, daß Sie mit ihm nächstes Jahr wieder nach England kommen und nicht nur Ihre Eltern in Wales besuchen, sondern auch ein wenig Zeit für mich erübrigen.«

»Hoffentlich kann ich kommen, Mrs. Harte. Ich weiß, daß meine Mutter unbedingt möchte, daß ich Owen nächstes Jahr nach Rhondda bringe ... wir werden sehen.«

Emma seufzte. »Sie fehlen mir, Glynnis«, meinte sie mit wehmütiger Stimme. »Während der Kriegsjahre waren Sie für mich nicht nur meine Sekretärin, sondern auch eine Freundin. Ich habe Sie immer sehr gern gemocht, und jetzt ... Nun ja, Owen ist mein Enkel. Wenn alles anders gekommen wäre, dann wären Sie jetzt meine Schwiegertochter.«

Glynnis nickte nur und sah in die Ferne. »Ich weiß, was

Sie meinen«, sagte sie nach kurzem Schweigen, »aber ich habe mein ganzes Leben lang an das Schicksal geglaubt. Es war Bestimmung ... und deshalb ist es so gekommen. Meistens lenken wir unser Geschick nicht selbst. Es liegt ... in den Händen der Vorsehung.«

Sie lächelte gezwungen. »Da ist noch etwas, worüber ich mit Ihnen sprechen muß, Mrs. Harte«, fuhr sie dann schnell fort. »*Das Geld.* Sie brauchen mir wirklich nicht jeden Monat Unterhalt zu schicken. Es ist viel zuviel, und Richard kann uns ernähren. Ich bin nicht auf das Geld angewiesen.«

»Ach du meine Güte, Glynnis, ich weiß doch, daß Richard gut verdient! Und es war bestimmt nicht meine Absicht, ihn dadurch irgendwie herabzusetzen. Trotzdem möchte ich es Ihnen weiterhin schicken. Vergessen Sie nicht, daß Sie sich während des Kriegs geweigert haben, Robins Hilfe anzunehmen, und dies ist eben meine Art ... für Owens Zukunft vorzusorgen. Sparen Sie das Geld, legen Sie es auf die Bank, wo es Zinsen einbringt. Wenn der Junge aufs College geht, haben Sie einen hübschen kleinen Notgroschen für ihn. Ich werde es Ihnen weiterhin schicken, meine Liebe, das ist das mindeste, was ich tun kann. Und damit Ende der Debatte.«

Noch einmal versuchte Glynnis zu widersprechen, doch ohne Erfolg. Aus Erfahrung wußte sie, daß Emma sich keinen Millimeter bewegte, wenn sie sich einmal zu etwas entschlossen hatte. Schließlich nickte sie und dankte ihrer ehemaligen Chefin noch einmal von ganzem Herzen. Etwas anderes blieb ihr auch nicht übrig.

Einige Stunden später kamen Winston und Charlotte zum Lunch, und es wurde ein schönes Wiedersehen. Bald wurde offensichtlich, daß Emmas Bruder sehr beeindruckt von dem kleinen Owen war, doch falls ihm die Familienähnlichkeit aufgefallen war, ließ er sich nichts anmerken. Winston hatte den Ruf, der Diplomat der Familie zu sein.

Viel zu schnell war das Essen vorüber; Winston und Charlotte fuhren nach Hause, und Glynnis ging auf ihr Zimmer, um zu packen. Am nächsten Morgen würden sie nach London zurückkehren. Während sie Owens Sachen faltete und in seinen Koffer legte, seufzte sie vor Erleichterung darüber, daß der Tag so reibungslos vorübergegangen war. Alles war ruhig und ohne besondere Vorkommnisse verlaufen.

Plötzlich ließ sich Owens helles Stimmchen vernehmen. »Mom, warum ist Robin mich nicht besuchen gekommen? Als er mich mit zu den Kühen genommen hat, da hat er gesagt, er würde noch einmal wiederkommen.« Der Junge legte das Buch, in dem er gelesen hatte, auf den Tisch, kam zu ihr gelaufen und zupfte sie am Ärmel.

Glynnis sah zu ihm hinunter und zwang sich zu einem Lächeln. »Er ist ein vielbeschäftigter Mann, Schatz. Vielleicht hatte er zu viel Arbeit.«

»Oh. Ich verstehe.« Die Enttäuschung des Kleinen war offensichtlich. »Ich mochte ihn gern«, murmelte er. »Er war sehr nett zu mir.«

Glynnis gab keine Antwort. »Robin ist Politiker, Mom. Er hat gesagt, daß er mich einmal mit ins Unterhaus nimmt.«

»Also, das weiß ich wirklich nicht ...«, begann sie.

»Er macht es!« unterbrach Owen sie aufgeregt. »Er hat es *versprochen*. Und ich weiß, daß er sein Versprechen halten wird.«

Glynnis sah, daß ihr kleiner Junge zutiefst bekümmert war, und nahm ihn beruhigend in die Arme. »Schon gut, ich weiß, daß er sein Versprechen hält, Owen. Ich bin mir sogar ganz sicher.«

32

Glynnis hatte auf keinen Fall gehen wollen. Alle Instinkte hatten sie gewarnt, sich von ihm fernzuhalten, aber am Ende war sie ihren stürmischen Gefühlen erlegen.

Am Mittwoch morgen war sie völlig verspannt und mit einem dumpfen, quälenden Schmerz in der Magengrube aufgewacht. Fast gegen ihren Willen hatte sie ihre Cousine Gwyneth angerufen, bevor sie mit Owen zum Frühstück hinuntergegangen war.

Bevor sie es sich anders überlegen konnte, stürzte sie sich ins kalte Wasser und erklärte Gwyneth, sie dürfe sich Owen für heute »ausleihen«. Ihre Cousine war überglücklich; die kinderlose junge Frau, die sich nach einem Baby sehnte, liebte Owen über alles, und es bereitete ihr großes Vergnügen, ihm die Stadt zu zeigen. »Er wollte schon so lange in den Tower«, erklärte Gwyneth begeistert. »Ist es in Ordnung, wenn ich ihn um elf abhole?«

Glynnis stimmte zu, erleichtert, daß Gwyneth Zeit hatte und daß sie für den Ausflug zum Tower nicht den Nachmittag vorgeschlagen hatte.

Doch sie wurde schon wieder wütend auf sich selbst, als sie nach dem Frühstück sorgfältig ihr Haar richtete und sich schminkte, Parfüm auflegte und bedachtsam ihre Kleidung wählte: das blaue Seidenkleid mit dem ausgestellten Rock. Vor Jahren hatte er einmal gesagt, er liebe sie in Blau.

Als Gwyneth und Owen, der ganz aus dem Häuschen

über den überraschenden Ausflug war, gegangen waren, begann sie sich anzukleiden. Nachdem sie Seidenstrümpfe und einen blauen Strumpfbandgürtel angelegt hatte, zog sie ein mit blauer Spitze abgesetztes Hemdhöschen aus blauem Satin an und stieg schließlich in hochhackige Schuhe, die ihre Beine vorteilhaft zur Geltung brachten. Robin hatte ihr oft gesagt, sie habe die schönsten Beine der Welt. Schließlich streifte sie das Kleid über und betrachtete sich im Spiegel. Sie gefiel sich.

Doch einen Moment später fühlte sie sich wieder deprimiert und war empört über sich selbst. Weil sie zu *ihm* ging. Es war nicht richtig, das wußte sie genau. Aber sie wußte auch, daß sie nicht anders konnte.

Sie zögerte, als sie am Belgrave Square aus dem Taxi stieg. Das beste wäre, nicht zu gehen, sagte sie sich energisch. Sie traute Robin nicht. Und vor allem traute sie sich selbst nicht über den Weg. Mit ihm allein zu sein verhieß nur Probleme. Davor hatte sie sogar Emma gewarnt.

Sie ging um den Platz herum und stellte fest, daß sie immer nervöser wurde. Dann warf sie einen Blick auf die Uhr und sog erschrocken den Atem ein. Schon Viertel nach zwölf! Als er auf Pennistone Royal in ihr Zimmer gekommen war, hatte er sie gebeten, bis halb eins anzurufen. Hektisch hielt sie Ausschau nach einer Telefonzelle, entdeckte jedoch keine.

Panik stieg in ihr auf, und einen Augenblick lang stand sie wie erstarrt da. *Was sollte sie nur tun?* Und dann holte sie tief Luft, überquerte zielbewußt den Platz und bog eilig in eine der Seitenstraßen ein, die vom Platz abzweigten. Dort waren ehemalige Stallungen zu kleinen Wohnhäusern umgebaut worden.

Sekunden später klingelte Glynnis an Edwinas Haus.

Sofort wurde die Tür geöffnet. Robin lächelte weder, noch verriet sein Gesicht überhaupt ein Gefühl, aber als er sie erblickte, sah sie seine blauen Augen glücklich aufleuchten.

Keiner von ihnen brachte ein Wort heraus.

Schweigend öffnete er die Tür etwas weiter, und sie ging hinein und trat in ein großes, geschmackvoll eingerichtetes Wohnzimmer. Sie gab sich große Mühe, ihn nicht zu streifen, als sie an ihm vorbeiging. Es war schon schlimm genug, in seiner Nähe zu sein; wenn sie ihn berührte, würde sie zusammenbrechen.

Nachdem er die Tür geschlossen hatte, kam Robin herein, blieb stehen und sah sie an. Kaum ein Meter Entfernung trennte sie voneinander.

Er schluckte heftig. »Ich habe auf deinen Anruf gewartet«, sagte er schließlich.

Sie erwiderte einfach seinen Blick. Ihre Beine zitterten.

»Warum bist du gekommen ... einfach so?« fragte er leise.

»Ich konnte nicht anders«, antwortete sie, und ihre eigene Stimme klang ihr rauh in den Ohren.

Er sah ihr tief in die Augen. Am liebsten hätte er sie sofort in die Arme genommen, doch er war nervös. Und er hatte Angst, sie könnte flüchten, wenn er etwas Falsches sagte oder ihr zu nahe kam.

Glynnis erwiderte seinen Blick wie hypnotisiert. Sie hatte das Gefühl, gleich in Tränen auszubrechen, und unterdrückte ein Schluchzen.

Robin ließ sie nicht aus den Augen und erkannte die Sehnsucht in ihrem Gesicht, ein Spiegelbild seiner eigenen Empfindungen. Er konnte sich nicht mehr bezähmen und trat einen Schritt vor, im selben Moment, als sie auf ihn zustürzte. Wie zwei Verzweifelnde fielen sie einander in die Arme.

Er drückte sie an sich, flüsterte wieder und wieder ihren Namen und strich mit der Hand über ihren Rücken. Sie endlich zu umarmen erfüllte ihn mit unglaublicher Erleichterung. Es war, als lasse ein Schmerz, der ihn all die Jahre gequält hatte, plötzlich nach.

Sie klammerte sich an ihm fest. Wenn er sie losließ, würde sie fallen, dachte sie.

»Glynnis, Liebling, du zitterst ja. Hab keine Angst ...

keine Angst vor mir. Ich werde nichts tun, was du nicht willst, aber ich muß dich einfach festhalten«, versicherte Robin ihr.

Sie rückte leicht von ihm ab, damit sie in sein Gesicht aufschauen konnte.

Zwei Paar blaue Augen sahen einander an.

Sie öffnete den Mund zum Sprechen, doch kein Laut kam über ihre Lippen. »Ich habe keine Angst«, flüsterte sie dann, »ich bin nur nervös.«

»Das bin ich auch.« Robin beugte den Kopf und küßte sie auf den Mund, und Glynnis erwiderte seinen Kuß. Sie hatte das Gefühl, sich langsam aufzulösen.

Ohne einander loszulassen, taumelten sie zu dem Sofa neben dem Kamin, sanken darauf und lagen engumschlungen da. Robin stützte sich auf einen Ellbogen, sah in ihr Gesicht und wagte kaum zu glauben, daß sie ihm so nahe war. Er begann ihre Stirn zu küssen, ihre Wangen, ihren Hals. »Ich möchte nur bei dir sein«, sagte er zärtlich und strich ihr eine dunkle Haarsträhne aus dem Gesicht. »All diese Jahre habe ich mich nach dir gesehnt, Glynnis. Aber wenn du nicht möchtest ...«

Glynnis legte einen Finger auf seine Lippen. »Ich will ja mit dir schlafen«, antwortete sie leise. »Ich will dich, Robin ... Es ist so lange her, daß wir zusammen waren ... sieben Jahre.«

Er streichelte ihr Gesicht, ließ seine Hand über ihre Brüste gleiten und begann langsam, ihr Kleid aufzuknöpfen. »Zieh dein Jackett aus, Robin, bitte«, sagte sie leise.

Er stand auf und warf die Jacke über einen Stuhl. Dann ging er zur Tür, schob den Riegel vor und zog die Vorhänge vor die Fenster. Als er zurückkehrte, löste er im Gehen seine Krawatte und knöpfte sein Hemd auf.

Sie erhob sich von der Couch, so daß sie vor ihm stand. Während er sein Hemd auszog, ließ sie ihr Kleid herabgleiten, bis es in blauen Falten zu ihren Füßen lag. Robin kam auf sie zu und schlang erneut die Arme um sie. Dann führte er sie zur Couch, bedeutete ihr, sich darauf auszustrecken, und legte sich neben sie.

Ganz langsam begann er sie zu liebkosen, streichelte ihren Hals, ihr Brüste und ließ die Hand in ihre Satinwäsche gleiten. Er berührte ihre Brust leicht mit den Fingerspitzen und beugte sich herab, um die Knospe zu küssen. Dann sah er auf und blickte ihr tief in die Augen. »Ich liebe dich, Glynnis«, sagte er leidenschaftlich und bewegt, »und ich habe nie aufgehört, dich zu lieben ... Sag mir, daß du ebenso empfindest.«

»Ja, ja, das weißt du doch, Robin. Für mich hat es nie einen anderen gegeben. Nur du kannst diese Gefühle in mir erwecken.«

»Mir geht es genauso«, antwortete er mit gepreßter Stimme. »Ich gehöre dir, Glynnis. Für immer. Ich werde dein sein, solange ich lebe. Und du wirst immer mir gehören, ganz gleich, was passieren wird.«

»Robin, oh Robin«, flüsterte sie.

»Zieh das aus, Liebling«, sagte er plötzlich und berührte ihre Unterwäsche. Dann löste er ihre Strumpfbänder und streifte ihr langsam zuerst den einen und dann den anderen Strumpf von den Beinen. Als sie schließlich vollständig nackt auf dem Sofa lag, zog auch er sich ganz aus und kam wieder zu ihr.

Hingerissen streichelten und erforschten sie einander. Nach sieben Jahren der Trennung begehrten sie einander verzweifelt und sehnten sich danach, endlich wieder vereint zu sein.

Bald beugte Robin sich über sie und küßte ihre Brüste, ihre Schenkel. Sein Mund wanderte an ihrem Leib hinunter, zum Zentrum ihrer Lust. Sie stieß einen langgezogenen genüßlichen Seufzer aus, als seine Zunge sie dort liebkoste, wo kein anderer Mann sie je geküßt hatte.

Sie bebte vor Erregung und rief seinen Namen, sagte ihm, wie sehr sie ihn begehrte, und rasch war er über ihr und glitt in sie hinein. Triumphierend nahm er sie, stöhnte wieder und wieder ihren Namen und schob die Hände unter ihre Hüften, damit er noch tiefer in ihr versinken konnte. Sie fühlte heiße Lust in sich aufsteigen, teilte sein glühendes Verlangen, und es war, als wären sie nie getrennt gewesen. Endlich trug eine Woge von Liebe und tiefer Leidenschaft sie auf den Gipfel, und Robin rief noch einmal ihren Namen, als er sie vollständig in Besitz nahm.

Lange lagen sie zusammen auf dem Sofa und hielten sich fest, als fürchteten sie sich davor, einander je wieder loszulassen.

»Ich wollte eigentlich mit dir reden«, sagte Robin nach einer Weile. »Und ich hatte wirklich nicht vor, dich zu verführen.«

»Ich weiß. Du hast mich nicht verführt. Das war ein großartiges Beispiel wechselseitiger Kooperation, meinst du nicht?«

»Treffender hättest du es nicht ausdrücken können! Aber hör mir bitte einen Moment zu, Glynnis. Es tut mir leid, daß ich dich damals im Stich gelassen habe. Doch wir beide hatten uns schon getrennt, als du zu mir kamst und mir sagtest, du seiest schwanger. Und ich ...«

»Aber Robin«, unterbrach sie ihn. »Das weiß ich doch alles. Als ich wieder auf der Bildfläche erschienen bin und dir mitteilte, du würdest Vater, hattest du schon eine Beziehung zu Valerie. Ich verstehe deine Haltung vollkommen, heute mehr denn je. Außerdem war ich wirklich schwierig damals, so unbeständig und von tausend Ängsten geplagt ...«

»Ach, du warst jung und ich auch. Wir hatten Krieg, und ich habe die meiste Zeit in der Luft verbracht, aus meiner Spitfire Bomben über Deutschland abgeworfen und mein Leben riskiert. Auf meine Art war ich genauso sprunghaft wie du. Wir standen alle unter starkem Druck. Es war halt Krieg, um Gottes willen.«

»Das stimmt allerdings«, pflichtete Glynnis ihm bei. »Ich bin heute viel ruhiger. Schließlich bin ich inzwischen dreißig, genau wie du, und Ehefrau und Mutter ...«

Robin zögerte kurz. »Ist sie glücklich ... deine Ehe?« fragte er dann leise und beherrscht.

»Auf eine Art schon. Verstehst du, es funktioniert, Robin. Richard liebt mich und betet Owen an. Er sorgt ausgezeichnet für uns; er ist ein guter Mann.«

»Liebst du ihn?« Robin haßte sich dafür, daß er diese Frage stellte, aber er mußte wissen, was sie fühlte. Er konnte es kaum ertragen, sich Glynnis zusammen mit Richard Hughes vorzustellen. Oder mit irgendeinem anderen Mann. Was für ein schrecklicher Trottel er gewesen war, sie gehenzulassen.

Es dauerte eine Weile, bis sie antwortete. »Ja«, sagte sie schließlich, »aber es ist anders als ... das mit uns. Ich will es einmal so ausdrücken: Ich liebe Richard, aber ich bin nicht *verliebt* in ihn.« Sie sah ihn an. »Und deine Ehe?«

»Ich schätze, ziemlich genau wie deine«, antwortete er. »Sie klappt, Glynnis. Wir haben eine stabile Beziehung, und Valerie ist ein sehr praktischer Mensch und friedfertig. Sie neigt nicht zu dramatischen Auftritten. Und sie ist Jonathan eine gute Mutter. Außerdem läßt sie mich mein eigenes Leben führen.«

Er bemerkte, wie Glynnis erstarrte. »Dein eigenes Leben? Was meinst du damit?«

Er spürte ihre plötzlich aufwallende Eifersucht, die ihm von früher so vertraut war. »Oh Gott, nein, Glynnis! Keine anderen Frauen. Es gibt keine andere ... nur dich. Meine einzige, wahre Liebe.« Er sah ihr in die Augen. »Nein, ich meine, daß sie mir große Freiheit läßt, meine politische Karriere zu verfolgen, und sich niemals einmischt.«

»Das freut mich, denn das hast du dir ja immer gewünscht. Politiker zu werden, Parlamentsabgeordneter. Vielleicht wirst du ja eines Tages sogar Premierminister.«

»Ich will dich, Glynnis«, erwiderte er.

»Oh, Robin, nicht. Wir sind beide zur Ruhe gekommen, sind verheiratet.«

»Ich weiß.« Er seufzte. »Ich möchte dich immer in meinen Armen halten. Es ist eine solche Erleichterung, bei dir zu sein. Dir kann ich alles sagen, und ich kann bei dir ich selbst sein. Brauche nichts vorzutäuschen. Dieses Gefühl habe ich bei keinem anderen Menschen.«

»Ich empfinde genauso. Dich kann ich nicht schockieren, ganz gleich, was ich sage.«

Ein kurzes Schweigen trat ein.

»Hast du Hunger?« fragte er plötzlich.

»Nein. Und du?«

Er schüttelte den Kopf. »Wo ist ... unser Sohn?«

»Meine Cousine Gwyneth ist mit ihm in den Tower gegangen. Er hat sich das schon lange gewünscht, und glücklicherweise hatte sie Zeit ... und so konnte ich zu dir kommen.«

»Ich bin froh, daß du gekommen bist«, murmelte er. »Ich kann den Gedanken kaum ertragen, daß du wieder fortgehen mußt, zurück in die Staaten.«

Sie gab keine Antwort.

»Ich möchte Owen wiedersehen«, sagte Robin. »Meinst du, das ist möglich, Liebling?«

»Lieber nicht, Robin. Aber nur, weil er so eine kleine Plaudertasche ist. Er könnte etwas zu Richard sagen, deinen Namen erwähnen. Der Kleine schwärmt richtig für dich.«

Das zauberte ein Lächeln auf sein Gesicht. »Aber Richard weiß doch, daß du mich kennst. Wir kannten uns doch alle, damals, als wir uns in der Truppenkantine meiner Mutter getroffen haben. Ich weiß ja, daß der Junge mir wie aus dem Gesicht geschnitten ist, aber vielleicht bleibt Richard das verborgen.«

»Aber möglicherweise auch nicht.«

Robin lächelte ihr zu. »Ja, du hast recht. Besser, wir sind vorsichtig. Aber ich möchte dich morgen sehen. Und übermorgen, und am Tag danach auch. Jeden Tag, solange du hier bist.«

Glynnis wirkte, wie vom Donner gerührt. »Also, ich weiß nicht, Robin ... und was mache ich mit Owen?«

»Versuch dir etwas einfallen zu lassen, mein Liebling. Bitte. Wie lange haben wir heute Zeit?« Er klang verzweifelt.

»Bis sechs. Ich muß um sechs zurück sein. Gwyneth und ihr Mann kommen heute abend zum Essen. Sie geht gegen fünf ins Hotel zurück und wartet dort auf mich; sie hat meinen Zimmerschlüssel.«

»Da wir gerade von Schlüsseln reden – bitte, behalte den Schlüssel zu diesem Haus. Ich bin beruhigter, wenn du ihn hast.«

»Wenn du dir sicher bist ... Ich meine, was ...«

»Oh, natürlich ist es mir ernst«, rief er aus. »Komm zu mir. Laß mich dich noch einmal so umarmen wie eben.« Robin umschlang sie. »Das hat mir all die Jahre gefehlt – engumschlungen mit der einzigen Frau, die ich je geliebt habe, dazuliegen.«

Lächelnd lag sie in seinen Armen. »Ich liebe dich so sehr.«

»Und ich liebe dich, Glynnis.« Er berührte ihren Mund mit den Fingerspitzen, küßte sie und schloß die Augen. Dann liebkoste er ihre Brüste. Sie liebten sich an diesem Nachmittag noch einige Male.

Es war einer dieser schönen, milden Abende Mitte Juni. Der Himmel zeigte ein weiches, blasses Blau; nur am Horizont zogen ein paar flauschige weiße Wolken dahin. Die Sonne stand tief am Horizont, der Abendhimmel schimmerte herrlich klar, und die Themse spiegelte dieses Licht wider.

Robin Ainsley, der auf der Terrasse des Unterhauses stand und am Fluß entlang in Richtung Big Ben sah, ließ dieses Panorama auf sich wirken. Im Sommer kam er oft mit Kollegen oder Gästen hierher, um Tee zu trinken. Aber am liebsten war ihm dieser Platz in den Abendstunden, im Sommer.

Hier hatte er ein Gefühl von Ruhe. Er liebte diesen Blick über den alten Strom, der zum Meer floß.

Robin lehnte sich an die Balustrade, und unzählige Gedanken gingen ihm durch den Kopf. *Glynnis*. Die Frau, die er liebte und für immer in seinem Leben halten wollte. *Owen*. Ihr Sohn und ein wunderbarer kleiner Junge, der ihm so ähnlich sah, noch mehr als sein anderer Sohn, Jonathan.

Mehr als alles andere wünschte Robin sich, Owen, der eine Miniaturausgabe seiner selbst war, öfter zu sehen, aber das war nicht möglich. Glynnis wollte es nicht zulassen. Dagegen konnte er nichts unternehmen. Er wußte, daß er jedes Recht an dem Jungen verwirkt hatte, bevor er überhaupt geboren wurde.

Vor seinem inneren Auge sah er sie beide …

Glynnis, schlank und elegant, schön wie ein Filmstar, aber bar jeder Eitelkeit, sanft und freundlich, ohne jede Härte. Eine zärtliche, anschmiegsame Frau, die ihn so sehr liebte wie er sie. Wie leicht es war, sie sich vorzustellen, wie sie in ihrem blauen Kleid auf ihn zukam und Owen an der Hand hielt, den Jungen in seinen kurzen grauen Hosen und dem weißen Sommerhemd. In seiner Phantasie lächelten sie ihm beide zu, überglücklich, ihn zu sehen.

Oh Gott, was sollte er nur mit ihr anfangen? Wie sollte er es fertigbringen, sie gehenzulassen?

Und dann war da *Valerie*, seine Frau. Sie war ihm bedingungslos ergeben, eine ruhige, fürsorgliche Frau, die ihn liebte, aber nicht verliebt in ihn war, genau wie er für sie empfand. Trotzdem würde sie am Boden zerstört sein, wenn er sie und ihren kleinen Sohn verließ, denn ihr ganzes Leben drehte sich um ihn und seine politische Karriere.

Robin war voller Schuldgefühle wegen Valerie. Merkwürdigerweise allerdings nicht wegen seiner Beziehung zu Glynnis. Was Valerie nicht wußte, konnte sie auch nicht verletzen; in diesem Punkt hegte er keine Bedenken. Sein schlechtes Gewissen entsprang den Plänen, die er wälzte.

Scheidungspläne. Aber da war noch Richard Hughes. Ob Glynnis wohl einverstanden wäre, sich von Richard scheiden zu lassen, um mit ihm zu leben? Er wußte die Antwort nicht; er steckte in einem unlösbaren Dilemma.

Mit wem konnte er reden? Mit niemandem. Nicht mit seinen Geschwistern, nicht einmal mit Edwina, mit der er sich besonders gut verstand. Seine Mutter? Sie würde ihm aufmerksam zuhören und sich mitfühlend zeigen, aber Emma würde seine Pläne zwangsläufig mißbilligen. Sie hatte zwar bis zu Pauls Tod sechzehn Jahre mit ihm zusammengelebt, obwohl er verheiratet war; aber Paul hatte sich schon lange, bevor er Emma begegnet war, von seiner Frau getrennt. Und Constance McGill hatte sich nie von ihm scheiden lassen, weil sie katholisch war. Sie hatte sich immer geweigert, Paul freizugeben.

Robin kannte Emma sehr gut, und er konnte schon hören, wie sie ihm zu bedenken gab, man könne sein Glück nicht auf dem Unglück anderer aufbauen. Das wäre ihre Überzeugung, und im Grunde wußte er ja, daß sie recht hatte.

Plötzlich stiegen ihm Tränen in die Augen, und Robin wischte sie weg. Erleichtert sah er, daß er allein auf der Terrasse war. Plötzlich war er wütend auf sich selbst. Hier stand er, ein Mann von dreißig Jahren, und weinte wegen einer Frau! Ausgerechnet hier auf der Terrasse des Unterhauses, dem Ort seiner Träume, dem Platz, der ihm alles bedeutete. Wie lächerlich er sich aufführte! Werde erwachsen, tadelte er sich selbst, obwohl er immer noch zornig war. Du hast sie im Jahr 1943 gehenlassen. Damals hättest du sie heiraten sollen.

Big Ben schlug sechs, und er wandte sich ab und eilte in sein Büro.

In einer Stunde würde er zu Edwinas Haus gehen und auf Glynnis warten. Sie war am letzten Wochenende mit Owen nach Wales gefahren und hatte ihn dort gelassen, damit er ein paar Tage bei seinen Großeltern verbrachte … bevor die beiden in die Staaten zurückreisten.

Schon war ihm leichter zumute. Bald würde sie zu ihm kommen, direkt vom Bahnhof aus. Sie hatten den ganzen Abend vor sich.

Robin war in der Küche und mixte sich einen Drink, als er hörte, wie die Haustür zufiel. Er eilte in den Flur, dort stand Glynnis, den Koffer zu ihren Füßen, und strahlte über ihr ganzes liebreizendes Gesicht.

»Liebling«, rief er aus. »So früh hatte ich dich gar nicht erwartet.«

»Ich habe einen Zug eher genommen«, erklärte sie und lächelte noch strahlender. »Ich konnte es einfach nicht abwarten, wieder bei dir zu sein, Robin.«

»Ich bin mir vollständig bewußt, daß ich unwiderstehlich bin«, lachte er.

»Und so *bescheiden*«, konterte sie, kam in seine Arme und hielt ihn fest umschlungen. Sie fühlte sich so glücklich, daß ihr fast das Herz zersprang.

Eine Zeitlang standen sie so da, dann lösten sie sich voneinander und gingen Arm in Arm in die Küche. Robin machte ihr einen Gin Tonic, und sie gingen ins Wohnzimmer und setzten sich aufs Sofa.

»Cheers, meine Süße«, murmelte er und ließ sein Glas an ihres klingen.

»Cheers«, antwortete sie und nahm einen Schluck von ihrem Getränk.

»Erzähl mir von deinem Wochenende in Rhondda.« Robin sah ihr forschend ins Gesicht. »Hat Owen sich gut unterhalten?«

Glynnis lachte, und ihre strahlendblauen Augen blitzten. »Ja, er hat mit den Kindern meines Bruders gespielt. Ich habe dir ja erzählt, daß Dylan zwei Söhne und eine Tochter hat. Die drei sind ein bißchen wild, aber sie haben sich zusammen prächtig amüsiert.«

Robin lächelte und berührte zärtlich ihren Arm. »Das

freut mich für ihn. Und was hat mein liebes Mädchen unterdessen unternommen?«

»Nicht viel. Verwandte besucht, meiner Mutter im Haus geholfen, für sie eingekauft … und an dich gedacht. *Immer.*«

»Mir ging es genauso. Es gibt kaum einen Moment, in dem ich nicht an dich denke.«

Sie nickte. »Bist du nach Yorkshire gefahren?«

»Ja, nach Leeds. Es ist wichtig, daß ich mich so oft wie möglich in meinem Wahlkreis zeige.« Er setzte sein Scotchglas auf dem Couchtisch ab, nahm Glynnis ihren Drink ab und stellte ihn daneben. Dann beugte er sich über sie und umarmte und küßte sie leidenschaftlich. Sie reagierte ebenso heftig, und als sie wieder voneinander abrückten, streichelte er sanft ihr Gesicht. »Laß uns nach oben gehen«, sagte er leise. »Ich sehne mich so danach, mit dir zusammenzusein.«

»Ich weiß, Robin, und ich will dich auch.« Sie sah ihn offen an. »Aber zuerst muß ich mit dir reden«, fuhr sie fort.

Sie war plötzlich ernst geworden, und er erstarrte. »Das klingt, als wolltest du mir etwas Schlimmes sagen.«

»Nichts Schlimmes, Robin. Ich will dich nur ein wenig auf den Boden der Tatsachen zurückholen.« Sie nahm seine Hand. »Du weißt, wie sehr ich dich liebe«, sagte sie bedächtig, »mehr als jeden anderen Menschen auf der Welt, unser Kind ausgenommen. Ich habe dich immer geliebt, und die Heirat mit Richard hat nichts daran geändert. Das weißt du doch, oder?«

»Natürlich, und das gleiche sage ich dir doch auch seit Wochen.« Seine Miene wurde bedrückt. »Als ich dich gehen ließ, habe ich den schlimmsten Fehler meines Lebens begangen … und jetzt will ich dich zurückhaben. Für immer.«

»*Hör mir doch richtig zu.* Gerade weil ich dich von ganzem Herzen liebe, werde ich nicht zulassen, daß du meinetwegen deine politische Karriere riskierst.«

»Eine Scheidung ruiniert noch keine Karriere. Wir leben schließlich im Jahr 1950.«

»Ich weiß, welches Jahr wir schreiben, und vielleicht hast du ja recht. Aber wenn es einen Skandal gibt? Wenn ... Valerie einen Skandal macht und mich hineinzieht? Ich bin überzeugt davon, daß sie kämpfen wird, wenn du versuchst, dich von ihr scheiden zu lassen, und ich bin eine Frau und weiß, wie Frauen sind. Wir können auch auf die schmutzige Art kämpfen, wenn etwas auf dem Spiel steht. Und für sie steht viel auf dem Spiel: du Robin, euer Lebensstil und dein Geld.«

»Aber wie könntest du mit hineingezogen werden?« protestierte er voller Angst vor der Wendung, die dieses Gespräch nahm. Er war entschlossen, sie zu halten, was immer ihn das kosten würde.

Glynnis schwieg einen Moment. »Ich weiß, was es dir bedeutet, Parlamentsmitglied zu sein«, sagte sie leise und behutsam. »Das war mir schon immer klar. Und in Wirklichkeit hast du Valerie geheiratet, weil du dachtest, sie wäre eine bessere Politikergattin als ich, eine bessere Frau für einen ehrgeizigen Abgeordneten wie dich.«

»Vollkommen kann ich das nicht leugnen«, entgegnete Robin schnell. »Aber es ist nicht die ganze Wahrheit. Wir wollen doch nicht vergessen, daß wir uns *einig* waren, uns zu trennen. Damals waren wir beide verrückt, nicht nur vor Liebe, sondern einfach verrückte Kinder. Wir waren beide zu unbeständig, Glynnis, das kannst du nicht abstreiten.«

»Das will ich ja gar nicht. Unsere Beziehung war eine Katastrophe.«

»Aber heute sind wir älter und reifer. Damals waren wir törichte Kinder, die sich plötzlich mit einem Weltkrieg auseinandersetzen mußten. Jetzt könnte es mit uns klappen.«

Sie ignorierte seine letzte Bemerkung. »Das weiß ich ja alles, wir sagen es uns ständig. Bitte laß uns nicht darüber streiten, was wir getan haben, als wir Anfang zwanzig waren. Das ist lange her, und ...«

»Ohne dich halte ich es einfach nicht aus. Damit werde

ich nicht fertig, Glynnis. Das kann ich einfach nicht.« Unsäglicher Kummer malte sich auf seinem attraktiven Gesicht, und seine blauen Augen blickten trostlos.

»Ich auch nicht, Robin. Aber ich werde nicht erlauben, daß du meinetwegen deine Karriere ruinierst. Du bist ein junger, aufstrebender Abgeordneter ... Deine Wähler lieben dich, du bist sehr erfolgreich. Und man spricht sogar ernsthaft darüber, daß du eines Tages Premierminister werden könntest. Vor dir liegen wichtige Aufgaben. Ich lasse nicht zu, daß du deinen ganzen Lebensplan über den Haufen wirfst, Robin. Das möchte ich nicht auf mein Gewissen laden.«

»Glynnis, ganz ehrlich ...«

Sie unterbrach ihn. »Ich habe eine Idee, einen Plan ...«

»Erzähl mir davon.«

Er hörte zu und ließ sie alles sagen, was sie bewegte, doch als sie zu Ende gesprochen hatte, schüttelte er den Kopf. »Ich weiß nicht ... Ob das funktionieren würde? Jedenfalls ist es nicht das, was ich mir vorstelle, Liebling, ganz und gar nicht.«

»Mir gefällt es ja auch nicht. Es ist ein Kompromiß. Aber etwas Besseres ist mir nicht eingefallen. Noch nicht.«

Er gab keine Antwort.

Sie stand auf und streckte ihm die Hand entgegen. »Komm nach oben, Robin. Wir wollen unsere Vereinbarung mit einem Kuß besiegeln.«

Glynnis kam es vor, als sei ihr Liebesspiel nicht nur leidenschaftlicher als sonst, sondern geradezu fieberhaft. Sie wußte, der Grund war, daß sie Ende der Woche abreisen würde.

Sie klammerte sich an ihn, und ihre Hände glitten seinen Rücken hinab und wieder hinauf in sein dichtes, dunkles Haar, streichelten seinen Nacken, während sie seinen Namen drängend murmelte und ihm sagte, wie sehr sie ihn brauchte. Rhythmisch bewegte sie sich mit ihm, die Beine um ihn geschlungen und den Kopf vor Lust zurückgeworfen, und als er sich plötzlich aufbäumte, kam sie ebenfalls zum Höhepunkt. Dann hielt sie ihn in den Armen, bis es dämmerte und schließlich Nacht wurde.

Viel später, als ihre Begierde gesättigt war, lagen sie beieinander, und Glynnis schlang einen Arm um seinen Körper und legte den Kopf auf seine Brust. Er ließ die Hände in ihr Haar gleiten, doch sie sprachen nicht. Jeder war in seine eigenen, unendlich zahlreichen Gedanken versunken. Glynnis dachte über das Gespräch nach, das sie vorhin geführt hatten. Sie war sich bewußt, daß sie eine Katastrophe verhindert hatte. Zumindest für den Moment hatte sie ihn davon abgebracht, sich von seiner Frau scheiden zu lassen.

Plötzlich liefen ihr Tränen über das Gesicht und fielen auf seine Brust, und er setzte sich erschrocken auf.

»Was ist, Liebling? Hast du etwas?« Seine Miene wirkte beunruhigt.

»Nichts«, sagte sie und lächelte ihn durch ihre Tränen hindurch an.

»Warum weinst du dann?«

»Ich vermisse dich jetzt schon«, flüsterte sie.

»Aber wir sagen doch nur *au revoir.*«

Sie schwieg.

»Du kommst doch zurück zu mir, oder?« fragte Robin leise und besorgt. »Versprich es mir, Glynnis.«

»Ich verspreche es«, antwortete sie und fragte sich schon jetzt, ob sie ihr Gelöbnis auch würde halten können.

DRITTER TEIL

Engelsgesang

Winter 2001

Still ergriffen harrt die Welt
Der Engel Lied zu hör'n.
Edmund Hamilton Sears, 1849

33

Es war Samstag, der 1. Dezember, und in wenigen Stunden würde Linnet O'Neill am Arm ihres Vaters Shane die Dorfkirche von Pennistone Royal betreten. Dort würde sie mit ihrer Sandkastenliebe getraut werden, Julian Kallinski. Und mit dieser Eheschließung würden dann endlich die drei Clans – die Hartes, die O'Neills und die Kallinskis – durch Heirat vereint sein.

Momentan stand Linnet noch mitten in ihrem Zimmer auf Pennistone Royal. Sie trug ihr Hochzeitskleid, für sie die schönste Kreation der Welt. Es bestand aus schwerer, cremeweißer Duchesse-Seide und cremefarbiger Guipure-Spitze und war mit Tausenden winziger Perlen und Kristallpailletten bestickt.

Evan hatte das Kleid entworfen, und jetzt stand sie da und musterte Linnet aufmerksam. Sie hatte den Kopf zur Seite gelegt und betrachtete das Kleid prüfend, achtete auf jedes Detail und suchte nach winzigen Makeln, die ihr vielleicht entgangen waren, als die Schneiderin es Anfang der Woche geliefert hatte. Doch sie konnte keinen Fehler entdecken. »Es stimmt absolut alles!« verkündete sie, nachdem sie das Kleid noch ein paar Sekunden länger in Augenschein genommen hatte. »Du siehst einfach perfekt aus, Linnet, auch wenn ich das selbst sage. Traumhaft.«

»Evan hat recht, Linny«, rief Linnets Schwester Emsie aus, die sich ebenfalls im Raum befand. »So habe ich dich noch nie gesehen. Niemals. Julian wird sich gleich noch einmal in dich verlieben.«

»Das will ich ihm auch geraten haben«, meinte Linnet kichernd. »Danke für eure Komplimente. Und dir, Evan, tausend Dank, daß du mein Kleid entworfen hast, und für alles andere, was du dir für die Trauung ausgedacht hast. Ich weiß wirklich nicht, was ich ohne dich angefangen hätte.«

»Gern geschehen, war mir ein Vergnügen«, antwortete Evan. Sie trat zu Linnet, nahm ihre Hand und führte sie behutsam zu dem hohen Spiegel, der in Nähe des Fensters in einer Ecke stand. »Da! Jetzt darfst du dich anschauen.«

Linnet stellte sich vor den Spiegel und hielt den Atem an. Noch nie hatte sie so ... *phantastisch* ausgesehen. Es war natürlich das Kleid. Evan hatte sich vom Tudor-Stil inspirieren lassen, und es hatte wunderbar funktioniert. Obwohl Linnet nur mittelgroß war, ließ das Kleid sie größer und sehr elegant erscheinen. Und trotzdem wirkte der Schnitt jugendlich.

Das Kleid hatte einen breiten, eckigen Ausschnitt, der raffiniert gerade die Mitte ihrer Schultern bedeckte, so daß sie vorteilhaft zur Geltung kamen. Die Ärmel waren oben eng, fielen aber vom Ellbogen an weit und ausgestellt, beinahe wie Kimonoärmel. Der Rock war ebenfalls glockenförmig und lief auf dem Rücken in einer langen Schleppe aus, und das enge Mieder verlieh Linnet eine enorm schmale Taille.

Vorn war der Stoff des Rockes ausgeschnitten und enthüllte ein Unterkleid aus Giupure-Spitze, der gleichen Spitze, mit der die glockenförmigen Ärmel gefüttert waren. Doch erst die Perlenstickerei verlieh dem Kleid das gewisse Etwas: Das Unterkleid war mit Perlen und Kristallpailletten besetzt, ebenso wie die Giupure-Spitze, mit der die Ärmel ausgeschlagen waren. Winzige Kristalle und Perlen zeichneten den Halsausschnitt und die Armabschlüsse nach, und auf dem weiten Rock aus cremefarbener Duchesse-Seide glitzerten hier und da ebenfalls Kristallpailletten.

Eine einzige Reihe Südseeperlen umspannte Linnets

schlanken Hals, und an ihren Ohren saßen Perlengehänge, beides ein Geschenk ihrer Eltern. Das einzige andere Schmuckstück, das Linnet trug, war ihr Verlobungsring.

Kopfschüttelnd betrachtete sie ihr Spiegelbild. »Evan, das ist einfach das herrlichste Kleid …« Sie verstummte, denn ihr fehlten die Worte.

»Ja, weil es für dich erdacht ist, Linnet. Ich hatte dir doch versprochen, zu deiner Hochzeit eine junge Tudor-Königin aus dir zu machen.«

Emsie schaltete sich ein. »Und wie sehe ich aus?« fragte sie und drehte sich kokett um sich selbst.

Linnet lächelte nachsichtig. »Wunderschön, Emsie, ganz wunderschön«, sagte sie vollkommen aufrichtig. Normalerweise wirkte Emsie immer etwas ungepflegt, weil sie nicht auf ihre Kleidung achtete. Aber heute nachmittag sah sie in ihrer graublauen Robe aus changierendem Taft, die alle Brautjungfern tragen würden, ganz reizend aus.

Linnet griff an ihr rotgoldenes Haar. »Bist du dir sicher, daß mein Haar in Ordnung ist, so weit zurückgesteckt?« fragte sie Evan. »Ob der Schleier wohl richtig sitzen wird?«

»Das wird er, vertrau mir«, antwortete Evan. »Aber setz ihn noch nicht auf, das übernehme ich. *Und bleib um Gottes willen stehen.*«

Linnet lachte. »Gott nein, ich darf das Kleid nicht zerdrücken.« Sie warf der siebzehnjährigen Emsie einen strengen Blick zu. »Das gilt auch für dich, mein Mädchen«, sagte sie warnend.

Plötzlich klopfte es laut an der Tür. »Wer ist da?« rief Linnet.

»Ich bin's, Onkel Robin.«

»Nicht hereinkommen, Onkel Robin! Du sollst mich noch nicht sehen!«

»Eigentlich bin ich auf der Suche nach Evan. Ist sie bei dir?«

»Ich bin hier, Robin. Komme schon.« Evan eilte zur Tür.

Dann fiel ihr etwas ein. »Du hast es doch nicht vergessen, Linnet? Du brauchst etwas Altes, etwas Neues, etwas Geborgtes und etwas Blaues.«

Linnet nickte. »Ich habe alles ... eigentlich war es Emsie, die daran gedacht hat.«

»Gut gemacht«, meinte Evan mit einem Blick zu dem jungen Mädchen und glitt dann in den Korridor hinaus. In ihrem silbergrauen Taftkleid sah sie außerordentlich elegant aus.

Robin Ainsley wartete neben ihrer Zimmertür, und sie eilte den Flur entlang und lächelte ihm voller Zuneigung zu.

»Hallo, Robin. Danke, daß du gekommen bist. Woher wußtest du, daß ich jetzt im Blauen Zimmer wohne?«

Er beugte sich zu ihr herüber und küßte sie auf die Wange. »Hallo, mein liebes Mädchen«, begrüßte er sie. »Margaret hat mir erzählt, daß du Anfang der Woche umgezogen bist, um Platz für deine Eltern zu machen. Aber eigentlich ist das Blaue Zimmer auch viel schöner als die Gelbe Suite, findest du nicht?« Er musterte sie aufmerksam. »Ach Evan«, sagte er zärtlich, »du siehst heute wirklich wunderschön aus, und dieses Kleid ist überwältigend. Ich finde, auf den Entwurf kannst du stolz sein.«

»Danke.« Sie warf ihm einen vielsagenden Blick zu. »Ich sehe doch nicht allzu schwanger aus, oder?«

»Nicht wirklich.« Sein Mund zuckte vor unterdrückter Heiterkeit. »Aber wer es weiß, sieht es natürlich.«

»Oh Gott, wie schrecklich!«

»Sag so etwas nicht; schließlich handelt es sich um meinen Urenkel. Aber ganz ernsthaft, deine Interpretation des Tudor-Stils ist eine große Hilfe und kaschiert sehr schön. Wirklich sehr.«

»Das hatte ich gehofft«, antwortete sie und mußte lachen. »Was für eine Braut ich im Januar sein werde! Bis dahin bin ich kugelrund. Aber laß uns nicht hier auf dem Flur herumstehen. Komm herein.«

Evan öffnete die Tür, und Robin folgte ihr ins Wohnzimmer. Sie eilte zu einer Kommode, holte etwas aus der oberen Schublade und nahm es fest in die Hand. Dann kehrte sie zu Robin zurück, der in der Mitte des Raums wartete.

Evan blieb kurz vor ihm stehen und sah zu ihm auf.

»Du musterst mich ziemlich abschätzig«, rief er stirnrunzelnd aus. »Hast du etwas, Evan?«

»Aber nein, das war ein bewundernder Blick, und ich dachte gerade, wie gut dir dein Cut steht, Robin.« Sie nickte nachdenklich. »Und weißt du noch etwas? Du siehst überhaupt in letzter Zeit viel besser aus, besonders, seit Dad uns im September in Yorkshire besucht hat. Findest du nicht?«

»Ja, und ich fühle mich momentan wirklich sehr fit.«

»Auf jeden Fall wirkst du viel kräftiger«, setzte sie leise hinzu.

»Also, Evan, vorhin hast du mir eine Nachricht zukommen lassen, daß du vor der Trauung mit mir sprechen müßtest. Über etwas Wichtiges«, sagte er. Sein Blick wanderte zu der Uhr auf dem Kaminsims. »Verstehst du, ich muß bald aufbrechen«, erklärte er. »Deine Eltern und ich müssen ziemlich lange vor dem Brautpaar in der Kirche sein, wegen der Sitzordnung und wegen der vielen Sicherheitsmaßnahmen, die Jack Figg getroffen hat.«

Evan nickte. »Ich brauche auch nicht lange. Willst du dich nicht setzen, Robin? Ich kann ja nicht, damit ich mein Kleid nicht verknittere. Aber das heißt nicht, daß du ebenfalls stehen mußt.«

»Das ist schon in Ordnung, meine Liebe«, versicherte er ihr.

Evan lehnte sich an den Schreibtisch, der vor dem Fenster stand. »Ich habe dir etwas Interessantes zu erzählen.«

»Worüber? Oder sollte ich lieber fragen, über wen?«

»Ich habe Glynnis' Geheimnis gelüftet. Vielleicht sollte ich lieber sagen, daß ich das Rätsel gelöst habe? Ich weiß jetzt *ganz genau,* warum Glynnis mich nach London geschickt hat.«

»Ach, tatsächlich?« Robin klang verblüfft und zog fragend eine Augenbraue hoch. »Erzähl mir, was du auf dem Herzen hast, Evan, Liebes«, sagte er und sah sie aufmerksam an.

»Okay, auf geht's«, antwortete sie. »Als Gran mir letztes Jahr sagte, ich solle nach London gehen und Emma Harte suchen, weil Emma der Schlüssel zu meinem Schicksal sei, da hatte sie nur eines im Sinn.«

»Und was war das?« fragte er.

»Dazu komme ich gleich. Laß uns zuerst Glynnis' Methode betrachten. Als sie mir auftrug, nach London zu gehen und Emma zu finden, da war sie sich absolut sicher, daß ich es tun würde. Du fragst dich vielleicht, wieso, also will ich es dir erklären. *Ich habe immer getan, was sie mir sagte.* Ihr war klar, daß sie von allen Menschen den größten Einfluß auf mich hatte. Außerdem wußte sie ganz genau, daß ich mich in meinem Job in New York langweilte und mich nach einer Veränderung sehnte. Einer Chance, *die Flügel auszubreiten,* wie sie das nannte. In anderen Worten, sie zweifelte nicht daran, daß ich gehen würde, vor allem, weil sie mir Geld hinterlassen hatte. Aber Glynnis wußte, daß Emma Harte tot war.« Evan hielt inne, sah Robin an und wartete auf eine Reaktion von ihm.

Doch sein Gesicht verriet nichts; er stellte die gleiche undurchdringliche Miene zur Schau, wie es seine Mutter oft getan hatte. Robin hatte viel von Emma.

Evan holte tief Luft und sprach weiter. »Denk einmal über folgendes nach: Glynnis konnte nicht voraussehen, daß ich gleich am ersten Tag eine Anstellung bei Harte's finden würde. Oder daß ich Gideon auf dem Flur begegnen und mich in ihn verlieben würde. Habe ich recht?«

»Ja.«

»Eigentlich hatte Glynnis keine Garantie dafür, daß dies

geschehen würde. *Nicht die geringste.* Ihre Methode, mich mit den Hartes in Verbindung zu bringen, ihrem großen Anliegen, war ziemlich fehleranfällig und außerdem recht verwickelt, meinst du nicht?«

»Ja, wahrscheinlich«, pflichtete Robin ihr bei und wirkte leicht verwirrt. »Worauf willst du hinaus?«

»Glynnis, unsere äußerst kluge Glynnis Hughes, wollte mich, wie wir beide wissen, unbedingt in den Umkreis der Harte-Familie bringen. Und bevor sie starb, sagte sie zu meiner Mutter, ich würde *unwiderstehlich* auf sie wirken. Letzteres habe ich übrigens erst kürzlich herausgefunden. Jedenfalls gab es bis dahin keine Garantie, daß ich jemals einem Mitglied des Harte-Clans begegnen würde, oder, Robin?«

»Nein. So, wie du das jetzt schilderst, war das sogar höchst unwahrscheinlich. Du hättest ebensogut das Kaufhaus aufsuchen können, feststellen, daß meine Mutter lange tot war, und wieder verschwinden. Aber du hast dich in das Haus verliebt, auf jeden Fall hast du mir das so erzählt.« Er unterbrach sich und nickte. »Und so dachtest du, deine Großmutter sei an diesem Tag nicht ganz bei sich gewesen, hast ihre Worte über Emma als unwichtig abgetan und dir eine Stellung bei *Harte's* gesucht. Alles sehr bewundernswert, aber Glynnis konnte nicht ahnen, daß alles so kommen würde. Da hast du natürlich ganz recht, Evan.«

»Aber ihr war das ebenfalls klar, und unsere kluge Glynnis hat sozusagen mit Netz und doppeltem Boden gearbeitet.«

»Wie denn das?«

»Als meine Großmutter im November vor einem Jahr in New York im Krankenhaus lag, hat sie meiner Mutter den Auftrag erteilt, in ihre Wohnung zu gehen und einen Koffer voller Briefe zu holen. Diese Briefe stammten von deiner Mutter. Emma hatte Glynnis all die Jahre regelmäßig geschrieben, und Glynnis hat die Briefe aufbewahrt ... genau wie Emma die Briefe von ihr behalten hatte.«

»Verstehe.« Robin ging zum Fenster und setzte sich in den Ohrensessel. Sein Blick wirkte nachdenklich.

»Glynnis hat Mom gesagt, sie solle mir die Briefe geben, und ihr eingeschärft, ich solle sie alle lesen. Darauf hat sie anscheinend bestanden, ebenso, wie sie darauf beharrte, daß meine Mutter sie meinem Vater nicht zeigen, ihm nicht einmal von ihrer Existenz erzählen dürfe.«

»Wirklich …«, murmelte Robin. Er warf ihr einen durchdringenden Blick zu. »Und, hat Marietta dir die Briefe gegeben?«

»Ja, Robin, aber erst kürzlich. Sie wollte mir die Briefe selbst geben und mir von Angesicht zu Angesicht erzählen, was Gran ihr im Krankenhaus anvertraut hatte. Aber dann hat Mom die Briefe fast ein ganzes Jahr zurückgehalten. Sie meinte, der Grund sei gewesen, daß ich bei *Harte's* in Knightsbridge zu arbeiten begonnen und eine Beziehung zu Gideon angefangen hätte. Da dachte sie, die Briefe könnten warten. Schließlich hatte ich ja getan, was Glynnis geplant und sich erhofft hatte … Ich war mitten in die Harte-Familie hineingestolpert, und zwar auf ziemlich spektakuläre Art, wie ich zugeben muß.«

»Das ist wahr. Und wann hat deine Mutter dir die Briefe dann gegeben?«

»Im September, nach meinem Autounfall. Sie hat sie mitgebracht, als sie mich hier besuchen kam, kurz bevor sie und Dad zurück nach New York geflogen sind. Ich habe die meisten davon während meiner Genesung gelesen.«

»Ich verstehe. Und wahrscheinlich waren die Briefe meiner Mutter sehr aufschlußreich?«

»Oh ja. Und während ich sie las, ist mir etwas Entscheidendes aufgegangen. Wenn ich keinem von euch je begegnet wäre und wenn Paula nicht die Wahrheit über Glynnis' Vergangenheit herausgefunden hätte, dann hätte ich auf diese Weise trotzdem erfahren, daß du der leibliche Vater meines Vaters bist. *Durch die Briefe*. Deswegen wollte Glynnis, daß ich sie bekomme. Wie ich schon sagte, sie hat sich doppelt und dreifach abgesichert. Sie wollte, daß ich die Wahrheit über meine Abstammung erfuhr, ganz gleich, was geschehen würde.«

»Ich glaube, du hast recht«, gestand Robin, lehnte sich in die Polster und stieß einen leisen Seufzer aus. Irgendwie wußte er, daß da noch mehr war, und er wappnete sich gegen die Enthüllungen, die noch kommen würden.

»Deswegen sollte ich nach London gehen ... um mein Erbe zu finden.«

»Aber das haben wir doch immer gewußt. Oder zumindest angenommen. Aber natürlich hast du recht, was die Methode deiner Großmutter angeht.« Robin schüttelte den Kopf. »Wäre es nicht unkomplizierter gewesen, deinem Vater und dir einfach die Wahrheit zu sagen, als sie so krank wurde? Richard Hughes war schließlich schon lange tot. Was hätte es also schaden können? Also, mir fällt da nichts ein.«

»Glynnis entstammte eben nicht meiner Generation oder der meiner Mutter ... Sie war anders erzogen worden, und deswegen hatte sie *Angst,* es uns zu erzählen, besonders Dad. Jedenfalls glaube ich das. Sie wollte meinen Vater nicht desillusionieren, in seinen Augen nicht schlecht dastehen. Sie war stolz, und sie hat meinen Dad sehr geliebt. Ich vermute, sie hat sich einfach gefürchtet, ihm die Wahrheit zu enthüllen – genauso, wie ich selbst lange gezögert habe.«

»Ich verstehe, was du meinst, wirklich, Evan. Du hast vollkommen recht. Deine Großmutter und ich sind noch in einer ganz anderen Welt aufgewachsen. Einer Welt mit vielen Einschränkungen, in der illegitime Kinder sehr schlecht angesehen waren.«

»Und deswegen hat Glynnis alles eingefädelt und dann den Rest dem Schicksal überlassen. So war sie. Gran führte ständig das Schicksal und die Vorsehung im Mund, sie glaubte an solche Dinge. Trotzdem hat sie das Geschehen nur teilweise dem Zufall überlassen … denn sie hat sichergestellt, daß Emma Hartes Briefe in meine Hände gelangen würden.«

Robin schloß die Augen und legte sein weißes Haupt an die Sessellehne. Wie er so entspannt dasaß, wirkte er doch ziemlich hinfällig. Schließlich war er achtzig Jahre alt, dachte Evan. Ihr Herz flog ihm zu. Nach einer Weile räusperte sie sich. »Robin«, sagte sie leise.

Er schlug die Augen auf und streckte den Rücken. »Ich bin nicht eingenickt«, sagte er schmunzelnd. »Ich habe nur über deine Worte nachgedacht.«

Sie nickte und trat einen Schritt näher zu ihm. »Ich habe jetzt alles verstanden, weißt du.« Sie unterbrach sich und kam dann zu ihrem Schluß. »Glynnis hat mich zu dir geschickt, Robin.«

Kein Wort kam über seine Lippen. Seine blauen Augen nahmen einen abweisenden Ausdruck an, und er warf ihr einen scharfen Blick zu.

»Als Glynnis krank wurde, hat sie sich große Sorgen um dich gemacht, und sie wollte mich unbedingt mit dir zusammenbringen, und wahrscheinlich auch meinen Vater. Aber vor allem wollte sie, daß ich nach London ging, damit ich dich kennenlernte.«

»Warum sagst du so etwas?« Robin war aufgebracht.

»Weil es die Wahrheit ist! Glynnis wollte, daß du die Enkeltochter triffst, die du nie gekannt hattest, und sie wollte nicht, daß du allein bist. Wenn sie nicht mehr sein würde.«

Robin stieß einen langgezogenen Seufzer aus. »Sprich weiter«, sagte er leise.

»Ihr beiden habt einander nie aufgegeben, oder?«

Schweigen. Der einzige Laut im Raum war das Ticken der Uhr.

»Nein«, gestand er schließlich. Er klang resigniert.

»Du und Glynnis, ihr seid wieder zusammengekommen, als ihr beide dreißig wart!« rief Evan aus. »Und ihr seid fast *fünfzig* Jahre ein Paar gewesen!«

»Ja«, antwortete Robin. »Das waren wir, Gott sei's gedankt.«

»Auf eure Weise wart ihr praktisch ein Ehepaar«, fuhr Evan fort. »Glynnis kam wenigstens ein paarmal pro Jahr nach London, unter jedem Vorwand, der ihr einfiel, und du bist nach New York und Connecticut gereist. Du hast alle Urlaube mit Glynnis verbracht, nie mit deiner Frau. Während der Parlamentsferien bist du nach New York geflogen. Du warst so verliebt in sie, daß du alles getan hättest, um sie zu bekommen. Dich von Valerie scheiden lassen, deine politische Karriere aufgegeben ... alles, um für immer mit meiner Großmutter zusammenzusein.« Evan sah ihn liebevoll an und sprach dann weiter.

»Aber Glynnis hat dich sehr geliebt, Robin, und sie wollte nicht zulassen, daß du dich politisch ruinierst. Damals war tatsächlich vieles anders, und es hätte ihretwegen durchaus zu einem Skandal kommen können. Also habt ihr ... einen Kompromiß geschlossen. So hat sie es genannt. *Den Kompromiß*. Ihr beide habt an euren Ehen festgehalten, um Richard oder Valerie nicht zu verletzen. Aber ihr habt nur euch geliebt und soviel Zeit wie möglich miteinander verbracht.«

Robin schwieg einige Minuten. »Das ist zu viel ...«, flüsterte er dann.

»Nicht, nicht, Robin! Ich bin's, deine Enkeltochter. Ich bin nicht wütend oder traurig, und du darfst dich auch nicht aufregen.«

Evan trat zu ihm, legte die Hand auf seine Schulter und sah in sein Gesicht. »Glynnis hat noch etwas anderes getan. Sie hat mir die Briefe hinterlassen, die *du ihr* geschrieben hast. Hunderte und Aberhunderte. Sie hat sie behalten, alle ... sogar deine Weihnachtskarten, Geburtstagskarten, die Karten, die du ihr mit deinen vielen Geschenken geschickt hast ...« Evan verstummte, denn sie bemerkte, wie bekümmert er plötzlich aussah.

»Bitte, denk jetzt nicht, daß ich dich oder Glynnis verurteile«, sagte sie. »Denn das tue ich nicht. Ich freue mich, daß ihr zusammen wart und einander so viel Glück geschenkt habt. Sie hat dich von ganzem Herzen geliebt und ihr ganzes Leben lang zu dir gehalten.« Evan wurden die Augen feucht, und sie wischte mit der Hand darüber.

Als sie Robin anschaute, sah sie, daß ihm die Tränen über die Wangen liefen und seine Lippen zitterten. »Es war so schwer, ohne sie weiterzuleben«, sagte er mit bebender Stimme. »Am liebsten wäre ich auch gestorben ... bis du zu mir gekommen bist.«

»Ich weiß, ich weiß«, sagte sie begütigend und ließ die Hand auf seiner Schulter liegen. »Ich verstehe euch wirklich ... nur wenige Menschen erleben eine solche Liebe wie ihr.«

»Hast du meine Briefe an Glynnis gelesen?« Er sah sie forschend an.

»Ja, aber nur ein paar. Mom hat sie mir erst kürzlich gegeben, als sie zu Linnets Hochzeit aus New York angereist ist. Dort drüben in dem Schrank steht ein Koffer, und er ist *voll* mit deinen Briefen.«

»Habe ich wirklich so viele geschrieben?« Ganz unerwartet lächelte er.

Sie erwiderte sein Lächeln. »Oh ja! Aber ich habe bisher nur einige gelesen, die neueren Datums sind. Du hast sie noch ein paar Tage vor ihrem Tod gesehen, stimmt's?«

Er nickte. »Woher weißt du das?«

»Ich habe den Brief gefunden, den du ihr letztes Jahr Anfang November geschrieben hast. Du wolltest kommen und sie nach England holen. Schließlich wart ihr beide inzwischen verwitwet und hättet richtig zusammensein können, heiraten ...«

»Wir *waren* verheiratet«, warf er ein, »wenn auch ohne Amt und Segen. Für mich ist Glynnis die einzige Frau, die ich jemals hatte.«

»Ich verstehe«, antwortete Evan leise. »Aber dann ist sie plötzlich und unerwartet so schwer erkrankt, stimmt's? Und sie konnte nicht reisen ... Du hast sie zum letztenmal in diesem Krankenhaus in Manhattan gesehen.«

Robin konnte nicht sprechen. Sein Gram war fast mit Händen zu greifen. Er zog ein Taschentuch hervor, putzte sich die Nase und versuchte, seiner Aufregung Herr zu werden.

Als er sich einigermaßen gefangen hatte, öffnete Evan ihre Hand und zeigte ihm, was sie darin gehalten hatte. »Das ist für dich, Großvater.«

Sie nannte ihn sehr selten so, und seine Augen weiteten sich, als er zu ihr aufsah.

»Dies hier steckte in einem kleinen Umschlag, der deine Handschrift trug, Robin. Du hattest eine Adresse und eine Telefonnummer darauf geschrieben.«

Der Anblick des Schlüssels zauberte ein Glitzern in seine Augen, und plötzlich wirkte sein Gesicht viel weniger müde.

»Der Schlüssel zu Edwinas Haus«, bemerkte Evan.

»Nein. Zu unserem Haus. Es hat Glynnis und mir gehört. Ein hübsches altes Häuschen in London. Ich habe es mir oft von Edwina geliehen, und eines Tages hat sie sich endlich bereit erklärt, es mir zu verkaufen.«

»Du hast es also gekauft?«

»Ja. Für Glynnis. Aber die Papiere lauten aus bestimmten Gründen immer noch auf Edwinas Namen. Wenn sie vor mir stirbt, bekommst du es über ihren Sohn Anthony, Indias Vater. Sollte ich zuerst das Zeitliche segnen, geschieht dasselbe. Das Haus wird eines Tages dir gehören, Evan.«

Evan stand da, sah ihn an und brachte kein Wort heraus.

»Ich wohne immer noch dort, wenn ich in London bin«, sagte er mit einem leisen Lächeln. »Es ist voller Erinnerungen ... an Glynnis ... an unsere gemeinsamen Jahre.« Wieder kamen ihm die Tränen, und er suchte nach seinem Taschentuch. »Vergib einem törichten alten Mann, meine Liebe.«

»Da gibt es nichts zu verzeihen«, versicherte Evan ihm und begann zu lachen. »Sieh mich doch an, ich weine auch und ruiniere mein ganzes Make-up. Und dabei findet in einer Stunde Linnets Hochzeit statt.«

»Dessen bin ich mir nur zu bewußt. Ich sollte mich langsam auf die Suche nach deinem Vater machen.«

»Deinem Sohn, Robin, eurem gemeinsamen Sohn.«

Er nickte und schenkte ihr ein strahlendes Lächeln. »Wir haben einander so sehr geliebt, und wir haben es geschafft, wie du weißt. All diese Jahre sind wir unentdeckt geblieben, Evan, und wir haben nie jemandem weh getan.«

Außer euch selbst, dachte Evan und schob den Gedanken gleich wieder beiseite.

Er reichte ihr den Schlüssel. »Er hat Glynnis gehört. Ich habe ihn ihr gegeben. Und jetzt ist er dein, Evan. Nimm ihn.«

Sie tat, worum er sie gebeten hatte, und ging dann mit ihm zur Tür. »Ich bringe dir den Koffer nächste Woche«, erklärte sie. »Aber ich hatte überlegt ... könnte ich ein paar von den Photos behalten? Ihr beiden wart so großartig, als ihr jung wart, ihr habt wie Filmstars ausgesehen.«

»Glynnis vielleicht, aber ich nicht«, widersprach er.

»Doch, du auch. Jedenfalls bringe ich dir die Briefe nach Lackland Priory.«

»Nein. Gynnis wollte, daß du sie bekommst, und du solltest sie behalten.« Robin sah eindringlich in ihre blaugrauen Augen. »Wenn du möchtest, gebe ich dir auch die Briefe, die Glynnis an mich gerichtet hat. Sie hat mir jede Woche einen geschrieben, von 1950 bis letztes Jahr.« Er hielt inne und warf ihr einen merkwürdigen, leicht besorgten Blick zu. »Die Briefe könnten allerdings manchmal ... wie soll ich sagen ... sehr *privat* sein«, setzte er leise hinzu.

Evan kicherte los. »Darauf wette ich! Denn einige von deinen sind das ganz bestimmt! *Ziemlich sexy.*« Ihre Augen blitzten. »Und warum auch nicht? Ihr habt eine wirklich ganz unglaubliche Liebesgeschichte erlebt, Robin.«

Sie kam in seine ausgestreckten Arme, und er drückte sie

an sich und dachte, wie sehr sie manchmal seiner Glynnis ähnelte. »Der Gedanke, mich allein zurückzulassen, wenn sie stürbe, hat Glynnis schrecklich bedrückt. Wir waren nicht ständig zusammen, aber trotzdem haben wir all die Jahre etwas wahrhaft … *Wunderbares* geteilt. Eine wunderbare Liebe.«

34

Die reizende kleine Dorfkirche von Pennistone Royal war über neunhundert Jahre alt und stammte aus der Zeit der ersten normannischen Könige Englands. Der gedrungene normannische Turm war unverändert erhalten; doch die herrlichen Buntglasfenster waren erst vor zweihundert Jahren eingesetzt worden.

Als Emma noch auf Pennistone Royal lebte, hatte sie über viele Jahre alle notwendigen Restaurierungsarbeiten für die Kirche finanziert, und inzwischen war Paula in ihre Fußstapfen getreten. Entsprechend befanden sich der Kirchhof und das Gebäude selbst in einem ausgezeichneten Zustand.

An diesem Samstagnachmittag, dem ersten Tag im Dezember, war das Wetter kalt. Aber es wehte kein Wind, und der Himmel leuchtete eisblau und wolkenlos. Die Sonne war bleich, doch sie schien immerhin und verbreitete an diesem herrlichen Tag das kristallklare Licht, das man nur in diesen nördlichen Breiten antrifft.

Robin stieg aus einem der ersten Wagen, die vor der Kirche eintrafen, und half Marietta heraus. In einem knöchellangen dunkelroten Seidenrock und der passenden, schmalgeschnittenen und mit Jettperlen bestickten Jacke sah sie außerordentlich schick aus. Owen trat zu ihnen, und gemeinsam gingen sie auf die Kirche zu.

Das ganze Dorf war auf den Beinen, um Linnets Trauung mit Julian beizuwohnen. In dicke Mäntel und Jacken gehüllt säumten Grüppchen von Dorfbewohnern den Weg. Als sie Robin erkannten, winkten viele begeistert, und vertraute Gesichter lächelten erfreut.

Robin war auf Pennistone Royal aufgewachsen und hier sehr beliebt. Freundlich winkte er zurück, während er Marietta und Owen zur Kirche führte.

Er sah sich genauer um und entdeckte eine Anzahl Gesichter, die er nicht kannte; Männer in dunklen Anzügen, die Stöpsel in den Ohren und winzige Mikrophone am Revers trugen. Sofort wurde ihm klar, daß es sich um Jack Figgs Männer handelte. *Die Security.*

Als sie sich dem Portal näherten, bemerkte Robin, daß Jack auf den Stufen stand. Er trug einen grauen Zylinder und einen Cut, denn da er praktisch zur Familie gehörte, war er Gast bei der Hochzeit. Aber auf der anderen Seite leitete er auch das Sicherheitsteam, und in dieser Funktion musterte er die Menschenansammlungen aufmerksam.

Jacks Gesicht verzog sich zu einem Lächeln, als er Robin sah. Die beiden Männer schüttelten einander herzlich die Hand, und dann begrüßte Jack Marietta und Owen, die er am Abend zuvor bei einem von Paula und Shane veranstalteten Dinner kennengelernt hatte.

Robin trat dicht an Jack heran. »Ich sehe, daß Sie alles gut abgesichert haben«, meinte er leise.

Jack zog die Augenbrauen hoch. »Hab hier mehr Männer herumlaufen, als Flöhe auf 'nem Straßenköter sitzen«, brummte er. »Aber Paula hat es so gewollt, und ich tu ihr den Gefallen gern, alter Junge.«

»Jonathan würde es nicht wagen, hier einen Anschlag zu verüben«, sagte Robin. Vor seinem inneren Auge sah er seinen Sohn vor sich, doch er verdrängte den Gedanken mit Gewalt.

»Ganz Ihrer Meinung, aber Paula hat trotzdem ihre Befürchtungen, besonders an einem solchen Tag. Da ist es besser, ein bißchen zu übertreiben, als im Notfall zu wenig

Männer zur Verfügung zu haben«, erklärte Jack. »Aber meine Leute werden größtenteils unsichtbar bleiben, besonders in der Kirche und bei dem Empfang. Machen Sie sich keine Sorgen, es wird nichts passieren«, schloß er beruhigend. »Gehen Sie nur hinein; ich komme gleich nach.«

Jack verließ das Portal und wandte sich zum Kirchhof. In diesem Moment knackte es leise in seinem Ohrhörer, und Chris Lights Stimme ließ sich vernehmen. »Jack, aus der Richtung von Lackland kommt ein weißer Transporter den Hügel herunter. Das müssen die Rowdys sein, vor denen man uns gewarnt hat.«

»Genau, Chris. Greift zu. *Sofort.* Blockiert mit euren Wagen die Straße und holt die Kavallerie. Und sperrt die anderen Straßen ab, die nach Pennistone führen. Wir können uns keine Fehler leisten. Haltet sie aus dem Dorf fern und alarmiert die Polizei. Und zwar jetzt. Wenn sie sich nicht freiwillig zurückziehen, lassen wir sie verhaften.«

»Wird gemacht, Jack«, bestätigte Chris.

Jack Figg stand allein auf dem Kirchhof und dankte im stillen Gott dafür, daß Mark Longden anscheinend noch ein letztes Stück Anstand besaß. Hätte Longden nicht die Größe gehabt, ihn über die wirren Drohungen zu informieren, die Jonathan Ainsley im September in Paris ausgestoßen hatte, dann wäre heute vielleicht eine Tragödie geschehen ... Die Kirche wäre bis auf die Grundmauern niedergebrannt, und alle, die sich darin befanden, hätten in dem Feuer umkommen können. Aber dank Longdens Anruf im Oktober waren sie in der Lage gewesen, über einen verdeckten Ermittler, den sie in die Bande eingeschleust hatten, herauszufinden, wie Jonathans Plan wirklich aussah. Und so war Jack umfassend vorbereitet, auf alles und auf jeden. Seine Sicherheitsmaßnahmen waren perfekt.

Mark Longden mochte glauben, er habe verhindert, daß Rowdys Linnets Hochzeit ruinierten. Er ahnte nicht, daß sein Anruf ihnen allen das Leben gerettet hatte. Auch seiner Tochter Adele.

Lorne Fairley und Desmond O'Neill, Linnets Brüder, gehörten zu den Platzanweisern, die Robin, Marietta und Owen begrüßten, als sie die Kirche betraten. Sie führten sie zu ihrer Bank auf der Seite des Gangs, die den Familienmitgliedern vorbehalten war; und nachdem sie einige Worte mit ihnen gewechselt hatten, verabschiedeten sich die beiden jungen Männer, um sich den anderen Gäste zu widmen.

»Atemberaubend«, meinte Marietta und sah sich in der Kirche um. »Ganz außerordentlich.«

»Den Blumenschmuck hat Evan entworfen«, flüsterte Robin. »Sie ist sehr talentiert, finden Sie nicht auch?«

»Das kann man wohl sagen«, murmelte Owen mit stolzer Miene.

Überall waren große Arrangements aus weißen Orchideen verteilt, und an vielen Stellen standen kleine, blattlose Bäume in eleganten weißen Kübeln. Man hatte sie weiß getüncht, und von den Ästen hingen kleine Gebinde aus zarten weißen Blüten in Manschetten aus silberfarbener Spitze, eine weitere Anspielung auf den Tudor-Stil. Und überall in der Kirche fanden sich große Vasen mit weißen Tulpen, Nelken und Narzissen sowie Hunderte weißer Kerzen, von hohen, schlanken Wachskerzen bis zu Votivkerzen in winzigen, gläsernen Windlichtern. Wie alle anderen in der Kirche war Robin tief beeindruckt von dem herrlichen Anblick, den das von dem flackernden Kerzenlicht illuminierte Blumenmeer bot.

Plötzlich fiel helles Sonnenlicht durch die hoch in die uralten Steinmauern eingelassenen Buntglasfenster, und Robin fand, daß sie wie funkelnde Juwelen aufleuchteten. Diese kleine Kirche, die er seit seinen Kindertagen kannte, war ein wunderbarer Rahmen für eine Hochzeit, und lautlos gelobte er sich, daß seine einzige Enkelin Evan ebenfalls hier getraut werden würde, wenn sie Gideon heiratete. Sie hatte eine genauso prachtvolle Hochzeit verdient.

Immer mehr Mitglieder seiner Familie trafen ein und setzten sich in die Bank vor ihm. Edwina, seine Lieblingsschwester, war wie üblich majestätisch in Purpur gekleidet, eine Farbe, die sie zu besonderen Ereignissen grundsätzlich wählte. Sie warf ihm einen Blick zu, lächelte und begrüßte ihn mit einem Nicken; dann zwinkerte sie ihrem Begleiter zu. Es war Russell Rhodes, der Maler, der in seinem formellen Anzug attraktiv, wenngleich ein wenig eingezwängt wirkte.

Robin freute sich, daß er heute nachmittag dabei war; er war Dusty am gestrigen Abend zum erstenmal begegnet und hatte ihn gleich sympathisch gefunden. Außerdem hatte Evan ihm anvertraut, daß India sich mit ihm versöhnt hatte und die beiden sich wieder vertrugen. Die Familie hatte ihn anscheinend mit offenen Armen aufgenommen, denn er saß neben Indias Mutter, Sally, die in Tiefblau und mit ihrem Saphirschmuck höchst elegant wirkte. Anthony Standish, Indias Vater, drehte sich um, sah Robin lächelnd an, nickte Marietta und Owen zu und bemerkte dann etwas zu Edwina, seiner Mutter.

Robin sah Sir Ronald Kallinski, Julians Großvater, den Gang entlangkommen. Begleitet wurde er von seinem Sohn Michael und dessen Ex-Frau Valentine, Julians Eltern.

Kurz darauf trat Robins Zwillingsschwester Elizabeth an der Seite ihres Mannes Marc Deboyne ein, mit dem sie seit vielen Jahren verheiratet war. Obwohl sie genauso alt war wie Robin, wirkte sie weit jünger als achtzig, und er bemerkte, wie schick sie in ihrem enggeschnittenen mitternachtsblauen Seidenkleid, zu dem sie den passenden Mantel trug, aussah.

Sie flüsterte Robin einen Gruß zu und eilte dann in ihre Bank, gefolgt von ihrer Tochter Emily, ihrer Enkelin Nathalie und Winston. Emily trug ein langes, pflaumenblaues

Kleid, und Nathalie war in amethystfarbener Seide gekommen. Beide winkten ihm unauffällig zu, als sie ihn entdeckten.

Während der letzten Viertelstunde hatte sich die Kirche gefüllt, und als Robin jetzt Paula erblickte, die, begleitet von ihrer Mutter Daisy und Großvater Bryan O'Neill, durch den Gang zur vordersten Bank schritt, wußte er, daß die Braut nicht mehr lange auf sich warten lassen würde.

Robin hatte Paula schon immer dafür bewundert, wie sie Geschäftsfrau, Gattin und Mutter zugleich war und es außerdem noch fertigbrachte, wie ein Weltklassemodel auszusehen. Mit ihren sechsundfünfzig Jahren wirkte sie eher wie vierzig und war in ihrem dunkelgrünen, ärmellosen Samtmantel, der bis auf die Knöchel reichte und über einem passenden Kleid mit Spitzenärmeln getragen wurde, die Verkörperung der Eleganz. An Paulas Ohren blitzten die berühmten Smaragde seiner Mutter, und an den Ausschnitt des Mantels hatte sie sich Blackies Smaragdschleife gesteckt.

Daisy, seine jüngste Schwester, war in goldfarbene Spitze gekleidet. Sie lächelte Robin kurz zu und folgte dann ihrer Tochter in die erste Bank.

»So viele Menschen, so viele Freunde«, flüsterte Marietta Robin zu. »Herrje, was für ein Auflauf! Nun, zu Evans Hochzeit dürfte der Kreis wenigstens ein bißchen kleiner sein.«

Robin lachte leise und schüttelte den Kopf. »So viele Freunde sind hier gar nicht, ich meine, nicht viele Außenstehende. Fast jeder in diesem Raum heißt entweder Harte, O'Neill oder Kallinski. Ich kann Ihnen versichern, daß zu Evans Trauung in etwa die gleichen Gäste kommen werden.« Während er sprach, blickte er sich um und entdeckte eine Menge Hartes, die er seit Jahren nicht gesehen hatte. Waren das nicht Amanda und ihre Zwillingsschwester Francesca? Und das dort mußte Sarah Lowther Pascal sein, die mit ihrem französischen Ehemann Yves und ihrer Tochter

Chloe gekommen war. Du meine Güte, was für eine Familie, dachte er. Meine Mutter und ihre Brüder haben wirklich ganze Heerscharen von Nachkommen hervorgebracht.

Plötzlich kam Unruhe auf, und Robin spähte nach vorn und sah, daß die Chorknaben einzogen; weitere zehn Minuten später traf Julian zusammen mit seinem Trauzeugen Gideon ein. Die beiden bezogen neben dem Altar Position, wo der Bräutigam seine Braut erwarten würde.

Robin fand, daß die beiden jungen Männer gefaßt und zu allem bereit wirkten. Und bald würde Gideon an derselben Stelle stehen wie Julian und am Altar auf Evan warten, die an Owens Arm auf ihn zukommen würde. Sein Sohn, seine Enkeltochter ...

Und dann stimmte der Organist den Hochzeitsmarsch aus Wagners *Lohengrin* an. Machtvoll stiegen die Akkorde zum Deckengewölbe auf.

Alle wandten sich um, denn dort kam die Braut. In ihrem Kleid aus cremefarbener Seide und Spitze sah Linnet wunderschön und majestätisch aus. Langsam schritt sie am Arm ihres Vaters Shane den Mittelgang entlang.

»Ihr Kleid ist herrlich«, flüsterte Marietta Robin zu, und er nickte zustimmend. Besser konnte man es nicht beschreiben.

Auf ihrem roten Haar, das wie poliertes Kupfer schimmerte, trug Linnet eine einfache Diamanttiara, die ihren zarten Tüllschleier hielt. Robin erkannte die Tiara seiner Mutter. Er konnte den Blick nicht von ihrem Gesicht wenden ... Sie war Emma so ähnlich, sah genauso aus, wie sie in ihrem Alter ausgesehen haben mußte.

Hinter der Braut schritten ihre Begleiterinnen in ihren wallenden Taftkleidern: Linnets Schwestern Tessa und Emsie, und dann India und Evan; und schließlich kam die kleine Adele, die so gemächlich ging, wie sie konnte. Sie war eine Miniaturausgabe der älteren Brautjungfern und ihrer Mutter Tessa, der Trauzeugin.

Robin schmunzelte und spürte, wie auch alle anderen lächelten, als sie das niedliche blonde Mädchen sahen, das ganz sorgsam sein Blumenkörbchen trug. Das hübsche Gesichtchen war ernst, und sie tat zierliche Schritte, so wie es dem Anlaß angemessen war. Fairley, dachte er. Sie sieht aus wie eine Fairley; bei Adele gab es wirklich keinen Zweifel, woher sie stammte.

Für Robin Ainsley verging die Trauungszeremonie wie ein Traum. Erinnerungen an lange zurückliegende Zeiten gingen ihm durch den Kopf, vor allem an seine wunderbare Glynnis. Sie fehlte ihm so sehr, und doch war ihnen beiden so viel geschenkt worden, mehr als den meisten Menschen. Seine Gedanken wandten sich Evan zu. Da hatte das kluge Mädchen sich alles selbst zusammengereimt ... wenn auch mit viel Hilfe von Glynnis. Er lächelte versonnen. Glynnis hatte gewollt, daß Owen und Evan sich um ihn kümmerten, wenn sie nicht mehr dasein würde. Sie hatte immer ein schlechtes Gewissen gehabt, weil sie ihn von seinem Sohn ferngehalten hatte. Aber Robin wußte, daß sie so gehandelt hatte, weil sie die Beziehung zwischen Owen und Richard Hughes nicht gefährden wollte. Und wie immer hatte sie natürlich recht gehabt.

Und ihm war klar, daß es noch einen anderen Grund gab, weshalb sie Evan zu ihm geschickt hatte. Glynnis hatte gemeint, daß ihre gemeinsame Enkelin wissen sollte, wer sie war und woher sie stammte, und deswegen hatte sie dafür gesorgt, daß Evan diese Briefe erhielt. Briefe, die ihre eigene Geschichte erzählten. Und auch das war richtig gewesen. In seinen Augen konnte Glynnis ohnehin nichts falsch machen, und das war schon immer so gewesen.

Ruckartig hob Robin den Kopf, als die Musik seinen Gedankengang unterbrach. Sein Herz zog sich schmerzlich zusammen, als der Knabenchor *O Perfect Love* intonierte, einen von Glynnis' Lieblingschorälen, den er selbst ebenfalls gern hörte. Die Chorknaben hatten wunderbare Stimmen, dachte er und beugte sich zu Marietta hinüber. »Sie klingen wie Engel, finden Sie nicht auch?« flüsterte er. »So rein und klar.«

Sie nickte und berührte seinen Arm. Ihr gefiel dieser alte Herr, der so sensibel und freundlich war und so unendlich großherzig. Kein Wunder, daß ihre Schwiegermutter ihn so sehr geliebt hatte.

Da kamen die Braut und der Bräutigam. Freudestrahlend schritten sie Arm in Arm zu den Klängen von Mendelssohn Bartholdys Hochzeitsmarsch aus dem *Mittsommernachtstraum* den Gang entlang.

Langsam folgten alle Gäste dem Hochzeitspaar und verließen die Kirche, und als Robin nach draußen trat, zauberte das Bild, das sich ihm bot, ein Lächeln auf sein Gesicht. Schneeflocken und weiße Blütenblätter, die in der Luft schwebten. Eine strahlende Linnet an Julians Arm. Die beiden, wie sie sich lachend davonfahren ließen. Das mit weißen Seidenschleifen geschmückte Hochzeitsauto. Alte Stiefel und Blechbüchsen, die an die Stoßstange gebunden waren und so laut schepperten, daß alle Zuschauer schmunzeln mußten ...

Die drei standen in einer Ecke der großen Bibliothek: Tessa, India und Evan. Um sie herum flanierten die Gäste, tranken Champagner, aßen Kanapees und unterhielten sich ausgezeichnet. Im Hintergrund spielte eine dreiköpfige Combo leise Musik. Viele Menschen winkten den drei jungen Frauen lächelnd zu, doch sie reagierten zwar freundlich, blieben aber für sich, da sie auf ihre Verehrer warteten.

»Komm, erzähl uns schon alles, Evan«, bat Tessa. »Was war nun das große Rätsel um Robin und deine Oma, das du gelöst hast?«

»Meine Großmutter war keine Oma, niemals.« Lachend nahm Evan von einem vorbeigehenden Kellner ein Glas

Orangensaft entgegen. »Aber laß uns doch warten, bis unsere Männer kommen.«

»Unterdessen habe ich euch auch etwas mitzuteilen«, sagte India leise. »Aber das muß ein Geheimnis zwischen uns dreien bleiben. Ich möchte nicht, daß Linnet davon erfährt, sonst macht sie ausgerechnet heute abend ein großes Aufhebens darum, und das wäre nicht richtig.«

»Dann erzähl es uns schnell, solange sie und Julian noch mit dem Hochzeitsphotographen beschäftigt sind«, meinte Tessa und nahm einen Schluck Champagner.

India lächelte. »Dusty und ich verloben uns nächste Woche, bevor meine Eltern nach Irland zurückkehren. Sie sind ganz begeistert von ihm, und er hat seine Meinung über sie vollständig geändert. Also alles kein Problem.«

»Herzlichen Glückwunsch«, sagte Evan. »Ich verstehe aber, daß du Linnet heute nicht die Show stehlen willst. Das ist wirklich nett von dir.«

India zuckte leicht die Achseln. »Ich hätte ja nie gedacht, daß wir das hinbekommen, aber dann war er wegen dieses Durcheinanders mit Melinda so niedergeschlagen und kleinlaut, und Edwina meinte, ich solle aufhören zu jammern, endlich erwachsen werden und ihn mir schnappen.«

Tessa grinste. »Edwina ist wirklich eine Marke! Meinen Glückwunsch, India, Liebes.«

Evan warf Tessa einen Blick zu. »Und ich mag deinen Jean-Claude. Er ist faszinierend, und Gideon war gestern abend sehr beeindruckt von ihm. Also gestehe schon, schnell, bevor die anderen kommen: Wird er ebenfalls bald zur Familie gehören?«

Tessa errötete. »Das hoffe ich. Einen Antrag hat er mir jedenfalls gemacht. Aber zuerst muß meine Scheidung abgeschlossen sein. Als Großtante Edwina ihn Anfang der Woche kennengelernt hat, da hat sie mir doch tatsächlich – in seiner Anwesenheit, wohlgemerkt – gesagt, ich solle ihn mir holen, bevor es eine andere tut. Ist das zu glauben?«

»Meine Oma ist wirklich unverbesserlich«, rief India aus und begann zu kichern.

Tessa fiel ein. »Edwina ist aber auch keine *Oma*! Oh, schaut, da kommen unsere Jungs.« Tessa reckte den Hals und winkte.

Gideon, Dusty, Jean-Claude und Lorne schlenderten herbei; jeder hielt ein Glas Champagner in der Hand. »Warum glucken denn drei so hübsche Mädchen hier zusammen in der Ecke?« fragte Lorne. »Versteckt ihr euch etwa? Ihr drei solltet euch lieber um die Gäste kümmern.«

»Herrje«, erwiderte Tessa. »Außerdem haben wir auf euch gewartet. Evan hat etwas über ihre Großmutter und Onkel Robin herausgefunden, und …«

»Aber diese Geschichte kennen wir doch alle!« unterbrach Lorne sie. »Sie wird in der ganzen Familie herumerzählt, seit Mama entdeckt hat, daß sie während des Krieges eine Affäre hatten.«

»Schon, aber da ist noch mehr, stimmt's, Evan?« sagte India.

Evan nickte. »Allerdings. Ich will versuchen, mich kurz zu fassen. Meine Mutter hat mir ein Päckchen Briefe übergeben, die Emma Harte an meine Großmutter geschrieben hat, und auch Briefe von Robin an Glynnis, und ihr werdet nie erraten …«

»Erzähl es uns, Liebling«, fiel Gideon ein. »Das klingt sehr romantisch.«

»Das werde ich ja, wenn ihr aufhört, mich ständig zu unterbrechen«, antwortete Evan. Sie lehnte sich an den Fensterrahmen und erzählte ihnen von Glynnis und Robin und ihrer jahrzehntelangen Beziehung.

Alle hatten aufmerksam gelauscht, aber es war Jean-Claude, der als erster wieder sprach. »Nein, was für eine *spektakuläre* Liebesgeschichte. Unglaublich!« Tessa nahm seinen Arm. »Ja, wirklich, und eine Geschichte, wie sie die Franzosen lieben.«

Alle lachten. »Aber wie in aller Welt haben sie das bloß fertiggebracht?« wollte Gideon stirnrunzelnd von Evan wissen. »Ich meine, daß sie nicht aufgeflogen sind?«

»Sie waren eben vorsichtig«, meinte Evan, »und sie haben den größten Teil des Jahres in verschiedenen Ländern gelebt. Das hat wahrscheinlich auch geholfen. So konnte es funktionieren.«

»Ich wette, die beiden hatten einen Komplizen«, warf Dusty leise ein. »Irgendwann haben sie doch bestimmt Unterstützung gebraucht. So etwas kann man nicht bewältigen, ohne daß eine dritte Person einen deckt.«

»Emma!« rief Gideon aus und sah Evan fragend an. »Hat Emma davon gewußt? War sie ihre Komplizin?«

»So würde ich das nicht nennen, Gid. Aber unsere Urgroßmutter hat wirklich erfahren, daß die beiden ihre Beziehung wiederaufgenommen hatten. Nach mehreren Jahren allerdings erst. Ich schätze, sie wußte, daß sie nichts dagegen tun konnte, und daher hat sie sich wohl entschlossen, ihnen zu helfen.«

»Ja, da will ich doch verdammt sein«, sagte Lorne staunend.

Auch Gideon wirkte überrascht. »Wie alt waren die beiden, als sie wieder zusammenkamen?«

»Dreißig. Und sie hatten sich seit sieben Jahren nicht gesehen. Stellt euch das vor. Aber sie waren ein leidenschaftliches Paar«, schloß sie und schüttelte lachend den Kopf.

»Und wie lange waren sie zusammen?« erkundigte sich Jean-Claude.

»Ungefähr fünfzig Jahre«, erklärte Evan, an die ganze Runde gerichtet.

»*Mon dieu!*« rief Jean-Claude aus und sah Tessa an. »Wirklich eine außerordentliche Liebesgeschichte. Ich würde gern einmal mit dem alten Gentleman sprechen. Komm, Tessa, machen wir uns auf die Suche nach deinem Großonkel Robin. Er muß ... ein ungewöhnlicher Mensch sein.«

»Oh ja, das ist er!« rief Gideon ihnen nach.

»Wie traurig, daß Glynnis sterben mußte«, meinte India. »Vor allem, weil sie beide inzwischen verwitwet waren. Jetzt hätten sie heiraten können.«

»Ist das nicht deine Mutter, die uns da winkt?« fragte Dusty.

India folgte seinem Blick. »Aber ja. Ich vermute, Großmutter möchte, daß wir zu ihr kommen. Sie ist ganz vernarrt in dich, Dusty.«

»Und ich bin verrückt nach ihr«, gab er zurück und führte India davon.

Lorne beugte sich vor und küßte Evan auf die Wange. »Eine ungewöhnliche Geschichte, wirklich ... *spektakulär,* wie Jean-Claude sagte. Ich wünschte, ich würde jemanden finden, den ich so liebe. Ach ja, ich glaube, ich schaue mich einmal um. Vielleicht gefällt mir eine von Linnets Freundinnen.«

Evan und Gideon lachten, und sie faßte seinen Arm, während sie zusahen, wie der attraktive junge Schauspieler davonschlenderte. Dann beugte sich Gideon zu ihr herunter. »Kannst du mir auch fünfzig Jahre garantieren, Evan?« fragte er leise.

Sie sah zu ihm auf, in sein Gesicht, das sie während des vergangenen Jahres so liebgewonnen hatte, und nickte. »Die Ewigkeit, Gideon Harte. Ich verspreche dir, daß ich jeden Tag meines Lebens mit dir verbringen werde.«

Personenverzeichnis

Die Hartes

Emma Harte: die Matriarchin, Gründerin der Dynastie und des Wirtschaftsimperiums.

Emmas Kinder:
Edwina Harte Lowther, verwitwete Gräfin von Dunvale, Emmas erstgeborene, uneheliche Tochter mit Edwin Fairley;
Christopher »Kit« Lowther, Sohn aus erster Ehe mit Joe Lowther;
Robin Ainsley, Sohn aus ihrer Ehe mit Arthur Ainsley;
Elizabeth Ainsley Deboyne, Robins Zwillingsschwester;
Daisy McGill Amory Rickards, ihre uneheliche Tochter mit Paul McGill.

Emmas Enkelkinder:
Anthony Standish, Graf von Dunvale, Sohn von Edwina und Jeremy Standish;
Sarah Lowther Pascal, Tochter von Kit und June Lowther;
Jonathan Ainsley, Sohn von Robin und Valerie Ainsley;
Paula McGill Harte Amory Fairly O'Neill, Tochter von Daisy und David Amory;
Philip McGill Harte Amory, Paulas Bruder, Sohn von Daisy und David Amory;

Emily Barkstone Harte, Tochter von Elizabeth Ainsley und Tony Barkstone;
Amanda Linde, Emilys Halbschwester, Elizabeth' Tochter aus ihrer zweiten Ehe mit Derek Linde;
Francesca Linde Weston, Tochter von Elizabeth und Derek Linde, Zwillingsschwester von Amanda, Halbschwester von Emily;
Owen Hughes, unehelicher Sohn von Robin Ainsley und Glynnis Hughes.

Emmas Urenkel:
Tessa Fairley Longden, Paulas Tochter aus ihrer ersten Ehe mit Jim Fairley;
Lorne Fairley, Tessas Zwillingsbruder;
Linnet O'Neill, Paulas Tochter aus ihrer zweiten Ehe mit Shane O'Neill;
Desmond O'Neill, Linnets Bruder;
Emma, »Emsie« O'Neill, Linnets und Desmonds Schwester;
Patrick O'Neill, Bruder von Linnet, Desmond und Emsie, verstorben;
Toby Harte, Sohn von Emily und Winston Harte II.;
Gideon Harte, Tobys Bruder;
Natalie Harte, Schwester von Gideon und Toby;
India Standish, Tochter von Anthony Standish und Sally Harte;
Jeremy Standish, Bruder von India;
Giles Standish, Bruder von India und Jeremy;
Chloe Pascal, Tochter von Sarah Lowther Pascal und Yves Pascal;
Fiona McGill Amory, Tochter von Philip McGill Amory und Madelana O'Shea Amory, verstorben;
Evan Hughes, Tochter von Owen und Marietta Hughes.

Weitere Hartes

Winston Harte, Emmas älterer Bruder und Geschäftspartner;
Randolph Harte, Sohn von Winston und Charlotte Harte;
Winston Harte II., Sohn von Randolph und Georgina Harte;
Sally Harte Standish, Gräfin von Dunvale, Schwester von Winston II. und Viviane;
Viviane Harte Leslie, Schwester von Winston II. und Georgina;
Frank Harte, Emmas jüngerer Bruder;
Rosamund Harte, Tochter von Frank und Natalie Harte;
Simon Harte, Rosamunds Bruder.

Die O'Neills

Shane Patrick Desmond »Blackie« O'Neill, Begründer der Dynastie und des Wirtschaftsimperiums;
Bryan O'Neill, Sohn von Blackie und Laura Spencer O'Neill;
Shane O'Neill, Sohn von Bryan und Geraldine O'Neill;
Miranda O'Neill James, Schwester von Shane und Laura;
Laura O'Neill Nettleton, Schwester von Shane und Miranda;
Patrick O'Neill, Sohn von Shane und Paula O'Neill;
Linnet O'Neill, Schwester von Emsie und Desmond;
Emma »Emsie« O'Neill, Linnets und Desmonds Schwester;
Desmond O'Neill, Linnets und Emsies Bruder.

Die Kallinskis

David Kallinski, Begründer der Dynastie und des Wirtschaftsimperiums;
Ronald Kallinski, Sohn von David und Rebecca Kallinski;
Michael Kallinski, Sohn von Ronald und Helen »Posy« Kallinski;
Mark Kallinski, Michaels Bruder;
Julian Kallinski, Sohn von Michael und Valentine Kallinski;
Ariele Kallinski, Schwester von Julian und Jessica;
Jessica Kallinski, Schwester von Julian und Ariele.